BASTEI
LÜBBE

BIBLIOTHEK DER PHANTASTISCHEN LITERATUR

Herausgegeben von Stefan Bauer

DAVID GEMMELL

IM ZEICHEN DES DUNKLEN MONDES

Roman

Ins Deutsche übertragen von Irmgard Seeland

BASTEI LÜBBE

BASTEI LÜBBE TASCHENBUCH
Band 28 329

1. Auflage: Oktober 2001

Vollständige Paperbackausgabe
Bastei Lübbe Taschenbücher ist ein Imprint der Verlagsgruppe Lübbe

Titel der englischen Originalausgabe: Dark Moon

This book was negotiated through
Literary Agency Thomas Schlück GmbH; 30827 Garbsen
Lektorat: Alexander Huiskes/Stefan Bauer
Titelillustration: Michael Whelan/Agentur Schlück
Umschlaggestaltung: QuadroGrafik, Bensberg
Satz: KCS GmbH, Buchholz/Hamburg
Druck und Verarbeitung: GGP Media, Pößneck
Printed in Germany
ISBN 3-404-28329-5

Sie finden uns im Internet unter
http://www.luebbe.de

Der Preis dieses Bandes versteht sich einschließlich
der gesetzlichen Mehrwertsteuer.

Dark Moon widme ich mit großer Liebe dem Gedenken an Olive ›Lady‹ Woodford, die mich lehrte, dass guter Stil alles ist. Sie war eine ehemalige Tänzerin, die ihr linkes Bein durch Krebs verlor. Am Tag nach der Operation bestellte sie eine Flasche Champagner, um ›dem Bein auf seiner Reise‹ zuzuprosten, und sechs Monate später trat sie mit einer übergroßen Kassenprothese auf die Tanzfläche, um Walzer zu tanzen.

Mein Dank gilt wie immer meiner Herausgeberin Liza Reeves, meiner Lektorin Jean Maund und den Probelesern Val Gemmell und Stella Graham. Ich danke auch Big Oz für die Inspiration sowie Mary Sanderson.

Besonders bedanken möchte ich mich bei Alan Fisher für die vielen wertvollen Einblicke in die Geheimnisse der Kunst.

Kapitel eins

Tarantio war Krieger. Davor war er Seemann gewesen, Grubenarbeiter, hatte Pferde gezähmt und war bei einem ältlichen Schreiber in die Lehre gegangen. Davor war er ein Kind gewesen, still und einsam, das bei seinem verwitweten Vater lebte, der sich vormittags betrank und nachmittags weinte.

Seine Mutter war Akrobatin in einer reisenden Zigeunertruppe gewesen, die bei Banketten und öffentlichen Versammlungen auftrat. Von ihr hatte er seine Leichtfüßigkeit geerbt, die flinken Hände und sein dunkles, gutes Aussehen. Sie war an der Pest gestorben, als Tarantio sechs Jahre alt war. Er konnte sich inzwischen kaum mehr an sie erinnern, außer an ein Bild, wie eine lachende Kindfrau ihn hoch in die Luft warf. Von seinem Vater hatte er – wie er meinte – nichts geerbt. Außer vielleicht den Dämon in ihm, der Dace hieß.

Jetzt war Tarantio ein junger Mann und hatte fast sein ganzes Leben mit Dace verbracht.

Ein kalter Wind zog in die Höhle. Tarantios dunkles, lockiges Haar war kurz geschoren, um Läuse zu vermeiden, und jetzt wurde ihm kalt im Nacken. Er schlug den Kragen seines schweren grauen Umhangs hoch, zog eines seiner Kurzschwerter und legte es in Reichweite. Draußen fiel schwer der Regen, und er hörte, wie das

Wasser an der Felswand hinabrauschte. Die Verfolger hatten bestimmt irgendwo Schutz gesucht.

»Vielleicht sind sie aber auch draußen vor der Höhle«, wisperte Daces Stimme in seinem Geist. »Schleichen sich an. Bereit, uns die Kehle durchzuschneiden.«

»Das würde dir gefallen, Dace. Noch mehr Männer zum Töten.«

»Jedem das seine«, sagte Dace liebenswürdig. Tarantio war zu müde, um weiter zu streiten, doch Daces Einmischung machte ihn schwermütig. Vor sieben Jahren war der Krieg über die Herzogtümer hereingebrochen wie ein ein Wirbelsturm, der die Menschen in sein aufgewühltes Inneres sog. Und in dem wirbelnden Mahlstrom seiner Wut nährte er sie mit Hass und erfüllte sie mit Liebe zur Zerstörung. Der Kriegsdämon hatte viele Gesichter, und keines davon war freundlich. Die Augen waren voll Tod, sein Mantel war die Pest, aus dem Mund lachte Hunger und Hände griffen aus in dunkler Verzweiflung.

Der Krieg und Dace waren füreinander geschaffen. In dem hungrigen Herzen des Ungeheuers war Dace in seinem Element. Männer bewunderten ihn für seine tödlichen Fähigkeiten und Begabungen. Sie suchten ihn auf, als wäre er ein Talisman.

Dace tötete Menschen. Es hatte einmal eine Zeit gegeben, als Tarantio noch gewusst hatte, wie viele unter seinen Klingen gestorben waren. Davor hatte es eine Zeit gegeben, in der er sich sogar an jedes einzelne Gesicht erinnerte. Jetzt blieben nur zwei fest in seiner Erinnerung: der erste, vorquellende Augen, herabhängender Unterkiefer, Blut, das über die Seidenlaken floss. Der zweite, ein schmaler, bärtiger Dieb und Mörder, dessen Schwerter Tarantio jetzt trug.

Tarantio legte noch zwei Scheite aufs Feuer und sah

den Schatten der Flammen zu, die über die Höhlenwände tanzten. Seine beiden Gefährten hatten sich auf dem Boden ausgestreckt, der eine schlief, der andere lag im Sterben. »Warum denkst du noch immer an das Gemetzel am Strand?«, fragte Dace. Tarantio schauderte, als die Erinnerung wieder aufflackerte.

Vor sieben Jahren hatten sie das alte Schiff vor einem Sturm auf den Strand gezogen, der Mast war gelegt, das Segel lag eingerollt am Fuß der Klippe. Die Mannschaft saß um ihre Lagerfeuer herum und unterhielt sich lachend oder würfelte. Wider alle Erwartung hatten sie den Sturm überlebt. Sie waren am Leben, und ihr erleichtertes Lachen hallte von der Klippe wider und drang in die dahinter liegenden, dunklen Wälder.

Die Mörder waren lautlos aus diesem Wald gekommen – sie tauchten auf wie Dämonen, der Feuerschein glitzerte auf erhobenen Schwertern und Äxten. Die unbewaffneten Seeleute hatten keine Chance und wurden erbarmungslos niedergemacht, sodass ihr Blut den Sand rot färbte.

Tarantio war wie immer ein Stück abseits der anderen gewesen, hatte auf dem Rücken zwischen den Felsen gelegen und zu den fernen Sternen emporgestarrt. Beim ersten Schrei hatte er sich auf die Knie gerollt und im Mondschein das Gemetzel beobachtet. Unbewaffnet und ungeübt hätte der junge Matrose keine Möglichkeit gehabt, seinen Kameraden zu helfen. Er kauerte sich zitternd nieder, die auflaufende Flut leckte an seinen Beinen. Er konnte hören, wie die Diebe das Schiff plünderten, wie sie die Luken aufrissen und die Beute entluden: Gewürze und Likör von den Inseln, Seide aus dem Südlichen Kontinent und eine Ladung Silberbarren für die Münze in Loretheli.

Als der Morgen dämmerte, war einer der Angreifer zu den Felsen gegangen, um sich zu erleichtern. Panisches Entsetzen erfüllte Tarantio und Dace erhob sich in ihm, wie ein aufflammendes Licht in seinem Kopf. Dace richtete sich vor dem erstaunten Räuber auf und hieb ihm einen faustgroßen Stein an den Kopf. Der Dieb ging ohne einen Laut zu Boden. Dace zog ihn außer Sichtweite seiner Kameraden, zog ein Messer aus seinem Gürtel und erstach ihn.

Der tote Mann trug zwei Kurzschwerter, deren schwarze Griffe fest mit Leder umwickelt waren. Dace hatte den Schwertgürtel abgeschnallt und ihn sich um die eigenen Hüften geschlungen. Nachdem er den Mann um seine pralle Börse erleichtert hatte, stahl sich Dace durch die Felsen davon und ließ den Schauplatz des Massakers weit hinter sich.

Sobald alles vorbei und die Panik abgeklungen war, zerrte Tarantio Dace zurück und übernahm wieder die Kontrolle. Dace hatte keine Einwände erhoben, ohne die Aussicht auf Gewalt und die Notwendigkeit zu töten, war er rasch gelangweilt.

Allein und ohne Freunde war Tarantio die fünfzig Kilometer nach Westen zu der Korsarenstadt Loretheli gewandert, um dort auf einem neuen Schiff nach einer Koje zu suchen. Stattdessen war er dem Schwertkämpfer Sigellus begegnet. Tarantio dachte oft an ihn und an die Gefahren, die sie zusammen gemeistert hatten. Aber diese Gedanken waren immer von einem Anflug von Traurigkeit und der samtenen Klaue des Bedauerns über seinen Tod begleitet. Sigellus hatte das mit Dace verstanden. Während einer ihrer Trainingsstunden war Dace ausgebrochen und hatte versucht Sigellus zu töten. Der Schwertkämpfer war damals noch zu gut für ihn gewesen, doch es war Dace gelungen, ihm einen Stich zu versetzen, ehe Sigellus einen weiteren abwehrte und seine eisenharte Faust an Daces Kinn schmetterte, sodass er zu Boden ging.

»Was zum Teufel ist los mit dir, Junge?«, hatte er gefragt, als Tarantio wieder zu sich kam. Zum zweiten Mal in seinem jungen Leben sprach er über Dace. Sigellus hatte zugehört, seine grauen Augen waren ausdruckslos, Blut rann aus der Schnittwunde in seiner rechten Wange direkt unterhalb des Auges. Als er endlich alles erzählt hatte, einschließlich der Morde, lehnte sich Sigellus zurück und stieß einen tiefen Seufzer aus. »Alle Menschen tragen Dämonen in sich, Chio«, sagte er. »Du hast wenigstens versucht, deinen zu kontrollieren. Darf ich mit Dace sprechen?«

»Dann glaubst du nicht, dass ich verrückt bin?«

»Ich weiß nicht, was du bist, mein Junge. Aber lass mich jetzt mit Dace sprechen.«

»Er kann dich hören«, sagte Tarantio. »Ich möchte ihn nicht freilassen.«

»Na schön. Hör mich an, Dace, du kämpfst mit großer Leidenschaft und bist unglaublich schnell. Aber du wirst Zeit brauchen, um zu lernen, auch nur halb so gut zu sein wie ich. Das musst du begreifen. Wenn du noch einmal versuchst, mich zu töten, werde ich dir den Bauch aufschlitzen und dich ausnehmen wie einen Fisch.« Er blickte in Chios dunkelblaue Augen. »Hat er das verstanden?«

»Ja. Das hat er verstanden.«

»Das ist gut.« Sigellus hatte gelächelt und sich mit einem seidenen Taschentuch das Blut aus dem Gesicht gewischt. »Ich denke, das war genug Übung für heute. Ich höre schon, wie ein Krug Wein nach mir ruft.«

»Ich hasse ihn«, sagte Dace. *»Eines Tages werde ich ihn töten.«*

»Das ist gelogen«, erwiderte Tarantio. *»Du hasst ihn überhaupt nicht.«*

Einen Augenblick schwieg Dace. Als seine Stimme endlich in Tarantios Geist wisperte, war sie sanfter als je zuvor. *»Er ist der erste Mensch, außer dir, der jemals mit mir gesprochen hat. Mit Dace gesprochen.«*

In diesem Moment fühlte Tarantio eine Woge der Eifersucht. *»Er hat gedroht, dich zu töten«*, betonte er.

»Er sagte, ich wäre gut. Unglaublich schnell.«

»Er ist mein *Freund.«*

»Willst du, dass ich ihn töte?«

»Nein!«

»Dann musst du ihn auch meinen Freund sein lassen.«

Tarantio schauderte und schob die schmerzlichen Erinnerungen beiseite.

Der Krieg der Perle hatte begonnen und die vier Herzogtümer warben Kämpfer an. Nur wenige hatten den Gegenstand auch nur gesehen, für den sie bereit waren zu töten – oder zu sterben. Noch weniger Menschen verstanden die Bedeutung der Perle. Gerüchte blühten: Es sei eine Waffe von enormer Kraft, ein heilender Stein, der Unsterblichkeit verlieh, ein prophetischer Stein, der in die Zukunft blicken ließ. Niemand wusste es genau.

Nach seiner Zeit mit Sigellus waren Dace und er durch die Krieg führenden Herzogtümer gezogen, hatten sich bei verschiedenen Söldnertruppen verdingt und zweimal ein Kommando in regulären Truppen innegehabt, hatten an Belagerungen, berittenen Angriffen, kleineren Scharmützeln und mehreren regelrechten Schlachten teilgenommen. Meistens hatten sie das Glück gehabt, auf der siegreichen Seite zu stehen, aber viermal waren sie – wie jetzt – unter den Flüchtlingen einer zerschlagenen Armee gewesen.

Das Lagerfeuer in der Höhle war heruntergebrannt, und Tarantio setzte sich davor. Die Wärme erreichte kaum seine kalten Hände. An der hinteren Wand lag Kiriel. Sein Leben zerrann. Bauchwunden waren immer am schlimmsten, und diese war besonders schlimm, da sie die Innereien verletzt hatte. Der Junge stöhnte und schrie auf. Tarantio ging zu ihm und legte ihm die Hand auf den Mund. »Sei stark, Kiriel. Sei leise. Der Feind ist ganz nah.« Kiriel schlug die fiebrigen Augen auf. Sie waren kornblumenblau, die Augen eines Kindes, das verängstigt nach Zuspruch verlangte.

»Es tut so weh, Tarantio«, flüsterte er. »Ich sterbe.«

»Sterben? An so einem kleinen Kratzer? Du musst dich nur ausruhen. Morgen fühlst du dich schon wieder, als könntest du Bäume ausreißen.«

»Wirklich?«

»Wirklich«, log Tarantio, der wusste, dass der Junge am Morgen tot sein würde. Kiriel schloss die Augen. Tarantio strich ihm über das blonde Haar, bis er eingeschlafen war, dann kehrte er zum Feuer zurück. Eine riesenhafte Gestalt regte sich an der Wand, erhob sich und setzte sich dem Krieger gegenüber.

»Manchmal ist es barmherzig zu lügen«, sagte der große Mann leise. Der Schein der Flammen spiegelte sich in seinem gegabelten roten Bart, seine Smaragdaugen glänzten kalt. »Ich glaube, der Stich hat seine Milz verletzt. Die Wunde stinkt.«

Tarantio nickte, dann legte er das letzte Brennholz auf das Feuer, während der andere leise kicherte. »Ich dachte schon, wir wären am Ende dahinten – bis du sie angegriffen hast. Ich will ehrlich sein, Tarantio, ich hatte schon von deinen Künsten gehört, aber die Geschichten nie geglaubt. Bei Shems Titten, jetzt glaube ich sie! Habe so was noch nie gesehen. Ich bin nur froh, dass ich dicht genug bei dir war, um mit dir auszubrechen. Glaubst du, von den anderen haben welche überlebt?«

Tarantio überlegte. »Vielleicht ein oder zwei. Wie wir. Aber es ist unwahrscheinlich. Das war ein Mordkommando, sie wollten keine Gefangenen machen.«

»Glaubst du, sie folgen uns noch immer?«

Tarantio zuckte die Achseln. »Entweder ja oder nein. Das werden wir morgen wissen.«

»Welche Richtung sollten wir einschlagen?«

»Jede, die du willst, Forin. Aber wir reisen nicht gemeinsam. Ich gehe über die Berge. Allein.«

»Gefällt dir irgendwas an meiner Gesellschaft nicht?«, fragte der große Mann aufbrausend.

Tarantio sah ihm in die funkelnden Augen. Forin war ein Killer – aufs Höchste angespannt. Während des Sommers hatte er nach einem Streit über eine unbezahlte Wette zwei Söldner mit bloßen Händen getötet. Ihn zu verärgern wäre nicht klug. Tarantio suchte nach einer beschwichtigenden Bemerkung, als er fühlte, wie Dace in ihm auffuhr. Normalerweise hätte er dagegen angekämpft, hätte den Dämon durch Willenskraft in Schach gehalten. Doch er war hundemüde, und Dace durchbrach seine Verteidigung. Dace grinste Forin an. »Was sollte mir daran schon gefallen? Du bist ein Grobian. Du hast kein Gewissen. Du würdest deiner Mutter für einen Silberpfennig die Kehle durchschneiden.«

Forin spannte sich, eine Hand schloss sich um seinen Schwertgriff. Dace lachte. »Vergiss nicht, du hässlicher Hundesohn, dass ich dich entzweischlagen könnte, ohne auch nur ins Schwitzen zu geraten. Ich könnte dich ganz und gar verschlucken, wenn jemand deinen Kopf mit Butter beschmierte und dir die Ohren an den Schädel nagelte.«

Einen Herzschlag lang saß der Riese stocksteif, dann stieß er ein dröhnendes Gelächter aus. »Himmel, du hältst viel von dir, kleiner Mann! Ich glaube, ich wäre schon ein ordentlicher Happen, selbst für den legendären Tarantio. Aber so ein Gerede ist albern. Wir werden gejagt, und es ergibt keinen Sinn, uns gegenseitig zu bekämpfen. Also sag mir, warum wir nicht zusammen weiterwandern sollten.«

In den Hallen seines Unterbewusstseins spürte Tarantio Daces Enttäuschung. In diesem Augenblick übernahm Tarantio rasch wieder die Kontrolle. Er blinzelte und holte tief Luft. »Sie werden unsere Spuren gesehen haben«, erklärte er Forin, »und sie wissen, dass einer von uns verwundet ist. Daher ist es unwahrscheinlich, dass sie uns mit vielen Männern verfolgen. Ich denke, acht bis zehn Mann sind auf unserer Fährte. Wenn wir uns trennen und sie die Spuren finden, müssen sie sich entweder auch aufteilen oder sich entscheiden, nur einem von uns zu folgen. Egal wie, die Chancen sind so besser für uns alle.«

»Uns alle? Der Junge wird morgen früh tot sein.«

»Ich meinte dich und mich«, sagte Tarantio rasch.

Forin nickte. »Warum hast du das nicht gleich gesagt? Warum die Beleidigungen?«

Tarantio zuckte die Achseln. »Zigeunerblut. Sei nicht allzu beleidigt, Forin. Ich mag überhaupt nicht viele Menschen.«

Forin entspannte sich. »Ich bin nicht beleidigt. Es hat einmal eine Zeit gegeben, da hätte ich entschieden mehr als einen Silberpfennig dafür gegeben, meiner Mutter die Kehle durchzuschneiden. Ich war damals noch ein Kind. Ich wusste nur, dass sie meinem Vater das Herz gebrochen hatte. Und sie hat mich verlassen. Also hast du nicht sehr weit danebengelegen.« Er grinste verlegen und zupfte an den Flechten seines Bartes. »Er war ein guter Mann, mein Vater. Ein großer Geschichtenerzähler. Die Dorfkinder kamen immer zu uns ins Haus, um ihm zuzuhören. Er kannte sich auch mit Geschichte aus. All die Geschichten von den alten Königreichen, den Eldarin, den Daroth und dem Alten Reich. Er mischte sie mit Mythen. Wundervolle Nächte! Wir saßen da mit vor Angst weit aufgerissenen Augen und offenem Mund. Er hatte eine tolle Stimme, tief und weihevoll.«

»Ich habe ihm Angst eingejagt«, sagte Dace. *»Jetzt will er unser Freund sein.«*

»Vielleicht«, stimmte Tarantio zu. *»Aber du jagst jedem Angst ein – mir auch.«*

»Was ist mit deinem Vater geschehen?«, fragte Tarantio laut.

»Er bekam die Lungenkrankheit und welkte dahin.« Forin verfiel in Schweigen und begann den Schmutz von seinen braunen ledernen Beinkleidern zu bürsten. Tarantio sah, dass der große Mann mit seinen Gefühlen kämpfte. Forin räusperte sich, dann zog er sein Jagdmesser. Aus einer tiefen Tasche holte er einen Wetzstein hervor und begann, die Klinge mit langen, gleichmäßigen Strichen zu schärfen. Als er endlich mit der Schärfe zufrieden war, holte er einen kleinen ovalen, in Silber gefassten Spiegel aus der Tasche und begann sich die Stoppeln über dem Rand seines roten Bartes abzurasieren. Als er fertig war, steckte er die Klinge ein und den Spiegel wieder in die Tasche. Er warf einen Blick auf den schweigenden Tarantio. »Mein Vater war ein guter Mann. Er hätte etwas Besseres verdient. Er wog nicht mehr als ein Kind, als er starb.«

»Eine schlimme Art zu gehen«, pflichtete Tarantio ihm bei.

»Bis jetzt hat mir noch niemand von einer guten Art erzählt«, erklärte Forin. »Weißt du, ich habe einmal einen Eldarin gesehen. Er kam, meinen Vater zu besuchen. Ich war damals etwa sieben Jahre alt. Er hat mir eine Todesangst eingejagt. Aber er saß ganz ruhig am Feuer, und ich hockte hinter dem Sessel meines Vaters und beobachtete ihn. Es war nicht der Pelz auf seinem Gesicht und den Armen, der mich beunruhigte, es waren die Augen. Sie waren so groß. Aber er sprach leise, und mein Vater bestand darauf, dass ich vortrat und ihm die Hand gab. Er hatte Recht. Sobald ich ihm nahe war, verlor ich meine Angst.«

Tarantio nickte. »Ich ging bei einem alten Mann in die Lehre, der Geschichtsbücher schrieb. Er beschrieb die Eldarin. Sagte, ihre Gesichter ähnelten Wölfen.«

»Das stimmt nicht ganz«, erwiderte Forin. »*Wolf* vermittelt einen falschen Eindruck. Es lässt an Wildheit denken, und an diesem Eldarin war nichts Wildes. Aber ich sehe ihn auch mit den Augen eines vertrauensvollen Siebenjährigen. Er ließ mich den weißen Pelz auf seinem Gesicht und seiner Stirn berühren. Er war weich wie Kaninchenfell. Ich schlief vor dem Feuer ein, während er sich mit meinem Vater unterhielt. Am Morgen war er weg.«

»Worüber haben sie geredet?«

»Ich erinnere mich nicht sehr gut. Dichtkunst. Geschichten. Die Daroth-Massaker faszinierten meinen Vater, aber der Eldarin wollte nicht darüber reden.« Forins grüne Augen hielten Tarantios starren Blick fest. »Wenn du Menschen nicht magst, warum hast du den Jungen dann hergetragen? Du kanntest ihn doch kaum. Er hatte sich uns erst vor wenigen Tagen angeschlossen.«

»Wer weiß? Wir wollen jetzt schlafen.« Mit seinem schweren Wollumhang als Decke legte sich Tarantio neben das heruntergebrannte Feuer.

Der Traum war scharf und klar. Wieder wurden er und die anderen Söldner umzingelt, der Feind rannte mit scharfen Schwertern aus der Dunkelheit. In dieser Falle starben Scharen in den ersten Augenblicken des Angriffes. Tarantio war für einen Moment erstarrt, aber Dace nicht. Dace zog beide Schwerter, blickte prüfend auf die heranrückende Reihe und griff an. Er wusste nicht, dass Forin und Kiriel ihm gefolgt waren. Es kümmerte ihn auch nicht. Seine tödlichen Schwerter zuckten nach links und rechts, und so hieb er sich einen Pfad durch die Angreifer, um dann auf den dunklen Wald zuzusprinten. Forin und Kiriel kamen auch durch, doch der Junge trug noch eine tiefe Stichwunde in den Bauch davon. Der Mond schien nur schwach, doch Daces Nachtsicht war gut, und mit schmalen Augen führte er sie tief in den Wald. Kiriel brach an einem Baum zusammen, Blut tränkte sein Hemd und seine Beinkleider. Wieder in Sicherheit, übernahm Tarantio die Kontrolle über seinen Körper und schleppte den Jungen halb weiter. Dann, als Kiriel endgültig zusammenbrach, hatte Forin ihn auf die Arme genommen und zu der Höhle gebracht.

In seinem Traum wurde Tarantio zu dem Jungen, Todesangst erfüllte ihn mit Entsetzen. Und die Gesichter der Männer, die Dace getötet hatte, um durchzubrechen, wurden zu alten Freunden und Kameraden aus vergangenen Kämpfen.

Das Gesicht eines alten Mannes erschien vor ihm. »Die Wahrheit schmerzt, Chio«, sagte er. »Die Wahrheit ist ein strahlendes Licht, und es schmerzt so sehr.«

***

Tarantio erwachte im schwachen Licht des ersten Morgengrauens. Wie immer war er sofort hellwach, seine Sinne gespannt, sein Verstand rege. Es war die einzige Zeit des Tages, in der Dace abwesend war, und Tarantio fühlte sich eins mit sich selbst und der Welt. Er tat einen tiefen Atemzug und genoss seine innere Einsamkeit.

Links von ihm schabte Stoff über Stein, und Tarantio setzte sich auf. Die riesige Gestalt des rotbärtigen Kriegers Forin kniete über Kiriel und durchsuchte verstohlen die Taschen des toten Jungen.

»Er hat kein Geld«, sagte Tarantio leise.

Forin setzte sich. »Keiner von uns hat Geld«, grunzte er. »Drei Monate Sold im Rückstand, und glaubst du vielleicht, wir bekommen ihn jetzt – selbst wenn wir es bis zur Grenze schaffen?«

Tarantio rollte sich auf die Füße und trat aus der Höhle. Die Sonne stieg hinter den Bergen im Osten empor und tauchte den Wald in goldenes Licht. Der raue, kalte Stein der Felswand, leichengrau im Dämmerlicht des Abends zuvor, schien jetzt korallenrot. Tarantio leerte seine Blase, dann ging er in die Höhle zurück.

»Es war diese verdammte Frau … Karis«, sagte Forin. »Ich wette, sie ist eine Hexe.«

»Sie braucht keine Zauberei«, sagte Tarantio und schlang sich seinen Schwertgürtel um die Taille.

»Kennst du sie?«

»Bin mit ihr auf zwei Feldzügen geritten. Kalt ist sie und

hart, und sie ist im Denken und Planen jedem General überlegen, unter dem ich je gedient habe.«

»Warum hast du den Dienst bei ihr dann quittiert?«, fragte der Riese.

»Hab' ich nicht. Ich war mit ihr zusammen, als sie für den Herzog von Corduin kämpfte. Am Ende der Saison trat sie zurück und schloss sich der Armee Romarks an. Es hieß, er habe ihr sechstausend in Gold geboten. Ich halte das zwar für übertrieben – aber nicht sehr.«

»Sechstausend!«, flüsterte Forin angesichts der Summe.

Tarantio ging zu Kiriel hinüber. Der Junge sah friedlich aus, seine Züge waren entspannt. Er hätte schlafen können, wenn nicht sein Gesicht so maskenhaft starr gewesen wäre. »Er war ein guter Junge«, sagte Tarantio, »aber zu jung und zu langsam.«

»Es war sein erster Feldzug«, sagte Forin. »Er lief von seinem Hof weg, um sich zu melden. Hielt es für sicherer, wenn er von Soldaten umgeben wäre.« Der große Mann sah zu Tarantio auf. »Er war nur ein Bauernjunge. Kein Killer, wie du – oder ich.«

»Und jetzt ist er ein toter Bauernjunge«, sagte Tarantio. Forin nickte, dann stand er auf.

»Was treibt dich, Mann?«, fragte er plötzlich. »Vergangene Nacht flackerte der Wahnsinn in deinen Augen. Du wolltest mich töten. Warum?«

»Weil es das ist, was wir tun«, flüsterte Tarantio. Er ging zum Höhleneingang und musterte den Waldrand. Keine Spur von den Verfolgern. Als er sich wieder umdrehte, begegnete er Forins Blick. »Viel Glück«, sagte er. Er griff in seine Tasche und holte eine kleine Goldmünze hervor, die er dem überraschten Krieger zuwarf.

»Wofür ist das?«, fragte Forin.

»Ich habe mich in dir geirrt, Großer. Du bist ein Mann für die Berge.«

Forin sah verlegen drein. »Woher willst du das wissen?«

Tarantio lächelte. »Instinkt. Versuch', am Leben zu bleiben.« Damit ging er nach Westen davon.

Wenn es ihm gelang, seinen Verfolgern noch einen vollen Tag zu entgehen, würden sie aufgeben und zu ihrer Haupttruppe zurückkehren. Normalerweise wurden nicht mehr als zwei Tage darauf verwendet, versprengte Flüchtlinge aufzuspüren. Der wesentliche Zweck solcher Jagdpartien bestand nicht nur im Vergnügen daran, sondern zu verhindern, dass sich kleine Söldnergruppen hinter der vorrückenden Streitmacht wieder sammelten. Sobald die Verfolgergruppe sah, dass ihre Beute sich getrennt hatte, würden sie wahrscheinlich umkehren, vermutete Tarantio.

Während er weiter durch Wälder aus Birken, Erlen und Eichen ging, hob sich Tarantios Stimmung. Er hatte Bäume schon immer gemocht. Sie taten den Augen gut, von den schlanken silbernen Birken zu den großen Eichen, den knorrigen Riesen, denen das Kommen und Gehen der Menschen gleichgültig war. Als Kind – in den Tagen vor Dace – war er oft auf Bäume geklettert und hatte hoch über dem Boden gehockt wie ein Adler auf einem Ast. Tarantio überlief ein Schauer. Es wurde hier im Hochland allmählich kalt, und auf den Hängen blühten bereits die Herbstblumen. Es würde gut tun, sich in Corduin auszuruhen. Der Krieg war noch nicht bis dorthin gedrungen, abgesehen davon, dass Lebensmittel und andere Dinge manchmal knapp waren. Tarantio hatte einen Teil seines Soldes dort bei dem Kaufmann Lunder investiert. Mit etwas Glück würde der Gewinn ihm einen müßigen Winter gestatten.

Der Boden unter seinen Füßen war schlammig, weil es vor kurzem heftig geregnet hatte, und sein linker Stiefel hatte ein großes Loch, sodass seine dicke Wollsocke völlig durchnässt war und beim Gehen ein schmatzendes Geräusch hervorrief. Eine Stunde lang wanderte er und hinterließ eine Spur, der selbst ein Blinder hätte folgen können, immer nach Westen. Dann, als er unter einer ausladenden Eiche ankam, sprang er hoch und zog sich in die Äste hinauf. Er durchquerte den Baum und sprang auf ein breites Felssims hinunter. Der Schlamm von seinen Stiefeln hinterließ Flecken auf dem Stein, und er wischte sie mit dem Saum seines schweren grauen Umhangs weg, ehe er jetzt behutsamer über festen Grund weiterging. Ohne Spuren zu hinterlassen, bog er nach Nordwesten ab.

Er wanderte noch eine Stunde weiter, bewegte sich vorsichtig und blickte immer wieder wachsam hinter sich, trat immer erst in offenes Gelände, nachdem er sich vom Waldrand aus gründlich umgesehen hatte. Jetzt war er hoch über der Stelle, an der er die Richtung geändert hatte. Er kletterte in die Zweige einer hohen Buche und ließ sich dort nieder, um seinen Weg zu beobachten. Aus einem Beutel an seinem Schwertgürtel holte er sein letztes Trockenfleisch, riss ein Stück ab und begann zu kauen.

Ehe er noch sein mageres Mahl beendet hatte, kamen die Verfolger in Sicht. Es waren acht, bewaffnet mit Bogen und Speer. Auf diese Entfernung sahen sie nur ameisengroß aus, wie sie langsam ihren Weg bergab suchten, bis sie unter der Eiche Halt machten. Eine Zeit lang standen sie still, und Tarantio konnte sich denken, dass sie miteinander diskutierten. Von der Stelle, wo sie jetzt standen, war die Entfernung zu vier verschiedenen Städten oder

Ortschaften etwa gleich. Im Westen, jenseits der Berge, lag Hlobane am See. Im Nordosten lag Morgallis, die Hauptstadt des Herzogs von Romark. Im Süden befand sich Loretheli, eine neutrale Hafenstadt, die von den Korsaren beherrscht wurde. Und im Nordwesten – Tarantios Ziel – lag die älteste und schönste Stadt der Herzogtümer, Corduin.

Eine Weile durchsuchten die Männer die Gegend nach Spuren von Tarantio. Als sie nichts fanden, hielten sie eine eilige Besprechung ab, dann machten sie kehrt und ritten wieder in die Richtung, aus der sie gekommen waren.

Tarantio lehnte sich gegen den Stamm der Buche und gestattete sich zu entspannen. Er hatte seinen Helm in der Höhle zurückgelassen, zusammen mit der purpurroten Schärpe, die signalisierte, dass er in den Diensten des neuen Herzogs der Marschen stand. Jetzt konnte ihn nichts mehr mit einer der vier Krieg führenden Parteien in Verbindung bringen. Er war wieder ein freier Mann, bereit, Daces Dienste dem höchsten Bieter zu offerieren. Er sprang vom Baum und setzte den ganzen Nachmittag lang seinen Weg fort. Er durchquerte Täler auf dem Weg zu einem See, der in der Nachmittagssonne funkelte. Er war lang und schmal, wurde in der Mitte breiter und schwang am Ende aus wie die Schwanzflosse eines großen Fisches. In der Mitte befand sich eine kleine Insel, auf der sich ein Pinienhain vor den Bergen abzeichnete. Die Sonne schien jetzt wärmer, und Tarantio streifte seine schwere Jacke ab und legte sie auf einen flachen Stein.

»Wann essen wir?«, fragte Dace. Tarantio hatte ihn von dem Augenblick an wahrgenommen, in dem er die Verfolger gesichtet hatte.

»Vielleicht möchtest dieses Mal du den Fisch fangen?«, fragte er laut.

»Zu langweilig. Und du kannst es so gut!«

Tarantio zog Hemd, Beinkleider und Stiefel aus und watete langsam in das kalte, klare Wasser des Sees hinaus. Dann blieb er stehen und spähte auf den kiesigen Grund hinunter.

Es war die Laichzeit der Forellen, und nach einer Weile sah er ein Weibchen mit roten Seitenflecken. Es schwamm dicht an den reglosen Mann heran und begann, wedelnde Bewegungen mit dem Schwanz auf dem losen Kies zu machen, um so ein Loch zu schaffen, in das es seine Eier legen konnte. Mehrere Männchen schwammen herbei, kenntlich an den rötlichen Steifen auf den Flanken. Mit den Händen unter der Wasseroberfläche wartete Tarantio geduldig und versuchte die Fische mit seinem bewussten Verstand zu ignorieren. Das kalte Wasser drang ihm in die Knochen, und er spürte, wie er gereizt wurde, weil die Männchen immer von ihm weghuschten. Ganz ruhig, befahl er sich. Ein guter Jäger ist niemals hastig.

Ein kräftiges Männchen von etwa drei Pfund Gewicht schwamm an ihm vorbei, wobei es seine Beine streifte. Tarantio rührte sich nicht. Der Fisch glitt über seine Hände. Mit einem explosiven Satz richtete Tarantio sich auf, seine rechte Hand fing die Forelle und schleuderte sie ans Ufer, wo sie zappelnd liegen blieb. Die anderen Fische verschwanden auf der Stelle. Tarantio watete aus dem See, tötete den Fisch und nahm ihn dann sachkundig aus.

»Gut gemacht«, sagte Dace.

Tarantio machte ein kleines Feuer zwischen den Felsen, dann setzte er sich nackt daran und bereitete sein Abendessen. Die Forelle schmeckte fad, manche hätten es delikat genannt. Tarantio wünschte, er hätte noch ein paar Krümel Salz.

Als die Sonne im Westen unterging, sank die Temperatur. Tarantio zog sich an und ließ sich am Feuer nieder.

Er hätte im vergangenen Jahr den Dienst quittieren sollen, als Karis sich Romark anschloss. Der Herzog der Marschen war ein armseliger General und ein Geizhals, bei dem nichts zu holen war. Mit Karis an der Spitze der gegnerischen Kavallerie waren die Aussichten für die Söldnertruppen, die die Grenze schützten, alles andere als gut. Er dachte an die sechstausend Goldstücke. Was würde sie mit einer solchen Summe wohl anfangen? Er grinste im abnehmenden Tageslicht. Karis war keine Bäuerin. Und sie schien auch keinen Spaß an dem zu haben, was Männer ein gutes Leben nannten. Ihre Kleider saßen immer schlecht, nur ihre Rüstung ließ erkennen, dass sie teuer war. Ja, und ihre Pferde, erinnerte er sich. Drei Wallache, jeder weit über eineinhalb Meter hoch. Schöne Tiere, stark, stolz und furchtlos im Kampf. Nicht eins von ihnen hatte weniger als sechshundert Silberstücke gekostet. Aber was Karis selbst anging, sie trug keinen Schmuck, keine Broschen oder Armbänder, und sie schien auch nicht nach Besitztümern zu streben. Was machst du bloß mit all dem Gold?, fragte er sich.

»Du verstehst sie einfach nicht«, sagte Dace.

»Aber du?«

»Natürlich.«

»Dann erklär es mir.«

»Sie wird von etwas aus ihrer Vergangenheit getrieben – das hätte Gatien gesagt. Ein traumatisches Ereignis oder eine Tragödie. Deswegen fühlt sie sich nicht wohl dabei, eine Frau zu sein und versucht., ihre Weiblichkeit hinter der Rüstung eines Mannes zu verstecken.«

»Ich glaube nicht, dass es sich bei Gatien so einfach angehört hätte.«

»Das stimmt«, gab Dace ihm Recht, *»er war ein alter Windbeutel.«*

»Und ein guter Stiefvater. Niemand sonst hat uns aufgenommen.«

»Er bekam einen Schreiber, für den er nichts bezahlen musste, und jemanden, der seinen endlosen Geschichten lauschte.«

»Ich weiß nicht, warum du so tust, als hättest du ihn nicht leiden können. Er war gut zu uns.«

»Er war gut zu dir. Er wollte meine Existenz nicht anerkennen, außer als imaginären Spielgefährten, den du dir ausgedacht hattest.«

»Vielleicht ist das alles, was du bist, Dace. Hast du mal darüber nachgedacht?«

»Du würdest staunen, über was ich alles nachdenke«, erwiderte Dace.

Tarantio legte Holz aufs Feuer und lehnte sich zurück, wobei er seinen Mantel als Kopfkissen benutzte. Die Sterne waren aufgegangen, und er betrachtete das Sternbild des Feuertänzers, das hoch über dem Halbmond funkelte.

»Alles ist mathematisch vollkommen, Chio«, hatte Gatien erklärt. »Die Sterne bewegen sich auf vorbestimmten Pfaden, steigen und fallen nach einem kosmischen Herzschlag.« Tarantio hatte ehrfürchtig der Weisheit des weißbärtigen alten Mannes gelauscht.

»Mein Vater nannte sie die Kerzen der Götter«, sagte er.

Gatien fuhr ihm mit den Fingern durchs Haar. »Du vermisst ihn wohl immer noch.«

»Nein, er war schwach und dumm«, erwiderte Tarantio. »Er hat sich erhängt.«

»Er war ein guter Mann, Chio. Das Leben hat ihn nicht gut behandelt.«

»Er hat aufgegeben. Einfach aufgegeben!«, wütete der Junge. »Er hat mich überhaupt nicht geliebt. Und es ist uns egal, dass er nicht mehr ist.«

»Es ist uns nicht egal«, sagte Gatien, der ihn missverstand. »Aber wir wollen nicht darüber streiten. Das Leben kann hart sein, und viele Seelen sind nicht dafür gemacht, damit umzugehen. Dein Vater ist drei Flüchen erlegen. Der Liebe, die das größte Geschenk sein kann, das uns der Himmel machen kann, oder aber auch schlimmer als das schwärzeste Gift. Dem Suff, der wie eine Reiseapotheke viel bietet und nichts wirklich gibt. Und einem bisschen Wohlstand, ohne den er sich die zweifelhaften Freuden der Flasche nicht hätte leisten können.« Gatien seufzte. »Ich mochte ihn, Chio. Er war ein sanfter Mann, mit Liebe zur Dichtkunst und einer schönen Singstimme. Doch genug des weinseligen Geredes. Wir haben zu arbeiten.«

»Warum schreibst du deine Bücher, Meister Gatien? Niemand kauft sie.«

Gatien zuckte beredt die Achseln. »Sie sind mein Mahnmal an die Zukunft. Und sie sind gefährlich, Chio, mächtiger als Zaubersprüche. Erzähl niemandem – niemandem – davon, was du in meinem Haus gelesen hast.«

»Was könnte denn gefährlicher sein als Zaubersprüche, Meister Gatien?«

»Die Wahrheit. Menschen blenden sich eher selbst mit glühendem Eisen, als ihr ins Gesicht zu sehen.«

Tarantio schaute in die flackernden Flammen seines Lagerfeuers und dachte wieder an das große, brüllende Feuer, das das Haus von Meister Gatien verschlungen hatte. Er sah wieder die Soldaten des Herzogs von den

Marschen, die ihre Fackeln hochhielten, und mit tiefer Trauer sah er wieder den alten Mann, der verzweifelt zurück in das brennende Haus lief, um die Arbeit seines Lebens zu retten. Das Letzte, was er von Meister Gatien sah, war eine schreiende menschliche Fackel, deren Bart und Kleider in Flammen standen und die an den Fenstern des oberen Stockwerks vorbeitaumelte.

Bis dahin war Dace lediglich eine körperlose Stimme in seinem Kopf gewesen. Er hatte ihn zuerst gehört, als er zum Leichnam seines Vaters aufsah, der am Balkongeländer hing, mit aufgequollenen, dunkelroten Gesichtszügen, die Hose voller Urinflecken.

»Es ist uns egal«, sagte die Stimme. *»Er war schwach und er hat uns nicht geliebt.«*

Aber als Gatien brannte, fand Dace einen Weg in die Welt des Fleisches. *»Wir werden ihn rächen«*, sagte er.

»Das können wir nicht!«, wandte Tarantio ein. *»Er lebt in einer Burg, umgeben von Wachen. Wir … ich … bin erst fünfzehn. Ich bin kein Soldat, kein Killer.«*

»Dann lass mich das machen«, sagte Dace. *»Oder bist du etwa ein Feigling?«*

Zwei Nächte später hatte sich Dace zur herzoglichen Burg geschlichen, war über die Mauer geklettert und an den schlafenden Wächtern vorbeigeschlüpft. Dann war er die lange Wendeltreppe zum Hauptkorridor des Burgfrieds hinuntergestiegen. Das Schlafzimmer des Herzogs wurde von einer einzigen Laterne erhellt, der Herzog selbst schlief in einem großen Himmelbett. Dace zog behutsam das seidene Laken zurück, sodass die fette Brust des Herzogs freilag. Ohne einen Augenblick zu zögern, stieß er dem Mann das kleine Messer tief ins Herz. Der Herzog fuhr hoch, sein Unterkiefer fiel herab, dann sackte er wieder zurück.

»Gatien war unser Freund«, sagte Dace. »Schmor in der Hölle, du elender Bastard!«

Der alte Herzog war ohne einen weiteren Laut gestorben, aber seine Gedärme hatten sich entleert, den Raum mit Gestank erfüllt. Dace hatte still dagesessen und den Toten angestarrt. Er hatte Tarantio nach vorn geholt, um den Anblick mit ihm zu teilen. Tarantio hatte sich an das Gesicht seines Vaters erinnert, aufgequollen und verschwollen, wie die Zunge aus dem Mund hing, das Seil eng um seinen Hals. Der Tod war immer hässlich, aber dieses Mal besaß er eine Süße, die Tarantio schmecken konnte.

»Nie wieder«, flüsterte Tarantio. »Ich werde nie wieder töten.«

»Das brauchst du auch nicht«, erklärte Dace. *»Das übernehme ich für dich. Mir hat es Spaß gemacht.«*

Mit einer Willensanstrengung übernahm Tarantio die Kontrolle von Dace. Dann floh er aus der Burg, verwirrt und verunsichert. Er war mit Geschichten über Helden, Ritter und Ritterlichkeit aufgewachsen. Kein Held würde sich so fühlen wie er jetzt. Der jubelnde, ekstatische Freudenausbruch, den Dace empfunden hatte, erfüllte den Fünfzehnjährigen mit Abscheu. Und doch hatte auch er diese Freude gekostet.

Jetzt am See, mit solchen ernsten Gedanken, fand Tarantio keinen Schlaf, und als er ihn endlich übermannte, träumte er wieder von dem alten Mann. »Die Wahrheit schmerzt, Chio«, sagte er. »Die Wahrheit ist ein strahlendes Licht, und es tut so weh.«

In der Nacht regnete es, sein Feuer ging aus, und er erwachte kalt und frierend. Er stand auf, rutschte aus und fiel kopfüber in den Schlamm. Daces Lachen hallte in seinem Geist. *»Ah, ein Leben im Einklang mit der Natur«,* spöttelte Dace. Tarantio fluchte. *»Na, na«,* sagte Dace. *»Du solltest nie deinen Humor verlieren.«*

»Du magst Humor?«, fragte Tarantio. *»Dann lach mal hierdrüber!«*

Er schloss die Augen, öffnete die inneren Pfade und fiel in sich selbst zurück. Dace versuchte ihn aufzuhalten, aber es kam so schnell und unerwartet, dass Dace sich in der Kontrolle des nassen, zitternden Körpers wieder fand, ehe er etwas dagegen unternehmen konnte.

»Du Hurensohn!«, stieß Dace hervor dem das Wasser übers Gesicht rann.

»Jetzt versuch du mal, eins mit der Natur zu sein«, sagte Tarantio glücklich, warm und geborgen in den Hallen seines Geistes. Dace versuchte dasselbe Manöver, um Tarantio aus seinem Zufluchtsort zu zerren, aber es klappte nicht. Wütend sah Dace sich um, dann suchte er Schutz im Stamm einer ausladenden Eiche. Der riesige Baum war irgendwann einmal vom Blitz getroffen worden, der den Stamm gespalten hatte, aber erstaunlicherweise hatte er überlebt. Dace kletterte hinein. Drinnen war nicht viel Platz für einen ausgewachsenen Mann, aber er nahm seinen Schwertgürtel ab, verkeilte ihn an der dunklen Borke und sah dem strömenden Regen zu.

»Du hast ja gewonnen, Chio«, sagte Dace. *»Jetzt lass' mich wieder rein. Mir ist kalt und langweilig.«*

»Mir gefällt es hier.«

Draußen über dem See ging der Regen nieder, und in der Ferne grollte Donner. Dace fluchte. Wenn der Blitz noch einmal in den Baum einschlug, würde er lebendig gebraten.

Wieder fluchte er. Dann grinste er. Das ganze Leben ist

ein Risiko, entschied er. Und im Augenblick war er wenigstens aus dem Regen und dem Wind heraus.

»Also gut, du kannst zurückkommen«, sagte Tarantio, dem es nicht gelang, seine Furcht zu verbergen.

»Nein, nein. Ich gewöhne mich gerade daran«, erwiderte Dace.

In der Nähe zuckte ein Blitz und erleuchtete den See und die Insel in seiner Mitte. Dace bleckte die Zähne in einem wölfischen Grinsen. »Komm schon!«, schrie er. »Triff mich, wenn du es wagst!«

»Willst du, dass wir sterben?«, fragte Tarantio.

»Es ist mir ziemlich egal«, antwortete Dace. *»Deswegen bin ich vielleicht der Beste.«*

Das Gewitter zog so plötzlich davon, wie es gekommen war, und der Mond hob sich hell vor dem klaren Himmel ab. »Dann komm, Bruder«, sagte Dace. »Komm wieder hinaus in die Welt des Schlamms und der Mittelmäßigkeit. Ich hatte meinen Spaß.«

Tarantio übernahm die Kontrolle und schob sich aus dem Baum, dann drehte er sich um, um trockene Rindenstücke und totes Holz aus dem Stamm zu klauben. Damit machte er ein neues Feuer.

»Wir könnten jetzt in einem Palast leben«, erinnerte Dace ihn. *»In diesem großen weichen Bett mit den Seidenlaken könnten wir liegen, in dem Raum mit den versilberten Spiegeln.«*

»Du hättest sie getötet, Dace. Streite es nicht ab. Ich konnte den Wunsch in dir spüren.«

Der Herzog von Corduin hatte eine berühmte Kurtisane zu ihm geschickt: die Dame Miriac. Miriac mit dem goldenen Haar. Ihre Fähigkeiten waren berauschend. Selbst ohne die Spiegel wäre die Nacht das erinnerungswürdigste Ereignis in seinem jungen Leben gewesen, aber mit ihnen hatte Tarantio sich selbst beim Liebesspiel gesehen, aus jedem denkbaren Blickwinkel, und hatte so Erinnerungen, die er bis zu seinem letzten Atemzug nicht vergessen würde. Er seufzte.

Aber auf der Höhe seiner Leidenschaft hatte er Daces Ärger und Eifersucht gespürt. Die rohe Kraft der Gefühle hatte ihm Angst eingejagt.

Und Tarantio war aus den Armen Miriacs geflohen und hatte dem Versprechen von Reichtümern seinen Rücken zugewandt.

»Ich wäre ein großer Champion geworden«, sagte Dace. *»Wir hätten reich werden können.«*

»Warum wolltest du sie töten?«

»Sie war schlecht für uns. Du warst dabei, dich in sie zu verlieben, und sie sich in dich. Die Kurtisane konnte dem jungen, jungfräulichen Knaben mit dem tödlichen Schwert nicht widerstehen. Sie hat dein Gesicht gestreichelt, als du weintest. Wie rührend! Wie ekelhaft! Gehen wir deshalb nach Corduin? Um die Hure zu sehen?«

Tarantio seufzte. *»Du existierst nicht wirklich, Dace. Ich bin verrückt. Eines Tages wird es jemand merken. Dann werde ich entweder eingesperrt oder aufgehängt.«*

»Ich existiere«, sagte Dace. *»Ich bin hier. Ich werde immer hier sein. Sigellus wusste das. Er hat oft mit mir gesprochen. Er mochte mich.«*

Mit dem Morgengrauen meldete sich der bohrende Hunger wieder. Tarantio verbrachte eine Stunde mit dem Versuch, noch eine Forelle zu fangen, aber er hatte kein Glück. Er erwischte ein zweipfündiges Weibchen, doch es zappelte so in seiner Hand, dass es schließlich mit einem eleganten Purzelbaum durch die Luft schoss und wieder in die Tiefen zurückkehrte. Er trocknete sich ab, zog sich an und wanderte in höheres Gelände.

Dort war die Luft dünner, der Wind kälter. Der Herbst näherte sich rasch, und in ein paar kurzen Wochen würde der Schnee kommen. Langsam und behutsam kletterte Tarantio einen steilen Hang hinauf und bewegte sich achtsam zwischen riesigen Felsbrocken, mit denen der Berg übersät war. Er überlegte müßig, wie diese Felsbrocken wohl hergekommen waren, da sie nicht aus dem gleichen Gestein bestanden wie die Berge. Viele von ihnen hatten tiefe Furchen an der Unterseite, als wären sie wahllos von einem Steinmetz gemeißelt.

»Vulkanausbrüche«, sagte Dace, *»in ferner Vergangenheit. Gatien hat oft davon erzählt, aber du hast dich nicht besonders für Geologie interessiert.«*

»Ich weiß noch, dass du gerne Geschichten über Erdbeben und Vulkane gehört hast. Tod und Zerstörung haben dich schon immer fasziniert, Dace.«

»Der Tod ist das einzig Absolute, die einzige Gewissheit.«

Endlich, als die Sonne im Westen allmählich versank, erreichte Tarantio ebenes Gelände und ruhte sich aus. Ein paar Kaninchen huschten aus einem grasbewachsenen Hügel, und er tötete eins mit seinem Wurfmesser. Auf einem flachen Stein häutete er das Tier, dann nahm er es aus, wobei er Herz und Nieren beiseite legte. In der Nähe war ein kleiner Bach, und an seinem Ufer fand er ein paar Nesseln und dahinter etwas Lauch. Weiteres Suchen brachte ihm den zusätzlichen Schatz von ein paar wilden Zwiebeln ein. Er kehrte zu seinem Lagerplatz zurück und richtete ein Feuer. Sobald es brannte, zog er sein Messer und schnitt zwei große viereckige Stücke aus der Borke einer Silberbirke. Mit einem gegabelten Stock hielt er ein Stück über das Feuer, um es zu erwärmen, damit es sich leichter biegen ließ. Das Ganze wiederholte er mit dem zweiten Stück, wurde aber ungeduldig, und die Borke splitterte. Tarantio schimpfte über sich selbst. Sorgfältig wählte und schnitt er ein weiteres Stück.

Am Bach füllte er die erste Schale mit Wasser, ging damit zum Feuer, baute ein zweites und legte beständig trockenes Holz nach. Als die Kohlen fertig waren, stellte er die Schale ins Feuer und fügte eine Hand voll Nesseln, gehackten Schnittlauch und ein paar Zwiebeln hinzu. Auf dem ersten Feuer röstete er das Kaninchen am Spieß. Das Fleisch war zart und fett, und er aß die Hälfte davon sofort auf, den Rest zerkleinerte er und warf ihn in die köchelnde Brühe.

In dieser Höhe verkochte das Wasser rasch, und Tarantio musste dreimal neues Wasser vom Bach für seine Suppe holen. Borkenschalen verbrannten nicht, solange die Flammen nicht über die Wasserlinie reichten.

Im Söldnerlager hatte er mehrere gute Kupfertöpfe und verschiedene Gerätschaften zurückgelassen, die er über die Jahre erworben hatte. Aber als Karis' Lanzenträger zugeschlagen hatten, war keine Zeit mehr gewesen, an seine Habseligkeiten zu denken.

Tarantio legte sich zurück und blickte zum Himmel empor. Es war heute schwer, an eine Zeit zu denken, in der es keinen Krieg gegeben hatte. Fast ein Drittel seines Lebens hatte er damit verbracht, von einem Kampfplatz zum anderen zu wandern, während Dace und andere kämpften, um eine Stadt zu halten – oder einzunehmen –, wenn sie eine feindliche Linie angriffen oder einem Angriff Widerstand leisteten.

Hier oben in den Bergen schienen solche kleinlichen Streitereien weit weg. Aber das galt ebenso für den Charme schöner Frauen wie der Dame Miriac. Dace hatte

Recht. Er hatte sich in sie verliebt und dachte oft an sie, an ihre seidenweiche Haut und ihren süßen Atem. Es spielte keine Rolle, dass sie eine Kurtisane war, eine Hure für die Edelleute. Er spürte, dass er etwas dahinter gesehen hatte, etwas, das tiefer ging und dauerhafter war.

»Du bist ein solcher Romantiker, Bruder. Beim ersten Glitzern von Gold wirft sie sich auf den Rücken und macht die Beine breit. Ob es nun dein Gold ist oder das eines anderen. Das bedeutet ihr nichts.«

»Du sagtest doch, sie wäre dabei gewesen, sich in mich zu verlieben«, erinnerte Tarantio ihn.

»Verliebt in die Jungfrau, sagte ich. Das hat sie angerührt. Nach einer Weile wäre sie dich über gewesen.«

»Aber das werden wir nie wissen, oder?«

Als die Dämmerung einbrach, aß Tarantio den Eintopf. Er war bitter und gut, doch die Erinnerung an seine letzte salzhaltige Mahlzeit bei den Söldnern schmälerte das Vergnügen. Dace schwieg, wofür Tarantio dankbar war. Er konnte seine Gegenwart noch immer spüren, doch die Stille war ihm willkommen.

Am nächsten Morgen setzte er seinen Weg fort durch schmale, mit Erlen, Birken und Kiefern bewachsene Täler. Das Wetter war aufgeklart, und die Sonne schien, der Schnee auf den fernen Gipfeln glänzte wie weiße Flammen.

Beim Wandern waren seine Gedanken frei von Kampf und Krieg, und er dachte an milde Tage mit Gatien, wie sie uralte Texte erforschten und versuchten, einen Sinn in der gequälten Geschichte dieses fruchtbaren Kontinents zu erkennen. Sollten diese Kriege jemals enden, werde ich ein Gelehrter, entschied Tarantio.

Er hatte den Gedanken noch nicht zu Ende gedacht, als er schon Daces spöttisches Gelächter hörte.

Kapitel zwei

Vierhundertfünfzig Kilometer weiter im Nordosten, inmitten einer neuen Wüste aus kahlen Felsen, kletterte ein schlanker, blonder Mann zur Spitze des Berges, der einmal der Berg Capritas gewesen war. Sein grüner Umhang war zerrissen und fadenscheinig, die Sohlen seiner Schuhe dünn wie Papier. Duvodas der Harfenspieler stand auf dem Gipfel und kämpfte darum, eine steigende Flut von Einsamkeit und Verzweiflung zu unterdrücken. Sein freundliches Gesicht und die sanften, graugrünen Augen spiegelten den Kummer, den er empfand. In dem Land steckte keinerlei Magie mehr. Schwarze und graue Berge, bar jeder Erdkrume, erhoben sich aus der Ebene wie verfaulte Zähne, und Duvodas kam es vor, als säße er im Maul des Todes. Wo einst gestaltete Schönheit gewesen war, inmitten von Wäldern, Bächen und fruchtbaren Tälern, war jetzt nichts mehr geblieben. Dem Land war das Fleisch bis auf die Knochen entrissen worden, zerfetzt von einer Hand, mächtiger als die Ewigkeit. Die vier Städte der Eldarin waren verschwunden, und selbst der flüsternde Wind, der über die trockenen Felsen dahinfuhr, konnte keine Erinnerung an ihre Existenz mehr finden. Keine Spur. Keine zerbrochene Tasse, keinen Grabstein, kein Kinderspielzeug.

Seine graugrünen Augen musterten die zerklüfteten

Gipfel, und sein Blick blieb an den Zwillingen hängen, zwei Felsensäulen, die seit Jahrhunderten eine elegante Kulisse für die Stadt Eldarisa gebildet hatten. Wenn sie die Schwelle zum Erwachsensein erreicht hatten, kletterten die Kinder der Eldarin auf Bizha, den linken Gipfel, dann sprangen sie die zweieinhalb Meter bis zu der unebenen Kuppe des benachbarten Puzhac. Die Säulen hatten den Verzauberten Park geziert, in dem viele herrliche Blumen wuchsen. Jetzt war alles nur noch totes Gestein. Nicht ein einziger Grashalm wuchs mehr hier, und selbst seine Erinnerungen konnten an diesem öden Ort nicht blühen. Duvodas stand auf und wickelte seine kleine Harfe aus.

Es schien fast Blasphemie, in einer so kalten und leeren Gegend an Musik zu denken, aber Musik war alles, was er hatte, und seine schlanken Finger tanzten über die Saiten und sandten einen Reigen melancholischer Noten aus, die von den Felsen widerhallten. Er schloss die Augen und sang das Lied von Elyda und ihrer Liebe zum Waldkönig. Seine Stimme brach fast, als er zum Abschiedsgesang kam, wo Elyda am dunklen Fluss stand und zusah, wie der Leichnam ihres Liebsten auf der schwarzen Barke der Nacht in die Ewigkeit davongetragen wurde.

Die Musik verstummte, und Duvodas packte die Harfe wieder ein und schwang sie sich über die Schulter.

Er verließ den Berghang, schlug den Pfad ein, der einst die Waldstraße gewesen war, und wanderte rasch auf die fernen Ebenen zu. Er war diesen Weg schon vor acht Jahren gewandert, unter überhängenden Zweigen hindurch, vor sich Sonnenflecken auf dem Pfad, die Luft erfüllt von der endlosen Melodie von Bach und Fluss. Vogelgezwitscher hatte die Luft erfüllt, lieblich und flötend, und der Duft des Waldes hatte ihn berauscht. Jetzt wirbelte trockener Staub um seine Füße, und kein Laut störte die Grabesstille.

Er wanderte den größten Teil des Tages über und hielt sich nach Nordosten. Gegen Abend konnte er die lange schwarze Linie aus Erde sehen, wie ein drei Meter hoher Deich, der gegen eine drohende Flut aufgeworfen wurde. Er erstreckte sich kilometerlang quer vor ihm. Als die Nacht hereinbrach, erreichte er den Damm und kletterte die aufgeschütteten Seiten hinauf. Auf der Kuppe machte er Rast. Dies war einst die nördlichste Grenze des Landes der Eldarin gewesen. Eingehüllt in Nebel, geschützt von Magie, war es diese Stelle gewesen, an der Duvodas in jener längst vergangenen Herbstnacht die Grenze überschritten hatte. Es wuchsen noch immer Eichen hier, aber es war kein Wald mehr. Viele Bäume waren an Wassermangel eingegangen.

Er hatte erwartet, dass er sich wohler fühlen würde, wenn er erst wieder Erde unter den Füßen hatte, aber dem war nicht so. Der Duft von Gras, nass nach dem kürzlichen Regen, bildete einen bitteren Kontrast zu der Öde, die er hinter sich gelassen hatte.

Duvodas trottete weiter durch die Bäume. Vor acht Jahren war er zu einem Dorf gekommen, einer wohlhabenden Bauerngemeinde am Ufer des Cruin-Flusses. Im Gegensatz zu den bepelzten Eldarin, die ihn aufgezogen hatten, konnte Duvodas sich als Mensch ohne Angst unter den Menschenvölkern bewegen. Doch trotzdem, ohne Geld hatte man ihn nicht willkommen geheißen oder ihm auch nur einen Platz für die Nacht angeboten. Nicht einmal eine Schale Suppe. Die Dorfbewohner hatten ihn misstrauisch angesehen, und als er sich erbot, für sein Abendessen zu singen, hatten sie ihm erklärt, sie hätten keinen Bedarf an Musik.

Müde und hungrig war Duvodas weitergezogen.

Jetzt stand er wieder am Rand des Dorfes. Die Häuser

waren verlassen, das mehr als zehn Meter breite Flussbett trocken und aufgesprungen.

Die schreckliche Kraft, die den Erdboden in den Bergen weggerissen hatte, hatte auch den Fluss ausgetrocknet. Ohne Wasser war das Ackerland seiner Nahrung beraubt. Im Mondlicht konnte Duvodas sehen, dass die Dorfbewohner vergebens versucht hatten Brunnen zu graben, um ihre Äcker zu bewässern.

Er suchte für die Nacht Schutz in einer leeren Scheune, dann zog er beim ersten Tageslicht weiter in höher gelegenes Land, in Erinnerung an die Freundlichkeit des Jägers und seiner Familie, deren lang gestreckte Hütte in einem Tal stand, das nicht weit vom Waldrand der Berge entfernt war. Acht Jahre zuvor war er hier angekommen, nass und elend, verzweifelt vor Hunger und Erschöpfung. Als ein riesiger Hund sich auf ihn stürzte, mit gebleckten Zähnen, hatte Duvodas keine Zeit zu reagieren. In einer Sekunde war er noch auf den Beinen, in der nächsten hatte der Hund einen Satz gemacht, war ihm an die Brust gesprungen und hatte ihn zu Boden geworfen. Die Luft entwich aus seinen Lungen, und er lag keuchend unter dem Gewicht des Mastiffs und hörte sein tiefes, grollendes Knurren. Eine Männerstimme erklang. Widerwillig zog sich der Hund zurück.

»Du musst fremd hier in der Gegend sein, mein Freund«, sagte die Stimme. Ein kräftiger Mann packte seinen Arm und zog ihn hoch. Im Mondschein glitzerte das Haar des Jägers wie von Stahl durchwirkt, und seine hellen grauen Augen schienen silbern.

»Das bin ich allerdings«, erwiderte Duvodas. »Ich bin ein Sänger. Ich singe gern ein Lied oder erzähle eine Geschichte für …«

»Du brauchst nicht zu singen«, sagte der Mann.

»Komm, wir haben etwas zu essen und eine warme Hütte.«

Die Erinnerung hob seine Stimmung, und er ging weiter, bis er schließlich kurz nach Mittag die Hütte erreichte. Sie war so, wie er sie in Erinnerung hatte, lang gestreckt und niedrig unter einem Dach aus Grassoden, wenn auch der zweite Teil, der für die Kinder angebaut worden war, inzwischen schon Wind und Wetter getrotzt hatte und sich nicht mehr von dem alten Teil abhob. Die Tür stand offen.

Duvodas ging durch den Gemüsegarten und trat ein. Drinnen war es dunkel, doch er hörte ein Stöhnen und sah den Jäger nackt auf dem Boden neben der Feuerstelle liegen. Duvodas ging zu ihm und kniete neben ihm nieder. Die Haut des Mannes war heiß und trocken, und schwarze Pestbeulen hatten sich auf Hals, Achseln und Lenden gebildet. Eine war aufgeplatzt, und die Haut war voll Blut und Eiter. Duvodas ging ins erste der hinteren Zimmer. Die Frau des Jägers lag bewusstlos im Bett, ihr Gesicht war ausgemergelt, und auch sie hatte die Pest. Duvodas öffnete die Tür zum Anbau. Als er das letzte Mal hier gewesen war, hatte das Paar nur ein Kind gehabt, einen neunjährigen Jungen. Jetzt befanden sich drei Kinder im Raum, zwei kleine Mädchen und ein männliches Baby, alle in einem Bett. Der Junge war tot, die beiden Mädchen nicht mehr weit davon entfernt. Duvodas zog die Decke zurück, unter der sie lagen.

Dann packte er seine Harfe aus und kehrte in das große Zimmer zurück. Sein Mund war ausgetrocknet, sein Herz schlug schnell. Er zog einen Stuhl heran und setzte sich mitten ins Zimmer, schloss die Augen und suchte nach dem inneren Frieden, dem alle Magie entströmte. Seine Atmung wurde tiefer. Er hatte viel in seiner Zeit bei den Eldarin gelernt, aber als Mensch war die Heilmagie ihm nie einfach zugefallen. Die Kraft wurde geboren aus Gelassenheit und Harmonie, zwei Dingen, die Menschen nie völlig beherrschten.

»In deinem Blut kreisen lauter Dinge, die zu Gewalttätigkeiten reizen«, hatte Ranaloth einmal gesagt, als sie im Schatten der Großen Bibliothek saßen. »Menschen sind ihrem Wesen nach Jäger und Killer. Sie sind stolz auf körperliche Kraft und Heldentum. Das ist in sich noch nicht böse, verstehst du, aber es bereitet die Seele auf mögliches Böses vor. Der Mensch wird von seiner Mutter ausgestoßen, und sein erster Instinkt ist es, gegen die Verletzung seines Ruheplatzes im Mutterleib zu wüten.«

»Aber wir können lernen, Meister Ranaloth. Ich habe gelernt.«

»Du hast gelernt«, gab der alte Mann zu. »Als Individuum, und zwar als gutes. Ich sehe allerdings nicht viel Hoffnung für deine Rasse.«

»Die Eldarin waren einst auch Jäger und Killer«, wandte Duvodas ein.

»Das stimmt nicht ganz, Duvo. Wir hatten – und haben noch – eine gewisse Fähigkeit zur Gewalt, um unser Leben zu verteidigen. Aber wir verspüren keine Lust darauf. In den Anfängen unserer Zeit, so sagen unsere Wissenschaftler, jagten wir in Rudeln. Wir töteten unsere Beute und aßen sie. Aber zu keiner Zeit haben wir willkürlich gemordet, wie die Menschen es tun.«

»Wenn ihr so wenig von den Menschen haltet, wie kommt es dann, dass die Eldarin die Flüsse mit Magie erfüllen, um die Menschen vor Krankheiten zu bewahren?«

»Wir tun es, weil wir das Leben lieben, Duvo.«

»Und warum erzählt ihr den Menschen nicht von dem

verzauberten Wasser? Würden sie dann nicht aufhören, euch zu hassen?«

»Nein, das würden sie nicht. Sie würden uns nicht glauben und uns nur noch mehr hassen. Und jetzt versuch noch einmal die Reinheit der Luftmagie zu erreichen.«

Duvodas riss seine Gedanken von der Wärme dieser Erinnerungen los und blickte auf den Jäger hinunter. Ohne die heilenden Wasser hatten sich Pest und andere Krankheiten im Land ausgebreitet. Er nahm die Harfe, seine Finger berührten die Saiten, und eine Reihe leichter, plätschernder Töne erklang. Der Duft von voll erblühten Rosen erfüllte den Raum, reich und berauschend. Duvodas spielte weiter, die Musik schwoll an. Goldenes Licht strahlte von seiner Harfe aus, überzog die Wände, floss durch die Türen und sandte tanzende Schatten an die niedrige Decke. Staubflocken glänzten in der Luft wie winzige Diamanten, und die Luft in der Hütte – noch wenige Augenblicke zuvor vom stechenden Geruch der Krankheit erfüllt – wurde frisch, sauber und klar wie eine Frühlingsbrise.

Ein Krug mit geronnener Milch stand auf dem Tisch neben ihm. Er veränderte sich von Augenblick zu Augenblick. Zuerst verschwand der Schimmelbelag auf dem Rand, dann veränderte sich die Struktur des halbflüssigen Inhalts, verflüssigte sich wieder, die Klumpen verschwanden und zerschmolzen wieder zu der sahnigen Fülle frischer Milch.

Die Musik ging weiter, die Stimmung wechselte von beschwingt und hell zu den kräftigen Rhythmen und den fließenden Akkorden des Tanzes.

Der Jäger stöhnte leise. Die schwarzen Pusteln wurden kleiner. Schweiß trat auf die Stirn des Sängers, als er sich vom Stuhl erhob. Noch immer Harfe spielend ging er in das Hinterzimmer. Die Musik floss über die sterbende Frau, hielt sie, durchtränkte ihre Seele. Duvodas spürte, wie eine schreckliche Erschöpfung sich auf ihn legte wie eine Riesenlast, doch seine Finger tanzten weiter über die Saiten ohne innezuhalten. Er ging weiter zu dem zweiten Schlafzimmer. Das goldene Licht seiner Harfe fiel auf das Bett und die Gesichter der beiden Mädchen. Das ältere war höchstens fünf.

Fast am Ende seiner Kraft veränderte Duvodas noch einmal Stil und Rhythmus, die Noten wurden weniger kompliziert und komplex, sondern ein schlichtes Wiegenlied, leise und beruhigend. Er spielte noch ein paar Minuten weiter, dann verkrampfte sich seine rechte Hand. Die Musik erstarb, das goldene Licht verblasste.

Duvodas öffnete das Fenster weit und holte tief Luft. Dann ging er zum Bett und setzte sich. Die beiden älteren Kinder schliefen friedlich. Er legte seine Hand auf den Kopf des toten Kleinkindes und strich ihm eine goldene Haarsträhne aus der kalten Stirn.

»Ich wünschte, ich wäre eher hier gewesen, Kleiner«, sagte er.

Er fand eine alte Decke und wickelte den Jungen hinein, dann band er die Decke mit zwei Stricken zusammen.

Er trug den Toten nach draußen und legte ihn sanft auf die Erde neben zwei frische Gräber, die ein Stück von der Hütte entfernt lagen. An einem Baum lehnte eine Schaufel. Duvodas hob ein flaches Grab aus und legte den Kleinen hinein.

Als er seine Arbeit fast beendet hatte, hörte er eine Bewegung hinter sich.

»Wie kommt es, dass wir am Leben sind?«, fragte der Jäger.

»Das Fieber ist wohl vergangen, mein Freund«, antwortete Duvodas. »Es tut mir Leid um deinen Sohn. Ich hätte tiefer graben müssen, aber mir fehlt die Kraft.«

Das starke Gesicht des Mannes verzog sich, Tränen stiegen ihm in die Augen, aber er blinzelte sie zurück. »Die Eldarin haben uns das angetan«, sagte er und die Worte schienen ihn zu ersticken. »Sie haben die Pest geschickt. Sollen sie alle in der Hölle schmoren! Ich verfluche sie alle! Ich wünschte, sie hätten nur einen einzigen Hals, ich würde ihn mit bloßen Händen zerquetschen.«

Die Faust traf den alten Mann voll ins Gesicht und schickte ihn der Länge nach zu Boden. Grelle Lichter tanzten vor seinen Augen, und benommen versuchte Browyn aufzustehen. Schwindel überfiel ihn, und er fiel zurück auf den weichen Erdboden. Durch ein lautes Summen in seinen Ohren hindurch hörte er, wie in seiner Hütte Geschirr zerschlagen wurde, dann packte ihn eine eiserne Hand an der Kehle. »Du wirst es uns sagen, du alter Mistkerl, oder ich schwöre, ich steche dir die Augen aus!«

»Vielleicht war es ja nur gelogen«, sagte eine andere Stimme. »Vielleicht gab es da nie Gold.«

»Es gab Gold«, grunzte der erste Mann. »Ich *weiß* es. Er hat Simian damit bezahlt. Mit kleinen Nuggets. Simian würde mich nicht anlügen. So dumm ist er nicht.«

Browyn wurde auf die Knie gezerrt. »Kannst du mich hören, du alter Idiot? Ja?«

Der alte Mann versuchte, seinen Blick auf das flache, brutale Gesicht zu richten, das nur wenige Zentimeter von seinem eigenen entfernt war. Sein Leben lang hatte er eine große Gabe besessen: Er konnte die Seelen von Menschen sehen. In diesem Augenblick des Schreckens war diese Gabe wie ein Fluch, denn er sah in das Gesicht seines Peinigers und fand dort nur Dunkelheit und Bosheit. Das Abbild der Seele des Mannes war schuppig und narbig, die Augen rot wie Blut, der Mund dünn, und eine spitze blaue Zunge leckte über graue Lippen. Browyn wusste in diesem Augenblick, dass sein Leben vorüber war. Nichts würde diesen Mann davon abhalten, ihn zu töten. Er konnte in den blutroten Augen der nackten Seele die Freude am Quälen sehen.

»Ich kann dich hören«, sagte er und schmeckte Blut auf den Lippen.

»Also, wo ist es?«

Er hatte ihnen bereits von dem einzigen Goldkörnchen erzählt, das er im Bach hinter der Hütte gefunden hatte. Damit hatte er Simian für die letzten Wintervorräte bezahlt. Aber er hatte nie mehr gefunden, trotz langer Tage des Suchens. Der Klumpen musste von weiter oben in den Bergen heruntergewaschen worden sein und hatte sich in einer Krümmung des Baches verklemmt.

Der dritte Mann trat aus der Hütte. »Hier ist nichts, Brys«, sagte er. »Er hat fast nichts mehr zu essen. Vielleicht sagt er die Wahrheit.«

»Das werden wir schon sehen«, sagte Brys, zog einen Dolch und berührte damit die Haut unter Browyns Auge. Die Spitze war nadelscharf, und der alte Mann spürte, wie Blut über seine Wange rann. »Welches Auge möchtest du zuerst verlieren, du Abschaum?«, zischte er.

»Brys!«, rief der dritte Mann. »Da kommt jemand!«

Der Söldner ließ Browyns Kehle los, und der alte Mann sank dankbar aus seinem Griff. Blinzelnd versuchte er den Neuankömmling zu erkennen. Es war ein schlanker junger Mann mit dunklem, kurz geschnittenem Haar. Über der Schulter trug er einen schweren Wollumhang in

Gewittergrau, um die Taille lag ein Schwertgürtel, von dem zwei Kurzschwerter hingen. Browyn sah auch den Griff eines Wurfmessers im Schaft des kniehohen Stiefels. Als der Krieger näher kam, rieb sich Browyn den Schweiß aus den Augen ... die Schläge, die er hatte einstecken müssen, schienen ihm die Sinne verwirrt zu haben. Der Neuankömmling hatte nicht eine Seele – sondern zwei. Die erste war fast ein Spiegelbild des Mannes selbst, gut aussehender dunkler Typus, aus dem Gesicht strahlte goldenes Licht. Doch die zweite ... Browyns Herz sank. Die zweite Seele hatte ein leichengraues Gesicht und einen Schopf weißer Haare wie eine Löwenmähne. Die Augen waren gelb und geschlitzt wie die einer Raubkatze.

»Guten Morgen«, sagte der Neuankömmling und legte seinen Mantel über einen Baumstumpf. Er ging an den drei Söldnern vorbei und half Browyn auf die Füße. »Ist das deine Hütte?« Browyn nickte dumpf. »Hättest du etwas dagegen, wenn ich mich hier ein Weilchen ausruhte? Es ist ein langer Marsch vom Tiefland bis hierher, und ich wäre dir für deine Gastfreundschaft dankbar.«

»Für wen hältst du dich eigentlich?«, rief Brys und stürmte vorwärts. Der Neue lehnte sich nach links, sein rechter Fuß traf den Bauch des Söldners und riss ihn von den Füßen. Brys sackte zu Boden und heulte vor Schmerz. Er ließ seinen Dolch fallen, japste nach Luft und stöhnte weiter.

»Ihr beide werdet euren Freund wohl zu seinem Pferd tragen müssen«, sagte der junge Mann liebenswürdig.

»Bringt ihn um!«, grunzte Brys. »Bringt den Bastard um.« Die beiden anderen rührten sich nicht und sagten kein Wort.

Der Neue kniete neben Brys nieder. »Ich glaube, deine

Freunde sind klüger als du«, sagte er, hob dessen Dolch auf und steckte ihn wieder in die Scheide des Söldners. Dann stand er auf und wandte sich wieder an den alten Mann. »Hast du etwas Salz?«, fragte er.

Browyn nickte, und der junge Mann lächelte. »Du hast ja keine Ahnung, was das für eine Erleichterung ist.«

»Was zur Hölle ist los mit euch beiden?«, rief Brys und kam mühsam auf die Knie.

»Das ist Tarantio«, erwiderte einer von ihnen. »Ich habe ihn bei diesem Duell in Corduin kämpfen sehen. Ich habe doch Recht, oder?«, sagte er und sah den Neuankömmling an.

»Allerdings.«

»Hier gibt es kein Gold«, sagte der Söldner. »Sonst hätten wir es gefunden.«

Tarantio zuckte die Achseln. »Wie du meinst.«

»Wirst du uns töten?«

»Nein, ich bin nicht in der Stimmung dazu.«

»Aber ich, du Dreck fressender Bastard!«, brüllte Brys und zog sein Schwert.

»Brys! Nicht!«, riefen seine Kameraden. Doch er achtete nicht auf sie.

»Am besten lässt du mich mit ihm fertig werden«, sagte Dace.

»Nein«, antwortete Tarantio. *»Sigellus hat uns beide ausgebildet, und ich habe keine Angst.«*

»Versuch nicht, ihn zu entwaffnen«, warnte Dace. *»Töte den Hurensohn einfach.«*

Der Söldner griff an, sein Schwert zielte auf Tarantios Kopf. Die beiden Kurzschwerter zuckten hoch, um den Hieb abzuwehren, doch Brys war darauf vorbereitet und wirbelte nach links und rammte Tarantio seinen Ellbogen gegen die Wange. Tarantio taumelte zurück, sein Blick verschwamm. Brys zielte auf Tarantios Kopf. Als er ausholte, ließ sich Tarantio auf ein Knie fallen, dann schoss er hoch und stieß mit der linken Klinge zu. Brys versuchte verzweifelt abzuwehren, doch die Waffe ritzte seine Schulter und die Haut seiner Brust. Brys wich zurück. Er grinste. »Du bist gut, Tarantio«, sagte er. »Aber so gut nun auch wieder nicht. Ich bin besser.«

»Er hat Recht, weißt du«, sagte Dace. *»Er wird dich auslaugen und dann töten. Überlass ihn mir.«*

Brys griff plötzlich mit erhobenem Schwert an. Als Tarantio abwehren wollte, zischte Dace ihm zu: *»Er hat ein Messer in der linken Hand!«* Tarantio sprang zurück – dann warf er sich nach vorn. Die Bewegung überraschte Brys, und ehe er noch reagieren konnte, war Tarantios rechtes Schwert auf seine Hand heruntergesaust. Drei Finger wurden abgehackt, das Messer fiel zu Boden.

»Du Bastard!«, schrie Brys und stürzte sich nach vorn. Ein entsetzlicher Schmerz explodierte im Körper des Söldners … sein Schwert entfiel seiner Hand und er starrte auf die Klinge, die in seinem Bauch steckte. Ein gequälter Schrei entrang sich seinen Lippen, als beißendes Feuer ihn erfüllte. Seine Knie gaben nach, doch das herausragende Schwert hielt ihn aufrecht, die Klinge wurde nur noch tiefer hineingetrieben.

»Lass mich die Freude spüren!«, rief Dace.

»Darin liegt keine Freude«, sagte Tarantio und zog sein Schwert heraus. Brys fiel zur Seite. »Nehmt den Toten mit«, befahl Tarantio den beiden anderen Söldnern. »Aber lasst sein Pferd hier.«

»Wir wollen nicht sterben«, sagte der erste.

»Niemand will sterben«, gab Tarantio zurück.

Zusammen hoben der Mann und sein Kamerad den

Toten auf und legten ihn über den Sattel einer braunen Stute. Dann stiegen sie auf.

Als sie davonritten, wandte sich Tarantio an den alten Mann. »Wie schlimm bist du verletzt?«, fragte er ihn.

»Nicht halb so schlimm, wie es hätte werden können. Ich bin dir dankbar. Was sie sagten, stimmt. Hier gibt es kein Gold.«

»Nein. Aber Salz«, sagte Tarantio müde.

»Du hast Glück gehabt«, flüsterte Dace. *»Wo wärst du jetzt, wenn ich das Messer nicht gesehen hätte?«*

»Tot«, antwortete Tarantio und ging über den Hof zum Pferd des Toten. Der Wallach war knapp über 1,60 Meter hoch und blieb ruhig stehen, als Tarantio ihm mit der Hand über die Flanken fuhr. Das Fell war glatt und schimmerte gesund, die Haut darunter war geschmeidig und stark. Die Vorderpartie war gut, die Spitze der Schultern in einer Linie mit Knie und Huf. Die Hinterpartie wies eine leichte kuhstelzige Haltung auf, was man bei Menschen X-beinig nennen würde. Deswegen konnte sich ein Söldner wahrscheinlich auch ein eigentlich so wertvolles Tier leisten. Kuhstelzige Pferde überanstrengten oft die Sehnen an der Innenseite der Gliedmaßen. Leise auf es einsprechend, ging Tarantio um das Pferd herum, strich ihm über die lange Nase und sah ihm in die glänzenden braunen Augen. Zum Schluss prüfte er die Beine. Sie waren kräftig, ohne Anzeichen von Hitze oder Schwellung, und der Wallach war erst kürzlich neu beschlagen worden. Tarantio stellte sich hinter das Pferd und beobachtete das Auf- und Abschwellen des Brustkorbes, die Atmung war langsam und gleichmäßig. »Schön, schön«, sagte Tarantio und tätschelte dem Tier die Flanken, »er war zwar ein widerlicher Kerl, aber er hat gut für dich gesorgt. Ich werde versuchen, das auch zu tun.«

Browyn kam zu ihm und untersuchte Maul und Nase des Wallachs. »Ich würde sagen, etwa neun Jahre alt«, sagte der alte Mann, »hat noch viel Schnelligkeit und Stärke.«

Tarantio trat einen Schritt zurück und ließ seinen Blick über die Rückenlinie, den lang gestreckten Hals und die Kopfform gleiten. »Ohne die kuhstelzige Haltung würde er etwa vierhundert in Silber bringen. So, wie er ist, nicht einmal fünfzig.«

»Das ist nicht fair«, stimmte Browyn ihm zu. »Es ist ein schönes Tier.«

Browyn entspannte sich. In diesem Moment legte sich eine große Müdigkeit über ihn. Die Nachwirkungen des Überfalls ließen ihn zittern, und Tarantio nahm seinen Arm. »Du musst dich hinsetzen«, sagte der Krieger. »Komm, ich helfe dir hinein.«

Die Hütte war ein einziges Durcheinander, Papiere lagen auf dem Boden verstreut zwischen Scherben und zwei zerbrochenen Regalen. Vor einer großen offenen Feuerstelle stand eine schön geschnitzte Bank, und Tarantio trug den alten Mann halb dorthin. Browyn sank dankbar darauf nieder, und Tarantio holte ihm einen Becher Wasser. Browyn begann zu zittern. Das Feuer war heruntergebrannt, und Tarantio legte Scheite aus dem Stapel neben dem Kamin darauf.

»Das Alter macht aus uns allen Narren«, sagte Browyn unglücklich. »Früher hätte ich mir gute Chancen ausgerechnet, es mit allen dreien aufnehmen zu können.«

»Stimmt das?«, fragte Tarantio.

»Natürlich nicht«, sagte Browyn mit einem Lächeln. »Aber solche Bemerkungen erwartet man von alten Leuten. Die Wahrheit – wenn es sie überhaupt gibt – ist, dass ich ein Brückenbauer war ohne jeden Hang zur Gewalt. Und ich muss zugeben, dass das eine Eigenschaft ist, die ich auch nie haben wollte.« Seine scharfen blauen Augen musterten den jungen Mann prüfend. »Ich hoffe, du bist jetzt nicht beleidigt.«

»Warum sollte ich? Ich bin ganz deiner Meinung. Bleib ein Weilchen hier sitzen. Ich räume auf.«

Browyn lagerte seinen zerschundenen Körper auf die Bank und starrte ins Feuer. Der Schlaf kam rasch, und er träumte von seiner Jugend und dem Rennen, das er gegen die drei großen Champions gelaufen war. Acht lange Kilometer. Er war Neunter geworden, aber die Erinnerung daran, Seite an Seite mit solchen Athleten gelaufen zu sein, blieb ihm wie ein wärmendes Feuer in den Hallen seines Gedächtnisses.

Als er aufwachte, waren die Läden an den kleinen Fenstern auf beiden Seiten der Haustür geschlossen. Seine beiden Laternen, die in ihren eisernen Ringen an der Westwand hingen, waren angezündet, und die Hütte war erfüllt von dem Duft von bratendem Fleisch und würzigen Kräutern. Browyn reckte sich und setzte sich, stöhnte jedoch auf, als der Schmerz in seinen Prellungen aufflammte.

»Wie fühlst du dich?«, fragte der junge Mann. Browyn blinzelte und sah sich um. Die Hütte war jetzt ordentlich aufgeräumt, nur die zerbrochenen Regale zeugten noch von der Barbarei des Tages. Nervös öffnete er die Pfade zu seiner Gabe und suchte das Abbild der Seele des jungen Mannes. Mit Erleichterung sah er, dass es nur eine gab. Die Schläge, die die Räuber ihm verpassten, hatten ihn wohl verwirrt, dachte er. Tarantios Seele war hell und so unbefleckt von Bösem, wie es ein menschlicher Geist nur sein konnte. Was, wie Browyn traurig erkannte, lediglich bedeutete, dass die Dunkelheit deutlich kleiner war als das Licht.

»Ich heiße Browyn. Und ich fühle mich etwas besser. Willkommen in meinem Heim, Tarantio.«

»Es ist schön, hier zu sein«, antwortete der junge Mann. »Ich habe mir die Freiheit genommen, deine Essensvorräte zu plündern. Ich habe in der Nähe sogar ein paar Zwiebeln gefunden und eine dicke Suppe gekocht.«

»Hast du das Pferd versorgt?«

»Ja«, antwortete Tarantio. »Ich habe es mit etwas Hafer gefüttert und es in der Nähe angepflockt.«

Sie aßen schweigend, dann schlief Browyn wieder etwa eine Stunde lang. Er war verlegen, als er wach wurde. »Alte Männer tun das, weißt du«, sagte er. »Wir machen oft ein Nickerchen.«

»Wie alt bist du?«

»Zweiundachtzig. Scheint kaum möglich, oder? In einer verrückten Welt kann ein Brückenbauer zweiundachtzig werden, während junge Männer in der Blüte ihrer Kraft mit scharfen Schwertern herumrennen und einander in Stücke hauen. Wie alt bist du, Tarantio?«

»Einundzwanzig. Aber manchmal fühle ich mich wie zweiundachtzig.«

»Du bist ein seltsamer junger Mann – wenn du nichts dagegen hast, dass ich das sage?« Tarantio lächelte und schüttelte den Kopf. »Du hast das Schwein sehr gekonnt erledigt, was zeigt, dass du ein Mann bist, der Gewalt gewohnt ist. Und doch hast du meine Hütte auf eine Art gesäubert, die dir Lobesworte von meiner lieben Frau eingetragen hätten – und aus ihrem Mund war das eine Seltenheit, so viel kann ich dir sagen. Du kochst auch besser als sie – was leider weniger selten ist. Diese Männer hatten Angst vor dir. Bist du berühmt?«

»Sie gehörten zu der Sorte Männer, die Angst haben«, sagte Tarantio leise, »und ein Ruf wächst häufig von allein.

Die Tat selbst ist vielleicht nicht mehr als eine Eichel, doch sobald Menschen davon hören, wird sie zu einer mächtigen Eiche.«

»Trotzdem würde ich gerne von der Eichel hören.«

»Ich würde gerne etwas über den Brückenbau erfahren. Und da ich der Gast bin und du der Gastgeber, sollten meine Wünsche Vorrang haben.«

»Du bist gut erzogen, Junge«, sagte Browyn bewundernd. »Ich glaube, ich mag dich. Und ich weiß etwas von der Eichel. Du warst der Schüler von Sigellus dem Schwertmeister. Ich kannte ihn, musst du wissen.«

»Niemand kannte ihn«, sagte Tarantio traurig.

Der alte Mann nickte. »Ja, er war ein sehr rätselhafter Mensch. Ihr wart Freunde?«

»Ich denke schon – eine Zeit lang. Du solltest dich jetzt ausruhen, Browyn. Gib deinen Verletzungen eine Chance zu verheilen.«

»Wirst du noch hier sein, wenn ich wach werde?«

»Ja, das werde ich.«

In der dunkelsten Stunde der Nacht saß Tarantio auf dem Boden vor dem Feuer, den Rücken gegen die Bank gelehnt. Es war wundervoll still, und es fiel so leicht zu glauben, dass die Welt, die er kannte, die Welt von Krieg und Tod, nur eine Erinnerung an eine andere Zeit war. Er sah sich in dem Raum um, der jetzt nur noch von den flackernden Flammen des Feuers erhellt wurde. Da Dace schlief, gab es nichts hier, das von Gewalt zeugte – außer seinen eigenen Schwertern, die auf dem geschnitzten Pinientisch lagen.

Der alte Mann hatte ihn nach der Eichel in seiner Legende gefragt, aber das war keine Geschichte, die Tarantio gern erzählte. Ebenso wenig wie er sich gern an die Ereignisse des letzten Tages erinnerte – abgesehen von den ersten Stunden des Vergnügens mit der Dame Miriac.

»Ergib dich nie dem Hass«, hatte Sigellus gesagt. »Hass verwirrt den Geist. Bleib kühl im Kampf, egal was dein Gegner tut. Du musst eines begreifen, Junge, wenn er versucht, dich zu ärgern, macht er das nicht zu deinem Vorteil. Hörst du mir zu, Dace?«

»Er hört zu«, antwortete Tarantio.

»Gut.«

Tarantio erinnerte sich an den strahlenden Sonnenschein in dem offenen Hof, wie das Licht auf den stählernen Übungsklingen glitzerte. Er zog seine Gesichtsmaske ab und fragte Sigellus: »Warum ist Dace so viel stärker und schneller als ich? Wir benutzen doch dieselben Muskeln.«

»Darüber habe ich schon viel nachgedacht, Chio. Es ist eine komplizierte Angelegenheit. Vor Jahren studierte ich, um Arzt zu werden – ehe ich erkannte, dass meine Fähigkeiten mit der Klinge besser zu der Arbeit passten, die ich heute mache. Muskeln bestehen aus tausenden von Fasersträngen. Die Energie, die sie aufwenden, ist in einem Herzschlag aufgezehrt. Deshalb arbeiten sie wirtschaftlich – vielleicht immer nur ein paar hundert zur gleichen Zeit.« Sigellus hob sein Schwert in die Luft. »Wenn ich das mache«, sagte er, »wechseln sich die Muskeln damit ab, die Energie aufzuwenden. Da kommt die Ökonomie ins Spiel. Dace kann, vielleicht durch einen größeren Adrenalinschub, seine Muskeln härter arbeiten lassen, sodass mehr Fasern zur gleichen Zeit arbeiten. Deswegen fühlst du dich auch immer so erschöpft nach Daces Kämpfen. Einfach ausgedrückt, er verbraucht mehr Energie als du.«

Tarantio lächelte bei der Erinnerung an den grau gekleideten Schwertkämpfer. Während das Feuer langsam erstarb, dachte er zurück an ihre erste Begegnung. Nach dem Massaker an seinen Schiffskameraden hatte sich Tarantio entlang der Küste zu der Korsarenstadt Loretheli durchgeschlagen, in der Hoffnung, Arbeit auf einem Handelsschiff zu finden. Doch es gab keine Kojen, und er hatte einen Monat lang als Tagelöhner auf einem Bauernhof außerhalb von Loretheli gearbeitet und dabei das wenige Geld verdient, das er jetzt in seiner Börse hatte. Als die Ernte vorüber war, ging er wieder zu den Docks, von Schiff zu Schiff, um als Matrose anzuheuern. Doch die Kriegsflotten der Herzogtümer waren auf See, und der Hafen von Loretheli praktisch geschlossen. Niemand heuerte Seeleute an. Er war auf dem Weg zu dem letzten Schiff, das am Kai lag, als er Sigellus sah. Der Mann war offensichtlich betrunken. Er schwankte, als wäre er an Deck eines Schiffes, und er benutzte den Säbel in seiner Hand, um sich damit auf dem Kopfsteinpflaster abzustützen. Ihm gegenüber standen zwei Korsaren, farbenfroh gekleidet in Beinkleider und Hemden aus leuchtend gelber Seide. Beide hatten gekrümmte Entermesser in den Händen. Sigellus war groß und schlank, glatt rasiert mit schmalem Gesicht. Sein Kopf war über den Ohren schwungvoll halbmondförmig rasiert, doch vom Oberkopf her war das Haar lang wie der Federbusch am Helm eines Offiziers. Er trug ein Wams aus grauer Seide, bestickt mit Silberfäden, und dazu Beinkleider in einem dunkleren Grau, das zu seinen wadenhohen Stiefeln passte. Tarantio blieb stehen und sah zu. Die Korsaren wollten angreifen, und der betrunkene Mann würde gewiss niedergemacht. Trotzdem war etwas an dem Mann, das Tarantios Aufmerksamkeit fesselte. Er schwankte nicht mehr, sondern stand vollkommen still wie eine Statue.

»Das ist nicht klug«, sagte er mit schleppender Stimme zu den Korsaren.

Der erste seiner Angreifer sprang vor, das Entermesser zuckte von rechts nach links und zielte auf die Klinge des Schwertkämpfers. Als Sigellus sich auf ein Knie fallen ließ, durchschnitt das Schwert des Korsaren die Luft, während sein eigener Säbel den Bizeps des Mannes traf. Blut tränkte das gelbe Hemd. Aus dem Gleichgewicht gebracht, stolperte der Korsar und fiel hin. Sigellus erhob sich geschmeidig, als der zweite Mann zustieß. Er parierte den Stoß, wirbelte auf dem Absatz herum und hämmerte dem Mann seinen Ellbogen ans Ohr. Der Korsar klappte zusammen.

Beide Männer standen wieder auf und griffen erneut an. »Einmal habt ihr schon euren Mangel an Klugheit unter Beweis gestellt, Burschen«, sagte Sigellus, dessen Stimme jetzt kalt und fest klang. »Es ist nicht nötig, dass ihr sterbt.«

»Wir haben auch nicht die Absicht zu sterben, du alter Hurensohn«, sagte der erste Mann, aus dessen Wunde im Oberarm immer noch Blut rann.

Als Tarantio zusah, bemerkte er plötzlich eine Bewegung hinter dem Schwertkämpfer. Ein weiterer Korsar trat lautlos aus den Schatten, einen Krummdolch in der Hand.

»Hinter dir!«, schrie Tarantio, und Sigellus fuhr augenblicklich herum, der Säbel schoss vor und durchbohrte den Hals des Korsaren, sodass dieser fast enthauptet wurde. Blut spritzte, als der Mann fiel. Die beiden anderen Angreifer stürzten sich auf ihn. Tarantio sah zu, wie beide starben. Die Schnelligkeit, mit der der Schwertkämpfer sich bewegte, war Schwindel erregend. Sigellus wischte die Klinge am Hemd des einen Toten ab, dann trat er zu Tarantio, der mit offenem Mund dastand.

»Ich danke dir, mein Freund«, sagte er und steckte den Säbel wieder in die Scheide. »Komm, ich möchte dir deine Freundlichkeit mit einem Mahl und einem Krug Wein vergelten. Du siehst aus, als ob du es brauchen könntest.«

Ein Krug Wein war immer in Sigellus' Nähe, dachte Tarantio mit einem Anflug von Traurigkeit. Wein war es auch, der ihn umbrachte, denn er hatte schwer getrunken, als er gegen den Champion der Marschen, Carlyn, kämpfte. Er war gedemütigt und mehrere Male verwundet worden, ehe ihm der Todesstoß versetzt wurde. Dace hatte auf der Stelle Carlyn herausgefordert, und sie hatten im Großen Saal des Corduin-Palastes in der folgenden Nacht gekämpft. Als Carlyn tot zu Boden fiel, erhob sich kein Jubel, denn Dace hatte grausam und gnadenlos mit dem Schwertkämpfer gespielt, hatte ihm im Verlauf des Duells beide Ohren abgeschnitten und die Nase aufgeschlitzt.

Ein Scheit fiel aus dem Kamin, rollte auf den Teppich zu seinen Füßen und riss Tarantio aus seinen Erinnerungen. Mit einer eisernen Zange legte er das Scheit zurück aufs Feuer, dann streckte er sich auf dem Fußboden aus. »Wenn du dein Schwert ziehst, Chio«, hatte Sigellus ihn gewarnt, »dann kämpfe immer, um zu töten. Eine andere Möglichkeit gibt es nicht. Auch ein Verwundeter kann dir noch einen Todesstoß versetzen.«

»Du hast aber nicht gekämpft, um die Korsaren zu töten. Jedenfalls nicht gleich.«

»Ja, das stimmt. Aber ich bin auch etwas Besonderes. Ich bin – und ich sage das in aller Bescheidenheit, mein lieber Junge – der Beste, den es je gegeben hat. Und, ob betrunken oder nüchtern, der Beste, den es je geben wird.«

Da irrte er. Denn jetzt gab es Dace.

Der Traum war derselbe. Ein Kind weinte, und Tarantio versuchte, den Jungen zu finden. Tief unter der Erde, in dunklen steinernen Tunneln, suchte Tarantio. Er kannte die Tunnel gut. Er hatte vier Monate lang als Grubenarbeiter in den Bergen in der Nähe von Prentius gearbeitet, hatte die Kohle abgebaut und sie auf niedrige Waggons geschaufelt. Aber jetzt waren die Tunnel leer, und ein klaffender Spalt hatte sich im Fels geöffnet. Durch diesen Spalt kamen die dünnen piepsenden Angstschreie.

»Die Dämonen kommen! Die Dämonen kommen!«, hörte er das Kind weinen.

»Ich bin bei dir«, antwortete er. »Bleib', wo du bist!«

Er schob sich durch den Spalt und ging weiter. Es hätte eigentlich stockfinster hier drinnen sein sollen, denn es gab keine Fackeln, doch trotzdem glühten die Wände in einem blassen grünen Licht, das stark genug war, Schatten zu werfen. Wie immer in seinem Traum kam er in einen großen Saal, dessen hohe Decke von drei Säulenreihen gestützt wurde. Zerlumpte Männer kamen in Sicht, mit grauer Haut und opalfarbenen Augen. Zuerst dachte er, sie wären blind, doch sie kamen stetig auf ihn zu. In den Händen hatten sie Grubenwerkzeug – scharfe Picken und schwere Hämmer.

»Wo ist der Junge?«, fragte er.

»Tot. Genau wie du«, sagte eine neue Stimme in seinem Kopf. Es war nicht Dace. In diesem Augenblick erkannte Tarantio, dass er wirklich allein war. Dace war verschwunden.

»Ich bin nicht tot.«

»Du bist tot, Tarantio«, widersprach die Stimme. »Wo ist deine Leidenschaft? Wo ist deine Lebenslust? Wo sind deine Träume? Was ist das Leben ohne diese Dinge? Es ist nichts.«

»Ich habe Träume!«, rief Tarantio.

»Nenn' mir einen!«

Er öffnete den Mund, aber es fiel ihm nichts ein. »Wo ist der Junge?«, schrie er.

»Der Junge weint«, sagte die Stimme.

Tarantio erwachte mit einem Ruck, sein Herz klopfte. »Ich habe wohl geträumt«, sagte er laut.

»Allerdings«, sagte Browyn, »und dein letzter Traum muss sehr intensiv gewesen sein. Du hast im Schlaf gesprochen.« Der alte Mann saß am Tisch. Tarantio stand auf. Das Feuer war fast erloschen. Er legte dünnes Anmachholz darauf und blies die Flammen zu neuem Leben an, dann hängte Browyn einen Kessel über das Feuer. »Du bist sehr blass«, sagte er, beugte sich vor und spähte in Tarantios Gesicht. »Es war wohl ein Albtraum.«

»Das war es«, gab Tarantio zu. »Ich habe ihn oft.« Er rieb sich die Augen, dann ging er zum Fenster. Die Sonne stand hoch über den Bergen. »Normalerweise schlafe ich nicht so lange. Das muss die Bergluft sein.«

»Ja«, meinte Browyn. »Hättest du gern einen Hagebuttentee? Ich mache ihn nach eigenem Rezept.«

»Danke, gern.«

»Warum, meinst du, verfolgt dich dieser Albtraum?«

Tarantio zuckte die Achseln. »Ich weiß es nicht. Vor langer Zeit arbeitete ich als Grubenarbeiter. Ich hasste es. Sie ließen uns in den Bauch der Erde hinunter – so kam es mir jedenfalls vor. Die Tage waren schwarz von Kohlenstaub, und zweimal stürzten Stollen ein, die Männer unter sich zermalmten.«

»Und du träumst davon, Kohle auszugraben?«

»Nein. Aber ich bin wieder in der Mine. Ich kann ein Kind rufen hören. Der Junge braucht Hilfe, aber ich kann ihn nicht finden.«

»Das muss etwas bedeuten«, sagte Browyn und ging zur Feuerstelle. Er wickelte einen Lappen um seine Hand, hob den Kessel vom Haken und kam zum Tisch zurück, wo er zwei große Becher mit kochendem Wasser füllte. In jeden hängte er einen kleinen Mullbeutel. Süßer Duft erfüllte den Raum. »Träume haben immer eine Bedeutung«, fuhr der alte Mann fort.

»Ich nehme an, er sagt mir, dass ich die Arbeit in Minen meiden soll«, sagte Tarantio, stand auf und ging zum Tisch. Browyn rührte den Inhalt der Becher um, dann fischte er die Beutel heraus. Tarantio kostete das Gebräu. »Das ist gut«, sagte er. »Ich schmecke einen Hauch von Apfel.«

»Wann wird der Krieg endlich enden?«, fragte Browyn plötzlich.

Tarantio zuckte die Achseln. »Sobald die Menschen des Kämpfens müde sind.«

»Du weißt, wie es begann?«, fragte Browyn.

»Natürlich. Die Eldarin wollten uns alle versklaven.«

Browyn lachte. »Ach ja, die bösen Eldarin. Das Dämonenvolk. Mit ihrer schrecklichen Magie und ihren geheimnisvollen Waffen. Verdammter Unsinn! Denk doch mal nach, Tarantio. Die Eldarin waren ein uraltes Volk. Sie lebten seit Jahrtausenden in diesen Bergen. Wann hatten sie je einen Krieg ausgelöst? Guck dir die Geschichte an. Sie waren ein gelehrtes Volk, das unter sich blieb. Ihr Verbrechen war, dass sie reich zu sein schienen. Gier, Neid und Angst begannen diesen Krieg. Es wird einen Helden brauchen, um ihn zu beenden. Warum bist du Krieger, mein Junge? Warum spielst du ihr Spiel?«

»Was gibt es denn sonst für Spiele, Browyn? Ein Mann muss schließlich essen.«

»Und du kannst kein Ende dieses Wahnsinns sehen?«

»Ich denke einfach nicht darüber nach. Es ist schwer genug, am Leben zu bleiben.«

Browyns Gesicht verriet seine Enttäuschung. Er füllte die Becher noch einmal und hängte neue Mullbeutel hinein, dann schwieg er eine Weile. »Ich war dort, damals, weißt du, vor sieben Jahren, als die Heilige Armee zu den Grenzen der Eldarin marschierte. Wir hatten drei Zauberer dabei, die behaupteten, sie beherrschten einen Zauber, um die magische Barriere zu durchbrechen. Wir waren voller rechtschaffener Wut auf die Eldarin, und wir glaubten all die Lügen über ihre Kriegsvorbereitungen. Wir waren auch wütend wegen des Dorfes, das massakriert worden war: Frauen und Kinder von Eldarin-Klauen in Stücke gerissen. Drei Jahre später sprach ich mit einem Späher, der als Erster auf dem Schauplatz gewesen war. Er sagte, es hätte keine Klauenspuren gegeben. Die Dorfbewohner waren von Schwertern und Pfeilen getötet worden, und man hatte ihnen alle Kupfer- und Silbermünzen geraubt. Aber das wussten wir damals nicht. Unsere Anführer fütterten uns mit Geschichten über die Brutalität der Eldarin.

Aber ich verliere den Faden. Von dem Platz aus, an dem ich an jenem Tage stand, konnte ich über dem Nebel die grünen Berge der Eldarin sehen, die Wälder, die Felder und die fernen Türme einer schönen Stadt. Dann kam ein alter Mann aus dem Nebel und stellte sich vor unsere Schlachtreihen. Sein Rücken war gebeugt, und der Pelz in seinem Gesicht war weiß wie eine Wolke. Wie ein geisterhafter Wolf. ›Warum tut ihr das?‹, fragte er.

Niemand antwortete ihm. Ein junger Mann mit einer Schleuder trat vor und schoss. Der Stein traf den alten Mann oben am Kopf, er taumelte, dann trat er zurück in den Nebel. Die Soldaten stürmten vor, doch sie trafen auf die unsichtbare Mauer, die die Berge der Eldarin von den Tälern der Menschen trennte. Da traten die Zauberer vor und begannen zu singen. Hinter ihnen warteten zehntausend Soldaten. Plötzlich gab es einen blendenden Lichtblitz, und der Nebel, der die Barriere umgab, verschwand. Es war ein erstaunlicher Augenblick, Tarantio. Die Sonne schien strahlend auf eine öde Landschaft. Grauer Fels so weit das Auge reichte. Kein Gras, keine Wälder. Keine Stadt. Rechts von uns war ein Fluss, der vor wenigen Minuten durch den Nebel geflossen war und die Täler bewässerte. Fünfundzwanzig Meter breit und sehr tief. Auf einmal floss dort gar kein Wasser, und wir sahen zu, wie der letzte Rest von Feuchtigkeit im Lehmboden des Flussbettes versickerte. Der Eldarin war verschwunden. In einem Augenblick. Verschwunden. Vor uns zog sich die Erde zurück, und wir standen am Rande eines etwa drei Meter hohen Erdwalls.

Wir zogen in die Berge, um sie zu suchen. Aber es war nichts zu finden. Dann kam ein Suchtrupp zurück mit dem Leichnam eines einzigen Eldarin. Es war der alte Mann. Sie hatten ihn aufgespürt, als er sich in einer Höhle versteckte. Er hatte die Perle bei sich.« Browyns Augen schimmerten bei der Erinnerung. »Sie war so schön, faustgroß und schwamm vor Farben – opalgrau, rosa wie die Morgenröte, weiß wie die Unschuld … Man konnte ihre Macht spüren. Aber ich schweife ab … Der Dämonenkrieg war vorüber, ehe er noch begonnen hatte, und unsere zehntausend Mann starke Armee tötete einen einzigen alten Mann. Nach wenigen Wochen hatte der neue Krieg begonnen, der Krieg der Perle. Wie viele tausend sind seit jenem Tag gestorben? Krankheiten, Hunger, Durst. Und wir sind einer Lösung noch immer keinen Schritt näher. Lässt dich das nicht wünschen, die Welt zu verändern?«

»Ich kann sie nicht ändern«, sagte Tarantio.

Sie tranken schweigend ihren Tee aus, dann führte Browyn Tarantio aus der Hütte in den Sonnenschein. »Ich möchte dir gern etwas zeigen«, sagte der alte Mann. »Folge mir.« Zusammen wanderten sie den Berg hinauf, auf einem alten, von Pinien gesäumten Wildpfad. Auf dem Hügel war eine Lichtung und in deren Mitte, auf einem erhöhten Gerüst, stand ein Fischerboot mit schlankem Rumpf, wunderschön gearbeitet. Es hatte eine Mittelkajüte und einen hohen Mast, an dem kein Segel hing. Das Schiff war vierzig Fuß lang. Tarantio stand einen Augenblick erstaunt, dann ging er zu der Leiter, die an dem Gerüst stand. Rasch kletterte er an Deck. Browyn folgte ihm. »Was hältst du davon?«

»Ein schönes Schiff«, antwortete Tarantio. »Aber wir sind hier kilometerweit oberhalb des Sees. Wie willst du es zu Wasser lassen?«

»Das habe ich gar nicht vor. Ich wollte es einfach nur bauen.«

Tarantio lachte. »Ich kann es nicht fassen«, sagte er. »Ich stehe auf einem Schiff auf einem Berg. Das ergibt doch gar keinen Sinn.«

Browyns Lächeln verblasste. »Sinn? Warum muss es einen Sinn haben? Ich habe immer davon geträumt, ein Schiff zu bauen. Jetzt habe ich es geschafft. Kannst du das nicht verstehen?«

»Aber ein Schiff braucht Wasser«, wandte Tarantio ein. »Nur dann kann es seinen Zweck erfüllen.«

Browyn schüttelte verärgert den Kopf. »Erst sprichst du von Sinn, jetzt von Zweck. Du bist ein Krieger, Tarantio. Wo liegt der Sinn im Krieg? Was ist sein Zweck? Dieses Schiff ist mein Traum. Meiner. Deswegen ist es an mir zu sagen, welchen Zweck es hat.« Browyn trat vor und legte dem jungen Mann die Hände auf die Schultern. »Weißt du«, sagte er traurig, »du denkst nicht wie ein junger Mann. Du bist vorzeitig alt geworden. Ein junger Mann hätte mein Schiff verstanden. Komm, wir gehen zurück zum Haus. Ich muss arbeiten. Und du musst weiterreisen.«

Kapitel drei

Browyn schenkte Tarantio einen alten Kochtopf, zwei Teller und einen Becher aus Zinn, einen abgewetzten Rucksack und eine Wasserflasche. Tarantio schnallte sich die Schwerter um. »Ich danke dir«, sagte er zu dem älteren Mann. Er trat aus der Hütte und ging zu dem rotbraunen Wallach, der dem toten Brys gehört hatte.

Tarantio sattelte ihn und hängte seinen Rucksack an den Sattelknauf. »Ich mache mich auf den Weg. Aber ehe ich gehe, sag' mir, warum meine Reaktion dich geärgert hat. Was hattest du von mir erwartet, Browyn?«

»Weißt du, was mir an den Jungen gefällt?«, erwiderte der alte Mann. »Ihre Leidenschaft fürs Leben und ihre Fähigkeit, hinter das rein Weltliche zu sehen. Wenn sie die Welt betrachten, sehen sie nicht nur, was sie alles nicht tun können. Sie versuchen es. Sie sind oft arrogant, und ihre Ideen fallen vom Himmel wie erschöpfte Vögel. Aber sie versuchen es, Tarantio.«

»Und du hältst mich für unwürdig, weil ich in einem Schiff auf einem Berg keinen Sinn sehen kann?«

»Nein, nein, nein! Ich halte dich nicht für unwürdig«, widersprach Browyn. »Du bist ein guter Mann und du hast dein Leben riskiert, um mir zu helfen. Und es ist nicht deine Reaktion auf das Schiff, das mich deprimiert, es ist deine Reaktion auf das Leben selbst. Bei den Göttern, Mann, wenn die Jungen die Welt nicht verändern können, wer dann?«

Tarantio spürte, wie er zornig wurde, als er in die ernsten grauen Augen des Mannes blickte. »Du kennst mich erst seit ein paar Stunden, Browyn. Du kennst mich überhaupt nicht. Du hast keine Ahnung, wer ich bin, und wessen ich fähig bin.«

In diesem Augenblick erwachte Dace, und Browyn fuhr zurück, alle Farbe wich aus seinem Gesicht. Tarantios Seele schimmerte und veränderte sich, teilte sich. Links war jetzt ein leichengraues Gesicht, mit einer Mähne drahtiger weißer Haare. Browyn sah in die geschlitzten gelben Augen und blinzelte nervös.

»Ich will nicht sterben«, hörte er sich selbst sagen. Die Angst ließ seine Stimme zittern.

»Wovon redest du? Ich würde dich doch nicht töten.«

»Er sieht mich«, sagte Dace. »Nicht wahr, alter Mann?«

»Ich sehe dich«, gab Browyn zu.

Tarantio stand für einen Augenblick wie betäubt. »Du … kannst Dace sehen? Wirklich?«

»Ja. Es ist meine Gabe, Seelen zu sehen. Es hat mir in meinem Leben oft geholfen … zu wissen, wem ich trauen kann. Töte mich nicht, Tarantio. Ich werde es niemandem verraten.«

»Wie sehe ich aus, alter Mann? Sehe ich gut aus?«

»Ja. Sehr gut.«

»Ich kann es kaum glauben … dann existiert er also wirklich«, sagte Tarantio. »Ich bin nicht verrückt.« Er ging zu einer geschnitzten Bank, die um den Stamm einer großen Buche gebaut war und setzte sich. Browyn blieb stehen, wo er war. Tarantio winkte ihn heran. »Hast du schon einmal einen Menschen mit zwei Seelen gesehen?«, fragte er.

»Nur einmal. Er stand auf einem Schafott mit einem Seil um den Hals.«

»Hast du eine Ahnung, wie das mir … uns … geschehen ist?«

»Nein. Wirst du mich verschonen, Tarantio? Ich bin dem Tod ohnehin nahe.«

»Gerechter Himmel, Browyn! Wirst du wohl damit aufhören? Ich habe nicht die Absicht, dir etwas zuleide zu tun. Warum sollte ich auch?«

»Nicht du … aber er. Dace möchte mich tot sehen. Frag' ihn.«

»Er weiß es, Chio. Er muss sterben. Ich mache es schnell und schmerzlos.«

»Nein. Es besteht keine Notwendigkeit. Keine Gefahr. Und würde es dir wirklich Spaß machen, einen harmlosen alten Mann zu töten?«

»Ja.«

»Warum?«

»Er hat mich angelogen. Behauptete, ich würde gut aussehen. Ich bin hässlich, Chio. Ich konnte mein Spiegelbild in seinen Augen sehen.«

Tarantio spürte, wie Dace in seinem Geist anschwoll und versuchte, sich einen Weg in die Außenwelt zu bahnen, doch Tarantio kämpfte ihn zurück. *»Verdammt!«*, schrie Dace. *»Lass mich raus!«*

»Heute nicht, Bruder.« Er warf einen Blick auf Browyn und lächelte müde. »Du bist in Sicherheit, alter Mann. Trotzdem mache ich mich besser auf den Weg.«

»Es ist eine Schande, dass die Eldarin fort sind«, sagte Browyn, als Tarantio sich in den Sattel schwang. »Ich glaube, ihre Magie hätte euch beiden helfen können.«

»Wir brauchen keine Hilfe. Wir sind – wenn auch nicht

glücklich – so doch meistens zufrieden. Dace ist nicht ganz schlecht, Browyn. Manchmal spüre ich Gutes in ihm.«

Browyn sagte nichts. Auch winkte er nicht, als Tarantio den Wallach wendete und von der Lichtung ritt.

Tarantio ritt ins Tal hinunter, und sobald er in flachem, offenem Gelände war, ließ er den Wallach laufen. Das Pferd donnerte über den Talboden, und Tarantio spürte die reine Lebensfreude des Tieres, als es in Kilometer fressendem Galopp durch das Grasland rannte. Nach ein paar Minuten ließ er das Pferd langsamer werden. Dann stieg er ab und untersuchte das Tier wieder. Zufrieden stieg er in den Sattel und setzte seinen Weg fort.

»Ich habe das Gesicht eines Dämons«, sagte Dace plötzlich.

»Dazu kann ich nichts sagen«, meinte Tarantio. *»Ich habe dich noch nie gesehen.«*

»Ich habe weiße Haare und ein graues Gesicht. Meine Augen sind gelb und geschlitzt wie die einer Raubkatze. Warum sehe ich so aus?«

»Ich weiß nicht, wie Seelen aussehen sollten.«

»Bin ich ein Dämon, Chio? Bist du ein Besessener?«

Tarantio dachte eine Weile darüber nach. *»Ich weiß nicht, was wir sind, Bruder. Vielleicht bist du es, der von mir besessen ist.«*

»Wärst du glücklicher, wenn ich weg wäre?«

Tarantio lachte. *»Manchmal denke ich das. Aber nicht oft. Wir sind Brüder, Dace. Wir teilen uns einfach einen Körper. Und die Wahrheit ist, ich mag dich. Und ich meinte das, was ich zu dem alten Mann sagte… ich sehe Gutes in dir.«*

»Pah! Du siehst nur, was du sehen willst. Was mich angeht, ich wünschte, ich könnte dich loswerden.«

Tarantio schüttelte den Kopf und lächelte. Dace verfiel in Schweigen und Tarantio ritt weiter. Er kam an den ausgebrannten Überresten zweier Bauerndörfer vorbei. Es waren keine Toten zu sehen, doch ein hastig aufgeschichteter Steinhaufen zeigte, dass die Toten begraben worden waren. Die umliegenden Felder waren nicht abgeerntet worden, das Getreide verfaulte an den Ähren.

Am anderen Ende des großen Dorfangers sah er, wie ein paar Frauen mit großen Weidenkörben durch die Felder gingen. Sie blieben schweigend stehen, als er vorbeiritt. Später traf er auf eine breite Militärstraße und kam an einer zerfallenen Poststation vorbei. Vor zehn Jahren, so hatte man ihm erklärte, hatte es einen leistungsfähigen Postdienst gegeben, der alle vier Herzogtümer miteinander verband. Ein Brief, der in Corduin aufgegeben wurde, hatte Gatien erzählt, wurde in nur vier Tagen die vierhundertfünfzig Kilometer lange Strecke bis Hlobane im Südwesten befördert. Die fast neunhundert Kilometer über schwieriges Gelände von Hlobane bis nach Prentius, der Hauptstadt des Herzogs von den Marschen, schafften sie in zehn Tagen.

Heutzutage wurden keine Briefe mehr befördert. Tatsächlich würde jeder Bürger, der auch nur daran dachte, einen Brief in ein anderes Herzogtum zu schicken, verhaftet und vermutlich erhängt. Die Herzogtümer lagen in einem schrecklichen Krieg miteinander, mit regelrechten Schlachten, Guerilla-Überfällen, wechselnden Bündnissen, Verrat und Verwirrung. Söldner betrieben ihr Geschäft vom Südmeer bei Loretheli bis Morgallis in den Bergen im Norden, von Hlobane im Westen bis Prentius im Osten. Nur wenige gemeine Soldaten wussten, wer mit wem verbündet war. Zu Beginn dieses Sommerfeldzuges war der Herzog von den Marschen mit Herzog Sirano von Romark gegen Belliese, den Korsarenherzog, und Herzog Albreck von Corduin verbündet gewesen. Belliese hatte Anfang Juni die Seiten gewechselt, und dann hatte sich der Herzog der Marschen mit Sirano zerstritten und ein neues Bündnis mit Albreck geschlossen.

Nur wenige konnten den Wirrungen und Launen der Krieg führenden Oberschicht folgen. Die meisten Soldaten versuchten es erst gar nicht. Tarantio hatte zu einem Söldnerregiment gehört, das ein Fort gegen die belagernden Truppen von Romark und die Marschen halten sollte. Ein Herold brachte die Nachricht von seinem Bündniswechsel. Es war lachhaft. Nach drei Wochen intensiver Kämpfe fanden sich die Männer innerhalb der Mauern – einige, wie Tarantio, in Bellieses Diensten, andere in denen Corduins – in der lächerlichen Situation wieder, die inneren Mauern mit einem neuen Feind zu teilen, während Männer, die seit Wochen versuchten, sie zu töten, nun ihre Freunde waren, die draußen mit ihren Belagerungsmaschinen warteten. Die Offiziere arrangierten eine hastige Beratung, um die Frage zu klären, wer nun was angreifen sollte. Ein Teil der Truppen, die das Fort belagerten, wollten es nun verteidigen, während eine Gruppe der Verteidiger – die es jetzt angreifen sollte – bereits drinnen war. Die Beratung dauerte fünf Tage lang.

Da keine Einigung erzielt werden konnte, kamen die drei Hauptleute zu einer neuen Lösung. Alle vier Gruppen von Söldnern begannen, die Mauern des Forts zu unterminieren, sodass sie einstürzten. Also gab es kein Fort mehr zu verteidigen, alle konnten davonmarschieren, und der Ehre war Genüge getan.

Dreihundertundneunundzwanzig Männer waren während der Belagerung gefallen. Sie wurden in einem gemeinsamen Grab beigesetzt.

Zwei Wochen später war Tarantio mit tausend Männern zurück, um die Mauern wieder aufzubauen.

Die atemberaubenden Verrücktheiten des Krieges, für die Tarantio zwanzig Silberstücke pro Monat erhielt.

Sechs Kilometer weiter, als die Dunkelheit hereinbrach, sah Tarantio am Waldrand im Westen den Schimmer eines Lagerfeuers. Er bog ab und ritt darauf zu. *»Versuch', vorsichtig zu sein«*, warnte Dace. *»Wir haben in dieser Gegend nicht gerade viele Freunde.«*

»Möchtest du lieber hinreiten?«

»Danke, Bruder«, sagte Dace. Er holte tief Luft und spürte die kühle Brise auf der Haut. Der Wallach wurde plötzlich scheu und legte die Ohren flach an den Kopf.

»Er spürt dich«, sagte Tarantio. *»Du solltest ihn beruhigen, sonst wirft er dich ab.«* Dace streichelte dem Wallach den langen Hals und sagte leise und beruhigend: »Wirf mich ruhig ab, du hässlicher Hundesohn, dann steche ich dir die Augen aus.« Noch immer nervös bewegte sich der Wallach vorwärts, als Dace ihm die Fersen in die Flanken stieß. Die rechte Hand erhoben, ritt Dace langsam auf den Wald zu. »Hallo da, am Feuer!«, rief er.

»Bist du allein?«, ertönte eine Stimme.

»Ich bin ein Freund. Rieche ich da Fleisch braten?«

»Du hast eine feine Nase. Komm näher.«

Argwöhnisch tat Dace das. Sobald er nahe genug war, um die Männer zu erkennen, grinste er. *»Hau ab! Sofort!«*, drängte Tarantio.

»Ehe der Spaß angefangen hat, Bruder? Bestimmt nicht.« Ehe Tarantio die Kontrolle wieder übernehmen konnte, sprang Dace aus dem Sattel und führte sein Pferd zum Feuer.

Drei Männer saßen um eine Feuergrube, über der von einem vierten eine Rinderkeule am Spieß gedreht wurde – dem rotbärtigen Krieger Forin. Zwei der anderen waren die Kameraden des toten Söldners Brys. Dace band das Pferd an einem Busch an.

»Das ist sowieso zu viel für uns vier«, sagte der erste Mann, ein hoch gewachsener, schlanker Schwertkämpfer in Waldläuferkleidung aus fransenbesetzem Rehleder. Er hatte ein schmales Gesicht mit einem offenen Lächeln, das jedoch seine eng zusammenstehenden blassen Augen nicht erreichte.

»Der Bogenschütze im Gebüsch isst nicht mit?«, fragte Dace und trat näher.

»Deine Augen sind genauso scharf wie deine Nase«, sagte der andere mit einem breiten Grinsen. Er wandte den Kopf und rief: »Komm her, Brune! Es besteht keine Gefahr. So, Tarantio, lass mich dir meine Ritter von der Jauchegrube vorstellen. Der tapsige Bogenschütze heißt Brune. Ich habe ihm gesagt, er soll liegen bleiben, aber er hüpft auf und ab wie ein Karnickel.« Ein großer junger Mann mit blondem Haar kam aus dem Gebüsch und trat unbehaglich von einem Bein aufs andere. »Nutzlos ist er. Ich behalte ihn nur aus Mitleid bei mir. Der große Mann da am Feuer ist neu in unserer Truppe. Er nennt sich Forin.«

Forin stand auf, der Feuerschein schimmerte auf seinem roten, gegabelten Bart. »Schön dich zu sehen«, sagte er mit ausdrucksloser Miene.

»Und ich bin Latais«, sagte der Anführer. »Willkommen in meinem Lager, Tarantio. Du hast meinen letzten beiden Rittern eine Höllenangst eingejagt. Kommt näher, ihr Mistkäfer!« Die beiden Söldner standen auf und kamen vorsichtig näher. »Diese beiden, die wissen, wann Klugheit vor Tapferkeit geht, sind Styart und Tobin. Als die Götter ihren Charakter formten, stand Mut nicht oben auf der Liste.«

»Vielleicht ist Klugheit vorzuziehen«, meinte Dace.

»Es ist eine Falle«, sagte Tarantio.

»Natürlich«, bestätigte Dace. *»Die Frage ist nur, auf welcher Seite steht Forin? Ich hätte ihn in der Höhle töten sollen. Ob er wohl noch immer unsere Goldmünze hat?«*

»Such dir einen Platz zum Sitzen«, sagte Latais freundlich, »ich bringe dir etwas zu essen.«

Dace ging ums Feuer herum und setzte sich auf einen Baumstumpf. Forin nahm einen hölzernen Teller und schnitt sich Fleisch ab, dann setzte er sich ein Stück von den anderen entfernt hin. Latais brachte Tarantio Fleisch und Fladenbrot, und die beiden Männer aßen schweigend. Als er fertig war, wischte Dace den Teller am Gras ab und reichte ihn dem Söldnerführer zurück.

»Und wohin geht die Reise?«, fragte Latais.

»Nach Corduin. Ich werde da wohl überwintern.«

»Du hast genügend Mittel, um die kalte Jahreszeit auszusitzen?«

»Nein, aber ich werde schon überleben. Was ist mit euch?«

Latais zog seinen Dolch und pulte ein Stück Fleisch zwischen seinen Zähnen hervor. »In Hlobane sammelt sich eine Armee, und Herzog Albreck bietet dreißig Silberstücke für Veteranen.«

»Ich würde deine Gruppe nicht gerade Veteranen nennen – abgesehen von dem großen Mann.«

»Ja, er hat Adleraugen, sagt man.« Styart und Tobin hoben den Spieß vom Feuer, während der Bogenschütze, Brune, Holz in die Feuergrube nachlegte, sodass die

Flammen aufloderten und die Lichtung beleuchteten. Daces Blick flackerte nicht. Er saß ruhig da und beobachtete Latais, wohl gewahr, dass der Mann noch immer seinen Dolch in der Hand hatte. »Du bist jünger, als ich dachte«, sagte der Anführer. »Wenn man allen Geschichten über dich Glauben schenken sollte, müsstest du mindestens fünfzig sein.«

»Du solltest sie alle glauben«, erklärte Dace.

»Heißt das, du bist wirklich schneller als der Blitz?«

Dace schwieg einen Augenblick. »Weißt du«, sagte er schließlich, »die Ähnlichkeit ist bemerkenswert.«

»Ähnlichkeit?«

»War Brys nicht dein Bruder?«

Latais lächelte. Der Dolch stieß auf Daces Brust.

Seine linke Hand zuckte, die Finger schlossen sich um Latais' Handgelenk. Die Klinge war nur wenige Zentimeter von ihrem Ziel entfernt. »Schneller als der Blitz«, sagte Dace mit funkelnden Augen. Latais versuchte sich aus dem eisernen Griff zu befreien. Daces rechte Hand fuhr hoch, und der Feuerschein glitzerte auf der Silberklinge seines Wurfmessers. »Und doppelt so tödlich.«

Sein Arm schoss vor, das Messer drang in den ungeschützten Hals des Söldnerführers. Blut schoss aus der durchtrennten Kehle und besudelte Daces Hand. Latais' Bewegungen wurden schwächer, und er sank gegen den Baum. Lebhafte Bilder entstanden vor Daces innerem Auge: seine Mutter, die tot in ihrem Bett lag, der Eiter, der noch aus den Pestbeulen drang, das Kind, das nach ihr rief, sein Vater, der von dem langen Balken hing, mit aufgequollenem, schwärzlich verfärbtem Gesicht, der alte Gatien, der mit brennendem Haar und Bart durch das in Flammen stehende Haus rannte. Die Schärfe seiner Trauer verblasste in dem roten Licht, das seinen Geist durchströmte, hervorgerufen von dem warmen roten Blut, das über seine Messerhand rann.

Dace seufzte, zog die Klinge heraus und ließ den toten Latais fallen. Er wischte das Messer ab, steckte es wieder in den Stiefel und sprang auf, wobei er seine Schwerter zog. Die Flammen schlugen jetzt fast zwei Meter hoch und Dace konnte nicht sehen, wer jenseits des Feuers stand. Aber er vermutete, dass Latais seinen Männern befohlen hatte, sich bereitzuhalten.

»Kommt schon, ihr Abschaum!«, brüllte er, sprang durch die Flammen und über die Feuergrube. Als er kampfbereit landete, sah er den Bogenschützen Brune auf dem Boden liegen. Forin stand mit einer Holzkeule über ihm. »Wo sind die anderen beiden?«, fragte Dace.

»Du hast noch nie jemanden so schnell rennen sehen. Haben sich nicht einmal damit aufgehalten, ihre Pferde zu satteln. Willst du den hier töten?«

Die Antwort war Ja, aber Dace spürte, wie er gereizt wurde. Welches Recht hatte dieser Mann, ihm einen Tod anzubieten? »Warum sollte ich?«, hörte er sich sagen.

Forin zuckte die Achseln. »Ich dachte, es macht dir Spaß zu töten.«

»Was mir Spaß macht, geht dich überhaupt nichts an. Warum hast du mir geholfen?«

»Eine Laune. Sie sahen dich kommen. Latais glaubte, Brune könnte dich niederschießen, als du ins Lager kamst. Aber du hast das Pferd zwischen ihn und dich gebracht, als du abstiegst. Geschickt, mein Freund. Du bist ein kluger Mann.«

Brune stöhnte und setzte sich auf. »Er hat mich mit einem Stück Holz gehauen«, klagte er.

»Du wolltest durch das Feuer schießen und mich töten«, sagte Dace und wünschte dabei, er hätte den Mann getötet, als er noch bewusstlos war. Noch war Zeit dazu.

»Das hatte man mir aufgetragen«, sagte Brune verdrießlich.

Dace sah ihn an. »Dein Anführer ist tot. Willst du gegen mich kämpfen?«

»Ich wollte dich von Anfang an nicht töten. Er hat es mir befohlen.« Dace fühlte das Verlangen nach Blut in sich anschwellen, aber er blickte in das offene, einfache Gesicht des jungen Mannes und sah, dass ihm jede Bösartigkeit abging. Dace konnte sich vorstellen, wie er liebevoll seine Felder bearbeitete, sich um sein Vieh kümmerte, eine Familie großzog, so langweilig und solide wie er selbst.

»Pack deine Sachen und verschwinde«, sagt er.

»Warum willst du, dass ich gehe? Bist du denn jetzt nicht der Anführer?« Brune fuhr sich mit beiden Händen durch die Haare. Seine Finger wurden blutig. »Mir tut jedenfalls der Kopf weh.«

Forin kicherte. »Sag mal«, fragte er den Verletzten, »gibt es viel Inzucht in deinem Dorf? Du bist nicht gerade der schärfste Pfeil im Köcher, was?«

»Nein«, gab Brune zu. »Deswegen tue ich, was man mir sagt.«

»Komm wieder in die Welt, Bruder«, sagte Dace. *»Dieser Schwachkopf ist zu dumm, um ihn zu töten, und wenn ich noch länger hier bleibe, schneide ich ihm die Kehle durch.«*

Tarantio hatte Mühe, sich ein Lächeln zu verkneifen, als er wieder die Kontrolle übernahm. »Lass mich deinen Kopf sehen«, bat er Brune. »Komm näher ans Feuer.« Brune gehorchte und Tarantio tastete den Schädel des Bogenschützen ab. »Du hast eine Beule, groß wie ein

Gänseei, aber es braucht nichts genäht zu werden. Geh und schlaf ein Weilchen.«

»Dann schickst du mich also nicht weg?«

»Nein. Sag mir, kannst du gut mit dem Bogen umgehen?«

»Nicht besonders. Aber mit dem Schwert bin ich noch schlechter.«

Forin lachte dröhnend. »Gibt es denn überhaupt etwas, was du gut kannst?«

»Ich mag dich nicht«, sagte Brune. »Und ich bin gut mit … Sachen. Ich kenne mich mit Vieh aus. Schweinen und Rindern.«

»Eine wichtige Gabe für einen Soldaten«, sagte Forin. »Falls wir je von einer wild gewordenen Schweineherde angegriffen werden, wirst du unsere Strategie austüfteln.«

»Geh' schlafen«, befahl Tarantio dem jungen Mann. Gehorsam stand Brune auf, doch er schwankte und wäre beinahe gestürzt. Forin fing ihn auf und trug ihn halb zu seinen Decken. Der junge Mann sank darauf nieder und war wenige Augenblicke später eingeschlafen. Forin kehrte zum Feuer zurück.

»Hast du etwas dagegen, wenn ich mit dir und deinem Hund nach Corduin reise?«

»Warum willst du das?«, entgegnete Tarantio.

Forin kicherte. »Niemand hat mir je zuvor ein Goldstück gegeben. Reicht das?«

Tarantio erwachte bei Morgengrauen. Er gähnte und reckte sich und genoss das Gefühl des Alleinseins, das sich einstellte, wenn Dace schlief. Forin lag in seine Decken gewickelt und schnarchte leise, aber von Brune war nichts zu sehen. Und der Leichnam von Latais war weg.

Tarantio stand auf und folgte Brunes Spuren. Er fand ihn knapp zwanzig Meter vom Lager entfernt. Der tote Anführer war in seinen Umhang gewickelt, und Brune summte eine monotone Weise, während er ein flaches Grab in die weiche Erde schaufelte. Tarantio setzte sich auf einen umgestürzten Baum und beobachtete ihn schweigend. Als das Grab gut einen Meter tief war, kletterte Brune heraus, Gesicht und Oberkörper schweißnass und dreckverschmiert. Vorsichtig zog er den Toten zum Rand des Loches, kletterte selbst hinein, dann ließ er den Toten zu seiner Ruhestätte hinab. Es war ein sanfter, liebevoller Akt, als ob Brune fürchtete, dem Toten wehzutun. Langsam und ehrerbietig schaufelte Brune das Grab wieder zu.

»Du musst ihn gern gehabt haben«, sagte Tarantio leise.

»Er hat auf mich aufgepasst«, sagte Brune. »Und mein Papa sagte immer, Tote sollten zurück in die Erde. So fangen Seuchen an, sagte er – wenn Tote an der Luft verwesen.«

»Ich denke, etwas Gutes ist in allen Menschen«, meinte Tarantio.

»Er hat auf mich aufgepasst«, wiederholte Brune. »Ich wusste nicht, wo ich hinsollte. Er ließ mich mit ihm reiten.« Er fuhr fort, das Grab zuzuschaufeln und drückte die Erde mit den Händen fest. Als er fertig war, schlug er die Hände zusammen, um den Dreck abzubekommen, der an seinen Fingern klebte.

»Du müsstest mich doch dann dafür hassen, dass ich ihn getötet habe«, mutmaßte Tarantio.

»Ich hasse niemand nich'«, sagte Brune. »Noch nie. Werde ich wohl auch nicht, schätze ich.« Einen Augenblick sah er auf das Grab hinunter. »Wenn Menschen im

Dorf starben, hat jemand was für sie gesprochen. Nette Sachen wurden gesagt. Ich kann mich kaum noch daran erinnern. Meinst du, es spielt eine Rolle?«

»Für wen?«, fragte Tarantio verblüfft. »Glaubst du, Latais kann sie hören?«

»Weiß nicht«, gab Brune zu. »Ich wünschte nur, ich könnte mich an ein paar der netten Worte erinnern. Kennst du welche?«

»Keine, die zu dieser Gelegenheit passen würden. Warum sagst du nicht einfach, was in deinem Herzen ist?«

Brune nickte. Er faltete die Hände und schloss die Augen. »Danke, Lat, für alles, was du für mich getan hast«, sagte er. »Es tut mir Leid, dass ich nicht tun konnte, was du mir aufgetragen hattest, aber sie haben mich mit einem Stück Holz gehauen.«

»Wie rührend und poetisch«, sagte Dace. *»Ich habe einen richtigen Kloß in der Kehle.«*

Trotz des spottenden Tones spürte Tarantio unterschwellig Gefühl in Dace. Er dachte einen Moment darüber nach, konnte aber keinen Grund dafür finden. Dann sprach Dace wieder. *»Nehmen wir den Idioten mit?«* Die Frage war etwas zu beiläufig gestellt.

»Himmel, Dace. Hast du etwa jemanden gefunden, den du magst?«

»Er amüsiert mich. Wenn er das nicht mehr tut, werde ich ihn töten«, antwortete Dace. Tarantio hörte die Lüge in seiner Stimme, sagte aber nichts.

Plötzlich flogen alle Vögel aus den Bäumen auf, die Blätter raschelten unter ihren Flügelschlägen. Tarantio fühlte ein Beben unter seinen Füßen. Forin stolperte auf die kleine Lichtung. »Ich denke, wir sollten die Pferde satteln und abhauen«, sagte er. »Ich habe so ein komisches Gefühl. Vielleicht zieht ein Unwetter auf.«

Die Pferde waren störrisch, und Tarantio brauchte Brunes Hilfe, um den Wallach zu satteln, der jedes Mal versuchte zu bocken, wenn ihm der Sattel aufgelegt wurde.

»Was zum Teufel ist hier eigentlich los?«, fragte Forin. »Es fühlt sich alles so komisch an.«

Das Erdbeben schlug zu, als Tarantio, Forin und Brune auf die Ebene hinauskamen. Der zitternde Boden unter ihnen ließ die Pferde in Panik geraten und sich aufbäumen. Brune, der die drei Ersatzpferde führte, wurde aus dem Sattel geworfen und stürzte schwer, sein Pferd und die anderen drei schossen davon. Ein Teil des Hanges neben ihnen brach ab, und ein gewaltiger Spalt, hunderte von Schritten lang, tat sich vor ihnen auf und verschluckte die fliehenden Pferde. So plötzlich wie der Spalt sich aufgetan hatte, schloss er sich wieder und schickte eine Wolke aus Staub und Erde in die Luft. Tarantio sprang aus dem Sattel und packte das Zaumzeug fest. »Ruhig, mein Junge, ganz ruhig!«, sagte er beruhigend und streichelte dem Tier die Flanken. Forins Pferd stürzte, als der Boden sich hob. Der große Mann rollte sich ab, dann krabbelte er hoch und packte die Zügel.

Die Erdstöße dauerten noch ein paar Minuten, dann verebbten sie. Große Staubwolken hingen in der Luft. Tarantio pflockte sein Pferd an und lief zu dem gestürzten Brune, der sich gerade aufsetzte und heftig blinzelte. »Bist du verletzt?«, fragte Tarantio.

»Hab' mir wieder den Kopf wehgetan«, sagte Brune. »Blutet wieder.«

»Glücklicherweise ist der Schädel dein härtester Körperteil«, stellte Forin fest. »Du hast die Pferde verloren, du Schafskopf!«

»Er hätte nichts tun können, um sie zu retten«, warf

Tarantio ein. »Und wenn wir ein paar Meter weiter geritten wären, hätte der Abgrund uns alle verschluckt.«

»Hast du je von einem solchen Vorkommnis in Corduin gehört?«, fragte Forin. »Ich nicht. Unten bei Loretheli bewegt sich die Erde. Aber doch nicht hier oben.«

Tarantio blickte auf seine Hände, sie zitterten. »Ich denke, wir brauchen alle eine Pause. Die Pferde sind zu unruhig zum Reiten.« Er machte den Wallach wieder los und führte ihn zu dem aufgerissenen Hang. Links oberhalb von dem Hügel war ein Wäldchen. Nachdem sie die beiden Pferde angepflockt hatten, setzten sich Tarantio und Forin, während Brune ging, um seine Blase zu entleeren.

»Ich glaube, mein Herz beruhigt sich allmählich«, sagte Forin. »So eine Angst hatte ich nicht mehr, seit meine Frau – möge sie in Frieden ruhen – mich mit ihrer Schwester erwischt hat.«

»Ich hatte noch nie solche Angst«, gestand Tarantio. »Ich dachte, die Erde zerbricht. Wie kommt so was?«

Forin zuckte die Achseln. »Mein Vater erzählte von dem Riesen Premithon. Die Götter ketteten ihn in der Mitte der Erde an, und hin und wieder erwacht er und versucht sich zu befreien. Dann zittern die Berge und die Erde bebt.«

»Das klingt ganz vernünftig«, meinte Tarantio mit einem mühsamen Lächeln.

Brune kam den Hang heraufgelaufen. »Kommt und seht, was ich gefunden habe«, rief er. »Kommt und seht es euch an!« Er machte wieder kehrt und lief den geschundenen Berg wieder hinunter. Tarantio und Forin folgten ihm zu der Stelle, wo der Hang entzweigebrochen war und jetzt zwei Marmorsäulen und einen geborstenen Sturzbalken freigab.

»Es ist ein altes Grab«, sagte Forin und tastete sich vorsichtig über den Schlamm, unter dem der Eingang halb verschüttet war. »Vielleicht kann man da drin Gold finden.« Tarantio und Brune folgten ihm rutschend über den Schlamm in den Eingang. Alle drei Männer blieben vor einer riesigen Statue stehen, die als Wächter vor einer zerbrochenen Steintür stand.

Die Sonne schien auf den Marmor der Statue, und Tarantio betrachtete die Skulptur und versuchte, eine Bedeutung darin zu erkennen. Die Statue war gut zwei Meter hoch. Am linken Arm trug sie einen rechteckigen Schild, in der rechten ein gezähntes Schwert. Doch Tarantios Aufmerksamkeit wurde nicht von der Rüstung gefesselt, sondern von dem Gesicht, das nicht menschlich war. Der knochige Rücken der Hakennase reichte bis über den kahlen Schädel hinauf, krümmte sich dann bis zu dem dicken Hals und verschwand unter der gemeißelten Rüstung. Die Augen des Wesens waren groß und vorstehend und standen leicht schräg zu den dicken Schläfen hin. Der Mund war lippenlos und offen und ließ spitze Zähne hinter einem scharfen Knochensaum sehen, wie der Schnabel eines Greifvogels…

»Ein Dämon«, sagte Brune ängstlich.

»Nein«, widersprach Forin. »Das ist ein Daroth. Mein Vater hat sie genau beschrieben. Sechsfingrige Hände, Augen, die einen Blickwinkel von zweihundert Grad haben. Der Hals ist schwer bepackt mit Knochen und Sehnen. Er ist nicht so beweglich wie ein menschlicher Hals, deshalb brauchten die Daroth eine bessere Rundumsicht.«

»Du hast schon in der Höhle von ihnen gesprochen«, sagte Tarantio. »Ich habe auch von ihnen gehört. Aber sie sind nur ein Mythos, oder?«

»Nein, kein Mythos. Sie existierten, ehe Menschen in

dieses Land kamen. Sie waren die großen Feinde der Eldarin, die sie gänzlich vernichteten. Sie kamen aus der Nördlichen Wüste. Bist du jemals dorthin gereist?«

»Nein.«

»Kaum ein Gramm Erdkrume auf fünfzigtausend Quadratkilometer. Der Legende nach benutzten die Eldarin große Magie, um die sieben Städte der Daroth auszulöschen. Feuer vom Himmel und all so was. Dieselbe Magie, die später die Eldarin selbst zerstörte und die Erde ausdörrte.«

»Sie sehen sehr wild aus«, meinte Brune.

»Es waren mächtige Krieger«, fuhr Forin fort. »Sie hatten zwei Herzen und zwei Lungenpaare. Die Knochen in Brust und Rücken sind doppelt so dick wie unsere, und kein Schwert und kein Pfeil kann ihre lebenswichtigen Organe durchdringen. Ein schwerer Speer könnte sie verwunden, aber es braucht einen starken Mann, um ihn zu stoßen.« Er hielt inne und betrachtete das grausame Schnabelgesicht. »Hölle noch, möchtest du gegen etwas so Hässliches kämpfen?«, fragte er Tarantio.

»Ich schon«, sagte Dace.

»Ich wage mir nicht vorzustellen, wie die Frauen aussahen«, sagte Tarantio zu Forin.

»Nach dem, was mein Vater sagte, könnte das eine der Frauen gewesen sein. Es bestand nur wenig Unterschied zwischen ihnen, sie vermehrten sich wie Insekten und Reptilien und legten Eier oder Kokons. Es gab keine körperliche Vereinigung zwischen den Paaren – und wenige offenkundige körperliche Unterschiede zwischen den Geschlechtern.«

»Warum sollte sich jemand wünschen, dass die Statue eines Daroth sein Grab bewacht?«, wunderte sich Tarantio.

Sie schoben sich an der Statue vorbei in die Hauptgrabkammer. Hier war das Tageslicht schwächer, doch sie konnten einen schweren, deckellosen Sarg an der gegenüberliegenden Wand sehen. Die Antwort auf Tarantios Frage lag darin. Der Sarg enthielt ein massives Skelett, das noch größer war als die Statue, die das Grab bewachte. Schockiert blickte Tarantio auf die ungeheuren Knochen von Rücken und Brust. Der Körper lag auf der Seite, und das massige Band der Wirbelsäule war deutlich zu erkennen, wie es sich über den Nacken zog und weiter über den Schädel. Tarantio griff in den Sarg und hob den gewaltigen Schädel heraus. Staub und Sand rieselte heraus. Hier sah der Knochenrücken über dem Mund noch mehr wie der Schnabel eines Greifvogels aus. »Unglaublich«, flüsterte Tarantio. »Er muss lebendig Ehrfurcht einflößend gewesen sein.«

»Jetzt ist er Ehrfurcht einflößend tot«, murmelte Forin und nahm den Schädel. »Und das ist ein seltener Fund. Die Daroth waren praktisch unsterblich, wurden durch die Eier wiedergeboren. Zur Zeit der Wiedergeburt schrumpfte der Körper des sterbenden Erwachsenen ein, mit Knochen und allem, dann erschien aus dem Kokon derselbe Daroth.«

»Der hier ist jedenfalls nicht geschrumpft«, meinte Tarantio.

»Allerdings nicht. Ich frage mich, weshalb nicht. Vielleicht wollte er sich nicht paaren, und er hatte keinen Kokon, zu dem er zurückkehren konnte.«

»Ich kann das Böse hier fühlen«, sagte Dace. *»Wie eine kalte Flamme, die auf das Leben wartet.«*

In die Wände waren Symbole eingraviert, aber Tarantio konnte sie nicht entziffern. Es gab keine Malereien, keine Truhen, keinerlei Beigaben – mit Ausnahme von drei bizarren Möbelstücken, die an der Wand standen. Sie erinnerten an Stühle, nur dass die Sitzfläche aus zwei gekrümmten, mit Rosshaar gepolsterten, knapp zwanzig Zentimeter auseinander liegenden Streifen bestand, die in einem aufstrebenden Winkel knapp über dem Fußboden standen. Die Stuhllehne war niedrig, ebenfalls gepolstert, aber nur im oberen Bereich.

Brune versuchte sich zu setzen und er sah albern aus – zu tief am Boden, die Beine gespreizt, der Rücken krumm. »Nein, nein«, sagte Forin. »Ich zeig es euch.« Er ging zu dem Stuhl, zog Brune hoch und kniete sich dann auf die Streifen. Er lehnte sich vor, sodass seine kräftigen Unterarme auf der Oberkante der Rückenlehne ruhten. »Die Wirbelsäule der Daroth war für konventionelle Stühle nicht geeignet.« Er stand auf und klemmte sich den Schädel unter den Arm.

»In Friedenszeiten«, sagte er, und seine Stimme hallte unheimlich in der Kammer wider, »wären die Knochen einen Sack Gold wert und die Statue da draußen hätte ein Vermögen eingebracht. Jetzt können wir froh sein, wenn wir für den Schädel eine warme Mahlzeit kriegen.«

»Behalt' du ihn«, sagte Tarantio. »Es gibt bestimmt Leute, die sich dafür interessieren, wie du daran gekommen bist.«

Er machte kehrt und verließ die Grabkammer, kletterte über den Schlamm und hinaus in den Sonnenschein. Forin und Brune folgten ihm. Im strahlenden Licht der irdischen Wirklichkeit sah der Schädel noch unheimlicher aus, am falschen Ort, in der falschen Zeit.

»Die Eldarin müssen über wirklich große Magie verfügt haben, um ein so gewaltiges Volk auszuradieren«, meinte Tarantio.

Forin nickte. »Der Legende nach löschten sie sie in nur einer einzigen Stunde aus. Vielleicht ist es das, was die Eldarin mit unserer Armee versuchten, und ihre Magie ließ sie im Stich.«

»Vielleicht«, gab Tarantio zu.

»Ich frage mich, was sie wohl gegessen haben«, sagte Brune.

Forin lachte leise und hob den Schädel hoch. »Unter diesem Schnabel befinden sich scharfe Zähne, die vorderen Eckzähne sind spitz. Und die hinteren … hier, sieh mal …«, sagte er zu Brune und winkte ihn heran, »hier sind die Backenzähne… die Mahlzähne. Sie waren wie wir, Allesfresser, Fleisch und Pflanzen.«

Wieder bebte der Boden unter ihren Füßen. Forin fluchte, doch das Beben erstarb rasch. Die drei Männer blieben ein paar Sekunden lang nervös stehen. Dann kam ein zweites Beben, das sie von den Füßen riss. Der Schädel flog aus Forins Hand gegen einen Felsbrocken, wo er in hundert Stücke zersprang.

Tarantio lag flach auf der Erde, Übelkeit überkam ihn. Minutenlang dauerte das Grummeln an, dann legte sich Stille über das Land, und er stand mit wackligen Knien auf. Forin kam auf die Knie und betrachtete den zersprungenen Schädel. »Wer sonst hat wohl so viel Glück wie ich?«, fragte er, dann stand er auf.

Am Vormittag des folgenden Tages sahen sie die Türme von Corduin. Tarantio stellte fest, dass er den Wachposten am Haupttor kannte, und es gab kein Problem, in die Stadt zu kommen. An der ersten Kreuzung verabschiedete er sich von Forin. Sie schüttelten sich die Hand. »Ich wünsche dir viel Glück, großer Mann.«

»Und ich hoffe, das Schicksal meint es gut mit dir, Tarantio«, antwortete Forin mit einem breiten Lächeln.

»Pass auf den Schwachkopf auf. Wenn du ihn loslässt, wird er innerhalb einer Woche verhungern.«

Als er davonritt, blickte Brune, der Tarantios Steigbügel hielt, auf und fragte: »Wohin gehen wir jetzt?«

»Zu einem Händler, der uns Geld geben wird.«

»Warum sollte er das tun?«

»Es ist mein Geld«, antwortete Tarantio.

»Was machen wir dann?«

Tarantio seufzte. »Ich werde dir beibringen, wie man mit Bogen und Schwert umgeht. Danach wirst du dich einer Söldnertruppe anschließen.«

Brune dachte einen Augenblick darüber nach. »Ich bin nicht schnell im Lernen«, sagte er mit einem breiten Grinsen.

»Das überrascht mich nicht, Brune.«

Kapitel vier

Sirano, der fünfte Herzog von Romark, war das Ebenbild des Mannes, der ihn gezeugt hatte – groß, athletisch, gut aussehend, mit schwarzen Haaren und Augen von einem tiefen Meerblau. Aus diesem Grunde hasste ihn sein Vater, ein kleiner, untersetzter, blonder Mann. Der vierte Herzog von Romark war verbittert. Er hatte aus Liebe geheiratet, nur um festzustellen, dass seine Gefühle einseitig waren. Seine Frau betrog ihn mit dem Hauptmann seiner Wache und wurde im dritten Jahr ihrer unglücklichen Ehe von ihm schwanger.

Der Hauptmann war unter mysteriösen Umständen gestorben, anscheinend im Suff in eine Rauferei geraten und erstochen worden. Die Herzogin war angeblich in ihrem Bad ohnmächtig geworden und ertrunken, drei Tage, nachdem sie Sirano zur Welt gebracht hatte. Alle waren sich darüber einig, dass es eine Tragödie war, und dem vierten Herzog wurde viel Mitgefühl entgegengebracht.

Das Kind wurde von einer Reihe von Ammen aufgezogen. Aufgeweckt und lebhaft sehnte der Junge sich verzweifelt nach der Zuneigung seines Vaters, die er jedoch nie erhielt. Er erfuhr nie den Grund dafür. In der Schule war Sirano der Beste seines Jahrgangs und er verstand schon bald die Feinheiten der Sprache und der Künste. Im Alter von zwölf Jahren konnte er Diskussionen über die Verdienste der großen Bildhauer leiten, über die philosophischen Richtungen der Drei Lehrer debattieren und hatte eine Abhandlung über Leben und Werk des Soldatenkönigs Pardark geschrieben.

Diejenigen, die ihn als jungen Mann kannten, behaupteten, dass die Kälte des Vaters das Herz des Jungen an seinem fünfzehnten Geburtstag schließlich in Eis verwandelt habe. In der Nacht der Geburtstagsfeier wurde ein schrecklicher Streit mit dem vierten Herzog belauscht, der schwer betrunken war.

Danach war Sirano fasziniert von den Wundern der Zauberei. Er studierte Tag und Nacht, gab die für einen Adligen normalen Vergnügungen der Jagd und Hurerei auf und sammelte Bücher und Schriftrollen. Sein erster Zauberspruch, zu dem die Opferung eines Schoßkaninchens gehörte, ging schief. Das kopflose Wesen rannte über den langen Flur des Ostflügels und spritzte Blut auf die schweren Samtvorhänge. Der zweite Zauberspruch war erfolgreicher und letztendlich verdammend.

Um endlich herauszufinden, warum sein Vater ihn verabscheute, wirkte der sechzehn Jahre alte Sirano den alten Beschwörungszauber und rief den Geist seiner toten Mutter an. Er führte dieses Ritual in dem marmornen Badezimmer aus, in dem sie gestorben war. Kein Geist erschien, aber was geschah, veränderte das Leben des jungen Mannes.

Irgendwann während des Zauberspruches machte er einen kleinen Fehler, und anstatt einen Geist herbeizurufen, wurde aus seinem Zauber eine Enthüllung. In einem einzigen Augenblick wurde das Zimmer kalt, und Sirano empfand eine seltsame Leichtigkeit und Schwindel. Leuchtende Farben tanzten vor seinen Augen, und sein Körper fiel zu Boden. Sein Geist jedoch schwebte frei, und er starrte auf eine schöne Frau herab, die ein Bad nahm. Ihre Augen blickten traurig, ihre Wangen waren tränenüberströmt, und Sirano stellte fest, dass ihr Bauch noch gedehnt und schlaff war, Zeichen einer kürzlichen Geburt. Die Tür ging auf, und sein Vater kam herein. Er war schlanker und dünner, sein Haar dichter, und sein Gesicht war weiß und zornig.

»Dachtest du, ich würde es nicht herausbekommen?«, fragte er.

»Du hast ihn getötet«, antwortete sie. »Was kannst du mir denn noch antun?«

»Noch viel mehr!«, zischte er. Ohne ein weiteres Wort schlug er sie heftig ins Gesicht, dann drückte er sie unter Wasser.

Siranos Geist schrak vor dem Anblick zurück. Sie strampelte, Wasser spritzte über den Fußboden, doch der Herzog hielt sie fest, bis alle Gegenwehr endete.

Das Zimmer drehte sich, und Sirano öffnete die Augen. Er lag auf dem Fußboden des leeren Badezimmers, an seiner Schläfe war eine kleine Wunde, wo er mit dem Kopf auf die Kante des Marmorbeckens geschlagen war.

Langsam stand er auf.

Zwei weitere Jahre lang studierte er und meisterte so viele Zauber wie er konnte. In der Nacht seines achtzehnten Geburtstages zündete er die schwarzen Kerzen in seinem Zimmer an und legte eine Grasschlange in ein kugelförmiges Glas, zusammen mit einer Locke vom Haar seines Vaters. Sorgfältig arbeitete er sich durch die Fünf Ebenen von Aveas. Es war kein Gefühl in ihm, kein Zorn, kein Kummer. Als er den Spruch schließlich vollendet hatte, erhob er sich von den Knien, und mit der Schlange im Glas ging er langsam über den Flur zu den Gemächern seines Vaters.

Zwei junge Dienstmädchen lagen in seinem Bett. Sirano flüsterte zwei Worte der Macht und berührte jedes an der Stirn. Beide erhoben sich schweigend, mit flackerndem Blick, und kehrten tief in Trance in ihre eigenen Betten zurück. Sirano zog einen Stuhl heran und machte eine Geste zu den Laternen, die in den Haltern an der Wand steckten. Sie flammten auf und warfen flackerndes Licht auf den schlafenden Mann. Sein Gesicht war jetzt fett, aufgedunsen vom üppigen Leben, und an seiner Schläfe pulsierte eine Ader.

»Erwache, Vater«, befahl Sirano. Der Herzog fuhr hoch, als hätte man ihn geschlagen.

»Was zum Teufel?« Er warf einen Blick neben sich. »Wo sind …?«

»Fort. Sag mir, warum du meine Mutter getötet hast.«

»Raus! Raus, ehe ich meine Peitsche hole!«

»Keine Peitsche mehr«, sagte Sirano leise. »Keine Prügel mehr und keine kalten Worte. Beantworte einfach meine Frage.«

»Bist du verrückt?«

»Im Sinne von wahnsinnig, meinst du? Ich glaube schon. Es ist kein unangenehmes Gefühl. Tatsächlich liegt sogar ein gewisser Trost darin. Aber kommen wir auf meine Frage zurück. Als du in dieses Badezimmer gingst, sagte sie: ›Du hast ihn getötet. Was kannst du mir denn noch antun?‹ Du hast gesagt: ›Noch viel mehr.‹ Dann hast du sie ertränkt. Warum?«

Alle Farbe wich aus dem Gesicht des Herzogs, sein Mund klappte auf, dann wieder zu. »Wie…?«, flüsterte er schließlich.

»Das spielt keine Rolle, Vater. Gar nichts spielt eine Rolle, nur deine Antwort. Sprich.«

»Ich… sie … ich liebte sie«, sagte er. »Wirklich. Aber …

das war ihr nicht genug. Sie nahm einen Mann in ihr Bett. Einen von meiner Wache. Sie planten, glaube ich, mich umzubringen. Ja, mich umzubringen. Ich fand es heraus.« Qual verzog sein Gesicht. »Warum willst du das hören?«

»Der Mann, den du getötet hast. War er groß und dunkel, mit blauen Augen?«

»Ja. Ja, das war er.«

»Ich verstehe«, sagte Sirano. »Ich habe mich oft gefragt, warum deine Geliebten keine Kinder kriegen. Jetzt weiß ich es. Dein Samen ist nicht stark. Und du bist nicht mein Vater.«

»Nein, das bin ich nicht!«, rief der ältere Mann. »Aber du wirst Herzog sein, wenn ich tot bin. Ich habe dich als meinen Sohn aufgezogen. Dafür schuldest du mir etwas!«

Sirano lächelte. »Ich glaube kaum. Das war nur Egoismus auf deiner Seite. Du hast mich der Liebe einer Mutter und eines Vaters beraubt. Du hast mein Leben unglücklich gemacht. Aber jetzt bin ich achtzehn und ein Mann. Ich bin bereit für die Pflichten eines Mannes. Lebwohl, Vater. Möge deine Seele brennen!«

Sirano erhob sich und sprach ein einziges Wort. Die Schlange im Glas schimmerte, dann war sie verschwunden. Der alte Herzog wollte etwas sagen, doch irgendetwas schwoll in seiner Luftröhre an. Er fuhr mit den Händen an seine Kehle, sein Körper wand sich. Seine Hand schlug aus und prallte dumpf gegen die Wand. Seine Beine zuckten unter den Laken, ein tiefes, gurgelndes Keuchen entrang sich ihm. Sirano sah ihm beim Sterben zu, dann öffnete er dem alten Mann den Mund.

Der Kopf der Schlange war gerade noch sichtbar. Sirano presste die Kiefer des Herzogs auseinander, steckte seine Finger in den Schlund und zog die Schlange heraus. Sie wand sich um sein Handgelenk. Er ging zum Fenster und schleuderte das Tier in den Garten.

Nach den offiziellen sieben Trauertagen nahm Sirano den Segen und den Mantel des Herzogs von Romark. Als die Zeremonie vorbei war, nahm er seine Berater mit auf die Brüstung der hohen Westmauer und deutete auf die Berge der Eldarin.

»Dort liegt große Gefahr, meine Freunde«, sagte er. »Es sind Zauberer und Gestaltwechsler. Was, glaubt ihr, haben sie vor?«

Acht Jahre später hörte der sechsundzwanzigjährige Sirano seinen Offizieren zu, die Bericht erstatteten. Die Kräfte des Herzogs von Corduin waren an der Westgrenze zurückgeschlagen worden, unter schweren Verlusten auf beiden Seiten. Der abtrünnige Korsar Belliese hatte eine Nachschubflotte im Südmeer überfallen und zwei Kriegsgaleonen gekapert. Ansonsten gab es lediglich einen Sieg, der nur als Pyrrhussieg bezeichnet werden konnte. Karis und ihre Lanzenreiter hatten eine Söldnertruppe aufgerieben, die auf dem Weg war, eine kleine Festungsstadt einhundertzwanzig Kilometer nördlich von Loretheli zu entlasten. Zweihundertvierzig feindliche Soldaten fielen, die eigenen Verluste beliefen sich auf fünfzehn Tote und einunddreißig Verwundete. Die Stadt hatte sich einen Tag später Karis ergeben, das Stadtsäckel von zwölftausend Goldstücken füllte nun die Truhen Romarks. Während die Offiziere über Taktiken diskutierten, schweiften Romarks Gedanken ab, sein Blick war auf Karis geheftet. Groß und schlank, das lange dunkle Haar von einem silbernen Stirnreif gehalten, strahlte sie eine martialische Schönheit aus, die Sirano unwiderstehlich fand. Sie war nicht im klassischen Sinne schön, ihre Nase war lang, ihr Gesicht etwas zu eckig. Trotzdem hatte diese Kriegerin etwas an sich, das sein Blut in Wallung brachte wie keine andere Frau.

Sirano entließ seine Offiziere und bedeutete Karis, noch zu bleiben. Er stand auf und ging zu einem schön geschnitzten Schrank an der Fensterwand des großen Arbeitszimmers und nahm eine Kristallkaraffe heraus. Er füllte zwei kristallene Gläser bis zur Hälfte und reichte eines Karis.

»Meinen Glückwunsch, Karis. Dein Überfall war eine Beispiellektion in Taktik.«

Karis verbeugte sich knapp, ihre großen dunklen Augen blickten fest in die seinen. »Wolltest du darüber sprechen?«, fragte sie.

»Ich habe nichts zu besprechen«, antwortete er, »aber ich genieße deine Gesellschaft. Bleib noch ein Weilchen sitzen.« Karis streckte sich auf einer Couch aus, sodass kein Platz für den Herzog mehr blieb. Doch sie lehnte sich zurück, ein Bein am Boden, das andere lang ausgestreckt, und Sirano versuchte gar nicht, seinen Blick von ihren geöffneten Beinen und dem Schnitt ihrer blauen seidenen Beinkleider loszureißen. Er widerstand dem Drang, mit der Hand über ihre Schenkel zu fahren, zog sich einen Stuhl heran und nippte an seinem Weinbrand. Karis lächelte ihn katzengleich an.

»Wie ich höre, hast du eine neue Geliebte«, sagte Karis. »Ist sie niedlich?«

»Allerdings«, erklärte er. »Sie sagt sogar, dass sie mich liebt.«

»Und, tut sie das?«

»Wer weiß? Ich bin reich und mächtig. Viele Frauen fänden das allein schon attraktiv.«

»So bescheiden, Sirano«, tadelte sie. »Du siehst auch gut aus und hast Verstand. Ich zweifle nicht daran, dass du deinen Partnerinnen große körperliche Freuden bereitest.«

»Wie nett von dir«, sagte er. »Treibst du es noch immer mit diesem Söldnerleutnant … Giriak?«

Sie nickte, dann setzte sie sich auf und trank ihren Weinbrand. »Er ist jung und stark.«

»Und hat er sich in dich verliebt?«

Sie zuckte die Achseln. »Er benutzt die Worte wunderbar, zum genau richtigen Zeitpunkt. Das ist vielleicht dasselbe, meinst du nicht?«

»Für mich sicherlich«, stimmte er ihr zu. »Aber ich bin mir auch nicht ganz sicher, was Liebe ist. Du auch nicht, mein Herz … es sei denn, wir reden von deiner ersten Liebe, dem Kampf.«

Ihre Augen wurden schmal. »Du missverstehst mich, Sirano.«

Er kicherte mit echtem Humor. »Das glaube ich nicht. Es gibt viele in den Herzogtümern, die wünschen, dieser Krieg würde beendet, aber du gehörst nicht zu ihnen. Krieg ist für dich Leben. An dem Tag, an dem der Frieden kommt – und eines Tages wird er kommen, wenn ich gewinne – wirst du in Panik geraten.«

»Das glaube ich nicht. Panik ist mir fremd. Abgesehen davon ist diese Unterhaltung rein hypothetisch. Die Kräfte sind zu gleichmäßig verteilt, als dass es eine Entscheidung in diesem Konflikt geben könnte. Dazu kommen die Söldnerarmeen, sie folgen nur dem Gold. Wenn ihr Herzöge den Krieg beenden wollt, was glaubt ihr wohl, wird aus ihnen? Werden sie die Waffen niederlegen und aufs Land zurückkehren? Nein, Saro. Du und deine noblen Freunde und Feinde, ihr habt die Wölfe losgelassen. Ihr werdet sie nicht so leicht wieder los.«

Er zuckte die Achseln. »Das sind Probleme für einen anderen Tag.« Sein Blick wanderte wieder zu ihren seidenbekleideten Beinen. »Du bist wirklich sehr attraktiv«, sagte er. »Eines Tages sollten wir einander besser kennen lernen.«

»Eines Tages«, stimmte sie zu. Einen Augenblick sprach keiner von beiden, dann stand Karis auf und füllte ihr Glas neu. »Hast du die Geheimnisse der Perle gelöst?«, fragte sie.

»Ich glaube, wir stehen dicht davor«, antwortete er. »Ich denke, es handelt sich um eine Art Kraftquelle.«

»Das hast du schon vor zwei Monaten gesagt«, erinnerte sie ihn.

»Geduld gehört zu meinen Tugenden«, erwiderte er. »Bislang haben wir immer stärkere Sondierungszauber versucht. Nichts kann die Perle durchdringen. Doch in diesem Augenblick bereiten meine Zauberer sich auf das Ritual von Aveas vor. Ich nehme an, wir werden heute einige Antworten bekommen. Das ist einer der Gründe, weshalb ich dich bat zu bleiben.«

Karis nippte ihren Weinbrand, dann kehrte sie zur Couch zurück. Dieses Mal streckte sie sich nicht aus, sondern blieb auf der Kante sitzen. »Ich bin kein Zauberer, Saro, aber erfordern die Sprüche von Aveas nicht einen Tod?«

»Ich fürchte ja. Aber was sein muss, muss sein, wenn die Dämonen drohen, wie es heißt.«

»Und was soll er erreichen, dieser Mord?«, fragte sie.

»Schwer zu sagen. Ich nehme an, wenn Zauberer von Menschenopfern reden, sind sie mit ihrer Kunst am Ende. Aber ich habe genug studiert, um zu wissen, dass aus Angst große Magie beschworen werden kann. Und es gibt nichts Erschreckenderes, als an einen Altar gekettet zu werden, und ein Messer zielt auf dein Herz.«

Ehe sie antworten konnte, klopfte es an der Tür. »Herein!«, rief er.

Ein großer, dünner Mann in einem langen Gewand aus blauem Samt trat ein und verbeugte sich. Er war kahl, seine Gesichtshaut spannte sich straff über seinen großen Schädel. »Es wäre gut«, sagte Sirano, »wenn du mir gute Nachrichten bringst.«

»Etwas Interessantes ist passiert, Herr«, antwortete der Mann. Seine Stimme war tief und leise. »Es ist etwas, das du dir vielleicht selbst ansehen solltest.«

»Wir kommen gleich zu euch«, sagte Sirano und entließ den Zauberer mit einer Handbewegung. Nachdem er gegangen war, erhob sich Karis, um zu gehen. »Warte!«, befahl Sirano.

»Ich habe nicht den Wunsch, mir das anzusehen«, erklärte sie. »Menschenopfer interessieren mich nicht.«

»Mich auch nicht«, gab er zu. »Komm trotzdem mit.«

»Ist das ein Befehl, Herr?«, fragte sie leicht spöttisch.

»Allerdings, Hauptmann«, sagte er, ging zu ihr und legte ihr eine Hand auf die Schulter. Er beugte sich zu ihr und küsste sie zärtlich auf die Wange. »Ich liebe den Duft deines Haares«, flüsterte er.

Zusammen gingen sie den langen Korridor entlang und stiegen die Wendeltreppe zu den unteren Stockwerken hinunter. Fackeln hingen an den nackten Steinwänden, und eine flinke, fette Ratte huschte vor ihnen vorbei, als sie auf eine große Doppeltür zugingen. Sirano blieb stehen. »Die Ratte war für meinen Geschmack zu gut genährt«, sagte er. »Erinnere mich daran, dass ich nach dem Quartiermeister schicke, wenn wir hier fertig sind.«

»Vielleicht ist die Ratte ja ein Schoßtier«, sagte sie grinsend.

»Vielleicht. Wahrscheinlicher ist es, dass das Ungeziefer einen Weg in die Kornkammer gefunden hat, obwohl ich befohlen hatte, sie abzudichten.«

Sirano stieß die Doppeltür auf, und sie betraten einen großen, runden Raum, der im Licht von zwanzig Laternen erstrahlte. Drei Zauberer in Samtgewändern standen um einen flachen Tisch herum, auf dem ein nacktes junges Mädchen an Armen und Beinen gefesselt lag. Direkt hinter dem Altar, auf einer umgedrehten, bronzenen Adlerklaue, ruhte die Eldarin-Perle. Karis hatte das Juwel noch nie gesehen und war fasziniert von seiner Schönheit. Es schien in lebendigen Farben zu pulsieren, und sie spürte die Wärme, die es ausstrahlte.

»Oh, bitte, Herr, rette mich!«, flehte das Mädchen, das an den Altar gefesselt war. Karis drehte sich um, um es anzusehen. Es war nicht älter als vierzehn.

»Schweig, Kind«, befahl Sirano. Er wandte sich an den großen, kahlköpfigen Zauberer und fragte: »Warum ist das Ritual noch nicht vollendet?«

»Es ist, Herr. Das ist ja das Interessante.«

»Verschone mich mit Rätseln, Calizar.«

»Seht zu, Herr.« Der große Mann hob die linke Hand und begann zu singen. Roter Rauch entströmte seinen Fingern und waberte zur der milchigen Schönheit der Perle. Als er näher kam, veränderte sich der Rauch und formte sich zu etwas, das Karis wie eine große Tatze mit vier Klauen erschien, die sich auf die Perle senkte. Unmittelbar bevor der rote Rauch die Perle zu berühren drohte, schoss ein zackiger Lichtblitz auf. Blaues Feuer explodierte in dem Rauch und bildete ein verschlungenes Lichtmuster. Die rote Klaue verschwand.

Als der Rauch verblasste, hob der Zauberer die rechte Hand, in der er einen Krummdolch hielt. Er stieß ihn ins Herz des Mädchens. Ihr schlanker Körper bäumte sich auf, und ein erstickter Schrei kam von ihren Lippen. Calizar zog das Messer heraus. Eine weiße Wolke wehte aus der Perle und legte sich über das Mädchen, bis es vollständig darin eingehüllt war. Der große Raum war plötzlich von Rosenduft erfüllt. Sirano sah voller Interesse zu. Karis stand dabei, ihr Abscheu vor dem versuchten Opfer wurde hinweggespült von dem plötzlichen Gefühl einer Vorausahnung, während sie gespannt das Kind auf dem Altar beobachtete.

Nach ein paar Sekunden hob sich die weiße Wolke von dem Mädchen und floss zurück in die Perle.

»Nicht noch mal, bitte!«, jammerte das Kind. Sirano trat dicht an es heran und legte die Hand auf das weiße Fleisch ihrer kleinen Brüste. Es war nichts zu sehen, keine Wunde, kein Tropfen Blut, wo das Messer in ihr Herz gedrungen war.

»Wie oft ist dies schon passiert?«, fragte Sirano.

»Das war das vierte Mal, Herr. Die Perle lässt, wie es scheint, kein Menschenopfer zu.«

»Faszinierend! Was schließt du daraus, Calizar?«

»Es ist mir unbegreiflich, Herzog.«

»Gib mir den Dolch und beschwöre den Klauen-Rauch.« Calizar reichte ihm das Messer, dann begann er zu singen. Das Mädchen auf dem Altar begann zu weinen. Sirano lächelte es an und strich ihm übers Haar.

»Tu mir nicht weh!«, flehte es.

Er antwortete nicht. Der rote Rauch schloss sich um die Perle, Blitz und blaue Funken erschienen wieder als Antwort.

»Jetzt!«, flüsterte Calizar.

Sirano drehte sich um … und rammte den Dolch bis zum Griff in die Brust des Zauberers. Calizar taumelte zurück, dann fiel er auf die Knie, sein langer Oberkörper sackte nach vorn, bis seine Stirn dumpf auf den kalten Steinplatten des Fußbodens aufprallte.

Die weiße Wolke löste sich aus der Perle und waberte zu dem Zauberer. Doch als sie ihn berührte, wich sie zurück und kehrte augenblicklich in die Perle zurück, indem sie durch die vielfarbige äußere Schicht sickerte.

Sirano kniete neben dem Toten nieder und drehte ihn auf den Rücken. »Ich habe keine Zeit«, sagte er, »für Zauberer, denen neue Magie unbegreiflich ist.« Er stand auf und wandte sich an die anderen beiden Zauberer. »Findet ihr auch, dass das völlig unbegreiflich ist?«

»Keineswegs, Herr. Aber es erfordert intensives Studium«, antwortete der erste. Sein Kollege nickte zustimmend.

»Gut«, sagte Sirano. »Also, was haben wir heute gelernt?«

»Die Perle hat Bewusstsein«, sagte der erste Zauberer, ein kleiner Mann mit eng stehenden Augen und langem Spitzbart.

»Was noch?«

»Dass wir eine gewisse Kontrolle darüber ausüben können. Wir haben sie dazu gebracht, das Mädchen zu heilen. Aber verzeih mir, Herr, wenn ich das sage, ich verstehe nicht – noch nicht«, setzte er rasch hinzu, »warum sie das Mädchen ins Leben zurückgeholt hat, aber nicht meinen Bruder Calizar.«

»Ah, aber ich verstehe es«, sagte Sirano. »Setzt eure Arbeit fort.«

»Was ist mit dem Mädchen, Herr?«

»Vorläufig keine weiteren Opfer. Gib ihr zehn Goldstücke, und schick sie nach Hause.«

Dann wandte er sich ab und führte Karis zurück nach oben ins Arbeitszimmer.

»Nun?«, fragte sie. »Willst du mir sagen, warum die Perle das Mädchen rettete?«

»Sie war unschuldig«, antwortete er.

»Wie hilft dir das dabei, der Perle ihre Geheimnisse zu entlocken?«

»Sie hat eine Wahl getroffen, meine Schöne. Verstehst du nicht? Sie ist beseelt. Also werden wir ihr weitere Wahlmöglichkeiten anbieten. Und sehr bald werde ich mehr Macht besitzen als je ein Mann zuvor.«

Sechs Tage lang sah Karis nichts von Sirano. Um Mitternacht des siebten Tages lief ein Beben durch die Festung. Karis, die mit einem Becher Wein im Bett lag, sprang auf die Füße und rannte auf den Balkon hinaus. Strahlende Lichter flammten von den höchsten Räumen des Burgfrieds, Blitze zuckten aus dem obersten Turm. Steinblöcke polterten in den Hof hinunter, einige durchschlugen das Dach der Stallungen.

Der nackte Mann, der noch Augenblicke zuvor neben Karis gelegen hatte, trat auf den Balkon hinaus. »Mit seiner Magie bringt er uns noch alle um«, sagte er und hielt sich am Bronzegeländer des Balkons fest. Er war ein dunkler Typ, gut aussehend, doch in seinem kraftvollen Gesicht malte sich Furcht ab. Es war kein attraktiver Anblick, dachte Karis.

»Er sagt, er sei den Geheimnissen der Perle sehr nahe«, erklärte Karis.

Giriak fluchte. »Das hast du mir schon vor einer Woche gesagt. Gestern ist ein Teil der Hauptmauer zusammengekracht – und hat drei meiner Männer getötet. Hast du die Schlangen der Flüchtlinge gesehen? Sie verlassen die Stadt in Scharen.«

Karis zuckte die Achseln. »Was kümmert es dich?«, fragte sie. »Er gibt dir Gold.«

»Ich würde gern am Leben bleiben, um es auszugeben.«

Ein weiteres Beben grollte, und ein kleiner Riss erschien an der Wand des Balkons. »Hurensohn!«, zischte Giriak und machte einen Satz zurück ins Zimmer. Karis grinste, als sie sich zu ihm umdrehte. Sie streckte die Arme aus und winkte ihn zu sich.

»Komm!«, rief sie. »Liebe mich auf dem Balkon, ehe er abstürzt.«

»Sei nicht albern«, drängte er. Karis ließ das grüne Gewand fallen, das sie trug, ihr nackter Körper schimmerte im Mondlicht. Wieder bebte es, und der Riss in der Wand wurde breiter und zog sich als dicke schwarze Linie quer über die ganze Wand. »Komm rein!«, schrie Giriak.

»Komm raus«, lockte sie. »Zeig mir, dass du ein Mann bist.«

»Du bist ja verrückt, Weib! Willst du unbedingt sterben?«

»Nimm deine Sachen und verschwinde«, sagte sie, wandte sich verächtlich ab und kletterte auf das Bronzegeländer. Vorsichtig das Gleichgewicht haltend, ging sie darauf entlang, spürte das kalte, glatte Metall unter ihren Füßen. Ein weiteres Beben, und sie würde abstürzen. Sie wusste das, und ein köstliches Gefühl der Erregung durchströmte sie. Das war Leben! Ein paar Sekunden blieb sie so stehen, die Arme über den Kopf gehoben.

Ein Blitz schoss aus dem Turm, gefolgt von einem Donnerschlag, der das Gebäude bis in die Grundmauern erschütterte. Karis verlor das Gleichgewicht, wirbelte herum und warf sich mit einem Satz zurück ins Schlafzimmer. Sie landete auf der Schulter und rollte sich auf die

Füße. Hinter ihr brach der Balkon ab und stürzte krachend in den Hof hinunter.

Karis schauderte, dann sah sie sich um. Giriak war gegangen.

Sie nahm den Weinkrug und einen Becher und setzte sich auf den runden, gestickten Teppich in der Mitte des Zimmers. Giriak war eine Enttäuschung. Wie alle anderen Männer, die sie kennen gelernt hatte. Lag der Fehler bei den Männern an sich, überlegte sie, oder liegt es an den Männern, die ich anziehend finde? Oder liegt der Fehler bei mir?

Ihr Vater hatte das behauptet. Er sagte, sie wäre vom Teufel besessen und versuchte jahrelang, ihr das Böse auszuprügeln. Er zerrte sie aus der Hütte und band sie an einen Pfahl in der Scheune. Die darauf folgenden Worte waren immer dieselben: »Schwör ab! Öffne dein Herz der QUELLE. Bitte um Vergebung!« Karis hatte all das versucht, aber es machte keinen Unterschied. Wenn sie ihre Unschuld beteuerte, schlug er sie. Wenn sie Schuld eingestand und die QUELLE anrief und um Vergebung bat, tobte ihr Vater bis zur Weißglut. »Du lügst und verhöhnst mich!«, brüllte er. Dann schlug er sie mit einer Rute auf Beine und Hintern, bis sie blutete. Und so lernte sie, all das schweigend auszuhalten, mit zurückgewandtem Kopf, die dunkelbraunen Augen fest auf seinen irren Blick gerichtet.

Es kam kein Ritter, um das Kind zu retten, kein Held aus dem Wald, der es mit sich führte. Nur sie und ihre des Lebens überdrüssige Mutter, eine vorzeitig gealterte Frau, die von den Jahren und den kalten Fäusten ihres Mannes zu Boden gedrückt wurde.

»Eines Tages gehe ich zurück und bringe ihn um«, dachte sie, während sie den letzten Schluck Wein trank.

Sie lag auf dem Rücken und blickte hinauf zu der bemalten Decke. Auch hier zeigten sich Risse. Giriak hatte Recht, Sirano zerstörte seine eigene Stadt. »Das bedeutet mir nichts«, sagte sie.

Gibt es denn überhaupt etwas, das dir etwas bedeutet?, fragte sie sich. Oder hat das Leben dir nicht mehr zu bieten als einen überwältigenden Sieg in einer Schlacht und eine verschwitzte Rammelei mit einem starken Mann?

»Beide Dinge sind ein und dasselbe«, sagte sie laut. Die Decke bewegte sich und verschwamm. Zuerst dachte sie, es käme von einem erneuten Beben, aber dann, als ihr Magen revoltierte, erkannte sie, dass es am Wein lag. Sie rollte sich auf die Knie und zwang sich aufzustehen. Sie nahm einen tiefen Schluck aus einem Wasserkrug, ging zum Bett und setzte sich. Wie immer gewann ihre starke Konstitution die Oberhand über den Alkohol in ihrem Blut.

Müdigkeit überfiel sie und sie wünschte, sie hätte Giriak nicht fortgeschickt. Es wäre schön gewesen, dicht beieinander zu liegen und die Wärme seines Körpers zu spüren, während sie in den Schlaf glitt.

Die Schlafzimmertür ging auf, und sie spürte eine kalte Brise. Sie schlug die Augen auf und setzte sich. Aber es war nicht Giriak, der hereinkam.

Sirano stand in der Tür, und Karis war überrascht über die Veränderung, die mit ihm vorgegangen war. Sein attraktives Gesicht war hager und abgespannt, die Wangen von schwarzen Stoppeln bedeckt, die müden Augen von tiefen Ringen umgeben. Seine Kleider, die schön aus schwarzer Seide gearbeitet waren, waren zerknittert und voller Schweißflecken, sein schwarzes Haar war strähnig und glänzte vor Schweiß. Er kam zum Bett und lächelte sie müde an.

»Du bist schön, wenn du nackt bist, Karis«, sagte er. Die

Worte klangen gezwungen, nicht mehr als ein Echo dessen, was noch vor wenigen Tagen echtes Gefühl hätte sein können.

»Du siehst schrecklich aus«, sagte sie. »Wie lange hast du nicht mehr geschlafen?«

»Seit Tagen. Ich schwöre, ich bin nahe dran. Die Verteidigung der Perle wird schwächer. Wenn ich noch die Kraft hätte, hätte ich diese Nacht den Durchbruch schaffen können. Der Spruch der Sieben hätte es beinahe geschafft. Sie konnte nicht alle Opfer retten. Da wusste ich es.«

»Wie viele hast du getötet, Saro?«

»Getötet? Ach, die Mädchen... zwei. Fünf überlebten. Aber ich habe es fast geschafft, Karis.«

»Du wirst dabei noch deine Stadt und dich selbst zerstören. Weißt du, dass sich die Erdbeben immer weiter ausbreiten? Heute kam ein Reiter an. Er sagte, Corduin war im letzten Monat dreimal betroffen. Ist das dein Wirken?«

Er nickte. »Mach dir keine Sorgen. Mit der Macht der Perle kann ich alles wieder aufbauen, und Morgallis wird hundertmal schöner werden als zuvor. Und wir haben die Ewigkeit, um es noch besser zu machen. Unsterblichkeit liegt in Reichweite.«

»Wir?«, entgegnete sie.

»Warum nicht, Karis? Du und ich. Für immer jung.«

»Vielleicht will ich gar nicht für immer jung sein«, sagte sie.

»Das sagst du nur, weil du noch nicht die eisigen Finger des Grabes auf der Haut gespürt hast.« Seine Augen glänzten fiebrig. Karis stand vom Bett auf und füllte einen Becher mit Wasser, den sie ihm anbot. »Wein«, sagte er, »gib mir Wein.«

Sie goss das Wasser auf den Fußboden und den letzten Rest Wein in den Becher. Er nahm ihn mit zitternder Hand entgegen und trank in tiefen Zügen. »Ich bin so müde.«

»Dann geh in dein Zimmer und schlaf.«

Einen Augenblick lang schwieg er, seine Miene war nachdenklich. »Ich bin kein eitler Mann«, sagte er schließlich. »Ich weiß, dass du mich attraktiv findest. Und ich glaube wirklich, du bist die göttlichste aller Frauen. Warum schlafen wir dann nie zusammen?«

»Dies ist nicht der richtige Zeitpunkt, darüber zu sprechen, Saro«, erklärte sie.

Er lächelte. »Ich kenne die Antwort – aber ich wollte sie von dir hören. Du bist ein Söldner. Wenn dein Vertrag ausläuft, gehst du zu dem, der am meisten bietet. Es würde die Angelegenheit verkomplizieren, wenn du dich gefühlsmäßig mit einem der Herzöge einließest. Ist es nicht so?«

»Genau so«, gab sie zu. »Und da du das weißt, warum bestehst du darauf?«

»Ich verzehre mich nach dem Unerreichbaren«, sagte er. Seine Miene wurde weich. »Traust du meinem Wort, Karis?«

»Ich habe keinen Grund, daran zu zweifeln.«

»Dann erlaube mir, bis morgen früh zu bleiben. Ich habe das Bedürfnis, warme menschliche Haut an meiner zu spüren. Ich werde keinen Versuch unternehmen, dich zu verführen – das schwöre ich.«

»Was ist mit deiner Geliebten? Ist ihre Haut nicht weich und warm?«

»Darf ich hier bleiben?«

Sie sah ihn an, dann seufzte sie. »Du kannst hier bleiben – bis morgen früh.«

Sirano stand auf und streifte langsam seine Kleider ab, ehe er zum Bett stolperte. Als Karis die Decke zurückzog und neben ihn schlüpfte, war sein Körper kalt. Sie legte die Arme um ihn und zog ihn an sich.

»Sie ist tot, Karis«, flüsterte er. »Ihr Körper ist nicht mehr weich und warm.«

»Du hast sie geopfert?«

»Mit meinen eigenen Händen.«

Karis sagte nichts. Sein Atem ging tiefer, und bald war er in ihren Armen eingeschlafen. Aber zu Karis wollte der Schlaf nicht kommen. Das Mädchen war nicht älter als achtzehn gewesen und völlig hingerissen von Sirano. Ihre Rehaugen hingen immer an seinem Gesicht. Sie lebte, um ihm Freude zu bereiten. Jetzt war sie gestorben, um ihm Freude zu bereiten.

Karis lag eine Weile still, dann schob sie sich von dem schlafenden Mann weg. Sie stand lautlos auf und ging zu ihren Kleidern, die achtlos in einem Haufen auf dem Fußboden lagen. Sie zog den Dolch aus seiner Scheide und kehrte zum Bett zurück. Ein Stich war alles, was nötig war.

Im Licht der Laterne sah sein Gesicht sehr jung aus, jungenhaft und unschuldig. Du bist nicht unschuldig, dachte sie. Du bist ein Killer, und du lieferst dich dem Bösen aus.

Ein strahlendes Licht fiel auf das Bett und erleuchtete sein Gesicht, und Karis fuhr herum. Die westliche Wand glühte hell, als ob sie von innen her leuchtete. Eine große Gestalt erschien daraus, das Gesicht war schmal und von weißem Fell umgeben, bis auf die Augen und die Nase. Karis zog den Dolch und schleuderte ihn. Er segelte durch die Gestalt und prallte klirrend gegen die Wand.

»Du hast nichts zu fürchten, Kind«, wisperte eine Stimme in ihrem Kopf.

»Wer bist du?«, fragte sie laut. Sirano neben ihr rührte sich und erwachte.

»Ich bin Ranaloth«, sagte die Erscheinung.

»Der Geist der Perle«, sagte Sirano. »Bist du nun bereit, mir zu geben, was ich will?«

»Das kann ich nicht. Und du solltest keine weiteren Versuche unternehmen, es zu stehlen.«

»Ich werde dich besiegen, Eldarin. Genauso wie ich dein Volk vernichtet habe. Du kannst mich nicht aufhalten.«

»Das ist nicht ganz richtig. Ich könnte dich aufhalten. Ich könnte dich töten, Kind. Stattdessen bitte ich dich, Sirano, nicht weiterzumachen. Die Perle ist wichtiger als dein Ehrgeiz. Und wenn du Erfolg haben solltest, wirst du etwas Schreckliches loslassen, über das du keine Kontrolle hast.«

»Leere Worte«, höhnte Sirano.

»Die Eldarin lügen nicht, Herzog von Romark, das haben wir vor tausend Jahren schon hinter uns gelassen. Du siehst die Perle als eine Waffe, als ein Hilfsmittel, um deine Träume von Eroberung und Unsterblichkeit zu erreichen. Aber sie ist keine Waffe. Und sie wird dir, auch wenn du sie durchbohrst, nicht das geben, was du wünschst.«

»Versuche nicht, mich zum Narren zu halten, alter Mann«, sagte Sirano. »Ich bin ein Zaubermeister. Ich kann die Macht in der Perle fühlen und bald werde ich sie an mich ziehen.«

Die Gestalt schwieg einen Moment, dann sprach Ranaloth erneut. »Vor langer Zeit standen die Eldarin vor einem anderen großen Bösen«, sagte er. »Wir hüllten es ein, entfernten es von der Welt. Die Perle hält dieses Böse in Schach. Versuche nicht…« Plötzlich flackerte das

Licht um die Erscheinung, und der alte Mann taumelte. »Deine Zauberer greifen uns immer noch an«, sagte er. Seine Schultern sanken herab, er breitete die Hände in einer Geste der Hoffnungslosigkeit aus. »Jetzt«, sagte er mit unendlicher Traurigkeit in der Stimme, »ist es zu spät.« Er wandte sich an Karis und sagte: »Verlasse diese Stadt und geh in die Berge. Deine Welt ist am Ende. Verzweiflung und Entsetzen erwarten euch.«

Das Licht wurde schwächer, und die Gestalt verschwand. Die beiden Menschen blieben noch eine Weile schweigend sitzen, dann stand Karis auf. »Was hast du getan, Saro? Was hat dein böses Streben uns eingebracht?«

»Böse?«, höhnte er. »Was heißt schon böse? Alle mächtigen Männer wurden von ihren Feinden böse genannt. Es bedeutet nichts, es ist einfach nur ein Wort.«

»Der Eldarin sagte, unsere Welt wäre am Ende. Er verkündete Verzweiflung und Entsetzen.«

»Er log!«

»Warum sollte er? Was sollte er damit bezwecken?« Karis schüttelte den Kopf. »Nein, Sirano, seine Worte klangen wahr. Du hast die Eldarin vernichtet. Du hast die Welt in den Krieg getrieben. Und jetzt hast du eine böse Macht losgelassen, die uns vielleicht alle zerstört.«

»Welche böse Macht? Ich sage dir, er hat gelogen, und ich sage dir auch warum. Weil er wusste, dass ich ihn fast hatte! Und ich werde seine Macht bekommen!«

»Ich glaube nicht«, sagte Karis. »Und mich hast du auch nicht mehr.«

»Wir haben einen Vertrag!«

»Das überzahlte Geld wird dir rückerstattet. Meine Männer und ich brechen im Morgengrauen auf.«

»Wie du willst«, sagte er. »Wenn du auf den Knien zu

mir zurückgerutscht kommst, vergebe ich dir vielleicht, Karis.«

Sie lachte ihn aus. »Du musst wirklich unsterblich werden, Saro, um so lange zu leben, dass du diesen Tag erlebst. Und jetzt sei so gut und lass mich in Frieden. Ich brauche meinen Schlaf.«

Die Tür schloss sich hinter Sirano, und Karis lauschte schweigend auf seine sich entfernenden Schritte. Sobald sie sicher war, dass er nicht zurückkam, ging sie rasch zu dem großen Kleiderschrank und nahm ihre Reitkleidung heraus: Hosen aus geöltem braunem Leder und ein Hemd aus dicker, cremefarbener Wolle, knielange Stiefel mit fünf Zentimeter hohen Absätzen und eine ärmellose Lederweste, deren Schulter- und Rückenpartie mit einem kostbaren Überwurf und einer Kapuze aus winzigen Kettengliedern verstärkt war. Sie ging zum Spiegel neben dem Bett, bürstete ihr schulterlanges schwarzes Haar zurück und band es im Nacken zu einem straffen Pferdeschwanz zusammen. Ohne die mildernde Wirkung ihres offenen Haares sah Karis älter aus, und sie betrachtete prüfend ihr Spiegelbild. Die dunklen Augen hatten zu viel Schmerz gesehen, das zeigte sich in dem kritischen Blick. Sie beugte sich vor und hob die Hand an die Schläfe. Ein einziges graues Haar wuchs dort. Wütend zupfte sie es aus. Achtundzwanzig ist noch nicht *so* alt, beruhigte sie sich.

»Beweg dich«, befahl sie sich laut. »Du hast keine Zeit, in Spiegel zu starren.«

Sobald der Schock über ihre Abtrünnigkeit sich gelegt hatte, würde Sirano Schritte unternehmen, um sie aufzuhalten. Von allen Söldnerführern war Karis schlicht die beste. Sie wusste das. Er wusste das. Er würde nicht zulassen, dass sie sich einem seiner Feinde anschloss, und Karis verspürte nicht den Wunsch, an einen Altar gefesselt und der Perle geopfert zu werden.

Sie schlang den Schwertgürtel um ihre schlanke Taille und warf sich ihren Reisemantel aus Schaffell um die Schultern, dann sah sie sich ein letztes Mal im Zimmer um. Der Dolch, den sie auf den Eldarin-Geist geschleudert hatte, lag noch immer an der Wand. Sie steckte ihn in die verborgene Scheide in ihrem rechten Stiefel. Zum Schluss öffnete sie die kleine Truhe an der anderen Wand und nahm eine schwere Börse heraus, die vierzig Goldstücke enthielt. Sie steckte sie tief in eine Geheimtasche in ihrem Wams. Dann nahm sie Jagdbogen und Köcher und verließ das Zimmer. Lautlos schlich sie über den Korridor und die Wendeltreppe zum Hof hinunter.

Bei den Ställen zäumte sie Warain auf und sattelte ihn. Er war der stärkste und schnellste ihrer Wallache. Es ging ihr gegen den Strich, die beiden anderen zurückzulassen, aber sie standen bei den Mannschaftsunterkünften im Stall, und sie zu holen würde eine Stunde kosten, die sie sich nicht leisten konnte. Warains großer grauer Kopf schmiegte sich an sie, und sie rieb ihm die breite Stirn mit den Fingerknöcheln und führte ihn dann aus dem Stall.

Ein Stalljunge mit vom Schlaf trüben Augen erhob sich aus seinem Strohlager. »Kann ich dir helfen, Herr?«, fragte er.

Karis stand über dem Jungen, dann nahm sie sein Kinn in die Hand. »Sehe ich in deinen Augen aus wie ein Mann, Bursche?«, fragte sie.

Er blinzelte nervös. »Es tut mir Leid, Herrin, ich war noch halb im Schlaf.«

Karis schüttelte den Kopf, verärgert über ihre eigene

Gereiztheit. Der Junge war wahrscheinlich noch nicht aus der Pubertät heraus, aber trotzdem… »Geh und fülle mir einen kleinen Sack mit Getreide«, befahl sie. Er rannte zum hinteren Ende des Stalls und kehrte kurz darauf mit einem vollen Futtersack zurück. Karis hängte ihn über den hohen Sattelknauf und fuhr dem Jungen durch die Haare. »Mach dir nichts draus, Kind. Es war ein langer und anstrengender Tag für mich.«

»Ich habe nur das Schwert und die Stiefel gesehen, Madam. Du bist sehr schön«, sagte er galant.

»Sag mir das in zehn Jahren und ich verspreche dir eine Nacht, die du nicht vergessen wirst!« Karis schwang sich in den Sattel, während der Junge die Stalltür öffnete. Sie duckte sich tief über Warains Hals und lenkte den Wallach durch die offene Tür. Warain war über sechzehn Hand hoch und der Querbalken über der Tür streifte ihre Schulter.

Dann setzte sie sich auf und ritt langsam die Lange Allee zum Westtor hinunter. Sie hatte all ihre Kleider und verschiedene Geschenke und Andenken zurückgelassen, die für andere wahrscheinlich von sentimentaler Bedeutung gewesen wären. Sie bedauerte nur eins – dass sie sich nicht von dem alten Krieger Necklen verabschieden konnte. Der alte Mann war ein Freund geworden – und Freundschaft mit einem Mann war bei Karis selten. Er liebte sie, wie ein Mann seine Tochter lieben sollte. Zorn flammte in ihr auf, als alte Erinnerungen sich Bahn brachen. Wenn sie einen Vater wie Necklen gehabt hätte, wäre sie jetzt vielleicht glücklich.

Sie zog an den Zügeln, damit Warain stehen blieb. Es war noch Zeit genug, Necklen zu suchen und zu drängen, mit ihr zu reiten. Er würde bereitwillig mitkommen. Karis war hin und her gerissen. Seine Gesellschaft munterte sie immer auf, aber die Gefahren würden groß sein, und sie wollte den alten Mann nicht in den Tod führen. »Ich werde nach dir schicken«, flüsterte sie, »wenn ich ein neues Kommando habe.«

Die Straßen waren verlassen, aber überall gab es Spuren von Siranos besessenem Drang, die Geheimnisse der Perle zu ergründen. Gewaltige Risse zeigten sich in den Mauern der Gebäude, und einige Wände waren eingestürzt. Die Straße vor ihr war holperig, scharfkantige Pflastersteine ragten aus der Oberfläche wie abgebrochene Zähne. Sie konnte jetzt das Haupttor sehen und die beiden Wachposten, die unter dem hohen Bogen standen. Sie hatte den Zeitpunkt ihrer Abreise gut gewählt, das erste Tageslicht kroch soeben über die Berge im Osten. Niemand durfte Morgallis bei Nacht ohne Passierschein verlassen.

»Guten Morgen«, sagte sie, als sie vor den beiden Männern ankam.

»Dir auch einen guten Tag, Karis«, sagte der erste Wachposten liebenswürdig. Er schenkte ihr ein breites Grinsen. Sein Gesicht kam ihr vertraut vor und sie suchte nach einer Verbindung. Zuerst fiel ihr der Name ein.

»Dir scheint es gut zu gehen, Gorl. Vielleicht zu gut«, setzte sie hinzu und deutete auf den Bauch des Mannes. »Wie lange bist du nicht mehr auf einem Feldzug marschiert?«

»Fast ein Jahr – und ich vermisse es nicht. Habe jetzt eine Frau und zwei Kleine.«

»Eine Frau? Und du hast doch geschworen, eine Frau allein könnte dich nicht zufrieden stellen.«

Er schüttelte den Kopf und grinste. »Das war, bevor ich dich kennen lernte, Lady. Du hast mich eines Besseren belehrt.« Dann fiel es ihr ein. Gorl war einer ihrer vielen

Liebhaber gewesen. War es auf dem Gebirgsfeldzug, überlegte sie? Nein, das war der schlanke Bogenschütze gewesen, der bei Loretheli starb. »Wohin willst du an diesem kühlen Morgen?«, fragte Gorl. Seine Frage unterbrach ihre Gedanken.

»Ich habe Sirano letzte Nacht den Dienst quittiert. Ich denke, ich reite zum Meer. Ruh mich mit ein paar Seeleuten aus.«

Gorl kicherte. »Bei den Göttern, du bist ein Wunder, Karis! Lebst wie eine Hure, kämpfst wie ein Tiger und siehst aus wie ein Engel. Es hat zwei Jahre gedauert, bis ich dich wieder aus dem Kopf hatte. Oder es zumindest glaubte.«

»Ich denke auch voll Zuneigung an dich«, sagte sie. »Und jetzt öffne das Tor.«

Er trat zurück und schob den Riegel aus der breiten Halterung, während der andere Wachposten das Tor aus Eichenholz und Bronze aufstieß. »Bleib gesund, hörst du?«, rief Gorl ihr nach, als sie Warain in Trab fallen ließ. Karis winkte und ritt auf die Berge zu.

Vielleicht war es nach der Belagerung dieser Garnison bei Hlobane gewesen… Nein. Eine flüchtige Erinnerung kam, und ihr fiel ein, wie sie Gorl im Schatten einer Weide an einem rasch fließenden Bach geliebt hatte. Bei der Garnison hatte es keine Weiden gegeben. Ach was, dachte sie. Es wird mir schon wieder einfallen – oder auch nicht.

Sobald sie außer Sichtweite der Stadt war, bog sie nach Westen ab, und gegen Mittag hatte sie fast einen Halbkreis geritten, sodass die Stadt nun südöstlich von ihr lag. Das würde Verfolger zwar nicht lange täuschen, aber wenn sie ihre wahre Richtung herausgefunden hatten, war sie längst weg. Wie weit würde Sirano wohl gehen, um sie gefangen oder tot zu sehen?, fragte sie sich. Sehr, sehr weit, entschied sie. Dann lachte sie laut auf. »Du eingebildete Nutte«, schalt sie sich, »vielleicht hat er dich schon längst vergessen.«

Soweit sie sich erinnern konnte, waren es rund dreihundertfünfzig Kilometer bis nach Corduin, den größten Teil über raues Gelände. Die schnellste Strecke führte nach Norden und Westen, am Rand der Großen Nordwüste entlang. Sie lächelte bei dem Gedanken an die Geschichten ihrer Mutter. Die Wüste war ein Ort der Mythen und Magie, ein Geisterland. Riesen waren einst dort gewandert, Menschenfresser, Mädchenschänder. Doch mit der Erinnerung kam die traurige Wirklichkeit zurück, und sie dachte an das verschwollene Gesicht ihrer Mutter, die blau unterlaufenen Augen, den schrecklichen Kummer, der herrscht, wenn Liebe der Angst weicht.

»Nur du und ich, Warain«, sagte sie mit einem Seufzer. »Komm, wir wollen dir ein bisschen Fett abtrainieren.« Der große Graue spannte die Muskeln an und fiel in Galopp.

Hoch auf einem Berghang mit Blick auf Corduin, an seiner Seite ein schönes Mädchen mit rabenschwarzem Haar, saß Duvodas auf einer eingefallenen Mauer an einem plätschernden Bach. Seine Harfe glitzerte im Sonnenlicht auf dem grünen Seidenhemd, das er ausgezogen hatte, damit die Herbstsonne seine Haut wärmen konnte. »Woran denkst du, Liedersänger?«, fragte Shira. Ihr verkrüppeltes Bein war unter den Falten ihres rostfarbenen Rocks verborgen, und ihre Schönheit war jetzt ungetrübt. Duvodas glitt von der Mauer, um sich neben sie ins Gras zu setzen.

»Ich dachte an längst vergangene Tage und sanfte Musik, Shira. An Sonnenschein auf Wiesen, an Lachen und Lieder. Es gab einmal Magie – eine Magie geboren aus Liebe und Fürsorge. Wo ich aufwuchs, hätte man dein Bein heilen können. Dann hättest du über diese Hügel laufen können.«

»Manchmal versuche ich, mein Bein zu vergessen«, sagte sie traurig. »Vor allem, wenn ich mich setze.«

Er war augenblicklich zerknirscht, streckte die Hand aus und strich ihr über die Wange. »Es tut mir Leid«, sagte er. »Das war gedankenlos. Verzeihst du mir?«

Sie lächelte, und er verlor sich in der Bewunderung ihrer Schönheit. Sie strahlte Lebensfreude aus, so mächtig wie die Musik seiner Harfe. Ihr Haar war lang und dunkel, die Haut elfenbeinweiß. Doch ihr Zauber lag in diesem strahlenden Lächeln, es war sowohl bezaubernd als auch ansteckend. Er nahm ihre Hand und hob sie an seine Lippen. »Du bist eine schöne Frau, Shira.«

»Und du bist ein Schuft, Liedersänger«, tadelte sie ihn.

»Wie kannst du so etwas sagen?«, fragte er, ehrlich erstaunt.

»Eine Frau weiß das. Wie vielen anderen Mädchen hast du so schöne Komplimente gemacht?«

»Keinem«, antwortete er. »Ich habe noch nie eins getroffen, das ein solches Lächeln hatte wie du.« Sie drohte ihm mit dem Zeigefinger, aber er wusste, dass sie zufrieden war. Sie drehte sich um und öffnete den Picknickkorb. Sie holte zwei Teller heraus, frisches Brot und zwei versiegelte Steinguttöpfchen, eins mit Butter und eins mit Erdbeermarmelade.

»Gäste haben Vater gefragt, wo er seinen neuen Wein und sein Bier gekauft hat. Sie sagten, sie hätten nie etwas Besseres getrunken.«

»Musik hat oft diese Wirkung auf die Geschmacksnerven«, sagte er. »Was macht die Gicht deines Vaters?«

»Du wechselst schon wieder das Thema. Das tust du jedes Mal, wenn ich auf die Wirkung deiner Musik zu sprechen komme. Macht dich deine Gabe verlegen?«

Er schüttelte lächelnd den Kopf. »Ich liebe meine Musik. Es ist nur ... wenn ich mit dir zusammen bin, will ich nicht an Wirtshäuser und Gäste denken. Ich möchte die Frische der Felder genießen, den Duft der Blumen und – vor allem – deine Gesellschaft.« Es erstaunte Duvo, dass Shira, die bald neunzehn wurde, noch unverheiratet war. Er hatte verstanden, was einer der Stammgäste ihm erzählt hatte: »Eine Schande mit dem Bein. Sie ist ein wunderbares Mädchen, aber sie wird keinen Mann kriegen.« Wie, dachte er, konnte die physische Verletzung eines Gliedes eine solche Wirkung haben? Es war Duvo ein Rätsel. Es stimmte schon, sie ging schwerfällig, doch ihr Wesen war eine Freude und ihre Persönlichkeit außergewöhnlich. Sie war freundlich und liebevoll. Was fehlte ihr dann in den Augen möglicher Verehrer?

Sie aßen in angenehmem Schweigen und beendeten ihr Mahl mit einem Krug Apfelsaft. Gesättigt legte sich Duvodas zurück ins Gras und blickte zum Himmel auf. »Draußen vor der Taverne hat es vergangene Nacht einen Kampf gegeben«, erzählte sie. »Die Leute standen Schlange, um eingelassen zu werden. Vater kann sein Glück nicht fassen. Und, um deine Frage zu beantworten, es scheint, als ob seine Gicht verschwunden sei.«

»Das sind gute Nachrichten.«

»Woher kommst du, Duvo? Wo ist das Land, in dem mein Bein gerichtet werden könnte?«

»Es ist weit weg«, sagte er leise und richtete sich auf. »An einem Ort, an den wir nicht mehr reisen können. Es existiert nur noch hier«, sagte er und tippte an seine Stirn. »Aber ich erinnere mich an die Freude, die es schenkte. Ich werde diese Erinnerungen immer hoch schätzen.«

»Wo war das?«

»Es ist besser, nicht darüber zu sprechen.«

Sie beugte sich zu ihm, so nah, dass er den Duft ihres Haares riechen konnte. Die Wirkung war beunruhigend angenehm. »Du hast bei den Eldarin gelebt, nicht wahr?«

Er seufzte. »Ja. Bei den sanften Eldarin.«

»Sie wollten uns alle vernichten – das hat uns unser Lehrer erzählt.«

Er schüttelte den Kopf. »Die Eldarin waren friedlich, sie hatten nicht den Wunsch, über andere zu herrschen. Aber die Wahrheit zählt nichts gegen solche bösen Lügen, wie Menschen wie Sirano sie verbreiten. Was ich nie verstehen werde, ist der Grund hinter alldem. Was hofften Sirano und die anderen durch die Vernichtung der Eldarin zu erreichen? Die Welt liegt seitdem im Krieg. Tausende sind gestorben. Und wofür? Beneideten sie die Eldarin um ihre Zivilisation, ihr Wissen? War es einfach nur Gier? Ich weiß es nicht. Hass scheint so viel stärker zu sein als Liebe. Ein Bildhauer kann Jahre damit verbringen, eine Statue aus einem Stück Marmor herauszuhauen. Ein anderer kann sie mit einem schweren Hammer in einer Sekunde zerschlagen. Liebe und Hass.«

»Es tut mir Leid«, sagte sie. »Jetzt habe ich dich traurig gemacht.«

»Du darfst die Eldarin niemandem gegenüber erwähnen. Ich liebe mein Leben, so, wie es ist. Ruhig.«

»Dein Geheimnis ist bei mir in Sicherheit. Alle deine Geheimnisse sind bei mir in Sicherheit.«

Er beugte sich vor und küsste sie auf die Wange. »So

keusch, Liedersänger«, flüsterte sie. »Ist das alles, was du dir wünschst?«

»Ich wünsche mir viele Dinge«, antwortete er und zog sie an sich. »Die meisten kann ich nicht haben.«

»Du kannst mich haben«, erklärte sie. Er sah ihr in die Augen und erkannte die Angst vor Zurückweisung darin.

»Bitte, verliebe dich nicht in mich, Shira«, bat er. »Bald ziehe ich weiter.«

»Warum musst du gehen? Bist du nicht glücklich hier?«

»Das ist keine Frage von Glücklichsein.«

Sie machte sich von ihm los, aber dabei hob sie die Hand und fuhr ihm mit den Fingern durch das lange blonde Haar. »Du kannst niemanden bitten, dich nicht zu lieben«, sagte sie. »Es würdigt die Liebe herab, wenn du glaubst, sie durch Willenskraft kontrollieren zu können. Ich habe dich vom ersten Augenblick an geliebt. Weißt du noch, als du in die Taverne kamst? Vater sagte, er brauche keinen Sänger, und du antwortetest, du würdest seinen Umsatz in einer Woche verdoppeln?«

»Ich weiß. Ich wusste nicht, dass du auch da warst.«

»Ich stand in der Küchentür. Als du hereinkamst, stand die Sonne hinter dir, und dein Haar schimmerte wie Gold. Ich werde diesen Tag nie vergessen.«

Er zog sie zu sich ins Gras und küsste sie sanft auf die Lippen. Dann setzte er sich. »Ich bin ohne Falsch, Shira. Ich liebe dich, wie ich noch keine geliebt habe. Das ist die Wahrheit. Aber es gibt noch eine andere Wahrheit.«

»Du hast eine Frau?«

»Nein! Das ist etwas, das ich nicht haben kann. Ich meine, es wird nicht lange dauern, bis jemand – so wie du – anfängt, sich Fragen über meine Musik und ihre Wirkung zu stellen. Dann bin ich gezwungen, bei Nacht und Nebel zu fliehen.«

»Ich würde mit dir gehen.«

Zärtlich nahm er ihre Hand. »Was für ein Leben könnte ich dir bieten? Ich bin ein Wanderer ohne Zuhause und ohne Familie.«

Sie schwieg einen Moment. »Hättest du mich mitgenommen, wenn ich in der Lage wäre, über diese Hügel zu rennen?«, fragte sie.

»Nein, das nicht. Ich liebe dich, Shira. Ich liebe dich für alles, was du bist, für deine Sanftheit und deine Lebenslust, für deine Anteilnahme und deinen Mut.«

»Du sprichst von Mut, Duvo. Aber wo ist deiner? Ich weiß, wie hart das Leben sein kann. Zwei meiner Brüder sind in diesem sinnlosen Krieg umgekommen, und ich habe mein Leben mit ständigen Schmerzen verbracht. Von dem Tag an, an dem der Wagen mein Bein zermalmt hat – bis du für mich gespielt hast –, kannte ich kaum einen Moment, in dem ich nicht das Knirschen der Knochen fühlen konnte, wenn ich mich bewegte. Aber ich gehe weiter, Duvo. Wir alle machen weiter. Das Leben ist hart, das Leben ist grausam, das Leben ist lieblos. Aber wir machen weiter. Ich könnte es besser verkraften, wenn du mich nicht liebtest. Dann könntest du Lebwohl sagen, und ich würde lange Zeit traurig sein. Aber ich würde mich erholen, ich würde die Wunde annehmen und sie heilen lassen. Aber mich zu lieben und mich trotzdem zu verlassen… das ist schwer zu ertragen.«

Duvodas saß ganz still und blickte in ihre großen dunklen Augen. Alle Spannung fiel von ihm ab und er hob ihre Hand an seine Lippen und küsste sie. Dann seufzte er. »Keiner von uns kann dagegen an, wie er ist, Shira.«

Sie legten Teller und Becher zurück in den Korb' und Dovodas hob ihn auf seine Schulter. Shira nahm sein grünes Hemd und die Harfe und nahm seinen Arm. Ihr verdrehtes linkes Bein, mehrere Zentimeter kürzer als das rechte, machte ihre Bewegungen ungeschickt und schwerfällig. Langsam gingen sie bergab auf den Pfad zu den Toren. Ein paar Kinder rannten vorbei und zwei blieben stehen und lachten Shira aus. Es schien ihr nichts auszumachen, aber der Klang ging Duvodas durch und durch.

»Warum lachen sie?«, fragte er.

»Weil ich komisch gehe«, antwortete sie.

»Würdest du über das Unglück eines anderen lachen?«

»Im vergangenen Winter kam der Kaufmann Lunder, ein großer, aufgeblasener Mann, um eine Schuld von Vater einzutreiben. Als er ging, rutschte er auf dem Eis aus. Er versuchte, sein Gleichgewicht zu halten, aber seine Beine flogen hoch in die Luft, und er fiel in einen Graben. Ich musste so lachen, dass mir die Tränen übers Gesicht liefen.«

»Ich verstehe nicht, was daran lustig ist«, sagte er.

»Haben die Eldarin denn nicht gelacht?«

»Doch. Sie kannten große Freude. Aber nie als Ergebnis von Brutalität oder Hohn.«

Sie setzten schweigend ihren Weg fort. Vor den Toren bogen sie auf die Hauptstraße ab und gingen über den Platz. Vier frische Tote hingen dort vom Galgen. Drei hatten Schilder um den Hals, auf denen ein einziges Wort stand: DIEB, auf dem vierten Schild stand: DESERTEUR. Ein paar Frauen standen vor dem Galgen. Zwei von ihnen weinten.

»So viel Kummer auf der Welt«, sagte Shira. Duvodas antwortete nicht. Es gab nur wenige Tage, an denen der Galgen leer blieb.

Sie gingen weiter und erreichten die Taverne gerade

bei Einbruch der Dämmerung. Shiras Vater kam ihnen entgegen. Dick, groß und kahl, war Ceofrin Zoll für Zoll ein Wirt, sein rotes Gesicht strahlte vor Gesundheit, sein Lächeln war rasch und aufmunternd. Duvodas spürte, dass Ceofrin auf gute Neuigkeiten wartete, und sein Herz sank.

»Hattet ihr zwei ein schönes Picknick?«, fragte er.

»Ja, Vater«, antwortete Shira und ließ Duvos Arm los. »Es war sehr schön.« Sie schlüpfte an ihm vorbei und hinkte in die Taverne.

Ceofrin nahm Duvo den Picknickkorb ab. »Ihr zwei gebt ein schönes Paar ab«, sagte er. »Ich habe sie noch nie so glücklich gesehen.«

»Sie ist ein wunderbares Mädchen«, stimmte Duvodas zu.

»Und sie wird eine gute Ehefrau abgeben. Mit einer anständigen Mitgift!«

»Mit oder ohne Mitgift«, meinte Duvo. Shira hatte seine Harfe auf einen Tisch in der Nähe gelegt. Jetzt nahm er sie und wollte die Treppe hinaufsteigen.

»Warte«, bat Ceofrin. »Ich würde gern ein Wort mit dir reden, Junge – wenn du nichts dagegen hast.«

Duvo holte tief Luft und kehrte um, seine graugrünen Augen hefteten sich auf Ceofrins offenes, ehrliches Gesicht. Er verbarg seine Gefühle nicht, der Wirt war beunruhigt, und das sah man ihm an. Er setzte sich an einen Tisch unter dem Bleiglasfenster und bedeutete Duvo, ihm gegenüber Platz zu nehmen. »Das ist nicht leicht für mich, Duvodas.« Er fuhr sich mit der Zunge über die Lippen, dann wischte er sich mit der Hand über den Mund. »Ich bin kein Narr. Ich weiß, dass die Welt hart und grausam ist. Zwei meiner Söhne liegen in einem namenlosen Grab irgendwo südlich von Morgallis. Meine Tochter –

das schönste Kind, das man je sah – wurde von einem Fuhrwerk verkrüppelt. Meine Frau starb an der Eldarin-Pest – wie fast ein Viertel aller Menschen in Corduin vor fünf Jahren. Verstehst du, was ich sagen will? Ich sehe das Leben nicht wie eins deiner Lieder.«

»Ich verstehe«, sagte Duvo leise und wartete darauf, dass der Mann zur Sache kam.

»Aber Shira… nun, sie ist anders. Hat sich nie über ihr Bein beklagt, weißt du das? Sie nahm einfach die Verletzung und lebte ihr Leben weiter. Alle lieben sie. Sie ist … wie eine Verkörperung deiner Musik. Wenn sie da ist, lächeln die Leute. Sie fühlen sich wohl. Sie ist jetzt neunzehn, eine alte Jungfer. Alle ihre Schulfreundinnen sind verheiratet, manche haben schon Kinder. Aber nicht viele Verehrer werden eine verkrüppelte Frau in Erwägung ziehen. Shira hat das verstanden, trotzdem hat sie sich verliebt. Nicht in einen Bäcker oder Schneiderlehrling, sondern in einen gut aussehenden Musiker. Ich bin ein einfacher Mann und nicht gewieft im Umgang mit Frauen. Aber ich erkenne Männer, die das können. Du könntest die freie Auswahl haben. Verstehst du, was ich sagen will? Sie liebt dich, Mann, und das bedeutet, dass es in deiner Macht steht, sie zu zerstören.« Ceofrin wischte sich über den Mund, als versuche er, einen schlechten Geschmack von den Lippen zu bekommen. »Also, wo stehst du?«, fragte er schließlich.

»Ich liebe sie«, antwortete Duvo schlicht. »Aber sie und ich, wir haben darüber gesprochen. Ich kann nicht heiraten. Es gibt vieles, über das ich nicht sprechen kann, Ceofrin. Ich wäre eine Gefahr für sie.«

»Bist du ein Spion?« Ceofrins Stimme sank zu einem heiseren Flüstern herab, Angst stand in seinem Blick.

Duvo schüttelte den Kopf. »Nein. Dieser… kleinliche

Krieg bedeutet mir nichts.« Er beugte sich vor. »Hör mir zu, Ceofrin. Ich würde niemals absichtlich etwas tun, um ihr zu schaden. Und ich habe ihre Liebe nicht ausgenutzt – und werde es auch nicht tun. Verstehst du? Ich lasse sie nicht mit einem dicken Bauch zurück. Aber ich reise im kommenden Frühjahr ab.«

Ceofrin schwieg einen Augenblick. Als er schließlich sprach, schwang in seiner Stimme ein Hauch von Bitterkeit mit. »Ein Fluch auf die Liebe!«, sagte er. »Wie das Leben endet sie immer mit Unglück.« Er stand auf und ging in die Küche. Duvo nahm seine Harfe und ließ die Finger leicht über die fünfundzwanzig Saiten streichen. Helle Noten hallten durch den Raum und ein paar Staubflocken, die von einem plötzlichen Sonnenstrahl getroffen wurden, schienen im Rhythmus der süßen Melodie zu tanzen.

»Niemand sollte die Liebe verfluchen«, sagte Duvodas. »Letztendlich ist Liebe alles, was es gibt.«

Brune war noch nie in einer so großen Stadt wie Corduin gewesen, und während er neben Tarantios' Pferd herging, versuchte er, sich auffällige Wegmarken zu merken. Es gab zahlreiche Straßen und Gassen, die breite Alleen kreuzten, Reihen von Läden und Verkaufsständen und dahinter Werkstätten und Fabriken. Es gab – so schien es Brune – hunderte von Statuen, von denen die meisten Löwen darstellten, manche mit Flügeln, andere mit zwei Köpfen, manche mit Kronen auf dem Kopf.

Sie waren noch nicht viel weiter als einen Kilometer gekommen und schon war Brune hoffnungslos verwirrt. Verwirrung war ein fester Bestandteil von Brunes Leben und sie ängstigte ihn. Er sah nervös zu Tarantio hoch. »Weißt du, wo wir sind?«, fragte er.

»Natürlich.«

Die Antwort beruhigte Brune und seine Panik legte sich. »Hier gibt es viele Löwenstatuen«, meinte er.

»Der Löwe ist das Symbol des Herrscherhauses von Corduin.« Tarantio lenkte sein Pferd nach rechts, in eine schmale gepflasterte Straße. Brunes Stiefel waren dünn und die Kopfsteine bohrten sich in seine Fußsohlen.

»Sind wir bald da?«

»Bald«, versicherte Tarantio und bog nach links in eine noch schmalere Gasse, die sich auf einen kreisförmigen Stallhof öffnete. Mehrere Pferde standen in ihren Boxen, andere wurden auf einer nahe gelegenen Koppel bewegt. Ein kleiner, drahtiger älterer Mann mit einem langen grauen Schnurrbart kam auf die beiden Männer zu. Tarantio sprang aus dem Sattel.

»Ein schönes Tier«, sagte der Mann und musterte das Pferd. »Ohne die leichten X-Beine sogar erstklassig. Ich heiße Chase. Was kann ich für dich tun?«

»Ich möchte ihn gern über den Winter hier einstellen«, antwortete Tarantio.

»Dafür gibt es auch billigere Plätze, mein Freund«, sagte Chase liebenswürdig.

»Das Beste ist selten billig«, erklärte Tarantio. »Was für eine Vorauszahlung verlangst du?«

»Wer hat mich dir empfohlen?«

»Der Kaufmann Lunder. Ich kam vergangenes Jahr her, um seine Preisstuten zu mustern. Mir gefiel, was ich sah.«

»Bürgt er dafür, dass du zahlst?«

»Ich brauche keine Bürgen. Mein Wort ist eisern.«

Chase betrachtete ihn kritisch, seine steingrauen Augen wanderten über Tarantios schmales Gesicht. »Das stimmt wahrscheinlich, Krieger. Deshalb nehme ich von dir zwei Goldstücke. Damit erhält er Getreide und Heu für zwei Monate. Anschließend werde ich weitere fünf verlangen, die bis zum Frühjahr reichen.«

Tarantio öffnete seinen Umhang und holte einen kleinen Beutel heraus, aus dem er sieben kleine Goldmünzen nahm. Jede war mit zwei gekreuzten Schwertern geprägt, die Rückseite zeigte eine ausladende Eiche. Er reichte Chase die Münzen.

»Du bist ein vertrauensvoller Mann, wie ich sehe«, meinte Chase.

»In der Tat. Allerdings nicht blindlings. Du sagst, dein Name sei Chase. Früher wurdest du Persial der Flinke genannt. Fünfundzwanzig Jahre lang warst du der beste Rennreiter in allen Herzogtümern. Deine Karriere endete, als du fünfzig warst. Irgendjemand bot dir ein Vermögen, damit du ein Rennen verlorst, doch du lehntest ab. Man brach dir mit einem Hammer Hände und Füße. Jetzt bist du Chase, der Pferdetrainer.«

Chase lächelte grimmig. »Menschen verändern sich, Fremder. Vielleicht bin ich jetzt klüger.«

Tarantio schüttelte den Kopf. »Menschen verändern sich nicht. Sie lernen nur, den Mangel an Veränderung zu vertuschen. Ich möchte, dass er mit Getreide gefüttert wird, und ich werde ihn regelmäßig besuchen.«

»Wann immer du willst.«

»Kannst du mir eine Herberge für ein paar Nächte empfehlen?«

»In der Nähe ist eine Taverne. Sie vermieten auch Zimmer und servieren das beste Essen, das du dir vorstellen kannst. Sie haben auch einen Musiker, der die schönste Musik spielt, die ich je gehört habe. Die Taverne heißt *Zur Klugen Eule*. Wenn du dich draußen nach Süden hältst, ist es die dritte Straße links. Du wirst nichts Besseres finden. Sag Ceofrin, dem Wirt, dass du von mir kommst.«

»Danke«, sagte Tarantio und hob seine Satteltaschen und Decken von dem Rücken des Wallachs.

»Hast du auch einen Namen, mein Sohn?«, fragte Chase.

»Ich bin Tarantio.«

Chase grinste. »Ich werde den Sattel immer griffbereit halten, Tag und Nacht.«

Tarantio schwang sich die Satteltaschen auf die Schulter und schlenderte davon,

Brune folgte ihm. »Das war viel Geld«, sagte Brune. »Ich habe noch sie sieben Goldstücke auf einmal gesehen. Einmal habe ich eines gesehen. Lat hatte eins, ich durfte es mal anfassen. Es war schwerer, als ich gedacht hatte.«

»Gold ist ein schweres Metall«, sagte Tarantio.

Sie erreichten die *Kluge Eule* kurz vor Anbruch der Dämmerung und klopften an den Haupteingang. »Wir öffnen erst in einer Stunde«, rief ein großer, stämmiger Mann aus einem der oberen Fenster.

»Wir suchen ein Zimmer für ein paar Tage«, sagte Tarantio.

»Zurzeit vermiete ich keine Zimmer.«

»Chase schickt uns zu dir.«

»Warum sagst du das nicht gleich? Wartet, ich komme runter.«

Zwei Feuer waren vor kurzem angezündet worden, und zwei Serviermädchen säuberten die Dochte der Wandlampen. Rechts der lang gestreckten Theke war eine kleine Empore, auf der ein blonder junger Mann in einem grünen Seidenhemd und braunen Beinkleidern die Saiten einer Handharfe stimmte. »Ich habe nur ein Zimmer«, sagte Ceofrin und führte die beiden Männer hinein. »Mit zwei Betten und einem guten Kamin. Es geht auf den Marktplatz hinaus. Der Preis beträgt ein Viertel Silberstück pro Nacht, aber darin sind auch Frühstück und Abendessen enthalten. Wein oder Bier gehen extra. Wie viele Nächte wollt ihr bleiben?«

»Wahrscheinlich nicht mehr als vier. Ich möchte ein kleines Haus für den Winter mieten.«

»Im Nordviertel stehen viele Häuser leer. Dort hat die Eldarin-Pest am schlimmsten zugeschlagen.« Plötzlich erfüllte eine Reihe von schimmernden Tönen den Raum und Tarantio fuhr herum wie gestochen. Brune sah ihn fragend an, aber es fiel kein Wort, und die beiden Männer folgten Ceofrin die breite Treppe hinauf. »Möchtet ihr für heute Abend einen Tisch reservieren? Es wird voll werden, und wenn ihr nicht reserviert, verpasst ihr die Musik.«

»Lass uns etwas aufs Zimmer bringen«, bat Tarantio. »Ich bin nicht in der Stimmung für Musik.«

»Aber ich«, sagte Brune. »Er hört sich sehr gut an.«

»Du wirst es kaum glauben, bis du es selbst gehört hast«, sagte Ceofrin zuversichtlich.

Als sie über den oberen Flur gingen, trat ein schönes, dunkelhaariges Mädchen aus einem Zimmer und kam schwer hinkend auf sie zu. »Meine Tochter Shira«, stellte Ceofrin sie stolz vor. »Sie kocht heute Abend.«

Tarantio verbeugte sich. Brune stand mit offenem Mund da, als Shira ihn anlächelte. Sein Mund war trocken, seine Gedanken überschlugen sich. In diesem Augenblick fiel ihm ein, dass seine Hände schmutzig waren, die Kleider staubbedeckt von der Reise, seine Haare fettig und verfilzt. »Hallo«, sagte sie und hielt ihm die Hand hin. Brune schaute sie an, dann erkannte er mit einem Ruck, dass er sie schütteln sollte. Er blickte auf seine eigene, schmutzige Hand und wischte sie rasch an seinen

Hosen ab. Dann nahm er ihre Hand und drückte sie sanft. »Und du bist?«, soufflierte sie.

»Ja«, sagte er. »Ich bin.«

»Er ist Brune«, erklärte Tarantio mit einem breiten Lächeln.

»Ja…«, sagte er. »Ich bin Brune. Ich freue mich, dich kennen zu lernen.«

»Und ich heiße Tarantio«, sagte der Schwertkämpfer, nahm ihre ausgestreckte Hand und hob sie an die Lippen. Mit einem weiteren strahlenden Lächeln schob sie sich an ihnen vorbei und ging langsam und schwerfällig über den Flur.

»Hier lang«, sagte Ceofrin und führte sie in ein großes Zimmer mit zwei gut gebauten Betten aus Kiefernholz. Die Decke war weiß und niedrig, mit langen Eichenbalken, an der Nordwand befand sich eine gemauerte Feuerstelle. Die großen Fenster waren bleiverglast und Tarantio ging hin und warf einen Blick hinaus auf den gepflasterten Platz. »Es ist noch kalt, aber ich schicke ein Mädchen, um Feuer zu machen. Dann wird es gemütlich, wartet es nur ab.«

»Es ist gut so«, sagte Tarantio, griff in seinen Beutel und holte seine letzte Goldmünze heraus. Er warf sie Ceofrin zu und der Wirt wog sie in der Hand. »Dafür bekommst du neunzehn Silberstücke zurück«, sagte er. »Ich lasse dir das Wechselgeld bringen.«

»Gibt es hier ein Bad?«, fragte Tarantio.

»Ja, ich lasse Wasser heiß machen – das wird ungefähr eine halbe Stunde dauern. Das Bad ist im Erdgeschoss – die Tür hinter dem Harfenspieler.«

Als Ceofrin gegangen war, ging Brune zu einem der Betten und setzte sich. »Oh«, sagte er, »war sie nicht schön?«

Tarantio ließ seine Satteltaschen an der Wand fallen. »Eine Augenweide«, stimmte er zu. »Eine Schande mit dem Bein.«

»Ob sie mich wohl für sehr dumm hielt, was meinst du?«

»Ein Mann, der plötzlich nicht mehr weiß, wie er heißt, wird selten für ein Genie gehalten«, sagte Tarantio. »Aber ich glaube, sie freute sich über deine Reaktion auf ihre Schönheit.«

»Meinst du wirklich?«

Tarantio antwortete nicht. Er warf seinen Umhang ab, streifte die Stiefel ab und legte sich auf das andere Bett.

Brune legte sich zurück und stellte sich Shiras Lächeln vor. Das Leben war plötzlich voller Sonnenschein.

Rund einhundertachtzig Kilometer weiter nordöstlich, über den Flanken des höchsten Berges der Großen Nordwüste, kreiste ein schwarzer Geier in den Aufwinden, glitt nach Süden, die scharfen Augen spähten nach Anzeichen von Bewegung in der Wüste aus. Wieder ließ er sich tragen, diesmal nach Westen. Der Geier hörte das tiefe Grollen vom Gipfel des Berges nicht, aber er sah, wie Felsbrocken bebten und erzitterten. Ein riesiger Stein geriet ins Rollen und polterte den rötlichen Abhang hinunter, wobei er hunderte kleinerer Steine mitriss und eine Wolke aus rotem Staub aufwirbelte. Der Geier schlug mit den Flügeln und flog näher heran.

Ein Spalt öffnete sich und der Vogel sah einen kleinen dunklen Gegenstand ans Licht kommen.

Das war das Letzte, was der Geier je sah…

Eine wütende Woge eisiger Luft brach aus dem Gipfel, traf den Vogel und riss ihm die Federn aus. Auf der Stelle tot, stürzte der Geier vom Himmel.

Auf dem Gipfel schimmerte eine schwarze Perle im Sonnenschein. Der Zauber, der sie hielt, wankte und schrumpfte, dann fiel er ab wie eine zersprungene Kette.

In der Wärme der Sonne schwoll die schwarze Perle zur Größe eines Felsens an. Blaue Flammen umzüngelten sie, dicht an der Oberfläche, loderten zu Blitzen auf, die in alle Richtungen schossen.

Fast hundert Kilometer entfernt sah ein Schäferjunge namens Goran das Schauspiel von den grünen Hügeln, die südlich der Wüste lagen. Er hatte schon regenlose Gewitter gesehen, doch noch nie so eines. Der Himmel war nicht dunkel, sondern strahlend blau und klar, und die Blitze schienen von einem Gipfel auszustrahlen wie eine zackige Krone aus blauweißem Licht. Er kletterte auf eine gute Aussichtsstelle und setzte sich. So weit das Auge reichte, erfüllte das tote Gestein der Wüste sein Gesichtsfeld.

Es blitzte noch eine Weile, ohne Donner oder Regen. Allmählich langweilten die Blitze den Jungen und er wollte schon wieder zu seinen Schafen hinabsteigen, als sich eine dunkle Wolke von dem fernen Berg erhob. Von hier aus sah die Wolke nicht größer aus als sein Kopf, doch wenn er die Entfernung berücksichtigte, musste sie gewaltig sein. Er wünschte, sein Vater wäre hier, um das zu sehen und ihm das Phänomen vielleicht zu erklären. Als die Wolke weiter stieg und dabei immer mehr anschwoll und wuchs, den ganzen Himmel füllte, erkannte Goran, dass es sich nicht um eine gewöhnliche Wolke handeln konnte. Sie war vollkommen rund, der Umriss scharf und deutlich. Wie der Mond. Wie ein schwarzer Mond – nur zwanzigmal so groß.

Niemand im Dorf würde ihm das glauben, und Goran fühlte, wie er ärgerlich wurde. Wenn er ihnen das erzählte, würden sie ihn auslachen. Aber wenn er nichts erzählte, erfuhr er vielleicht niemals den Grund für die Erscheinung. Er war erst dreizehn. Vielleicht hatte man schon früher in der Wüste riesige schwarze Monde gesehen. Wie konnte er das herausfinden, ohne zu riskieren, dass man ihn auslachte?

All diese Gedanken verschwanden, als der schwarze Mond plötzlich vom Himmel fiel und die Spitze eines scheinbar winzigen Berggipfels traf wie ein Felsen, der einen Ameisenhügel trifft. Doch der schwarze Mond zerschmetterte nicht den Berg. Stattdessen zerbarst er auf dem Gestein.

Goran sprang auf, Angst ließ sein Herz rasen. Der Mond, nicht länger fest, war zu einer gigantischen Flutwelle geworden, mehrere hundert Meter hoch, die über die Wüste rollte, auf die Hügelkette zu, auf der er stand. Zu verängstigt, um davonzulaufen, blieb Goran wie angewurzelt stehen, als die schwarze Woge heranlief und die roten Felsen der Wüste verschlang. Auf dem Hügel geriet die Schafherde in Panik und rannte davon. Goran blieb einfach stehen.

Während die Flutwelle die Kilometer bis zu ihm überwand, sah Goran, dass sie schrumpfte, und von seinem Aussichtspunkt konnte er hinter die vorrückende schwarze Wand blicken. Hinter der Welle war das Land nicht länger nur toter Stein und flimmernde Hitze, sondern da war das helle Grün von Weiden und Wiesen, die tieferen Schattierungen von Wäldern. Und noch unglaublicher, als die schrumpfende schwarze Welle näher kam, sah er eine seltsame Stadt hinter ihr erscheinen, eine Stadt aus dunklen Kuppeln, als wären tausende von schwarzen Monden zusammengeklebt.

Die Flutwelle schrumpfte und wurde langsamer, als sie

sich ihm näherte, bis sie schließlich sanft gegen den Fuß der Hügel schwappte, sich ohne Übergang mit dem Gras verband, wo seine Schafe weideten.

Goran saß schweigend mit offenem Mund da. Da war keine Wüste mehr, keine Spur von düsterem, bedrückendem Stein. Fruchtbare Hügel und Täler lagen vor seinem Blick, und weiter rechts plätscherte ein glitzernder Bach über weiße Steine und mündete in einen Fluss, der in einem tiefen Wald verschwand.

Er ließ seine Schafe auf dem neuen Gras weiden und rannte den Hügel herab und über einen Wildpfad, sein Herz schlug wild. Nachdem er die letzte Anhöhe vor dem Dorf erklommen hatte, rannte er hinunter zur Hauptstraße und fand seinen Vater, den Bauern Barin, beim Mittagbrot mit dem Schmied Yordis vor der Schmiede.

Rasch erzählte der Junge den Männern, was er gesehen hatte. Zuerst lachte sein Vater, beugte sich vor und roch an dem Atem des Jungen. »Na, jedenfalls hast du keinen Wein getrunken«, sagte er und zauste Goran die Haare.

»Vielleicht ist er eingeschlafen, Barin«, schlug der Schmied vor, »und hat das Ganze nur geträumt.«

»Nein«, widersprach der Junge. »Aber selbst wenn, ich hätte ja wach sein müssen, um zurückzulaufen und euch davon zu erzählen. Ich schwöre, die Wüste ist weg, und da steht eine Stadt, nicht mehr als sieben oder acht Kilometer von unseren Bergen weg.«

»Es ist ein langweiliger Tag«, sagte Barin, »und ein Ritt macht ihn interessanter. Aber sei gewarnt, Goran, wenn da keine Stadt ist, nehme ich meinen Gürtel und versohle dir die Kehrseite bis aufs Blut!« Er wandte sich an den Schmied und fragte: »Willst du die Stadt auch sehen, mein Freund?«

»Das würde ich um nichts in der Welt verpassen wollen«, antwortete Yordis. Die beiden Männer sattelten ihre Pferde, der Junge schwang sich hinter seinen Vater, dann ritten sie hinaus zu den Hügeln.

Sobald sie angekommen waren, verschwand ihre gute Laune und die beiden Männern saßen auf ihren Pferden und starrten schweigend die ferne Stadt an.

»Was zum Teufel geht hier vor?«, fragte der Schmied.

»Ich weiß es nicht«, antwortete Barin. »Reite zurück und hol die anderen. Ich warte hier mit dem Jungen.«

Der Schmied ritt davon, während Vater und Sohn abstiegen. »Es ist eine magische Stadt«, meinte der Junge. »Vielleicht sind die Eldarin zurückgekommen.«

»Vielleicht«, sagte sein Vater.

Yordis kam mit etwa zwanzig Dorfbewohnern zurück, und die Gruppe ritt hinunter ins das saftige Grasland. Sie stiegen ab und wanderten eine Weile schweigend herum, dann sammelten sie sich und setzten sich im Kreis. »Jemand sollte zur Garnison reiten, von dort könnten sie einen Reiter nach Corduin schicken, um Herzog Albreck wissen zu lassen, was geschehen ist«, schlug Barin vor.

»Wem würde man glauben?«, fragte ein Dorfältester. »Ich habe es gesehen, und ich glaube es noch immer nicht.«

»Sollten wir zu der Kuppelstadt gehen und uns bekannt machen?«, fragte ein anderer.

»Das wird nicht mehr nötig sein«, erklärte Barin. »Wie es scheint, kommen sie zu uns.«

Die Männer standen auf und drehten sich um. Hundert Reiter galoppierten auf sie zu. Die Pferde waren riesenhaft, erheblich größer als alles, was die Dorfbewohner je gesehen hatten, und die Reiter waren große, kräftig gebaute Krieger, die anscheinend Helme aus weißem Bein trugen. Doch als sie näher kamen, erkannte Barin, dass es überhaupt keine Helme waren. Die Reiter waren nicht menschlich. Angst stieg in ihm auf, und er packte seinen Sohn und hob ihn in den Sattel. »Geh zu Herzog Albreck«, zischte er. Dann schlug er dem Pferd so hart auf den Rumpf, dass es sich halb aufbäumte und dann nach Süden davonstob.

Die Reiter ignorierten den fliehenden Jungen und bildeten einen Kreis um die Dorfbewohner. Einer von ihnen stieg ab und ging zu Barin. Der Krieger war über zwei Meter groß, mit gewaltigen, breiten Schultern. Sein Gesicht war flach, der Knochen des Nasenrückens zog sich über den haarlosen Schädel. Die Augen waren groß und schwarz, offenbar ohne Pupille, und der schnabelartige Mund hatte eine seltsame M-Form, abwärts gekrümmt, lippenlos und grausam.

Das Wesen ragte hoch über dem Bauern auf, und eine Reihe gutturaler Klicklaute kam aus seinem Mund. Barin blinzelte und leckte sich nervös die Lippen. »Ich… ich verstehe dich nicht«, sagte er. Das Wesen hielt inne, dann machte es eine Bewegung mit der Hand, berührte seinen eigenen lippenlosen Mund und deutete dann auf Barin. »Was willst du?«, fragte Barin. Das Wesen nickte heftig, dann bedeutete es ihm weiterzumachen.

»Ich weiß nicht, was ich sagen soll, oder ob du meine Worte verstehen kannst. Ich fürchte nicht. Wir sind alles Bewohner des Dorfes hier und wir kamen, um das Wunder der Wüste zu sehen. Wir tun niemandem etwas zuleide. Wir sind friedliche Leute. Der Grund dafür, dass wir so weit nach Norden gekommen sind, liegt darin, dass Krieg unser Land plagt.« Barin redete noch einige Zeit weiter, seine Augen wanderten nervös von dem Monster vor ihm zu den anderen Reitern, die reglos auf ihren Tieren saßen. Nach einer Weile hob das Wesen vor ihm die Hand. Er sprach, aber die Worte waren seltsam und – weitgehend – bedeutungslos. Aber sie enthielten schon ein paar vertraute Laute. Er schien Barin etwas zu fragen. Barin schüttelte den Kopf. Das Monster bedeutete ihm, wieder zu sprechen, und das tat er, erzählte von Problemen bei der Ernte, wie es ist, auf sumpfigem Gelände Häuser zu bauen, von der Pest, die kurz vor ihrem Dorf innegehalten hatte, aber die drei anderen so gut wie ausgelöscht hatte. Gerade, als ihm nichts mehr einfiel, sprach das Ungeheuer wieder.

»Was seid ihr?«, fragte es, seine Stimme war tief und heiser, der Dialekt perfekt ausgesprochen.

»Wir sind Dorfbewohner aus dem Süden. Wir wollen nichts Böses.«

»Ihr dient den Eldarin?«

»Nein. Wir dienen dem Herzog von Corduin. Die Eldarin gibt es nicht mehr, es gab einen Krieg, und sie ... sie verschwanden. Ihr Land wurde zu einer Wüste, wie dieser hier...«, brach er ab.

»Eine Wüste, sagst du? Was ist die Wüste?«

»Unfruchtbar... leer... ohne Leben. Kein Wasser, keine Erde. Kein Gras, keine Bäume. Das ist eine Wüste. Bis heute Morgen war hier überall Wüste. Roter Stein, nicht einmal eine Hand voll guter Erde auf tausenden von Quadratkilometern. Aber heute – mein Sohn sah es – erhob sich eine große schwarze Wolke und alles – die Stadt, die Bäume, strömte daraus. Deshalb kamen wir her.«

Der große Krieger schwieg einen Moment. »Wir müssen über vieles nachdenken«, sagte er schließlich. »Und wir beherrschen eure Sprache ... nicht gut. Heute Morgen ging die Sonne ... falsch auf. Ich glaube ... du sprichst die Wahrheit. Die Eldarin taten uns das an mit Magie.«

»Ihr beherrscht die Sprache hervorragend«, sagte Barin. »Und so schnell. Ich finde das erstaunlich.«

»Wir haben ein Talent für Sprachen«, sagte das Wesen. »Dein… Volk … tötete die Eldarin?«

»Ja. Na ja, niemand weiß, was mit ihnen geschah. Ihr Land wurde zerstört. Unsere Armee wollte gegen sie kämpfen, aber was dort geschah, war … das Gegenteil von dem, was hier geschah. Das Gras und die Bäume und das Wasser verschwanden. Genau wie ihre Städte.«

»Du und ich, wir werden das weiter besprechen. Aber wir wollen uns erst um die Dinge kümmern, die wir beurteilen können. Welcher von euch hier ist der Stärkste?«

Schweigen senkte sich über die verängstigten Dorfbewohner. »Ich«, sagte der Schmied schließlich und trat vor.

Der Anführer ging zu ihm, er überragte Yordis um mehr als dreißig Zentimeter. »Wie nennt ihr eure Rasse?«, fragte er.

»Wir sind einfach … Menschen«, antwortete der Schmied.

Der Anführer rief einen seiner Reiter, der abstieg und näher kam. »Kämpfe mit ihm«, befahl der Anführer Yordis.

»Wir sind nicht hier, um zu kämpfen«, warf Barin ein. »Wir sind keine Krieger.«

»Schweig stille. Ich will euren Mann gegen einen Daroth kämpfen sehen.«

Der Anführer zog sein Schwert und warf es dem Schmied zu, der es geschickt am Griff auffing, dann aber unter dem Gewicht der Waffe zusammensackte. Augenblicklich zog sein Gegner sein eigenes Schwert und griff an. Yordis wehrte den ersten Schlag ab und hämmerte einen beidhändigen Hieb gegen die Schulter des Kriegers, der tief in das weiße Fleisch drang. Eine milchige

Flüssigkeit strömte aus der Wunde. Der Schmied griff wieder an, doch der Krieger duckte sich und rammte seine Klinge tief in den Bauch des Schmieds und zog sie hoch bis zum Herzen. Blut und Luft entwichen zischend Yordis' offenen Lungen, er fiel tot zu Boden. Der verwundete Krieger steckte sein Schwert in die Scheide und zog einen Krummdolch. Damit schnitt er einen Streifen Fleisch vom Unterarm des Schmieds und aß ihn. Blut befleckte sein gespenstisch weißes Gesicht. Er wandte sich an den Anführer. »Sie schmecken nach Salz«, sagte er. Ein zischendes Stakkato erklang von den anderen Kriegern, das Barin für eine Art Lachen hielt. Yordis war ein lieber Freund gewesen, doch der Bauer war zu schockiert und verängstigt, um über seinen Tod verzweifelt zu sein. In diesem Augenblick fühlte er nichts weiter als Erleichterung darüber, dass nicht er auf der weichen Erde in seinem Blut lag.

Der Anführer nahm Barin beim Arm. »Besteig dein Pony und folge uns«, sagte er. »Wir müssen uns weiter unterhalten.«

»Was ist mit meinen Freunden?«, fragte er.

Der Anführer bellte einen Befehl, worauf die Krieger ihre gezackten Schwerter zogen und näher rückten. Die Dorfbewohner versuchten davonzulaufen, doch der Kreis der Reiter umzingelte sie und sie starben schreiend. In wenigen Sekunden waren alle Dorfbewohner tot, ihr Blut färbte das Gras rot.

Barin stand daneben, wie gelähmt von dem Gemetzel. »Wir hatten nichts Böses im Sinn«, sagte er. »Sie sind… waren… friedliche Leute.«

Der Anführer ragte über ihm auf, die großen dunklen Augen sahen ihn an, ohne zu blinzeln. »Sie waren nichts, denn sie waren nicht stark.«

Barin brauchte drei Anläufe, um seinen Wallach zu besteigen, seine Glieder zitterten unkontrolliert. Der Anführer stieg in den Sattel seines gewaltigen Hengstes. Die anderen Daroth-Krieger stiegen von ihren Pferden, sie rannten zu den Toten und begannen, ihnen die Kleider vom Leib zu reißen.

»Das Leben deiner Freunde ist nicht völlig vergeudet«, sagte der Anführer. »Salziges Fleisch ist eine Delikatesse.«

Kapitel fünf

Duvodas machte sich Sorgen. Mit geschlossenen Augen strich er über die Saiten der Harfe und ließ eine plätschernde Folge von Tönen erklingen. »Das ist sehr hübsch«, meinte Shira.

»Es ist falsch«, sagte er, öffnete die Augen und sah das Mädchen an. In einem rotbraunen Rock und einer Bluse aus cremefarbener Wolle saß sie auf der runden Mauer des Brunnens. Duvodas legte die Harfe beiseite, ging zu ihr und küsste sie auf die Wange. »Ich bin heute keine angenehme Gesellschaft«, sagte er.

»Deine Gesellschaft ist immer angenehm, Duvo. Und was meinst du damit, es sei falsch? Was ist falsch?«

»Ich weiß es nicht – jedenfalls nicht genau. Ich sah einmal ein Bild von drei Frauen auf einer Schlossmauer, die aufs Meer hinausblickten. Ich hatte es jahrelang in Erinnerung. Aber als ich es wieder sah, trug eine der Frauen ein grünes Kleid, obwohl es in meiner Erinnerung blau gewesen war. Plötzlich kam mir das Bild falsch vor, als ob ein Künstler es verändert hätte.« Er hielt inne, dann wandte er sich seiner Harfe zu. Er hob sie auf die Hüfte und spielte den Refrain des Liebeslieds von Bual. Als er fertig war, klatschte Shira in die Hände. »Ich liebe es«, sagte sie. »Das hast du am ersten Abend gespielt, als du herkamst.«

»Nicht so«, erklärte er. »Die Musik hat sich verändert.«

»Wie kann sich Musik verändern?«

Er lächelte. »Ich ziehe meine Musik aus der Magie des Landes. Entweder hat sich die Magie verändert oder meine Fähigkeit, sie zu kanalisieren. Beim ersten Mal, als du das Liebeslied gehört hast, hast du geweint. Tränen des Glücks. Das ist die Magie von Bual. Aber heute hast du nicht geweint. Die Magie hat dich anders berührt. Deine Reaktion kommt mehr aus dem Verstand als aus dem Herzen.«

»Vielleicht liegt es daran, dass es für mich nicht mehr neu ist«, meinte sie.

»Nein. Die Magie hätte dich zu Tränen rühren sollen. Etwas stimmt nicht, Shira.«

»Du bist sehr müde. Du hast gestern Abend über zwei Stunden gespielt.«

»Du hast den Karren vor das Pferd gespannt, meine Hübsche. Ich habe zwei Stunden lang gespielt, weil sich etwas geändert hatte. Erinnerst du dich an die Gruppe, die sich über die Pasteten beschwerte? Behauptete, sie schmeckten nach nichts? Das Essen hätte ausgezeichnet schmecken sollen. Ich weiß, dass meine Fähigkeiten noch da sind, und ich traue meinen Künsten. Ich habe kein Fleisch gegessen, keinen Wein getrunken. Es ist mir ein Rätsel. Ich weiß schon lange, dass Magie innerhalb von Städten nicht sehr stark ist. Die steinernen Mauern, die Straßen und Häuser schotten uns ab vom Land und seiner Macht. Die Morde, die Galgen, die Raubüberfälle, die Gewalt, auch das befleckt die Reinheit. Aber ich weiß, wie ich damit umzugehen habe, Shira. Ich mache mich selbst immun gegenüber den Kleinlichkeiten der Welt, ihrer dunklen Seite.« Er schwieg einen Augenblick, dann nahm er sie beim Arm. »Willst du mit mir auf den Hügel gehen? Vielleicht kann ich die Antwort finden, wenn ich Gras unter den Füßen habe.«

»Heute kann ich nicht. Zwei der Köche sind krank geworden und Vater braucht mich.«

»Waren die Köche gestern Abend hier?«, fragte er.

»Ja.«

»Dann dürften sie nicht krank sein. Sie haben die Musik gehört.« Ohne ein weiteres Wort marschierte er aus dem Hof in die Straßen von Corduin. Damals in Eldarisa hätte er einen der vielen Seher aufgesucht und seine Antwort in wenigen Minuten erhalten. Aber hier, in diesem riesigen Sarkophag von einer Stadt, gab es keine nennenswerten Seher. Hier gab es keine Magie außer seiner eigenen. Es gab zwar Zauberei. Manchmal fühlte er ihre Ausstrahlung aus dem Palast des Herzogs kommen. Aber es war kleine Zauberei, kindlich boshaft. Seine Musik war stärker.

Was aber war es dann, überlegte er, was das Leben aus seinen Liedern zog?

Duvo wanderte weiter durch die Straßen. Die Tore zum Park standen offen und er schlenderte hindurch, folgte dem Pfad zum Hohen Berg, dann verließ er ihn und wanderte über die Wiesen. Er legte sich auf den Rücken, streckte die Arme aus und schloss die Augen. Er fühlte die Kraft des Landes wie eine sanfte Stimme, die zu seiner Seele flüsterte. Doch selbst hier war sie auf eine – noch – undefinierbare Art verändert.

Seine Erziehung in Eldarisa hatte Duvo gelehrt, niemals über ein Problem zu grübeln, sondern seinen Geist drum herum fließen zu lassen. Meister Ranaloth hatte ihm oft erklärt, dass der Mangel an Konzentration der Schlüssel war.

»Das scheint keinen Sinn zu ergeben, Meister«, hatte

der zehnjährige Duvo gesagt, während sie durch die duftenden Gärten des Oltor-Tempels spazierten.

»Konzentration ist nur erforderlich, junger Mensch, wenn der Kern des Problems bereits identifiziert ist. Du bist wütend wegen dem, was Peltra heute Morgen zu dir gesagt hat. Du denkst darüber nach, weswegen sie das gesagt hat, und das hilft dir vielleicht. Aber wenn du deine Konzentration aus dem Spiel lässt, deinen Geist freihältst, dann wirst du dich selbst fragen, warum die Wort dir wehtaten, und was an dir ist, das sie diese Worte sagen ließ.«

»Sie hasst mich, weil ich ein Mensch bin. Sie nennt mich ein Tier, behauptet, dass ich stinke.«

»Da spricht noch immer dein Ärger. Lass ihn los. Schwebe darüber.«

Duvo seufzte. »Ich glaube nicht, dass ich kann, was du von mir verlangst, Meister Ranaloth. Ich bin kein Eldarin.«

»Aber Peltra ist es und sie kann es auch nicht … noch nicht.«

»Ich weiß nicht, warum sie sauer auf mich ist. Ich habe ihr nie etwas getan. Genauso wenig kann ich sagen, warum mir ihre Worte wehtaten. Ich bin ein Mensch. Ich bin ein Tier – wie wir alle. Vielleicht stinke ich sogar.« Er lachte. »Warum hat es mir dann wehgetan?«

»Weil genau das beabsichtigt war. Und weil es dir nicht gleichgültig ist, was Peltra über dich denkt.«

»Das stimmt. Sie ist normalerweise eine liebenswerte Person. Ich dachte, sie könnte mich gut leiden.«

»Deine Arbeit über die Heilkräfte von Bergkräutern war sehr gut, Duvo. Gut recherchiert.«

»Danke, Meister. Die Bibliothek ist wunderbar sortiert.«

»Und was hat dich zum Buch von Sorius geführt?«

Duvo dachte darüber nach. »Das war Peltra. Wir spazierten über die Hügel und sie erzählte mir davon.« Er wurde rot. »Ich habe den Preis gewonnen, aber ich hätte ihn nicht gewonnen, wenn sie mir nicht von dem Buch erzählt hätte.«

»Dafür brauchst du dich nicht zu schämen«, sagte Ranaloth leise.

»Ich glaube schon. Ich habe nicht nachgedacht. Sie war so stolz darauf, das Rätsel gelöst zu haben, das du gestellt hattest, dass sie mir gegenüber damit prahlte. Dann habe auch ich das Buch gelesen – und den Preis gewonnen.«

»Dann meinst du also, dass es dein Fehler war?«

»Ich glaube, ja. Aber es war keine Absicht, lediglich Gedankenlosigkeit.«

Jetzt, auf dem Hügel, versuchte Duvo, das Problem hinter sich zu lassen, seine Gedanken schweifen zu lassen. Viele Dinge konnten den Fluss der Magie des Landes verändern: Tod, Gewalt, Krankheit, Angst – sogar Freude. Genauso konnte Geist oder Körper des Musikers nicht in Harmonie mit der Magie sein. Ruhig und sorgfältig untersuchte Duvo seine Gedanken. Sein Verstand war scharf und auf den Fluss eingestimmt. Ebenso hatte er weder Fleisch gegessen noch Alkohol getrunken. Auch hatte er dem körperlichen Verlangen nach Shira nicht nachgegeben. Zufrieden, dass nicht er selbst das Problem war, entspannte sich Duvo und nahm die Harfe. Er spielte die uralte Weise von der Fernen Zeit und dem Tod des Lichts. Während er spielte, fühlte er die Kraft des Landes, die ihn durchströmte, seine Adern erfüllte und ihn an sich zog. Er war eins mit dem Gras und der Erde, mit den Bäumen und Blumen, spürte den Herzschlag des Lebens um sich herum anschwellen.

Das Land hieß seine Musik willkommen. Als die Weise endete, holte Duvo tief Luft.

Als er achtzehn war, hatte Meister Ranaloth ihn mit zu einer Lichtung inmitten des Oltor-Waldes mitgenommen, wo sie sich zusammen auf einen flachen Stein setzten. »Welche Musik würdest du hier spielen?«, fragte Ranaloth.

»Das ist einfach, Meister. Es gibt drei Möglichkeiten. Jede wäre angemessen. Ein Waldlied, ein Flusslied oder ein Berglied.« Er zuckte die Achseln. »Steckt hinter der Frage mehr, als ich sehen kann? Ist es eine Art Rätsel?«

»Das wirst du erst wissen, wenn du spielst, Duvo.«

Duvo nahm seine Harfe und versuchte die Waldmusik. Nichts. Er stand auf und sah auf den Stein hinunter. Vielleicht blockierte der Stein den Fluss der Magie. Er machte zwei Schritte und versuchte es noch einmal. Nichts. Er warf einen Blick zu Ranaloth und sah den Kummer in dessen goldenen Augen. »Mache ich etwas falsch, Meister?«

Ranaloth schüttelte den Kopf. »Du kennst die Geschichte des Oltor-Waldes?«

»Hier ist der Ort, an dem sie alle starben.«

»Ja«, sagte der Eldarin traurig. »Hier ist der Ort, an dem eine Rasse ausgelöscht wurde. Die Oltor waren ein sanftes, unabhängiges Volk, aber sie konnten nicht gegen die Daroth bestehen. Ihre Städte wurden systematisch zerstört und die Letzten ihres Volkes flohen hierher, in diesen Wald. Eine Daroth-Armee – sechzigtausend Mann stark – umzingelte sie und das Schlachten begann. Die letzten Oltor, zwanzig Frauen und mehr als hundert Kinder, schafften es bis zu dieser Lichtung. Weiter kamen sie nicht.«

»Und jetzt gibt es keine Magie mehr auf dieser Lichtung?«, flüsterte Duvo.

»Keine Magie«, bestätigte Ranaloth. »Hol sie zurück, Duvo.«

Der ältere Eldarin stand auf, klopfte dem jungen Mann auf die Schulter und ging davon. Duvo setzte sich. Eine ganze Rasse war hier gestorben, dachte er. Nicht einfach ein Stamm, ein Clan oder ein Volk. Eine ganze Rasse. Er schauderte und empfand die Ungeheuerlichkeit der Aufgabe, die ihm gestellt worden war. Wie kann ein Mensch die Magie nach einer solchen Tat wiederherstellen?

Duvo setzte die Harfe auf die Hüfte und versuchte zu spielen, aber er konnte keine Musik finden. Stundenlang saß er auf der Lichtung. Die Sonne ging unter, der Mond ging auf, und immer noch wartete der junge Mann auf Inspiration. Eine Stunde vor Tagesanbruch stand er auf und wanderte über die Lichtung zum Waldrand. Hier konnte er das leiseste Beben von Magie spüren wie den Lufthauch, den ein Schmetterlingsflügel hervorruft. Langsam umschritt er die Lichtung, dann begann er im Gehen zu spielen, das sanfte, fröhliche Lied der Geburt. Als die Musik anschwoll, bewegte er sich von der Magie fort zum Zentrum der Lichtung. Er konnte drei Schritte tun, ehe die Musik erstarb. Wieder und wieder kehrte Duvo zum Waldrand zurück, zog die Magie mit sich, ließ sie durch sich hindurch in die Erde zu seinen Füßen strömen. Zentimeter für Zentimeter, schuf er mühsam ein magisches Netz, das sich kreuz und quer über die Lichtung spannte.

Der Morgen brach an, die Sonne stieg zu ihrem Zenit. Erschöpft spielte Duvo weiter. Er ging zum Mittelpunkt seines Netzes und entspannte sich, um die Schöpfungshymne zu spielen. Er stand ein paar Minuten reglos da, atmete tief ein, beruhigte seinen Geist. Dann tanzten seine Finger auf den Saiten, und seine klare Stimme erscholl. Die Sonne schien auf die Lichtung, und ein paar Vögel ließen sich auf den Zweigen der umstehenden Bäume nieder. Duvo ging weiter, während er spielte, und nicht einmal brach die Musik ab.

Die Magie war zurück!

Er sank auf den Stein und legte die Harfe neben sich. Seine Finger waren verkrampft und zitterten.

Meister Ranaloth kam aus dem Wald, die Sonne beschien seinen schneeweißen Pelz. Seine eigene Harfe hatte er über die Schulter geschlungen.

»Gut gemacht, Duvo«, sagte er voller Stolz. »Du bist ein Mensch, der seinesgleichen sucht. Und in dir sehe ich Hoffnung für deine Rasse.«

»Danke, Meister. Es war schwerer, als ich es mir hätte vorstellen können. Aber sag mir, warum nur diese Lichtung? Liegt es daran, dass hier das Ende kam?«

»Es war nicht nur diese Lichtung«, antwortete Ranaloth. »Es war der gesamte Wald. Diese Lichtung war der letzte Platz der Leere.«

Duvo starrte ihn an. »Der Wald bedeckt hunderte von Quadratkilometern. Und du…?«

»Es hat viele Jahrhunderte gedauert, Duvo. Aber es war notwendig.«

»Aber du kannst das doch nicht allein geschafft haben?«

»Es ist meine Gabe. Und jetzt ist es die deine. Ohne Magie stirbt das Land. Oh, du kannst noch immer Getreide anbauen, aber es ist trotzdem spirituell tot. Das Böse der Daroth besteht darin, dass sie leben, um zu töten – und sie zerstören nicht nur Rassen, sondern auch die Seele des Landes, auf dem sie wohnen. Das ist ein unvorstellbares Verbrechen. Ihr Menschen tut es auch. Wenn es bei euch auch langsamer geschieht, mit euren

Städten aus Stein, eurer Lust und eurer Gier. Aber unter euch gibt es Einzelne, die empfinden. Unter den Daroth niemanden.«

»Du sprichst, als ob die Daroth noch am Leben wären. Doch die Eldarin haben sie schon vor Jahrhunderten vernichtet.«

»Die Eldarin vernichten nicht, Duvo. Die Daroth leben.«

»Wo?«

»Wo sie keinen Schaden anrichten können.«

Duvo hatte noch viele Fragen gestellt, aber Ranaloth wollte nichts mehr sagen. »Aber was, wenn sie wiederkommen?«, fragte Duvo.

»Solange die Eldarin überleben, werden sie nicht wiederkommen.«

Jetzt, auf dem Gras des Hügels oberhalb von Corduin, stand Duvo auf und starrte nach Norden. Seine Kehle war trocken, sein Herz hämmerte. Er wusste jetzt, warum die Magie des Landes sich veränderte. Er konnte es fühlen, den leichten, fast unmerklichen Sog nach Norden, die Kraft, die wie Wasser aus einem zerbrochenen Krug floss.

Die Eldarin hatten nicht überlebt.

Und die Daroth waren zurück…

Tarantio saß an dem Ecktisch, mit dem Rücken zur Wand und verzehrte den Rest seiner Fleischpastete. Die Soße war dick und würzig, das Fleisch zart. Die Atmosphäre in der *Klugen Eule* war angespannt, denn der Musiker war an diesem Abend nicht erschienen und viele der Gäste beschwerten sich. Ceofrin ging zwischen den Tischen umher, entschuldigte sich und vericherte seinen Gästen, dass der Harfenspieler jeden Moment kommen würde.

Eine Gruppe aus vier jungen Adligen baute sich vor dem Wirt auf und behauptete, dass das Essen wie Dung schmecke und sie nicht die Absicht hätten, dafür zu zahlen. Shira ging zu dem Tisch und sprach mit ihnen, sie beruhigten sich und erklärten, dass sie vom anderen Ende der Stadt gekommen wären, nur um Duvo spielen zu hören. Dann entschuldigten sie sich für ihren Ausbruch. Tarantio war beeindruckt von der Harmonie, die sie ausstrahlte und warf einen Blick zu Brune hinüber, der sie mit unverhohlener Bewunderung anstarrte. Ceofrin zog sich von dem Tisch zurück, Erleichterung malte sich auf seinem runden, dicken Gesicht. Shira füllte die Weinbecher neu und kehrte dann mit einem letzten strahlenden Lächeln in die Küche zurück.

»Ich hoffe, der Harfenspieler kommt«, sagte Brune.

»Ich glaube nicht, dass er im Haus ist«, meinte Tarantio. Brunes Enttäuschung war offenkundig.

Dace jedoch freute sich. *»Wie kann man sich dieses Gequietsche nur freiwillig anhören?«*, fragte er.

»Weil es schön ist«, erklärte Tarantio. Es war unmöglich, Dace anzulügen und er konnte dessen Verwirrung über die Antwort spüren. *»Erklär mir das«*, bat Dace.

»Ich glaube nicht, dass ich das kann, Bruder. Ich höre es und es rührt mich zu Tränen. Aber ich kann auch dein Unbehagen spüren.«

»Na, jedenfalls ist er jetzt nicht hier und dafür bin ich dankbar. Und sag dem Idioten, dass er Sauce am Kinn hat.«

»Wisch dir das Kinn ab, Brune.« Der junge Mann grinste Tarantio an und fuhr sich mit der Hand übers Gesicht, um anschließend die Handfläche abzulecken.

»Gutes Essen hier. Shira hat gekocht, musst du wissen. Ah, sie ist ein Wunder.« Er schaute zur Küche hin, in der

Hoffnung, einen Blick auf das Mädchen zu erhaschen, doch die Tür war jetzt geschlossen. »Hast du den Mann wegen deines Geldes gesehen?«, fragte er laut.

»Vielleicht solltest du noch ein bisschen lauter sprechen«, schlug Tarantio vor. »Ich glaube nicht, dass alle Leute hier in der Taverne dich hören konnten.«

Brune fuhr herum. »Warum sollten sie das auch wollen?«

»Spielt keine Rolle. Das war Sarkasmus, Brune. Ich wollte dir klar machen, dass es nicht klug ist, so laut über Geld zu reden, es könnte sein, dass Räuber in der Nähe sind.«

»Das musst du mir nicht zweimal sagen«, meinte Brune und tippte sich an die Nase. »Also, hast du ihn gesehen?«

»Ja. Es ist gut gelaufen. Meine Investitionen haben mir fast zweitausend Silberstücke eingebracht.«

»Zweitausend!«, rief Brune aus. »In Silber?« Ein paar Leute an den Nachbartischen drehten sich zu den beiden Männern um. Daces Lachen hallte in Tarantios Geist wider. *»Ich bin so froh, dass wir ihn mitgenommen haben«*, sagte Dace.

»Was willst du mit all dem Geld anfangen?«, fragte Brune.

»Lass uns von etwas anderem reden«, bat Tarantio den blonden jungen Mann. »Von was du willst.«

Brune dachte lange und angestrengt nach. »Schade mit dem Harfenmann«, sagte er schließlich. »Du hättest gestern Abend hier sein sollen. Er war großartig. Kann ich dir noch ein Bier holen?«

Tarantio nickte. *»Lass mich das kosten«*, sagte Dace. *»Es ist schon lange her, dass ich gutes Bier getrunken habe.«*

»Nein. Ich will hier kein Blutvergießen.«

»Ich verspreche es dir, Bruder. Keine Klingen. Nur ein Krug Bier und dann werde ich schlafen.«

Tarantio entspannte sich und zog sich zurück, während Dace das letzte Stück Pastete verzehrte. Brune war auf seinem Weg zurück zum Tisch, als ein großer Mann, einer der lästigen Adligen, sich plötzlich umdrehte und mit ihm zusammenstieß. Bier spritzte aus den beiden Krügen, die Brune trug, auf das schwarze Seidenhemd des Mannes.

»Du tollpatschiger Idiot!«, rief er.

»Tut mir Leid«, sagte Brune freundlich und versuchte, an dem Mann vorbeizugehen. »Aber du hast mich gestoßen.«

Als Brune weiterging, traf ihn die Faust des Mannes hinter dem Ohr, sodass er zu Boden ging. Brune stürzte gegen einen Tisch, schlug mit dem Kopf auf eine Stuhllehne und sank besinnungslos zu Boden.

Dace sprang über den Tisch und erreichte den Schauplatz gerade in dem Moment, als der Mann Brune treten wollte. Daces Fuß hakte sich unter das Bein des Mannes, mit einem Ruck schickte er ihn krachend zu Boden. Der Mann rollte sich auf die Knie und zog einen Dolch. Dace grinste und griff nach seinem, dann hielt er inne.

»Du bist ein Langweiler, Bruder«, sagte er laut.

Der Mann stand auf, die Augen zusammengekniffen. »Dafür kannst du was erleben, du Hurensohn!«

»Red nicht so viel, zeig's mir«, sagte Dace verächtlich. Der Mann machte einen Satz nach vorn. Dace wich zur Seite aus, packte den Messergriff mit der linken Hand, während sein rechter sich unter den Ellbogen des Mannes schob. Dann hieb Dace seine Linke nach unten, die Rechte nach oben. Ein ekliges Knacken hallte durch den

Raum, als der Arm des Mannes am Ellbogen brach, der Schrei des Opfers war fürchterlich. Der Mann fiel nach hinten, als Dace ihn losließ, das Messer entglitt seinen Fingern. Weißer Knochen stach durch den Ärmel seines schwarzen Hemdes, das jetzt Blutflecken aufwies. Er schrie wieder. »Ach, halt den Mund!«, fuhr Dace ihn an, hieb ihm seine Handfläche an die Nase und ließ einen rechten Aufwärtshaken folgen, der ihn auf die Zehen hob. Dace machte einen Schritt zurück, ließ den Mann fallen und ging dann zu Brune, der stöhnend versuchte aufzustehen.

Eine Bewegung hinter ihnen ließ Dace herumfahren. Drei Männer kamen mit Messern in den Händen auf ihn zu. Dace lachte sie aus, dann ging er ihnen entgegen.

»Zum Glück für euch habe ich einem Freund versprochen, dass ich heute Abend niemanden töten würde. Das bedeutet allerdings nicht, dass ich euch nicht verkrüppeln kann – wie euren Freund auf dem Boden, der Glück hat, wenn er den Arm wieder gebrauchen kann. Also, wer ist der Erste? Ich glaube, als Nächstes zerschmettere ich eine Kniescheibe!«

Wieder machte er einen Schritt nach vorn, und die Männer wichen verwirrt zurück. »Wo liegt das Problem, Kinder? Könnt ihr euch nicht einigen, wer der Erste sein soll? Was ist mit dir?«, fragte er und trat dicht vor einen hageren, bärtigen Mann. Der Messerstecher sprang so plötzlich nach hinten, dass er über einen Stuhl fiel. Die beiden anderen steckten die Messer weg und wichen zurück. Dace lachte sie aus. »Was für Hasenfüße«, sagte er. »Nehmt euren Freund und bringt ihn zu einem Arzt.« Dann wandte er sich zur Bar und rief: »Noch zwei Krüge Bier, bitte.«

Die Männer schleppten den bewusstlosen Angreifer

aus der Taverne und Dace half Brune auf die Füße. »Wie fühlst du dich?«, fragte er.

»Mein Kopf tut weh«, antwortete Brune.

»Na ja, das bist du ja gewöhnt«, sagte Dace fröhlich. Ceofrin brachte die Krüge und beugte sich zu Dace.

»Ich glaube, du solltest weiterziehen, mein Freund. Der Mann, den du… verletzt hast… hat beste Verbindungen.«

»Sein Arm nicht mehr«, sagte Dace mit einem breiten Grinsen.

»Ich meine es ernst, Tarantio. Er ist ein Vetter des Herzogs und ein enger Freund von Vint, dem Champion des Herzogs.«

»Champion, sagst du? Taugt er was?«

»Man sagt, er habe schon dreißig Männer getötet. Das macht ihn gut – jedenfalls in meinen Augen.«

Dace hob den Krug und leerte ihn halb. »Es macht ihn zumindest interessant«, gab er zu. Ceofrin schüttelte den Kopf und ging davon.

»Du hattest es versprochen«, sagte Tarantio.

»Ich habe mein Versprechen gehalten. Ich wusste doch nicht, dass jemand den Idioten schlagen würde. Und ich habe ihn nicht getötet, Bruder.«

»Du hast ihn verkrüppelt!«

»Von Verkrüppeln hast du auch nichts gesagt. Hast du gehört, was er über Vint gesagt hat?«

»Ja. Und wir werden ihn meiden.«

»Du hast einfach keinen Sinn für Abenteuer.« Die Tür ging auf und Duvodas trat ein. Die Menge sah ihn und begann zu jubeln. *»Verdammt!«,* sagte Dace. *»Gerade als ich anfing, ein wenig Spaß zu haben. Ich glaube, ich schlafe jetzt.«*

Tarantio holte tief Luft. »Wo ist der Mann, der mich gehauen hat?«, fragte Brune.

»Er ist weg«, antwortete Tarantio.
»Hast du ihm wehgetan?«, fragte Brune.
»Ich glaube schon.«

Goran der Schäferjunge, musste einen ganzen Tag lang an der Garnison warten, wo er seinen Bericht abliefern wollte. Als die Nacht hereinbrach, saß er zitternd unter einem Torbogen am Haupttor. Ein freundlicher Wachposten teilte seine Abendration mit dem Jungen und fand eine alte Decke, die er um dessen schmale Gestalt wickeln konnte. Trotzdem ließ der kalte Herbstwind ihn frieren. Endlich kam ein anderer Soldat, um ihn zu holen, und er wurde in ein kleines Büro in der Garnison geführt, wo der Soldat ihn sich setzen und warten hieß. Kurz darauf trat ein schlanker Offizier mittleren Alters ein und setzte sich an den schmalen Schreibtisch. Er sah müde aus, dachte Goran und gelangweilt. Der Offizier sah ihn lange und gründlich an. »Ich bin Capel«, sagte er. »Bedauerlicherweise bin ich der zweite Befehlshaber dieses … Vorpostens. Also, Kind, erzähl mir deine Neuigkeiten.« Goran tat das, und Capel hörte ausdruckslos zu, bis der Junge seine Geschichte von schwarzen Monden und Monsterkriegern auf Monsterpferden beendet hatte.

»Du musst verstehen, Kind«, sagte er, »dass eine so fantastische Geschichte wahrscheinlich dazu führt, dass du für zwanzig Hiebe an den Pfahl gebunden wirst.«

»Es ist wahr, Herr. Ich schwöre es beim Grab meiner Mutter.«

Der Offizier erhob sich müde. »Ich bringe dich zum Hauptmann. Aber es ist deine letzte Chance, Junge. Er ist kein Mann, der leicht verzeiht und gewiss nicht bekannt für seinen Sinn für Humor.«

»Ich muss ihn sehen«, beharrte Goran.

Zusammen gingen sie durch die Korridore der Garnison und stiegen eine Wendeltreppe hinauf. Capel klopfte an einer Tür und trat ein, bat den Jungen aber, draußen zu warten. Nach ein paar Minuten ging die Tür wieder auf, und Goran wurde hineingerufen. Dort erzählte er seine Geschichte noch einmal einem jungen, dicken Mann mit gefärbtem blondem Haar und sanften Augen.

Der dicke Mann fragte ihn noch gründlicher aus als der ältere Offizier. Goran beantwortete jede Frage nach bestem Wissen. Endlich stand der Hauptmann auf und schenkte sich einen Becher Wein ein. »Ich würde gern dieses Wunder sehen«, sagte er. »Du wirst mit mir reiten, Junge. Und wenn es sich – wie ich glaube – als grober Unsinn herausstellt, werde ich dich an einem Baum aufknüpfen. Wie klingt das?«

Goran sagte nichts und wurde zu den Schlafquartieren geführt, wo er auf einer Pritsche in einer kalten Zelle schlafen durfte. Die Tür wurde hinter ihm abgeschlossen. Bei Morgengrauen weckte Capel ihn, und sie gingen zu den Ställen, wo eine Truppe von vierzig Lanzenreitern neben ihren Pferden stand. Sie warteten eine Stunde, bis der dicke Hauptmann auftauchte, ein junger Soldat half ihm auf seinen schönen grauen Hengst, und die Truppe trabte aus der Garnison. Goran ritt neben Capel.

»Erzähl mir noch mal von diesen Monstern«, bat der Soldat.

»Sie waren riesig, Herr. Weiße, haarlose Schädel und seltsame Münder. Ihre Pferde waren Riesen.«

»Du beschreibst ihre Münder als seltsam. Wie ein Vogelschnabel, vielleicht?«

»Ja, Herr. Wie ein Adlerschnabel aus Knochen unterhalb der Nase, scharf und spitz.«

Die Truppe hielt im Laufe des Vormittags einmal an, um die Pferde auszuruhen, und die Männer holten Brot und Käse aus ihren Satteltaschen. Capel teilte sein Frühstück mit Goran. Der dicke Hauptmann trank Wein aus einer Karaffe, um damit ein ganzes, gebratenes Hühnchen herunterzuspülen, dann brachte ein Soldat Wasser aus einem Bach, damit er sich die Hände waschen konnte, die er sich mit einem weißen Leinentuch abtrocknete.

Nach einer halben Stunde machten sie sich wieder auf den Weg und erreichten Gorans Dorf eine Stunde nach Mittag. Es war verlassen.

Capel stieg ab und suchte das Gelände ab, dann ging er zum Hauptmann. »Überall Hufspuren. Riesig. Genau wie der Junge sagte.« Der Hauptmann sah sich nervös um.

»Wie viele waren in dem Überfalltrupp?«, fragte er. Schweiß stand auf seinem plumpen Gesicht.

»Nicht mehr als dreißig. Aber es sind auch Fußabdrücke da, größer, als ich sie je gesehen habe.«

»Ich finde, wir sollten zurückreiten, meinst du nicht?«, fragte der Hauptmann.

»Das könnten wir tun, aber was sollen wir dann dem Herzog berichten?«

»Ja, ja. Ganz recht, Capel. Nun ... vielleicht solltest du die Männer weiterführen. Ich habe in der Garnison so viel zu tun.«

»Ich verstehe ja, wie beschäftigt du bist. Aber da kommt mir ein Gedanke. Was ist, wenn das Überfallkommando sich nach Süden gewandt hat? Dann könnte es zwischen uns und der Garnison sein.«

Der Dicke riss die Augen auf und blickte nervös hinter sich. »Ja, natürlich. Du meinst also, wir sollten ... weiterreiten?«

»Mit äußerster Vorsicht.«

Der Trupp zog in die höher gelegenen Hügel, der dicke Hauptmann ritt in der Mitte. Goran lenkte sein Pferd neben Capel. »Der Hauptmann wirkt nicht gerade wie ein Soldat«, meinte er.

»Er ist ein Adliger, Junge. Das ist eine andere Sorte Mensch – zu Offizieren geboren.« Er zwinkerte dem Jungen zu. Sie ritten noch fast eine Stunde weiter, bis sie endlich die letzte Anhöhe vor der ehemals Großen Nordwüste erklommen. Die Männer saßen schweigend auf ihren Pferden und starrten auf üppige Hügel und Täler, Wälder und Ebenen.

Der dicke Offizier kam zu Capel. »Das ist wie ein Traum«, sagte er. »Was kann das bedeuten?«

»Als ich noch ein Junge war, sprach unser Geschichtenerzähler von den alten Tagen. Die Drei Rassen – erinnerst du dich? Die Oltor, die Eldarin und die Daroth?«

»Was ist damit?«

»Die Beschreibung unseres Geschichtenerzählers von den Daroth passt auf das, was der Junge gesehen hat. Riesige, starke Köpfe aus weißem Bein, mit einem knöchernen Kamm.«

»Das kann nicht sein«, sagte der Hauptmann. »Die Daroth wurden vor Jahrhunderten von den Eldarin vernichtet.«

»Und vor ein paar Tagen war dies noch die Große Nordwüste«, betonte Capel. Die dreißig Männer saßen unbehaglich auf ihren Pferden. Niemand sagte etwas, doch Goran spürte ihre Anspannung.

»Und das sieht keiner menschlichen Ansiedlung ähnlich, von der ich je gehört habe«, fuhr Capel fort und deutete auf die Stadt der schwarzen Kuppeln. »Sollten wir eine Abordnung dorthin schicken?«

»Nein! Wir sind keine Politiker. Ich denke, wir haben genug gesehen. Jetzt reiten wir zurück.«

Einer der Soldaten deutete auf eine kleine Senke am Fuß des Hügels, wo man deutlich die Reste einer Feuergrube erkennen konnte.

»Geh hinunter und untersuch das«, befahl der Hauptmann Capel. »Dann brechen wir auf.«

Der Offizier winkte drei Männern, ihm zu folgen und ritt den Abhang hinunter. Goran drängte sein Pferd vorwärts und folgte ihnen.

Am Fuß des Hügels stieg Capel ab. Knochen waren rund um die Grube verstreut, und ein kleiner Haufen aus Schädeln war nachlässig in die Asche gestoßen worden. Etwas weiter rechts lag ein Haufen aus zerrissener, blutiger Kleidung. Goran sprang vom Pferd und begann, die Kleider zu durchsuchen. Die Tunika seines Vaters war nicht dabei.

»Reiter!«, rief einer der drei Soldaten. Goran sah etwa zwanzig Monster, die sich von Süden her näherten. Er rannte zu seinem Pferd und schwang sich in den Sattel.

»Lasst uns verschwinden«, sagte Capel. Er wandte sein Pferd hangaufwärts, dann blickte er nach oben und sah, weit über ihnen, wie das Pferd des Hauptmanns sich plötzlich aufbäumte und ihn abwarf. Das Wiehern erschreckter Pferde füllte die Luft. Ein Wallach kollerte kopfüber über den Hügelkamm, mit einem langen schwarzen Speer im Hals. Capel zerrte an den Zügeln seines Tieres, seine Gedanken rasten. Über ihnen konnte er nun Scharen weißgesichtiger Krieger sehen, die auf den Abhang schwärmten – hinter ihm kamen zwanzig weitere Reiter. Mit drei Männern konnte er den Kampf da oben ohnehin nicht beeinflussen und wenn er es versuchte, saß er zwischen den beiden Truppen in der Falle. Es war zwar bitter, gezwungenermaßen vor einem Kampf davonzulaufen, aber zu bleiben bedeutete den sicheren Tod. Der Tod ängstigte Capel nicht, aber wenn niemand entkam, konnte auch niemand in Corduin Alarm schlagen.

Capel riss sein Pferd nach Osten herum. »Folgt mir!«, rief er. Die drei Soldaten und Goran gehorchten augenblicklich und galoppierten den Hügel hinunter zur Ebene. Die gewaltigen Reittiere des Feindes konnten mit der Schnelligkeit der Corduin-Pferde nicht mithalten. Sie versuchten es auch gar nicht erst. Capel warf einen Blick zurück und sah, dass die Daroth langsam bergan ritten.

Und nur einen Augenblick lang erhaschte er einen Blick auf den dicken Hauptmann, der kopflos über den Hügelkamm rannte. Dann war er verschwunden.

Der Traum war etwas anders. Das Kind weinte noch immer und Tarantio versuchte, den Jungen zu finden – tief unter der Erde, entlang dunkler Steintunnel, suchte er. Er kannte die Tunnel gut, er hatte vier Monate lang in den Bergen in der Nähe von Prentius in den Minen geschuftet, die Kohle ausgegraben und sie auf niedrige Karren geschaufelt. Aber jetzt waren die Tunnel leer, und ein gähnender Spalt hatte sich in dem Fels geöffnet und aus diesem Spalt kamen die dünnen, piepsenden Entsetzensschreie.

»Die Dämonen kommen! Die Dämonen kommen!«, hörte er den Jungen weinen.

»Ich bin bei dir«, antwortete er. »Bleib, wo du bist!«

Er schob sich durch den Spalt und ging weiter. Es hätte stockfinster hier drinnen sein müssen, denn es gab keine Fackeln, doch die Wände selbst glühten in einem schwachen grünen Licht, das kräftig genug war, um

Schatten zu werfen. Wie immer kam er in einem großen Saal heraus, dessen hohe Decke von drei Säulenreihen getragen wurde. Die Lumpenmänner mit den Opalaugen kamen durch die Düsternis auf ihn zu, mit Hämmern und Picken in den Händen.

»Wo ist der Junge?«, verlangte er zu wissen, während er seine Schwerter zog.

»Tot. Genau wie du«, sagte die Stimme in seinem Geist.

»Ich bin nicht tot.«

»Du bist tot, Tarantio«, widersprach die Stimme. »Wo ist deine Leidenschaft? Wo ist deine Lebenslust? Wo sind deine Träume? Was ist das Leben ohne diese Dinge? Es ist nichts.«

»Ich habe Träume!«, schrie Tarantio.

»Nenn mir einen!«

Er machte den Mund auf, aber es fiel ihm nichts ein. »Wo ist der Junge?«, schrie er.

Die Stimme schwieg, und Tarantio ging weiter. Die Reihe der Lumpenmänner teilte sich, und hinter ihnen sah er einen Schwertkämpfer, der ihn erwartete. Der Mann war schlank, das Gesicht grau, die Augen golden und geschlitzt wie bei einer Raubkatze. Sein Haar war weiß und drahtig und stand von seinem Kopf ab wie eine Löwenmähne. In jeder Hand hielt er ein Schwert.

»Wo ist das Kind?«, fragte Tarantio.

»Wirst du sterben, um das herauszufinden?«, fragte der Dämon zurück.

Tarantio erwachte und schwang die Beine aus dem Bett. Brunes leises Schnarchen erfüllte den Raum. Tarantio tat einen tiefen, beruhigenden Atemzug. Das erste Morgenlicht fiel durch die Bleiglasfenster und malte geometrische Muster auf den Fußboden. Tarantio zog sich rasch an und ging nach unten. Eins der beiden Feuer im Speisesaal war ausgegangen, doch das andere flackerte noch leise. Er legte zwei dünne Scheite darauf, blies dem Feuer neues Leben ein und setzte sich vor die Flammen.

»Du siehst beunruhigt aus«, sagte Shira und hinkte von der Küche her herein.

»Schlechte Träume«, sagte er, mühsam lächelnd.

»Ich hatte auch oft schlimme Träume«, sagte sie. »Möchtest du etwas frühstücken? Wir haben heute Eier.«

»Ja, danke.«

Sie überließ ihn seinen Gedanken, und er stellte sich immer wieder seinen Traum vor. Er konnte noch immer keinen Sinn darin erkennen. Tarantio schauderte und legte mehr Brennholz auf das Feuer.

Shira kam mit einem Teller voller Spiegeleier und einem Stück Fleisch zurück. Tarantio dankte ihr und verschlang seine Mahlzeit. Sie setzte sich neben ihn, als er fertig war und reichte ihm einen Becher heißen, gesüßten Kräutertee.

Tarantio entspannte sich. »Das tut gut«, sagte er. »Aber ich erkenne den Geschmack nicht.«

»Rosenblüten, Zitronenminze und ein Hauch Kamille, gesüßt mit Honig.«

Tarantio seufzte. »Die schönste Tageszeit«, versuchte er, Konversation zu machen. »Still und ungestört.«

»Ich habe den frühen Morgen schon immer gemocht. Ein neuer Tag, frisch und jungfräulich.«

Der Gebrauch des Wortes »jungfräulich« brachte Tarantio etwas aus der Fassung, und er wandte den Blick ab und sah ins Feuer. »Du warst gestern Abend richtig Furcht einflößend«, sagte sie.

»Es tut mir Leid, dass du es mit ansehen musstest.«

»Ich dachte, einer würde sterben. Es war schrecklich.«

»Gewalt ist niemals schön«, gab er zu. »Trotzdem, der Mann hat es sich selbst zuzuschreiben. Er hätte Brune nicht schlagen sollen, und er hätte auch nicht versuchen sollen, ihn anschließend noch zu treten. Das war die Tat eines Feiglings. Obwohl er, denke ich, seine Tat inzwischen bereuen wird.«

»Wirst du Vaters Rat annehmen und uns verlassen?«

»Ich habe noch keine Behausung gefunden, die mir gefällt.«

»Diese Taverne hat nie Geld abgeworfen«, sagte sie plötzlich. »Nie, bis Duvo mit seiner Musik kam. Vater hat hart gearbeitet, und wir haben uns mühsam durchgeschlagen. Jetzt steht er vor dem Erfolg und das bedeutet ihm viel.«

»Das glaube ich gern«, meinte Tarantio und wartete darauf, dass sie weitersprach.

»Aber Tavernen, die in dem Ruf stehen, dass man sich dort prügelt, verlieren viele Gäste.«

Er blickte in ihre schönen, großen Augen. »Du möchtest gern, dass ich gehe?«

»Ich glaube, es wäre klug. Vater hat letzte Nacht nicht geschlafen, ich hörte, wie er in seinem Zimmer auf- und abging.«

»Ich werde mir ein anderes Gasthaus suchen«, versprach er.

Sie wollte aufstehen, zuckte aber zusammen und setzte sich wieder hin.

»Hast du Schmerzen?«, fragte er.

»Mein Bein macht mir oft Kummer – vor allem, wenn es Regen gibt. Es ist gleich wieder vorbei. Es tut mir Leid, dass ich dich bitten muss zu gehen. Ich weiß, dass das, was geschehen ist, nicht deine Schuld war.«

Er zuckte die Achseln und und lächelte gezwungen. »Mach dir keine Sorgen. Es gibt viele Gasthäuser. Und ich werde nur ein paar Tage brauchen, um ein eigenes Haus zu finden –«

Sie nahm seinen leeren Teller und humpelte zurück in die Küche.

»So ein liebes Kind«, sagte Dace. *»Und du fällst darauf rein, Bruder.«*

»Was sie sagte, war nicht mehr als die Wahrheit. Vint wird herkommen, um nach dir … nach mir zu suchen.«

»Ich werde ihn töten«, erklärte Dace zuversichtlich.

»Wozu, Dace? Wie viele Tode brauchst du denn noch?«, fragte Tarantio müde.

»Ich brauche keine Tode«, widersprach Dace. *»Ich brauche Unterhaltung. Und dieses Gespräch wird jetzt langweilig.«* Damit zog sich Dace zurück und ließ Tarantio gnädig allein.

Er kehrte in sein Zimmer zurück, füllte eine Zinnschale mit Wasser und wusch sich Hände und Gesicht. Brune gähnte und reckte sich. »Ich hatte einen herrlichen Traum«, sagte er, setzte sich und fuhr sich mit den dicken Fingern durch das helle Haar.

»Wie schön für dich«, sagte Tarantio. »Pack deine Sachen. Wir sehen uns heute Häuser an.«

»Ich würde lieber hier bleiben und mich mit Shira unterhalten.«

»Das kann ich verstehen. Aber der Mann, mit dem ich gestern Abend kämpfte, wird wahrscheinlich mit einer Reihe von Freunden wiederkommen – unter anderem einem Schwertkämpfer namens Vint. Sie werden nach dir und mir suchen. Du kannst natürlich gerne hier bleiben. Aber halte dein Messer bereit.«

»Nein«, sagte Brune. »Ich glaube, ich sehe mir doch lieber Häuser an. Ich will keine Schwertkämpfer sehen.«

»Kluge Entscheidung.«

»Langweilig – aber klug«, setzte Dace hinzu.

Die zwölf Ziele waren runde Scheiben aus fest gepresstem Stroh, einen Meter zwanzig im Durchmesser, die vor einer Mauer aus Sandsäcken standen. Die Bogenschützen standen etwa sechzig Schritte von den Zielen entfernt, die Pfeile hatten sie vor sich in die Erde gesteckt.

Tarantio und Brune hatten fast eine Stunde darauf gewartet, dass ein Platz frei wurde und standen nun an der äußerst rechten Reihe. »Lass mich sehen, wie du Gold triffst«, sagte Tarantio.

Brune spähte zu der Scheibe. Sie war mit konzentrischen Ringen bemalt, der äußere war gelb, dann folgten rot, blau, grün und schließlich die goldene Mitte. »Ich glaub nicht, dass ich das schaffe.«

»Richte einfach den Bogen, das werden wir noch sehen.« Brune zog einen Pfeil aus der Erde und legte ihn auf die Sehne. »Warte«, sagte Tarantio. »Du hast die Richtfeder nicht geprüft.«

»Die was?«

»Leg den Bogen hin«, befahl Tarantio und Brune gehorchte. Tarantio nahm einen Pfeil und zeigte dem verblüfften jungen Mann die Befederung. »Sieh mal, wie die Federn hier in den Schaft eingesetzt sind. Wie ein Y. Zwei Federn stehen eng beieinander, die dritte steht allein. Das ist die Richtfeder. Wenn man einem Bogenschützen sagt, er solle seinen Bogen richten, dann heißt das, dass die Richtfeder vom Bogen wegzeigen soll. Sonst wird sie den Bogen beim Abschuss berühren und den Pfeil ablenken.«

»Ich verstehe«, sagte Brune und nahm seinen Bogen wieder auf. Er zog die Sehne bis zum Kinn zurück und schoss. Der Pfeil flog hoch über die Zielscheibe und landete oben auf der Sandsackmauer. »War das gut?«, fragte er.

»Wenn dein Gegner viereinhalb Meter groß gewesen wäre, hätte er wohl Angst bekommen«, meinte Tarantio. »Lass mich den Bogen sehen.«

Es war ein billiges Stück aus einem Holz und etwa einen Meter zwanzig lang. Die besten Bögen wurden aus Ulme oder Eibe gemacht, und gute Bogenmacher schufen oft verbundene Versionen, in die beide Holzarten eingearbeitet waren. Tarantio richtete einen Pfeil und zog die Sehne zurück. Die Spannung betrug nicht mehr als zwanzig Pfund. Er schoss und sah, wie er schwächlich in den inneren blauen Ring traf.

»Du bist sehr gut«, sagte Brune bewundernd.

»Nein, bin ich nicht«, widersprach Tarantio, »aber selbst ein Meisterschütze hätte Schwierigkeiten mit diesem Bogen. Du tätest wahrscheinlich besser dran, mit Steinen nach dem Feind zu werfen. Der Bogen hier hat nicht genügend Kraft, um eine Rüstung zu durchschlagen.«

»Ich habe ihn selbst gemacht«, erklärte Brune. »Mir gefällt er.«

»Hast du jemals etwas damit getroffen?«

»Noch nicht«, gab der junge Mann zu.

»Vertrau mir, Brune. Wenn du je damit auf die Jagd gehen willst, lauf einfach los und benutz ihn als Keule.«

Ein paar Männer kamen auf sie zu. Der erste, ein hoch gewachsener, schlanker Bogenschütze in einer Tunika aus feinem Leder verbeugte sich vor Tarantio. »Habt ihr vor, noch weiterzuüben?«, fragte er. »Ich habe selbst nur wenig Zeit und hoffte, noch ein paar Pfeile schießen zu können.« Sein dunkles Haar war kurz geschnitten, der Schädel in zwei Halbmonden über den Ohren kahl geschoren, dazu trug er einen dreifach gegabelten Bart. Seine Kleidung war teuer, und er war offensichtlich ein Edelmann. Da er wusste, wie arrogant der Adel sein konnte, war Tarantio beeindruckt von der Höflichkeit, mit der die Frage gestellt wurde.

»Nein, ihr könnt die Zielscheibe haben«, sagte Tarantio freundlich. »Mein Freund und ich sind hier fertig. Wo kann ich einen guten Bogen kaufen?«

»Für dich oder deinen Freund?«, fragte der andere.

»Für ihn.«

»Hast du mal an eine Armbrust gedacht? Ich sah deinen Freund schießen und – bei allem Respekt – er hat kein Auge dafür.«

»Ich fürchte, du hast Recht«, stimmte Tarantio zu. Der schlanke Bogenschütze wandte sich an einen seiner Kameraden und rief ihn heran. Der Mann hatte eine schwarze Armbrust, deren Schaft mit Silber eingelegt war. Der Bogenschütze nahm sie und hielt sie Tarantio hin.

»Lass ihn damit ein oder zwei Schuss versuchen«, schlug er vor.

»Du bist sehr freundlich.«

»Das ist sehr hübsch«, meinte Brune. »Wie funktioniert das?«

Tarantio hielt die Armbrust mit der Spitze auf den Boden und stellte seinen Fuß in den eisernen Steigbügel am Kopf, dann zog er die Sehne zurück. Er nahm einen kleinen schwarzen Bolzen von dem Bogenschützen entgegen und schob ihn ein. »Ziel auf die Scheibe, dann drück diesen Hebel unter dem Schaft«, befahl er Brune. Brune hob die Armbrust und drückte. Der Bolzen verschwand in den Sandsäcken fast drei Meter links von der Zielscheibe.

»Das war schon näher«, sagte Brune. »Nicht wahr?«

Die Männer um den Bogenschützen lachten. Dieser selbst stellte sich vor den blonden Brune und blickte ihm in die Augen. »Welches ist dein schlechtes Auge?«, fragte er.

»Das hier«, sagte Brune und tippte auf seine rechte Wange.

»Kannst du damit überhaupt etwas sehen?«

»Ich kann Farben damit erkennen, aber es funktioniert nicht sehr gut.«

»Hast du das Problem schon immer gehabt?«

»Nein. Erst seit mich jemand mit einem Stück Holz geschlagen hat.«

»Dein Freund ist auf dem rechten Auge fast blind«, erklärte er Tarantio. »Bring ihn nach Nagellis im Nordviertel. Dort lebt ein Zauberer namens Ardlin, der ein Haus neben dem Dreiköpfigen Brunnen hat. Du kannst es nicht verfehlen – es hat ein großes Buntglasfenster, das die nackte Gestalt der Göttin Irutha darstellt.« Der Mann lächelte. »Es ist ein schönes Fenster. Ardlin ist ein Heiler von großem Talent.«

»Ich danke dir«, sagte Tarantio. »Du bist sehr freundlich.«

»Keine Ursache, mein Freund.« Der Bogenschütze hielt ihm die Hand hin. »Ich heiße Vint.«

Tarantio blickte in die rauchgrauen Augen des Mannes. »Und ich bin Tarantio«, sagte er und schüttelte die Hand.

Vints Gesicht spannte sich. »Das ist schade«, meinte er. »Ich hatte gehofft, ich fände dich unsympathisch, wenn wir uns endlich begegneten.«

»Ich habe auch unsympathische Seiten«, sagte Tarantio. »Du kennst mich nur noch nicht gut genug.«

»Hoffen wir, dass das der Wahrheit entspricht«, sagte Vint. »Wo kann ich dich treffen?«

»Ich habe ein Haus nicht weit von hier gemietet. Ich glaube, die Straße heißt Nevir-Nord. Das Haus hat rote Ziegel und zwei Schornsteine. Die Eigentümer haben einen steinernen Wolf rechts neben das Tor gestellt.«

»Dann also heute Nachmittag, eine Stunde vor Sonnenuntergang?«, schlug Vint vor.

»Das ist mir recht«, stimmte Tarantio zu.

»Säbel?«, fragte Vint.

»Bring zwei mit«, sagte Tarantio. »Ich ziehe Kurzschwerter vor, aber ich leihe mir gern einen von dir.«

»Nein, nein. Dann also Kurzschwerter. Hättest du etwas dagegen, wenn ich ein paar meiner jüngeren Studenten mitbringe?«

»Keineswegs.«

»Sie können deinen Leichnam zurücktragen«, sagte Dace.

Tarantio wandte sich ab. Brune reichte die Armbrust zurück und eilte ihm nach. »Was ist los?«, fragte er.

»Lass uns diesen Zauberer finden, Brune«, sagte Tarantio. »Ich kann einem halbblinden Schützen nicht beibringen, wie man mit einer Armbrust umgeht.«

»Warum will der Mann gegen dich kämpfen?«

»Das ist halt sein Beruf«, antwortete Tarantio.

Karis war nicht leicht schockiert. Ihre Kindheit mit Schmerz, Verrat und Brutalität von Seiten ihres Vaters hatte in ihr einen Zynismus wachsen lassen, der ihr gestattete, das Außergewöhnliche hinzunehmen, als sei es alltäglich. Aber als sie die letzte Anhöhe vor der Großen Nordwüste erklomm, war sie wie betäubt. Sie hatte einen Anblick aus nacktem Gestein und endlosem Sand erwartet und sah vor sich eine fruchtbare, grüne Landschaft, gesprenkelt mit Wäldern und Bächen.

Sie kannte diese Gegend gut, da sie im vergangenen Jahr hier zwei Scharmützel ausgefochten hatte. Es bestand keine Möglichkeit, dass sie sich verirrt haben konnte. Links von ihr stand die Sonne tief am Himmel. Also war vor ihr Norden. Keine Frage.

Sie lenkte den großen grauen Wallach den Hang hinunter und ritt durch das Grasland in ein kleines Wäldchen an einem plätschernden Bach. Sie stieg ab und lockerte Warains Sattelgurt, ohne jedoch den Sattel abzunehmen. Dann ließ sie ihn herumlaufen und grasen. Warain war gut erzogen und würde auf einen einzigen Pfiff von ihr zu ihr kommen. Karis setzte sich an den Bach und trank in tiefen Zügen, dann leerte sie ihre Wasserflasche und füllte sie neu.

Vielleicht sind die Eldarin zurückgekommen, dachte sie. Was hier geschehen war, war genau das Gegenteil von der Katastrophe, die während des kurzlebigen Krieges über das Land der Eldarin hereingebrochen war. Doch sobald der Gedanke auftauchte, verwarf sie ihn wieder, als sie sich an die Worte des Eldarin-Geistes erinnerte, der in ihrem Zimmer erschienen war. »Vor langer Zeit standen die Eldarin einem anderen Bösen gegenüber«, sagte er. »Wir hüllten es ein, entfernten es von der Welt. Die Perle hält dieses Böse in Schach.«

Dieser Ort fühlt sich nicht böse an, dachte Karis. Das Wasser ist frisch und klar, das Gras saftig und grün. Welches Übel dann?

Karis war müde. Sie war seit drei Tagen im Sattel und

hatte nur wenig gegessen. Gestern war ein Busch mit süßen Beeren alles gewesen, was sie gefunden hatte, aber diese hatten ihr Magenschmerzen beschert. Am Tag davor hatte sie einen Fasan erlegt und ihn in Lehm gebacken. Aber der Vogel hatte nur wenig Fleisch gehabt.

Sie ließ Warain eine Stunde lang grasen und schlief währenddessen ein wenig, dann rief sie den Wallach, zog den Sattel fest und ritt wieder zurück in die Hügel. Normalerweise hätte sie ihr Lager am Bach aufgeschlagen, aber sie war beunruhigt.

Sie machte ein kleines Feuer und legte sich daneben. Es war nicht so kalt, dass ein Feuer nötig gewesen wäre, aber die Flammen trösteten sie und gaben ihr ein Gefühl der Sicherheit.

Was war das Böse, das die Eldarin eingehüllt hatten?

Karis wünschte, sie könnte sich an mehr von den Geschichten ihrer Mutter erinnern. Die Fleisch essenden Stämme der Riesen hatten einen Namen, aber er fiel ihr nicht ein. Sie erwachte in der Nacht, weil Warain mit den Hufen scharrte. Sie erhob sich, zog ihren Bogen hinter dem Sattel hervor und spannte ihn. »Was hörst du, Grauer?«, flüsterte sie und legte einen Pfeil auf die Sehne. In der Ferne heulte ein Wolf. Warains Kopf zuckte in diese Richtung.

Im hellen Mondschein musterte Karis das Gelände. Nichts bewegte sich. »Die Wölfe machen uns keinen Ärger, mein Freund«, sagte sie, ging zu dem Pferd und tätschelte den langen, schlanken Hals. Warain stupste mit dem Maul ihre Schulter. »Du bist das schönste männliche Wesen in meinem Leben«, flüsterte sie. »Stark und aufrichtig. Wenn wir nach Corduin kommen, stelle ich dich für den Winter bei Chase unter. Du erinnerst dich doch an Chase, oder? Der verkrüppelte Reiter.« Sie strich dem

Grauen über die Stirn. »Und jetzt beruhige dich und schlaf'.«

Das Feuer war erloschen. Sie legte sich neben die Asche und wickelte sich in ihren Umhang.

Kurz vor Tagesanbruch erwachte sie und setzte sich auf. Sie war hungrig und gereizt. Gestern hatte sie ein Reh erspäht, es jedoch nicht erlegt. Es erschien ihr eine solche Vergeudung von Leben und Schönheit, ein so herrliches Tier zu erlegen, nur um eine oder zwei Mahlzeiten zu gewinnen. Jetzt bedauerte sie es. Sie nahm einen tiefen Schluck aus ihrer Wasserflasche, stand auf und sattelte den Wallach. »Wenn wir heute ein Reh sehen«, erklärte sie dem Pferd, »dann stirbt es. Ich schwöre dir, mein Magen hat sich schon um meine Wirbelsäule gewickelt.«

Sie stieg in den Sattel und ritt wieder hinunter ins Grasland, auf dem Weg nach Corduin.

Die Erinnerung an den Wachposten am Tor begann sie allmählich zu verärgern. Sie erinnerte sich, dass er ein Zehn-Sekunden-Liebhaber war – grunzen, stoßen, schwitzen, zusammenbrechen. Aber wo? Was hatte er gesagt – sie kämpfe wie ein Tiger, lebe wie eine Hure und sähe aus wie ein Engel? Er meinte es als Kompliment, aber das Wort Hure passte nicht auf Karis. Sie benutzte Männer so wie Nahrungsmittel: um ihren Hunger zu stillen, ein Bedürfnis, das sie nicht rationalisieren konnte – und wollte. Im Gegensatz zu Nahrungsmitteln jedoch befriedigten sie Männer nur selten.

Bei diesem Gedanken fiel ihr Vint ein, der Schwertkämpfer mit den hellen Augen. Er wusste, wie man den Hunger einer Frau stillte. Sein Körper war schlank und fest, seine Liebkosungen sanft und zärtlich. Und dazu kam, dass er keinerlei Gefühl besaß – weder Angst vor der Liebe noch Eifersucht. Sie hatte gehört, dass er der

Champion des Herzogs von Corduin wurde, nachdem Tarantio die Stelle abgelehnt hatte. Bislang hatte er fünf Männer im Duell getötet. Wenn er noch immer in Corduin war…

Die Sonne stand hoch, der Himmel war wolkenlos, als sie durch die grünen Hügel ritt. Rechter Hand sah sie einen roten Habicht auf ein unglückliches Kaninchen hinabstoßen. Sie zog an den Zügeln und suchte die Umgebung nach einem Falkner ab. Sie wusste, dass Habichte gefiederte Beute Fell tragender Beute vorzogen, man musste sie dazu erst erziehen. Aber es war niemand in Sicht. Der Habicht schlug das Kaninchen, sodass es sich überschlug, dann ließ er sich darauf nieder und begann zu fressen, während Karis weiterritt.

Dann erinnerte sie sich wieder an die Nacht, in der sie den Wachmann Gorl verführt hatte. Sie und ihre Söldner hatten einen Fuhrwerkkonvoi etwa neunzig Kilometer südlich von Hlobane überfallen, als sie noch bei Belliese unter Vertrag stand. Da standen auch die Weiden, und sie hatte sich Gorl ausgesucht wegen seines schimmernden Bartes und seiner tiefen, sanften Augen. Ihre Laune hob sich. Nachdem sie sich erinnerte hatte, legte sie ihn in Gedanken ab, um ihn wieder zu vergessen.

»Ich hoffe, du findest einen guten Mann«, hatte ihre Mutter gesagt, als Karis sich darauf vorbereitete, in der Nacht davonzulaufen. Ihr Vater lag völlig betrunken auf dem Fußboden.

»Du solltest mit mir kommen«, drängte sie die müde Frau.

»Wo sollte ich hin? Wer würde mich jetzt noch nehmen?«

»Dann lass mich ihn töten, während er so daliegt. Wir schleppen ihn raus und begraben ihn.«

»Sagt so etwas nicht! Bitte. Er … war einmal ein guter Mann. Wirklich. Geh du nur, mein Liebes. Du kannst Arbeit in Prentius finden – du bist ein gutes Mädchen mit einem schönen Körper. Dort wirst du einen guten Mann finden.«

Karis war davongegangen, ohne sich auch nur einmal umzusehen. Einen guten Mann finden? Sie hatte scharenweise Männer kennen gelernt. Einige, die zärtlich liebten und Koseworte wisperten und andere, die grob und primitiv waren. Niemals hatte sie in Erwägung gezogen, einen von ihnen zu heiraten. Niemals hatte sie den Fehler begangen, einen von ihnen zu lieben. Nein, die Männer, die ihr ein Kribbeln im Bauch bescherten, mied sie. Sirano war einer von ihnen gewesen.

Tarantio auch…

»Dich werde ich nie vergessen«, sagte sie laut. Sie hatte ihn zum ersten Mal gesehen, als er in einem See mit rund zwanzig anderen Soldaten schwamm. Es war ein langer, trockener, staubiger Marsch gewesen, und als sie an dem See ihr Lager aufschlugen, warfen die Männer ihre Rüstung und ihre Kleider ab und rannten ins Wasser, um sich wie Kinder nass zu spritzen. Karis war abgestiegen und hatte sich ans Ufer gesetzt und zugesehen, wie sie sprangen und tauchten und lachten. Doch ein schlanker junger Mann machte bei dem Vergnügen nicht mit. Er schwamm von der Gruppe fort, dann ging er nackt ins Gebüsch, aus dem er wenige Augenblicke später mit einer Hand voll Zitronenmelisse auftauchte, mit der er sich die Haut abrieb. Arme und Gesicht waren sonnengebräunt, doch Brust und Beine waren weiß. Er war schlank und wunderbar muskulös, das dunkle Haar auf seiner Brust verjüngte sich zu einer feinen Linie, die wie ein Pfeil auf seine Lenden deutete.

»Ich will dich haben«, hatte Karis beschlossen. Sie hatte ihn herangerufen und er watete zu ihr.

»Wie heißt du, Soldat?«

»Ich bin Tarantio.«

»Mein Hauptmann hat von dir gesprochen.« Seine Augen waren von einem tiefen, dunklen Blau, sein Haar dicht und lockig. »Er sagte, du wärst ein wilder Kämpfer. Mit tausend deiner Art, sagte er, könne er die Welt erobern.«

Daraufhin hatte er gelächelt und sich umgedreht, um davonzuschwimmen. Das Lächeln war strahlend gewesen, und in diesem Augenblick wusste Karis, dass sie ihn nie mit ins Bett nehmen würde.

Warain blieb stehen, legte die Ohren an und blähte die Nüstern. Karis sah sich um, konnte jedoch nichts Ungewöhnliches erkennen. Doch sie vertraute Warain. Sie bog nach rechts durch die Bäume ab, bis sie auf eine Anhöhe kam, von der aus sie auf die grüne Ebene hinuntersehen konnte. In der Ferne hielten vier Reiter auf die Hügel zu, wo sie wartete. Sie wurden von einer Schar von Kriegern verfolgt, die riesige weiße Helme trugen. Karis beschattete die Augen.

Unter ihr, verborgen in einer Klamm, war eine weitere Gruppe. Diese waren näher und sie konnte die Kopfbedeckung genauer erkennen – keineswegs Helme, sondern Schädel aus starken, weißen Knochen. Die Krieger waren mit gezackten Schwertern bewaffnet und die fliehenden Reiter ritten ihnen genau in die Arme.

Karis zog ihren Bogen hervor, legte eine Sehne auf und einen Pfeil. Dann ließ sie Warain im Galopp den Hang hinunterpreschen.

Das Donnern der Hufe des Wallachs alarmierte die Krieger unterhalb von ihr und sie fuhren herum, als sie auf sie zustob. Ihr Pfeil traf in einen weißen Hals, dann setzte Warain über die Klamm und galoppierte auf die Reiter zu. Karis deutete auf die Hügel. »Ihr sitzt in der Falle!«, schrie sie. »Folgt mir!« Sie riss Warain herum und ritt in scharfem Galopp bergauf. Die Reiter setzten hinter ihr her und gemeinsam machten sie sich an den langen, langsamen Aufstieg.

Die Verfolger ritten im Winkel den Hang hinauf, um ihnen den Weg abzuschneiden. Hitze flammte in Karis' Kopf auf, und sie spürte, wie sie von entsetzlicher Angst übermannt wurde. Auch die Pferde waren betroffen, und Warain stolperte beinahe. Der graue Wallach richtete sich auf, wurde aber so langsam, dass er beinahe stehen blieb, und Karis fühlte, wie er vor Angst zitterte. »Das ist Zauberei«, dachte sie. »Weiter, Großer!«, rief sie und stieß Warain ihre Fersen in die Flanken. Beim Klang ihrer Stimme spannten sich seine Muskeln, und er rannte los. Drei der feindlichen Reiter hatten ihren Fluchtweg gekreuzt, und ihre gewaltigen Pferde näherten sich der fliehenden Gruppe.

Warain galoppierte weiter. Karis lenkte ihn auf das erste der massigen Pferde zu. Er brauchte nicht gedrängt zu werden: Er konnte die feindlichen Pferde sehen – sie waren größer und kräftiger als er – doch Warain war ein Streitross von großem Stolz. Mit noch ausgreifenderen Sätzen stürzte sich der Graue auf den Feind, seine mächtige Schulter krachte mit gewaltigem Schwung gegen das erste Pferd. Mit einem schmerzerfüllten Wiehern voll Angst ging das Pferd zu Boden und nagelte seinen Reiter unter sich fest. Warain schoss durch die Lücke in freies Gelände, die vier kleineren Pferde folgten in seinem Kielwasser.

Karis drehte sich um und sah, wie die Krieger aus der

Klamm kletterten. Einer hatte noch immer ihren Pfeil im Hals, und sie sah, wie er ihn herauszog und beiseite warf.

Dann war sie über den Hügelkamm und außer Sichtweite der Verfolger. Da sie schneller waren als ihre Verfolger, ritten sie eine Stunde lang nach Südwesten. Auf einem Hügel hielt Karis inne und schaute sich um. Von hier aus konnte sie kilometerweit sehen, die Verfolgung war aufgegeben worden. Sie beugte sich über Warains Hals und fuhr mit den Fingern durch die weiße Mähne. »Ich bin stolz auf dich«, flüsterte sie. Ein Mann mittleren Alters in der Rüstung eines Lanzenreiters von Corduin kam auf sie zu. »Vielen Dank, Karis«, sagte er. »Die Götter allein wissen, was aus uns geworden wäre, wenn du nicht gekommen wärst.«

Sie erinnerte sich an ihn von ihrer Zeit in den Diensten des Herzogs – ein guter Mann, vernünftig und besonnen, ohne dass es ihm an Mut fehlte. »Was war das, Capel?«, fragte sie.

»Es sind Daroth. Und ich fürchte, die Welt hat sich verändert.«

Kapitel sechs

Ardlin stand an seinem hohen Balkonfenster und blickte hinaus nach Norden. Das Zittern hatte inzwischen aufgehört, aber die Angst war geblieben. Der Traum war lebendig und farbig gewesen: die Farbe von Blut, rot und zornig. Ardlin hatte über dem Schauplatz geschwebt und eine Gruppe von Soldaten beobachtet, die von Daroth-Kriegern angegriffen wurde. Ein dicker Offizier fiel von seinem Pferd und versuchte davonzulaufen. Die Daroth fingen ihn ein und zogen ihn nackt aus, dann hoben sie eine Feuergrube aus. Was danach folgte, war so schrecklich, dass es ihm den Magen umdrehte. Ardlin war mit einem Ruck aufgewacht, Gesicht und Körper schweißgebadet.

Zuerst hatte er ein überwältigendes Gefühl der Erleichterung verspürt. Es war ein Traum. Nur ein Traum – entsprungen seiner Faszination von den alten Rassen. Doch als der Vormittag voranschritt, wuchs seine Besorgnis. Er war ein Zauberer mit einem Talent zum Heilen, er kannte Zaubersprüche, und er konnte Zaubertränke brauen. Darüber hinaus war er jedoch ein Mystiker. Ein Empfindsamer, wie die Älteren gesagt hätten.

Ardlin hatte versucht, den Traum zu verdrängen, doch er schob sich immer wieder in seine Gedanken.

Schließlich saß er am hellen Vormittag auf dem Fußboden seines Studierzimmers, um den Zustand der Trennung zu erreichen. Frei von seinem Körper flog er nach Norden, über die fruchtbaren Hügel und Täler bis zu den Bergen der Wüste. Er lenkte seinen Flug nicht bewusst, sondern erlaubte der Erinnerung an seinen Traum, ihn mit sich zu ziehen.

In den Hügeln fand er die Feuergrube und die Überreste mehrerer Leichen. Der Kopf des dicken Offiziers lag unter einem Busch, die toten Augen starrten zum Himmel empor, Fliegen krochen über den blutigen Hals, der entblößt unter seinem Kinn lag.

Ardlin floh in die Zuflucht seines Körpers.

Die Daroth waren zurück.

Dreißig Jahre lang hatte Ardlin alte Bücher und Artefakte gesammelt und viele lange, wunderbare Stunden damit verbracht, auf den Spuren der Vergangenheit zu wandeln. Am meisten fasziniert war er von den Oltor. Niemand, der heutzutage lebte, hatte eine Vorstellung davon, wie ihre Gesellschaft strukturiert gewesen war oder wie ihre Kultur sich entwickelt hatte. Alte Schriften erwähnten lediglich, dass sie eine sanfte Rasse mit goldener Haut waren, groß und schlank und mit einer außerordentlichen Begabung für Musik ausgestattet. Es hieß, sie konnten mithilfe der Magie ihrer Harfen Getreide zum Wachsen bringen. Einem Buch zufolge hatten sie mit dieser Magie unbeabsichtigt zwei Tore geöffnet – eines zur öden Welt der Daroth, das andere zur Welt der Eldarin.

Ardlin erinnerte sich gut an die Geschichte. Die Oltor hatten die neuen Rassen willkommen geheißen und die Grenze offen gehalten, sodass eine große Anzahl von Daroth hindurchkommen konnte. Ihr eigenes Land war eine Wüste geworden und die Daroth starben zu tausenden.

Die Oltor gaben ihnen ein riesiges Landgebiet im Norden, damit sie Vieh züchten und Ackerbau betreiben konnten, um Nahrungsmittel in ihre eigene Welt zurückzuschicken. Doch immer mehr und mehr Daroth kamen durch das Tor und verlangten immer mehr Land. Sanft und vertrauensvoll, wie sie waren, gestatteten die Oltor die Einwanderung.

Auch ein paar hundert Eldarin kamen und bauten eine Stadt in den südlichen Bergen nahe des Meeres.

Als die Jahre vergingen, vermehrten sich die Daroth; das ihnen zugewiesene Land verlor seine Fruchtbarkeit. Wälder waren rücksichtslos abgeholzt worden, sodass der Boden den heißen Sommerwinden ausgesetzt war und die Erdkrume davongeweht wurde. Das Grasland, überweidet und missbraucht, begann nachzulassen. Dann dämmten die Daroth die drei größten Flüsse ein und brachten den Oltor Dürre.

Sie schickten eine Abordnung zu den Daroth und baten dringend darum, ihre Methoden zu überdenken. Im Gegenzug verlangten die Daroth mehr fruchtbares Land. Die Oltor lehnten ab. Und starben …

Große, starke Daroth-Krieger hatten die Städte der Oltor geplündert und restlos zerstört. Ardlin erinnerte sich an die erschütternde Zeile aus dem Buch der Verzweiflung. *Unbesiegbar und nahezu unverwundbar, konnten die Daroth weder durch Pfeil noch Schwert getötet werden.*

Jetzt stand er auf dem Balkon und fragte sich, wie er dem Völkermord entgehen konnte, der kommen würde. Die meisten Menschen, die ihn kannten, hielten ihn für reich und das war er tatsächlich einmal gewesen. Vermögen waren für seine Künste gezahlt worden und hatten ihn in die Lage versetzt, sich dieses schöne Haus zu bauen und drei Geliebte zu unterhalten. Diese Vermögen hatten auch seine andere große Leidenschaft finanziert: das Spiel. Es gab keinen größeren Nervenkitzel, als auf die Würfel zu setzen, zuzusehen, wie die Würfel über den mit Elfenbein eingelegten Walnusstisch rollten – und zu sehen, wie die grünen Doppelaugen des Leopards und der Meisterstab erschienen, wenn die Würfel zur Ruhe kamen. Die Ekstase dieses Augenblicks hinterließ einen Geschmack im Herzen, der stärker war als irgendein Opiat – besser als die Freuden in den Armen seiner Geliebten. Jetzt erschien es Ardlin, als ob es der Geschmack des Lebens selbst gewesen wäre.

Unglücklicherweise erschienen die Augen und der Stab nur allzu selten, wenn Ardlin würfelte. Und er hatte immer größere Summen gesetzt.

Jetzt hatte er nichts mehr zum Setzen, und anstatt ein Vermögen zu besitzen, war er es schuldig.

Auf dem Balkon fuhr er sich mit der schmalen Hand durch das dünner werdende Haar und seufzte. Reichtümer bedeuteten ihm nichts mehr. Was er brauchte, war ein gutes Pferd, etwas Proviant und genügend Gold, um sich eine Überfahrt auf einem Schiff von Loretheli zu einer der größeren bewohnten Inseln zu kaufen.

Da sie groß und schwer waren, hieß es, die Daroth fürchteten sich davor, Wasser zu überqueren und auf einer Insel war er vielleicht in Sicherheit. Wenigstens wäre er dort erheblich sicherer als hier, in dieser dem Untergang geweihten Stadt.

Das Problem war, dass er weder ein Pferd noch Geld hatte, um eins zu kaufen. Das große Haus enthielt keinerlei Wertsachen mehr, und alle Freunde, die er während seines Aufenthaltes in Corduin gewonnen hatte, hatte er schon angepumpt. Ihm fiel niemand ein, der ihm auch nur ein einziges Kupferstück geliehen hätte.

Wie lange, überlegte er, würde es noch dauern, bis die Daroth-Armee vor den Toren von Corduin stand? Zwei Tage? Fünf? Zehn? Panik ließ ihn wieder zittern. In den alten Tagen wäre er an seinen Arzneischrank gegangen und hätte ein Lorassium-Blatt gekaut. Das hätte ihn beruhigt. Aber jetzt waren keine Blätter mehr da und auch kein Geld, um welche zu kaufen.

Ardlin verließ den Balkon, ging zur Küche und pumpte Wasser in einen Krug. Dann füllte er einen Becher und trank. Das Wasser ließ ihn seinen Hunger nur noch mehr spüren … und er hatte nichts zu essen.

Ein lautes Klopfen, das ihn zusammenfahren ließ, kam von der Vordertür. Lautlos ging er zum Guckloch und schob es auf.

Draußen standen zwei Männer, einer davon ein schlanker Mann mit dunklem, kurz geschorenem Haar. Er trug ein schwarzes Lederwams, dunkle Beinkleider und Stiefel. Neben ihm stand ein hoch aufgeschossener junger Mann mit einem Langbogen. Sie waren keine Schuldner … aber es konnten Schuldeneintreiber sein. Der Dunkle sah aus wie ein Eintreiber – hart und sehnig. Andererseits brauchten sie vielleicht seine Dienste und das bedeutete Geld. Ardlin biss sich auf die Unterlippe. Was sollte er tun?

»Niemand zu Hause«, hörte er den schwerfälligen jungen Mann sagen. »Vielleicht sollten wir später wiederkommen? Jedenfalls, ich bin mir gar nicht sicher, dass ich jemand an meinem Auge rumfummeln lassen möchte. Vielleicht wird es auch von alleine besser.«

Ardlin rannte zur Vordertür, holte tief Luft, um sich zu sammeln, dann glättete er sein silbergraues Haar. Er öffnete die Tür. »Guten Tag, meine Freunde«, sagte er. Seine Stimme war tief und volltönend. »Wie kann ich euch zu Diensten sein?«

Der dunkelhaarige junge Mann hatte Augen von tiefem Dunkelblau. »Mein Freund hier hat eine Verletzung am Auge. Du wurdest uns empfohlen.«

»Tatsächlich? Von wem?«

»Vint.«

»Ein reizender Mann. Kommt herein, meine Freunde. Obwohl heute mein Ruhetag ist, werde ich euch empfangen – als Zeichen meiner Achtung vor dem edlen Vint.«

Er führte sie in sein Studierzimmer und ließ Brune auf einem niedrigen Stuhl am Fenster Platz nehmen. Aus einem Mahagonikästchen nahm er ein Stück dickes blaues Glas, hielt es über Brunes rechtes Auge und spähte eine Weile hindurch. »Die Verletzung wurde durch einen Schlag verursacht, ja?«, fragte er.

»Mit einem Stück Holz«, sagte Brune.

»Sag mir, hast du manchmal stechende Schmerzen hinter dem Auge?«

»Morgens«, gab Brune zu. »Aber sie vergehen rasch wieder.«

Ardlin legte das Glas in das Kästchen zurück, dann setzte er sich hinter seinen kunstvoll geschnitzten Schreibtisch aus Eichenholz. »Der angerichtete Schaden an dem Auge ist umfassend«, erklärte er. »Ich kann es dir nicht leichter machen. Du wirst dein Sehvermögen auf diesem Auge gänzlich verlieren.«

»Dann habe ich ja noch das andere, oder?«, fragte Brune mit zitternder Stimme.

»Ja. Du hast noch das andere.«

»Und man kann gar nichts dagegen tun?«, fragte der dunkelhaarige junge Man.

»Nicht in dem Zustand, in dem das Auge jetzt ist. Ich könnte …«, Ardlin machte eine wirkungsvolle Pause.

»Aber nein, eine solche Lösung wäre viel zu kostspielig, fürchte ich.«

»Welche Lösung?«, fragte der Mann. Ardlins Herz hüpfte.

»Ich habe in meinem Besitz eine Kugel, einen magischen Augapfel. Ich könnte das Auge ersetzen. Doch die Kugel ist ein antikes Stück, ihr Wert unschätzbar.«

Der junge Mann stand auf und baute sich vor Ardlin auf. Im Licht vom Fenster schien es dem Zauberer, dass die Augen des Mannes sich von dunkelblau zu arktischgrau verändert hatten. »Ich heiße … Tarantio«, sagte er. »Hast du den Namen schon einmal gehört?«

»Leider nein.« Ardlin empfand einen Anflug von Angst, als er in diese Augen blickte.

»Wie Vint bin ich ein Schwertkämpfer.«

»Jeder nach seiner Art«, sagte Ardlin glatt.

»Jetzt nenn einen Preis, Zauberer, und dann werden wir darüber verhandeln.«

»Hundert Goldstücke.«

Tarantio schüttelte den Kopf. »Wohl kaum. Zehn.«

Ardlin lachte gezwungen. »Das ist lächerlich.«

»Dann werden wir dich nicht weiter belästigen. Gehen wir, Brune.«

Ardlin wartete, bis sie an der Tür waren. »Meine Freunde, meine Freunde«, rief er, »so benimmt man sich doch nicht. Kommt zurück und setzt euch. Wir wollen die Angelegenheit weiter besprechen.«

Tief in seinem Herzen wusste er, dass er verloren hatte.

Aber zehn Goldstücke würden ihn zu einer sicheren Insel bringen: Und das war alle Reichtümer wert.

»Wird es wehtun?«, fragte Brune.

»Du wirst keine Schmerzen haben«, versicherte Ardlin.

»Wie lange wird das dauern?«, wollte Tarantio wissen. »Ich habe später eine Verabredung mit Vint.«

»Der Vorgang wird etwa zwei Stunden dauern. Hast du das Gold bei dir?«

»Ja. Ich bezahle dich, sobald ich das Ergebnis gesehen habe.«

»Nicht sehr vertrauensvoll, was? Na schön, du kannst hier warten. Folge mir, junger Mann«, sagte Ardlin.

»Bist du sicher, dass es nicht wehtut?«, fragte Brune.

»Ganz sicher.« Ardlin führte ihn in ein Hinterzimmer und ließ ihn sich auf einem schmalen Bett am Fenster ausstrecken. Brune legte sich hin. Ardlin berührte den jungen Mann an der Stirn und augenblicklich fiel Brune in einen tiefen Schlaf.

Der Zauberer ging zur Wand, öffnete ein Geheimversteck und holte einen Beutel heraus. Er löste die Schnur und ließ den Inhalt in seine Handfläche gleiten. Es waren ein Silberring, ein kupfernes Medaillon, eine goldene Haarlocke, von Silberdraht umwickelt und ein kleines rundes Stück blutroter Koralle. Jeder der Gegenstände war für seinen Beruf von hohem Wert. Der Ring half ihm bei den Fünf Sprüchen des Aveas, das Medaillon bewahrte ihn vor Krankheiten, die viele seiner Kunden heimsuchten und die Haarlocke verstärkte seine mystische Einsicht in die Ursache und Heilung der meisten Gebrechen. Der Oltor-Korallenstein jedoch war das Meisterstück seiner Sammlung. Es konnte verletztes Gewebe wieder aufbauen, Muskeln und Knochen. Als er ihn zuerst erwarb, hatte der Stein die Größe eines Männerkopfes gehabt. Doch mit jeder Benutzung schrumpfte er. Mittlerweile war er kaum größer als ein Kieselstein.

Die Verletzung am Auge würde für den Stein keinen wahrnehmbaren Unterschied machen, wusste er, denn obwohl nach menschlichen Maßstäben weit reichend, bedeckte die Verletzung nur ein kleines Gebiet des Gewebes. Er hielt den Stein über das rechte Auge des schlafenden Brune, konzentrierte sich und fühlte, wie die Koralle in seiner Hand warm wurde. Er hob das Augenlid, nahm das runde Vergrößerungsglas und untersuchte das Auge. Der Schaden war behoben. Er hatte jedoch versprochen, eine magische Kugel anstelle des Auges zu setzen, und es war nur ein kleiner Zauber vonnöten, um die Farbe der Iris zu verändern. Grün wäre hübsch, dachte er. Er hielt den Stein noch einmal über Brunes Gesicht und begann einen der Fünf Zauber des Aveas zu sprechen. Den Verwandlungszauber. Als er fast fertig war, hörte er Schritte draußen vor dem Zimmer und das Quietschen einer Tür. Hastig beendete er den Spruch, seine geflüsterten Worte überschlugen sich. Die Hitze des Steins in seiner Hand nahm zu.

Ardlin fiel der Unterkiefer herab. Er öffnete die Hand und starrte auf die rosa Haut seiner Handfläche.

Der Korallenstein war verschwunden.

Das war unmöglich! Es war noch genug Macht übrig, um die Wunden von zwanzig, vielleicht dreißig Menschen zu heilen. Wie konnte sie sich erschöpft haben bei einer so einfachen Verwandlung? Er hörte Tarantio sprechen, war aber zu betäubt, um zu verstehen, was er sagte. Der Schwertkämpfer wiederholte.

»Ist er geheilt, Zauberer?«

»Was? Oh ja.« Ardlin hob Brunes Augenlid. Sein rechtes Auge war nun von einem goldenen Schimmer bedeckt, unter dem die Pupille verborgen war. Ardlin war gleichzeitig erstaunt und erleichtert. Wie hatte er den Fehler nur gemacht? Und würde der junge Mann sehen können? Schweiß brach ihm aus.

»Was macht dir Sorgen?«

»Was mir Sorgen macht? Du bist Zeuge des Endes meiner Karriere als Heiler gewesen. Ich hatte einen magischen Stein, aber jetzt ist er aufgebraucht, die Kraft erschöpft. Zehn Goldstücke!« Er lachte trocken auf und schüttelte den Kopf. »Einst hat ein Mann tausend Goldstücke dafür bezahlt, damit ich einen steifen Arm heilte. Das hat weniger Kraft gekostet als das Auge deines Freundes.« Ardlin seufzte und schwieg, als Tarantio die Münzen abzählte und in seine ausgestreckte Hand fallen ließ. »Sag mir, Schwertkämpfer, warum warst du so zuversichtlich, dass ich eine so geringe Summe akzeptieren würde?«

»Sieh dich doch um, Zauberer«, antwortete Tarantio. »Dieses feine Haus ist völlig schmucklos. Eindrücke in den Teppichen zeigen, wo früher Möbel gestanden haben. Du bist ärmer als ein blinder Bettler und nicht in der Lage zu feilschen.«

»Leider wahr«, gab Ardlin zu. »Aber ist es nicht grausam, in solchen Zeiten das Pech eines anderen auszunutzen? Was ich für deinen Freund getan habe, ist weit mehr als zehn Münzen wert. Jetzt hat er ein Auge wie ein Adler.«

»Ja, vielleicht stimmt das«, sagte Tarantio. »Aber so war der Handel. Und ich habe ihn eingehalten.«

Ardlins hageres Gesicht fiel noch mehr ein. »Ich muss raus aus der Stadt, Tarantio. Diese Münzen werden mir eine Überfahrt auf einem Schiff von Loretheli verschaffen. Aber ich habe keine Mittel, um ein Pferd zu kaufen, das mich dorthin bringt. Ich bitte dich, überlege es dir noch mal. Mein Leben hängt davon ab.«

Brune erwachte und setzte sich blinzelnd auf. »Ich kann alles sehen«, rief er glücklich. »Besser als je zuvor!« Er ging zum Fenster und betrachtete die Bäume draußen. »Ich kann die Blätter erkennen, jedes einzelne.«

»Das ist gut«, sagte Tarantio, »sehr gut.« Er wandte sich zu dem Zauberer um und schwieg einen Augenblick. Dann entspannte sich sein Gesicht und er lächelte. »Geh zu dem Kaufmann Lunder. Sag ihm, ich hätte dich geschickt. Sag ihm, Tarantio möchte, dass er dich mit Mitteln für ein gutes Pferd und Proviant ausstattet.«

»Ich danke dir«, sagte Ardlin demütig. »Lass mich dir dafür einen Rat geben: Verlass die Stadt. Sie ist dem Untergang geweiht.«

»Die Armeen Romarks werden Corduin nicht belagern«, sagte Tarantio. »Das ist zu kostspielig.«

»Ich rede nicht von den Kriegen der Menschen, Schwertkämpfer. Die Daroth sind zurück.«

Karis, Capel und der Junge Goran wurden in die Privatgemächer des Herzogs geführt. Der Herrscher von Corduin sah älter aus, als Karis ihn in Erinnerung hatte, sein dünner, kurz geschnittener Bart war jetzt grau meliert, doch die dunklen, beschatteten Augen waren so kühl, aufmerksam und intelligent wie immer. Er saß auf einem hochlehnigen Stuhl, vorwärtsgebeugt, die schlanken Arme ruhten auf den Knien, während Capel Bericht erstattete. Dann richtete er seine Habichtaugen auf Karis.

»Du hast das alles gesehen?«, fragte er sie.

»Ich habe nicht den Angriff auf seine Männer gesehen oder wie der dunkle Mond aufging. Aber ich habe die Daroth gesehen. Er sagt die Wahrheit, Herr.«

»Und wie kam es, dass du in mein Land geritten bist,

Karis? Stehst du nicht in Siranos Diensten?« Er spie den Namen beinahe aus.

»Das tat ich, Herr.« Rasch erzählte Karis ihm von den Experimenten mit der Perle und von der geisterhaften Erscheinung des Eldarin. »Er warnte Sirano, dass er ein großes Übel freilassen würde. Sirano hörte nicht auf ihn. Ich glaube, dass die Daroth das Übel sind, von dem er sprach.«

Der Herzog wandte sich an einen Diener, der in der Nähe stand und befahl, seinen Rat zusammenzurufen. Der Mann rannte aus dem Zimmer. »Ich habe mein ganzes Leben lang Geschichte studiert«, sagte der Herzog. »Die Geschiche und die Mythen. Ich habe mich oft gefragt, wo die beiden einander treffen. Dank des wahnsinnigen Ehrgeizes von Romark werde ich es jetzt wohl herausfinden.« Er erhob sich von seinem Stuhl und ging zu den Bücherregalen, die die gegenüberliegende Wand säumten und holte einen dicken, ledergebundenen Band heraus. »Komm mit mir zum Ratssaal«, sagte er. Mit dem Buch unter dem Arm ging er zur Tür, wo er wartend stehen blieb. Für einen Augenblick schien der Herrscher von Corduin verwirrt. Karis unterdrückte ein Lächeln und überlegte, wie lange es wohl schon her war, dass er eigenhändig eine Tür hatte öffnen müssen. Dann ging sie, um sie für ihn aufzuhalten. Der Herzog trat in den Gang hinaus und führte sie tief in den Palast hinein. Im Ratssaal stand ein großer, rechteckiger Tisch, mit Stühlen für dreißig Ratsherren. Der Herzog setzte sich an das Kopfende des Tisches und schlug das Buch auf. Er folgte den Zeilen mit dem Finger, während er las. Karis, Capel und der Junge Goran standen schweigend daneben.

Die ersten der Ratsherren kamen nach wenigen Minuten, aber sie störten den Herzog nicht, sondern nahmen leise ihre Plätze ein. Allmählich füllten sich die Stühle. Als Letzter kam der Schwertkämpfer Vint, der Champion des Herzogs. Gekleidet in eine modische Tunika aus geöltem Leder, verziert mit silbernen Wirbeln, sah er genauso grausam gut aus, wie Karis ihn in Erinnerung hatte. Er hatte noch nicht die geschorenen Halbmonde über den Ohren gehabt, als sie ihn das letzte Mal sah, ebenso wenig wie die beiden silbernen Ringe im linken Ohr. Aber die Mode der Adligen änderte sich schneller als die Jahreszeiten. Er warf ihr ein strahlendes Lächeln zu und verbeugte sich vor ihr. »Es ist immer ein Vergnügen, dich zu sehen, meine Dame.«

Der Herzog sah auf. »Du kommst spät, Vint.«

»Ich bitte um Vergebung, Herr. Ich war auf meinem Weg zu einem Duell, aber ich kam, so schnell ich konnte.«

»Ich mag es nicht, wenn du für jemand anderen kämpfst als für mich«, sagte der Herzog. »Aber das ist jetzt nicht so wichtig. Ich hoffe, der Mann, den du getötet hast, war kein Freund von mir?«

»Glücklicherweise nein, Herr. Und es gab kein Duell. Dein Diener fand mich, als ich auf dem Weg zu seinem Haus war. Ich habe ihm natürlich eine Nachricht geschickt und mich dafür entschuldigt, dass wir unsere Begegnung verschieben mussten.«

»Nun, dann setz dich«, sagte der Herzog. »Ich glaube, du wirst das Duell auf Dauer verschieben müssen.« Er sah auf und musterte die Gesichter seiner Ratsherren. »Bitte, hört euch gut an, was ihr jetzt erfahren werdet. Begreift, dass es sich nicht um einen Scherz handelt. Die Entscheidungen, die hier heute getroffen werden, werden uns alle für den Rest unseres Lebens betreffen. Und dieses Leben, sollte ich hinzufügen, dauert vielleicht nicht mehr sehr lang.« Er wandte den Kopf und sah Goran an. »Du sprichst zuerst, mein Junge. Erzähl alles so, wie du es mir berichtet hast.«

Nervös und zitternd in solcher Gesellschaft, begann Goran so hastig zu sprechen, dass sich seine Worte überschlugen. Karis unterbrach ihn. »Langsam, Junge. Fang am Anfang an. Du hast auf deine Schafe aufgepasst und dann hast du etwas gesehen. Mach da weiter.«

Goran holte tief Luft, dann erzählte er, was er gesehen hatte. Dann sprach Capel, umriss die Tragödie, die seinem Hauptmann und den meisten der Männern zugestoßen war. Zum Schluss redete Karis, beschrieb Siranos Taten und die Worte des Eldarin-Geistes.

Es herrschte Schweigen. Vint brach es als Erster. »Ich weiß nichts von diesen Daroth«, sagte er, »aber wenn sie bluten können, kann ich sie auch töten.«

»Sei dir nicht zu sicher«, warnte Karis. »Als mein Pferd über die Klamm setzte, schoss ich einem von ihnen einen Pfeil in die Kehle. Es war ein Zufallstreffer, aber er traf. Der Pfeil hat ihn nicht nur nicht getötet, er kletterte sogar aus der Klamm, riss den Pfeil heraus und warf ihn weg. Sie sind riesig, diese Daroth und muskelbepackt.«

»Karis hat ganz Recht«, sagte der Herzog. »Schwert oder Pfeil können sie nicht töten. Das steht hier, in diesem alten Buch. Im Krieg sind sie gewandte Killer, unempfindlich gegen Schmerzen. Ihre Kraft ist sprichwörtlich. Viele der Geschichten hier sind – im Grunde – Mythen. Aber alle Mythen enthalten ein Körnchen Wahrheit. Nach dieser Quelle gab – gibt? – es sieben Städte der Daroth. In jeder Stadt leben etwa zwanzigtausend Daroth. Hier ist eine Karte. Fünf der Städte sind zu weit entfernt, um uns momentan Sorgen zu machen. Eine weitere befindet sich mehr als einen Zweimonats-Ritt von

Corduin. Es bleibt nur die letzte, sie hat keinen Namen, wir wollen sie Daroth eins nennen. Lasst uns vorläufig annehmen, dass dort zwanzigtausend Daroth leben. Eine Armee welcher Größe könnten sie aufstellen? Und was müssen wir tun, um gegen sie zu kämpfen?« Seine dunklen Augen musterten die Versammlung. »Wir wollen mit unserer Reaktion auf das beginnen, was wir gehört haben.«

Ein Ratsherr nach dem anderen sprach, stellte Fragen an Capel, Goran und Karis. Die Kriegerin las kühl die Stimmung der Ratsherren: Sie tappten im Dunkeln, verwirrt und unsicher. Nachdem die Versammlung eine Stunde lang getagt hatte, trat sie zum Herzog. »Darf ich, Herr?«, fragte sie mit einer Verbeugung. »Ich hätte einen Vorschlag.«

»Ich würde ihn gern hören«, erklärte er.

»Wir können nur wenig planen, ehe wir die Absichten der Daroth kennen. Und das können wir nicht beurteilen, ehe wir nicht eine Abordnung zu ihnen geschickt haben. Ich schlage vor, eine kleine Gruppe auszuwählen, um nach Norden zu reiten und sich mit ihren Anführern zu treffen.«

»Wir sprechen nicht einmal ihre Sprache«, wandte Vint ein. »Und nach der Art und Weise, wie sie Capel und seine Männer angriffen, könnte man vermuten, dass sie nicht zu Verhandlungen bereit sind.«

»Trotzdem«, sagte Karis, »es gibt keine echte Alternative. Wir müssen ihre Anzahl herausfinden, ihren Kampfstil, ihre Bewaffnung, ihre Strategie. Haben sie Belagerungsmaschinen? Wenn nicht, spielt es keine Rolle, wie stark sie sind, dann werden sie die Mauern von Corduin nicht überwinden. Die Sprache ist nicht das größte Problem. Mangel an Wissen könnte uns vernichten.«

»Würdest du diese Gruppe anführen, Karis?«, fragte der Herzog.

»Jawohl, Herr – für tausend Silberstücke.«

Vint lachte dröhnend. »Immer ein Söldner, Karis!«

Albreck, der Herzog von Corduin, betrat seine Privatgemächer und setzte sich auf eine reich bestickte Couch. Einer seiner Diener kniete vor ihm nieder und zog ihm die Stiefel aus. Ein weiterer brachte einen Kristallkelch mit gekühltem Apfelsaft. Albreck nippte daran und reichte dem Diener den Kelch zurück.

»Dein Bad ist bereitet, Herr«, sagte der Diener.

»Danke. Ist meine Frau in ihren Räumen?«

»Nein, Herr, sie speist mit der Dame Peria. Sie hat angeordnet, die Kutsche solle sie bei Anbruch der Dämmerung abholen.«

Albreck stand auf. Die beiden Diener entkleideten ihn und zogen seine Ringe ab, dann ging er nackt in die Hinterzimmer und stieg langsam die Stufen in das in den Boden eingelassene Becken hinunter. Diener huschten herum und brachten Eimer mit warmem, parfümiertem Wasser, das sie in das Becken schütteten, doch der Herzog nahm sie kaum wahr.

Der Krieg der Perle war ein kostspieliger Unfug, den Albreck sich sehr bemüht hatte zu vermeiden. Doch Siranos Ehrgeiz war nicht zu entkommen, und die Armee von Hlobane war in den Konflikt hineingezogen worden. Jetzt, da seine Armee dezimiert und Nahrungsmittel knapp waren, sah er sich einem Feind unbekannter Stärke gegenüber.

»Schließe die Augen, Herr, dann wasche ich dein Haar«, sagte ein Diener. Albreck tat es und genoss für den

Augenblick das Gefühl des warmen Wassers, das über seinen Kopf rann. Geschickte Finger massierten seine Kopfhaut.

All die uralten Geschichten berichteten von den Schrecken der Daroth, ihrer Wildheit, ihrer Bosheit und ihrer Grausamkeit. Nicht eine sprach von Kunst oder Liebe. War es möglich, dass es einer ganzen Rasse an solchen Dingen mangelte? Albreck bezweifelte das – und in diesem Zweifel lag ein Funken Hoffnung. Vielleicht konnte man einen Krieg vermeiden? Womöglich waren die alten Geschichten übertrieben.

Der Diener spülte sein Haar ab und trocknete es dann mit einem angewärmten Handtuch. Albreck erhob sich aus dem Bad und legte ein knöchellanges weißes Gewand an, das man ihm hinhielt. Dann kehrte er in sein Zimmer zurück und setzte sich ans Feuer.

Selbst wenn die Geschichten übertrieben waren, die Wahrheit schien hindurch wie eine lodernde Flamme. Die Oltor waren ausgelöscht worden, ihre Rasse vernichtet, ihre Städte dem Erdboden gleichgemacht. Niemand wusste mit Gewissheit, wie die Oltor ausgesehen hatten oder was für eine Rasse sie gewesen waren. Sie hatten die Daroth gerettet und im Gegenzug hatten die Daroth sie vernichtet. Es war nicht viel Hoffnung in solchen Taten zu finden.

Ein brennendes Scheit fiel auf den Boden. Ein Diener trat rasch herbei, nahm eine Zange aus Messing und legte es zurück auf die Flammen. Albreck sah auf. »Hol mir den Waffenmeister«, befahl er.

»Jawohl, Herr.«

»Und bring mir das Rote Buch aus meinem Studierzimmer.«

»Sofort, Herr.«

Albreck seufzte. Sein Leben lang hatte er die Künste geliebt: Musik, Malerei, Dichtung. Aber er hatte auch eine Leidenschaft für Geschichte und hätte nichts lieber getan, als seine Tage mit Studien zu verbringen. Stattdessen war er mit seinem Titel geboren, mit all den dazugehörigen Bürden.

Der Diener kehrte wenige Augenblicke später mit dem großen, in rotes Leder gebundenen Buch zurück. Albreck dankte ihm und schlug es auf. Er überflog die Seiten, die mit einer sauberen, fließenden Handschrift gefüllt waren. Jede Seite trug ein Datum und Albreck fand den Eintrag, den er suchte. Der Meisterwaffenschmied hatte ihm vergangenen Sommer einen Waffenmacher vorgestellt. Der Mann hatte eine neue Belagerungsmaschine entworfen, von der er behauptete, sie würde Albreck helfen, den Krieg zu gewinnen.

Albreck hatte längst begriffeen, dass die Situation um einen Verhandlungstisch geklärt werden müsse – sobald die Menschen die wahre Sinnlosigkeit des Krieges erkannten, und er hatte nicht den Wunsch, in neue Zerstörungswaffen zu investieren. Er erinnerte sich an den Waffenmacher als einen großen Mann mit brillantem Verstand und einer pompösen Ausdrucksweise. Das Pompöse konnte er ignorieren, die Brillanz war es, die hier erforderlich war.

Der Waffenmeister kam, atemlos und mit vom Laufen gerötetem Gesicht. Albreck dankte ihm für das rasche Kommen und fragte ihn, ob der Waffenmacher noch immer in Corduin lebte.

»Allerdings, Herr. Er arbeitet im Augenblick an einem neuen Säbel für den Schwertkämpfer Vint.«

»Ich möchte ihn gern sehen. Bring ihn heute Abend zu mir.«

»Jawohl, Herr. Werden wir also die neue Belagerungsmaschine bauen?«

Der Herzog antwortete nicht und widmete sich wieder seinem Buch. Er sah weder, wie der Mann sich verbeugte, noch hörte er, wie sich die Tür hinter ihm schloss.

Karis erhielt eine Zimmerflucht im ersten Stock des Palastes. Auf ihren Befehl hin bereiteten Diener ihr ein duftendes Bad, dann entließ sie sie. Vint kam kurz darauf, gerade als Karis sich entkleidete.

»Darf ich mich dir anschließen?«, fragte er.

»Warum nicht?«, gab sie zurück und ließ ihre schlanke Gestalt ins Wasser sinken. Vint kicherte, dann streifte er Stiefel, Beinkleider und Hemd ab.

»Himmel, Karis, du bist immer noch die begehrenswerteste Frau, der ich je begegnet bin.«

»Schönste klingt besser«, tadelte sie.

Er hielt inne und betrachtete sie kritisch. »Nun … du bist keine große Schönheit, mein Täubchen. Deine Nase ist zu lang, deine Züge zu scharf. Außerdem bist du – um offen zu sein – ein bisschen zu schlank. Trotzdem habe ich noch nie eine bessere Bettpartnerin gehabt.«

»Wie prüde«, sagte sie mit einem Lächeln. »Soweit ich mich erinnere, haben wir es noch nie in einem Bett getrieben. Hinten auf einem Karren, am Ufer eines Flusses und … oh ja, in einem Heuschober. Aber an ein Bett kann ich mich nicht erinnern.«

»Nacktheit und Pedanterie passen schlecht zusammen«, sagte er und glitt neben sie ins Wasser. »Und jetzt bist du dran, mir Komplimente zu machen.«

Sie streckte die Hand aus und strich über seine rasierten Schläfen. »Mir gefiel es besser, als es noch lang und geflochen war«, meinte sie.

»Man muss mit der Mode gehen, Karis. Das zeigt der Öffentlichkeit, wo wahrer Reichtum liegt. Und jetzt spiel das Spiel mit und mach mir ein Kompliment.«

»Du gehörst zu den fünfzig besten Liebhabern, die ich hatte.«

Er lachte auf. »Ach, was habe ich dich vermisst, Mädchen. Durch dich vergesse ich nicht, dass ich – trotz all meiner Fähigkeiten – nur ein Sterblicher bin. Aber mach mir nichts vor. Ich gehöre zu den besten zehn.«

»Arroganter Kerl«, sagte sie, ließ ihn aber näher rücken.

»Arroganz ist eine meiner vielen Tugenden. Erlaubst du mir, dich auf deiner Mission zu begleiten?«

»Ich hätte sogar darum gebeten.«

»Wie schön.« Er beugte sich vor, küsste sie auf die Lippen, erst sanft, dann mit zunehmender Leidenschaft. Seine Hand liebkoste ihren Busen, dann schlang er einen Arm um ihre Taille und hob sie auf sich. Sie liebten sich langsam und Karis entspannte sich. Er hatte Recht, er stand hoch oben auf der Liste guter Liebhaber. Aber so angenehm es auch war, sie hatte keine Zeit, seine Künste voll zu genießen. Karis steigerte den Rhythmus, begann zu stöhnen, ihr Atem wurde keuchend. Vints Hände packten ihre Hüften und auch er begann sich drängender zu bewegen. Er seufzte, als er den Höhepunkt erreichte. Zufrieden, dass sie ihn getäuscht hatte, küsste Karis ihn auf die Wange, dann zog sie sich zurück.

»Das habe ich gebraucht«, sagte er mit einem Lächeln. »Ich hatte mich auf ein Duell vorbereitet und mein Blut war in Wallung. Sex ist mit Sicherheit ein guter Ersatz für einen Kampf. Nicht perfekt, muss ich zugeben, aber fast.«

»Wer war der glückliche Gegner?«

»Ein Mann namens Tarantio. Soll ein Schwertkämpfer sein.«

Karis lachte laut auf. »Ach, mein lieber, lieber Vint. Du bist der Glückliche. Tarantio hätte dir die Ohren abgesäbelt.«

Sein Gesicht verhärtete sich, seine gute Laune schwand. »Verspotte mich nicht, Liebling. Es gibt niemanden, der mich mit irgendeiner Klinge besiegen könnte.«

»Vertrau mir, Vint«, sagte sie ernsthaft. »Ich habe euch beide kämpfen gesehen und du besitzt eine Größe mit der Klinge. Aber Tarantio …? Er ist unmenschlich. Du warst nicht hier, als er gegen Carlyn kämpfte, es war unglaublich.«

»Ich erinnere mich an die Geschichte«, sagte Vint. »Carlyn tötete den legendären Sigellus und wurde dafür von einem seiner Schüler herausgefordert. Es muss ein beeindruckender Kampf gewesen sein.«

»Es war kein Kampf, Vint, nicht einmal ansatzweise. Tarantio hat ihn in Stücke gehauen. Er hat dem Mann beide Ohren abgeschnitten, die Nase, dann sein Gesicht mit tiefen Zickzackschnitten gezeichnet. Jeder einzelne Hieb hätte tödlich sein können, aber Tarantio hat mit ihm gespielt. Und Carlyn war fast so gut wie du, mein Lieber.«

»Ich glaube, du unterschätzt mich, Karis. Ich habe auch ein paar Tricks auf Lager.«

»Ich will nicht, dass du getötet wirst. Zu wem sollte ich für ein gutes Liebesspiel gehen?«

»Ich nehme an, Tarantio steht auch oben auf deiner Liste der besten Liebhaber?«

Karis lachte gezwungen. »Das wirst du nie wissen. Jetzt sag mir, wo ich ihn finden kann.«

»Willst du ihn bitten, dich bei deiner Mission zu begleiten?«

»Ja. Und ihm für dieses Vorrecht jede Summe zahlen.«

Vint stieg aus dem Bad. Gewänder lagen auf einer Bank für sie bereit. Er zog eins an und reichte das andere Karis. »Tust du das, damit ich mich nicht mit ihm duelliere?«

»Keineswegs«, versicherte sie. »Ich mische mich nicht in das Leben meiner Männer ein. Wenn du jung sterben willst, dann betreibe deine Herausforderung – aber nicht, ehe wir zurückkehren.«

Vint lächelte. »Wer könnte dir etwas abschlagen, Karis?«

An der Tür klopfte es dezent. Als Karis öffnete, stand der dunkelhaarige Junge Goran davor. Karis bat ihn herein, und er blieb auf der Schwelle stehen. Er wirkte nervös und unbehaglich. »Was willst du?«, fragte sie ihn.

»Kann ich morgen mit euch kommen?«

»Ich glaube nicht, dass das klug wäre, Junge. Unsere Chancen, lebendig zurückzukehren, sind nicht sehr groß.«

»Sie haben meinen Vater. Ich … ich muss herausfinden, ob er noch lebt.«

»Ihr standet euch nahe?«, fragte sie.

»Er ist der beste Mensch, der je gelebt hat«, sagte Goran mit belegter Stimme. Seine Augen füllten sich mit Tränen. »Bitte, lass mich mitkommen.«

»Lass ihn ruhig mitkommen, Karis«, meinte Vint. »Der Junge hat Verstand und würdest du nicht auch nach deinem Vater suchen wollen?«

Karis' Augen blickten kalt, als sie sich zu Vint umdrehte. »Wenn es mein Vater wäre«, sagte sie, »würde ich den Daroth helfen, ihm die Haut abzuziehen.«

Brune saß still im Garten hinter dem Haus und sah einer Reihe von Ameisen zu, die einen Rosenbusch hinaufmarschierten. Sie krabbelten langsam über den Stiel einer späten Knospe, dann wieder herunter. Brune konzentrierte sich auf die Knospe, die von Blattläusen bedeckt war. Die Ameisen marschierten nacheinander hin und schienen die Blattläuse zu streicheln. Das verwirrte Brune: Es war, als ob die kleinen schwarzen Insekten ihren größeren grünen Vettern die Ehre erwiesen. Doch das war albern. Brune kniff die Augen zusammen und schaute genauer hin. Dann lächelte er. Die Ameisen fraßen. Wenn sie eine Blattlaus streichelten, produzierte diese eine zähe Flüssigkeit. Brune klatschte in die Hände und lachte laut auf.

»Was ist denn so lustig?«, fragte Tarantio und trat in den Sonnenschein hinaus. Er trug eine schwarze Armbrust mit einem schlanken Heft und eisernen Flügeln und dazu einen Köcher aus versteiftem Leder, der zwanzig kurze schwarze Bolzen enthielt.

»Die Ameisen melken die Blattläuse«, erklärte Brune. »Das habe ich nicht gewusst.«

»Wovon redest du?« Tarantio legte Armbrust und Köcher auf den steinernen Tisch neben der Bank, auf der Brune saß.

»Am Rosenbusch. Schau dir die Ameisen an.«

Tarantio ging durch den Garten, etwa sechzig Schritte und kniete kurz neben dem Busch nieder. Dann ging er zu Brune zurück. »Ich sehe, dass sie um die Blattläuse schwärmen, aber wie kommst du darauf, dass sie sie melken?«, fragte er.

»Man kann es sehen. Schau mal, eine frisst jetzt, sie füllt ihren Kropf.«

»Willst du mich verkohlen, Brune? Ich kann von hier aus kaum die Knospe erkennen.«

»Das liegt an meinem neuen Auge«, sagte Brune stolz. »Ich kann damit alles Mögliche sehen, wenn ich mich anstrenge. Ich habe die Ameisen schon vorher beobachtet. Sie tauschen Futter aus. Wusstest du das? Sie richten sich voreinander auf, dann erbricht eine …«

»Das ist sicher faszinierend«, sagte der Schwertkämpfer rasch. »Aber wir haben Arbeit vor uns. Ich habe diese Armbrust gekauft, und ich möchte gern sehen, wie dein neues Auge deine Zielgenauigkeit beeinflusst.«

Tarantio zeigte Brune, wie er die Waffe ausrichten musste, dann ließ er ihn auf den Stamm einer dicken Eiche schießen, die etwa zwanzig Schritt entfernt war.

»In welchen Teil des Stammes?«, fragte Brune. Tarantio lachte und ging zu dem Baum, um die Borke zu mustern. Sie wies einen kleinen Knoten auf, der kaum mehr als zwei Zentimeter im Durchmesser maß. Tarantio deutete mit dem Zeigefinger darauf.

»Genau hier«, sagte er. Während er sprach, wog Brune die Waffe. »Warte!«, schrie Tarantio. Der schwarze Bolzen rammte in den Knoten, nur Zentimeter von Tarantios ausgestreckter Hand entfernt. Wütend stürmte er zu Brune zurück. »Du Idiot! Du hättest mich umbringen können!«

»Ich habe den Knoten getroffen«, sagte Brune fröhlich.

»Aber der Bolzen hätte abgelenkt werden können. Das kommt schon mal vor, Brune.«

»Tut mir Leid. Es war so einfach. Sei nicht böse.«

Tarantio holte tief Luft, dann seufzte er. »Na schön«, sagte er schließlich, »wir wissen, dass das Gold sinnvoll ausgegeben ist. Der Zauberer hat gute Arbeit geleistet. Vielleicht ein bisschen zu gut.« Er beugte sich vor und starrte in die Augen des jungen Mannes.

»Was schaust du so?«, fragte Brune nervös.

»Dein linkes Auge. Ich hätte schwören können, es sei blau.«

»Es ist blau«, sagte Brune.

»Nicht mehr. Jetzt ist es so eine Art goldbraun. Na ja, vielleicht gehört das zu dem Zauber mit der goldenen Kugel.«

»Es sollte aber nicht die Farbe ändern«, klagte Brune, leicht besorgt. »Sollte es doch nicht, oder?«

»Ich bezweifle, ob es etwas ausmacht«, erwiderte Tarantio lächelnd. »Nicht, wenn du damit sehen kannst, wie Ameisen fressen. Jedenfalls ist es eine schöne Farbe. Und passt besser zu deinem goldenen rechten Auge.«

»Meinst du?«

»Ja.«

Sie hörten draußen auf der Straße Pferde kommen. Tarantios Miene verhärtete sich, als Vint zum Tor geritten kam. Der Schwertkämpfer von Corduin lächelte breit und winkte, als er abstieg. Er öffnete das Tor weit und ein zweiter Reiter kam hindurch. Tarantio sah zu, wie Karis vom Pferd stieg und ihren Grauen am Torpfosten anband.

»Schön, dich wieder zu sehen, Chio«, begrüßte sie ihn.

»Dich auch, Karis. Bist du gekommen, um ihn sterben zu sehen?«, fragte er.

»Heute nicht. Was führt dich nach Corduin?«

»Ich war des Krieges müde geworden«, antwortete er. »Außerdem war ich bei den Söldnern, die deine Lanzenreiter aufgerieben haben. Ich bin nur knapp entkommen. Ist das Leben mit Sirano zu langweilig geworden?«

»So ungefähr«, gab sie zu. Karis warf einen Blick auf Brune. »Was ist mit seinem Auge los?«

»Nichts. Er kann besser sehen als jeder andere. Was willst du?«

Karis lächelte. »Ein bisschen Gastfreundschaft wäre

schön. Vielleicht etwas zu trinken? Dann können wir reden.«

Tarantio schickte Brune hinein, um Wein zu holen. Vint saß auf der Kante des Steintisches, während sich Karis Tarantio gegenüber niederließ. Sie erzählte ihm von der Rückkehr der Daroth und dem Mord an den Dorfbewohnern und den Soldaten von der nördlichen Garnison. Tarantio hörte erstaunt zu. Brune kam mit einem Krug Wein und vier irdenen Bechern zurück, doch niemand rührte den Wein an.

»Du hast sie selbst gesehen?«, fragte Tarantio.

»Ja, Chio. Pferde, die achtzehn Handbreit oder noch größer waren, gewaltige Krieger mit weißen, nackten Schädeln und verzerrten Gesichtern. Und die Wüste gibt es nicht mehr. Glaube mir. Die Daroth sind zurück.« Sie berichtete von Siranos Angriffen auf die Perle und von dem geisterhaften Eldarin. Schließlich umriss sie die Entscheidung des Rates, eine Gruppe von Reitern auszuschicken, um sich mit den Daroth zu treffen. »Ich werde die Gruppe anführen«, sagte sie. »Ich möchte dich dabeihaben.«

»Wen hast du noch ausgesucht?«

»Vint, den Jungen Goran und einen Politiker namens Pooris. Aber es muss eine kleine Gruppe sein.«

»Forin ist in Corduin«, sagte er. »Er ist ein guter Mann – und er kennt viele Geschichten über die Daroth. Er könnte nützlich sein.«

»Wir lassen ihn suchen. Wirst du mitkommen?«

»Du hast noch keinen Preis genannt«, betonte er.

Karis grinste. »Einhundert in Silber.«

»Einverstanden. Und was ist mit ihm?«, fragte er und deutete auf den grün gekleideten Schwertkämpfer.

»Was ist mit ihm?«, entgegnete Karis.

»Er will mich töten. Ich lege keinen Wert darauf, im Schlaf erstochen zu werden.«

»Wie kannst du es wagen?«, brauste Vint auf. »Ich habe in meinem ganzen Leben noch nie jemanden ermordet. Du hast mein Wort, dass unser Duell wartet, bis wir zurückkehren. Oder ist mein Wort nicht gut genug für dich?«

»Ist sein Wort gut, Karis?«, fragte Tarantio.

»Ja.«

»Dann bin ich einverstanden. Ich töte ihn erst nach unserer Rückkehr.«

Vints schönes Gesicht verlor die Farbe. »Du bist arrogant, Tarantio«, sagte er, »aber es wäre klug, du würdest dich an einen alten Spruch erinnern – es gibt kein Pferd, das man nicht reiten, und keinen Mann, den man nicht besiegen kann.«

»Ich werde daran denken, sofern ich ein Pferd finde, das ich nicht reiten kann.«

»Hätte einer von euch etwas dagegen«, warf Karis ein, »wenn ich frage, was diese Feindschaft verursacht hat?«

»Einer seiner Freunde griff Brune an. Hat ihn von hinten geschlagen und dann versucht, ihn zu treten, als er bewusstlos war. Ich hielt ihn auf. Er zog ein Messer und ich brach ihm den Arm. Hätte ihn töten sollen, habe ich aber nicht.«

»So ist es nicht gewesen«, sagte Vint zu Karis. »Mein Freund saß beim Essen, als dieser … betrunkene Wilde … ihn ohne Grund angriff.«

»Was es auch wert sein mag, Vint, ich habe noch nie erlebt, dass Tarantio lügt. Ebenso wenig, wie ich ihn je betrunken gesehen habe. Aber das ist nicht der Punkt. Ihr seid beide starke Männer von der Art, die ich gerne auf meiner Mission dabeihätte. Aber ich werde keinen von euch mitnehmen, wenn ihr euch jetzt nicht die Hand gebt und schwört, Schwertbrüder zu sein, bis wir zurückkommen. Ich kann mir solchen Hass nicht leisten. Solange wir im Land der Daroth sind, muss jeder von euch bereit sein, sein Leben für den anderen zu riskieren. Verstanden?«

»Warum sollte er einen Schwertbruder brauchen?«, fragte Vint. »Er wird doch gewiss allein mit den Daroth fertig.«

»Das reicht!«, fauchte Karis. »Gebt euch die Hände und leistet euren Schwur. Beide!«

Einen Augenblick lang saßen die Männer in eisigem Schweigen, dann stand Tarantio auf und streckte die Hand aus. Vint starrte sie sekundenlang an, dann umfassten die Männer einander am Handgelenk. »Ich werde dein Leben verteidigen wie mein eigenes«, sagte Tarantio.

»Und ich das deine«, zischte Vint.

»Wir brechen bei Tagesanbruch auf«, erklärte Karis. »Wenn wir Forin bis dahin nicht gefunden haben, reiten wir ohne ihn.«

»Ich würde gerne meinen ... Freund ... Brune mitbringen«, warf Tarantio ein, als Karis zu ihrem Pferd ging.

Sie wandte sich um. »Kann er kämpfen?«

Tarantio zuckte die Achseln. »Nein, General, aber er hat die Augen eines Adlers. Glaube mir.«

»Wie du willst«, sagte sie.

Kapitel sieben

Von allen Freuden, die Duvodas je erlebt hatte, war diese die innigste und schönste. Bereits in seiner Jugend hatte er die Musik der Erde angerufen und zugesehen, wie ihre Magie das Land durchströmte. Er hatte die Kranken geheilt und gefühlt, wie das Lebensblut des Universums in seinen Adern pulsierte. Aber hier und jetzt, als er neben seiner frisch Vermählten lag, fühlte er sich vollkommen und zutiefst glücklich. Er strich ihr über die langen dunklen Haare, während sie schlief und blickte in ihr schönes Gesicht, das von dem jungfräulichen Licht des neuen Tages beschienen wurde. Duvo seufzte.

Die Hochzeit war fröhlich und rau gewesen. Ceofrin hatte seine Taverne für Freunde, Familie und gute Gäste geöffnet. Essen und Trinken waren frei, und Duvo hatte für sie gespielt. Der Priester war am Mittag gekommen, und die Gäste hatten die Tische zurückgeschoben, damit er das zeremonielle Schwert und die Getreidegarbe auf den frisch gefegten Boden legen konnte. Duvo hatte seine Harfe beiseite gelegt und Shira in die Mitte des Raums geführt. Die Worte der Zeremonie waren schlicht.

»Willst du, Duvodas mit der Harfe, diese Verbindung mit Leib und Seele eingehen?«

»Ja, ich will.«

»Schwörst du, das Leben dieser deiner geliebten Frau zu achten wie dein eigenes?«

»Ja.«

»Willst du sie mit der Wahrheit ehren und sie für den Rest eurer Tage mit deiner Liebe segnen?«

»Ja.«

»Dann nimm das Schwert.«

Duvo hatte noch nie zuvor eine Klinge in der Hand gehalten und er verabscheute den Gedanken. Aber es war eine zeremonielle Waffe, die die Verteidigung der Familie versinnbildlichte; sie war noch nie im Kampf benutzt worden und so kniete er nieder und nahm sie in die Hände. Die Menge jubelte und Shiras Vater Ceofrin bekam feuchte Augen.

»Willst du, Shira, diese Verbindung mit Leib und Seele eingehen?«, fragte der Priester.

»Ich will.«

»Schwörst du, das Leben dieses deines Geliebten zu achten wie dein eigenes?«

»Immer.«

»Willst du ihn mit der Wahrheit ehren und ihn für den Rest eurer Tage mit deiner Liebe segnen?«

»Ich will.«

»Dann nimm die Garbe, die das Leben und die Fortsetzung des Lebens versinnbildlicht.«

Das tat sie, dann wandte sie sich an Duvo und bot sie ihm dar. Er nahm sie aus ihrer Hand entgegen, dann zog er sie an sich und küsste sie. Die Menge gröhlte begeistert und die Feierei ging weiter.

Jetzt war es Morgen und Shira schlief noch. Er senkte den Kopf und küsste sie auf die Stirn. Kummer stahl sich durch seine Freude wie eine kalte Brise und er schauderte.

Die Daroth kamen.

Deswegen hatte er seine Einstellung zur Heirat mit diesem Mädchen an seiner Seite geändert, denn nur so konnte er für ihre Sicherheit garantieren. Wenn er jetzt Corduin verließ, würde sie an seiner Seite sein, und er würde sie weit weg bringen, weg von der Bedrohung durch Krieg und Gewalt.

Er stand auf, nahm seine Harfe und setzte sich ans Fenster. Nervös fuhr er über die Saiten und suchte nach Harmonie. Er hatte beinahe erwartet, nichts zu fühlen und erinnerte sich an einen Spaziergang mit Ranaloth durch den Garten des Oltor-Tempels.

»Warum hast du mich aufgezogen, Meister Ranaloth?«, hatte er gefragt. »Du verabscheust doch Menschen.«

»Es stimmt nicht, dass ich sie verabscheue«, antwortete der Eldarin. »Ich verabscheue niemanden.«

»Das verstehe ich. Aber du hast gesagt, dass wir wie die Daroth sind, geborene Zerstörer.«

Ranaloth hatte zustimmend genickt. »Das ist wahr, Duvo, und viele Eldarin wollten kein Kind deiner Rasse bei uns haben. Aber du warst allein und verlassen, ein ausgesetztes Kind auf einem Berg im Winter. Ich hatte mich immer schon gefragt, ob ein Mensch lernen könnte, zivilisiert zu sein – wenn er die Gewalt eures Wesens und die Übel in euren Herzen ablegen könnte. Also brachte ich dich her. Du hast bewiesen, dass es möglich ist, und du hast mich stolz und glücklich gemacht. Der Triumph des Willens über den Sog des Leibes – das ist es, was die Eldarin schon vor Äonen erreicht haben. Wir lernten den Wert der Harmonie schätzen. Jetzt weißt auch du warum, und vielleicht kannst du dieses Geschenk mit zu deiner Rasse nehmen.«

»Wovor muss ich mich hüten?«, hatte er gefragt.

»Vor Zorn und Hass – das sind die Waffen des Bösen. Und vor der Liebe, Duvo. Die Liebe ist gleichzeitig wunderbar und voller Gefahren. Die Liebe ist ein Tor, durch das der Hass – maskiert und unerkannt – eintreten kann.«

»Wie kann das sein? Ist Liebe nicht das größte aller Gefühle?«

»In der Tat. Aber sie durchbricht jede Verteidigung und öffnet uns für Gefühle von großer Tiefe. Ihr Menschen leidet mehr darunter als die meisten anderen Rassen, die ich kenne. Unter deinen Leuten kann Liebe zu Eifersucht, Neid, Wollust und Gier führen, zu Rache und Mord. Das reinste Gefühl trägt in sich die Saat des Verderbens und diese ist schwer zu entdecken.«

»Du meinst, ich sollte die Liebe meiden?«

Ranaloth kicherte leise. »Niemand kann Liebe meiden, Duvo. Aber wenn es geschieht, wirst du feststellen, dass sich deine Musik verändert. Vielleicht geht sie dir sogar verloren.«

»Dann werde ich niemals lieben«, sagte der junge Mann.

»Ich hoffe nicht, dass es so kommt. Komm, lass uns in den Tempel gehen und den Oltor die Ehre erweisen.« Sie waren durch den Eingang geschlendert. Das ausgedehnte kreisförmige Gebäude beherbergte hunderttausende von Knochen, die auf schwarzen Samttüchern lagen. Jede Nische war damit angefüllt – mit Schädeln, Schenkelknochen, winzigen Mittelfußknochen, Bruchstücken und Splittern. Sonst gab es kaum etwas, keine Statuen, keine Gemälde, keine Sitzbänke. Auf einem hohen Tisch, auf einem Seidenlaken, lag ein Dutzend roter Steine. »Das Blut des Ersten Oltors«, erklärte Ranaloth. »Er starb als einer der Letzten. Sein Lebensblut befleckte die Steine unter ihm.«

»Warum haben die Eldarin all diese Knochen gesammelt?«, hatte Duvo gefragt.

Ranaloth lächelte traurig. »Die Oltor waren ein gutes Volk und kannten die Lieder der Erde. Wir lernten ihre Lieder, und noch heute singen wir viele von ihnen. Aber sie selbst werden diese Lieder nie mehr singen. Es ziemt sich, hierher kommen und sehen zu können, was das Böse bewirkt. Das bedeutet es, sich gegen die Daroth zu stellen. Wie viele Hoffnungen und Träume sind in diesen Knochen begraben? Wie viele Wunder werden nie entdeckt werden? Das bedeutet Krieg, Duvo. Einsamkeit, Verzweiflung, Verlust. Es gibt keine Sieger.«

Jetzt, in der Stille des frühen Morgens, begann Duvo das Lied von Vornai – lieblich und plätschernd, weich wie die Feder einer Taube, sanft wie der Kuss einer Mutter. Die Musik erfüllte den Raum, und Duvo stellte erstaunt fest, dass die Magie nicht nur noch immer da war, sondern dass sie sich zum Besseren gewendet hatte. Wo die Kraft passiv und unpersönlich gewesen war, war sie jetzt lebendig und fruchtbar. Es drängte ihn, sie zu halten, und er merkte, dass er die Schöpfungshymne spielte. Als seine Finger über die Saiten tanzten, bemerkte er ein Nest auf dem Dach vor dem Fenster und die jungen Vögelchen darin. Und von unten, von der Gasse her, spürte er die hauchzarte, ununterdrückbare Weise im Herzschlag dreier neugeborener Welpen, die in der Nacht zur Welt gekommen waren. Duvo lächelte und spielte weiter.

Plötzlich brach er ab.

Das Gefühl für Magie war stark in ihm, und er erkannte, gleichzeitig voll Furcht und Sehnsucht, dass neues Leben sogar noch näher war … im Zimmer. Er legte die Harfe weg, ging zum Bett zurück und legte sich neben die noch immer schlafende Shira. Als die Magie in seinem Geist verblasste, tastete er noch einmal danach und fühlte den winzigen Funken, der in neun Monaten sein Kind sein würde.

Sein Sohn … oder seine Tochter. Wie ein Wunder kam es ihm vor, und er war von einem Gefühl der Bescheidenheit erfüllt, gepaart mit dem Bewusstsein seiner Sterblichkeit.

Shira erwachte und lächelte schläfrig. »Ich habe so wundervoll geträumt«, sagte sie.

Neunzig Kilometer nordöstlich von Corduin, in einer monderhellten Senke, studierte Karis die alte Karte. Nach den Koordinaten waren sie weniger als dreißig Kilometer von Daroth eins entfernt. Sie hatten in den vier Tagen, seit sie Corduin verlassen hatten, keine Daroth-Krieger gesehen, aber sie fanden überall Anzeichen von Panik: kleine Dörfer, die verlassen waren, Reihen von Flüchtlingen, die in die vermeintliche Sicherheit der Stadt flohen.

Die anderen schliefen noch, als die Sonne aufging. Karis legte trockenes Holz auf die glimmende Asche des Feuers vom vergangenen Abend und blies es vorsichtig zu neuem Leben an. Der Herbst wurde rasch zum Winter, und ein kalter Wind blies von den Bergen herunter.

Der Politiker Pooris erhob sich aus seinen Decken, sah Karis am Feuer und ging zu ihr. Er war klein, dünn und kahl – bis auf einen dünnen Ring silbernen Haars über den Ohren. »Guten Morgen, Karis«, sagte er. Seine Stimme klang so glatt wie Wintersirup.

»Wollen wir hoffen, dass es ein guter Morgen wird«, sagte sie. Er lächelte, aber das Lächeln reichte nicht bis zu seinen blauen Knopfaugen.

»Können wir miteinander reden – privat?«, fragte er.

»Hier wird es nicht mehr viel privater, Pooris«, sagte sie.

Er nickte, dann warf er einen Blick auf die schlafenden Krieger. Zufrieden, dass sie ihn nicht hören konnten, wandte er sich wieder an die Kriegerin. »Ich bin nicht gerade mit körperlicher Tapferkeit gesegnet«, sagte er. »Ich hatte schon immer Angst vor Schmerzen – vor jeder Art von Leid. Ich fürchte mich vor den Daroth.« Er seufzte. »Furcht ist ein zu schwaches Wort. Ich kann vor Angst kaum schlafen.«

»Warum erzählst du mir das?«

»Ich weiß es nicht. Um zu teilen, vielleicht? Gibt es ein Geheimnis für deinen Mut? Kann ich etwas tun, um meinen Mut zu stärken?«

»Nicht, dass ich wüsste, Pooris. Wenn es Ärger gibt, halte dich dicht bei mir. Folge meinem Beispiel. Ohne zu zögern.« Sie sah ihn an und lächelte. »Und vergiss nicht, Ratsherr – nicht viele Feiglinge hätten sich für eine solche Mission freiwillig gemeldet.«

»Hast du Angst, Karis?«

»Natürlich. Wir reiten alle ins Unbekannte.«

»Aber du glaubst, dass wir überleben werden?«

Sie zuckte die Achseln. »Ich hoffe es.«

»Ich habe mich oft gefragt, was Heldentum ausmacht«, sagte er. »Tarantio und Vint sind Schwertkämpfer. Die meisten Menschen würden sie Helden nennen. Aber ist Heldentum für jeden Schwertkämpfer etwas Naturgegebenes?«

Karis schüttelte den Kopf. »Helden sind Menschen, die sich ihren Ängsten stellen. So einfach ist das. Ein Kind, das Angst vor der Dunkelheit hat und eines Tages seine Kerze ausbläst, eine Frau, die Angst vor den Geburtsschmerzen hat und sagt: ›Jetzt ist es Zeit, Mutter zu werden.‹ Heldentum findet nicht immer auf dem Schlachtfeld statt, Pooris.«

Der kleine Ratsherr lächelte. »Ich danke dir, meine Dame«, sagte er.

»Wofür?«

»Meinen Ängsten gelauscht zu haben.« Er stand auf und ging davon, während Karis sich wieder ihrer Landkarte widmete. Als die Männer des Herzogs nach Forin gesucht hatten, war sie in der Bibliothek gewesen und hatte alles gelesen, was sie über die Daroth finden konnte. Es war nicht viel. Sie hatte das Gebiet erweitert und auch Geschichten – hauptsächlich Mythen – über eine Rasse von riesigen Kriegern studiert, die den Norden bewohnt haben sollte. Vielleicht handelten diese Geschichten auch von den Daroth.

Nichts von ihrem Studienmaterial hatte ihr auch nur einen Hinweis darauf geliefert, wie sie vorgehen sollte, wenn sie sich der Stadt der Daroth näherten. Pooris hatte vorgeschlagen, ein Verhandlungsbanner zu tragen. Warum sollten die Daroth diese Konvention anerkennen?, hatte sie gefragt.

Forin, der – wie Tarantio gesagt hatte – viele Geschichten über die Daroth kannte, hatte nur einen Vorschlag. »Nehmt Salz als Geschenk mit«, sagte er. »Meinem Vater zufolge, der es von den Eldarin wusste, lieben die Daroth Salz. Es wirkt bei ihnen wie Wein bei uns.«

Karis hatte das beachtet. Doch um den Daroth Salz anbieten zu können, mussten sie erst bereit sein zu reden. Sie hatten mit Capels Männern auch nicht geredet, sondern rasch und gnadenlos angegriffen.

Pooris kam aus dem Wald zurück und begann, seine Decke ordentlich zu falten und aufzurollen. Forin erwachte, rülpste laut und setzte sich. Er gähnte und streckte sich, dann stand er auf, schob seine Hand in die Hose und kratzte sich an den Genitalien. Dann sah er Karis und grinste verlegen. »Ich gucke gern nach, ob der alte Soldat noch am Leben ist«, sagte er. Dann schlenderte auch er aus dem Lager. Er ging nicht so weit wie Pooris und Karis konnte hören, wie er geräuschvoll an einen Baum urinierte.

Pooris wurde rot, doch Karis kicherte nur. »Kein Grund zur Verlegenheit, Ratsherr«, sagte sie. »Du bist hier nicht unter Adligen.«

»Das hatte ich schon gemerkt«, erwiderte er

Tarantio und Brune kamen herbei, dann Goran und Vint. Sie nahmen ein Frühstück aus Haferflocken ein, die sie in einem der verlassenen Dörfer gefunden hatten. Goran und Vint süßten ihre Portion mit Honig, Tarantio aß die seine mit Salz, Pooris hatte keinen Hunger. Und Forin lehnte die Haferflocken ab und kaute stattdessen auf seiner Ration Trockenfleisch. Brune aß seine Portion und kratzte den letzten Rest des Breis mit den Fingern aus der Schale.

»Ich glaube, heute werden wir die Daroth sehen«, sagte Vint. »Sie müssen Kundschafter haben. Hast du schon einen Plan, Karis?«

Ohne die Frage zu beachten, beendete sie ihr Mahl und säuberte ihren Teller dann am Gras. »Wenn wir sie sehen, darf keiner von euch eine Waffe ziehen«, sagte sie schließlich. »Ihr bleibt ruhig sitzen, während ich voranreite.«

»Und wenn sie angreifen?«, fragte Pooris.

»Dann sprengen wir auseinander und treffen uns wieder hier.«

»Das hat den Vorteil der Schlichtheit«, bemerkte Vint. Er nahm ein Messer und begann, die Stoppeln auf Wangen und Kinn abzuschaben.

»Warum machst du dir die Mühe, dich zu rasieren?«, fragte der rotbärtige Forin.

»Man muss gewisse Maßstäbe einhalten«, erklärte Vint mit einem selbstironischen Grinsen. »Und natürlich«, setzte er hinzu, »möchte ich, dass die Daroth mich in voller Schönheit sehen. Sie werden so beeindruckt sein, dass sie sich uns auf der Stelle unterwerfen und Treue schwören!«

»Genau mein Plan«, meinte Karis trocken.

Sie stieß mit den Stiefeln Erde über das Feuer, um es zu löschen, dann sattelten sie die Pferde und ritten nach Norden. Der Junge Goran lenkte sein Pferd neben Warain. »Glaubst du, mein Vater ist noch am Leben?«, fragte er Karis.

»Das wissen wir nicht«, antwortete sie, »aber lass uns beten, dass er es ist. Du bist ein tapferer Junge. Du verdienst, ihn zu finden.«

»Vater sagt, wir kriegen nicht immer das, was wir verdienen«, betonte er.

»Er ist ein kluger Mann«, sagte Karis.

Sie ritten noch zwei Stunden, erklommen die niedrigen Hügel vor den Bergen und gelangten dann durch einen schmalen Pass hinunter in das weitläufige Grasland. Von hier aus konnten sie die Stadt sehen. Sie war nicht von Mauern umgeben, die Gebäude waren rund, gedrungen und für das menschliche Auge hässlich.

»Wie ein riesiger Berg von Pferdeäpfeln«, stellte Forin fest.

Karis ließ Warain in Galopp fallen, und der kleine Trupp ritt weiter.

Als sie sich der Stadt näherten, kam eine Reihe von zwanzig Reitern heraus, um sie abzufangen. Karis fühlte, wie sich ihr Bauch anspannte. Die Pferde waren gewaltig, ein Widerrist von mindestens hundertachtzig Zentimetern, und ließen selbst den großen Warain klein wirken. Sie merkte, wie Warain sich anspannte. »Ruhig, jetzt«, sagte sie und tätschelte den schlanken grauen Hals.

Der Anführer der Daroth-Krieger zog sein langes, gezacktes Schwert und ritt auf Karis zu. Sie löste den Beutel an ihrem Gürtel und ritt ihm mit ausgestreckter Hand entgegen. Sein Schwert war erhoben, die ovalen, pechschwarzen Augen blickten sie prüfend an, als sie vor ihm anhielt. Geschmeidig streckte sie den Arm aus und bot ihm den Beutel an. Er ließ die Zügel los, nahm ihn und öffnete ihn ungeschickt. Salz rieselte heraus. Er steckte einen großen Finger in seinen schnabelartigen Mund, seine dicke purpurrote Zunge schoss heraus und leckte ihn an. Er tauchte ihn in den Salzbeutel und kostete.

Er band den Beutel wieder zu, steckte ihn in eine Tasche seines schwarzen Wamses und richtete den Blick wieder auf Karis. »Warum seid ihr hier?«, fragte er. Seine Stimme war kalt und finster.

»Wir kommen, um mit eurem Anführer zu sprechen«, sagte sie.

»Er kann dich hören. Alle Daroth können dich hören.«

»Es ist unser Brauch, nur von Angesicht zu Angesicht zu reden.«

»Habt ihr mehr Salz?«

»Noch viel mehr. Und wir können viele Wagenladungen liefern, frisch aus dem Meer.«

»Folgt mir«, sagte der Reiter und steckte sein Schwert in die Scheide.

Die Stadt glich keiner, die Tarantio jemals gesehen hatte. Die Gebäude waren allesamt kugelförmig und schwarz, ohne jede Verzierung, langweilig für das Auge. Sie schienen mehr zufällig gebaut, doch sie waren alle durch überdachte Fußwege miteinander verbunden. Es gab viele Ebenen, eine über der anderen.

»Das sieht aus wie eine riesige Weintraube«, meinte Forin. »Wie leben sie nur darin?«

Tarantio antwortete nicht. Als sie weiterritten, strömten aus allen Gebäuden immer mehr Daroth, die schweigend ihren kleinen Aufzug beobachteten. Die Straße war glatt gepflastert, das Klappern der Hufe dröhnte laut in der Stille.

»Ein hässliches Volk«, meinte Dace.

»Vielleicht finden sie uns auch hässlich«, erwiderte Tarantio.

Vor ihnen lagen zwei hohe spitze Türme. Schwarzer Rauch trieb gemächlich aus beiden und legte sich wie ein Leichentuch über die Stadt. Tarantio schnüffelte. Es roch seltsam, süßlich, schwer, unangenehm.

Die Straße verbreiterte sich, und die Gruppe ritt zwischen zwei schwarzen Säulen hindurch auf eine riesige graue Kuppel zu, hinter der die rauchenden Türme lagen. Die Daroth-Reiter blieben bis auf den Anführer zurück, der vor dem runden, offen stehenden Eingang zur Kuppel vom Pferd stieg.

»Bleib bei den Pferden«, befahl Karis Goran, als ihre Gruppe abstieg.

»Ich will meinen Vater finden«, wandte der Junge ein.

»Wenn er hier ist, werde ich ihn finden«, versprach sie.

Die Daroth betraten die Kuppel, Karis und die anderen folgten. Der Ratsherr Pooris hielt sich dicht bei der Kriegerin, sein Gesicht war blass, seine Hände zitterten. Tarantio und Forin waren unmittelbar hinter ihnen, gefolgt von Vint und Brune.

Das große Gebäude wurde von kugelförmigen Laternen erhellt, die in die Wände eingelassen waren und Karis staunte, dass die gewaltige Kuppel nicht von Säulen getragen wurde. Es gab weder Statuen noch irgendwelchen Schmuck. Am anderen Ende des kreisförmigen Saales befand sich ein gewaltiger Tisch, der geformt war wie eine Sichel. An ihm saßen etwa fünfzig Daroth-Krieger, die auf den merkwürdigen Stühlen knieten, die Tarantio zuerst in dem Daroth-Grab gesehen hatten.

»Das hätte mein Vater gern gesehen«, sagte Forin. Tarantio konnte die Angst in seiner Stimme hören, doch der große Mann beherrschte sie gut.

Karis trat vor. »Wer ist hier der Anführer?«, fragte sie. Ihre Stimme hallte seltsam. Die Daroth stießen eine Reihe von Klicklauten aus, dann erhob sich ein Krieger an der Mitte des Tisches.

»Ich bin, was ihr Menschen den Herzog der Daroth nennen würdet«, sagte er.

»Ich bin Karis.«

»Was für einen Zweck verfolgt ihr?«

»Eine Abordnung wie die unsere ist unsere Art, unsere friedlichen Absichten zu zeigen. Lass mich dir Ratsherrn Pooris vorstellen, der eine Nachricht von unserem Herzog hat.« Sie drehte sich um und winkte Pooris vor. Der kleine Mann machte einen nervösen Schritt auf den Tisch zu und verbeugte sich tief.

»Mein Herzog möchte euch wissen lassen, dass er die Rückkehr des Volkes der Daroth willkommen heißt und hofft, dieses neue Zeitalter möge für unsere beiden Völker Handel und Wohlstand bringen. Er möchte wissen, ob es irgendetwas gibt, das ihr von uns einhandeln wollt.«

»Wir wollen lediglich euren Tod«, sagte der Daroth. »Wir hegen kein Interesse an einer Koexistenz. Dies ist jetzt eine Welt der Daroth. Nur die Daroth werden überleben. Aber erzähl mir mehr von dem Salz, das ihr uns bietet.«

Karis beobachtete, wie Pooris zögerte, und empfand Mitleid mit dem kleinen Politiker. Die Worte des Daroth waren gewiss nicht liebenswürdig gewesen und ließen kaum Raum für weitere Verhandlungen. »Darf ich bitten, Sir«, sagte Pooris, »deine Entscheidung zu erläutern? Es gibt keinen Krieg ohne Kosten. Und Frieden kann Reichtum und Wohlstand bringen.«

»Ich habe gesagt, was ich zu sagen hatte«, erklärte der Daroth. »Jetzt will ich von dem Salz hören, das ihr schicken werdet.«

Pooris trat vor. Seine Hände zitterten nicht mehr. »Das Salz wurde in friedlicher Absicht angeboten. Warum sollten wir es einem Feind schicken?«

»Im Tausch«, sagte der Herzog der Daroth schlicht. »Soweit wir verstanden haben, macht ihr Menschen es so, wenn ihr etwas haben wollt, das ihr nicht mit Gewalt nehmen könnt: Ihr handelt oder tauscht darum. Wir werden das Salz zum Tausch nehmen.«

»Für was, Sir?«, fragte Pooris.

»Wir haben mehr als hundert ältere von euch Menschen. Wir haben keine Verwendung für sie. Wir werden sie für ihr Gewicht in Salz eintauschen.«

»Habt ihr einen Mann hier namens …« Pooris drehte sich zu Karis um und warf ihr einen fragenden Blick zu.

»Barin«, sagte sie.

»Er ist hier«, antwortete der Herzog. »Ist er für euch wichtig?«

»Sein Sohn ist bei uns. Deswegen wussten wir, dass

er von euch gefangen wurde. Wir hätten ihn gern zurück.«

»Er gehört einem meiner Hauptleute. Er will ihn nicht eintauschen, aber er wird euch gestatten, um ihn zu kämpfen.« Wieder gaben die versammelten Daroth ihre Klicklaute von sich. Karis hielt es für Gelächter. Ihr ganzes Erwachsenenleben hatte Karis die Fähigkeit gehabt, in den Menschen lesen zu können. Die großschädeligen Daroth waren zwar keine Menschen, aber trotzdem konnte sie ihre Verachtung für die menschliche Abordnung spüren. In diesem Moment erkannte sie, dass ihre Chancen, lebend hier herauszukommen, günstigstenfalls gering waren. Unter normalen Umständen war Karis eine besonnene Anführerin, aber sie wusste, manchmal konnte Tollkühnheit die Entscheidung bringen. Gelassen trat sie vor, legte dem Ratsherrn eine Hand auf die Schulter und schob ihn zurück.

»Wir sind nicht hergekommen, um Daroth zu töten«, sagte sie kühl. »Aber wenn nötig, werden wir es tun. Wie fordert man deinen Hauptmann heraus?«

»Das ist bereits geschehen«, sagte der Herzog. »Er sagt, er will gegenden größten von euch kämpfen – den mit dem roten Bart.«

»Ich entscheide, wer kämpft«, sagte Karis, »und ich werde nicht meinen stärksten Krieger einsetzen. Es wäre unter seiner Würde, gegen einen einzelnen Daroth zu kämpfen. Aber bevor dieses Duell stattfindet, Herzog, wie lauten die Regeln? Wenn mein Kämpfer deinen Hauptmann getötet hat, bekommen wir dann Barin?«

»Wenn du meinen Hauptmann tötest, gehören euch seine gesamten Besitztümer, denn dann ist er für den Kokon verloren und kann nicht wieder leben.«

»Und wir dürfen die Stadt verlassen?«

»Warum sollten wir euch hier behalten? Wir wissen alles, was es über eure schwächliche Rasse zu wissen gibt. Eure Jungen sind zart und süß, eure alten sehnig. Wer von euch soll für euch kämpfen?«

»Wer ist der Hauptmann?«, fragte sie.

Ein Daroth neben dem Herzog erhob sich, und Karis betrachtete ihn genau. Der Krieger war groß, mit fassförmiger Brust und kraftvoll. Sie drehte sich zu Tarantio um, und er nickte zustimmend. »Ich finde, dein Hauptmann sieht alt und fett aus«, sagte sie. »Deshalb werde ich meinen kleinsten Krieger einsetzen.«

»Wenn er stirbt«, erklärte der Hauptmann, »gehörst du mir. Du wirst heute Abend mein Festmahl sein, Weib. Ich werde deine Augen schlürfen.«

Karis ignorierte ihn und ging zurück zu Tarantio. »Kannst du es mit ihm aufnehmen?«, fragte sie kaum hörbar.

»Ich kann es mit allem aufnehmen, das lebt«, antwortete Dace. Er zog seine Kurzschwerter und trat dem Hauptmann entgegen. Der Daroth trug ein langes, gezacktes Breitschwert. Als Dace seine Kampfposition einnahm, fühlte er einen heißen, stechenden Schmerz in seinem Verstand, wie eine Flamme, die von seinem Nacken aus in den Schädel schoss. Er taumelte zurück.

»Sie sind Telepathen«, kam Tarantios Stimme. *»Kämpf dich durch den Schmerz. Ich versuche, das Feuer abzublocken.«*

Daces Zorn wuchs. So groß der Daroth auch war, hatte er trotzdem das Gefühl, noch Vorteile aus seiner besonderen Fähigkeit ziehen zu müssen. Du bist vielleicht groß, dachte Dace, aber du bist ein Feigling! Wieder flammte Schmerz auf.

»Er ist hier drin bei uns«, flüsterte Tarantio. *»Er kann uns hören.«*

»Ich glaube, ich töte ihn jetzt«, sagte Dace. Er schoss nach vorn, duckte sich unter einem wilden Hieb und rammte sein Schwert in den Bauch des Daroths. Die Klinge drang kaum mehr als ein paar Zentimeter ein. Dace sprang zurück und wich einem Schlag aus, der ihn von den Schultern bis zum Bauch gespalten hätte.

»Die Achselhöhle«, sagte Tarantio. *»Denk an das Grab. An der Stelle sind sie nicht durch Knochen geschützt.«*

Der Daroth zog sich zurück, seine Ellbogen legten sich schützend an die Seiten. *»Ja, ich hatte daran gedacht, Bruder«,* fauchte Dace. *»Wie nett von dir, unseren Gegner auch daran zu erinnern.«* Der Daroth, der sein Schwert jetzt beidhändig hielt, rannte los und setzte zu einem ausholenden Hieb an, den Dace parierte. Hinter dem Hieb steckte eine solche Kraft, dass der kleinere Krieger zu Boden geschleudert wurde. Als Dace sich auf die Knie rollte, sprang der Daroth mit erhobenem Schwert auf ihn zu. Dace wechselte den Griff seiner rechten Schwerthand und hielt die Klinge jetzt wie einen Dolch. Er wartete bis zum letzten Augenblick, dann schoss er hoch und zur Seite, als das gezackte Schwert niedersauste. Während sein Schwert in die Achselhöhle des Daroth stieß, durch Muskeln und Gewebe drang, stieß der Hauptmann einen grässlichen, krächzenden Schrei aus, stolperte und fiel auf die Knie. Dace stieß dem Daroth sein zweites Schwert in den Körper, neben die erste Klinge, dann hebelte er es hoch und nieder. Eine milchige Flüssigkeit spritzte aus der Wunde und regnete auf Dace. Er zog seine Schwerter heraus, warf sich auf den Rücken des sterbenden Daroth und hieb wieder und wieder auf den breiten Nacken und die dort hervortretenden Wirbel ein. Die weiße Haut klaffte auf und ließ Knochen sehen. Einer der Wirbel knackte, ein zweiter verrutschte plötzlich. Der Kopf des Daroths fiel zur Seite. Dace landete einen gewaltigen Hieb auf den Nacken, der mit einem Geräusch brach, das in der ganzen Halle widerhallte. Der Daroth-Hauptmann fiel vornüber mit dem Gesicht auf den Fußboden. Der feurige Schmerz in seinem Kopf ließ nach, doch Dace hackte noch immer auf den Hals ein, wütend und kraftvoll. Der Kopf rollte davon.

»Das reicht«, hörte er Karis sagen. Dace blinzelte. Er hatte das Bedürfnis, dem Daroth die dunklen Augen auszureißen und sie zu schlürfen. Tarantio übernahm wieder die Kontrolle.

Karis ging zu dem sichelförmigen Tisch und blieb einen Augenblick schweigend dort stehen. »Wie ich mir dachte, alt und fett«, sagte sie. »Ich möchte, dass der Mann Barin jetzt hergebracht wird. Ich werde den Rest der Besitztümer des Hauptmanns gegen die Gefangenen eintauschen, die ihr festhaltet. Außerdem werde ich – nach meiner Rückkehr nach Corduin – dafür sorgen, dass ein Wagen voll Salz an die Grenze eures Landes gebracht wird.«

»Ich akzeptiere deinen Handel, Weib«, sagte der Herzog. »Ihr habt uns heute gut unterhalten. Im Frühling, wenn die Armee der Daroth eure Stadt überfällt, werdet ihr uns noch mehr unterhalten.«

»Wir werden euch überraschen, Herzog, denke ich.«

»Das glaube ich nicht. Der Mensch, der für euch kämpfte, ist einzigartig. Ihr habt nicht genügend seinesgleichen, um uns Sorgen zu machen.«

Karis lächelte. »Das bleibt abzuwarten. Ich freue mich auf euren Besuch.«

Es waren einhundertsieben Gefangene, alle über das mittlere Alter hinaus und ein paar weißhaarige Alte. Sie wurden auf den Platz vor der Kuppel getrieben, wo Karis sie begrüßte. Als Letzter kam Gorans Vater, ein stämmiger Mann mit dichtem, lockigem Haar und Bart. Goran lief zu ihm und umarmte ihn. Barin strich seinem Sohn über die Haare, dann sah er Karis an. »Wir müssen so schnell wie möglich aufbrechen«, sagte er leise. »Diese Ungeheuer kennen keine Ehre. Und ihr Wort ist nicht ehern.«

Karis nickte und führte die Flüchtlinge über die Hauptstraße aus der Kuppelstadt. Aus allen Türen kamen Daroth und starrten sie an, während sie vorbeizogen. Karis bemerkte, dass aller Augen sich auf die schlanke Gestalt Tarantios richteten. Er hatte einen von ihnen im Zweikampf getötet, und alle hatten die Hiebe seiner Schwerter gespürt.

Sie erreichten die Randbezirke der Stadt ohne Zwischenfall und wandten sich nach Süden. »Ihr müsst aufpassen, wenn ihr Wärme und Schmerz im Kopf spürt«, sagte Barin. »Das ist ein Zeichen dafür, dass sie eure Gedanken lesen.«

Karis ließ die Warnung an die anderen weitergeben. »Was meinst du, was werden sie tun?«, fragte sie.

»Die Blutsverwandten des Daroth, den dein Schwertkämpfer besiegt hat, werden dir folgen. Sie werden versuchen, dich lebendig in die Hände zu bekommen und dich bis zum Begräbnis am Leben halten. Dann wirst du an die Ehefrau des Daroth, gegen den der junge Mann kämpfte, verfüttert – bis auf dein Herz, das zu ihrem toten Ehemann in den Sarg gelegt wird.«

»Was hat der Herzog damit gemeint, er wäre für den Kokon verloren?«, fragte Karis.

»Die Daroth sind praktisch unsterblich. Sie existieren nicht länger als zehn Jahre lang in demselben Körper. Dann, wenn die Kokons reif sind und eine neue Gestalt erscheint, wird der alte Körper abgelegt. Dein Mann hat das Leben des Daroth-Hauptmannes beendet. Unter normalen Umständen wäre er wiedergeboren worden, doch entweder war sein Kokon irgendwie fehlerhaft oder krank. Wie auch immer, seine Unsterblichkeit endete in jenem Saal. Jetzt werden seine Verwandten versuchen, sein Dahinscheiden zu rächen.«

»Aber warum ich?«, fragte sie. »Warum nicht Tarantio, der ihn tatsächlich getötet hat?«

»Du bist der Anführer. Du hast den Zweikampf angeregt.«

»Was schlägst du vor?«

»Zieh hinauf in die Berge, wo die Luft dünn und kalt ist. Das beeinträchtigt die Daroth weit mehr als uns, sie sind schwer, und sie mögen keine Kälte.«

»Kennst du einen solchen Ort?«

»Es gibt einen Pass durch die Berge – etwa fünfzehn Kilometer östlich von hier. Er liegt sehr hoch.«

Sobald sie von der Stadt aus nicht mehr zu sehen waren, führte Karis ihre Truppe in eine tiefe Schlucht, dann änderte sie ihre Marschrichtung von Süden nach Osten. Vint kam zu ihr. »Wohin ziehen wir?«, fragte er.

Karis erzählte ihm von Barins Warnung. »Wenn sie uns folgen, weiß ich nicht, wie wir gegen sie kämpfen könnten«, sagte Vint.

»Es gibt immer eine Möglichkeit«, fauchte Karis. »Mein Vater hatte einen Python als Haustier, er hat ihn mit lebenden Mäusen gefüttert. Der Python war etwa zwei Meter lang. Er zwang mich zuzusehen, wenn die Schlange fraß. Es war … Ekel erregend.«

»Was hat das mit den Daroth zu tun?«, fragte Vint.

»Eines Tages tötete eine Maus die Schlange.«

»Das glaube ich nicht!«

»Mein Vater auch nicht, er beschuldigte mich, die Schlange vergiftet zu haben. Aber es stimmte. Ich befreite die Maus. Ich hoffe, sie hatte ein langes Leben und ist zu einer Legende unter ihresgleichen geworden.«

Karis ließ Warain in Galopp fallen, umkreiste ihren Trupp und galoppierte an der Reihe der Flüchtlinge entlang, wo sie sich zwischen Tarantio und Brune einreihte. »Du hast gut gekämpft, mein Freund«, sagte sie mit einem Lächeln. »Du wirst zu einer Legende werden. Man wird dich den Daroth-Töter nennen.«

»Ihr Herzog hatte Recht«, erwiderte Tarantio. »Wir werden sie im Frühling nicht aufhalten. Bei Shemaks Eiern, Karis, sie sind schwer zu töten! Ich wüsste nicht, wie Menschen sie besiegen sollen. Ihre Haut ist wie gestärktes Leder, ihre Knochen härter als Eichenholz.«

»Trotzdem hast du einen getötet.«

Tarantio lächelte. »Es gibt nicht viele wie mich«, sagte er. »Wofür ich – bis jetzt – immer dankbar war.« Als Karis ihm von Barins Warnung erzählte, befahl Tarantio Brune, zur Kuppe einer nahen Anhöhe zu reiten und nach Anzeichen für Verfolger Ausschau zu halten.

Am späten Nachmittag waren die Flüchtlinge erschöpft und die Reihe war über mehrere hundert Meter verteilt. Brune war mit guten Nachrichten zurückgekehrt, nämlich dass die Verfolger nach Norden geritten waren. So weit hatte ihre List also gewirkt. Aber sie waren noch immer mehrere Kilometer von dem Pass entfernt, und Karis wollte nur ungern eine Ruhepause gestatten. Forin und Vint überließen ihre Pferde zwei alten Männern, doch der Konvoi zog immer langsamer weiter.

Bei Einbruch der Dämmerung kamen sie in die Vorberge des Gebirges, wo Karis den Flüchtlingen erlaubte, sich auszuruhen. Sie stieg ab und ging zwischen ihnen umher. »Ich möchte, dass ihr mir alle zuhört«, sagte sie. »Die Daroth verfolgen uns, und sie haben vor, uns umzubringen. Vor uns liegt ein langer Aufstieg, aber es ist ein Aufstieg zum Leben. Ich weiß, wie müde ihr alle sein müsst, aber lasst eure Angst euren Gliedern Kräfte verleihen.«

Die Angst war da, sie konnte es in ihren Augen sehen. Einer nach dem anderen kam mühsam auf die Füße und wanderte weiter bergan. Brune galoppierte heran. »Sie sind da – vielleicht sechs, sieben Kilometer entfernt«, sagte er. »Es sind zwanzig.«

Als sie dies hörten, begannen die Flüchtlinge zu rennen.

Karis ritt nach vorn, begleitet von Tarantio, Brune und Pooris. Auf der Höhe des steilsten Teils des Anstiegs zügelte sie ihr Pferd und musterte den im Schatten liegenden Pass. Die ersten zweihundert Meter stieg er sanft an, doch dann fiel er scharf weitere zweihundert Meter ab. Dort verengte er sich auf weniger als fünf Meter Breite. Sie ritt den steilen Abhang hinunter und stieg ab. Große Felsbrocken übersäten den Pfad. Als sie aufschaute, sah sie, dass noch zahlreiche weitere in empfindlichem Gleichgewicht auf beiden Seiten der Felswände lagen. Mit etwas mehr Zeit hätte sie eine Lawine ins Rollen bringen können. Aber hatte sie Zeit?

Die ersten der Flüchtlinge stolperten an ihr vorbei. Karis rief sie zu Hilfe, dann legte sie ihre Schulter an einen Felsen, der fast zwei Meter Durchmesser hatte. Zehn Männer sprangen herbei, um ihr zu helfen, und langsam begann sich der gewaltige Stein zu bewegen.

»Vorsichtig jetzt«, sagte Karis. »Wir wollen ihn nicht auf unsere eigenen Leute rollen.« Langsam rollten sie ihn zur Kuppe. Die Flüchtlinge strömten den schmalen Hang hinauf, hinter ihnen, nicht mal einen Kilometer entfernt, kamen die Daroth.

Mehr als zwei Drittel der Flüchtlinge waren jetzt hinter ihr, aber etwa zwanzig kämpften sich noch den Hang hinauf. Tarantio, Vint und Forin rannten hinunter, um ihnen zu helfen. Brune ritt hinunter und hob einen alten Mann vor sich in den Sattel und brachte ihn in Sicherheit.

Eng zusammengedrängt, setzten die Daroth zum Angriff an. Acht Menschen hatten den Hang noch immer nicht erreicht, als die Daroth sich auf sie stürzten. Ein Speer bohrte sich in den Rücken des letzten Mannes und zerriss ihm die Lunge. Karis fluchte. Die sieben noch Lebenden waren verloren und wenn sie nicht rasch handelte, würden die Daroth die Kuppe erreichen.

»Jetzt!«, schrie sie, und die Männer neben ihr warfen sich mit ihrem Gewicht gegen den Felsbrocken. Nur für einen Moment weigerte er sich zu rollen, doch dann geriet er in Bewegung. Mit wachsender Geschwindigkeit krachte der riesige Stein gegen die rechte Wand des Passes und donnerte dann den Hang hinunter.

Als Erstes starb ein Flüchtling, der zermalmt wurde. Auf halbem Weg nach oben sahen die Daroth die Gefahr und versuchten, kehrtzumachen – aber dicht gedrängt, wie sie waren, gab es kein Entkommen. Der Felsen krachte in ihre Reihen, zermalmte Knochen und tötete Pferde und Reiter. Dann krachte er gegen die Wand des Passes und lockerte damit noch mehr Felsen und Steine, die auf die Daroth hinabregneten. Ein Teil der Felswand brach ab und blockierte unter Getöse den Pass. Eine Staubwolke stieg auf und verbarg das Geschehen.

Ein Flüchtling kam aus der Staubwolke und kroch den Hang hinauf. Zu Karis' Füßen brach er zusammen. Er hatte eine Wunde am Kopf und einen Arm gebrochen. Freunde halfen ihm aufzustehen und stützen ihn.

Im verlöschenden Licht der Sonne sahen die Flüchtlinge zu, wie sich der Staub legte. Kein Daroth war zu sehen.

»Gehen wir nach Hause«, sagte Karis.

Karis führte die Flüchtlinge zurück zu den Ruinen ihrer Dörfer, wo die dreiundneunzig Überlebenden sich durch die Trümmer wühlten, um nach Brauchbarem zu fahnden. Lebensmittel waren nur wenige vorhanden, denn die Daroth hatten die Lagerhäuser geplündert und das gesamte Vieh davongetrieben. Tarantio, Forin und Brune ritten ins Tal, um auf die Jagd zu gehen. Karis, Vint und Pooris blieben. Der kleine Politiker hatte seit ihrem Aufbruch aus Daroth eins nur wenig gesagt, und jetzt saß er mit hängenden Schultern da, den Rücken gegen die Wand eines geplünderten Lagerhauses gelehnt.

Karis setzte sich ihm gegenüber. »Was bekümmert dich, Ratsherr?«

Er lächelte schwach. »Schau dir ihre Gesichter an«, sagte er mit einer Handbewegung auf die Flüchtlinge, die die Trümmer durchsuchten. »Sie sind verloren. Ruiniert. Nicht, weil ihr Dorf angegriffen wurde – das ist das Schicksal von Bauern, fürchte ich. Sie sind verloren, weil sie den Feind gesehen haben und wissen, dass ihre Welt für immer dahin ist.«

»Noch haben sie uns nicht besiegt«, sagte Karis, doch Pooris antwortete nicht, und Karis ging zu Vint, der an einem Lagerfeuer saß.

»Du bist ein Risiko eingegangen, Herrin«, sagte er mit einem Grinsen. »Angenommen, Tarantio hätte versagt.«

»Dann wären wir jetzt tot. Aber so groß war das Risiko nicht. Ich habe doch gesagt, ich habe ihn schon kämpfen sehen. Jetzt hast du es auch gesehen.«

»Er ist ein Irrer, Karis. Das habe ich allerdings gesehen. Bei den Zähnen der Götter, ich hätte schwören können, seine Augen hätten die Farbe geändert. Es war, als ob man einen anderen Mann beobachtete.«

»Glaubst du immer noch, du könntest es mit ihm aufnehmen?«

Er lachte laut auf. »Natürlich. Ich bin unbesiegbar, Herrin.« Karis sah ihm in die Augen, erstaunt zu sehen, dass er wirklich meinte, was er sagte. Sie schüttelte den Kopf.

»Wenn wir zurückkommen, nimm meinen Rat und geh in die Taverne, wo der Zwischenfall geschah und überzeuge dich selbst von der Wahrheit. Es wäre Dummheit, aus dem falschen Grund gegen Tarantio zu kämpfen.«

»Ich werde tun, was du sagst.«

Vier Tage später wurde der Bauer Barin in die Privatbibliothek des Herzogs geführt. Karis und Vint saßen bereits dort, ebenso wie der Ratsherr Pooris. Barin hatte den Herzog schon einmal gesehen, als er eine Parade durch Corduin anführte, aber er war ihm noch nie so nahe gewesen. Albreck war ein beeindruckender Mann mit schlauen, tief liegenden Augen und einer Adlernase. Barin machte eine ungeschickte Verbeugung. »Mach es dir bequem, Mann«, sagte Albreck. Der Herzog wandte sich an einen Diener, der neben ihm stand. »Bring ihm einen Becher Wein.«

Der Diener gehorchte, und Barin betrachtete den Becher aus Silber, der mit grauen Mondsteinen eingelegt war. Golddraht war in einem verschlungenen Muster in das Silber eingearbeitet und bildete den Buchstaben A. Barin erkannte, dass der Becher mehr wert war, als er in einem Jahr mit seinen Feldern verdienen konnte. Er nippte seinen Wein und seine Laune hob sich, weil er dünn und ein bisschen sauer war. Der alte Eris im Dorf machte einen besseren Wein!

»Jetzt«, bat der Herzog, »berichte uns alles, was du kannst, über die Daroth. Es ist lebenswichtig.«

»Ich weiß kaum, wo ich anfangen soll, Herr. Ihr wisst schon, dass sie unglaublich stark sind.«

»Wie leben sie, wie werden sie regiert?«, fragte der Herzog.

»Schwer zu sagen. Sie können miteinander über große Entfernungen kommunizieren, ohne zu sprechen. Soweit ich verstanden habe, werden ihre Entscheidungen gemeinschaftlich getroffen. Im gleichen Augenblick.«

»Würdest du sie als böse bezeichnen?«

»Allerdings, Majestät, denn sie haben keine Vorstellung von Böse – und allein das macht sie erschreckend. In der Zeit, in der ich bei ihnen war, töteten und aßen sie Scharen von jungen Männern und Frauen. Sie brieten sie über Holzkohlenfeuern, nachdem sie sie zuerst in Lehm gebacken hatten. Die meisten waren noch am Leben, als das Kochen begann. Ich werde diese Bilder niemals vergessen, sie sind in mein Gedächtnis eingebrannt. Sie fragten mich, warum ich nichts aß. Ich sagte, Kannibalismus sei in unseren Augen abscheulich. Das konnten – oder wollten – sie nicht verstehen.«

»Haben sie religiöse Überzeugungen?«, fragte Pooris.

»Dafür haben sie keinen Bedarf, da sie praktisch unsterblich sind. Sie leben nur zehn Jahre lang, und in dieser Zeitspanne erzeugen sie riesige Eier oder Kokons, in denen sie wiedergeboren werden.«

»Was meinst du damit, wiedergeboren?«, fragte der Herzog.

»Soweit ich es verstanden habe, Herr, wenn die jungen Daroth … ausgebrütet werden, dann liegen sie still, wie tot. Der Vater, wenn man so will, geht zu dem Kind, und dann findet eine Vereinigung statt. Der alte Körper verwelkt und stirbt, der junge Körper wächst in wenigen Augenblicken zum Erwachsenen heran. Übrig bleibt nur noch die leere Eihülle und die welke Hülle des ehemaligen Daroth. Dieser Zyklus findet zweimal in jeder Lebensspanne der Daroth statt: einmal für den Vater, einmal für die Mutter. Und dann geht es so weiter… und weiter.«

»Das haben sie dir alles erzählt?«, warf Karis ein.

»Nein. Sie haben mir alles Wissen ausgesaugt, aber dabei konnte ich ihre Gedanken lesen. Ich habe es gesehen, wenn du so willst.«

»Eine Sache verstehe ich nicht«, sagte Pooris plötzlich. »Wenn die Daroth sich nur paaren, um Vater und Mutter zu ersetzen, wie wächst dann ihre Bevölkerung?«

»Es gibt eine besondere Zeit, alle fünfzig Jahre«, erklärte Barin. »Ich kann ihren Namen dafür nicht übersetzen, aber ich würde es die Zeit der Wanderung nennen. Zu dieser Zeit werden die Daroth überfruchtbar, wenn man so will, und die Eier können zwei oder manchmal sogar drei Babys enthalten. Das geschah – nach ihrer Zeitrechnung – vor vier Jahren, es führte zum Bau der Stadt, die ihr Daroth eins nennt. Deshalb ist das Land rings um die Stadt so fruchtbar. Man hat ihm noch nicht das Herz aus dem Leibe gerissen.«

Vint zog einen Stuhl für Barin heran. »Setz dich, Mann. Du siehst erschöpft aus.«

Barin gehorchte. »Ja, Herr, ich bin unglaublich müde.«

»Du sagst, sie haben keine Vorstellung vom Bösen. Was hast du damit gemeint?«, wollte Albreck wissen.

Barin versuchte, seine Gedanken zu sammeln. »Das kann ich nur als Bauer beantworten, Herr. Wenn eine Schmeißfliege ein Schaf angreift, wird es elendiglich zugrunde gehen, denn sie legt ihre Eier in dem lebenden Tier ab. Aber die Schmeißfliege ist nicht böse, sie will sich nur fortpflanzen. Die Daroth sind so ähnlich, mit der Ausnahme, dass sie um das Unheil wissen, das sie anderen Spezies zufügen. Aber es ist ihnen egal. Sie lieben das Land nicht. Sie leben nur, um wieder zu leben. Ohne Musik, ohne Kultur. Sie sind Parasiten, ihre Städte hässlich und auf Zeit gebaut. Wenn sie dem Land alle Nahrung abgerungen haben, bauen sie einfach auf neuem Land eine neue Stadt. Sie erschaffen Wüsten.«

»Was ist mit Freundschaft, Kameradschaft?«, fragte Karis. »Haben sie Legenden über Helden?«

»Keine Legenden, Herrin, denn sie leben seit Ewigkeiten. Sie lieben den Kampf. Fehlt ein äußerer Feind, kämpfen sie untereinander. Aber wenn einer getötet wird, bringt man seinen Körper zu dem Ei und lässt ihn dort, bis der neue Körper geboren wird.« Barin redete über eine Stunde lang, erzählte von den Oltor und ihrer restlosen Vernichtung. »Sie jagten die Letzten durch einen riesigen Wald. Ich sah, wie die Daroth sie abschlachteten. Die Oltor waren ein friedfertiges Volk, groß und schlank, mit goldener Haut. Sie hatten keine Waffen. Und sie wurden alle ausgelöscht.«

»Wir sind keine Oltor und wir haben Waffen«, sagte Karis.

»Wir werden sie nicht aufhalten, Herrin«, sagte Barin traurig. »In ferner Vergangenheit, als sie gegeneinander Krieg führten, entwarfen sie Maschinen von großer Zerstörungskraft. Riesige Katapulte, die die Mauern einer Burg zum Einstürzen bringen, Rammböcke, mit denen man jedes Tor öffnen kann. Mit einem Hieb können sie einen Mann entzweihauen. Sie sind so tödlich, dass wir es uns gar nicht vorstellen können.«

»Und doch haben wir sie getötet, als sie hinter uns her waren«, erinnerte Karis ihn.

»Ihr werdet Corduin nicht halten, Herrin.«

»Dann wollen wir über ihre Schwächen reden«, sagte der Herzog streng. »Was fürchten sie?«

»Tiefes Wasser, Herr. Sie sind zu schwer zum Schwimmen, und sie verabscheuen Boote. Auch, vielleicht wegen ihres hohen Gewichtes, kommen sie in großen Höhen nicht gut zurecht, wo die Luft dünn ist. Und schließlich Kälte. Sie brauchen Wärme, im Winter werden sie lethargisch und langsam.«

Der Abend verging, bis Herzog Albreck endlich aufstand und zu Barin ging. »Du hast deine Sache gut gemacht, Bauer«, sagte er und warf ihm einen Beutel mit Goldmünzen zu, den Barin auffing. »Du kannst gern im Palast bleiben, bis du ein neues Heim gefunden hast.«

»Ich danke dir, Herr«, antwortete Barin und erhob sich. »Aber mit deiner Erlaubnis, werde ich meinen Sohn nach Loretheli bringen und mit ihm zu den Inseln reisen.«

»Wie du willst. Obwohl ich es so verstanden habe, dass wir bis zum Frühjahr hier sicher sind.«

»Nein, Herr. Eine Daroth-Armee von über fünftausend Mann wurde zwei Tage vor der Ankunft der Herrin Karis ausgeschickt. Ich weiß nicht, was ihr Ziel ist.«

»Wenn es Corduin gewesen wäre, würden wir es jetzt wissen«, erklärte Karis.

Albreck ging zur gegenüberliegenden Wand und betrachtete die alte Landkarte, die dort hing. »Es kann nur ein Ziel sein«, sagte er und tippte mit seinem Zeigefinger auf die Karte. »Herzog Sirano wird, wie ich fürchte, bald die Früchte seines Ehrgeizes ernten können.« Er entließ die anderen, bat Karis jedoch zu bleiben. Dass ihre Menschenführung hervorragend war, wusste er bereits, dass sie eine Hure war, bedeutete ihm nichts. Männer, die hunderte Geliebte hatten, wurden bewundert. Albreck sah keinen Grund, warum die Situation bei einer Frau anders sein sollte. Was ihm Sorgen machte, war etwas sehr viel Ernsteres.

Sie trug noch immer ihre staubigen Reisekleider und er bat sie, ihm gegenüber Platz zu nehmen. Sie war eine auffallende Frau, dachte er, so mager, dass sie hätte maskulin wirken müssen, aber tatsächlich umso weiblicher wirkte. »Ich werde meinen Schneider zu dir schicken«, sagte er.

Karis lachte. »Ich gebe nicht gerade mein bestes Bild ab, Herr«, gab sie zu.

»Ich werde offen zu dir sein. Ich überlege, ob ich dich bitten soll, die Verteidigung von Corduin zu übernehmen. Aber ich mache mir Gedanken.«

»Mir liegen Feldzüge mehr«, sagte sie. »Aber ich habe auch Erfahrung mit Belagerungen.«

»Das ist es nicht, was mir Sorgen macht, Karis. Ich zweifle nicht an deinen Fähigkeiten, ich zweifle an deinem Temperament.«

»Du redest sehr offen, Herzog. Wie kann mein Temperament dich kränken?«

»Es kränkt mich nicht. Ich bin nicht so leicht gekränkt.

Ich hatte einen älteren Bruder – wusstest du das?« Karis schütelte den Kopf. »Er war ein guter Mann, aber er liebte die Gefahr. Als wir Kinder waren, kletterte er auf das Dach des Palastes und lief dann über die Brüstung. Mein Vater war wütend und fragte ihn, warum er das getan hätte. Ob ihm nicht klar gewesen wäre, dass ein einziger Windstoß, ein Fehltritt genügt hätte, um sein Leben zu beenden? Du weißt, was er darauf gesagt hat, nicht wahr?«

»Ja, er sagte, deswegen hätte er es ja getan.«

»Genau. Ein Moment des Wahnsinns, das Frohlocken, das sich einstellt, wenn man dem Tod ins Gesicht spuckt.«

»Hast du das denn niemals erlebt?«, fragte sie überrascht.

»Niemals. Aber mein Bruder hat mir davon erzählt. Zwei Monate, bevor mein Vater starb, reiste mein Bruder mit ein paar Freunden ins Gebirge, zu einem Berg, der noch nie bezwungen worden war. Mein Bruder erkletterte ihn, auf dem Rückweg kam er in einer Geröllawine ums Leben. Es bestand keinerlei Notwendigkeit, auf diesen Berg zu steigen, es hat nichts eingebracht. Und er starb.«

»Und du glaubst, ich bin wie dein Bruder?«

»Ich weiß es, Karis. Du lebst dein seltsames Leben am Rande des Abgrundes. Vielleicht bist du ein wenig in den Tod verliebt. Aber meine Stadt ist in Gefahr. Sie zu verteidigen erfordert Einsatz, Beständigkeit und Fähigkeit.«

Karis schwieg einen Augenblick und dachte an die Nacht, als sie nackt auf dem abstürzenden Balkon in Morgallis gestanden hatte und dann daran, wie sie den Anführer der Daroth herausgefordert hatte. Sie sah dem Herzog in die umschatteten Augen. »Du kannst dich auf mich verlassen, Herzog. Das, was du von mir denkst, ist wahr. Vielleicht liebe ich den Tod tatsächlich und bin erst dann zufrieden, wenn ich am Rande des Abgrundes stehe.« Sie lachte. »Und wenn all das so ist – wo sollte ich denn dann lieber sein als in Corduin? Der Abgrund kommt – schwarz und beängstigend. Im Frühling wird er vor den Mauern stehen.«

Als Karis aus der Stadt geflohen war, erlebte Giriak zwei Empfindungen. Die erste war Enttäuschung, denn auf seine Art hatte er die Kriegerin geliebt. Mehr als jede andere Frau, die er geliebt hatte, hatte Karis sein Blut in Wallung gebracht und seine Gefühle für sie reichten tief. Das zweite Gefühl jedoch war Freude, denn Sirano hatte ihm das Kommando über ihre Lanzenreiter übertragen. Giriak hatte immer schon gewusst, dass er ein genauso guter Anführer war wie sie. Die meisten ihrer Siege, so glaubte er, hatte sie mit seiner Hilfe errungen. Das machte die gegenwärtige Situation so verdrießlich, denn seit sie weg war, hatte er zwei Überfälle im Süden durchgeführt, die beide katastrophal schief gelaufen waren. Er wusste mit absoluter Gewissheit, dass sie genauso schief gelaufen wären, hätte Karis das Kommando gehabt. Da war er sich sicher, seine Männer jedoch nicht.

Das eine, so kam es Giriak vor, das Karis mehr als alle anderen hatte, war Glück. Das war der einzige Unterschied, so sagte er sich immer wieder, als ob es durch die ständige Wiederholung zur Wahrheit würde. Sein Leben lang hatte er Pech gehabt. In jungen Jahren hatte er sein Talent als Läufer entdeckt und unter den wachsamen Augen seines Vaters, des Dorfschmieds, hart trainiert. Aber ein anderer Junge hatte ihn in den Bezirks-Endläufen geschlagen, nachdem Giriak in ein Kaninchenloch getreten war und sich den Knöchel verrenkt hatte. Obwohl er dunkelhaarig war und gut aussah, hatte er selbst in der Liebe verloren. Gealla war alles gewesen, was er sich gewünscht hatte, er hatte um sie geworben und ihr Herz gewonnen. Doch einer seiner so genannten Freunde hatte ihr von seiner heimlichen Beziehung mit einem anderen Mädchen aus dem Dorf erzählt, und sie hatte ihn abgewiesen und einen anderen geheiratet. Selbst als Soldat war Giriak ständig übersehen worden – nur nicht von Karis. Sie hatte ihn zu ihrem zweiten Befehlshaber befördert und hier hatte er sich ausgezeichnet, trotz ihrer gelegentlichen Einmischung in seine Entscheidungen.

Giriak glitt aus dem Sattel und band den Wallach an. Dann stieg er die Stufen zum Wehrgang der Nordmauer empor, wo der Veteran Necklen die Reparaturarbeiten überwachte. Graf Sirano – den Göttern sei Dank – hatte aufgehört, seine Magie gegen die Eldarin-Perle einzusetzen, und die leichten Erdbeben erschütterten die Stadt nicht mehr. Nicht, dass es viel ausmachte, dachte Giriak. Morgallis war ohnehin weitgehend ausgestorben. Von den 85.000 Menschen, die die Stadt vor vier Monaten noch bewohnten, waren nur noch 5.000 geblieben. Die anderen waren in den Süden nach Prentius geflohen, wo sie, Gerüchten zufolge, außerhalb der Stadt in einem riesigen Zeltlager lebten.

Überall in Morgallis waren Tavernen und Läden geschlossen und verrammelt.

»Fast geschafft, Hauptmann«, sagte Necklen und wischte sich den Schweiß aus dem hageren Gesicht. »Die Lücke ist aufgefüllt, aber die ganze Mauer ist von Rissen durchzogen.«

»Wer sollte wohl die Stadt angreifen?«, seufzte Giriak

mit einem Blick auf die Arbeiter, die Kies und Mörtel zur Mauer schafften. »Aber Sirano will sie trotzdem repariert haben.«

»Wir sollten weiterziehen«, meinte Necklen leise. »Das hier ist die reinste Geisterstadt. Die Männer werden nervös. Die meisten Huren sind weg, und das nimmt einer Stadt jeden Spaß.«

»Wir werden immer noch bezahlt«, sagte Giriak mit Nachdruck.

»Stimmt, aber das ist doch scheißegal, wenn es nichts mehr gibt, wofür man sein Geld ausgeben kann. Ein paar der Jungs reden schon vom Desertieren.«

»Wer?«

Necklen grinste schief. »Aber, aber, Hauptmann, du weißt doch, dass ich kein Schwätzer bin. Ich lasse dich nur wissen, womit du rechnen musst. Sie glauben, dass es Karis vielleicht bis Prentius geschafft hat. Sie mochten sie und wollen wieder unter ihr dienen.«

Giriak setzte sich auf den Wehrgang. »Ich bin genauso gut wie sie. Das weißt du doch, oder?«

»Du bist ein guter Mann, Hauptmann. Tapfer, loyal, standhaft.«

»Warum klingt das wie eine Beleidigung?«, fragte Giriak, selbst erstaunt darüber, weshalb er nicht ärgerlich war. Von allen Männern, die unter ihm dienten, war Necklen derjenige, dem er am meisten vertraute. Er war friedlich, loyal und ein fähiger Leutnant.

»Das sollte es nicht«, sagte Necklen. »Karis ist etwas Besonderes, weißt du, sie hat das gewisse Etwas. Sie konnte Ärger riechen, selbst wenn er noch ein winziges Körnchen war. Gebot ihm Einhalt, ehe andere auch nur ahnten, dass es ein Problem gab. Deswegen sah bei ihr auch alles so glatt aus. Du und sie, ihr wart ein wunderbares Gespann. Aber sei ehrlich, Hauptmann, ohne sie ist es nicht mehr so wunderbar.«

Giriak seufzte. »Wenn das ein anderer als du gesagt hätte, hätte ich ihn umgebracht.«

»Die Wahrheit schmeckt immer bitter«, stellte Necklen fest. »Ich war dabei, als sie zum ersten Mal ein Kommando erhielt. Eine Gruppe von uns sollte als Verstärkung in eine Garnisons-Stadt ziehen. Kurz nachdem wir ankamen, wurde sie belagert. Damals hatte Beckel das Kommando. Er war in Ordnung, aber er hatte einen großen Fehler: Er war zu intelligent.«

»Wie kann das ein Problem sein?«, fragte Giriak.

»Oh, das kann tödlich sein, Hauptmann, glaube mir. Ein Mann muss seine Grenzen kennen und das erfordert eine gewisse Demut. Beckel konnte Zahlen im Kopf multiplizieren, aus dem Gedächtnis alte Schriften zitieren und kannte jede Strategie, die jemals angewandt wurde. Aber er konnte sie nicht aus dem Zusammenhang nehmen. Keine Vorstellungskraft, verstehst du. Und das ist es, was Schlachten und Kriege gewinnt. Vorstellungskraft.«

»Und wo kommt Karis da ins Bild?«

Necklen kicherte. »Sie war seine Hure. Als die Belagerung begann, kam sie eines Tages mit ihm auf den Wehrgang. Der Feind fällte Bäume. Beckel erklärte ihr, dass sie Belagerungstürme bauen würden. ›Dafür ist der Boden zu uneben‹, sagte sie und sie hatte Recht. Keine Macht auf Erden hätte Türme über diese Landschaft bewegen können. ›Katapulte‹, sagte sie. Dann beschattete sie die Augen und musterte prüfend die Mauern und das umliegende Gelände. Sie deutete auf die Stelle, wo ihrer Meinung nach die Katapulte aufgestellt würden und den Abschnitt der Mauer, der ihr Ziel sein würde. Zuerst hat es uns amüsiert, aber auch ein wenig verärgert. Für wen hielt sie sich eigentlich? Weißt du, was ich meine, Hauptmann?«

»Ja, das weiß ich«, antwortete Giriak.

»Nun und dann fragte sie, warum wir nicht genügend Wasser einlagern. ›Weil hier ein Bach durch die Garnison fließt‹, sage ich, ›der noch nie ausgetrocknet ist.‹ Sie sah mich nur einen Augenblick lang an. Erinnerst du dich an ihren Blick? Ganz ruhig, als ob sie dich studieren würde. Dann sagt sie: ›Er wird schon schnell genug austrocknen, wenn der Feind ihn hinter diesen Hügeln eindämmt.‹ Zwei Tage später geschah genau das. Und sie stellten das Katapult auch genau da auf, wo sie gesagt hatte. Beckel hat sie danach oft um Rat gefragt, und als er getötet wurde, übertrugen wir einfach ihr die Führung.«

»Warum erzählst du mir all das, alter Freund?«

»Ich denke, vielleicht sollten wir alle nach Prentius gehen und sie suchen. Du wärst glücklicher, du liebst die Frau.«

Giriak erhob sich. »Sag den Jungs, dass sie nicht in Prentius ist. Sie wird einen Bogen nach Corduin geschlagen haben. Sie wusste, dass Sirano ihren Tod wollte.«

»Wenn du das wusstest, warum hast du die Reiter dann nach Süden geschickt?«

Giriak zuckte die Achseln. »Liebe oder Dummheit – das eine oder das andere.«

»Beides, vielleicht«, sagte Necklen mit einem schiefen Grinsen. »Übrigens, die Späher, die du nach Norden geschickt hast, sind nicht zurückgekommen. Sie sind einen Tag überfällig.«

»Wahrscheinlich haben sie ein Dorf voll junger Frauen gefunden«, meinte Giriak.

»Vielleicht. Aber sie ritten unter Führung von Mell und

er ist sehr standhaft, man kann sich immer auf Mell verlassen. Es könnte sein, dass ein paar feindliche Söldner an uns vorbeigeschlüpft sind.«

»Schick einen Reiter aus«, befahl Giriak.

»Hurensohn!«, zischte Necklen. »Ist das der Herzog?« Girak fuhr herum und sah Sirano den Weg zum Aufgang zur Brustwehr entlangkommen. Sein blondes Haar war fettig und hing schlaff herab, er war unrasiert und seine Augen glänzten fiebrig. Er rannte die Stufen hinauf, seine Bewegungen waren hastig und abgehackt. Necklen salutierte, doch der Herzog ignorierte ihn.

»Der Feind kommt«, sagte Sirano. »Sammelt eure Männer.«

»Welcher Feind, Herr?«

»Wir brauchen Bogenschützen, tausende, die die Mauern bemannen.« Sirano stand stocksteif, ohne zu blinzeln, den Blick nach Norden gerichtet. »Und Kessel voll Öl. Die besten Schützen, mit starken Bögen.«

»Wir haben keine tausend Bogenschützen, Herr«, sagte Giriak. »Wer ist der Feind?«

»Das ist die Stelle, hier werden sie angreifen. Sag den Bogenschützen, sie müssen warten, bis der Feind nahe genug herangekommen ist. Sie haben eine sehr dicke Haut und starke Knochen. Schick Karis zu mir. Wir müssen planen.«

Giriak und Necklen tauschten einen Blick. Giriak ging zum Herzog und nahm ihn beim Arm. »Wie lange hast du nicht geschlafen, Herr?«

»Schlafen? Ich habe keine Zeit zu schlafen. Sie kommen, wisst ihr. Ich habe sie zurückgeholt. Aber das war nie meine Absicht, Giriak. Niemals!«

»Setz dich, Herr«, sagte Necklen, nahm den anderen Arm des Herzogs und führte ihn zu einer Bank. Sirano setzte sich, doch dann fuhr er herum und blickte über die Brustwehr. »Sie werden morgen hier sein, bei Tagesanbruch«, sagte er. »Ich habe einen schrecklichen Fehler gemacht. Und ich kann ihn nicht wieder gutmachen. Aber die Bogenschützen können es. Bemannt die Mauern.«

»Das übernehme ich, Herr«, sagte Giriak beruhigend. »Aber erst bringen wir dich zurück zum Palast. Du brauchst Ruhe.«

Er führte den widerstandslosen Herzog wieder nach unten und half ihm in den Sattel seines eigenen Pferdes. Er winkte Necklen zu und führte das Pferd durch die verlassenen Straßen.

Kapitel acht

Sirano lag zitternd auf seinem Bett, sein Körper wurde von schmerzlichen Schluchzern geschüttelt. Er hatte nicht mehr geweint, seit er ein Kind war, aber jetzt war seine ganze Abwehr zusammengefallen wie ein Kartenhaus. Clea, die ihn geliebt hatte, war tot, von ihm geopfert, um die Macht der Perle zu erlangen. Die Eldarin, die der menschlichen Rasse kein Leid zugefügt hatten, waren verschwunden. Und jetzt kam die Krönung seiner Erfolge: die Rückkehr der Daroth. Sirano lag auf dem breiten Bett und drückte die Eldarin-Perle an sich. »Komm zurück zu mir, alter Mann«, flehte er. »Hab Mitleid, komm zurück!«

Erschöpft fiel er in einen tiefen Schlaf voller schlimmer, schmerzlicher Träume. Er sah wieder und wieder, wie seine Mutter getötet wurde, und er sah seinen Vater sterben, die Schlange, die sich in seiner Kehle ringelte. Schlimmer als das jedoch war das Bild des überheblichen, aroganten Mannes, zu dem er geworden war und der die Welt in den Krieg stürzte. Und wozu? Um zu beweisen, dass sein Vater Unrecht hatte? Um zu zeigen, dass er, Sirano, eine mächtige Gestalt in der Geschichte der Menschheit war?

Er erwachte und fand sich nicht auf seinem Bett wieder, sondern auf einer grünen Wiese, umgeben vom Duft der Frühlingsblumen. Der Wahn, den Erschöpfung und Schlafmangel mit sich gebracht hatten, war abgeklungen, und er war wieder er selbst. Neben ihm saß der Eldarin-Älteste mit dem silbernen Pelz. Das Wesen hatte riesige, dunkle Augen, die Kummer ausstrahlten.

»Warum bin ich hier?«, fragte Sirano.

»Ja, warum wohl?«, fragte der Geist zurück.

»Ich wusste nicht, dass die Daroth kommen würden. Du kannst mir nicht die Schuld dafür geben.«

»Ich weise keine Schuld zu, Mensch. Du wurdest gewarnt, doch du hast beschlossen, die Warnung zu ignorieren. Wem würdest du die Schuld geben? Du hast die Geschichte studiert. Du weißt, dass die Eldarin nicht lügen.«

»Aber ich wusste es nicht! Wenn du mir von den Daroth erzählt hättest, hätte ich davon abgelassen.«

»Wirklich?«

Sirano schwieg. »Wo seid ihr hingegangen?«, fragte er schließlich.

»Was glaubst du wohl? Die Eldarin existieren in der Perle, erstarrt und warten auf den Tag des Erwachens. Genauso, wie wir es mit den Daroth machten. Du hast die Ketten gelöst, die die Daroth banden. Doch nur ein lebendes Wesen kann die Eldarin befreien.«

»Dann sag mir, was ich tun soll, ich bitte dich! Gib mir einen Rat!«

Der Eldarin schüttelte den Kopf. »Die Situation ist nicht durch meinen Rat zu lösen, Sirano. Morgen wird Morgallis zerstört werden. Nichts, was du tust, könnte es retten oder die tausende, die noch immer dort leben. Tod und Zerstörung kommen über euch, und ich bedaure dich und alle, die dir dienen. Und jetzt geh. Und komm nicht wieder.« Der Eldarin machte eine entlassende Geste. Sirano spürte einen Ruck, wie nach einem Sturz und erwachte wieder in seinem eigenen Bett. Es war dunkel, und ihm war kalt. Er kroch zitternd unter die Laken.

Dort blieb er eine halbe Stunde liegen, doch als der Himmel hell wurde, schob er die Decken weg und ging zu seinem Studierzimmer. Aus einem großen Glasbehälter auf dem Regal über dem Fenster nahm er ein Dutzend kleiner Glaskugeln, die er in einen Leinenbeutel legte. Er schlang ihn sich über die Schulter und ging die Treppe hinunter zu dem riesigen Keller, der unter dem Großen Saal lag. Dort lagen hunderte von Fässern, einige mit Lampenöl, andere mit Branntwein oder starkem Wein. Nacheinander legte er zehn der Glaskugeln auf die Fässer mit Lampenöl. Zum Schluss öffnete er die Hähne. Es gab keinen Abfluss hier, die Flüssigkeit konnte nirgendwohin, außer sich auf dem Boden zu sammeln.

Nachdem er wieder nach oben und hinaus in die Nacht gegangen war, lief Sirano durch die verlassenen Straßen zur Nordmauer.

Giriak war dort, mit etwa vierzig Bogenschützen und rund zweihundert Soldaten. Sirano lief die Stufen hinauf. »Sind sie da?«, fragte er.

»Sie werden bald hier sein«, antwortete Giriak. »Unserem Späher zufolge sind es tausende. Sie sind nicht menschlich, Sirano.«

Der Herzog ignorierte den Mangel an Förmlichkeit. »Wir können hier nicht aushalten«, erklärte Sirano Giriak. »Die Stadt ist am Ende. Zieh deine Männer von den Mauern ab. Weckt so viele Bürger wie möglich und versucht, Prentius zu erreichen. Jetzt!«

»Was wirst du tun?«, fragte Giriak.

»Ich bleibe und versuche mit ihnen zu reden. Vielleicht können wir eine Vereinbarung treffen.«

»Du hast mich und meine Männer angeheuert. Wenn du willst, damit wir bleiben und kämpfen, werden wir das tun.«

Sirano lächelte und schlug dem Krieger auf die Schulter. »Du bist ein guter Mann, Giriak. Ihr alle seid gute Männer. Geht jetzt und bleibt am Leben!«

Nur für einen Augenblick blieb Giriak stehen, dann drehte er sich um. »Ihr habt Herzog Sirano gehört. Gehen wir!« Dankbar verließen die Krieger die Mauern und ließen Sirano allein.

Der Himmel wurde immer heller, die Sterne verblassten im Grau. Die Morgensonne kroch über die Berge im Osten und tauchte die Stadt in goldenes Licht. Sirano setzte sich auf die Brüstung und blickte über Morgallis. Manche Häuser waren schon uralt, vor Jahrhunderten mit Liebe und Sorgfalt errichtet. Das war seine Stadt. Und er hatte sie zerstört …

Er hoffte, dass Giriak die meisten der Stadtbewohner retten würde, wusste aber, dass das unwahrscheinlich war. Diese letzten paar tausend hatten Erdbeben und Krieg erduldet, sie würden ihre Heime nicht verlassen. Die Glücklicheren würden unter den Schwertern der Daroth fallen. Die Jungen, Zartknochigen erwartete ein anderes Schicksal.

Sirano war allein. Kein Mensch war zu sehen. Plötzlich erkannte er, dass er schon immer allein gewesen war. Dieser Augenblick vor dem Sturm war ein Sinnbild seines Lebens. Das Kind, das von dem Mann, den es für seinen Vater hielt, ignoriert wurde, war zu einem halben Mann herangewachsen. Unvollständig. Unfertig.

Und voller Selbstmitleid, wie er erkannte …

Die Sonne stieg höher, das Land erwachte. Sirano sah zu dem Waldrand hinüber und wartete auf die Daroth. Als

Kind war er in diesen Wäldern auf Falkenjagd gegangen, nach Kaninchen und Tauben. Er war in den Bächen geschwommen und auf die hohen Bäume geklettert. Und auf einer Lichtung inmitten des Waldes hatte er den mächtigen Helden gespielt – gegen imaginäre Feinde gekämpft, sein Volk verteidigt.

Jetzt war aus dem Spiel Ernst geworden und er – anders als seine Kinderspiele – zum Scheitern verurteilt.

Der erste der Reiter der Daroth erschien aus dem Wald. Sie kamen in einer fünfzig Mann breiten Reihe und ritten langsam auf die Stadttore zu. Sirano kletterte auf die Brüstung und blickte auf die Reiter hinunter. Wesen aus einem Albtraum, gewaltig und unwirklich, rückten schweigend vorwärts. Aus dem Wald kamen tausende von Fußsoldaten. Man hörte keine Schlachtrufe, sondern nur das langsame Trommeln ihrer Stiefel, die in perfektem Gleichklang auf den Boden trafen.

»Was wollt ihr hier?«, rief Sirano, als sich die ersten Reiter der Mauer näherten.

Die Daroth antworteten nicht. Vierzig Fußsoldaten schleppten einen Rammbock mit Bronzekopf heran und richteten ihn gegen das Tor. Sie nahmen Anlauf, dann donnerten sie voran. Sirano hörte das Splittern von Holz und spürte, wie der Wehrgang unter dem Anprall erzitterte. Er nahm eine seiner zwei übrig gebliebenen Glaskugeln und schleuderte sie hinunter. Sie zerbarst auf dem Rammbock. Feuer explodierte und verschlang die Daroth. Ihre Rüstung wurde glühend rot, sie taumelten zurück und schlugen auf die Flammen ein, die aus ihren Kleidern schlugen. Einige fielen, und keiner ihrer Kameraden eilte herbei, um ihnen zu helfen. Die getroffenen Daroth flackerten wie Fackeln und starben, wo sie fielen.

Vierzig weitere Daroth gingen schweigend zu dem rauchenden Rammbock. Viermal nahmen sie Anlauf – dann gab das Tor nach. Sirano rannte die Stufen hinunter, als die Daroth hereinschwärmten, dann sprintete er über die Straße zum Palast. Daroth galoppierten ihm nach.

Er atmete schwer, als er die lange, baumbestandene Straße erreichte, die zum Palastgebäude führte, und er konnte das Klappern der Hufe hinter sich hören. Er fuhr herum und warf die letzte seiner Kugeln. Sie traf einen Reiter an der Brust. Flammen hüllten ihn ein. Das große Pferd stieg und warf den Daroth aus dem Sattel.

Sirano hastete weiter, die zwölf Stufen zum Haupteingang hinauf und weiter in den Großen Saal. Am anderen Ende, unter einem großen Bleiglasfenster, stand der herzogliche Thron, geschnitzt aus Mahagoni und mit Elfenbein und Silber eingelegt. Darauf lag die Eldarin-Perle.

Sirano rannte zum Thron, nahm die Perle in die Hand und setzte sich. Er holte tief Luft und stieß ein einziges Wort der Macht aus. Unter dem Saal zerbrach eine der Glaskugeln und entzündete das Öl. Die Flammen breiteten sich rasch auf dem Kellerboden aus und leckten an den hölzernen Fässern.

Daroth-Krieger schwärmten in den Saal. »Willkommen in Morgallis«, sagte Sirano mit breitem Lächeln. »Wer ist euer Anführer?«

Die Daroth näherten sich und bildeten einen weiten Halbkreis um ihn. Er starrte ihre knochenweißen Züge und ihre dunklen, seelenlosen Augen an. »Angst zu reden?«, fragte er.

Eine riesige Gestalt trat aus den Reihen. »Ich bin der General«, sagte sie. »Und heute Abend werde ich dein Herz essen.«

»Das glaube ich nicht, du hässlicher Hurensohn! Aber niemand soll behaupten, Sirano würde seinen Gästen kein warmes Willkommen bereiten.« Sirano erhob sich und rief ein weiteres Wort. Alle übrigen Kugeln entflammten, eine Hitze wie aus einem Vulkan stieg auf. Unter den Füßen der Daroth verschoben sich die großen Steinplatten. Eine Mauer aus Flammen schoss heraus. Dann kam eine zweite Explosion, die die Mauern zerbersten und das Dach einstürzen ließ.

Sirano, dessen Kleider brannten, wurde hoch nach hinten geschleudert, flog durch das Bleiglasfenster und krachte in die oberen Zweige einer Weide, die in dem herzoglichen Garten stand. Er fiel durch die Zweige in einen tiefen Teich.

Sein Körper war ein Meer aus Schmerz, aber er schleppte sich aus dem Wasser, die Eldarin-Perle noch immer umklammernd und torkelte auf die Straße hinaus.

Hinter ihm loderte ein Turm aus Flammen dreißig Meter hoch, durch das eingestürzte Dach des Palastes.

Die Armee der Daroth wandte sich nach Süden, überfiel Dörfer und Städte, bis sie die Ausläufer von Prentius erreichte. Dort traf sie zum ersten Mal auf eine menschliche Armee aus zweitausend Pferden, fünfhundert Bogenschützen und dreitausend Fußsoldaten. Die Menschen wurden niedergemacht, die Armee zerschlagen. Das Massaker in der Stadt war entsetzlich anzusehen, und die wenigen Überlebenden, die es nach Loretheli an der Küste schafften, erzählten grauenhafte Geschichten von dem Gemetzel und dem schauerlichen Festmahl, das darauf folgte.

In weniger als einem Monat waren zwei der großen Städte der Vier Herzogtümer unter einem unmenschlichen Feind gefallen. Der Herzog der Marschen war auf dem Schlachtfeld vor Prentius getötet worden. Vom Herzog von Romark war nichts bekannt.

Die Schneefälle setzten früh ein, und die Daroth zogen sich zurück. Doch niemand zweifelte daran, dass der Frühling neues Entsetzen bringen würde.

Kapitel neun

Brune hatte hohes Fieber und war schweißgebadet. Der ältliche Arzt beugte sich über ihn und untersuchte sorgfältig den gelblich-goldenen Ton seiner Haut. »Es ist nicht die Pest«, erklärte er Tarantio. »Aber mir gefällt seine Farbe nicht, sie lässt darauf schließen, dass sein Blut schlecht ist. Ich habe ihn jedenfalls zur Ader gelassen und viel mehr kann ich nicht tun.«

»Wird er am Leben bleiben?«

Der Arzt zuckte mit den dünnen Schultern. »Wenn ich ehrlich bin, junger Mann, da ich nicht weiß, was ihm fehlt, kann ich das nicht sagen. Ich habe schon ein paar Mal Patienten mit so gelber Haut gesehen. Manchmal ist es ein Anzeichen dafür, dass die Nieren versagen, manchmal für Gelbsucht oder Gelbfieber. In diesem Fall weiß ich es nicht. Du sagst, die Augenfarbe wurde von dem Zauberer Ardlin hervorgerufen. Ich an deiner Stelle würde den Zauberer aufsuchen und herausfinden, was er getan hat.«

»Er hat Corduin verlassen«, sagte Tarantio.

»Von mir aus. Ich habe keine Zeit für Zauberer, ein trickreiches Pack, wenn du verstehst, was ich meine. Bei Blutegeln weiß man wenigstens, woran man ist. Sie saugen die Krankheit aus. Nichts Magisches daran.«

Tarantio begleitete den Mann zur Tür, bezahlte ihn und

kehrte an Brunes Bett zurück. *»Du hättest ihn seine Egel fressen lassen sollen«*, sagte Dace. *»Der Mann war ein Idiot.«*

»Es war schon etwas an dem, was er gesagt hat. Ich glaube, diese Krankheit geht auf den Zauberer zurück. Du hast Brunes Augen gesehen. Jetzt sind beide goldfarben. Es gab gar keine magische Kugel, es ist irgendein Zauberbann. Und er breitet sich in seinem ganzen Körper aus.«

»Ja«, sagte Dace fröhlich, *»das tut er – wir hätten Ardlin auch umbringen sollen.«*

»Ist das deine Antwort auf alles und jedes, Bruder? Es zu töten?«

»Jedem das seine«, sagte Dace. Brune stöhnte, dann sagte er etwas in einer Sprache, die Tarantio noch nie gehört hatte. Sie war sanft, fröhlich und klangvoll. Tarantio setzte sich ans Bett und legte eine Hand auf Brunes fieberheiße Stirn. Er brannte regelrecht. Er holte eine Schale mit warmem Wasser, schlug die Laken zurück und wusch Brunes nackten Körper ab, sodass die Verdunstung seine Haut kühlen konnte. *»Er verliert viel Gewicht«*, stellte Dace fest. *»Vielleicht solltest du ihm eine Brühe kochen oder so etwas.«*

Brune schlug die goldenen Augen auf. »Oh, es tut so weh«, sagte er.

»Bleib still liegen, mein Freund. Schlaf, wenn du kannst.«

»Mir ist kalt.«

Tarantio fühlte wieder seine Stirn, dann deckte er ihn zu und ging hinaus zur Küche. Die junge Frau, die er als Köchin angestellt hatte, war geflohen, als Brunes Fieber begann. Es war nichts Essbares im Haus. Tarantio ging ins Schlafzimmer zurück und fachte das Feuer an. Dann warf er sich seinen Umhang um die Schultern und ging hinaus in den Schnee. Es war ein langer Weg zur *Klugen Eule,* und er war durchgefroren, als er ankam. Neue Schneefälle hatten eingesetzt, und seine Schultern und Haare waren weiß.

Er klopfte an die Tür und Shira öffnete. Er trat ein und klopfte sich den Schnee von den Schultern. »Entschuldige die Störung«, sagte er, »aber ich habe einen kranken Freund und wir haben nichts zu essen im Haus. Könntest du mir etwas zubereiten, das ich mitnehmen kann?«

»Aber natürlich«, sagte sie fröhlich. Als sie sich umdrehte, sah er, dass sie schwanger war.

»Meinen herzlichen Glückwünsch«, sagte er.

Sie wurde rot. »Wir freuen uns sehr, Duvo und ich.«

»Duvo?«

»Der Sänger. Erinnerst du dich an ihn?«

»Oh ja. Ich wünsche euch beiden viel Glück.«

»Setz dich ans Feuer, ich hole dir ein wenig Gewürzwein für die Wartezeit.« Sie hinkte zur Küchentür. Tarantio nahm seinen Umhang ab und hockte sich ans Feuer. Er schauderte, als die Wärme ihn berührte. Während er in die tanzenden Flammen starrte, begann er sich zu entspannen und hörte nicht die leisen Schritte hinter sich. Doch Dace hörte sie und übernahm die Kontrolle – sprang auf, drehte sich, das Schwert flog in seine Hand.

Ein schlanker, blonder Mann mit grünen Augen stand hinter ihm. »Ich bin Duvodas«, sagte er.

»Du kannst von Glück reden, dass du kein toter Duvodas bist«, sagte Dace. »Was denkst du dir dabei, dich so anzuschleichen?«

»Ich habe mich nicht angeschlichen, Tarantio. Du warst in Gedanken versunken. Shira sagte mir, dass ein

Freund von dir krank sei, und ich dachte, ich könnte vielleicht helfen.«

Dace wollte schon zu einer bissigen Antwort ansetzen, als Tarantio ihn zurückzog. »Verstehst du etwas von Medizin?«, fragte er. Duvodas schwieg einen Moment, doch seine Augen verengten sich. Tarantio fragte sich, ob er wohl irgendwie den Austausch gesehen hatte.

»Ich verstehe etwas von Kräutern und Tränken«, sagte Duvodas.

»Dann bist du in meinem Haus höchst willkommen. Brune ist mir ans Herz gewachsen. Er ist zwar nicht der hellste, aber er ist aufrichtig und redet nicht zu viel. Und verzeih mir meine Grobheit von vorhin. Ich habe zu lange inmitten von Krieg und Kampf gelebt. Leute, die lautlos hinter mir auftauchen, wollen mir normalerweise an den Kragen.«

»Schon gut, mein Freund.«

Shira kam mit einem leinenen Schulterbeutel zurück, der mit Lebensmitteln voll gestopft war. »Das sollte euch für mindestens einen Tag über Wasser halten. Komm morgen wieder, dann habe ich einen Picknickkorb für dich bereit.« Tarantio wollte bezahlen, doch Shira lehnte ab. »Wir schulden dir noch eine Mahlzeit für den Tag, an dem du gegangen bist. Für das morgige Essen kannst du bezahlen.«

Tarantio verbeugte sich, dann nahm er die Tasche und schlang sie sich über die Schulter. Er zog seinen Umhang um sich und ging zur Tür. Duvodas begleitete ihn hinaus in den Schnee. Tarantio sah den Mann prüfend an, denn er trug nur ein dünnes grünes Baumwollhemd, leichte Beinkleider und Stiefel. »Du wirst erfrieren«, sagte Tarantio.

»Ich mag die Kälte«, erwiderte Duvodas, und die beiden wanderten hinaus auf die schneebedeckte Straße. Ein eisiger Wind blies ihnen entgegen und wirbelte den Schnee auf. Tarantio warf einen Blick auf Duvodas. Er wunderte sich darüber, dass dieser offensichtlich die Kälte kaum wahrnahm. Zwanzig Minuten später stieß Tarantio seine Haustür auf und trat ein. Das Feuer im Wohnzimmer war heruntergebrannt; er legte Holz nach.

»Du bist ein seltsamer Mann«, sagte er. »Bist du in einem kalten Klima aufgewachsen?«

»Nein. Wo ist dein Freund?«

»Im ersten der hinteren Schlafzimmer.«

Die beiden Männer gingen durch das Haus und fanden Brune, der im Schlaf murmelte. »Erkennst du die Sprache, die er spricht?«, fragte Tarantio, als Duvodas sich ans Bett setzte. Brune begann plötzlich zu singen, und der Raum war erfüllt von Rosenduft. Dann stöhnte er und verstummte.

»Wo kam dieser Duft her?«, fragte Tarantio. »Rosen blühen doch nicht im Schnee.«

»Welche Magie wurde an diesem Mann ausgeführt?«, fragte Duvodas. Tarantio berichtete von dem verletzten Auge und dem Besuch bei Ardlin.

»Ich habe nicht gesehen, was er getan hat. Brunes Sehvermögen ist jetzt phänomenal.«

»Er stirbt nicht«, sagte Duvodas. »Er verändert sich.«

»In was?«

»Ich kann es nicht mit Gewissheit sagen. Aber die Magie in ihm ist mächtig und wächst noch.« Brunes goldene Augen öffneten sich, und er starrte Duvodas an. Der Sänger nahm seine Hand und sprach ihn auf Eldarin an. Brune lächelte und nickte, dann fiel er wieder in Schlaf.

»Was hast du zu ihm gesagt?«

»Ich habe ihm für sein Lied und den Rosenduft gedankt.«

»Kannst du etwas tun, um ihm zu helfen?«

»Nein. Er braucht keine Hilfe von mir. Wir wollen ihn schlafen lassen.« Duvodas ging ins Wohnzimmer zurück und setzte sich vors Feuer. Tarantio bot ihm Wein an, doch Duvodas lehnte ab und bat stattdessen um Wasser. Tarantio brachte ihm einen Becher, dann nahm er ihm gegenüber Platz.

»Du bist der Mann, der den Daroth getötet hat«, sagte der Sänger. »Ich habe von dir gehört. Die ganze Stadt hat von dir gehört. Du lässt den Feind sterblich aussehen.«

»Sie sind sterblich.«

»Sie haben einst eine ganze Rasse vernichtet«, sagte Duvodas. »Ausgelöscht. Jetzt sind sie nur noch Geschichte. Ich war einmal in einem Tempel, in dem ihre Gebeine aufbewahrt werden. Sie nannten sich Oltor und waren Sänger, Musiker, Dichter. Sie glaubten, das Universum sei ein Großes Lied und alles Leben darin nur ein Echo der Melodie. Ihre Musik war magisch und ihre Magie war Musik. Ihre Städte sollen Gärten von großer Schönheit gewesen sein, eins mit dem Land, harmonisch und voller Freude. Die Daroth zerstörten diese Städte vollkommen, zerschlugen die Statuen zu Staub, verbrannten die Gemälde, zerrissen die Lieder. Sie sind Verschlinger, diese Daroth. Sie leben, um zu zerstören.«

»Ich kenne mich in Geschichte nicht besonders aus«, sagte Tarantio, »aber ich kann kämpfen. Der Herzog hat neue Waffen in Auftrag gegeben, starke Armbrüste, deren Bolzen fünfzehn Zentimeter dickes Holz durchschlagen können. Wir werden viele Daroth töten.«

»Leider stimmt das wahrscheinlich. Es werden viele getötet werden«, sagte Duvodas, »aber ich werde nicht darauf warten, es mit anzusehen. Shira und ich reisen ab, sobald der Schnee schmilzt. Ich bringe sie zu den Inseln, weit weg vom Krieg.«

»Eines Tages kommen die Daroth vielleicht auch da hin«, meinte Tarantio. »Was machst du dann?«

»Dann werde ich sterben«, antwortete Duvodas. »Ich bin kein Kämpfer. Ich bin Sänger.«

»Wie die Oltor? Eine Rasse, die nicht kämpfen will, verdient es nicht zu leben. Es ist gegen die Natur.«

Duvodas stand auf. »Mich wurde gelehrt, dass das Böse immer die Saat seines eigenen Untergangs in sich trägt. Man kann nur hoffen, dass das stimmt. Wenn dein Freund aufwacht, gib ihm kein Fleisch zu essen und keinen Wein. Gib ihm Brot, heißen Haferbrei oder Trockenfrüchte. Und viel Wasser.«

»Fleisch gibt Kraft«, sagte Tarantio.

»Es wird ihn speien lassen«, widersprach Duvodas.

»Was verschweigst du mir?«, fragte Tarantio.

»Wenn ich mir sicher wäre, würde ich es dir sagen. Ich komme wieder, wenn er wach ist.«

»Noch einmal!«, rief Karis und begann langsam zu zählen. Die fünfzig Armbrustschützen stellten die Spitzen ihrer schwarzen Waffen auf den eisigen Boden und begannen die eisernen Handgriffe auf beiden Seiten des Balkens zu drehen. Als Karis bei zwölf angelangt war, hatten sie das dicke Seil gespannt. Sie legten Bolzen ein, hoben die schweren Waffen, legten sie auf das stützende Dreibein und nahmen ihre Positionen ein. Der letzte Mann war fertig, als Karis bei fünfzehn war. »Schießt!«, rief sie.

Fünfzig schwarze Bolzen schossen durch die Luft und bohrten sich in die Ziele aus massiver Eiche, die dreißig Schritte vor den Schützen aufgestellt worden waren. Karis rannte über das Feld. Die Bolzen hatten alle getroffen, waren jedoch nicht tief eingedrungen.

Vint schlenderte zu ihr hinüber. »Die Treffsicherheit ist gut«, sagte er.

»Die Durchschlagskraft aber nicht«, entgegnete sie. »Auf zwanzig Schritt durchschlagen die Bolzen das Holz. Auf dreißig Schritt kratzen sie es kaum an.«

»Dann warten wir eben, bis die Daroth nur noch zwanzig Schritt entfernt sind.«

»Himmel, Mann! Hast du denn gar keine Vorstellungskraft? Ja, wir werden sie niederstrecken. Und weil das Nachladen fünfzehn Sekunden dauert, sind sie über uns, ehe wir eine zweite Salve loslassen können. Der Herzog glaubt, dass wir bis zum Frühjahr fünfhundert Schützen haben. Wir müssen aber mehr als fünfhundert Daroth töten.«

Vint schüttelte den Kopf. »Das setzt voraus, ihnen auf offenem Gelände gegenüberzustehen. Aber die Mehrheit unserer Schützen schießt doch sicherlich von den Mauern?«

»Die Armbrüste sind zu schwer, um zielsicher von den Wehrgängen abgeschossen zu werden«, sagte Karis müde. »Und abwärts zu schießen verkleinert das Zielgebiet. Zwei Drittel der Bolzen würden fehlgehen. Wir brauchen mehr. Es muss noch andere Schwächen geben, die wir uns zunutze machen können.«

Sie ging zurück zu den wartenden Schützen, gab das Signal, noch einmal zu laden und ohne die Hilfe des Dreibeins zu schießen. Die Hälfte der Bolzen verfehlte ihr Ziel. Sie ließ sie noch eine Stunde lang hart arbeiten, dann entließ sie die Schützen.

Zurück in ihrer Unterkunft studierte sie die Berichte über die Massaker in Morgallis und Prentius. Sirano hatte seinen eigenen Palast zerstört und dabei scharenweise Daroth getötet. Der Herzog der Marschen war weniger erfolgreich gewesen. Zuverlässigen Berichten zufolge waren in der Schlacht nicht mehr als fünfzig Daroth gefallen. Mehrere tausend ausgebildete Männer waren getötet worden, dazu zigtausende von Zivilisten.

Ein Diener brachte ihr eine Mahlzeit aus schwarzem Brot und weichem Käse. Sie aß rasch, dann zog sie ein Schaffellwams über und ging zu den Ställen. Sie sattelte Warain und ritt den Grauen durch das Nordtor und über das weite Gelände vor den Mauern. Hundert Schritte von der Mauer entfernt machte sie Halt, blickte zurück und stellte sich die Linie der Armbrustschützen vor. Dreimal galoppierte sie auf die Mauer zu, unter den verblüfften Blicken der Soldaten auf den Wehrgängen. Dann wandte sie sich von der Stadt ab und ritt in die Hügel.

Die Dämmerung war schon hereingebrochen, als sie zurückkehrte. Sie führte Warain in den Stall, rieb ihn mit frischem Stroh trocken, füllte seinen Futtertrog mit Getreide und legte eine dicke Wolldecke über seinen grauen Rücken.

Als sie in ihre Zimmer zurückkehrte, fand sie dort Vint vor, der auf sie wartete. »Hast du dir den Kopf frei gemacht, Karis?«, fragte er und bot ihr einen Becher Gewürzwein an. Sie leerte ihn in einem Zug.

Im Kamin flackerte ein Feuer. Karis ging hin und zog ihre nassen, kalten Kleider aus. Vint kam zu ihr und begann, ihr Schultern und Hals zu massieren. »Du bist ganz kalt«, sagte er mit heiserer Stimme.

»Dann wärme mich«, sagte sie.

Später, als sie nackt unter den Seidenlaken und schweren Decken lagen, wartete Karis, bis Vints Atem tiefer ging, dann glitt sie lautlos aus dem Bett und setzte sich wieder ans Feuer. Es war heruntergebrannt, und sie legte zwei frische Scheite darauf.

Um die Armbrüste mit größtmöglicher Wirkung einsetzen zu können, musste der Angriff der Daroth irgendwie verlangsamt werden. Drei Salven würden Löcher in ihre Reihen reißen, aber das würde bedeuten, dass die Daroth fast eine Minute lang in einer Entfernung von nur zwanzig Schritt aufgehalten werden mussten. Karis trank zwei Becher Wein, fühlte sich aber noch immer nicht schläfrig. Sie überlegte, ob sie Vint zu einer weiteren Runde Liebesspiel wecken sollte, entschied sich aber dagegen. Er war ein aufmerksamer und zärtlicher Liebhaber, ließ sich Zeit und kostete die Augenblicke aus. In diesem Moment brauchte Karis keine solch hinausgezögerte Intensität. Stattdessen zog sie frische Beinkleider und ein weißes Wollhemd an, Rehlederstiefel und ihr Kapuzenwams und ging aus dem Palast hinaus in die Nacht.

Die Straßen waren verlassen, und ein bitterkalter Wind blies von Norden. Karis zog die Kapuze über ihr schwarzes Haar und bog in eine Seitengasse ein, die zur Soldatenschänke führte. Goldenes Lampenlicht schien aus den Fenstern, und ein Schwall willkommener Wärme hüllte sie ein, als sie die Tür aufstieß. Zwei Holzfeuer brannten, eins an jedem Ende des lang gestreckten Raumes, und die Taverne war brechend voll mit Soldaten. Karis musterte den Raum und entdeckte den rotbärtigen Riesen Forin, der mit einer jungen Hure auf den Knien in einer Ecke saß.

Karis bahnte sich einen Weg durch die Menge, zog ihr Wams aus und hängte es über die Stuhllehne gegenüber dem Riesen. »Wir müssen reden«, sagte sie.

»Wird es lange dauern?«, fragte er. »Ich habe heute Abend schon etwas vor.« Er grinste die junge Hure an, die gezwungen lachte und Karis mit offener Feindseligkeit anstarrte.

»Ich möchte, dass du mir alles erzählst, was du von den Geschichten deines Vaters über die Daroth noch weißt. Alles!«

»Kann das nicht bis morgen warten?«

»Nein, kann es nicht«, entgegnete Karis. Die junge Hure, die spürte, wie ihr Lohn entschwand, beugte sich vor, ihr Gesicht verriet ihren Zorn. Doch ehe das Mädchen noch ein Wort sagen konnte, zog Karis ihren Dolch und rammte ihn in die Tischplatte. »Ein falsches Wort von dir, und ich schneide dir die Zunge raus«, sagte sie mit eisiger Stimme. Der angemalte Mund der Hure klappte auf, aus ihrer Wut wurde Angst. »Jetzt geh und such dir einen anderen Kunden«, sagte Karis. »Es sind ja genügend da.«

Das Mädchen glitt von Forins Schoß und verschwand in der Menge. Forin leerte seinen Krug. »Du hast mich um ein nächtliches Vergnügen gebracht«, sagte er.

»Und dir aller Wahrscheinlichkeit nach eine Portion Syphilis erspart.«

Forin wollte schon etwas erwidern, doch dann sah sie, wie er über ihre Schulter blickte und sich seine grünen Augen verengten. Augenblicklich auf der Hut, schob Karis ihren Stuhl zurück und wirbelte herum. Die junge Hure kam mit zwei Männern auf sie zu. »Das ist sie! Hat mich mit dem Messer bedroht, ehrlich!«

»Das war ein Fehler, du Miststück«, sagte der erste der Männer, ein breitschultriger Mann mit pockennarbigem Gesicht.

»Nicht so schlimm wie der Fehler, den du gerade machen willst«, erklärte Karis. Sie sah, dass der zweite Mann eine kurze eiserne Keule in der Hand hielt.

»Ach, wirklich?«, erwiderte er und stürzte sich nach vorn. Seine Faust zielte auf Karis' Gesicht. Sie wich plötzlich zur Seite und, aus dem Gleichgewicht geraten, stolperte der Mann – um auf einen Kopfstoß zu treffen, der ihm die Nase zu Brei zerschlug. Er fiel wie ein Stein zu Boden. Der zweite Mann packte Karis am Arm und zog sie an sich, doch sie wirbelte herum und rammte ihm ihren Ellenbogen ans Kinn. Er taumelte nach rechts und ließ seine Keule fallen. Karis machte einen Schritt rückwärts, dann sprang sie hoch, und ihr Stiefel krachte gegen sein Gesicht, sodass er rücklings in die Zuschauermenge krachte. Er stürzte schwer und stand nicht wieder auf.

Forin kam um den Tisch zu Karis. »Vielleicht sollten wir unsere Unterhaltung irgendwo privat weiterführen?«, schlug er vor.

»Warum nicht?«, antwortete sie. Forin nahm eine Kerze vom Tisch und führte sie durch den hinteren Teil der Schänke und eine wacklige Treppe hinauf. Ein schmaler Flur führte zu drei Türen. Forin öffnete die erste und trat beiseite, um Karis eintreten zu lassen. Das Zimmer war klein, düster und kalt. Es gab keine Stühle, nur ein grob gezimmertes Doppelbett mit einer dünnen Matratze. Mit der flackernden Kerze entzündete Forin die Laterne, die an einem Haken über dem Bett hing, dann ging er zu dem kleinen Kamin, wo ein Feuer vorbereitet war und zündete es ebenfalls an. »Gleich wird es warm«, sagte er.

Sie kauerte sich neben ihn und sah, wie sich der Feuerschein in seinen grünen Augen spiegelte. Er war kein gut aussehender Mann, dachte sie, aber er hatte etwas an sich, das über gutes Aussehen hinausging. Ist es seine Stärke, seine Größe?, überlegte sie. Im Feuerschein wirkte er irgendwie größer, eindrucksvoller. Ursprünglich, vielleicht? »Woran denkst du?«, fragte er.

»Ich habe mir vorgestellt, wie du wohl nackt aussiehst«, antwortete sie.

»Dann überleg' noch ein Weilchen«, erwiderte er mit einem breiten Grinsen. »Das Zimmer ist noch nicht warm genug.«

»Dann erzähl mir von den Daroth, denn ich muss eine Schwachstelle bei ihnen finden.«

Forin lehnte sich zurück. »Soweit ich mich erinnere, gibt es keine. Du weißt bereits, dass sie die Kälte nicht mögen und auch nicht das Gebirge, wo die Luft dünn wird. Sie überqueren kein Wasser, wenn sie es vermeiden können. Aber all das wird uns in Corduin nicht helfen. Wir befinden uns im Tiefland, das Wetter im Frühling ist milde, und einen Wassergraben gibt es nicht.«

»Trotzdem, ich bin überzeugt, dass es etwas geben muss.«

»Wunschdenken, vielleicht?«

»Glaube ich nicht. Es ist etwas, das ich gesehen, aber nicht erkannt habe. Etwas, das vielleicht zu offensichtlich ist.«

»Ich fürchte, da komme ich nicht mehr mit.«

»Erzähl mir einfach, wie sie leben.«

»Du hast die Stadt gesehen. Sie scharen sich in kuppelförmigen Behausungen zusammen. Sie können nicht sitzen wie wir, weil ihre Wirbelsäule dicker ist und weniger biegsam. Sie vermehren sich ohne Berührung, das Weibchen legt ein Ei, das das Männchen befruchtet. Zwischen Weibchen und Männchen besteht kein sichtbarer Unterschied. Beide sind gleich stark und – wie wir gesehen haben – gleichermaßen hässlich. Sie haben keine Kinder im eigentlichen Sinne, die Jungen kommen aus ihren Eiern, wachsen innerhalb weniger Tage zu voller Erwachsenengröße heran und teilen das Gedächtnis des

Elternteils, der neben dem Ei gestorben ist – wenn man das so nennen kann. Sie essen Fleisch und lieben große Mengen Salz.« Er hielt inne. »Hilft dir das irgendwie?«

»Ich weiß nicht«, gab sie zu. Die Wärme in dem kleinen Zimmer nahm zu und Forin streifte sein Hemd ab. Sein Oberkörper war mit Narben übersät. Als er aufstand und seine Hosen auszog, verbannte Karis die Daroth aus ihren Gedanken.

Seine Art zu lieben war genau das, was sie brauchte – roh und kraftvoll, animalisch und leidenschaftlich –, und Karis spürte, wie ihr Körper auf seine Bedürfnisse reagierte. Seine Arme glitten unter ihre Schultern und zogen sie fest an sich. Er roch nach Holzrauch und Schweiß. Es war nicht unangenehm, wie sie befürchtet hatte. Als sie sich im Rhythmus mit dem Mann über ihr bewegte, entspannte sie sich, als ob sie von ihrem Leib losgelöst wäre. In diesem seltsam entrückten Zustand zog ihr Körper Kraft aus der massiven Gestalt über ihr, während die Probleme, die sie verfolgten, von ihrem Bewusstsein verschwanden. Sie war frei. Nichts anderes existierte. Die Welt war zu einem schmutzigen, von einem Feuer erhellten Zimmer über einer lärmigen Kneipe zusammengeschrumpft. Es gab keine Probleme, die sie lösen musste, keine Logistik, die sie berechnen, keine Pläne, die sie studieren musste. Und sie brauchte sich noch nicht einmal um die Lust des Mannes zu kümmern, denn sie wusste, dass er sie nicht als Einzelwesen wahrnahm. Es war die einzige wahre Freiheit, die Karis kannte.

Ihre Beine schlossen sich um seine Hüften, ihre Nägel zerkratzten ihm den Rücken und sie trieb einem Orgasmus entgegen, der ihren Körper schließlich in einer Reihe fast schmerzhafter Zuckungen erbeben ließ. Ihr Kopf sank zurück auf das Kissen, und sie schloss die Augen, um die kleinen Nachbeben zu genießen, die durch ihren Körper flossen. Forin rollte sich von ihr herunter und legte sich mit einem Seufzer neben sie. Eine Weile sprach keiner von ihnen, dann erhob sich Forin und ging zum Feuer. Karis sah ihm zu, wie er sich anzog. »Ich hole uns was zu trinken«, sagte er und verließ das Zimmer.

Als er weg war, zog Karis sich ebenfalls an. Das Zimmer war jetzt warm, das Feuer loderte. Sie ging zu dem kleinen Fenster und versuchte, es zu öffnen, doch die Angeln waren verrostet, und es rührte sich nicht.

Ohne auf seine Rückkehr zu warten, ging Karis die Treppe hinunter und hinaus in die Nacht.

Vint schlief noch, als sie zurückkam, doch sie hatte nicht den Wunsch, sich neben ihn zu legen.

Sie streckte sich auf einer Couch aus und träumte von einem grünäugigen Riesen mit gegabeltem rotem Bart.

***

Tarantio stand bei Tagesanbruch auf und ging durch das stille Haus. Wie immer genoss er die Einsamkeit, diese kurzen Momente ohne Dace. Die Küche war bitterkalt, der Rest der Milch vom Vortag war im Krug gefroren. Mit einem Sägemesser schnitt er zwei dicke Scheiben Brot von einem Laib und nahm sie mit ins Wohnzimmer. Er hatte das Feuer am Abend zuvor belegt, und die Kohlen glühten noch. Tarantio röstete das Brot und bestrich es mit dicker, sahniger Butter.

Ich sollte Pläne machen, dachte er. Corduin wird gegen die Daroth nicht bestehen. Aber wohin? Auf die Inseln? Was soll ich dort? Er aß den Toast, und da er immer noch hungrig war, ging er zurück in die Küche, um sich noch Brot abzuschneiden. Der Laib war verschwunden.

Verwirrt ging Tarantio in den hinteren Teil des Hauses und öffnete die Tür zu Brunes Schlafzimmer. Das Bett war leer, von dem jungen Mann keine Spur zu sehen. Er ging wieder zurück in die Küche. Die Hintertür war noch immer von innen verschlossen, die Fensterläden vorgelegt. Tarantio schob den Riegel zurück und öffnete die Tür. Ein eisiger Windstoß empfing ihn, als er in den Garten hinaustrat.

Brune saß nackt auf der Holzbank. Um ihn herum flatterten Vögel, landeten auf seinen Armen, seinem Kopf, seinen Händen und pickten nach dem Brot, das er ihnen hinhielt. Die Bank war umgeben von einem großen Kreis aus Gras, ohne eine einzige Schneeflocke, obwohl der Rest des Gartens noch unter einer dicken weißen Decke lag. Tarantio zog seine Stiefel an und ging durch den Garten. Die Vögel beachteten ihn nicht, sondern umflatterten weiter Brune. Als sich Tarantio setzte, war ihm plötzlich warm, als ob Brune den Elementen zum Trotz Wärme ausstrahlte.

Der junge Mann mit dem goldenen Teint fütterte die Vögel weiter, bis alles Brot verzehrt war. Die meisten Tiere flogen weg, doch einige blieben, saßen auf seinen Schultern oder auf der Rückenlehne der Bank. Wie Tarantio genossen sie die Wärme.

Tarantio legte Brune eine Hand auf die Schulter. »Du solltest besser hineingehen«, sagte er leise.

»Ich hörte sie nach mir rufen«, sagte Brune. Seine Stimme war tief und melodisch.

»Wer rief dich?«

»Die Vögel. Sie können in einer kalten Nacht bis zu zwei Drittel ihres Körpergewichts verlieren. Im Winter sterben sie zu tausenden.«

Plötzlich schauderte Brune, und die Kälte war wieder

da, bitter und tödlich. Er schrie auf und die Vögel gerieten in Panik und flogen davon. Tarantio half ihm zurück ins Haus und brachte ihn ans Feuer. »Was geschieht mit mir?«, fragte Brunes wahre Stimme. »Warum war ich im Garten?«

»Du hast die Vögel gefüttert«, erklärte Tarantio.

»Ich habe wirklich Angst. Ich kann nicht denken. Es ist, als ob jemand anders in mir wäre.« Er zitterte, und Tarantio holte eine Decke, die er um Brunes Schultern legte. »Ich fühle mich, als ob ich sterben würde«, sagte Brune.

»Du stirbst nicht. Es ist die Magie, die dein Auge geheilt hat. Irgendwie breitet sie sich aus.«

»Ich will das nicht mehr, Tarantio. Ich will so sein, wie ich war. Können wir die Magie nicht wegnehmen lassen?«

»Ich weiß nicht. Erzähl mir, an was du dich erinnerst, als du die Vögel gefüttert hast.«

»Ich erinnere mich an gar nichts. Ich schlief, und dann hatte ich diesen Traum. Kann mich nicht mehr an viel erinnern. Aber ich war im Wald und da waren viele Leute – nein, keine Leute. Sie hatten alle goldene Haut, sie... starben. Oh ja... Daroth waren dort. Töteten sie. Es war schrecklich. Und dann... dann war nichts, bis ich im Garten saß.«

»Wie fühlst du dich jetzt? Hast du Schmerzen?«, fragte Tarantio.

»Nein. Keine Schmerzen. Aber...« Brunes Stimme verebbte.

»Was? Sag es mir!«

»Ich bin nicht allein hier drin. Ich bin nicht allein.«

»Natürlich bist du nicht allein. Ich bin bei dir«, sagte Tarantio beruhigend.

»Nein, du verstehst mich nicht. Ich bin nicht allein in meinem Kopf.« Brune begann zu weinen, und Tarantio wurde wütend, als er an den überraschten Ausdruck auf dem Gesicht des Zauberers dachte, als dieser ins Zimmer gekommen war.

Die plötzliche Wut weckte Dace. *»Was ist los?«*, fragte er.

Tarantio erzählte es ihm. *»Jemand anders in seinem Kopf? Klingt vertraut«*, sagte Dace. *»Ich wusste, dass Brune ein unterhaltsamer Gefährte sein würde. Vielleicht ist das, was du und ich haben, ansteckend, Bruder.«*

»Das ist nicht witzig«, sagte Tarantio streng. *»Brune hat Angst. Er glaubt, er stirbt.«*

»Jeder stirbt irgendwann«, meinte Dace.

»Ich glaube, der Sänger weiß mehr, als er sagt«, sagte Tarantio. *»Er kommt heute wieder. Ich werde ihn fragen.«*

»Lass mich ihn fragen«, drängte Dace.

»Vielleicht wird das nötig sein«, stimmte Tarantio zu. Er nahm Brune beim Arm und führte ihn zurück ins Schlafzimmer. »Ruh dich aus, mein Freund. Danach fühlst du dich besser, das verspreche ich dir.« Brune kletterte wieder ins Bett, zog die Decken über sich und bettete den Kopf auf das Kissen.

»Sieh dir sein Ohr an«, sagte Dace. Tarantio hatte es zur gleichen Zeit gesehen: Die Muschel war nicht mehr glattrandig, sondern gezahnt wie eine Meeresmuschel.

»Wenn ich diesen Zauberer je in die Hände bekomme, reiße ich ihm das Herz raus«, zischte Dace.

Ratsherr Pooris stand zitternd am Südtor und zählte die Fuhrwerke, die von den Ochsen langsam in die Stadt gezogen wurden. Der Krieg der Perle war ein ruinöses Unterfangen gewesen, hatte den Handel zum Erliegen gebracht, Bauernhöfe zerstört und die jungen Männer von den Feldern geholt und sie zu Söldnern gemacht.

Selbst ohne die Bedrohung durch die Daroth ging Corduin einem langsamen Hungertod entgegen. Getreide war fünfmal so teuer wie im vergangenen Jahr, und der Stadtsäckel leerte sich rasch. Eine Volkszählung, die der Herzog angeordnet hatte, ergab, dass jetzt fast 70.000 Menschen in Corduin lebten. Viele hungerten und Verbrechen gegen Menschen und Besitz stiegen sprunghaft an.

Als der letzte der zweiundzwanzig Wagen durch das Tor rumpelte, lief Pooris nebenher und kletterte auf den Sitz neben dem Kutscher. »Ich hatte vierzig Wagen erwartet«, sagte Pooris. »Das war abgesprochen.«

Der Kutscher räusperte sich und spie aus. »Das ist alles, was es gibt«, sagte er und klopfte sich das Eis aus dem Bart. »Sei froh, dass du das bekommst.«

»Wir haben für vierzig bezahlt.«

»Nicht mein Problem, Ratsherr. Mach' das mit dem Kaufmann Lunder aus.«

Pooris kuschelte sich tiefer in seinen Schaffellmantel und dachte an die Stadtbäcker, die später am Abend vor den Lagerhäusern Schlange stehen würden. Vierzig Fuhrwerke wären kaum genug, um die Bäcker auch nur mit der Hälfte dessen zu versorgen, was sie brauchten. Zweiundzwanzig bedeuteten, dass es morgen auf den Straßen Aufstände geben würde.

In der Lagerhaus-Straße sprang Pooris vom Wagen und trat in das kleine Büro neben dem bewachten Tor. Ein paar Minuten blieb er vor einem Holzofen stehen, wärmte sich die Hände und durchdachte das Problem. Die Bäcker waren bereits auf vierzig Prozent ihres Bedarfs rationiert. Jetzt erlitten sie einen weiteren Abstrich von fünfzig Prozent.

Ein junger Schreiber kam zu ihm und bot ihm einen Becher heißen Kräutertee an, der stark mit Zucker gesüßt war. Pooris dankte ihm. Der Mann kehrte an seinen Schreibtisch zurück und schrieb weiter in sein Kontobuch, notierte die Fuhrwerke und ihre Ankunftszeit. Pooris sah sich um. Die schlecht schließenden Fenster waren mit Papier abgedichtet worden, das jetzt durchgeweicht war, sodass Wasser die Wände herablief. »Nicht gerade der angenehmste Arbeitsplatz«, bemerkte Pooris.

Der junge Mann sah auf und lächelte. »Mir gefällt es hier«, sagte er. Der Schreiber stand auf und warf sich einen pelzgefütterten Umhang um. »Ich muss dich verlassen, Ratsherr. Ich muss das Entladen der Wagen beaufsichtigen.«

»Natürlich. Ich danke dir.« Pooris streckte die Hand aus. Der junge Mann schüttelte sie, dann öffnete er die Tür und trat hinaus in den Schnee.

Pooris zog seinen Mantel aus und ging zum Schreibtisch, um das Kontobuch zu überfliegen. Die Schrift des Schreibers war ordentlich und gut leserlich. Während der vergangenen zwei Wochen waren etwa 320 Fuhrwerke angekommen, die Weizen, Getreide, gepökeltes Fleisch, Gewürze, Trockenfrüchte und Wein von den Inseln brachten. Fast alle Lebensmittel waren durch die Hafenstadt Loretheli gegangen, vielfach durch die Hände des Kaufmanns Lunder. Pooris blätterte die Seiten zurück und sah, dass die Menge an gelieferten Lebensmitteln in den letzten drei Monaten ständig gesunken war, die Preise dagegen in direktem Verhältnis gestiegen. Es war ein einfaches wirtschaftliches Gesetz, wie Pooris wusste: Wenn die Nachfrage das Angebot überstieg, schossen die Preise in die Höhe wie aufgescheuchte Tauben.

Der junge Schreiber kehrte zurück und wirkte erstaunt,

als er Pooris an seinem Schreibtisch sitzen sah. »Kann ich dir irgendwie helfen, Ratsherr?«, fragte er. Pooris blickte auf und erkannte, dass der junge Mann nervös war.

»Ich habe mir nur gerade die Lieferungen angesehen«, sagte er. »Wir erreichen bald den Hungerzustand.«

»Ich bin sicher, dem Herzog wird etwas einfallen, Herr«, sagte der junge Mann und entspannte sich. »Kann ich dir noch einen Becher Tee anbieten?«

»Nein, ich muss los.« Wieder schüttelten sie Hände. »Wie heißt du?«

»Cellis, Herr.«

»Danke für deine Gastfreundschaft, Cellis.«

Pooris wanderte durch die Lagerhaus-Straße, bog in schmale Gassen, bis er die Hauptstraße erreichte und von dort zum Palast kam. Wieder in seinem eigenen kleinen Büro, rief er Niro herein, einen spindeldürren Schreiber mit kurz geschnittenem, drahtigem schwarzem Haar. »Was weißt du über Cellis, der am Wachtor des Lagerhauses arbeitet?«, fragte er.

»Nichts, Herr. Aber ich werde es herausfinden«, antwortete Niro.

»Erledige es sofort, es ist dringend«, sagte Pooris, zog seinen Mantel aus und hängte ihn an einen Haken an der Wand. Über eine Stunde lang arbeitete sich Pooris durch die Aufgaben, die er sich für den Tag gestellt hatte, stellte eine Liste von Waffenschmieden zusammen und die verschiedenen Aufträge für Schwerter, Speere, Armbrustbolzen und Rüstungen, die bei ihnen lagen, zusammen mit den versprochenen Lieferdaten. Er war fast fertig, als Niro zurückkam.

»Ich habe ein paar der Informationen, die du wünschtest, Herr«, sagte er. »Cellis arbeitet seit zwei Jahren für uns. Sein Vater war Flickschuster im Südviertel, seine

Mutter Näherin. Er wurde bei den Aver-Mönchen ausgebildet und hat seine Prüfungen mit Auszeichnung bestanden. Er ist nicht verheiratet und wohnt in einem Haus auf einem Hügel in der Viertelstraße. Wolltest du noch mehr wissen?«

»Ein Flickschuster, sagst du?«

»Sein Vater… ja.«

»Gehört ihm das Haus?«

»Ich … das weiß ich nicht, Herr.«

»Finde es heraus.«

Wieder widmete sich Pooris seiner Arbeit. Er rief einen Schreiber herein und diktierte ein paar Briefe, darunter einen an Lunder mit der Frage, warum die Anzahl der Wagen mit Mehl geringer war als erwartet.

Als Niro kurz vor Mittag zurückkehrte, sah er verfroren aus und hatte blaue Lippen. »Setz dich, Mann«, sagte Pooris. Niro rieb die dürren Hände aneinander. Pooris ging zu dem kleinen Ofen, riss die Tür auf und ließ einen Schwall Wärme in den Raum.

»Danke, Herr«, sagte Niro. »Ja, das Haus gehört ihm. Er hat es vor vier Monaten für zweihundert Goldstücke gekauft. Es ist ein schönes Haus, mit Ställen dahinter und einem Garten mit Apfelbäumen.«

»Wie kann der Sohn eines Flickschusters das notwendige Kapital aufbringen?«

»Ich dachte mir, dass du das fragen würdest, Herr, deswegen habe ich so lange gebraucht. Er hat sich das Geld geliehen – von …«

»… Lunder dem Kaufmann«, beendete Pooris den Satz.

»Jawohl, Herr«, sagte Niro überrascht. »Woher wusstest du das?«

»Cellis trägt einen Goldring mit einem Smaragd von

der Größe meines Daumennagels. Kein Schreiber könnte sich solche Kleinode leisten. Geh zum Haus der Bücher und schau nach, wie viele Lagerhäuser Lunder besitzt oder angemietet hat. Mach es verstohlen, Niro. Ich will nicht, dass jemand davon erfährt.«

»Jawohl, Herr.«

Pooris schloss die Ofentür, zog Mantel und Handschuhe an und verließ das Haus. Er stapfte durch den Schnee zum Südtor. Vierhundert Meter vor dem Tor blieb er bei einer Reihe kleiner Häuser stehen. Sie beherbergten Soldaten im Ruhestand und ihre Frauen und waren ein Geschenk vom Herzog – eine Belohnung für treue Dienste. Er ging zum ersten Haus und klopfte an die Tür. Als keine Antwort kam, ging er zum nächsten. Als er klopfte, rief eine ältere Frau von drinnen: »Wer ist da? Was willst du?«

»Ich bin der Ratsherr Pooris«, antwortete er. »Ich möchte einen Augenblick deiner Zeit in Anspruch nehmen.«

Er hörte, wie der Riegel zurückgeschoben wurde, dann öffnete sich die Tür knarrend nach innen. Er trat ein und verbeugte sich vor der zierlichen, weißhaarigen alten Frau. »Sie sagten, ich könnte hier bleiben, bis ich sterbe«, sagte die Frau. »Sagten, das sei mein Recht. Ich will in kein Armenhaus. Eher bringe ich mich um.«

»Beruhige dich«, sagte er leise. »Ich bin nicht als Gerichtsdiener gekommen. Schläfst du gut, meine Dame?«

»Ja«, gab sie vorsichtig zu. »Wenn auch nicht mehr so tief wie früher.«

»Ich habe mich nur gefragt, ob der Lärm der Fuhrwerke dich nicht stört, spät in der Nacht.«

»Nein«, sagte sie. »Ich sitze manchmal am Fenster und sehe sie vorbeifahren. Ich komme nicht mehr viel hinaus. Zu kalt für mich. Es ist schön, das Leben von meinem Fenster aus zu beobachten.«

»Wie oft kommen sie durch?«, fragte er.

»Vielleicht dreimal die Woche. Große Konvois.«

»Sind sie auch vergangene Nacht gekommen?«

»Ja. Drei Stunden vor Sonnenaufgang.«

»Wie viele?«

»Vielleicht fünfzig. Vielleicht etwas weniger.«

»Ich danke dir, dass du dir Zeit genommen hast.« Er wandte sich zum Gehen. »Es ist sehr kalt hier drin. Hast du kein Brennholz?«

»Die Pension vom Herzog reicht nicht für Luxus«, sagte sie. »Mein Mann hat dreißig Jahre für ihn gekämpft. Jetzt ist er tot und seine Pension wurde halbiert. Ich habe allerdings zu essen. Was die Kälte angeht – nun, das bin ich gewohnt.«

»Ich werde dafür sorgen, dass dir Kohlen geliefert werden, noch ehe der Tag um ist.«

Pooris verbeugte sich erneut, dann trat er in die kalte, frische Luft hinaus.

Kapitel zehn

Der Schreiber Cellis wurde in seinem Haus verhaftet und in das Palastverlies gebracht, wo man ihm die Wahl zwischen Geständnis und Folter ließ. Als intelligenter und nicht furchtsamer Mann wusste Cellis, dass sie ihn nach einem Geständnis ohnehin foltern würden und beschloss zu schweigen.

Pooris, Niro, der Herzog und Karis wohnten dem Anfang von Cellis' Folterung bei, dann zogen sie sich in die Gemächer des Herzogs zurück. Niro wurde ausgesandt, um das kleine Büro in der Lagerhaus-Straße zu besetzen.

Kurz nach Tagesanbruch, der Ofen war gerade angezündet und der Raum noch kalt, studierte Niro Cellis' ordentliches Hauptbuch, als die Tür aufging und ein großer, stämmiger Mann eintrat. Die Mitte seines Schädels war kahl, das restliche schwarze Haar kurz geschnitten. Er zog seinen Mantel aus, der mit teurem Pelz gefüttert war und stellte sich vor den Ofen. »Wo ist Cellis?«, fragte er.

»Er ist erkrankt, Herr. Ich bin Niro und – wie ich hoffe, vorübergehend – hier im Dienst.«

»Krank? Gestern schien er noch sehr guter Dinge zu sein.«

»Beängstigend, nicht wahr, wie rasch eine Krankheit einen Mann niederstrecken kann?«, sagte Niro. »Wie kann ich dir zu Diensten sein, Herr?«

»Heute ist ein Konvoi für mich fällig. Aber ich fürchte, er wird sich verspäten und erst bei Dunkelheit eintreffen.«

»Ich verstehe, Herr, deswegen möchtest du mich darum bitten, dass ich den Wachen eine Genehmigung erteile, das Tor zu öffnen?«

»So könnten wir es machen«, stimmte der Mann zu, zog sich einen Stuhl heran und setzte sich Niro gegenüber. Er trug ein schweres blaues Seidenhemd, das mit Goldfäden bestickt war, darüber eine pelzgefütterte Weste aus weichem grauem Leder. Selbst wenn Niro seinen mageren Lohn ein halbes Jahr lang sparte, hätte er sich keins der beiden Kleidungsstücke leisten können. »Aber wäre es nicht einfacher«, fuhr der Mann fort, »eine andere Lösung zu finden?«

»Eine andere Lösung, Herr? Wie kann das sein? Die Befehle des Herzogs sind eindeutig. Die Tore werden bei Einbruch der Dunkelheit geschlossen und danach kann niemand mehr hindurch, es sei denn mit schriftlicher Genehmigung.«

»Das ist allerdings der Fall«, sagte der Mann. »Doch meiner Erfahrung nach kosten solche Genehmigungen Zeit und Mühe und …«, er grinste, »zentnerweise Papierkram. Ich bin sicher, der Herzog hat einen guten Grund dafür, solche Anweisungen zu erteilen, aber arme Kaufleute wie ich müssen sich ehrlich ihr Brot verdienen. Oft bedeutet das, ein Geschäft rasch abzuschließen – vor allem, wenn es sich um verderbliche Lebensmittel handelt.«

»Das ist gewiss richtig, Herr«, sagte Niro, stand auf und legte zwei Scheite in den Ofen. »Meines Wissens gibt es zurzeit jedoch keinen privaten Handel mit Lebensmitteln. Der Herzog kauft, über Kaufleute wie dich, sämtliche verfügbaren Vorräte auf, um die Stadt ernähren zu können.

Daher gehören sämtliche Lebensmittel in deinem Konvoi bereits dem Herzog. Ist es nicht so?«

»Theoretisch, ja … Niro, hast du gesagt?« Der Schreiber nickte. »Nun, Niro, ich sehe, dass du ein ehrlicher Mann bist. Kannst du dir denken, woher ich das weiß?«

»Nein, wirklich nicht, Herr.«

»Deine Tunika hat etwa acht Kupferpfennige gekostet. Der Umhang da am Haken nicht mehr als drei.« Er warf einen Blick nach unten. »Deine Stiefelsohlen sind durchgelaufen, das Leder von schlechter Qualität. Nur ein ehrlicher Mann würde so etwas tragen.«

»Ich verstehe, Herr. Aber wenn wir das weiterdenken, müsste ich sagen, dass du ein unehrlicher Mann bist, denn dein Seidenhemd muss … zehn? Silberstücke gekostet haben.«

»Dreißig.« Der Mann lächelte breit, während er den Beutel an seiner Seite öffnete. Er holte zwei Goldmünzen heraus und legte sie auf den Schreibtisch. »Wenn ich mich nicht irre«, sagte er, »beträgt dein Jahresgehalt weniger als die Summe, die du hier siehst.«

»Ganz recht, Herr.«

»Nimm die Münzen in die Hand. Spür das Gewicht und ihre Wärme. Gold fühlt sich ganz besonders an, Niro.«

Die dürre Hand des Schreibers nahm die Münzen. »Allerdings. Allerdings.«

»Mein Konvoi wird um Mitternacht hier sein. Es ist nicht nötig, seine Ankunft zu registrieren.«

Der Mann stand auf und legte sich schwungvoll den Umhang um die breiten Schultern. »Dürfte ich deinen Namen erfahren, Herr?«, fragte Niro.

»Ich bin Lunder. Diene mir gut, Niro und du wirst ein Vermögen verdienen.«

»Ich danke dir Herr. Und du hast mir einen Weg erspart.« Niro öffnete die Schreibtischschublade und holte ein gefaltetetes Blatt Papier heraus, das in rotem Wachs das Siegel des Herzogs trug. »Ich habe den Auftrag, dir dies heute Vormittag zu überbringen.«

»Was ist das?«, fragte der Kaufmann.

»Ich habe keine Ahnung, Herr. Der Herzog teilt mir seine Gedanken nicht mit.« Lunder nahm das Papier und erbrach das Siegel. Dann lächelte er.

»Ich bin heute Abend zum Essen in den Palast eingeladen«, sagte er.

»Meinen Glückwunsch, Herr. Wie ich höre, ist der Koch des Herzogs ein Meister seines Fachs.«

Die Kutsche des Herzogs – schön gearbeitet aus Mahagoni, mit luxuriös gepolsterten Ledersitzen – wurde von sechs Grauen gezogen. Lunder lehnte sich zurück und genoss die Fahrt. Samtvorhänge hielten den Winterwind ab, und zwei kupferne Wärmepfannen voll heißer Kohlen hingen an Haken in der Decke und erfüllten das Innere mit sanfter Wärme.

Lunder war so glücklich, wie ein Mensch nur sein konnte, der in der Hütte eines Tagelöhners zur Welt gekommen war und in einer solchen Kutsche fahren konnte. Er überlegte, was sein Vater wohl von ihm denken würde, wenn er nur sehen könnte, was aus ihm geworden war! Ein Haus mit sechsundzwanzig Dienern, eine Geliebte von großer Schönheit und ein persönliches Vermögen, das jenes des Herzogs noch übertraf. Und zu dem allem kam noch ein Besitz auf den Inseln, wenn sich die Daroth wirklich als so eine Bedrohung erweisen sollten, wie alle fürchteten. Lunder konnte die eisenbeschlagenen Räder auf dem Kopfsteinpflaster klappern hören, doch in der Kutsche spürte man nur wenig von der Bewegung. Er betrachtete die dekorative Vertäfelung, die wunderbar aus rotem Magahoni geschnitzt war. Ich sollte auch so eine Kutsche haben, dachte er. Und das werde ich auch.

Seine dicken Finger griffen in die Tasche seines Samtmantels und zogen ein goldenes Halsband und einen tränenförmigen Amethyst in einer filigranen Goldfassung heraus. Ein altes Stück, das ihn über 200 Silberstücke gekostet hatte. Der Amethyst war ein Geschenk für Miriac, die solchen Schnickschnack liebte. Er würde sie wecken, sobald er zurückkam, und zusehen, wie ihre strahlend blauen Augen groß vor Freude wurden. Es verstimmte Lunder nicht, dass Miriacs Begeisterung nur durch solche Schmuckstücke geweckt werden konnte. Lunder selbst empfand den Gewinn neuer Reichtümer wie ein ständiges Aphrodisiakum. Außerdem waren alle seine Geschenke an sie bei der Schatzkammer mitsamt den Verkaufsbelegen in seinem Namen registriert. Falls er ihrer je überdrüssig wurde, würden alle Juwelen wieder ihm gehören.

Er hörte, wie der Kutscher den Pferden etwas zurief und die Kutsche zum Stillstand kam. Die Fahrt war viel kürzer gewesen, als er erwartet hatte. Sie konnten doch gewiss noch nicht am Palast sein? Er klopfte an die kleine Luke. »Warum halten wir?«, rief er. Keine Antwort. Er zog die Vorhänge zurück und ihm bot sich ein schauerlicher Anblick. Die Kutsche hatte auf dem Galgenmarkt angehalten. Ringsum flackerten Fackeln, in deren Licht er zehn Leichname baumeln sah. »Fahr weiter!«, rief er dem Fahrer zu. Das war nun kein Anblick für jemanden, der zum Essen fuhr!

Eine Gestalt näherte sich der Kutsche und riss die Tür auf. Ein Soldat mit Federbusch am Helm klappte die Stufen aus. »Aussteigen, Herr«, sagte er.

»Was machst du da? Ich bin Gast des Herzogs, er erwartet mich.«

»Allerdings, Herr. Jetzt steig aus.«

Lunders Gedanken überschlugen sich, aber ihm fiel keine Ausrede ein, sich zu weigern. Er ergriff den Türrahmen, zog sich hoch und kletterte die Stufen hinunter. Dort stand Herzog Albreck, bei ihm waren der Ratsher Pooris und dieser Kerl, Niro, aus dem Lagerhausbüro.

»Guten Abend, Herzog«, sagte Lunder. »Ich verstehe nicht …«

»Erkennst du diesen Mann?«, fragte der Herzog und deutete auf den ersten Gehenkten. Es war Cellis, der Schreiber. Lunder zuckte zurück. »Erkennst du ihn?«, wiederholte der Herzog. Die anderen Toten waren Wächter vom Südtor.

»Ja, Herr, aber ich versichere dir…«

»Deine Versicherungen sind bedeutungslos, Lunder. Du hast mich betrogen und unnötiges Leid in Corduin heraufbeschworen. Deine Waren sind verfallen. Deine Ländereien sind verfallen. Dein Vermögen ist verfallen.«

Lunder zitterte jetzt am ganzen Leib. »Herzog, ich gestehe, dass ich etwas … lasch in meinen Geschäften war. Aber ich hatte nie die Absicht, dich zu betrügen. Alle Waren warten in meinen Lagerhäusern. Ich … ich mache sie dir zum Geschenk.«

»Sie gehören bereits mir«, sagte der Herzog kalt. »Hängt ihn auf.«

Lunder hörte die Worte – aber er konnte sie nicht glauben.

»Herr, ich bitte dich …«, begann er, als zwei Soldaten

seine Arme packten und begannen, ihn zu den Stufen zum Galgen zu zerren. Als er sie errichte, begann er sich zu wehren, doch ein dritter Mann trat vor und schlug ihm mit der Faust hart ins Gesicht. Lunder wurde halb hochgeschleppt. Oben wurden ihm die Hände auf dem Rücken gefesselt, eine Schlinge um den Hals gelegt und festgezogen. Er begann zu schluchzen und um Gnade zu flehen. Dann gab der Boden unter ihm nach – und er fiel in die Dunkelheit.

»Ich verstehe nicht, warum er das getan hat«, sagte der Herzog. »Er war doch bereits reich. Die Preise, die er von mir verlangt hat, waren ungeheuerlich und seine Gewinne müssen beträchtlich gewesen sein.«

»Für manche Menschen gibt es kein Genug, Herr«, sagte Pooris. »Er wusste, die Leute würden alles für seine Waren zahlen, wenn die offiziellen Lagerhäuser leer waren. Wenn er sie hineinschmuggelte, konnte er behaupten, er habe sie gekauft, ehe dein Dekret erlassen wurde.«

»Eine solche Gier kann ich nicht begreifen«, sagte der Herzog. »Aber ich weiß Loyalität zu schätzen. Du, Pooris, hast mir einen großen Dienst erwiesen. Du kannst Lunders Haus und seine Ländereien haben.«

»Ich danke dir, Herr«, sagte Pooris mit einer tiefen Verbeugung.

»Und jetzt wartet mein Essen auf mich«, sagte der Herzog, ging zur Kutsche und stieg hinein. Niro ging zu Pooris. »Meinen Glückwunsch, Herr«, sagte er mit einer Verbeugung.

Der kleine Politiker gluckste leise. »Siebzehn Lagerhäuser randvoll mit Lebensmitteln – genügend Vorräte für den größten Teil des Winters und die Schatzkammer ist so voll wie seit Kriegsbeginn nicht mehr. Ein befriedigender Tag, scheint mir.«

»Allerdings, Herr.«

»Sind das neue Stiefel, die ich da sehe, Niro?«

»Ja, Herr. Ich habe sie heute Nachmittag gekauft.«

»Sie sehen teuer aus.«

»Das waren sie, Herr. Mit freundlicher Empfehlung von Kaufmann Lunder.«

»Was für ein Wohltäter er doch war«, bemerkte Pooris.

Früh am nächsten Morgen klopfte Pooris an der Tür von Lunders Haus. Mit einer Truppe von Wachsoldaten betrat er die Halle und ließ die Dame Miriac rufen. Sie kam aus einem Zimmer im oberen Stockwerk, gekleidet in ein weißes Gewand und schwebte die lange Treppe hinunter. Pooris bewunderte ihre Schönheit – das Haar, schimmernd wie gesponnenes Gold, den Porzellanteint. Er führte sie in den Salon und erklärte ihr so behutsam wie möglich die Umstände seines Besuchs. Sie hörte ernsthaft zu, sagte wenig und verbarg ihre Gefühle.

»Also«, sagte sie, als er geendet hatte. »Lunder ist tot und das Haus gehört dir. Wann muss ich ausziehen?«

»Es besteht kein Grund auszuziehen, meine Dame«, sagte Pooris. »Ich würde mich im Gegenteil sogar sehr freuen, wenn du bliebest. Ich habe dir ein kleines Geschenk mitgebracht.«

Er griff in seine Tasche und holte Lunders Halsband mit dem funkelnden Amethyst hervor, der wie eine Träne geformt war. Voller Freude sah er, wie ihre Augen aufleuchteten und sie ihre Hand ausstreckte.

***

Die Wände von Karis' Zimmer waren mit Zeichnungen bedeckt. An der Nordwand hingen sorgfältig gezeichnete Landschaften, die die wichtigsten Merkmale der Landschaft nördlich von Corduin darstellten, die Hügel und Täler, die Ebene, die dicht genug an der Stadtmauer lag, dass die Daroth dort Katapulte einsetzen konnten. An der Westwand hingen Skizzen von den Befestigungsanlagen der Stadt, der notwendigen Anzahl von Männern, um die Wehrgänge zu bemannen, die notwendige Logistik, um sie mit Lebensmitteln zu versorgen. An der Südwand hing eine riesige Karte von Corduin, die Karis mit Symbolen markiert hatte, um die Gebäude zu kennzeichnen, die sich als Krankenstationen oder Vorratsdepots verwenden ließen.

Sie saß auf dem Sofa und studierte die Berichte über die Herstellung von Armbrüsten und Bolzen, die Pooris ihr gegeben hatte. Mit etwas Glück konnten sie in den ersten Frühlingstagen fast achthundert Waffen und über zehntausend Bolzen haben. Ein Diener klopfte an die Tür und trat mit einer Verbeugung ein. »Ein Herr wünscht mit dir zu sprechen«, sagte er. »Er sagt, er wäre ein Freund.«

»Hat er auch einen Namen, dieser Freund?«

»Necklen, Herrin.«

»Schick ihn herein.« Karis stand auf und versuchte, ihren Schrecken zu verbergen, als der drahtige Soldat eintrat. Bis auf die Knochen abgemagert, mit eingefallenen Augen, sah Necklen zwanzig Jahre älter aus, als sie ihn zum letzten Mal gesehen hatte. Ein blutdurchtränkter Verband bedeckte den Stumpf, wo seine linke Hand gewesen war. »Komm herein und setz dich, mein Freund«, sagte sie. Dann befahl sie dem Diener, etwas zu essen und zu trinken zu bringen.

Necklen sank in einen Sessel und schloss die Augen. »Es war ein mörderischer Ritt«, sagte er. Seine Stimme zitterte vor Erschöpfung. Sein Kopf fiel zurück, und sein Atem wurde tiefer. Als der Diener mit Brot, Butter, Käse und geräuchertem Fleisch zurückkam, trug Karis ihm auf, den Arzt zu holen. Sie trat neben den Krieger mit dem silbergrauen Bart und berührte seinen Hals, um nach dem Puls zu fühlen. Er schlug die Augen auf und lächelte schwach. »Ich bin nicht tot, Karis. Obwohl ich es von Rechts wegen sein müsste.« Mit einem Stöhnen setzte er sich auf. Karis brachte ihm einen Becher Rotwein, den er in einem Zug leerte. Er streckte den linken Arm nach dem Brot aus, dann starrte er verwundert auf den Stumpf. »Verdammt, ich kann immer noch meine Finger fühlen. Komisch, nicht?« Karis schnitt ihm zwei dicke Scheiben ab und bestrich sie mit Butter. Dann schnitt sie ein ordentliches Stück Käse ab. Necklen aß langsam, dann lehnte er sich wieder zurück. »Ich war in Prentius. Ich sage dir, kein Mensch sollte ein solches Schlachten mit ansehen müssen, wie ich es sah. Wir ritten gegen die Daroth. Giriak führte den Angriff, aber unsere Schwerter waren wie Weidenruten gegen sie. Ich hieb einem mein Schwert in den Nacken: Es prallte ab! Hat noch nicht einmal die Haut geritzt. Er erwiderte mit einem Hieb auf meinen Schild, der den Schild durchschlug und mir die Hand abtrennte. In wenigen Augenblicken waren wir vernichtet, zu hunderten gefällt. Ich sah einen Daroth, in dem vielleicht zehn Pfeile steckten, aber er kämpfte ungehindert weiter. Willst du von Giriak hören?«

Sie wollte nicht, nickte aber trotzdem.

»Er ist tapfer gestorben. Hat einen von ihnen getötet, indem er ihn in vollem Galopp mit seiner Lanze durchbohrt hat. Dann wurde er niedergemacht. Du kannst dir nicht vorstellen, wie kurz der Kampf war, Karis. In wenigen Minuten waren wir in Stücke gehauen und flohen zur Stadt. Tausende sind auf dieser Ebene gestorben. Ich war bei den wenigen hundert, die es durch die Stadttore schafften, wir dachten, in diesen Mauern wären wir sicher.« Necklen schüttelte den Kopf. »Sie stellten riesige Katapulte auf, die sie mit verblüffender Zielgenauigkeit bedienten und immer wieder denselben Mauerabschnitt trafen. Sie schlugen zwei breite Löcher in die Nordmauer, und dann stürmten sie hindurch. Sie kennen keine Müdigkeit, Karis. Sie töteten und töteten von Mittag bis Mitternacht. Männer, Frauen, Kinder. Gerechter Himmel, es war entsetzlich! Ich verbarg mich auf einem Speicher. Ich und drei Frauen. Du konntest die Schreie von draußen stundenlang hören. Wir entkamen durch die Kanalisation. Ich war vor Schmerzen fast im Delirium. Die Ärzte hatten den Stumpf mit heißem Pech versiegelt, und die Qualen waren unbeschreiblich. Die Frauen mussten mich halb tragen. Aber wir schafften es bis in die Außenbezirke und flohen nach Südwesten zur Küste.« Seine Stimme brach ab.

»Du musst dich ausruhen«, sagte Karis. »Wir reden morgen früh weiter.« Sie half ihm auf, führte ihn zu ihrem Bett, entkleidete ihn und deckte ihn warm zu.

»Seidenlaken«, sagte er lächelnd. »Wie gut sich das anfühlt.«

Er schlief, als der Arzt kam. Der Mann fühlte nach Necklens Puls, doch der Krieger rührte sich nicht. »Erschöpfung«, sagte der Arzt, »aber sein Herz ist kräftig. Behutsam wickelte er den Verband ab und untersuchte den schwärzlichen Stumpf. »Kein Wundbrand. Die Wunde ist sauber«, erklärte er und legte einen frischen Verband an. »Er braucht rotes Fleisch und Wein, um sein Blut zu kräftigen und heißen Haferbrei, um sein Inneres zu reinigen. Auch Honig gibt Kraft.«

Karis dankte ihm und wollte ihn bezahlen. Er schüttelte den Kopf. »Ich stehe in Diensten des Herzogs«, sagte er. »Er bezahlt mich gut.«

Nachdem er gegangen war, setzte sich Karis wieder an ihre Notizen. Doch sie konnte sich nicht konzentrieren. Karis war nie gefühlsselig gewesen, doch die Ankunft Necklens rührte sie. Der kleine Mann, verkrüppelt und voller Schmerzen, hatte eine Reise von mehr als neunhundert Kilometern hinter sich gebracht mit dem einzigen Ziel, zu Karis zu gelangen. Er wäre in der Hafenstadt Loretheli in Sicherheit gewesen, die durch hohe Berge geschützt war. Stattdessen war er zu ihr gekommen. Necklen war nie einer ihrer Liebhaber gewesen, aber sie hatte ihn immer als einen Freund betrachtet, dem sie trauen konnte – die Art von Mann, wie sie sich ihren Vater gewünscht hätte. Karis schob ihre Unterlagen beiseite und ging zum Fenster. Der Mond stand hoch am wolkenlosen Himmel, und der Schnee in den herzoglichen Gärten glitzerte wie verzaubert. Die Stadt war still und ruhig.

Die Tür ging auf, und ein kalter Windzug glitt über ihren Rücken. Karis drehte sich um und sah Vint hereinkommen. »Wie ich höre, hast du einen Mann in deinem Bett, mein Täubchen«, sagte er. Seine Stimme klang leichthin, aber die rauchgrauen Augen zeigten keine Belustigung.

»Ein alter Freund«, erklärte sie. »Er war beim Untergang von Prentius dabei.«

Vint legte seinen schwarzen Zobelumhang ab und drapierte ihn über einem Stuhl. »War es so schlimm wie gefürchtet?«, fragte er.

»In jeder Einzelheit. Die Daroth haben die Mauern innerhalb eines Tages durchbrochen und die Einwohner niedergemetzelt.«

Er fuhr sich mit der Hand durch den dreifach gegabelten Bart, wandte sich ab und schenkte sich einen Becher Wein ein. »Ich habe diese Mauern gesehen. Corduins Mauern sind auch nicht stärker, Karis.«

»Aber hier ist die Umgebung nicht so eben«, meinte sie. »Doch über die Katapulte und Belagerungsmaschinen zerbreche ich mir den Kopf, wenn der Schnee taut. Bis dahin habe ich genügend andere Probleme. Hast du dein Duell mit Tarantio verschoben?«

Er schüttelte den Kopf. »Ich bin deinem Rat gefolgt und zu der Taverne gegangen. Die Geschichte hat sich so abgespielt, wie Tarantio es sagte. Ich habe ihm meine Entschuldigung angeboten, die er angenommen hat. Recht anständig, muss ich sagen.«

»Freut mich. Ich brauche euch beide lebend.«

Vint grinste. »Es rührt mich, dass ich dir so am Herzen liege.«

»Sei dir nicht zu sicher«, warnte sie. »Wenn du schon stirbst, dann lieber auf eine nützliche Art.«

Er trat dicht zu ihr und wollte ihr übers Haar streichen. »Heute Abend nicht, Vint«, sagte sie. »Heute muss ich Pläne schmieden.«

Er breitete die Hände aus. »Wie du willst. Kann ich dir auf eine andere Art und Weise helfen?«

»Ich glaube nicht.«

Vint nahm seinen Umhang, dann schlenderte er ins Schlafzimmer. Er kehrte nach wenigen Augenblicken verlegen zurück. »Jetzt weiß ich, was du mit altem Freund meinst«, sagte er.

»Das ist er wirklich. Gute Nacht, Vint.«

Nachdem er weg war, ging sie zum Bett, in dem Necklen tief und fest schlief. Zärtlich strich sie ihm übers Haar. »Ich bin froh, dass du hier bist«, flüsterte sie.

Ozhobar war ein großer Mann mit sandfarbenem Haar und einem Kinnbart, der struppig war wie eine alte Bürste. Er blickte auf die Skizze, die Karis ihm hinhielt, dann beugte er sich vor, griff in einen Tonkrug und holte einen dicken Haferkeks heraus, den er rasch verzehrte.

»Kannst du so ein Katapult bauen?«, fragte Karis.

»Möglich ist alles«, antwortete er.

»Danach habe ich nicht gefragt. *Kannst* du es bauen?«

»Hieraus geht nicht hervor, woraus der Arm konstruiert ist oder wie hoch das Gewicht der Steine ist. Du sagst, die Reichweite beträgt rund zweihundert Schritt?«

»Das hat Necklen gesagt, und er ist zuverlässig. Und es wirft keine Steine, Meister Waffenmacher, es schleudert Bleikugeln.«

»Hm«, machte Ozhobar. »Dadurch behalten sie ihre Zielgenauigkeit. Das Gewicht jeder Kugel ist genau gleich.«

»Kannst du es?«, wiederholte sie mit wachsender Gereiztheit, als Ozhobar zwei weitere Haferkekse aß und sich die Krümel aus dem Bart wischte.

»Ich denke, wir können es ein wenig verbessern. Ich nehme an, es soll die Katapulte der Daroth zerstören?«

»Das ist mein Plan.«

»Wir haben nicht die Mittel, um Bleikugeln von der Größe zu fertigen, wie dein Mann sie beschreibt. Ich schlage eine kleine Verbesserung vor. Ton.«

»Ton?« wiederholte sie. »Glasiert oder unglasiert?«

»Sarkasmus steht Frauen nicht«, sagte er. »Damit das Katapult zielgenau eingesetzt werden kann, ist es nötig, es dort zu platzieren, wo die Männer, die es bedienen, den Feind sehen können. Das lässt drei Möglichkeiten zu. Die erste ist, das Gerät vor der Stadt aufzustellen. Das ist allerdings – denke ich – nicht sinnvoll, denn die Daroth könnten vorstürmen und es zerstören oder rauben. Die zweite ist, es auf den Mauern aufzustellen. Die Brüstungen dort sind etwa vier Meter breit, deshalb müsste die Maschine klein sein, was wiederum die Reichweite reduziert. Die dritte Möglichkeit wäre, das Dach von der Soldatenunterkunft am Nordtor abzureißen und unser Katapult dort auf eine Plattform zu stellen.«

Karis nickte. »Das hört sich gut an. Aber es erklärt nicht, was du mit Ton willst.«

»Wir machen hohle Kugeln und füllen sie mit entflammbarem Material – in Laternenöl getränkten Lumpen, zum Beispiel. Da sie leichter als Blei sind, würde sich unsere Reichweite also vergrößern. Was ich entwerfen muss, ist eine Methode der Zündung, damit die Männer, die die Maschine beladen, nicht gefährdet sind. Wir wollen ja schließlich nicht, dass so eine Kugel über den Soldatenquartieren explodiert.«

»Und das kannst du?«

»Ich werde darüber nachdenken.« Er griff in den Krug und nahm einen weiteren Keks.

»Sie sehen gut aus«, sagte Karis. »Darf ich einen kosten?«

»Nein, darfst du nicht«, entgegnete er streng. »Das sind meine.«

Karis schluckte ihren Ärger hinunter, dankte Ozhobar für seine Zeit und erhob sich, um zu gehen. »Komm' in drei Tagen wieder«, sagte er. »Und schick' diesen Necklen zu mir. Ich muss ihm noch ein paar Fragen über die Waffen der Daroth stellen. Oh, ja … uns wird das Eisen knapp. Ich schlage vor, du bittest den Herzog, Tore, alte Kochtöpfe, Geländer … du weißt schon was, zu beschlagnahmen.«

»Ich kümmere mich darum«, versprach Karis.

Draußen schneite es wieder, doch die Temperatur war gestiegen. Kinder spielten auf den Straßen und bewarfen sich mit Schneebällen. Ihr Quietschen und Lachen hob Karis' Laune, während sie zum Übungsplatz schlenderte.

Es waren bereits vierzig Männer versammelt, die größten und stärksten von Corduin. Forin und der Offizier Capel unterzogen sie einer Reihe von Tests. Karis stand in den Schatten und sah zu, wie sie Steine hoben oder Eisenstangen bogen. Forin ging zwischen ihnen umher, erteilte Befehle und leitete die Dinge. Sie empfand eine merkwürdige Abneigung dagegen, ihn wieder zu sehen. Seit der Nacht in der Taverne war er immer in ihren Gedanken gewesen. Aber warum? Er war kein herausragender Liebhaber. Der arme tote Giriak war genauso kraftvoll gewesen. Doch irgendetwas hatte seine Berührung in ihr ausgelöst, als ob ein verrostetes Schloss, lange unbenutzt und fast vergessen, plötzlich aufgesprungen war und etwas enthüllte ... enthüllte, aber was?, fragte sie sich.

Das ist doch Unsinn, Karis, tadelte sie sich selbst. Der Mann bedeutet dir gar nichts. Schieb es auf den Stress des Tages. Und, vor allem, verscheuche ihn aus deinen Gedanken! Sie hörte sein Lachen über das Feld hallen, die anderen Männer fielen ein. Ein Esel hatte sich auf das Feld verirrt und eine Abneigung gegen einen der Testteilnehmer entwickelt. Er jagte ihn und knabberte an seinem Hinterteil. Karis grinste – und gewann ihre Fassung wieder.

Sie trat auf das Feld und schlenderte zu einem Staketenzaun. Forin sah sie und kam zu ihr herüber. »Guten Morgen, meine Dame«, sagte er. Seine Stimme klang neutral, sein Verhalten war zurückhaltend. Karis war froh, dass er nicht zwinkerte oder sie angrinste, dass es keine erzwungene Intimität gab.

»Wie läuft es, Forin?«

»Es gibt ein paar sehr starke Männer hier. Alle möchten gern die Börse mit Silber gewinnen. Ich würde es selbst gern versuchen.«

»Besorg mir fünfzig starke Männer und ich gebe dir so eine Börse.«

»Wozu brauchst du sie?«

Karis kletterte auf den Zaun und blickte auf den rotbärtigen Riesen hinab. »An einem bestimmten Punkt werden die Daroth die Mauern erstürmen. Nichts kann das verhindern. Ich brauche Männer, die gegen sie bestehen können, sie werden mit schweren, doppelköpfigen Äxten, mit Schäften und Klingen aus Stahl bewaffnet sein. Also brauche ich nicht nur Stärke. Ich will Männer mit Mut. Du wirst sie anführen.«

»Ist das eine Beförderung oder eine Bestrafung?«, fragte er. »Im Zweikampf gegen die Daroth? Nicht gerade eine berückende Aussicht.«

»Es ist eine Beförderung. Du wirst gut bezahlt werden.«

Er schwieg einen Augenblick. »Warum bist du neulich nachts weggegangen?«

»Ich hatte noch etwas zu erledigen«, sagte sie kühl.

»Und ich hatte meinen Zweck erfüllt? Na schön, ich habe viele Frauen so benutzt wie du mich. Ich beklage mich nicht. Ich werde dir fünfzig Männer finden.« Er wandte sich ab und ging zurück auf das Feld.

Karis fluchte leise, dann sprang sie vom Zaun und ging zurück zum Palast.

»Wie fühlst du dich heute, Brune?«, fragte Tarantio.

»Besser, danke«, erwiderte der junge Mann mit den goldenen Augen. »Ich habe gut geschlafen.« Auch seine

Stimme hatte sich verändert, war sanfter geworden, fast melodisch.

Tarantio setzte sich ans Bett. »Ich habe mir Sorgen um dich gemacht, mein Freund.«

»Du bist sehr freundlich, Tarantio, und ich stehe in deiner Schuld.«

»Das ist nicht er«, sagte Dace.

»Ich weiß.«

Die Sonne stand hoch an einem klaren, kalten Himmel, und das Schlafzimmer war hell und warm. Das Feuer brannte noch im Kamin und die blasse, goldene Gestalt lag entspannt in den Kissen. »Wo ist Brune?«, fragte Tarantio.

»Er ist hier bei mir. Er hat keine Angst, Tarantio. Nicht mehr. Wir sind Freunde, er und ich. Ich werde für ihn sorgen.«

»Wer bist du?«

»Das ist nicht leicht zu beantworten. Ich bin der Älteste der Oltor, der Letzte meiner Rasse. Bedeutet das für dich irgendetwas?«

»Die Oltor wurden von den Daroth vernichtet«, sagte Tarantio. »Vor etwa tausend Jahren.«

»Mindestens. Frag' mich nicht, wie es kommt, dass ich hier bin, denn ich weiß es nicht. Wenn ich gehen könnte, würde ich es tun. Wenn ich Brune diesen Körper zurückgeben könnte, würde ich es tun. Ich habe keinen Daseinszweck mehr.«

Die Gestalt erhob sich vom Bett und stand nackt im Sonnenschein, der durch das Fenster hereinfiel. Er war groß und dünn, die sechsfingrigen Hände lang und feingliedrig. Seine Augen waren größer als die von Menschen und standen leicht vor, die Nase war klein, die Nasenflügel gebläht. »Ich stand damals an jenem letzten Tag im

Wald«, sagte er traurig, »und ich sah mein Volk sterben. Ich habe mich dem Land übergeben. Und starb ebenfalls.«

»Hattet ihr keine Magie, die ihr gegen die Daroth einsetzen konntet? Konntet ihr nicht kämpfen?«, fragte Tarantio.

»Wir handeln nicht mit dem Tod, mein Freund. Wir töten kein Lebewesen. Wir waren kein gewalttätiges Volk, wir hatten kein Verständnis für das Wesen der Gewalt. Wir versuchten mit den Daroth Freundschaft zu schließen, halfen ihnen durch den Vorhang, gaben ihnen Land, das reich und grün und voller Magie war. Sie gruben nach Eisen darin, zerrissen es für Nahrung, ertränkten die Magie mit ihrem Hass. Als wir den Vorhang für sie schlossen, damit nicht noch mehr von ihnen kamen, wandten sie sich mit Feuer und Schwert gegen uns. Sie verschlangen unsere Jungen und erschlugen die Alten. Verzweifelt versuchten wir zu fliehen, einen Vorhang zu einer anderen Welt zu öffnen. Aber die Magie war fort und ehe wir neues, jungfräuliches Land fanden, waren sie da. Ich war damals noch nicht der Oltor-Älteste. Ich war ein junger Sänger, verheiratet mit einer schönen Maid.«

»Was bedeutet der Titel? Was ist der Oltor-Älteste?«

»Es ist schwierig, das Konzept in einer Sprache auszudrücken, die mir neu ist. Er – manchmal auch sie – ist der geistige Führer der Oltor, der große Macht besitzt. Als er im Wald starb, drehte er sich um und deutete auf mich. Ich fühlte seine Macht durch meine Adern kreisen. Aber ich gab sie auf und starb. Das dachte ich wenigstens. Irgendwie brachte der Zauberer, der Brune zu heilen versuchte, mich zurück. Das ›Wie‹ ist mir allerdings ein Rätsel.«

»Du sagst, du hast dein Leben aufgegeben. Haben die Daroth dich nicht getötet?«

»Ja, sie durchbohrten mein Herz mit rauen Schwertern und nagelten mich an den Boden. Dann schlugen sie mir den Kopf ab.«

»Ich glaube, ich kenne die Antwort«, sagte Duvodas und Tarantio drehte sich um und sah den Sänger in der Tür stehen. In einer Tunika aus grüner Seide, das blonde Haar von einem goldenen Stirnreif gehalten, trat Duvodas ein und verbeugte sich vor dem Oltor-Ältesten. »Dein Blut sickerte in die Erde: das Blut des Oltor-Ältesten. Es war in den Steinen. Die Eldarin fanden sie und brachten sie nach Eldarisa und sie lagen für Generationen im Oltor-Tempel. Vor vierzig Jahren stahl ein Mensch – der für eine besondere Konferenz in die Stadt gelassen worden war – einen roten Stein. Aus diesem Grund durfte nie wieder ein Mensch die Stadt betreten. Ich habe mit einigen Leuten gesprochen, die Ardlin heilte und sie behaupten, er hielt einen Block aus roter Koralle über ihre Wunden. Behutsam angewandt, hatte die Magie keine üblen Nebenwirkungen auf die Patienten. Tarantio erzählte mir aber von Brunes Heilung. Es scheint, dass Ardlin log – er behauptete, er habe eine magische Kugel, mit der er das verletzte Auge ersetzen wollte, aber es gab keine Kugel. Er sprach einen Spruch des Verbergens – der Veränderung! In seiner Hast versprach er sich – und ließ die Essenz frei, die seit Generationen in dem Stein eingeschlossen war. Er ließ dich frei, Herr der Oltor.«

Der Oltor-Älteste seufzte. »Und hier stehe ich – ohne jeden Lebenssinn oder -zweck. Eingeschlossen in mein Herz sind die Geschichten meines Volkes – jede einzelne. Was soll ich nur tun?«

»Du könntest uns helfen, gegen die Daroth zu kämpfen«, sagte Tarantio.

»Ich kann nicht kämpfen.«

»Nicht einmal, nachdem sie dein ganzes Volk vernichtet haben?«

»Nicht einmal dann. Ich bin ein Heiler. Heiler zu sein ist nicht sosehr meine Tätigkeit, Tarantio, es ist mein *Wesen*. Wenn ich einen verwundeten Daroth sähe, würde ich ihn heilen, ohne auch nur einen Moment zu zögern. Auf diese Weise nähre ich das Land mit Magie. Ich erschaffe Harmonie.«

»Das nenne ich die Art eines Feiglings«, sagte Dace laut. »Das Leben ist ein Kampf, von den Qualen der Geburt bis zum Kampf gegen den Tod. Fressen oder gefressen werden. Das Gesetz der Wildnis.«

»Dieses Land war keine Wildnis, ehe die Daroth kamen«, sagte der Oltor.

»Hat der Löwe nicht den Hirsch gejagt, ihn angesprungen und ihm die Kehle durchgebissen?«

»Doch Dace, der Löwe tat, was in der Natur des Löwen liegt. Aber niemals hat der Hirsch Zähne und Klauen entwickelt und den Löwen gerissen.«

Dace war verblüfft, den Oltor seinen Namen nennen zu hören. »Du kannst den Unterschied in uns sehen? Du kannst uns auseinander halten?«

»Ja. Du wurdest in jenem schrecklichen Moment geboren, als das Kind Tarantio seinen Vater von einem Balken baumeln sah. Er konnte den Anblick nicht ertragen, und in seinem Entsetzen erschuf er einen Bruder, der es konnte – einen Bruder, der alle Schrecken überleben konnte, die die Welt einem Kind entgegenschleudern konnte. Du hast ihn gerettet, Dace. Du hast ihn vor Wahnsinn und Verzweiflung gerettet. Jetzt rettet er dich.«

»Mich braucht niemand zu retten. Ich bin Dace. Ich bin der Beste, den es gibt, den es je gegeben hat. Höllenzähne, ich bin der Beste, den es je geben wird! Wenn ein Feind sich mir nähert, erschlage ich ihn – ob Mensch oder Daroth, Löwe oder Wolf.«

»Und trotzdem hast du geweint, als Sigellus niedergemacht wurde. Du versuchtest, ihn von dem Duell abzuhalten, er war betrunken, seine Kräfte ließen nach. Du hast ihn fast angefleht, dich an seiner Stelle kämpfen zu lassen. Aber er war stolz. Als er starb, hattest du das Gefühl, dass dir ein glühendes Messer in die Seele gestoßen würde.«

Daces Hand zuckte nach dem Dolch in seinem Gürtel. Er taumelte. »Das wusste ich nicht«, sagte Tarantio und ließ die Hand sinken.

»Er lügt!«, rief Dace.

»In einer Kultur, die keine Gewalt, keine Wut, keine Verzweiflung kannte, bestand nie die Notwendigkeit zu lügen«, sagte der Oltor. »Deshalb haben die Daroth uns auch getäuscht. Sie sind Telepathen, und sie errichteten eine mentale Mauer, die wir nicht durchbrachen. Es wäre unhöflich gewesen, es zu versuchen.«

»Wir stehen jetzt den Daroth gegenüber«, sagte Tarantio. »Wir würden deine Hilfe zu schätzen wissen.«

»Ich werde eure Verwundeten heilen, mehr kann ich euch nicht anbieten. Jetzt muss ich ruhen. Vielleicht möchtest du gern mit Brune sprechen?« Der Oltor schloss die Augen. Brune öffnete sie. »Er ist sehr traurig«, sagte Brune. »Er möchte sterben.«

Brune ging zu seinen Kleidern und zog sich an. Seine Beinkleider waren ihm jetzt zu kurz und die übrigen Sachen schlotterten an seiner schlanken Gestalt. Er setzte sich ans Fenster. »Kannst du nichts für ihn tun?«, fragte er Tarantio.

»Was könnte ich tun? Er ist der Letzte eines toten Volkes.«

»Aber er ist so traurig«, sagte Brune. »Und er ist mein Freund.«

»Gestern hattest du Angst«, sagte Tarantio, »und mit Recht. Erkennst du nicht, dass er deinen Körper übernimmt?«

»Es macht mir nichts«, sagte Brune. »Mein Leben lang hatte ich Angst. Ich wusste nie, was ich tun, was ich sagen sollte. Ich konnte so viele Dinge nicht verstehen. Menschen. Kriege. Ich konnte mich nicht an Dinge erinnern. An Orte. Ich geriet durcheinander. Jetzt bin ich nicht durcheinander. Er lehrt mich Dinge, er kümmert sich um mich.«

Tarantio lächelte und schlug Brune auf die Schulter. »Wir alle kümmern uns um dich, mein Freund. Deswegen machen wir uns ja Sorgen.«

»Es geht mir gut, ehrlich. Du lässt nicht zu, dass jemand ihm wehtut, nicht wahr? Er ist nicht wie wir. Er würde nicht kämpfen.«

»Ich werde tun, was ich kann«, versprach Tarantio.

»Er besitzt Kenntnisse, die Hunger und Krankheiten ein Ende bereiten könnten«, sagte Brune. »Die Oltor sind nicht mehr, aber wir Menschen könnten so viel von ihm lernen.«

»Falls wir die Daroth überleben«, sagte Tarantio.

Kapitel elf

Shira war nervös. Sie lag auf dem Bett, das goldene Wesen neben ihr. »Fürchte mich nicht, Kind«, sagte er.

»Ich fürchte dich nicht, Herr. Es ist nur, dass es mich schmerzt, dass jemand meine … Verkrüppelung sieht.«

»Das verstehe ich, Shira. Wenn du nicht willst, dass ich weitermache, dann verstehe ich das auch. Vielleicht kann ich nur wenig ausrichten, denn ich habe nie zuvor Menschen getroffen.«

Sie lächelte ihn an, dann warf sie Duvo einen Blick zu. »Meinst du, ich sollte?«, fragte sie. Er nickte, und Shira schloss die Augen. »Also gut«, sagte sie. Duvo ging zum Bett, die Harfe in der Hand.

»Es wird nicht nötig sein, wirklich Musik zu machen«, sagte der Oltor. »Das Lied, das ich singe, kannst du nicht hören.« Der Duft von Rosen erfüllte den Raum. Er legte seine schlanke, goldene Hand auf Shiras Stirn, und sofort ging ihr Atem tiefer. »Sie schläft«, sagte er und zog die Laken zurück. Shira trug ein einfaches Baumwollgewand, das der Oltor ihr bis zu den Hüften hochschob. Das deformierte Bein war hässlich und verdreht, die Muskeln knotig und missgeformt wie Steine unter der Haut.

Der Oltor-Älteste legte seine Hand auf ihren Oberschenkel. Erstaunt sah Duvo zu, wie die Hand zu glühen begann, erst durchscheinend und schließlich durchsichtig wurde. Langsam sank sie unter Shiras Haut. »Die Knochen von Ober- und Unterschenkel waren übel gebrochen«, flüsterte der Oltor, »und sie wurden ungeschickt zusammengefügt und sind stark verkalkt. Die Muskeln sind faserig, kein feuchtes Gewebe mehr, und die Sehnen sind verkürzt.«

Duvo versuchte, seine Enttäuschung zu verbergen. »Es war sehr nett von dir, sie zu untersuchen«, sagte er.

»Nur Geduld, mein Freund, wir haben eben erst angefangen.« Shiras Schenkel glühte jetzt, und Duvo konnte die Hand des Oltors sehen, die sich unter der Haut bewegte. Es gab einen plötzlichen Knacks, wie ein Peitschenknall in dem stillen Zimmer. Duvo fuhr zusammen. »Was machst du da?«

»Ich breche den Schenkelknochen und setze ihn gerade wieder zusammen. Es ist schwierig, es dauert länger, als ich dachte, die Muskeln zu heilen und zu dehnen.« Langsam begannen die Knoten und Klumpen an Shiras Schenkel zu schrumpfen. Nach einer Stunde zog der Oltor seine Hand heraus und begann unterhalb des Knies von neuem.

Als es dunkel wurde, wurde das Zimmer düster und Duvo zündete eine Laterne an. »Wie lange noch?«, fragte er.

»Nicht mehr lange. Hilf mir, sie umzudrehen.« Sanft rollten sie die schlafende Frau auf den Bauch.

»Das Bein sieht vollkommen aus«, sagte Duvo.

»Das ist es, aber die Muskeln des unteren Rückens sind verformt, genau wie das Rückgrat. Das ist nach zehn Jahren Hinken nur natürlich. Ich muss jetzt vorsichtig sein, denn dein Sohn darf von der Magie nicht berührt werden.« Seine Hände bewegten sich über Shiras Rücken, die langen Finger kneteten sanft das Fleisch. Endlich stand er auf und deckte sie zu. »Du kannst sie jetzt wecken«, sagte er.

Duvo setzte sich ans Bett und nahm Shiras Hand und küsste sie. »Wach auf, Liebste«, sagte er. Shira stöhnte leise und gähnte. Sie schlug die Augen auf. »Zeit zum Aufstehen«, sagte Duvo.

Verschlafen schob Shira die Decke beiseite und ließ sich von Duvo aufhelfen. Sie war nicht überrascht, als sie gerade stand. »Das ist ein schöner Traum«, sagte sie.

»Es ist kein Traum. Du bist geheilt, Shira.« Das Mädchen blieb einen Augenblick stehen und machte dann ein paar vorsichtige Schritte. Ohne Rücksicht auf die beiden Männer setzte sie sich wieder aufs Bett, zog ihr Baumwollgewand hoch und betrachtete das jetzt vollkommen geformte Bein. Wieder stand sie auf, dann wirbelte sie in einer anmutigen Pirouette auf dem Absatz herum.

»Sie glaubt immer noch, es sei ein Traum«, sagte der Oltor.

»Vielleicht solltest du dich mal kneifen, Shira«, schlug Duvo vor.

»Ich will aber nicht aufwachen«, sagte sie mit Tränen in den Augen.

»Ich kann dir versprechen, dass du nicht schläfst«, versicherte Duvo ihr. Shira zögerte, dann grub sie ihre Nägel in die Handfläche.

»Es tut weh«, sagte sie. »Ich bin wach! Oh, Duvo!« Sie lief zu ihm und schlang ihm die Arme um den Hals.

Er küsste sie und hielt sie fest an sich gedrückt. »Du dankst dem Falschen«, sagte er schließlich und Shira wandte sich an den Oltor-Ältesten.

»Ich weiß nicht, was ich sagen soll«, sagte sie. »Ich kann es nicht glauben! Wie kann ich dir nur danken?«

»Deine Freude ist genug, Shira«, antwortete der Oltor. »Ich glaube, die Reise nach Loretheli wird jetzt etwas einfacher sein. Wann wollt ihr aufbrechen?«

»Sobald das Wetter besser wird«, erklärte Duvo. »Mehr als achttausend Menschen bereiten sich auf die Reise vor. Du solltest mit uns kommen.«

»Ich glaube nicht«, meinte der Oltor. Er blickte auf Shira und lächelte. »Dein Baby ist stark und gesund, ihm fehlt nichts. Seine Entwicklung zeigt, dass er ein lebhaftes Kind wird.«

»Ein Junge, also«, sagte sie und nahm Duvos Hand. »Dein Sohn, mein Liebster!«

Duvo setzte sich aufs Bett und umfasste mit beiden Händen die ihre. »*Unser* Sohn«, verbesserte er sie. Er ließ ihre Hand los und strich ihr über das rabenschwarze Haar. »Ich kann dir nicht sagen, wie glücklich du mich gemacht hast. Und ich kann nicht glauben, wie ich nur denken konnte, Liebe könne meine Musik zerstören. Jeder Tag mit dir lässt die Kraft in mir anschwellen.«

»Ich glaube, du machst unseren Gast verlegen«, tadelte Shira.

»Keineswegs, Shira«, widersprach der Oltor. »Aber ich glaube, ich verlasse euch jetzt. Sag mir, Duvodas, gibt es einen Ort in dieser Stadt, an dem die Magie des Landes noch blüht?«

»Nicht sehr kräftig«, sagte Duvo.

»Das hatte ich befürchtet. Ihr Menschen seid den Daroth ähnlich darin, die Magie aus dem Land zu ziehen, ohne sie zu ersetzen. Ihr pflastert die Erde mit totem Stein. Das ist nicht gesund.«

»Was brauchst du denn?«, fragte Duvo.

»Ich muss die Sterne berühren. Es gibt Wahrheiten, die ich finden muss und Rätsel, die gelöst werden müssen.«

»In der Nähe ist ein Park«, sagte Duvo. »Wann immer ich das Bedürfnis habe, die Magie zu spüren, gehe ich dorthin. Wie gesagt, sie ist nicht stark, aber du hast viel mehr Macht als ich.«

»Willst du mich hinbringen?«

»Ja. Im Sommer sucht dort allerlei Gesindel Zuflucht – Räuber und Diebe. Jetzt ist es zu kalt für sie. Wir sollten in Sicherheit sein.«

In Umhang und Kapuze wanderte der Oltor-Älteste mit Duvodas durch die gewundenen Gassen. Sie kamen auf dem Galgenplatz an, als der Mond hinter einer Wolke auftauchte. Der Oltor blieb stehen und blickte auf die Reihe der Gehenkten. »Ihr tötet so leichtherzig«, sagte er traurig.

»Ich habe noch nie getötet«, sagte Duvodas.

»Ich bitte dich um Verzeihung, Duvodas. Aber du kannst nicht ahnen, wie viel Schmerz mir ein solcher Anblick bereitet. Komm, wir müssen rasch weitergehen. Dieser Ort ist wie eine Stadt der Daroth. Es ist nicht nur, dass die Magie fort ist, sondern es gibt auch eine andere Kraft hier, wie ein Wirbel, der alles verschlingt. Ich kann spüren, wie mir die Kraft ausgesaugt wird.« Sie eilten weiter, durch die Tore des Parks und den eisbedeckten Hang zu der kleinen Gruppe von Hügeln inmitten des Parkes. Der Oltor drehte sich um, um einen Blick zurück auf die funkelnde Stadt zu werfen. »Was werdet ihr Menschen tun, wenn ihr alle Magie aus dem Land gezogen habt? Was wird aus euch werden?«, fragte er.

»Vielleicht finden wir auch einen Weg, sie zurückzubringen«, meinte Duvodas.

Der Oltor-Älteste nickte. »Das ist ein guter Gedanke. Halt ihn fest.«

»Du sagst das ohne Überzeugung«, stellte Duvodas fest. »Glaubst du, wir sind unfähig, einen Weg zu finden?«

Der Oltor schüttelte den Kopf. »Nein, nicht unfähig. Nur anders. Wenn alle Oltor blind würden, bis auf einen Mann, würden alle ihm die Führerschaft anvertrauen. Sie würden einen Weg suchen, damit alle sehen könnten. Ihr Menschen würdet anders reagieren. Die Blinden wären eifersüchtig auf den Sehenden und würden versuchen, ihm auch die Augen auszustechen. Ich habe viel von Brune gelernt. In seinem Dorf gab es eine Frau, als er jung war. Sie hatte Macht, sie war eine Heilerin. Aber sie verbrannten sie in einem großen Feuer und jubelten, nachdem sie es getan hatten. Trotzdem, wir wollen nicht bei solchen Dingen verweilen. Mach dir keine Sorgen darum, was du gleich sehen wirst«, sagte er. »Kein Mensch in der Stadt unten wird es beobachten.« Der Oltor ging zum höchsten Punkt des Hügels und kniete im Schnee nieder. In wenigen Augenblicken war er weggetaut und Duvo spürte die Wärme eines Sommertages von der goldenen Gestalt ausstrahlen. Der Oltor begann mit tiefer, angenehmer Stimme zu singen, erschuf eine Musik, die vollkommener war als alles, was Duvodas je gehört hatte. Er setzte sich, versunken in dem Wunder des Augenblicks.

Ein schimmerndes blaues Licht bildete sich um den Oltor, und Duvo sah mit Erstaunen, wie sich sein Geist vom Körper löste, schimmernd, wunderbar, wachsend, den Himmel erfüllend – eine ungeheure Gestalt, deren riesige Arme sich ausstreckten, um die Sterne zu berühren und sie in ihren Händen zu bergen. Blumen sprossen rings um den Oltor – kleine Schneeglöckchen, gelbe Narzissen, die im hellen Mondlicht glänzten. Die Zeit schien ihre Bedeutung für den Menschen verloren zu haben, und als die Musik verebbte, fühlte er sich ausgelaugt wie nach einem schweren Verlust. Tränen rannen aus Duvodas' Augen, und er kämpfte gegen eine Woge des Kummers an, die drohte, ihn zu überschwemmen. Der Oltor legte seine Hände auf Duvos Schultern. »Es tut mir Leid, mein Freund. Die Magie war beinahe zu mächtig für dich. Sei ruhig.« Der Kummer verblasste und machte einem Gefühl von Melancholie Platz.

»Ich sah dich die Sterne berühren«, sagte Duvo. »Wie ich dich um diese Macht beneide!«

»Es gibt noch mehr zu sehen, wenn du den Wunsch hast«, sagte der Oltor.

Duvodas hörte die Traurigkeit in seiner Stimme. »Was ist?«, fragte er.

»Ich habe die Antworten, Duvo, aber sie sind schmerzlich. Als die Daroth mein Volk vernichtet hatten, machten sie sich auf, die Eldarin auszulöschen. Wie wir konnten die Eldarin nicht kämpfen, aber sie schärften ihre Magie und schufen einen mächtigen Zauberbann.« Der Oltor griff in den Schnee, nahm eine Hand voll und rollte einen Ball daraus. Diesen warf er in die Luft – wo er augenblicklich verschwand. »Der Zauber der Eldarin breitete sich über das Land, sammelte Macht, verschluckte die Städte der Daroth und hüllte sie in eine schwarze Perle, die die Eldarin im höchsten Gipfel ihres höchsten Berges verbargen. Die Bedrohung war vorüber, doch kein einziger Daroth wurde getötet. Als die Armeen der Menschen gegen die Eldarin zogen, wollten einige der Eldarin die Magie wiederholen, um die Menschen einzufangen. Doch der Ältestenrat beschloss einen anderen Weg. Sie richteten den Zauber gegen sich selbst – und ließen nur einen einzigen Ältesten übrig, der die neue Perle hüten sollte.

Die Menschen töteten ihn. Und die Perle wurde zum Anlass für einen weiteren Krieg. Man hielt sie für einen magischen Gegenstand – der sie ja auch war. Und jetzt, als Ergebnis der Habsucht und Machtgier eines einzigen Mannes, sind die Daroth zurückgekehrt und die Eldarinperle ist weit weg von ihrer Heimat.« Der Oltor-Älteste seufzte, dann drehte er sich zu Duvo um und legte dem jungen Mann die Hand auf die Schulter. »Würdest du gern noch einmal Eldarisa sehen?«

»Mehr als alles andere.«

»Dann halte dich dicht an mich.« Der Oltor stand auf und hob die Arme, und die bittere Winterkälte umfing den Hügel, der Kreis der Blumen erstarb in wenigen Minuten. Wolken ballten sich zusammen, und frischer Schnee fiel auf den Park und die Stadt. Aber er berührte Duvodas und den Oltor nicht. Denn sie standen jetzt auf den kahlen Felsen, die einst das Land der Eldarin gewesen waren.

Und hier gab es keinen Schnee.

Karis war sehr betrunken. Sie starrte finster auf den leeren Krug. Dann rollte sie sich auf die Knie, kämpfte sich hoch, taumelte und fiel schwer auf eine Couch. Es schien so einfach zu sein, als sie dem Herzog versprochen hatte, ihr rebellisches, unbeständiges Temperament unter Kontrolle zu halten. Jeden einzelnen, anstrengenden Tag hatte sie sich gezwungen, sich wie ein General zu benehmen, kühl und distanziert, wenn sie die Ausbildungsstunden überwachte, mit Politikern und Kaufleuten über Logistik und Versorgung diskutierte, mit ihren Hauptleuten Strategien plante. Heute hatte sie zugesehen, wie Forin die Lieferung der neuen Äxte entgegennahm, doppelköpfig und tödlich, jede mit einem Gewicht von dreißig Pfund. Selbst die stärksten von Forins Männern hatten über das Gewicht der Waffen gestaunt. Von dort aus war sie zur Schmiede von Ozhobar gegangen und hatte beim Bau des neuen Katapultes zugesehen, von dort weiter auf das Dach der Soldatenunterkunft, wo Zimmerleute und Bauleute sich über den besten Weg stritten, es abzunehmen und eine flache Konstruktion für die Maschine zu errichten. Und das war erst der Vormittag.

Plötzlich kam ihr ein verlockender Gedanke. Sie sollte zu den Ställen laufen, Warain satteln und in die Berge reiten, Richtung Loretheli! Dort konnte sie eine Überfahrt zu den südlichen Inseln buchen, wo der Winter nicht hinkam. Ich könnte nackt durch den Sand laufen, dachte sie und im warmen Meer schwimmen.

Sie erhob sich wieder, riss sich Hemd und Beinkleider ab und schleuderte beides von sich. Sie nahm den leeren Krug und warf ihn an dieWand, wo er in tausend Stücke zerschellte.

Ein Diener, der den Lärm gehört hatte, trat ein und starrte die nackte Frau mit offenem Mund an. »Raus!«, brüllte sie. Der Mann machte kehrt und floh.

Karis taumelte zur Balkontür und stieß sie auf. Die Kälte traf sie wie ein Schlag, als sie hinausging, sich über das Geländer lehnte und in den schneebedeckten Hof hinuntersah. Sie wischte den Schnee vom Geländer und schlug ein Bein darüber. Eine starke Hand packte sie und zog sie zurück ins Zimmer. Sie fuhr herum und versuchte, einen Fausthieb in Necklens bärtiges Gesicht zu landen, doch er wehrte ihren Arm ab und warf sie auf die Couch.

»Was machst du da?«, schrie sie. »Mach, dass du rauskommst!«

Necklen wandte sich an einen Diener, der verschüchtert an der Tür stand. »Hol mir einen Krug Wasser und etwas Brot und Käse«, befahl er. Dann kniete er neben Karis nieder. »Und jetzt wollen wir dich ins Bett bringen«, sagte er. Ihre Faust schoss vor, doch segelte harmlos über seine Schulter. Er bückte sich, zog sie hoch und schleppte sie ins Schlafzimmer. Sie fiel aufs Bett und merkte, dass die Zimmerdecke leise rotierte.

»Ich möchte tanzen«, sagte sie. »Ich will noch was zu trinken.« Sie versuchte sich zu setzen, doch Necklen drückte sie wieder nieder.

»Du bleibst hier liegen, Prinzessin, bis wir dir etwas zu essen verpasst haben.«

Karis beschimpfte ihn laut und anhaltend mit allen Kraftausdrücken, die sie kannte. Necklen hörte sich ihren Ausbruch schweigend an. Die Decke drehte sich immer schneller, und etwas Schreckliches ging in ihrem Magen vor sich. Stöhnend rollte sie sich zur Bettkante, wo Necklen ihr eine leere Schüssel unterhielt, während sie sich heftig übergab. Und das Bewusstsein verlor…

Als sie wieder aufwachte, war das Zimmer dunkel, nur eine einzige Kerze flackerte auf dem Tisch neben dem Bett. Sie setzte sich auf. Sie hatte einen scheußlichen Geschmack im Mund, und ihr Kopf dröhnte. Auf dem Tischchen stand ein Krug mit Wasser, und sie schenkte sich einen Becher ein und trank in tiefen Zügen.

»Fühlst du dich jetzt besser?«, fragte Necklen. Der alte Soldat saß in einem Stuhl in den Schatten. Er stand auf und ging zum Bett.

»Ich fühle mich, als wäre ich tot«, sagte sie.

»Es hat angefangen zu tauen, Karis. Bald ist Frühling.«

»Ich weiß«, sagte sie müde.

»Es ist nicht die richtige Zeit, um nackt auf dem Balkon zu tanzen. Giriak erzählte mir, wie du in Morgallis auf dem Geländer gestanden hast. Er dachte, du wärst verrückt, aber ich erklärte ihm, du wärst lediglich exzentrisch. Exzentrisch und einzigartig – und viel zu schnell gelangweilt.« Er brach ein Stück Brot ab und reichte es ihr. Karis kaute ohne große Begeisterung darauf herum. »Jedermann hier verlässt sich auf dich, Prinzessin?«

»Meinst du, ich wüsste das nicht? Und nenn mich nicht Prinzessin!«

Necklen gluckste leise. »Ich habe in meinem Leben schon viele Befehlshaber kennen gelernt – beständige, tollkühne, feige. Aber du bist ein Original, Prinzessin. Man wird aus dir nicht schlau. Bei dir ist alles Instinkt. Ich hatte einmal ein Pferd wie dich: im einen Augenblick süß wie eine Beere, boshaft und tödlich im nächsten. Nervös, das war er. Aber ein Vollblut, schneller als der Wind, stärker als ein Bulle. Und furchtlos. Ging für mich durchs Feuer, wirklich. Ich liebte dieses Pferd, aber ich habe es nie verstanden.«

»Wovon schwatzt du da?«, fragte Karis und schwang die Beine vom Bett. Sie stöhnte, als das Dröhnen in ihrem Kopf schlimmer wurde.

»Trink noch etwas Wasser.«

»Zum Geier, du hörst dich an wie meine Mutter!« Karis trank noch einen Becher, dann aß sie noch etwas Brot. Sie blickte auf und grinste ihn an. »Aber ich liebe dich, alter Mann!«

»Das will ich doch hoffen.«

Sie sah, dass der Verband um den Stumpf seines linken Arms wieder blutdurchtränkt war. »Oh je, hab ich das getan?«

»Du hast es nicht absichtlich getan, du hast nur ein bisschen um dich getreten. Das wird schon heilen. Und jetzt zu wichtigeren Dingen. Ich habe Späher nach Norden und Südosten geschickt. Und der Waffenschmied will wissen, ob du dabei sein willst, wenn sie das Katapult aufstellen.«

»Und ob ich das will! … Wie kommst du mit ihm zurecht?«

»Zuerst wirkt er wie ein aufgeblasener Hund, aber er hat das Herz auf dem richtigen Fleck. Ich mag ihn. Und er versteht sein Handwerk, bei allen Göttern!«

»Versuch bloß nicht, seine Haferkekse zu klauen«, warnte Karis ihn.

Necklen lachte laut auf. »Er macht sie selbst, weißt du. Sie sind verdammt gut. Er ließ mich einen frisch gebackenen probieren. Aber nur den einen!«

Karis legte sich zurück. »Wie lange ist es noch bis Tagesanbruch?«

»Noch ein paar Stunden.«

»Dann schlafe ich«, sagte sie. »Weckst du mich bei Morgengrauen?«

»Ich werde hier sein.« Sie nahm seine Hand und drückte sie sanft. Er küsste ihre Finger, dann deckte er sie zu. »Träum was Schönes«, sagte er. »Und vergiss nicht dein Nachtgebet.«

»Danke, Mutter«, sagte sie mit einem Lächeln.

Er blies die Kerze aus und ging zurück ins Wohnzimmer.

***

Herzog Albreck war müde, seine Augen blutunterlaufen und verklebt. Er schob die vielen Papiere, die vor ihm lagen, von sich, stand auf, öffnete die Tür zum Garten und trat hinaus in den Mondschein. Die frische, kalte Luft belebte ihn, und er schauderte vor Behagen. Ein Diener verkündete das Erscheinen des Soldaten Necklen, und der Herzog kehrte in die Wärme seines Zimmers zurück. Der alte Soldat wirkte wachsam.

»Wie geht es ihr?«, fragte Albreck.

»Sehr gut, Herr. Sie ruht.«

Albreck hatte nie gewusst, wie er mit einfachen Leuten umgehen sollte. Es war, als ob ihr Verstand auf einer anderen Ebene arbeitete, sie fühlten sich selten in seiner Gegenwart wohl und ihm ging es umgekehrt genauso. »Setz dich, Mann«, sagte er. »Wie ich sehe, blutet deine Wunde wieder. Ich schicke dir meinen Arzt.«

»Es hat schon aufgehört, Herr. Die Kruste ist wieder aufgebrochen, das ist alles.«

»Du bist ein tapferer Mann«, sagte Albreck. »Karis sagt, du hast ihr schon früher gedient und kennst sie gut.«

»Ich kann nicht gerade sagen, dass ich sie so gut kenne«, antwortete Necklen vorsichtig. »Aber sie ist gut. Die Beste, die es gibt.«

»Ich glaube, die Einschätzung ist richtig«, stimmte der Herzog zu. »Jedoch, der Druck ist sehr groß. Die Bürde ist schwer. Manchmal finden selbst die Besten eine solche Situation … unerträglich. Es kursieren viele Geschichten über Karis. Sie ist in den letzten paar Jahren so etwas wie eine Legende geworden. Man hat mir erzählt, sie sei einmal nackt durch eine Stadt getanzt, nach einem Sieg. Stimmt das?«

»Über jeden General gibt es viele Geschichten«, sagte Necklen. »Darf ich fragen, wo das hinführt?«

»Oh, ich glaube, du weißt, wohin das führt«, sagte Albreck. »Dies ist meine Stadt, meine Verantwortung. Sie ist von Tod und Zerstörung bedroht, durch einen Feind, der mächtiger und böser ist als jeder andere, dem sie sich in ihrer langen Geschichte gegenübersah. Ich habe kein Recht, dich um Ehrlichkeit zu bitten, Necklen. Du hast mir keinen Schwur geleistet. Aber ich würde es trotzdem schätzen. Karis ist eine große Kämpferin und hervorragende Taktikerin. Sie hat Mut, daran zweifle ich nicht. Aber ist sie auch standhaft? Denn das brauchen wir.«

Necklen schwieg einen Moment und starrte ins Feuer. »Ich bin kein geschickter Lügner, Herr – habe es nie nötig gefunden, das zu lernen – also sage ich es ehrlich. Karis ist anders als jeder Mensch, den ich kenne. Sie besteht aus vielen Gegensätzen, zäh und zart, liebevoll und hart. Und sie liebt den Wein und – ja, die Männer. Manchmal treibt sie sich zu weit und dann trinkt sie. Zu viel, im Allgemeinen.« Necklen zuckte die Achseln. »Trotzdem besitzt sie Größe. Und die trägt sie weiter, darüber braucht Ihr Euch keine Sorgen zu machen. Wenn die Daroth vor den Mauern stehen, werdet Ihr diese Größe leuchten sehen. Das verspreche ich.«

Der Herzog lächelte dünn. »Ich hoffe, du hast Recht. Ich bin ein passabler Schwertkämpfer, aber ich war nie Soldat. Und wollte auch nie einer sein. Meine Fähigkeiten liegen darin, Männer beurteilen zu können. Frauen dagegen bleiben mir ein Rätsel, wie ich gerne zugebe.«

»Ein wundervolles Rätsel«, sagte Necklen grinsend.

»Gewiss.« In diesem einen, kleinen Augenblick flackerte so etwas wie Kameradschaft zwischen ihnen auf. Der Herzog fühlte das und zog sich zurück.

Necklen spürte die veränderte Stimmung und erhob sich. »Wenn das alles wäre, Herr?«

»Ja. Ja, danke. Bleib in ihrer Nähe. Sorge dafür, dass sie sich nicht … zu weit treibt.«

»Ich tue mein Bestes, Herr.« Nachdem er gegangen war, beugte sich der Herzog vor, nahm einen Stapel Papiere und begann wieder zu lesen.

Duvodas und der Oltor wanderten über die Felsenwüste, die einst der Verzauberte Park von Eldarisa gewesen war. Sie erkletterten den ersten Sandsteinhügel von Bizha. Duvodas dachte an das erste Mal, als er die Zwillingsberge bestiegen hatte, wie er Bizha erklettert hatte, auf dem Gipfel des natürlichen steinernen Turmes stand, um von dort über den schmalen Spalt zu springen, um – atemlos vor Aufregung und Angst – auf Puzhac zu landen. Alle Eldarin-Kinder machten diesen Sprung. Er sollte die Reise von der Kindheit zum Erwachsenenalter symbolisieren.

Jetzt, als er auf der ersten Anhöhe stand, zitterte Duvo, mehr über die Traurigkeit seiner Erinnerungen als wegen des kalten Windes, der die Felsen umheulte. »Warum sind wir hier?«, fragte er den Oltor.

»Sieh«, sagte der Oltor-Älteste. Er begann zu singen, seine Stimme verschmolz mit dem Wind, wurde Teil von ihm, dunkel wie die Nacht, eisig wie ein Berggipfel im Winter. Ein Lied von Sternenlicht und Tod. Die Musik erfüllte Duvos Herz, und er wickelte seine Harfe aus und begann zu spielen, klar und sauber in vollkommener Harmonie mit dem Sänger. Duvo hatte keine Ahnung, wo die Musik herkam. Sie war anders als alles, was er jemals gespielt hatte, erzeugte eine Stimmung, die dunkel und nachdenklich war. Dann veränderte sie sich. Die liebliche Stimme des Oltor stieg höher. Immer noch passend zu der Bitterkeit eines öden Winters fügte der Oltor einen leicht plätschernden Akkord ein wie der erste Sonnenstrahl nach einem Gewitter. Nein, dachte Duvo, wie eine Geburt auf einem Schlachtfeld, unpassend, fehl am Platze und doch voller Schönheit.

Ein sanftes Licht begann etwa drei, vier Meter über dem felsigen Grund zu glühen, breitete sich wie Nebel über das Land. Dann stieg es, formte sich zu geisterhaften, durchscheinenden Bildern. Duvo hörte auf zu spielen und sah mit stiller Ehrfurcht, wie die Stadt Eldarisa aus Licht geschaffen wurde. Nicht nur die Gebäude, sondern auch die Blumen im Park und das Volk der Eldarin: wie eingefroren, durchsichtig. Duvo hatte das Gefühl, er könne von dem Felsen steigen und Teil des Lichtes werden, denn es glühte nur wenige Zentimeter von der Stelle, an der er saß. Er wollte es gerade tun, als der Oltor zu singen aufhörte und Duvo eine Hand auf die Schulter legte. »Du kannst nicht hingehen, mein Freund. Noch nicht«, sagte der Oltor-Älteste.

Die goldene Gestalt hob die Hände, die Handflächen aneinander gelegt wie zum Gebet, dann zog er eine senkrechte Linie in die Luft. Als seine Hände niederfuhren, fühlte Duvo, wie ein Schwall warmer Luft ihn berührte. Er riss erstaunt die Augen auf, als er Sonnenlicht durch die Linie fallen sah, die die Hände des Oltor beschrieben hatten. Die Linie verbreiterte sich, und Duvo konnte die Stadt Eldarisa sehen, nicht aus Licht, sondern aus Stein und Holz, fest und wirklich, das Gras des Parks grün und saftig.

»Ich habe den Vorhang geöffnet«, sagte der Oltor. »Folge mir.«

Mit zitternden Beinen trat Duvodas hindurch. Kinder standen still wie Statuen und warfen einen Ball, der wie ein kleiner Mond mitten in der Luft hing. Ältere Eldarin saßen auf Parkbänken. Nirgendwo bewegte sich etwas. Kein Lüftchen regte sich. Duvo warf einen Blick nach oben. Die Wolken standen unbeweglich am Himmel.

»Wie kann das sein?«, fragte er den Oltor.

»Zeit hat hier keine Bedeutung. Und wird sie nie haben. Komm, hilf mir bei etwas, das ich tun muss.«

Der Oltor ging über den Großen Platz und stieg die

breiten Granitstufen zum Eingang des Oltor-Tempels empor. Drinnen waren ein paar Eldarin. Ein Vater, still wie ein Standbild, deutete auf eine Reihe von Gebeinen, die auf einem samtbedeckten Tisch ausgebreitet waren. Seine Kinder neben ihm standen reglos in stiller, erstarrter Verwunderung.

Der Oltor-Älteste ging in die Mitte des riesigen Saales und betrachtete die Tausende von Gebeinen. Dann ging er zu dem Hochaltar und nahm ein Stück roter Koralle in die Hand. Duvodas folgte ihm. »Dies war einst mein Lebensblut«, sagte der Oltor. »Jetzt wird es das Lebensblut meines Volkes sein.« Er nahm ein Stück blauen Samt und riss ein Stück davon ab. »Du musst dir die Augen verbinden, mein Freund«, sagte er, »denn es wird gleißendes Licht geben, das dir für immer das Augenlicht zerschmelzen würde.« Duvodas nahm den Stoffstreifen und band ihn sich um den Kopf. Der Oltor reichte ihm seine Harfe. »Du kennst das Lied nicht, das ich singen werde, aber lass deine Harfe folgen, wie dein Herz es dir diktiert.«

Wieder ertönte die schöne Stimme des Oltor. Duvo wartete einen Moment, erfühlte den Rhythmus, entwarf die Melodie. Dann begann er zu spielen. Trotz seiner Augenbinde konnte er sehen, wie die Helligkeit zunahm. Sie war scharf und schmerzhaft, und er wandte sich ab. Die Musik ähnelte dem Lied des Morgens, das Ranaloth ihn viele Jahre zuvor gelehrt hatte. Aber es war sehr viel komplizierter und vielschichtiger. Und langsam schwoll das Lied an, andere Stimmen fielen ein, bis es so schien, als würde ein großer Chor den Tempel mit einer so starken Magie erfüllen, dass Duvo die Sinne verschwammen.

Er sank auf die Knie und ließ seine Harfe fallen. Die Musik spülte über ihn hinweg wie eine warme Woge, und er legte sich auf die Steinfliesen und träumte. In seinem Traum sah er den Oltor, der vor einer großen Schar von Leuten stand. Der Vorhang der Zeit war wieder geöffnet, und die Menschen gingen langsam hindurch in ein Land mit grünen Feldern und hohen Bergen: ein Ort des Friedens, der Harmonie und Stille. Duvodas sehnte sich danach, mit ihnen zu gehen.

Er erwachte, als der Oltor sein Gesicht berührte und fühlte sich ausgeruhter als jemals zuvor. Er nahm seine Augenbinde ab und sah, dass der Eldarin-Vater noch immer auf den Altar deutete. Aber jetzt lag nichts mehr darauf. Rasch sah sich Duvo im ganzen Tempel um. Er war leer. Nicht ein einziges Knochenstück war mehr da – außer dem Schädel, den der Oltor-Älteste in der Hand hielt. »Du hast sie von den Toten zurückgeholt!«, flüsterte Duvo.

»*Wir* haben sie zurückgeholt, Duvodas. Du und ich.«

»Wo sind sie?«

»In einem neuen Land. Ich muss bald zu ihnen gehen, aber ich brauche noch ein letztes Mal deine Hilfe.«

»Was kann ich tun?«

Der Oltor hob den Schädel hoch. »Das ist alles, was von mir übrig ist, mein Freund. Ich kann mich nicht damit verbinden, denn ich kann nicht gleichzeitig singen und wiedergeboren werden. Du musst das Lied spielen, das du gehört hast.«

»Ich kann das nicht so wie du. Ich besitze nicht deine Kunstfertigkeit.«

Der Oltor lächelte. »Du brauchst keine Kunstfertigkeit. Du brauchst das Herz – und das hast du.« Der Oltor band ihm den Stoffstreifen wieder um. »Mach mit mir zusammen Musik. Und wenn ich schweige, spiel weiter.«

Wieder erklang das Lied. Duvos Finger tanzten über

die Saiten der Harfe. Es war kein bewusstes Erschaffen von Tönen, keine geplante Melodie. Die Musik, die er spielte, war automatisch und spontan. Er bemerkte nicht, als die Stimme des Oltor verebbte, und seine Finger tanzten weiter mühelos über die Saiten.

Eine Hand berührte seine Schulter, und er ließ die Musik einschlafen. »Wir sind hier, Duvodas«, sagte der Oltor. Duvo nahm die Augenbinde ab und rieb sich die Augen. Auf dem Fußboden lag die schlafende Gestalt von Brune. Er hatte nicht mehr den Goldton der Haut, sondern war der blonde junge Mann, den Duvo zuerst in der *Klugen Eule* mit dem Schwertkämpfer Tarantio gesehen hatte. Neben ihm stand die große, nackte Gestalt des Oltor-Ältesten.

»Ich muss jetzt gehen«, sagte der Oltor, »und ihr müsst in die Welt zurückkehren.« Er reichte Duvo ein kleines Stück roter Koralle. »Ich habe dies mit einem Zauber versehen, der den Vorhang nur zweimal öffnet. Es wird dich in das Land unterhalb eines Kloster auf einem hohen Berg, etwa sechzig Kilometer südöstlich der zerstörten Stadt Morgallis führen. Dort findest du Sirano. Er hat die Perle bei sich. Nimm Tarantio mit, wenn er will.«

»Kannst du nicht bleiben und uns helfen?«

»Ich will keinen Krieg mehr sehen. Ich habe die Sterne berührt, Duvodas und viele Wunder gesehen. Die Eldarin ließen die Menschen vor vielen Jahrhunderten durch den Vorhang. Weißt du, warum?«

»Ranaloth sagte, weil unsere Welt im Sterben lag.«

»Ja, Mildtätigkeit und Freundlichkeit waren auch Gründe dafür. Aber der wesentliche Grund lag darin, dass die Eldarin wussten, dass ihr den Daroth ähnlich seid. Sie empfanden große Schuld, weil sie eine ganze Rasse eingesperrt hatten. Ihr Menschen wart nicht so offen böse wie die Daroth, aber ihr habt eine Fähigkeit zum Schlechten, die die Eldarin zu verstehen versuchten. Sie glaubten, sich mit den Menschen abzugeben, würde ihnen helfen, falls sie den Daroth die Freiheit wiedergaben.«

»Wir sind nicht wie die Daroth! Das kann ich nicht glauben!«

Der Oltor seufzte. »Aber tief in deinem Inneren tust du es doch, Duvodas. Deine Rasse ist eine, deren Vorstellungskraft sich auf ihre eigenen kleinen Gelüste beschränkt. Gier, Verlangen, Neid – das sind die treibenden Kräfte der Menschheit. Was bei euch Menschen einiges wieder gutmacht, ist, dass in jedem Mann und jeder Frau ein Samenkorn steckt, das wachsen und Liebe, Freude und Mitleid umfassen kann. Aber dieses Samenkorn kann nie auf fruchtbaren Boden fallen. Es kämpft inmitten der Steine der menschlichen Seele ums Überleben. Die Eldarin kamen schließlich zu dieser Erkenntnis. Und hier sind sie alle um uns, ohne sich zu bewegen. Lebendig und doch nicht am Leben.«

»Ich dachte, dies wäre ein festgehaltener Augenblick der Zeit«, sagte Duvodas. »Ich dachte, du hättest einen Vorhang zu einem Herzschlag der Vergangenheit geöffnet!«

»Nein, mein Freund, obwohl es ein Herzschlag ist, erstarrt in der Zeit. Dies ist die Gegenwart. Wir sind innerhalb der Perle.« Für einen Augenblick drangen seine Worte nicht bis zu Duvo durch. Er betrachtete die stillen Gebäude ringsum und die statuengleichen Eldarin. »Statt zu kämpfen oder zu töten«, fuhr der Oltor fort, »zogen sie es vor, sich von der Welt zurückzuziehen. Sie ließen nur einen älteren Mystiker zurück, der die Perle an einen sicheren Ort bringen sollte. Er überlebte nicht.«

»Wie kann ich ihnen helfen?«, fragte Duvo. »Wie kann ich sie zurückbringen?«

»Zuerst musst du Sirano und die Perle finden, dann bring sie zu dem höchsten Berg oberhalb von Eldarisa. Verstecke sie dort und erklettere die Zwillingsgipfel. Dann musst du das Lied der Schöpfung spielen. Du kennst es – Ranaloth hat es dich gelehrt.«

»Ich kenne es. Aber ich war schon einmal dort. Ich kann in diesen Felsen keine Magie finden.«

»Und doch musst du es, wenn die Eldarin wieder leben sollen.«

Brune tat einen tiefen, schaudernden Atemzug und erwachte. Er setzte sich und sah den Oltor an. »Du … du bist nicht mehr bei mir«, sagte er. In seiner Stimme lag Angst.

»Ein Teil von mir wird immer bei dir sein, Brune. Und jetzt ist es Zeit, Lebewohl zu sagen.«

Ozhobar war ein großer Mann und traute den wackligen Leitern nicht recht, die zu dem demontierten Kasernendach führten. Doch er kletterte sie ohne zu zögern hinauf, denn er wollte nicht, dass seine Erfindung von einfachen Soldaten aufgestellt wurde. Als er zum Dach kam, trat er hinaus und ließ seinen sachkundigen Blick über die Arbeit der vier Zimmerleute schweifen, die erwartungsvoll daneben standen. Sie hatten eine große, ebene Fläche aus miteinander verzahnten Planken errichtet, die auf vier starken Balken ruhte. Ozhobar trat darauf und stampfte hier und dort mit dem Fuß auf. Sie war fest, die Verbindungen sauber, die Nägel vollkommen versenkt. Zufrieden nahm er ein Stück Bindfaden und rief einen der Arbeiter herbei. »Halt das mit dem Daumen fest«, sagte er und legte ein Ende des Fadens in die Mitte der Plattform. Er wickelte das andere Ende zur vollen Länge von anderthalb Metern ab, nahm ein Stück Kreide und zeichnete einen Kreis mit einem Durchmesser von drei Metern auf das Holz. Der Zimmermann sah neugierig zu, wie Ozhobar den Faden um sieben Zentimeter verkürzte und dann einen zweiten Kreis innerhalb des ersten zeichnete. Er steckte den Faden wieder ein und rief die Zimmerleute zu sich. »Ich möchte, dass ihr eine Reihe von Löchern in die Kreidelinien bohrt, sieben Zentimeter tief, im Abstand von zehn Zentimetern. Nicht mehr, nicht weniger.«

»Wozu sind sie gut?«, fragte der Leiter der Gruppe.

»Pflöcke«, sagte Ozhobar. »Die Arbeit muss bis Mittag fertig sein. Dann werden die Geländer geliefert.« Der Waffenmacher ging zu einer Stelle, an der ein Flaschenzug aufgebaut worden war, dessen Seile bis auf die Straße tief unten reichten. Er hatte ihn selbst so entworfen, dass er das Dreifache des angenommenen Gewichtes der Maschine und ihrer Munition bewegen konnte. Trotzdem rechnete er ständig mögliche Probleme und Lösungen durch. Er überquerte das Dach noch einmal und musterte prüfend das Gelände jenseits der Nordmauer. Er wusste bereits, dass es knapp vierhundert Meter bis zur ersten möglichen Stelle war, an der die Daroth ein Katapult aufstellenkonnten, 375 bis zur zweiten und 315 bis zur dritten. Im Frühling kamen die vorherrschenden Winde aus Südosten – aber eben nicht immer. Um optimale Zielgenauigkeit zu erreichen, konnte der Wind noch immer ein Problem darstellen.

Er sah Karis auf der Mauer etwa zwanzig Meter weiter nördlich. Sie sprach mit mehreren Offizieren und dem Veteranen Necklen. Als sie ihn sah, winkte sie und lächelte. Ozhobar nickte beiläufig und wandte sich ab. Ob er ein Katapult bauen konnte? Konnte ein Blinder im Dunklen pinkeln? Aufreizendes Weib.

Sein natürlicher Gerechtigkeitssinn setzte sich jedoch durch, und er empfand Schuldgefühle wegen seiner Grobheit. Es war ja kaum ihre Schuld, dass sie, wie alle anderen, sein Genie nicht erkannte. Das taten die wenigsten. Die Welt war, so schien es Ozhobar, voller kleingeistiger Menschen mit mangelnder Vorstellungskraft. »Warum gibt es so viele Dummköpfe auf der Welt?«, hatte er seinen Vater einmal gefragt.

»Nun, mein Junge, die Welt wird von Dummköpfen beherrscht, damit andere Dummköpfe gedeihen können. Menschen mit Fantasie werden nicht besonders geschätzt, wie du wohl leider feststellen wirst.«

Wie Recht er gehabt hatte! Mit fünfunddreißig hatte Ozhobar viele seiner Erfindungen von Menschen mit weniger Verstand verhöhnt gesehen, seine Aufsätze wurden von den weisen Männern der Zeit verspottet. Erst jetzt, wo Corduin kurz davor stand, zerstört zu werden, waren sie zu ihm gekommen. Und weswegen? Wegen seiner Wasserpumpen? Seiner Pläne für ein verbundenes Kanalisationsnetz, das die Ausbreitung von Krankheiten verringern konnte? Seiner Wasserfilter? Nein. Wegen Armbrüsten und Rüstungen und Riesenkatapulten. Das ärgerlich zu nennen wäre eine Untertreibung.

»Welchen Durchmesser sollen die Löcher haben?«, fragte der Gruppenleiter hinter ihm.

»Zwei Zentimeter sollten reichen.«

»Dann muss ich nach neuen Bohrspitzen schicken. Das kann dauern.«

»Welche Größe hast du denn?«

»Anderthalb. Und wir haben reichlich Pflöcke für diese Größe.«

Ozhobar dachte das Problem durch. Die Pflöcke sollten die Räder des Katapults arretieren, das Geländer diente dazu, die Maschine um bis zu 60 Grad zu drehen. Wenn der Wurfarm gelöst wurde, gab es einen heftigen Rückstoß, der die Räder gegen die Pflöcke drückte. Würden anderthalb Zentimeter dick genug sein? Sollte er stattdessen Eisenpflöcke nehmen? Das wäre einfach genug. Aber Eisenpflöcke konnten die Löcher beschädigen.

»Herr?«

»Ja, nimm anderthalb. Aber macht die Löcher tiefer. Wenn ein Pflock bricht, muss man ihn ganz hindurchtreiben können, damit ein frischer Pflock eingesetzt werden kann.«

»Jawohl, Herr.«

Der Mann ging davon. Ozhobar hörte in der Ferne jemanden seinen Namen rufen und ging zum Rand des Daches, um auf die Straße hinunterzuspähen. Ein Fuhrwerk wartete dort, beladen mit zwölf der großen Tonkugeln, die er bestellt hatte, sie waren in Stroh verpackt. Seine Verärgerung wuchs. Sie sollten erst später am Nachmittag geliefert werden, und der Unterstand mit dem Segeltuchdach war noch nicht fertig.

Minuten später verwandelte sich sein Ärger in Wut, als die Mannschaft des Flaschenzuges, in ihrem Eifer, die Arbeit rasch zu erledigen, eine der Kugeln an die Hauswand krachen ließen, wo sie in Scherben ging.

Während der nächsten Stunde wanderte der Waffenschmied zwischen dem Flaschenzug und den Zimmerleuten hin und her und beaufsichtigte die Arbeit. Die Tonkugeln wurden an der Westseite des Daches gelagert und mit einem Segeltuch zugedeckt. Die kreisförmigen eisernen Geländer kamen am frühen Nachmittag, und Ozhobar selbst passte sie über den Kreidekreisen ein und hämmerte die eisernen Spitzen fest. Es war schon beinahe dunkel, ehe die ersten Teile des Katapults unten durch die Straße herbeigezogen wurden. Ozhobar überwachte das Heraufziehen des Querholms und des Wurfarms, dann befahl er, Laternen anzuzünden, damit die Arbeit auch bei Dunkelheit weitergeführt werden konnte.

Es war Mitternacht geworden, ehe das Katapult vollständig an seinem Platze war, die vier hölzernen Räder innerhalb der eisernen Geländer verankert waren. Der Wurfarm reckte sich mehr als drei Meter in die Höhe, der bronzene Löffel an der Spitze glitzerte im Schein der Laternen. Ozhobar drehte die Maschine nach rechts, und die Räder ächzten, als das Katapult sich bewegte. Er fettete die Achsen. Jetzt gab das Katapult bei der Drehung keinen Ton mehr von sich.

»Ich hoffe, es funktioniert«, sagte der Gruppenleiter, ein Mann mit hagerem Gesicht und scheinbar einem höhnischen Dauerlächeln.

Ozhobar ignorierte ihn, dann lächelte er, als er sich vorstellte, wie der Mann in dem kupfernen Löffel saß, während der Halteblock gelöst wurde. Er sah den Kerl förmlich in die Luft und über die Nordmauer segeln.

Es begann zu schneien. Ozhobar ließ das Katapult mit einer Plane zudecken, dann machte er sich an den langen, gefährlichen Abstieg zum Erdboden, vier Stockwerke hinunter.

Auf dem Weg zurück durch die Stadt kehrte er auf ein rasches Mahl in einem Gasthaus ein, dann wanderte er die zwei Kilometer zu seiner Werkstatt. Sein stämmiger Helfer Brek sprach mit Forin und dem weiblichen General Karis.

Ozhobar ging zum Feuer und streckte die Hände über die Wärme. »Sind wir so weit?«, fragte er den schwarzbärtigen Brek.

»Es ist weitgehend zusammengebaut, Oz. An dem Helm müssen wir noch einige kleinere Änderungen vornehmen.«

»Dann lass uns anfangen«, sagte er. In Gedenken an seine frühere Unhöflichkeit verbeugte er sich vor Karis. »Nach dir, General.«

Karis ging voran zum nach hinten gelegenen Lagerraum. Dort hing an einem hölzernen Gestell eine seltsam gefertigte Brustplatte aus poliertem Eisen, mit vorstehenden Schulterstücken und einer hohen, halbrunden Halsberge. Brek ging zu einer Werkbank und kam mit einem großen Helm zurück, den er innerhalb der Halsberge befestigte. »Sieht aus wie ein Riesenkäfer«, meinte Forin mit einem tiefen Lachen.

»Zieh sie an«, sagte Karis.

»Du scherzt!«

»Ich scherze nie. Zieh es an.«

Forin trat an das Gestell. Brek nahm den Helm ab, dann hob er den Brustharnisch herunter und ließ ihn über Forins breite Schultern gleiten. Die breiten Schulterstücke ließen ihn noch gewaltiger erscheinen. Die offenen Seiten wurden durch Kettenpanzerung geschützt, die Brek festhakte. »Jetzt der Helm«, sagte Karis.

Der große, konische Helm wurde Forin aufgesetzt und dann an der Halsberge begestigt. Forins grüne Augen funkelten vor Belustigung, als er aus dem geschlitzten Visier schaute. »Ich komme mir vor wie ein Idiot«, kam seine Stimme gedämpft.

»Wie passend«, meinte Ozhobar.

»Was hat er gesagt? Ich kann hier drin kein Wort verstehen.«

Ozhobar nahm ein schweres Breitschwert, das neben der Schmiede stand, schwang es hoch über seinen Kopf und hieb es kraftvoll gegen die Seite des Helms. Forin taumelte und stürzte beinahe, dann wirbelte er herum. Ozhobar griff ihn erneut an. Dieses Mal zerbrach das Schwert.

»Nimm den Helm ab«, befahl Ozhobar. Brek stieg auf eine Bank und hob den Helm ab.

»Du Hurensohn!«, brüllte Forin. »Ich breche dir alle …«

»Du bist am Leben, du Idiot!«, fauchte Ozhobar. »Hättest du nicht die Rüstung getragen, hätte ich dir den Kopf von den Schultern gehauen. Ich weiß nicht, wie stark die Daroth wirklich sind, aber ich bin stärker als die meisten Männer, und ich konnte noch nicht einmal eine Beule in das Metall hauen!«

»Er hat Recht«, sagte Karis. »Wie fühlt sich die Rüstung an?«

»Verdammt schwer. Aber der Helm muss gepolstert werden, es fühlt sich an, als wäre man im Innern einer Glocke. In meinen Ohren klingt es noch immer nach. Wir brauchen auch Sehschlitze an den Seiten. Der Helm dreht sich nicht mit dem Kopf, der Kopf dreht sich in dem Helm. Wir müssen aber auch seitlich sehen können.«

»Das ist schon in Planung«, sagte Ozhobar. »Wie Brek schon sagte, wir müssen an dem Helm noch arbeiten. Aber abgesehen davon, bin ich zufrieden damit. Wenn du einverstanden bist, General, lasse ich den Waffenschmied mit den anderen anfangen.«

»Was ist mit einem Schutz für die Arme?«, fragte Forin.

»Ich entwickle gerade einen Entwurf für einen Armschutz«, antwortete Ozhobar. »Das erste Paar sollte nächste Woche fertig sein. Im Augenblick ist die Ellbogenpartie das größte Problem, aber mir wird schon etwas einfallen. Wie sind die Äxte?«

Forin zuckte die Achseln. »Zuerst dachte ich, es sei unmöglich, sie zu schwingen, aber wir gewöhnen uns allmählich daran. Die Männer werden von Tag zu Tag besser. Warum hast du die Klingen so entworfen, dass sie oben und unten breiter werden? Sie sehen aus wie Schmetterlingsflügel.«

»Das sollten sie auch«, sagte Ozhobar. »Das Problem bei der einfachen Halbmondform ist, dass die Klinge im Körper stecken bleiben kann, wenn man durch die Rippen dringt. Die Schmetterlingsform wird eine solche Möglichkeit verringern. Ich hoffe, du hast auch bemerkt, dass die Klingenform gestattet, sie als Stichwaffe zu verwenden.«

»Eine Axt ist keine Stichwaffe«, wandte Forin ein.

Ozhobar ging zu einer Bank und holte eine kurzschäftige Axt. Er hielt sie wie einen Speer und warf sie plötzlich auf eine Tür. Die oberen Spitzen des Kopfes drangen tief in das Holz. Ozhobar ging zur Tür und riss sie auf. Zwei schimmernde stählerne Spitzen hatten die Tür vollständig durchdrungen und ragten wie Dolchspitzen aus dem Holz. »Meine Axt ist auch eine Stichwaffe«, sagte er. »Man braucht nur ein bisschen Fantasie, um es zu erkennen.«

»Das ist sehr gut, Oz«, sagte Karis. »Und die Rüstung gefällt mir sehr.«

Nur Ozhobars engste Mitarbeiter durften die Abkürzung seines Namens benutzen, und innerlich zuckte er vor dem beiläufigen Gebrauch zurück. Aber fast im selben Moment erkannte er, dass ihm der Klang von ihren Lippen gefiel. Er wurde rot und murmelte etwas Belangloses. Sie lächelte, dankte ihm und Brek für seine Zeit und verließ mit Forin zusammen den Raum.

Brek grinste. »Kein Wort!«, warnte Ozhobar ihn.

»Wie käme ich dazu«, antwortete Brek.

Draußen hatte sich der Schnee in Matsch verwandelt, die Temperatur lag nur knapp unter dem Gefrierpunkt. »Jetzt ist es nur noch eine Angelegenheit von Wochen«, sagte Karis.

»Ja«, stimmte Forin zu. »Du siehst müde aus, Karis. Du brauchst Schlaf.«

Sie kicherte leise. »Du hattest Recht. Du sahst wirklich aus wie ein Riesenkäfer.« Dann schwiegen sie. Karis wollte den grünäugigen Riesen nur ungern verlassen und auch er schien sich unbehaglich zu fühlen. »Wir sehen uns morgen«, sagte sie schließlich.

»Es ist schon morgen«, betonte er. Sie zuckte die Achseln und ging davon. Er rief ihren Namen, seine Stimme war tief und leise. Karis blieb stehen, dann ging sie weiter. Verdammt noch mal, dachte sie. Warum geht mir dieser Kerl nicht aus dem Sinn?

Als sie weiterging, tappte ein großer schwarzer Hund aus einer Gasse und begann, neben ihr herzulaufen. Sie blieb stehen und betrachtete ihn. »Wo, glaubst du wohl, gehst du hin?«, fragte sie. Der Hund legte den großen Kopf schief und sah sie an. Sie hockte sich nieder und strich ihm über die kräftige Schnauze. Dann klopfte sie ihm den Rücken, sie konnte die Rippenknochen unter ihrer Hand spüren. Eine Gestalt schlurfte aus der Dunkelheit und Karis fuhr auf, eine Hand am Dolch.

»Das wirst du nicht brauchen«, sagte der ältliche Mann. »Ich bin ganz harmlos.« Sein Rücken war von Arthritis gekrümmt, und er schleppte mühsam ein Bündel Feuerholz.

»Es ist spät, um noch unterwegs zu sein«, sagte sie.

»Das Haus war so verdammt kalt, also nahm ich die Gelegenheit wahr, um ein paar Latten vom Zaun eines Reichen zu brechen.« Er grinste sie mit vielen Zahnlücken an, dann warf er einen Blick auf den Hund. »Er heißt Räuber«, sagte er.

»Dein Hund?«

»Nein, er gehört niemandem. Er schlägt sich durch – mit Verstand und Rattenjagd. Ein guter Menschenkenner, das ist Räuber. Er hat einen Riecher für ein weiches Herz.«

»Dann hat ihn seine Nase diesmal im Stich gelassen«, sagte sie.

Der alte Mann war nicht überzeugt. »Glaub ich nicht. Jedenfalls, mir wird kalt, also sage ich Gute Nacht.« Er schlurfte davon in die Schatten und Karis ging weiter, der Hund trabte neben ihr her.

Am Palasttor winkte sie den Wachen zu und ging zu ihrem Zimmer. Ein Diener hatte ein paar Stunden zuvor ein Feuer gemacht, und die Kohlen glühten dunkelrot. Räuber sprang durch das Zimmer und ließ sich auf dem Teppich vor dem Kamin nieder. Ein zugedeckter Teller stand auf dem Tisch bereit. Karis hob den Deckel und sah gepökeltes Fleisch, einen runden roten Käse und einen Laib Brot. Plötzlich hungrig, setzte sie sich. Räuber war sofort an ihrer Seite und blickte sie mit seinen großen braunen Augen an. »Du bettelst ja«, sagte sie. Er legte den Kopf schief. Sie fütterte ihn mit dem Fleisch, dann machte sie sich selbst über Brot und Käse her. Räuber beobachtete sie, bis auch das letzte Krümchen verschwunden war, dann trottete er zurück zum Feuer. Karis legte die letzten Kohlen nach, dann ging sie in ihr Schlafzimmer.

Sie blies die Laternen aus, zog sich aus und schlüpfte unter die Decken. Fast sofort ertönte ein erschreckendes Knurren aus dem Wohnzimmer. Sie warf die Decken beiseite und rannte hinüber, wo sie Vint an die Wand gedrückt vorfand, das Messer in der Hand, den riesigen Hund mit gebleckten Zähnen vor sich.

»Komm her!«, rief sie.

»Ich oder das Vieh?«, fragte Vint. Karis kicherte. Räuber rührte sich nicht. Karis ging zu ihm, kniete nieder und streichelte ihn.

»Dieser Mann hier ist, könnte man vielleicht sagen, so etwas wie mein Freund. Deswegen wäre es gut, wenn du ihm nicht die Kehle durchbeißen würdest.« Sie tätschelte den dicken Kopf, dann stand sie auf, nahm Vints Hand und führte ihn ins Schlafzimmer. »Du bist genau das, was ich jetzt brauche«, sagte sie.

Einige Augenblicke später waren sie beide nackt. Als sie sich liebkosten, bemerkte Karis eine rasche Veränderung bei Vint, eine plötzliche Schlaffheit. »Was ist los?«, flüsterte sie.

»Das verdammte Biest guckt mich an«, sagte er. Karis drehte sich um und sah, dass Räuber mit den Vorderpfoten auf der Bettkante stand, die eckige Nase nur Zentimeter von Vints Gesicht entfernt. Das war zu viel für Karis, sie lachte laut auf.

Vint sank neben ihr zusammen. »Ich glaube, er mag mich nicht«, sagte er.

»Bring das nächste Mal etwas Fleisch mit. Ich habe das Gefühl, dass man Räubers Gefühle ziemlich leicht erkaufen kann.«

»Er ist der hässlichste Hund, den ich je gesehen habe. Wie bist du nur zu ihm gekommen?«

»Er hat mich adoptiert.«

»Du hast eine merkwürdige Wirkung auf Männer, Karis! Das kann ich dir sagen!«

Der Wind heulte über die zerklüfteten Felsen und trieb den Schneeregen gegen die kalten Felswände. Ein violettes Licht schimmerte auf, dann standen zwei Männer, wo einen Augenblick zuvor nur ein längst abgestorbener Baum und ein leerer Pfad gewesen waren.

Tarantio rannte los und duckte sich hinter einen Felsen, als die eisigen Nadeln des Schneeregens ihm in die Haut drangen. Duvodas kam an seine Seite. »Das müsste der Berg sein«, sagte er.

»Ich muss schon sagen, Sänger, ich habe deine Geschichte nicht richtig geglaubt. Wenn ich sie geglaubt hätte, hätte ich es mir wohl zweimal überlegt, dich zu begleiten.«

Duvo sah nach oben. Die Wolken waren dicht, es war fast völlig dunkel. Dann erschien eine Lücke zwischen den Wolken, gerade lange genug, dass die beiden Männer den Umriss eines Klosters hoch oben auf dem Berg erkennen konnten. »Ein langer Aufstieg«, meinte Tarantio, »und ein kalter dazu.«

Duvo schloss die Augen, und Wärme strahlte von ihm aus, die Tarantio einhüllte. Sie standen auf und begannen den Aufstieg. Trotz der Wärme war es eine unangenehme Kletterei, denn der Schneeregen schmolz um sie herum zu Regen, wodurch beide in wenigen Minuten bis auf die Haut durchnäßt waren.

Der Pfad wurde schmal und Duvodas glitt aus. Tarantio packte seinen Arm. Einen Herzschlag lang starrte Duvodas in einen erschreckenden Abgrund hinab, sein Herz klopfte wild vor Panik. »Geh auf der Innenseite«, sagte Tarantio. Dankbar tauschte Duvodas den Platz mit ihm und sie kletterten weiter. Der Wind frischte auf, riss an ihnen, der felsige Pfad war vereist und trügerisch. Es war unmöglich, sich zu unterhalten, und sie senkten die Köpfe und erkämpften sich mühsam ihren Weg bergan.

Der Wärmezauber war nutzlos gegen die Kraft des Windes, und in ihren Kleidern begann sich Eis zu bilden. Duvo merkte, wie seine Gedanken wanderten, plötzlich setzte er sich hin. Tarantio beugte sich über ihn. »Was zum Kuckuck machst du da eigentlich?«, rief er.

»Ich glaube, ich schlafe ein Weilchen.«

»Bist du verrückt? Das wäre dein Tod.«

Duvo schloss die Augen. Tarantio schlug ihm mit seiner kalten Hand ins Gesicht. »Steh auf!«, befahl der Krieger. Der plötzliche Schmerz durchbrach Duvos Schläfrigkeit, er nahm Tarantios Hand und zog sich hoch. Als die beiden Männer weiterstapften, wurde der Wind zu einem Sturm, der auf sie einpeitschte, sie gegen die Felsen schleuderte und es zu einem fortgesetzten Albtraum machte, das Gleichgewicht zu bewahren und vorwärts zu kommen. Die Arme ineinander verhakt, kämpften sie sich weiter, bis sie schließlich um eine Biegung kamen und in einem windgeschützten Felsspalt waren. Ihre Erleichterung war unbeschreiblich. Duvo drückte sich an die Felswand und rief noch einmal den Wärmezauber herbei. Er zog Tarantio dicht an sich, und die beiden Männern standen zitternd beisammen, während die Wärme zunahm und durch ihre vereisten Kleider drang.

»Wir müssen dicht dran sein«, sagte Duvo mit zitternder Stimme.

»Dann wollen wir hoffen, dass sie uns das Tor aufmachen.«

»Warum sollten sie nicht?«, fragte Duvo

»Vielleicht hören sie uns in dem Sturm nicht. Ich nehme an, sie sind alle fest zugedeckt in ihren Betten. Warte hier. Ich werde es feststellen.«

Tarantio ging in die Dunkelheit und Duvo sank nieder. Dampf stieg aus seinen Kleidern, und die zunehmende

Wärme war köstlich. Er legte sich auf die Steine und schlief ein. Minuten später, als Tarantio ihn wachrüttelte, war Duvo eiskalt. Den Wärmezauber konnte er nur aufrechterhalten, wenn er wach war. Unkontrolliert zitternd, versuchte er ihn wieder zu rufen. Tarantio setzte sich neben ihn. »Bei den Göttern, was bist du für ein Idiot!«, zischte der Krieger.

»Es … tut … mir Leid.«

»Nicht so leid, wie es mir getan hätte, ohne einen Weg zurück nach Corduin.«

»Hast du das Kloster gefunden?«

»Ja. Es liegt etwa zweihundert Schritte vor uns. Es kommt ein ekliger Abschnitt, schmal und vereist. Ich glaube, wir warten besser, bis es hell wird, ehe wir es versuchen.«

»Ich glaube nicht, dass ich noch so lange wach bleiben kann.«

Tarantio ritzte mit seinem Dolch die Haut unter Duvos Kinn. »Wenn du einschläfst, weiß ich, wie ich dich wecken kann.«

Die Nacht verstrich. Dem erschöpften Duvodas erschien sie endlos, und als die ersten Strahlen Tageslicht das südliche Ende der Klamm erhellten, empfand er eine Welle der Begeisterung.

»Was wissen wir über dieses Kloster?«, fragte Tarantio. Es waren die ersten Worte seit Stunden.

»Sehr wenig. Ich habe in der Bibliothek von Corduin nach Hinweisen gesucht. Es ist ursprünglich vor Jahrhunderten von Priestern der QUELLE erbaut worden. Jetzt gehört es einer Sekte, die sich Brüder der Offenbarung nennt. Ihr Kult glaubt, dass das Ende der Welt naht.«

»Vielleicht liegen sie da gar nicht so falsch«, sagte Tarantio finster. »Wollen wir hoffen, dass sie Frühaufsteher sind.«

Die beiden Männer erhoben sich müde und gingen durch die Klamm. Duvodas blieb taumelnd stehen, als sie den schmalen Sims erreichten, der zu den Toren des Klosters führte. Er war vielleicht hundert Schritt lang, von Eis bedeckt und schräg, an manchen Stellen nicht mehr als einen knappen Meter breit. Auf der linken Seite fiel der Sims in Schwindel erregende Tiefen ab. »Was meinst du, wie hoch sind wir?«, fragte er Tarantio.

»Über dreihundert Meter. Vielleicht noch mehr«, antwortete der Krieger. »Die Höhe spielt keine Rolle. Ein Sturz von vierzig Metern reicht völlig aus, um zu Tode zu kommen. Es bedeutet nur, dass du etwas länger in der Luft bist.«

»Ich glaube nicht, dass ich da hinübergehen kann«, sagte Duvo.

»Geh vor mir. Ich fange dich auf, wenn du stolperst.«

»Ich kann nicht.«

Dace packte Duvo an seinem pelzgefütterten Umhang und rammte ihn mit dem Rücken gegen die Felswand. »Hör mir zu, du elender Hurensohn! Du hast mich quer durch das Land geschleppt mit deiner traurigen Geschichte und davon, dass du die Eldarin retten und die Daroth einsperren willst. Und jetzt machst du dir bei einer kleinen Gefahr in die Hose. Du gehst – oder ich stoße dich über den Rand, das schwöre ich!«

»Nicht jeder ist mit deinem Mut gesegnet«, sagte Duvodas, »aber ich werde es versuchen. Nicht, weil du mir drohst, sondern weil du Recht hast. Es ist wichtiger, die Perle zu finden.«

Tarantio ließ ihn los. »Halt dich dicht an die Felswand und geh langsam. Wenn du ausrutschst, lass' dich auf den Bauch fallen. Versuch' nicht, das Gleichgewicht zu halten.«

Duvo tat einen tiefen Atemzug und wollte gerade den ersten Schritt machen, als vom Kloster her ferner Gesang zu ihnen drang. Ein Schwall aus Wärme traf ihn. Das Eis vor ihnen begann auf dem Sims zu schmelzen. Die Hitze war jetzt fast unerträglich, und die Männer wandten sich ab. Da sahen sie, dass die gleiche Wärme durch die Klamm floss. »Sie verstehen die Magie des Landes«, sagte Duvo. »Sie machen einen Weg für uns frei.«

Der Hitzewall bewegte sich weiter an ihnen vorbei. Duvo lief über den Sims und den kleinen Hang zu den alten Toren hinauf. Tarantio folgte ihm.

»Das tun sie nicht für uns«, sagte Tarantio. »Denn dann hätte die Hitze an der Stelle angehalten, wo wir waren. Und sie singen ihre Magie immer weiter.«

»Das ist mir gleich«, sagte Duvo glücklich. »Wir haben es geschafft, Tarantio.« Er hieb mit der Faust an das Tor. Kurz darauf hörten sie einen Riegel knirschen, und als das Tor aufging, stand ein älterer Mönch in einem weich fließenden, weißen Wollgewand vor ihnen. Er hatte freundliche braune Augen und ein sanftes Lächeln.

»Wer seid ihr?«, fragte er. »Was wollt ihr hier?«

»Können wir hereinkommen?«, bat Tarantio. »Es war eine kalte Nacht, und ich würde eine warme Mahlzeit zu schätzen wissen.«

»Selbstverständlich. Selbstverständlich.« Der alte Priester trat beiseite. Er verschloss das Tor hinter ihnen und führte sie über einen kleinen Hof zum Hauptgebäude, drei Treppen hoch und durch einen langen Gang. Hier befand sich ein lang gestreckter, schmaler Speisesaal. Ein anderer weiß gekleideter Priester arbeitete in der Küche und spülte Geschirr. Der Gesang klang hier gedämpft, doch die Wanderer konnten ihn noch immer von tief unten hören.

»Guten Morgen noch einmal, Bruder Nemas«, sagte der alte Mann zu dem Geschirr spülenden Priester. »Wir haben zwei Besucher. Ist noch Suppe da?«

»Aber ja, Bruder. Sind sie gekommen, um sich uns anzuschließen?«

»Wenn ja, ist es zu spät«, sagte der alte Mönch. »Aber zumindest können wir ihnen eine warme Mahlzeit mit auf den Rückweg zu den Verdammten geben.«

In einem eisernen Ofen an der gegenüberliegenden Wand brannte ein helles Feuer. Tarantio ging hin, um sich die Hände zu wärmen, dann trat er ans Fenster, das auf den Hof und das Tor hinaussah. Der alte Priester stellte zwei Schalen mit dampfender Suppe auf den Tisch. Duvodas dankte ihm. »Wir sind auf der Suche nach einem Mann namens ...«

»Kario«, warf Tarantio plötzlich ein. »Ein junger Mann, der hergeschickt wurde, um sich euch anzuschließen. Habt ihr ihn gesehen?«

»Kario? Nein, ich glaube nicht, dass wir einen Novizen mit diesem Namen haben. Aber vielleicht haben wir ihn auch abgewiesen. Jetzt, da die letzten Tage kommen, brauchen wir keine neuen Novizen. Das Böse dieser Welt wird hinweggebrannt werden, und die Offenbarung wird herrschen, wie unser Prophet es vorhergesagt hat. Habt keine Angst, Brüder, wir werden weise und gut herrschen, und die Welt wird ein Paradies aus Gebet und Feiern werden. Es tut mir Leid, dass eure Reise umsonst war.«

»Wir sind dankbar für eure Gastfreundschaft«, sagte Tarantio. »Und doppelt dankbar für den Wärmezauber, den ihr uns entgegengesandt habt.«

»Das war nicht für euch, mein Freund, auch wenn ich mich freue, dass ihr Nutzen davon hattet. Die Diener des

Herrn kommen, und wir wollten ihnen unsere Höflichkeit erweisen.«

»Die Diener des Herrn?«, fragte Duvodas.

»Die, die Seine Wünsche erfüllen. Die Reiniger. Die Feuer und Zerstörung bringen. Wie das Heilige Wort uns lehrt: ›Ihre Schwerter werden die Städte niederpflügen, ihre Speere Armeen zerschmettern. Festungsmauern werden erzittern und fallen beim Klang ihrer Hufschläge.‹«

»Die Daroth«, sagte Tarantio.

»Ganz recht«, gab der alte Mann liebenswürdig zu. »Die Diener des Herrn. Eure Suppe wird kalt. Esst. Ruht euch aus.«

Tarantio setzte sich hin und aß und tauchte Brot in die Suppe. Sie war fad und geschmacklos. »Sie ist sehr gut«, sagte er. »Sag mir, Bruder, weshalb kommen die Diener des Herrn hierher?«

»Wir haben einen Botschafter zu ihnen gesandt – um sie wissen zu lassen, dass nicht alle Menschen vom Bösen besessen sind. Wir haben einen ihrer Feinde gefangen genommen, den schrecklichen Sirano. Er hat viele der Diener mit teuflischem Feuer vernichtet und entkam dann in die Wildnis. Er ist hier – und erwartet die Gerechtigkeit.«

Der Gesang ebbte ab, stattdessen erklang ein tiefes Dröhnen von den Toren. »Ah, da sind sie«, sagte der alte Priester. »Bitte entschuldigt mich. Ich muss sie mit meinen Brüdern willkommen heißen.«

Es war Dace, der aufstand und sich dem Priester in den Weg stellte. »Wo wird Sirano festgehalten?«, fragte er.

»Warum willst du das wissen?«

»Wir sind hier, um ihn zu retten«, antwortete Dace.

»Ihr seid Sklaven der Gottlosen?« Der alte Mann wich

einen Schritt zurück. »Ich werde euch nichts sagen.« Dace zog ein Wurfmesser, wirbelte herum und schleuderte es so, dass es sich in die Kehle des Küchenmönchs grub. Der Mann taumelte, dann stürzte er zu Boden. Dace zog ein zweites Messer und näherte sich dem alten Mann.

»Oh, doch, du wirst es mir sagen, du alter Idiot. Und du wirst es mir auf der Stelle sagen!«

»Er ist im oberen Turm«, jammerte der alte Mann. »Bitte, töte mich nicht!«

Dace steckte das Messer weg und bedeutete dem Priester zu gehen. »Geh«, sagte er kalt. »Begrüße deine Gäste.« Als der alte Mann an ihm vorbeischlurfte, versetzte Dace ihm einen Schlag in den Nacken, der mit einem lauten Knacken brach. »Gehen wir«, sagte er zu Duvodas.

»Es bestand keine Notwendigkeit, ihn zu töten«, tobte Duvo.

»Sieh mal aus dem Fenster«, befahl Dace und Duvodas gehorchte. Unten im Hof waren etwa zwanzig Daroth-Krieger durch die Tore marschiert. »Glaubst du, einer dieser Priester ist heute Abend noch am Leben? Und jetzt lass uns Sirano suchen.«

Mit schwerem Herzen folgte Duvodas Dace. Die beiden Männer verließen die Küche und liefen den Flur entlang. Sie fanden eine Treppe, die nach oben führte und nahmen immer zwei Stufen auf einmal. Oben befand sich ein weiterer Flur, der zu einer Wendeltreppe führte. »Das ist hier ja wie in einem Kaninchenbau«, sagte Dace. »Ich habe keine Ahnung, wo wir sind. Hoffentlich ist das der Weg zu dem Turm, von dem er sprach.«

Sie liefen die Treppe hinauf und kamen an eine verriegelte Tür. Dace öffnete sie und trat ein, doch das Zimmer war leer. Er fluchte und ging zum Fenster. Noch drei weitere Türme waren zu sehen. »Kannst du keine Magie einsetzen, um ihn zu finden?«, fragte er Duvodas.

Der Sänger schüttelte den Kopf. »Keine Magie – aber hast du bemerkt, dass nur dieses Turmfenster vergittert ist?«, fragte er und deutete über den Hof. »Die Frage ist, wie kommen wir dahin.«

»Das zumindest ist einfach«, sagte Dace, öffnete das Fenster und kletterte hinauf auf das schmale Fenstersims. Der Hof lag etwa zwanzig Meter unter ihnen, doch rechts unter dem Fenster verlief eine Brüstung, die die Türme miteinander verband. Dace spannte sich und übersprang die Lücke. Duvodas holte tief Luft und kletterte hinterher. Er schloss die Augen und sprang. Dace packte ihn, zog ihn in Sicherheit und gemeinsam liefen sie über die Brüstung. Durch eine kleine Tür kamen sie in einen schmalen Flur, der zu einer weiteren Wendeltreppe führte.

Oben riegelten sie die Tür auf und traten ein. Ein Mann lag auf einer Pritsche. Sein Gesicht war auf der linken Seite grässlich verbrannt. Eiter sickerte aus der zerstörten Augenhöhle, seine Haare waren weggebrannt. Er war bewusstlos.

»Er sieht aus, als wäre er dem Tode nah«, meinte Dace. »Soll ich ihn tragen?«

»Du hast Recht. Er steht auf der Schwelle des Todes.« Duvodas wickelte seine Harfe aus und setzte sich ans Bett. Seine Finger tanzten über die Saiten und der Duft von Rosen erfüllte das Zimmer. »Was zum Kuckuck soll das?«, zischte Dace. »Die Daroth sind auf dem Weg hierher!«

»Dann halt nach ihnen Ausschau«, sagte Duvodas ruhig. Er spielte weiter.

Dace lief aus dem Zimmer und die Treppe hinunter. Weit unten schrie jemand auf. Er ging zu einem Fenster, blickte hinunter und sah einen Priester in den Hof hinaustaumeln. Aus einer klaffenden Wunde in seinem Rücken strömte Blut. Die riesenhafte Gestalt eines Daroth kam langsam hinter ihm her. Andere Schreie folgten. »Nun«, sagte Dace leise, »du hattest Recht mit dem Ende der Welt. Jedenfalls mit deiner Welt.« Für Dace klangen die Schreie melodischer als der grässliche Lärm von Duvodas' Harfe. Wie konnten Menschen diesen Krach nur ertragen?

»Ich kann es«, sagte Tarantio.

»Dann genieße es, Bruder. Ruf mich, wenn es ans Töten geht.« Dace zog sich zurück, und Tarantio ging die Treppe wieder hinauf. Der Verwundete war jetzt wach. Sein Gesicht war noch immer arg vernarbt, aber die Wunden waren sauber.

Sirano setzte sich auf. »Wer seid ihr?«, fragte er.

»Ich bin Duvodas, und das hier ist der Krieger Tarantio. Wir sind gekommen, um die Perle zu finden. Wir müssen sie zurück ins Land der Eldarin bringen. Wir müssen sie zurückholen.«

»Was sind das für Schreie?«

»Die Daroth töten die Priester.«

Sirano deutete auf ein Leinenbündel an der Wand. Duvodas ging hin, schlug es auf und fand die Eldarin-Perle darin. Duvo griff in den Beutel und strich sanft über die Oberfläche, die sich warm anfühlte. Seine Hand zitterte. Hier waren die Eldarin, gefangen in einer Kugel aus purer Magie, zusammen mit ihren Häusern, ihrem Land, den Flüssen und Bächen, die die Erde nährten, den Wäldern, in denen Duvo als Kind gespielt hatte. Alles existierte in seiner Handfläche. Ehrfürchtig schloss er den Beutel wieder. »Jetzt können wir gehen«, sagte er und schlang sich den Beutel über die Schulter. »Jetzt gibt es wieder Hoffnung.«

»Über Hoffnung können wir in Corduin reden«, sagte Tarantio. »Bist du bereit, Duvo?«

»Wozu?«

»Um uns mit deiner Oltor-Magie zurückzubringen.«

»Zuerst müssen wir es bis ins Erdgeschoss schaffen«, erklärte Duvo. »Sonst kommen wir vielleicht ein paar hundert Meter über Corduin heraus.«

Tarantio fluchte. Im Hof unten hatten drei Priester versucht, den Bergpfad zu erreichen. Ein langer Speer durchbohrte den Rücken des ersten und spießte ihn am Tor auf. Der zweite wurde von einem Breitschwert fast entzweigehauen. Der dritte, ein junger Mann, fiel auf die Knie und bettelte um sein Leben. Ein Daroth-Krieger packte ihn an den Haaren und zerrte ihn zurück ins Haus. Tarantio zog sich vom Fenster zurück. »Es gibt nur einen Weg nach draußen«, sagte er, »und da sind die Daroth. Unsere einzige Chance besteht darin, ein Seil zu finden, mit dem wir über die Brüstung klettern können.«

Sirano stand auf und zog seine Kleider an, die versengt, schwarz und blutbefleckt waren. Die drei verließen das Zimmer und gingen durch die Tür, die auf die Brüstung führte. Tarantio trat hindurch und spähte in den Hof hinunter. Fünf Tote lagen dort. Blut färbte den Schnee ringsum. Jetzt erklangen keine Schreie mehr. Rasch führte Tarantio die anderen zu einer zweiten Tür und einen Flur entlang, wobei er in jedes Zimmer spähte. Lautlos stiegen sie eine andere Treppe hinunter und kamen in einen Lagerraum mit Fässern voll Wein und Bier, Kisten mit getrockneten Früchten, Säcken voller Salz und Mehl.

In der Ecke lagen zwei Taurollen. Von draußen dröhnten Schritte von Stiefeln, und die drei Männer liefen zur

Rückseite des Lagerraums und duckten sich hinter die Fässer.

Die Tür ging auf, und zwei Daroth kamen herein. Duvodas hörte ihren zischenden Atem und war sich sicher, dass sie sein Herz klopfen hören konnten. Etwas klickte und Duvodas hörte, wie ein Sack auf dem Steinfußboden verschoben wurde. Dann herrschte Stille. Vorsichtig spähte er über die Fässer. Die Daroth waren weg.

»Sie wollten das Salz«, flüsterte Tarantio. »Ich nehme an, sie wollen gleich essen.«

»Vielleicht können wir an ihnen vorbeischlüpfen«, schlug Duvodas vor.

»Das bezweifle ich. Sie werden jetzt jeden Augenblick feststellen, dass Sirano weg ist, dann werden sie das Kloster durchsuchen. Unsere beste Chance ist, die Seile zu nehmen und uns über die Brüstung abzuseilen.«

»Dann können sie uns aber vom Hauptgebäude aus sehen«, wandte Sirano ein.

»Hast du einen besseren Vorschlag?«, fragte Tarantio.

»Lass sie mich finden. Dann könnt ihr beide durchs Tor schlüpfen.«

Tarantio starrte den vernarbten jungen Mann an. »Willst du unbedingt sterben?«, fragte er.

»Das hält für mich keinen Schrecken bereit. Ich habe der Welt das eingebrockt. Ich zerstörte die Eldarin und ließ die Daroth wieder leben. Meine Stadt ist zerstört, mein Volk erschlagen. Sieh mich an. Entstellt und grotesk. Warum sollte ich Angst vor dem Tod haben?«

»Da hat er nicht ganz Unrecht«, sagte Dace. *»Er ist ein hässlicher Hundesohn.«*

»Es stimmt, dass du für großes Übel verantwortlich bist«, sagte Duvodas, »aber niemand sollte die Möglichkeit der Erlösung missachten.«

»Ich will keine Erlösung«, erklärte Sirano. »Ich will Rache! Und die erreiche ich am besten, wenn ihr mit der Perle Erfolg habt. Die Eldarin können die Daroth zerstören. Sie haben die Macht dazu.«

»Selbst wenn wir sie zurückholen, würden sie das wahrscheinlich nicht tun«, sagte Duvodas. »Sie sind keine Mörder.«

»Umso dümmer von ihnen«, sagte Sirano. »Aber zumindest könnten sie sie wieder einsperren. Du hast Magie. Kennst du den Hitzezauber?«

»Ja.«

»Gut.« Sirano ging zu dem Regal an der Rückwand. Hier standen zahlreiche leere Flaschen. Er nahm ein paar davon und legte sie auf den Boden. »Erhitze die Flaschenhälse stark und schmelze sie, sodass sie die Flaschen völlig versiegeln«, bat er.

»Wozu?«, fragte Duvodas.

»Weil ich dich darum bitte.«

Duvodas kniete sich auf den Boden und hielt seine Hände über den Hals der ersten Flasche. Tarantio sah zu, wie das blaue Glas sich ausdehnte und dann zusammensackte wie Kerzenwachs. Als Duvo sechs Flaschen erhitzt hatte, sah er Sirano an. »Und nun?«, fragte er.

»Jetzt lasst ihr mich allein. Seht zu, dass ihr so dicht wie möglich ans Tor kommt. Ihr werdet merken, wann der Augenblick gekommen ist zu gehen.«

Sirano kniete neben den versiegelten Flaschen und begann zu singen.

»Zauberei!«, flüsterte Duvodas.

»Ja, Zauberei«, antwortete Sirano müde. »Schwarze, böse Zauberei.« Er warf einen Blick auf Tarantio und lächelte. »Ich werde dir ein Geschenk geben, Krieger. Gib mir deine Schwerter.« Tarantio zog seine Kurzschwerter und legte sie neben Sirano nieder. Der Herzog von Romark nahm das erste und fuhr mit der Klinge über seine linke Handfläche. Blut trat aus und er beschmierte die Klinge damit. Wieder begann er zu singen. Das Blut auf dem Schwert zischte und blubberte, und die Klinge schimmerte und glänzte wie poliertes Silber. Sirano schnitt sich in die rechte Handfläche und begann das Ganze mit dem zweiten Schwert von vorn. »Pass auf, wenn du sie in die Scheide steckst«, sagte er.

»Warum?«, fragte Tarantio.

Sirano nahm ein Schwert und schwang es leicht gegen ein Fässchen mit Trockenfrüchten. Die Klinge glitt so mühelos durch das Holz, als wäre es aus Butter. Getrocknete Aprikosen kollerten aus dem Fass. »Wie gesagt, steck sie vorsichtig ein. Und jetzt lasst mich allein.«

Sorgfältig steckte Tarantio die Schwerter in die Scheide, dann nahm er Duvodas beim Arm. »Es ist sein Leben«, sagte er. »Lass' es ihn leben – oder verlieren – wie er will.«

Als sie die Tür erreichten, rief Sirano ihnen nach: »Sag' mir, wer befehligt die Verteidigung von Corduin?«

»Karis«, antwortete Tarantio.

Sirano lächelte. »Richte ihr von mir etwas aus. Die Daroth brennen wie Wachs. Offenes Feuer ist für sie entsetzlich.«

Die beiden Männer traten in den Flur und schlichen leise nach unten. Vor ihnen lag die Tür zum Hof. Tote lagen im Flur. Tarantio erkannte, dass es alles ältere Männer waren.

»Was jetzt?«, flüsterte Duvodas.

»Jetzt warten wir«, sagte Tarantio.

Kapitel zwölf

In seinem ganzen jungen Leben hatte Sirano nie die Konzentration aufgebracht, die er jetzt den Fünf Ebenen von Aveas widmete. Die Flaschen erbebten von der Kraft, die er übertrug, das Glas fühlte sich warm an. Als er die letzte hochhob, sah er unwillkürlich sein erschreckendes Spiegelbild – den vernarbten, kahlen Schädel, die leere Augenhöhle, die Seite seines Gesichts, die dahingeschmolzen war, als hätte man weißes Kerzenwachs über die Haut gegossen. »Was für ein böser Anblick«, sagte er laut.

Böse. Das Wort ließ ihn zusammenfahren.

Bist du böse, Sirano?, fragte er sich. Sind die Daroth böse? Das war ein interessanter Gedanke. Manche Leute glaubten, dass das Böse etwas Absolutes war – vor allem Priester und heilige Männer. Nach ihrer Ansicht hing das Böse in der Luft, berührte Männer, Frauen und Kinder gleichermaßen, förderte die Saat von Hass, Wollust und Gier und pflanzte sie in Herzen und Gedanken. Andere, zu denen auch Sirano gehört hatte, hielten es für eine Art bewegliches Fest. Was dem einen böse erschien, konnte ein anderer für gut erachten. Viel hing von den moralischen Werten und Gesetzen ab, die eine Gesellschaft beherrschten. Welche moralischen Gesetze hatten die Daroth gebrochen? Vielleicht gar keine, nach ihrer Auffassung. Waren sie deshalb böse?

Sirano gluckste leise. Was für ein Zeitpunkt, dachte er, um philosophische Überlegungen anzustellen. Alles, was er sicher wusste, war, dass er selbst die Gesetze seiner Gesellschaft gebrochen hatte. Er hatte eine Frau getötet, die ihn liebte, hatte die Zerstörung seines Volkes herbeigeführt und Schrecken und Verzweiflung über sein Land gebracht. Eine große Traurigkeit überfiel ihn, das Gefühl eines Verlustes, der nie wieder gutzumachen war. Duvodas hatte von Erlösung gesprochen. Aber für manche Verbrechen gab es keine Erlösung …

Müde stand Sirano auf und durchsuchte den Lagerraum, bis er einen kleinen Stapel leerer Säcke fand. Mit seinem Dolch schnitt er ein gut meterlanges Stück von einer dünnen Taurolle. Er schnitt zwei Schlitze in die Oberkante eines Sacks und band das Seil daran fest. Er füllte den Sack mit den sechs Flaschen, schlang sich das Seil über die Schulter und stand auf. Die Flaschen klirrten leise.

Tarantio hatte ihn gefragt, ob er sterben wollte. Oh ja, dachte er. Ich kann mir keine größere Erleichterung vorstellen, als in die Dunkelheit zu stürzen.

Langsam ging er hinaus in den Flur, folgte ihm durch eine Reihe von Räumen, bis er an eine enge Treppe kam. Zuletzt war er vor zehn Jahren hier gewesen, als er dem Kloster eine Summe Goldes gestiftet hatte. Damals war er durch die Gebäude gewandert und hatte den labyrinthartigen Charakter bewundert. Die große Halle, in der die Daroth jetzt ihr Festmahl abhielten, befand sich auf der unteren Ebene, doch darüber verlief ringsum eine Galerie. Sirano dachte an seinen Besuch zurück und versuchte, sich an die Wege durch das Kloster zu erinnern. Er stieg die Treppe hinunter und bog links ab, dann huschte er durch eine lang gestreckte Bibliothek und prüfte seinen Standort durch einen Blick aus dem Fenster. Jetzt wusste er, wo er war. Noch zwei weitere Treppen hinunter und einen weiteren Gang entlang. Dann blieb er vor der letzten Tür stehen. Er holte tief Luft, öffnete sie vorsichtig und schlüpfte auf die Galerie. Rauch kräuselte sich um die Balken und er konnte den süßlichen, ekligen Geruch von bratendem Fleisch riechen. Er warf einen Blick über das Geländer und sah die Daroth. Sie hatten die Steinfliesen des Fußbodens teilweise aufgebrochen und sie zu einer niedrigen Mauer um eine Kochstelle aufgeschichtet. Darin brannten rot glühende Kohlen und ein Toter hing auf einem Spieß darüber. Blutige Knochen waren auf dem Fußboden verstreut, und die meisten Daroth saßen ein gutes Stück vom Feuer weg und aßen schweigend. Zwei weitere standen an der offenen Tür und beobachteten das Tor.

Sirano steckte die Hand in den Beutel und holte eine Flasche heraus. Dann trat er vor, bis sie ihn sehen konnten. »Ich habe mich gerade gefragt«, sagte er laut, »ob man die Daroth als böse bezeichnen kann. Empfindet ihr euch selbst als böse?«

Hitze und Schmerz schossen durch seinen Kopf und er taumelte. Er hatte geglaubt, auf den geistigen Angriff vorbereitet zu sein, doch er war so rasch gekommen, dass er nicht dagegen ankämpfen konnte. Doch jetzt tat er es mit einem Maskierungs-Zauber, der durch seinen Verstand floss wie ein kühlender Bach. »Hat keiner von euch genug Grips, um mir zu antworten?«, rief er.

»Wir haben dich gesucht, Sirano«, sagte eine tiefe Stimme. Zuerst konnte er den Sprecher nicht identifizieren.

»Und ihr habt mich gefunden. Jetzt beantworte meine Frage. Seid ihr böse?«

Die beiden Daroth an der Tür waren hineingegangen.

Sirano musterte die Gruppe. Zwei fehlten jetzt. Ein hünenhafter Daroth kam näher, wobei er die Nähe des Feuers sorgfältig mied. »Das Wort hat für uns kaum Bedeutung, Mensch. Wir sind Daroth. Wir sind eins. Nichts anderes ist wichtig unter den Sternen. Überleben ist das oberste Ziel. Was gut ist, lässt uns überleben und uns vermehren. Was böse ist, bedroht unser Überleben.«

»Wieso haben die Oltor euch bedroht? Ich dachte, sie hätten euch gerettet?«

»Sie wollten uns Land verweigern. Sie schlossen die Tore zu unserer eigenen Welt.«

»Und die Eldarin?«

»Wir werden nicht zusammen existieren«, sagte der Daroth. »Ihre Magie war stark. Sie hätten uns … Ungelegenheiten machen können.«

»So!«, brüllte Sirano. »Es war also Angst, die euch trieb.«

»Wir fürchten nichts!«, erklärte der Daroh lauter werdend.

Die Tür der Galerie schlug auf, und ein großer Daroth stürmte herein. Sirano fuhr herum und warf die Flasche, die auf der Brust des Kriegers zerbarst. Flammen loderten um den riesigen weißen Kopf, und der Daroth stieß einen entsetzlichen Schrei aus. Feuer verzehrte ihn, und die Luft war erfüllt von schwarzem Rauch. Der Daroth krachte rückwärts gegen die Tür, dann fiel er auf die Knie, sein Körper eine lebende Fackel. Blaue Flammen umzischten ihn, und die Hitze war unglaublich. Sirano zog eine weitere Flasche heraus und wandte sich der zweiten Tür zu. Als sie aufging, warf er sie – doch sie explodierte harmlos an der Wand. Sirano kletterte über das Geländer der Galerie und sprang auf einen Sims auf einer der zehn hölzernen Säulen, die die Decke trugen.

»Ihr fürchtet Auslöschung!«, rief er. »Euer Leben wird von Angst beherrscht! Deswegen könnt ihr nicht koexistieren. Ihr glaubt, dass jede Rasse so schändlich und selbstbezogen ist wie ihr selbst. Und dieses Mal habt ihr Recht. Wir werden euch vernichten! Wir werden euch jagen und eure groteske Spezies vom Angesicht der Erde fegen!«

Drei Daroth kamen auf die Galerie. Sirano warf die nächste Flasche, doch sie wichen zurück und auch sie explodierte, ohne den Kriegern zu schaden. Von seiner Säule aus konnte er Tarantio und Duvodas sehen, die über den offenen Hof zum Tor sprinteten.

Ein Wurfspeer drang durch Siranos Bauch und nagelte ihn an der Säule fest. Schmerz überfiel ihn, Blut quoll aus seinem Mund, als er über dem Speer zusammensackte.

»Ihr seid keine Bedrohung für uns!«, höhnte der Anführer der Daroth. »Eure jämmerliche Rasse ist schwach und ohne Rückgrat. Eure Waffen sind nutzlos gegen uns. Wir haben eure Armeen zermalmt und zwei eurer größten Städte zerstört. Nichts Lebendiges kann gegen uns bestehen.«

Sirano nahm mit seinem letzten Quäntchen Kraft den Beutel von der Schulter und warf ihn ins Feuer. Es brach mit einer ungeheuren Explosion aus, die mehrere Daroth von den Füßen riss und zwei von ihnen in Flammen hüllte.

Ein zweiter Speer bohrte sich in Siranos Brust. Und mit ihm kam das Geschenk, das er mehr als alles andere herbeisehnte.

Dunkelheit.

Als Duvodas die Taverne betrat, lief Shira ihm entgegen und schlang ihm die Arme um den Hals. »Ich hatte solche Angst«, sagte sie. »Ich dachte schon, du hättest mich verlassen.« Er hielt sie fest an sich gedrückt und küsste sie auf die Wange.

»Niemals! Ich lasse dich nie wieder allein.« Seine Finger strichen durch ihr langes dunkles Haar, ihr Gesicht blickte zu ihm auf. Zärtlich küsste er sie auf die Lippen, dann machte er sich aus ihrer Umarmung frei und setzte sich ans Feuer. Ihr Vater Ceofrin kam herbeigeeilt und schlug Duvo auf die Schulter.

»Du siehst erschöpft aus, Mann. Ich hole dir etwas zu essen.« Ceofrin ging zur Küche und kam mit einer Schale Haferbrei und einem Glas Honig zurück. Es blieb unberührt.

»Was ist geschehen? Habt ihr sie gefunden?«, fragte Shira. Duvodas öffnete den Leinenbeutel und holte die Perle heraus, die im Schein des Feuers funkelte. Einen Augenblick lang sagte niemand ein Wort. Die Perle war warm in Duvos Händen, und das Gewicht der Verantwortung lastete schwer auf ihm. Shiras Blick wanderte von der Kugel zu Duvo, und ihre Liebe zu ihm schwoll an. Ceofrin wich zurück. Er wusste nicht um die Natur der Perle und ihre Macht, aber er wusste, dass Armeen seit sieben Jahren darum gekämpft hatten und gestorben waren, um sie zu besitzen, und jetzt lag sie hier in seinem Wirtshaus.

»Oh«, sagte Shira schließlich, »sie ist so schön. Wie ein Mond, der vom Himmel gefallen ist.«

»Sie enthält die Eldarin, ihre Städte, ihr Land. Alles.« Langsam erzählte er ihnen von der Reise zum Kloster und vom Tode Siranos, des Herzogs von Romark. »Was dort im Kloster geschah, ist entsetzlich«, sagte er. »Die

Mönche wurden von den Daroth erschlagen, die jüngeren gefressen.«

Ceofrin hörte zu, während Duvo seine Geschichte erzählte. »Ich kann mir den Zorn, den du empfinden musst, nur vorstellen«, sagte er.

Duvodas schüttelte den Kopf. »Die Eldarin lehrten mich, mit Zorn umzugehen: Du musst ihn durch dich hindurchströmen lassen ohne Aufenthalt. Es war eine schwierige Lektion, aber ich glaube, ich habe sie gelernt. Die Daroth sind, was sie sind. Wie ein Sturm, vielleicht, gewaltsam und zerstörerisch. Ich werde sie nicht hassen. Ich werde nichts hassen.«

»Wenn du mich fragst«, meinte Ceofrin, »dann gehst du einen schweren Weg. Der Mensch wird geboren, um zu lieben und zu hassen. Ich glaube nicht, dass irgendetwas daran etwas ändern kann.«

»Du irrst«, sagte Duvodas. »Ich habe in meinen Leben das Böse in all seinen Erscheinungsformen gesehen, groß und klein. Es hat meine Wahrnehmung nicht verändert.«

Ceofrin lächelte. »Du bist ein guter Mann, Duvo. Darf ich sie berühren?« Duvo reichte ihm die Perle. Er wog sie in seinen großen Händen und starrte in ihre milchige Tiefe. »Ich kann hier keine Städte sehen.«

»Aber sie sind trotzdem da. Ich muss die Perle zum höchsten Berg im Land der Eldarin bringen. Dann kehren sie zurück.«

»Und helfen uns, die Daroth zu vernichten?«, fragte Ceofrin.

»Nein. Ich glaube nicht, dass sie das tun werden.«

»Warum sie dann zurückholen?«

»Vater! Wie kannst du so etwas sagen?«, fragte Shira. »Verdienen sie es denn nicht zu leben?«

»So habe ich das nicht gemeint«, erwiderte Ceofrin errötend. »Ich meinte, wenn sie beschlossen, sich vor einer menschlichen Armee zu verbergen, weil sie nicht gerne kämpfen, warum sie dann zurückholen, nur damit sie sich einer Daroth-Armee gegenübersehen?«

»Das ist ein guter Einwand«, gab Duvodas zu. »Aber die Eldarin sind ein weises Volk, das gut Alternativen zum Krieg anbieten könnte. Allein ihre Rückkehr wird die Daroth zwingen, ihre Pläne zu überdenken.«

»Hoffentlich hast du Recht, Duvo«, sagte Ceofrin und gab ihm die Perle zurück. »Jetzt muss ich in die Küche. Ich muss kochen und Bier aus dem Keller holen.« Er warf noch einen Blick auf die Perle und schüttelte den Kopf. »Es kommt mir seltsam vor, an einem solchen Tag an so Alltägliches zu denken.«

»Das Leben geht weiter, mein Freund«, sagte Duvodas und stand auf.

Shira nahm seinen Arm. »Du musst dich ausruhen«, sagte sie. »Komm. Das Schlafzimmer ist warm und das Bett frisch bezogen.« Gemeinsam gingen sie nach oben, wo Duvodas seine Harfe auf den Tisch legte und sich die schmutzigen Reisekleider auszog.

»Leg dich ein Weilchen zu mir«, bat er, als er unter die Decke schlüpfte.

»Ich muss arbeiten«, erklärte sie. »Und wenn ich zu dir komme, würdest du dich nicht ausruhen!«

Duvodas stützte sich auf einen Ellbogen und betrachtete sie. Ihre Schwangerschaft war inzwischen merklich fortgeschritten. »Ist dir morgens noch immer übel?«, fragte er.

»Nein, aber ich habe die unglaublichsten Gelüste nach Essen. Honigkuchen, in Bratensauce getaucht! Kannst du dir das vorstellen?«

»Glücklicherweise nicht«, sagte er. Er legte sich nieder und schloss die Augen. Sein Körper fühlte sich an, als treibe er in einem Boot auf einem sanften Bach dahin. Er fühlte ihren Kuss auf seiner Wange, dann glitt er davon in einen traumlosen Schlaf.

Als er erwachte, war es fast Mitternacht, und Shira lag fest schlafend neben ihm. Er zog sie an sich und hielt sie fest umarmt. In zehn Tagen würden sie sich den ersten Flüchtlingen auf dem Weg nach Loretheli anschließen. Sobald er Shira dort untergebracht hatte, würde er nach Südwesten gehen, ins Land der Eldarin. Shira erwachte und kuschelte sich dichter an ihn. Er konnte den süßen Duft ihrer Haare und ihrer Haut riechen und fühlte die Wärme ihres Körpers.

Erregung überfiel ihn, und er liebte sie langsam und leidenschaftslos und küsste sie sanft. Dann legte er sich zurück, sie immer noch im Arm haltend. »Ich liebe dich«, flüsterte sie.

»Ich dich auch.« Es schien, als ob es keine Welt da draußen gäbe. Das ganze Universum war hier in diesem einen kleinen, gemütlichen Zimmer. Er legte die Hand auf Shiras geschwollenen Bauch und fühlte das Leben dort drin. Sein Sohn. Der Gedanke ließ ihm einen Kloß in die Kehle steigen. Sein Sohn! »Er wird spät im Frühling in einer Stadt am Meer geboren«, hatte Shira gesagt. »Ich werde ihm den Sonnenaufgang und den Sonnenuntergang zeigen. Er wird gut aussehen, wie du, mit hellem Haar und deinen Augen. Nicht zuerst, denn alle Kinder werden mit blauen Augen geboren. Aber wenn er älter wird, werden sie grau-grün werden.«

»Warum sollte er nicht schöne braune Augen haben wie seine Mutter?«

»Vielleicht hat er das«, hatte sie gesagt.

Karis lauschte schweigend, während Tarantio ihr von der Reise und der Rückkehr der Perle erzählte. Forin, Necklen und Vint saßen dabei, während Brune in der Küche war und für sie alle das Abendbrot zubereitete. »Glaubt ihr das? Das mit der Perle, meine ich?«, fragte sie.

»Ich ja«, antwortete Tarantio. »Brune hat mir von der Wiedererweckung der Oltor erzählt. Und Brune hat nicht genug Fantasie, um zu lügen.«

»Hoffentlich hast du Recht. Was mir allerdings Sorgen macht, ist, dass die Daroth überhaupt in dem Kloster waren.«

»Was meinst du damit?«, fragte Tarantio.

»Alle unsere Pläne beruhen auf der Tatsache, dass die Daroth die Kälte nicht mögen und nicht vor dem Frühling hier eintreffen werden. Jetzt erzählt ihr mir, dass sie einen Bergpfad bei Temperaturen von unter null hinaufklettern und Scharen von Priestern ermorden. Demzufolge könnten sie in wenigen Tagen hier sein. Und wir sind noch nicht bereit.«

Karis wandte sich an Forin. »Was meinst du?«, fragte sie.

»Es besteht ein Unterschied zwischen einer kleinen Gruppe, die sich in die gefrorene Wildnis wagt und einer Armee, die das Gleiche tut. Im Frühling gibt es genügend Wasser für ihre Soldaten und Pferde. Im Winter sind die Bäche und Flüsse gefroren. Ebenso das Gras für ihre Pferde, das zurzeit unter einer Schneedecke liegt. Ich glaube, wir haben noch Zeit – wenn auch vielleicht weniger, als wir wünschten.«

»Ich stimme Forin zu«, sagte Necklen. »Und da wir nichts dagegen tun können, schlage ich vor, wir machen weiter wie geplant.«

Karis nickte. »Das neue Katapult ist ausgesprochen

wirkungsvoll. Im Moment werden drei weitere zusammengebaut, um die Ostmauer zu schützen.«

»Was ist mit Westen und Süden?«, wollte Tarantio wissen.

»Über die Westmauer mache ich mir die geringsten Sorgen. Das Land fällt dahinter steil ab, es gibt keine Stelle, an der man ein Katapult errichten könnte, und jeder Angriff von Fußsoldaten würde durch den steilen Anstieg verlangsamt. Im Süden könnten wir ein Problem bekommen, aber wenn wir noch ein paar Wochen bis zur Belagerung haben, dann sind noch mehr Katapulte fertig, um die Mauer zu schützen. Ich vermute, dass die Daroth zuerst von Norden her zuschlagen werden, um Breschen in die Mauer zu schlagen und hindurchzustürmen. Unsere erste – und wichtigste – Aufgabe ist es, sie hier aufzuhalten.«

»Ozhobar sagt, dass du und er andere Pläne haben«, sagte Necklen. »Wann wirst du uns davon erzählen?«

»Gar nicht, mein Freund«, erwiderte Karis. »Die Daroth sind Telepathen. Ich glaube nicht, dass sie versuchen, vor dem ersten Angriff unsere Gedanken zu lesen, denn sie sind arrogant und halten uns für jämmerlich schwach. Wenn wir sie aber zurückwerfen, wird diese Arroganz abbröckeln. Dann werden sie sich darauf konzentrieren zu erfahren, was wir noch auf Lager haben. Es ist wichtig, unsere sekundären Pläne geheim zu halten. Deswegen werden weder Ozhobar noch ich selbst zu irgendeinem Zeitpunkt auf den Mauern sein – also in Sichtweite der Daroth.«

»Ich nehme an«, sagte Vint, »das ist der Grund, weshalb die Steinmetze tiefe Löcher in das Mauerwerk hinter den Toren meißeln?«

»Ja. Ihr werdet in den nächsten Tagen viele solcher

Tätigkeiten beobachten. Versucht, nicht zu neugierig zu sein.«

Vint lachte. »Leichter gesagt als getan, meine Dame.«

»Ich weiß. Ich erinnere mich noch gut an die albernen Denkspiele, die Giriak so mochte. Eins davon ging darum, dass man zehn Herzschläge lang nicht an Eselsohren denken durfte. Es war unmöglich. Trotzdem müsst ihr es versuchen. Und warnt auch alle Männer auf der Nordmauer: Jeder plötzliche Kopfschmerz oder das Gefühl von Wärme im Kopf muss sofort berichtet und die Männer befragt werden. Ich nehme an, die Daroth werden sich auf die Offiziere konzentrieren, aber ich kann mich irren.«

»Wie viele Kämpfer werden wir haben, Karis?«, fragte Necklen. »Die Anzahl derjenigen, die sich für die Flüchtlingskolonnen eingetragen haben, hat bereits die Zehntausend erreicht und sie steigt immer noch. Ratsherr Pooris sagt, er und seine Abteilung ersticken unter den Anträgen.«

»Die wahrscheinlichste Schätzung liegt bei fünfzehntausend Kämpfern«, sagte Karis. »Wir sollten den Daroth drei zu eins überlegen sein. Die Statistik ist jedoch bedeutungslos, da wir unsere Truppen auf die vier Mauern verteilen müssen. Wahrscheinlich sind wir auf der Nordmauer ihnen an Zahl ebenbürtig.«

Brune brachte mehrere Tabletts mit Fleisch, Brot und Kuchen und einem großen Krug Rotwein herein.

»Prentius fiel an einem Tag«, sagte Necklen. »Einem einzigen, blutigen, schrecklichen Tag!«

»Dies ist nicht Prentius«, sagte Karis. »Und die Verteidiger standen nicht unter meiner Führung.«

Die Logistik des Problems hatte Pooris anfangs in Aufregung versetzt. Mehrere tausend Flüchtlinge mussten nach Hlobane verfrachtet werden, rund vierhundertfünfzig Kilometer im Südwesten und dann noch weitere gut sechshundert Kilometer nach Südosten zur Hafenstadt Loretheli. Jetzt war das Problem noch viel größer, und Pooris saß mit Niro und einer Schar Schreiber im Saal über der Großen Bibliothek und versuchte verzweifelt, Statistiken aufzustellen.

Vierzehntausend Menschen hatten inzwischen erklärt, Corduin verlassen zu wollen, fast zwanzig Prozent der erwachsenen Bevölkerung. Die Reiter des Herzogs unternahmen eine Reihe gefährlicher Ritte nach Süden mit Botschaften von und zu Belliese, dem Korsarenführer, der fünf Silberstücke für jeden Flüchtling gefordert hatte und zehn weitere für jeden, der weiter zu den Inseln wollte. Die Summe war nicht wucherisch, aber führte dazu, dass die Staatsschatulle sich rapide leerte.

In Anbetracht der Tatsache, dass inzwischen mehr als zehntausend Söldner in Corduin lebten, die an jedem Ersten eines Monats ihren Sold verlangten, war das Problem wirklich ernst. Ohne den unerwarteten Gewinn des Vermögens von Lunder hätte man das Projekt nicht einmal anfangen können. Selbst mit diesem Vermögen zweifelte Pooris mittlerweile daran, ob die Finanzmittel der Stadt weit genug reichen würden.

Die spinnenhafte Gestalt von Niro stand vor seinem Schreibtisch und Pooris blickte auf. »Es sind nicht genügend Fuhrwerke«, sagte Niro. »Nicht einmal die Hälfte. Und die Preise dafür sind bereits auf das Dreifache gestiegen. Und werden noch weiter steigen.«

»Wie viele haben wir für den Transport von Lebensmitteln und Silber gekauft?«

»Dreißig, Herr. Aber im Hof des Hauptlagers wurde letzte Nacht eingebrochen und fünf wurden gestohlen. Ich habe zusätzliche Wachposten aufstellen lassen.«

»Waren unsere Fuhrwerke gekennzeichnet wie befohlen?«

»Jawohl. Ein gelber Streifen, der von der Hinterachse verdeckt wird.«

»Ordne eine komplette Durchsuchung an. Wenn die Karren gefunden werden, sollen die Eigentümer gehängt werden.«

Niro zögerte. »Dir ist doch sicherlich bewusst, Herr, dass sie in gutem Glauben weiterverkauft wurden? Die Menschen, die sie jetzt haben, sind nicht die Diebe.«

»Darüber bin ich mir im Klaren. Ehe sie gehängt werden, werden sie danach befragt, wer ihnen die Fahrzeuge verkauft hat. Jeder Genannte wird aufgespürt und ebenfalls gehängt. Wir werden niemanden im Zweifel darüber lassen, wie ernst die Strafe ist, wenn solche Diebstähle weitergehen.«

»Jawohl.« Niro ging davon, und Pooris lehnte sich zurück und rieb sich das Kinn. Die Stoppel, die sich dort zeigten, überraschten ihn. Wie lange war er schon hier? Vierzehn Stunden? Achtzehn?

Ein junger Schreiber kam zu ihm und verbeugte sich. Pooris war so müde, dass ihm der Name des Mannes nicht einfallen wollte. »Was gibt es?«

»Ein kleines Problem, Herr. Wir haben kein rotes Wachs für das Siegel des Herzogs mehr. Wir können nirgends welches auftreiben.«

Jeder offizielle Flüchtling benötigte einen Beglaubigungsschein, der mit dem Siegel von Herzog Albreck versehen sein musste, und bei Vorlage dieses Siegels war jeder Flüchtling berechtigt, eine Summe von maximal zwanzig Goldstücken aus der Schatzkammer zu nehmen – vorausgesetzt natürlich, dass sie so viel Gold überhaupt enthielt.

»Rotes Wachs«, murmelte Pooris. »Mögen die Götter mich verschonen. Welche Farben gibt es denn?«

»Blau, Herr. Oder grün.«

»Dann nimm doch blau für das Siegel. Es ist schließlich das Siegel, nicht die Farbe, die die Autorität verleiht.«

»Jawohl, Herr.« Der junge Mann zog sich zurück. Pooris stand auf und ging zu seinem Privatbüro. Das Ofenfeuer war ausgegangen, das Zimmer kalt. Auf dem Schreibtisch stand ein Krug mit Wasser. Pooris schenkte sich einen Becher ein und trank.

Die Kolonne der Flüchtlinge würde sich wahrscheinlich auf bis zu drei Kilometer oder gar mehr auseinander ziehen. Sie musste vor Räubern beschützt, ernährt und unterwegs in Zelten untergebracht werden. Es war, als wolle man eine Armee für einen Feldzug ausrüsten, dachte Pooris. Er ging zur Landkarte an der Wand und studierte das Gelände. Eine Schwalbe würde siebenhundertfünfzig Kilometer nach Loretheli zurücklegen müssen, aber zu Fuß mussten die Flüchtling die Berge umgehen, was noch einmal fast dreihundert Kilometer ausmachte, von denen ein großer Teil in rauem, kaltem Gelände lag, in dem es wenig Wild und noch weniger Schutz gab.

Der Rat in Hlobane war angewiesen worden, den Flüchtlingen Fuhrwerke mit Proviant entgegenzuschicken. Diese würden mit Sicherheit gebraucht werden. Karis zufolge würden die Flüchtlinge etwa zwölf Kilometer pro Tag zurücklegen. Alles in allem konnte die gesamte Reise also gut drei Monate dauern.

Und trotzdem wollten 14.000 es versuchen, wollten

die Gefahren von Kälte und Hunger auf sich nehmen, von Räubern und Dieben. Viele der reicheren Flüchtlinge mussten ihr Vermögen zurücklassen, ohne Aussicht, es je zurückzubekommen. Und das alles für die vage Aussicht auf eine sichere Zuflucht. Viele würden auf der Reise sterben, Karis schätzte etwa zwei Prozent.

Dreihundert Menschen, die länger gelebt hätten, wären sie in ihren eigenen Heimen geblieben …

Pooris war von Anfang an gegen die Expedition gewesen, trotz seiner Liebe zur Logistik. Doch sowohl der Herzog als auch Karis waren anderer Meinung gewesen.

»Du wirst die Menschen nicht davon abhalten davonzulaufen«, sagte Karis. »Wenn Helden nicht so selten wären, würden wir die Zahl der Flüchtenden nicht so hoch schätzen. Aber die meisten Menschen haben nun mal ein ängstliches Herz.«

»Und wenn wir sie zwingen zu bleiben«, warf Albreck ein, »wird es zur Panik kommen, wenn die Daroth erst hier sind. Wir können uns keine Panik leisten. Lass' bekannt geben, dass eine Flüchtlingskolonne im letzten Monat des Winters die Stadt verlassen wird, sie wird nach Hlobane eskortiert werden.«

»Das wird die Anzahl derer, die gehen möchten, in die Höhe treiben, Herzog«, gab Karis zu bedenken.

»Das fürchte ich auch«, fügte Pooris hinzu.

»Lasst die Hasenherzigen ziehen, wohin sie wollen. Ich will nur die Starken. Wir werden gegen die Daroth kämpfen – und wir werden sie besiegen.« Der Herzog ließ ein seltenes Lächeln sehen. »Und wenn nicht, werden wir sie so bluten lassen, dass sie nicht mehr die Kraft haben, weiter nach Hlobane zu marschieren. Nicht wahr, Karis?«

»Jawohl, Herzog.«

Ob wahr oder nicht, es half Pooris nicht, als er sich

mit den Vorkehrungen für den zivilen Rückzug herumplagte.

Es klopfte an der Tür. Er rief »Herein!«, und Niro trat ein.

»Noch ein Problem?«, fragte er ihn. Niro zuckte die Achseln.

»Natürlich, Herr. Hattest du etwas anderes erwartet?«

Pooris deutete auf einen Sessel. »Ich habe gerade die Liste der Flüchtlinge durchgesehen. Du hast darum gebeten, sie nach Berufen zusammenzustellen.«

»Ja. Und?«

»Zwölf der fünfzehn Waffenschmiede der Stadt haben um Erlaubnis gebeten, gehen zu dürfen. Nicht gerade die passende Zeit, finde ich, um knapp an Armbrustbolzen und Ähnlichem zu werden.«

»Allerdings nicht.«

»Seltsamerweise haben sich nur zwei von Corduins vierundsechzig Bäckern gemeldet.« Niro grinste. »Brotmacher sind also mutiger als Schwertmacher. Interessant, nicht wahr?«

»Ich werde das Problem mit dem Herzog erörtern. Gut aufgepasst, Niro. Du hast ein scharfes Auge. Wie viele Kaufleute sind auf der Liste?«

»Keine, Herr. Sie alle sind schon kurz nach Lunders Hinrichtung gegangen.«

»Wirst du auch gehen?«, fragte Pooris. »Soweit ich weiß, sind mehr als vier Fünftel der Stadtschreiber auf der Liste.«

»Nein, Herr. Ich bin von Natur aus optimistisch. Wenn wir überleben und siegen, könnte ich mir vorstellen, dass der Herzog sich gegenüber denjenigen, die an seiner Seite blieben, besonders großzügig zeigt.«

»Mach deine Hoffnungen nicht am guten Willen von Herrschern fest, Niro. Mein Vater hat mir einmal erzählt –

und ich musste feststellen, dass es wahr ist –, dass nichts so langlebig ist wie der Hass eines Monarchen und nichts so kurzlebig wie seine Dankbarkeit.«

»Trotzdem bleibe ich.«

»Du hast also Vertrauen in unseren weiblichen General?«

»Ihre Männer haben Vertrauen zu ihr. Sie haben sie in Aktion gesehen«, antwortete Niro.

»Wie ich. Ich sah, wie sie einen Berg auf eine Gruppe von Daroth-Reitern prasseln ließ. Noch wichtiger, um das zu tun, zermalmte sie ein paar unserer eigenen Leute. Sie ist gnadenlos, Niro. Und zielstrebig. Ich glaube, dass wir von Glück sagen können, sie zu haben. Trotzdem … die Daroth sind anders als alle menschlichen Feinde, die wir je hatten. Jeder einzelne ihrer Krieger ist stärker als drei von unseren. Und wir haben noch nicht gesehen, welche Strategien sie sich ausdenken können.«

»Ich werde sie mit Interesse beobachten«, sagte Niro und stand auf.

Pooris lächelte. »Du bist ein Optimist«, sagte er. »Und wenn wir überleben, werde ich dafür sorgen, dass du bekommst, was du dir erhoffst.« Niro verbeugte sich und Pooris gluckste leise. »Abgesehen natürlich von meiner eigenen Position.«

»Natürlich, Herr.«

Er ging durch die Dunkelheit der Tunnel und hörte den Hilferuf des Kindes aus der Ferne. Er kam zu den Kohleflözen und hier befand sich – wie er schon wusste – ein zerklüfteter Spalt, gerade breit genug, dass sich ein Mensch hindurchquetschen konnte.

»Hilf mir! Bitte!

Tarantio schob sich durch den Spalt in den grünlichen Schimmer des dahinter liegenden Tunnels. Wesen mit opalfarbenen Augen schlurften ihm entgegen, mit Picken und Schaufeln in den Händen.

»Wo ist der Junge?«, wollte er wissen.

Wieder ertönten die Schreie weit voraus, und mit gezogenem Schwert rannte Tarantio los. Die Wesen wichen vor ihm zur Seite. Am anderen Ende der gewaltigen Höhle stand ein Mann, der eine verriegelte Tür bewachte. Tarantio blieb stehen und rückte langsam auf den Schwertkämpfer zu. Dessen Haar war weiß und stand drahtig von seinem Kopf ab. Aber es waren die Augen, die Tarantios Aufmerksamkeit erregten: Sie waren golden und die Pupille geschlitzt wie die einer großen Katze.

»Wo ist der Junge?«, fragte Tarantio.

»Erst musst du an mir vorbei«, sagte der dämonische Krieger.

In Gedanken suchte Tarantio nach Dace, doch er konnte ihn nicht finden. Angst stieg in ihm auf, gefolgt von der erschütternden Gewissheit, dem Tod ins Gesicht zu blicken. Sein Mund war trocken, die Schwerthand schweißnass. »Hilf mir!«, schrie der Junge wieder. Tarantio holte tief Luft und stürzte sich in den Angriff.

Der Dämon ließ sein Schwert sinken und bot Tarantios Klinge seinen Hals dar. Im letzten Augenblick schwenkte er das Schwert zur Seite.

»Warum willst du, dass ich dich töte?«, fragte er.

»Warum willst du mich töten?«, erwiderte der Dämon.

»Ich will nur dem Jungen helfen.«

»Dazu musst du mich töten«, sagte der Dämon traurig.

Tarantio erwachte in kalten Schweiß gebadet. Er stand auf, ging in die Küche hinaus und füllte einen großen Becher mit kaltem Wasser. Im Wohnzimmer schlief Forin auf einer Couch. Die anderen waren gegangen. Tarantio ging leise zum Feuer. Es war am Verlöschen, und er legte Holz nach.

»Kannst du nicht schlafen?«, fragte Forin, gähnte und setzte sich.

»Nein. Schlimme Träume.«

»Die Daroth?«

»Schlimmer als die Daroth. Ich habe diesen Traum schon seit Jahren.« Er erzählte ihn Forin.

»Warum hast du ihn nicht getötet?«, fragte Forin.

»Ich weiß nicht.«

»Komische Sache, Träume«, sagte der Riese. »Ich träumte einmal, dass ich nackt auf einem Marktplatz stand, auf dem alle Stände Honigkuchen voller Maden verkauften. Alle kauften sie und lobten ihre Qualität. Völlig sinnlos.«

Tarantio schüttelte den Kopf. »Nicht unbedingt. Du bist ein Mann mit eisernen Prinzipien. Die meisten sind das nicht. Du weißt um die Werte von Loyalität und Freundschaft, wo andere nur den Preis sehen, der für solche Kameradschaft bezahlt werden muss. Kaufleute, Stadtbewohner, Bauern – alle verabscheuen Krieger. Sie halten uns für gewalttätig und tödlich, und das sind wir in der Tat. Was wir jedoch lernen, ist, dass das Leben oft kurz und immer unvorhersehbar ist. Wir kämpfen für Gold, aber wir wissen, dass wahre Freundschaft mehr wert ist als Gold und dass Kameradschaft unbezahlbar ist.«

Forin schwieg einen Moment, dann grinste er. »Was hat das mit Nacktheit und madigen Kuchen zu tun?«

»Du schätzt nicht, was sie schätzen. Du würdest nicht kaufen, was sie kaufen. Und was die Nacktheit angeht, du hast alles abgeworfen, was sie sind.«

»Das gefällt mir«, sagte Forin. »Das gefällt mir sehr. Was bedeutet dann aber dein Traum?«

»Es ist eine Suche nach etwas, das ich verloren habe.« Tarantio fühlte sich unwohl dabei, noch weiter darüber zu sprechen und wechselte das Thema. »Ich habe dich und deine Männer heute in dieser Rüstung gesehen. Ich verstehe, was du meinst.«

»Albern, was?«, grinste Forin. »Aber es funktioniert gut. Vor allem die Armschützer, sie sind alle individuell im Gelenk verbunden und lassen fast völlige Bewegungsfreiheit. Unglaublich! Ich glaube, mit so einem Ding könnte ich es mit einem Daroth aufnehmen.«

»Es müsste dir gelingen, ihn zu überrumpeln, während er vor Lachen zu Boden geht«, sagte Tarantio.

»Ist noch Wein da?«, fragte der Riese und ging hinaus in die Küche, ohne eine Antwort abzuwarten. Er kam mit einem Krug und zwei Bechern zurück.

»Für mich nicht«, sagte Tarantio. »Wenn ich trinke, träume ich nur noch mehr.«

Forin schenkte sich einen Becher ein und leerte ihn in einem Zug. Er wischte sich mit der Hand den Bart ab und streckte sich auf dem Sofa aus. »Was hältst du von Vint?«, fragte er.

»In welcher Hinsicht?«

»Ich frage mich nur so. Er scheint Karis … sehr nahe zu stehen.«

»Ich denke mir, er ist ihr Liebhaber.«

»Wie kommst du darauf?«

»Allgemeingut. Karis hat immer irgendwo einen Liebhaber, sie ist so eine.«

»Was für eine genau?«, fragte Forin kalt. Seine grünen Augen wurden schmal.

Der Schwertkämpfer sah den Zorn in ihnen. »Gibt es hier etwas, das ich nicht verstehe?«, entgegnete er.

»Überhaupt nicht«, antwortete Forin und lächelte gezwungen. »Wie schon gesagt, ich habe mich nur so gefragt.«

»Karis ist eine ungewöhnliche Frau, das habe ich gemeint. Wann immer ich unter ihr diente, hatte sie einen anderen Liebhaber. Manchmal auch mehr als einen. Aber das beeinträchtigt ihre Talente nicht. Sie scheint sich nie in einen von ihnen zu verlieben.«

»Wie viele hatte sie denn?«

»Woher zum Kuckuck soll ich das wissen? Aber Vint gehörte dazu. Und jetzt wieder.«

Forin leerte noch einen Becher. »Ich wünschte, ich wäre ihr nie begegnet«, sagte er voller Gefühl.

Tarantio schwieg einen Augenblick. »Wann bist du ihr begegnet?«, fragte er leise.

Forin sah auf. »Ist das nicht verdammt klar?«

»Was ist geschehen?«

Diesmal gab sich Forin nicht erst mit dem Becher ab, sondern setzte den Krug an die Lippen und leerte ihn bis zum letzten Tropfen. »Sie kam eines Nachts zu mir, um mir Fragen über die Daroth zu stellen. Dann haben wir … na, du weißt schon. Irgendetwas ist mit mir geschehen, irgendwie habe ich sie im Blut. Ich kann nicht aufhören, an sie zu denken.«

»Hast du mit ihr darüber gesprochen?«

»Um was zu sagen? Sie meidet mich, Chio, es sei denn, sie hat bereits Gesellschaft. Warum sollte sie das tun?«

»Ich bin der Falsche für diese Frage. Ich habe Frauen nie begriffen.«

»Warst du jemals verliebt?«, fragte Forin.

»Ja«, antwortete Tarantio zu seiner eigenen Überraschung.

»Nun, ich nicht. Ich weiß nicht einmal, ob *das* hier Liebe ist. Vielleicht würde sich alles geben, wenn ich noch einmal mit ihr schliefe, dass ich dann lächeln und Lebwohl sagen könnte und sie würde aus meinen Gedanken verschwinden.«

»Frag ihn, ob sie gut im Bett war«, schlug Dace vor.

»Vielleicht ist genau das auch ihr Problem«, meinte Tarantio. »Vielleicht empfindet sie auch stark für dich. Ich glaube nicht, dass sie sich verlieben will. Sie wählt sich ihre Männer gewöhnlich nur, um ein Bedürfnis zu befriedigen – ein körperliches Bedürfnis.«

»Ich habe noch nie so eine Nacht erlebt. Werde ich vielleicht auch nie wieder«, sagte Forin. Er seufzte tief. »Wenn das Liebe ist, glaube ich nicht, dass es mir gefällt.« Er legte sich wieder auf die Couch, und innerhalb weniger Minuten schnarchte er leise.

»Was ist los mit dir?«, fragte Dace. *»Ich hätte ihn nach Einzelheiten gefragt.«*

»Träumst du manchmal, Dace?«

»Ich habe dir schon mal gesagt, dass ich nicht träume.«

»Ich weiß. Aber ich glaube, du lügst. Warum solltest du mich anlügen?«

»Du gehst von falschen Voraussetzungen aus.«

Tarantio ging ins Bett zurück, legte sich hin und zog die Decke über sich. Als er in den Schlaf hinüberglitt, hörte er Dace flüstern: *»Danke, Bruder.«*

»Wofür?«, fragte Tarantio schläfrig.

»Dass du uns nicht getötet hast.«

Als das Tauwetter anhielt, ergriff eine Aura von Dringlichkeit alle Bereiche des Stadtlebens. Karis und Ozhobar trafen sich oft, planten bis spät in die Nacht, erprobten im Geheimen neue Waffen, damit kein Wissen um ihre Absichten zu den Truppen auf den Mauern durchsickern konnte. Vint führte Spähtrupps nach Norden und hielt Ausschau nach den Daroth. Forin drillte seine fünfzig Soldaten ständig, immer in voller Rüstung, bis der schwere Harnisch sich anfühlte wie eine zweite Haut. Der Herzog, Pooris und die anderen Bürokraten arbeiteten unermüdlich, um die Evakuierung vorzubereiten.

Endlich kam der Tag – vier Tage später als geplant. Tausende von Bürgern versammelten sich auf den Feldern, während der Veteranenoffizier Capel, der das Kommando über den Treck hatte, versuchte, die Fuhrwerke zu einem Konvoi zu organisieren. Ein Gefühl von Freude lag über den Vorkehrungen, den Flüchtlingen winkte die Sicherheit. Shira und Duvodas, die sich von dem in Tränen aufgelösten Ceofrin verabschiedet hatten, waren in dem letzten Fuhrwerk, das abfuhr. Sie saßen zusammen auf dem Kutschbock und warteten darauf, dass sie an die Reihe kamen. Abwesend glitt Duvos Hand zu dem Leinenbeutel, den er an der Hüfte trug, seine Finger zeichneten den Umriss der Perle nach. Ich bringe euch zurück, versprach er lautlos, als er an die eingefrorenen Gestalten in der stillen Stadt dachte.

»Ein schöner Tag«, sagte Shira.

»Ich glaube nicht, dass Capel mit dir einer Meinung wäre«, antwortete er und deutete auf den graubärtigen Offizier, der an der Reihe der Karren entlangritt und versuchte, eine gewisse Ordnung herzustellen. Die Spitze der Kolonne war schon vor fast drei Stunden aufgebrochen, doch die Fuhrwerke am Schluss warteten noch immer.

Endlich erhielt Duvodas das Signal zur Abfahrt, und er ließ die Zügel auf die Rücken der vier Ochsen knallen. Die Tiere legten sich ins Geschirr, und der Karren setzte sich mit einem Ruck in Bewegung. Zu Beginn der Reise war das Land hügelig und ehe sie auch nur zwei Kilometer zurückgelegt hatten, trafen sie auf den ersten Unfall. Ein Karren, der eine Biegung zu schnell genommen hatte, war umgekippt und den Hang hinuntergerutscht. Möbelstücke waren über das von einzelnen Schneeflecken bedeckte Gras verstreut, und einer der Ochsen war tot. Soldaten schnitten das Geschirr durch, als Duvo und Shira herankamen.

Seile wurden an die Hinterachse gebunden und das Fuhrwerk so wieder aufgerichtet. Die Soldaten beluden es wieder, und die Reise wurde fortgesetzt. Auf dem letzten Hügel drehte sich Shira herum, um noch einen Blick auf Corduin zu werfen, das im Sonnenschein strahlend dalag. »Oh, sieh nur, Duvo! Was für ein herrlicher Anblick!« Er blickte sie an und sah, dass ihre Augen feucht waren und ihre Lippen zitterten. Er legte den Arm um sie und zog sie an sich.

»Deinem Vater wird schon nichts passieren.«

»Ich weiß nicht. Ich wünschte nur, er wäre mit uns gekommen.«

»Ich auch, Liebes. Aber, wie er sagte, sein Leben liegt in Corduin.« Er nahm ihr Gesicht in beide Hände und küsste sie. »Ich werde alles tun, was in meiner Macht steht, um dich glücklich zu machen, so lange wir leben. Ich werde Krankheiten von dir und unserem Sohn fern halten, und wir werden großes Glück erleben.«

»Ich habe bereits großes Glück erlebt«, sagte sie. »Von dem Augenblick an, an dem du in mein Leben tratest.«

Die Ochsen waren stehen geblieben. Jetzt schnalzte Duvo mit den Zügeln, und sie setzten sich wieder in Bewegung. Ein paar Stunden lang fuhren sie so weiter. So weit das Auge sehen konnte, erstreckte sich die Reihe der Fuhrwerke nach Südwesten. Soldaten ritten entlang der Kolonne und trieben Nachzügler an.

Im Laufe des Nachmittags blieb der hintere Teil der Kolonne noch einmal stehen. Rechter Hand befand sich eine hohe Felswand, links weites offenes, mit Ginster und Heide bestandenes Gelände. Duvo kletterte vom Wagen. »Ich sehe mal nach, was uns aufhält«, sagte er und lief nach Süden.

Als er sich einer Biegung des Pfades näherte, sah er etwa fünfzehn Schritte vor sich einen Wagen, dessen linkes Hinterrad gebrochen war. Männer luden Kisten und Möbelstücke ab, um das Fahrzeug leichter zu machen, damit das Ersatzrad angebracht werden konnte. Es waren genügend Männer für die Arbeit da und so machte Duvo kehrt und schlenderte an der Wagenreihe entlang. Plötzlich schrie eine Frau auf.

Duvo suchte mit den Blicken nach ihr. Sie war mittleren Alters und kräftig, und sie stand auf dem Kutschbock und deutete nach Osten. Er drehte sich um. Etwa einen knappen Kilometer entfernt, jenseits der Heide, kam eine lange Reihe von Reitern langsam näher. Sie saßen auf riesigen Pferden, und die Gesichter der Reiter waren knochenbleich. Andere Menschen begannen zu schreien. Dann liefen sie davon.

Er rannte los zu seinem eigenen Wagen. Als er in Sichtweite kam, sah er, wie Shira aufstand und ihm zuwinkte – und hinter ihr waren zwei Daroth, die den Pfad entlanggaloppierten. Angst stieg in ihm hoch, und er rannte weiter auf sie zu.

Einer der Daroth senkte einen langen Speer. »Nein!«, schrie Duvo. »Nein!«

Shira drehte sich um. Der Speer traf sie in den Bauch und hob sie hoch in die Luft, die blutige Spitze ragte aus ihrem Rücken. Fast gleichgültig schüttelte der Daroth den Speer, und Shira wurde zu Boden geworfen. Sein Leben lang hatte man Duvo gelehrt, allen Zorn aus seiner Seele zu tilgen, ihn durch sich hindurchströmen zu lassen, sodass er ihn unberührt verließ. Aber es war kein Zorn, den er in jenem schrecklichen Moment empfand.

Es war blinde, bodenlose Wut.

Er stieß einen tierischen Schrei aus und deutete auf den Daroth, wobei er einen Hitzezauber ausschickte, der im Schädel des Wesens zerbarst. Mit einem grässlichen Kreischen ließ der Daroth seinen Speer fallen und griff nach seinen Schläfen.

Dann explodierte sein Kopf.

Der zweite Daroth stürzte sich auf Duvo. Der Sänger fühlte keine Angst, und ein zweiter Hitzezauber explodierte in der Brust des Daroth und ließ weißes Blut und Knochensplitter durch die Luft regnen. Duvo rannte weiter, bis er bei Shira war und fiel auf die Knie. Die Wunde war schrecklich, und er schrie qualvoll auf, als er sie sah. Ihr Körper war beinahe zweigeteilt, und Duvo sah den winzigen Arm und die Hand seines toten Sohnes aus der Wunde ragen.

Da starb etwas in ihm, und eine entsetzliche Kälte legte sich auf seine Seele. Zitternd tauchte er seine Hand in Shiras Blut, dann schmierte er vier blutige Linien in sein Gesicht.

Duvodas stand auf und ging langsam auf die Reihe der Daroth zu. Es waren hunderte von Reitern, aber sie bewegten sich nicht schnell. Es war, als ob sie den Augenblick hinauszögerten, sodass sie jedes Quäntchen Furcht aus den hilflosen Flüchtlingen quetschen konnten.

»Angst«, zischte Duvodas. »Ich werde euch Angst lehren!« Er hob die Hände und zog die Magie des Landes an sich. Niemals zuvor hatte sie sich so stark in ihm angefühlt, pulsierend mit einer Kraft, von er er nicht gewusst hatte, dass sie sich in einem einzigen Menschen sammeln konnte. Voll finsteren Triumphes streckte Duvo die Arme aus und lenkte die Magie, ließ sie wie einen Sturm über Ginster und Heide fließen. Jedes Samenkorn, jede Wurzel unter der Erde schwoll an mit plötzlichem, drängendem Leben, wand sich aus dem Boden. Das Wachstum von Jahren vollzog sich in Sekunden.

Der Erdboden unter den Daroth wand sich und bebte. Zuerst verlangsamte es nur die riesigen Pferde, deren kräftige Beine die neuen Wurzeln und Zweige zertraten.

Stärker und schneller wuchsen die Pflanzen und Büsche und Bäume. Die Pferde mussten stehen bleiben, und die Daroth wandten sich im Sattel um, ihre dunklen Augen suchten nach dem Zauberer. Duvodas fühlte, wie ihre Macht ihn traf und er taumelte. Er spürte ihren Hass und ihre arrogante Überzeugung, dass sie ihn besiegt hatten, und er ließ ihnen diesen kurzen Augenblick des Triumphs. Dann nährte er sich von ihrem Hass und schleuderte ihn mit zehnfacher Kraft auf sie zurück. Die vordersten Reiter schrien auf und fielen aus dem Sattel. Scharfe Wurzeln durchstießen ihre Haut, dann bohrten sie sich in Muskeln und um Knochen herum. Pferde stiegen auf die Hinterhand und stürzten, wobei sie ihre Reiter unter sich begruben. Die Daroth versuchten, sich ihren Weg aus dem verhexten Wald freizuhacken, doch selbst ihre massigen Körper waren den Kräften der Natur nicht gewachsen.

Ein Daroth versuchte Duvodas zu erreichen, sein gewaltiges Schwert hieb nach links und rechts, um das brausende Wachstum zu zerschlagen, doch er stolperte und fiel auf die Knie. Eine rasch wachsende Eiche schob sich in seinen Bauch und hob ihn auf die Füße. Ein Zweig durchbrach seine Lungen und durchstieß seinen Rücken, ein anderer bohrte sich in seine Kehle und ragte wie eine groteske Zunge aus seinem Mund.

Wurzeln bahnten sich ihren Weg in Fleisch – in Bauch und Brust, durchbohrten Arme und Beine und Hälse.

Und der Wald wuchs noch immer. Die zappelnden Körper der Daroth und ihrer Pferde wurden höher und höher gehoben, bis sie wie an einem ungeheuren Galgen hingen.

Die Füchtlinge sahen in ehrfürchtigem Schweigen zu, wie Hunderte von Daroth vernichtet wurden.

Endlich ließ Duvodas die Arme sinken und Männer, Frauen und Kinder blickten auf die baumelnden Toten, die nur wenige Augenblicke zuvor eine schreckliche Bedrohung dargestellt hatten. Kein Jubel entrang sich den Geretteten. Niemand stürzte vor, um dem blutbeschmierten jungen Mann zu gratulieren, der die Toten böse anstarrte.

Der Offizier Capel ritt langsam zu ihm und stieg neben ihm ab. »Ich weiß nicht, wie du es gemacht hast, Mann, aber ich bin dir dankbar. Komm, wir wollen unsere Toten begraben. Wir müssen weiter.«

Duvodas sagte nichts. Er stand vollkommen still, sein Körper steif. Capel legte Duvo eine Hand auf die Schulter. »Komm, mein Junge. Es ist vorbei.«

»Es ist nicht vorbei«, erwiderte Duvo und wandte dem Offizier sein Gesicht zu. Capel erbleichte, als er die blutroten Linien im Gesicht des jungen Mannes sah. Er zog einen Schal aus dem Gürtel und reichte ihn Duvodas.

»Wisch dir das Gesicht ab«, sagte er. »Du machst den Kindern Angst.« Dumpf wischte Duvo sich das Blut ab. Aber es machte keinen Unterschied. Die tiefroten Linien blieben wie eintätowiert auf seiner Haut.

»Gütiger Himmel«, wisperte Capel. »Was ist hier bloß geschehen?«

»Tod«, sagte Duvodas kalt. »Und das ist nur der Anfang.«

Die Perle an seiner Seite war vergessen, ebenso wie seine Mission, als er langsam auf den neuen Wald zuwanderte. Bäume und Wurzeln wichen vor ihm zurück und schufen so einen Pfad.

»Wohin willst du?«, rief Capel ihm nach.

»Die Daroth vernichten«, sagte Duvodas. Er schritt jetzt schneller aus.

Und der Wald schloss sich um ihn.

Capel übertrug seinem Leutnant die Aufsicht über den Konvoi und ritt die zehn Kilometer bis nach Corduin, um über die bizarren Ereignisse des Tages Bericht zu erstatten. Trotz der unmittelbaren Bedrohung durch die Daroth fühlte sich der Herzog gezwungen, zum Schauplatz des Gemetzels zu reiten. Mit Vint, Necklen und zwanzig Lanzenreitern kam der Herzog kurz vor Einbruch der Dämmerung an.

Die Gruppe blieb am Rand des Waldes stehen. Die toten Daroth-Pferde hingen aufgespießt in den Baumwipfeln. Die toten Daroth waren zu trockener Haut verwelkt, die in der Abendbrise flatterte.

»Ich habe noch nie so etwas gesehen – oder davon

gehört«, sagte der Herzog. »Wie konnte das geschehen?« Niemand antwortete.

»Ich wünschte, der Zauberer wäre nach Corduin zurückgekehrt«, sagte Vint. »Wir könnten ihn dort gut gebrauchen.«

»Wer war er?«, fragte der Herzog.

»Ein Harfenist, Herr. Er hat in der *Klugen Eule* gespielt. Ich hörte ihn ein- oder zweimal, er war sehr gut.«

»Sein Name ist Duvodas, Herzog«, warf Capel ein.

Der Herzog richtete seine umschatteten Augen auf Capel. »Ich bitte um Verzeihung, Capel, dass ich an deiner Geschichte zweifelte. Es schien unglaublich. Aber hier ist der Beweis, und ich habe keine Ahnung, was das bedeuten soll. Am besten reitest du wieder zum Konvoi. Ich wünsche euch viel Glück auf eurer Reise.«

Capel salutierte. »Und euch auch viel Glück, Herzog«, sagte er. Dann wendete er sein Pferd und galoppierte nach Süden davon.

Die Reiter erreichten Corduin kurz nach Dunkelwerden, und der Herzog ließ Karis in seine Privatgemächer rufen. Die Kriegerin sah müde und ausgelaugt aus, und sie strahlte eine nervöse Energie aus, die Albreck beunruhigte. »Ich hoffe, du bekommst genügend Schlaf, General«, sagte er und bot ihr einen Sessel an.

»Nicht viel Zeit zum Schlafen, Herzog. Abgesehen von dem Angriff auf den Konvoi berichten unsere Späher, dass der Großteil der Daroth-Armee weniger als einen Tagesmarsch von der Stadt entfernt ihr Lager aufgeschlagen hat.«

»So nah? Das ist schlecht.«

»Sie haben ihren Marsch zur selben Zeit unterbrochen, als das Waldwunder geschah«, sagte Karis. »Ich nehme an, das Ausmaß ihrer Verluste hat ihnen einen üblen Schock versetzt. Sie hatten keinen Grund zu der Annahme, dass ein Mensch über solche Macht verfügt.«

»Ich bin selbst ziemlich schockiert. Wie konnte dieser Mann so etwas tun?«

»Vint befragt gerade den Wirt, Ceofrin, und ich hatte ein langes Gespräch mit Tarantio. Es scheint, dass Duvodas von den Eldarin aufgezogen wurde, die ihn viele magische Geheimnisse lehrten. Tarantio ist völlig verblüfft von den Ereignissen, er beharrt darauf, dass Duvodas ein Pazifist war, der absolut gegen Krieg und Gewalt war. Er hat mir auch eine seltsame Geschichte über Sirano erzählt.« Karis berichtete dem Herzog von dem Rettungsversuch Siranos im Kloster, der Ankunft der Daroth und der Rückeroberung der Eldarin-Perle.

»Sirano hatte Recht«, sagte der Herzog. In seiner Stimme lag Bitterkeit. »Die Perle ist eine furchtbare Waffe. Warum hat dieser Harfenspieler sie nicht zu uns gebracht? Wir hätten die Daroth gänzlich vernichten können!«

»Vielleicht ist es am besten, dass er es nicht getan hat«, antwortete Karis. »Seit Sirano seine Magie gegen die Perle losgelassen hat, ist nichts mehr so, wie es war. Und wir können keine wertvolle Zeit damit vergeuden, uns mit Spekulationen aufzuhalten. Es dauert vielleicht nur noch einen Tag, bis der Feind bei uns ist. Das muss unsere oberste Sorge sein.«

Albreck bot Karis einen Becher Wein an, doch sie lehnte ab. »Ich muss jetzt gehen, Herzog. Ich treffe mich mit Ozhobar in seiner Schmiede.«

»Natürlich«, sagte Albreck und erhob sich mit ihr. »Aber erst sag mir noch, wie deine Pläne vorangehen.«

Sie zuckte die Achseln. »Das ist schwer zu sagen, Herzog. Die Waffen sind gegen die Daroth noch nicht erprobt, und viel hängt von den Strategien ab, die sie einsetzen.«

»Und wie sehen deine Strategien aus, Karis?«

Sie lächelte müde. »Im Krieg ist es am besten, zu handeln und so den Feind zu einer Reaktion zu zwingen. Wir können uns nicht den Luxus einer solchen Strategie leisten. Die Daroth auf offenem Gelände anzugreifen wäre reiner Selbstmord, also läge der erste Vorteil beim Feind. Wenn man dazu die simple Tatsache nimmt, dass unser Feind telepathisch begabt ist und viel stärker als jeder menschliche Krieger, werden unsere Probleme gewaltig. Wegen ihrer geistigen Fähigkeiten kann ich meine Taktik nicht einmal meinen Befehlshabern erklären, aus Angst, dass die Daroth sie entdecken. Alles in allem sind die Aussichten düster.«

»Das klingt ziemlich hoffnungslos«, sagte er.

Karis schüttelte den Kopf. »Keineswegs, Herzog. Wenn die Daroth so handeln, wie ich es vermute, dann haben wir eine Chance sie aufzuhalten. Wenn wir ihren ersten Angriff zurückschlagen können, werden wir die Saat des Zweifels in ihnen säen. Das Wunder des Waldes wird ihnen Sorgen machen. Wenn wir sie ohne Magie aufhalten, werden sie sich noch größere Sorgen machen. Und Zweifel ist ein Dämon, der jede Armee vernichten kann.«

Herzog Albreck lächelte. »Ich danke dir, General. Bitte geh jetzt wieder an deine Pflichten.«

Karis verbeugte sich und verließ das Zimmer. Der Herzog zog sich in seine hinteren Gemächer zurück, zündete zwei Laternen an und betrachtete die Rüstung, die auf einem hölzernen Gerüst hing. Sie hatte seinem Großvater gehört, und sein Vater hatte sie in verschiedenen Schlachten getragen. Albreck selbst hatte sie nie getragen. Der Helm aus Eisen, poliert, bis er schimmerte wie Silber, war mit dem goldenen Kopf eines brüllenden Löwen verziert. Das Bild des Löwen zierte auch den Brustharnisch. Insgesamt war die Rüstung prunkvoll und auffallend. Albreck hatte sie immer mit Abneigung betrachtet.

»Ein Herrscher muss von seinen Kriegern gesehen werden«, hatte sein Vater gesagt. »Und in einer Schlacht als kolossale Gestalt erscheinen, die andere Menschen überragt. Ein Anführer muss inspirieren. Diese Rüstung, die du verhöhnst, mein Junge, dient genau diesem Zweck. Denn wenn ich sie trage, bin ich Corduin.«

Albreck erinnerte sich an den Tag, an dem sein Vater die Armee aus der Stadt geführt hatte. Er hatte mit seiner Mutter und seinem Bruder zugesehen, von einem der oberen Balkone des Palastes. Und in jener Nacht, als der siegreiche Herzog zurückkehrte, hatte er die Worte seines Vaters verstanden. Im Mondschein hatte der Vater gewirkt wie ein Gott.

Die Erinnerungen rangen ihm einen Seufzer ab, und er zog das Langschwert aus seiner Scheide. Es hatte eine schwere Klinge, die Waffe eines Ritters, dazu gedacht, vom Sattel aus geschwungen zu werden, um damit feindliche Fußsoldaten anzugreifen.

Albreck steckte es wieder in die Scheide.

Ein Diener trat mit einem Tablett ein. »Dein Abendessen, Herr«, sagte er.

»Stell es auf den Tisch.«

»Ja, Herr. Sehr schöne Rüstung, Herr.«

»Allerdings. Morgen kommt sie wieder ins Museum.«

»Jawohl, Herr.«

Albreck kehrte ins Wohnzimmer zurück und setzte sich ans Feuer, ohne seine Mahlzeit anzurühren. Er schlief im Sessel ein. Sein Nachtdiener fand ihn dort und breitete eine weiche Decke über ihn.

Avil war noch nie befördert worden. Er war jetzt seit sechs Jahren Kundschafter und hatte seine Arbeit so gut getan wie jeder andere. Er hatte eben nur Pech gehabt. Jeder hätte ein kleines Überfallkommando übersehen können, das durch die Salia-Schlucht kam, es gab schließlich viele abzweigende Pässe auf dieser Route. Es war ungerecht gewesen, dass man ihm die Schuld gegeben hatte. Hätten sie gewusst, dass er während des Überfalls geschlafen hatte, hätte man ihn gehängt. Aber ein Mensch musste ja mal schlafen, und Avil empfand kein Schuldbewusstsein wegen des Zwischenfalls.

Aber diese neue Generalin, die erkannte seinen Wert. Sie hatte persönlich mit ihm über seine Mission gesprochen, und Avil hatte vor, sich ihr zu beweisen. Sie hatte ihn in ihre Privatgemächer bestellt und ihm einen Becher guten Weins gegeben.

»Ich habe deine Fortschritte beobachtet«, sagte sie, »und ich glaube, dass du zu Unrecht bei Beförderungen übergangen worden bist.« Selbst Avil hatte angefangen, die Geschichten über seine Fahrlässigkeit zu glauben. Jetzt aber hatte jemand mit Autorität seinen wahren Wert erkannt. »Ich brauche einen guten Kundschafter, der mir eine genaue Schätzung der Anzahl des Feindes gibt«, hatte sie gesagt. »Ich möchte, dass du sie beobachtest. Finde heraus, wie sie ihr Lager aufschlagen, beobachte, was sie tun.«

»Warum ist es wichtig zu sehen, wie sie ihr Lager aufschlagen?«, hatte er gefragt.

»Eine gute Armee ist diszipliniert. Alles, was die Soldaten tun, lässt darauf schließen, wie gut ihre Führung ist. Ein fauler General wird nachlässig sein, das Lager unorganisiert. Verstehst du?«

»Ja, General. Natürlich. Wie dumm von mir!«

»Überhaupt nicht dumm«, hatte sie ihn beruhigt. »Ein vernünftiger Mann stellt Fragen – nur so lernt er dazu.« Ein riesiger Hund tappte zu ihm und legte seinen Kopf in Avils Schoß. »Er mag dich«, sagte Karis.

»Ich kenne ihn. Das ist Räuber. Er treibt sich bei den Soldatenunterkünften herum und stiehlt Essensreste.«

Karis hatte gelacht. Sie war keine große Schönheit, dachte er, aber sie hatte etwas Erdverbundenes an sich, das einen Mann an Nacktheit und ein warmes Bett denken ließ. In diesem Augenblick verstand er einen ihrer Spitznamen: Manche Männer nannten sie »die Kriegshure«. Avil merkte, dass sein Blick zu ihren Brüsten wanderte. Sie trug ein dünnes Wollhemd und er konnte ihre Umrisse erkennen. »Du hast natürlich von unserem Zauberer gehört?«, fragte sie mit gesenkter Stimme.

»Jedermann redet von der Erschlagung der Daroth«, sagte er, riss seinen Blick von ihrem Körper los und versuchte, ihr in die Augen zu sehen.

»Wir haben drei Zauberer«, erklärte sie.

»Drei?«

»Ihre Kräfte sind erstaunlich. Der eine kann Feuer vom Himmel holen. Sie wurden von den Eldarin ausgebildet. Natürlich darf niemand davon erfahren. Verstehst du?«

»Ja, General … eigentlich nicht. Würde es den Leuten nicht die Angst nehmen, wenn sie wüssten, dass wir über solche Kräfte verfügen?«

»Allerdings. Aber wenn die Daroth herausfinden sollten, wie stark wir sind, dann kommen sie vielleicht nicht in Reichweite unserer Zauberer.«

»Oh, ich verstehe. Aber sie wissen doch sicherlich bereits von dem Gemetzel und dem magischen Wald?«

»Das bezweifle ich. Das war Pech – aber wir mussten unsere Flüchtlinge schützen. Die Daroth wissen aber nur von einem Zauberer und einem großen Bann. Wahrscheinlich glauben sie, dass sie uns trotz seiner Fähigkeiten überwinden können. Und dann werden die anderen beiden ihre schrecklichen Sprüche wirken.«

Sie hatte ihm einen zweiten Becher Wein angeboten. Es war schwerer Wein, der zu Kopfe stieg. Er erzählte ihr von seinen Plänen, seinem Ehrgeiz und von seinem Leben daheim auf dem Hof. Sie schien von allem, was er sagte, fasziniert zu sein. Er hatte noch nie jemanden fasziniert. Das sagte er ihr auch und dass seine Kameraden ihn langweilig fanden. Karis versicherte ihm, dass er alles andere als langweilig sei. Tatsächlich hatte sie seine Gesellschaft sehr genossen, und wenn er von seinem Spähauftrag zurückkam, mussten sie sich unbedingt wieder sehen.

Avil war hingerissen. Ihre letzten Worte fielen ihm jetzt wieder ein und verfolgten ihn, als er zu Füßen des Daroth-Generals saß. »Du musst sehr vorsichtig sein, Avil. Wenn deine Mission fehlschlägt, lass dich nicht lebend gefangen nehmen. Sie dürfen nichts über unsere Pläne erfahren.«

»Du kannst mir vertrauen, General. Ich werde nichts sagen. Ich werde mir eher die Kehle durchschneiden, ehe ich dich verrate.«

Und wieder hatte ihn das Glück im Stich gelassen – zum letzten Mal. Er war dicht ans Lager der Daroth herangeschlichen, ganz sicher, dass er nicht bemerkt worden war, aber dann hatte ihn dieser schreckliche Schmerz im Kopf getroffen, und er hatte das Bewusstsein verloren.

Als er wieder erwachte, befand er sich inmitten eines Kreises von Daroth-Kriegern. Ihre Gesichter waren ausdruckslos, fremd und nicht zu deuten, doch Avil wusste von ihren scheußlichen Praktiken, und seine Angst schwächte seine Blase. Er fühlte, wie der warme Urin seine Beinkleider durchnässte, und wenigstens für einen Augenblick überwog seine Scham sein Entsetzen.

»Sag uns, wie du heißt«, sagte eine tiefe Stimme. Avil fuhr zusammen und blickte sich um, um den Sprecher zu identifizieren.

»Ich hieße Avil«, sagte er mit zitternder Stimme.

»Du hast Angst, Avil.

»Ja. Ja, das habe ich.«

»Möchtest du gerne freigelassen werden, um in deine Stadt zurückzukehren?«

»Ja. Sehr gern.«

»Dann berichte mir von den Truppen, die dort versammelt sind.«

»Die Truppen? Die Armee des Herzogs, meinst du? Ich weiß nicht, wie viele es sind. Tausende, nehme ich an. Soldaten.«

Ein Daroth stand auf, packte Avil bei den Haaren und zerrte ihn auf die Füße. Er nahm seinen Arm – der plötzlich brach. Avil schrie. Der Daroth ließ ihn los, und er fiel zu Boden und starrte verständnislos auf seinen verdrehten Arm. Zuerst fühlte er nur wenig Schmerz, doch er schwoll zu einem so furchtbaren Brennen an, dass Avil übel wurde.

»Konzentrier dich, Avil«, sagte der Daroth. Wieder flammte Schmerz in seinem Kopf auf, dann ließ er nach. »Erzähl mir von den Zauberern.«

In seinem ganzen Leben hatte Avil keine Freunde gehabt und viele Spitznamen – keiner davon ein Grund, stolz zu sein. Aber Karis hatte ihm vertraut und ihm – nur durch ihre Unterhaltung – einen der schönsten Abende seines Lebens geschenkt. Er hatte Angst vor Schmerzen, Angst vor dem Tod, aber Avil war fest entschlossen, sie nicht zu verraten. »Ich weiß nichts von …«

»Sei vorsichtig, Avil«, warnte der Daroth. »Ich kann dir große Schmerzen zufügen. Der gebrochene Flügel ist nichts im Vergleich dazu, was ich dir antun werde, wenn du lügst.«

Tränen strömten aus Avils Augen, und seine Lippen zitterten. Er begann zu flennen. Ringsum erklang ein seltsames Klicken. Er holte tief Luft und versuchte, seine Angst zu beherrschen, als der Daroth wieder sprach. »Die Zauberer. Erzähl mir von den Zauberern.«

»Es gibt keine Zauberer!«, brüllte Avil. Ich werde sterben wie ein Mann, dachte er, obwohl ich bei Gott wünschte, ich würde es erleben, wie das Feuer auf diese Teufel herniedergeht!

»Wie wird das geschehen?«, fragte der Daroth leise. »Wie wird das Feuer kommen?«

Avil blinzelte. Hatte er das laut gesagt? Nein, so dumm war er nicht. Was passierte nur? »Erzähl mir von dem Zauberer, der das Feuer vom Himmel holt«, wiederholte der Daroth.

Avil ließ den Kopf hängen, um den Daroth nicht ansehen zu müssen. Da fiel sein Blick auf sein Messer, das immer noch in der Scheide steckte. Sie hatten sich nicht die Mühe gemacht, ihn zu entwaffnen! Er packte den Griff, zog das Messer heraus und stieß es sich tief in die Brust. Er fiel rücklings ins Gras und starrte zum Nachthimmel mit seinen strahlenden Sternen empor.

Ich habe dich nicht verraten, Karis. Die Bastarde

haben von mir nichts erfahren. Wieder erklang das Klicken.

Hände zerrten an dem Sterbenden und rissen ihm die Kleider vom Leib. Dann wurde er hochgehoben und zu einer Grube voll brennender Holzkohle geschleppt.

Kapitel dreizehn

»Dir ist klar, dass das, was wir da vorhaben, völlig unmöglich ist, oder?«, fragte Ozhobar, der mit Karis neben dem Schmiedefeuer saß und die letzte Wärme der ersterbenden Glut genoss. »Du kannst vor einer telepathisch begabten Rasse keine Geheimnisse haben. Jede Waffe, die wir getestet haben, haben unsere Männer gesehen. Die Daroth werden nicht überrascht sein.«

»Das hängt völlig von der Art und Weise ab, in der ihre geistigen Kräfte wirken«, meinte sie. »Können sie alle Gedanken lesen, oder nur jene, die wir denken, während sie uns im Blick haben?«

»Wir haben keine Möglichkeit, das herauszufinden«, sagte Ozhobar und fuhr sich über den hellen Bart.

»Genau. Deshalb werde ich auch keine Energie daran verschwenden, mir über ihre Fähigkeiten den Kopf zu zerbrechen«, sagte Karis. »Hast du dir Tarantios Schwerter angesehen?«

»Ja. Bemerkenswert. Es sieht so aus, als ob der Zauber – unter anderem – ganz wesentlich die Reibung der Klinge herabgesetzt hat. Aber das ist es nicht, was sie so tödlich macht.«

»Kannst du sie nachmachen?«

»Leider nein. Ich bin kein Zauberer, Karis. Ich bin Wissenschaftler. Die Klingen scheinen zwischen einer Existenz und Nicht-Existenz hin- und herzuschimmern. Es ist zum Beispiel nicht möglich, das Metall festzuhalten. Ich versuchte, eine Klampe auf einer der Schwertklingen anzubringen, aber sie rutschte einfach heraus. Sie schneiden glatt durch Stein, Holz und Leder. Selbst durch Eisen, jedoch nicht ganz so glatt.«

»Ich würde zehn Jahre meines Lebens dafür geben, hundert solcher Klingen zu haben«, sagte Karis. »Warum musste sich Sirano auch töten lassen?«

Ozhobar nahm einen kleinen Leinenbeutel und öffnete ihn. Er bot Karis einen Keks an. »Ich fühle mich geehrt«, sagte sie. Er kicherte.

»Sie waren ein Geschenk vom Koch des Herzogs. Sie sind ziemlich gut – wenn auch nicht so gut wie meine eigenen Haferkekse.«

»Und deswegen bist du auch bereit, sie zu teilen?«

Ohne auf ihre Bemerkung zu achten, nahm Ozhobar einen zweiten kleinen Sack, der erheblich schwerer war als der erste. Daraus holte er etwas, das aussah wie kleine schwarze Steinchen. »Was hältst du davon?«, fragte er und reichte sie Karis.

»Besser als Steine«, sagte sie. »Eisen?«

»Ja. Jede Steinschleuder wird zweihundert davon losjagen. Der Trick besteht darin, dass sie nicht zu weit streuen. Ich glaube, ich habe etwas gefunden. Komm und sieh es dir an.«

Sie gingen hinter das Haus. In einem von hohen Mauern umgebenen, jedoch vom Mond erhellten Geviert stand eine riesige Armbrust, deren Arme über drei Meter lang waren und die auf einem Holzgestell ruhte. Auf jeder Seite des Gestells befanden sich Handgriffe, mit denen man durch Drehen die riesigen Arme spannte. Ozhobar ging an der Maschine vorbei und zerrte ein altes Türblatt aus massiver Eiche zur gegenüberliegenden Wand und lehnte es dagegen. Dann ging er zu der Maschine zurück und wand die Handgriffe zusammen mit Karis, bis das Seil mit seiner Lederschlinge über einen großen Bronzehaken fiel. Ozhobar richtete es aus und füllte den ledernen Löffel mit Eisenkügelchen. Nachdem er alles geprüft hatte, ging er zu Karis. »Die Tür besteht aus Eiche, fast fünf Zentimeter dick.« Mit einem jungenhaften Grinsen reichte er ihr einen kleinen Hammer. »Hau fest auf den Auslösebolzen. Aber von hinten.«

Karis stellte sich hinter den Apparat und schlug auf den Bolzen. Ein plötzliches Zischen, dann ein scharfes Kling!, und die Arme schossen nach vorn und trafen die hölzernen Widerstände. Fast gleichzeitig erklang eine Reihe kleinerer Donnerschläge, als das Eisenschrot in die Tür krachte. Ozhobar lief zu dem zerstörten Holz.

»Nun?«, fragte er, als Karis zu ihm kam. Die Tür war mit tiefen Löchern gesprenkelt, die an vielen Stellen das Holz völlig durchschlagen hatten. In der Mitte war es zu Spänen zerfetzt. Ozhobar grinste. »Gefällt es dir?«

»Das ist unglaublich! Was für eine Tötungsreichweite hat es?«

»Gegen die Daroth? Wer weiß? Ich schätze etwa fünfzehn Meter. Danach sinkt die Durchschlagskraft. Zwischen fünfzehn und acht Metern wäre am besten«

»Warum nicht bei unter acht Metern?«, fragte sie.

»Oh, dann wird es töten, aber die Streuung wird nur gering sein.« Er deutete auf die Tür. Wie du siehst, trafen die Kügelchen bei einer Entfernung von etwa fünf Metern in einem groben Kreis von ... sagen wir ... einem guten Meter. Das bedeutet einen Daroth. Aber bei fünfzehn Metern wird der tödliche Kreis wesentlich größer.«

»Wie viele Geschütze werden wir haben?«

»Das hängt davon ab, wie lange die Daroth warten. Wenn wir noch fünf Tage haben, kann ich drei am Nordtor fertig haben und zwei weitere für raschen Transport durch die Stadt.«

»Ich glaube, wir haben noch ein paar Tage«, sagte sie. Irgendetwas in ihrer Stimme weckte seine Aufmerksamkeit, und er sah sie gespannt an.

»Du … hast den Plan durchgeführt?«

»Ja. Der Späher ist nicht zurückgekehrt.«

»Das bekümmert dich«, sagte er leise.

»Würde es dich nicht bekümmern? Ich habe keine Skrupel, Soldaten in den Tod zu schicken, aber dieses Mal musste ich lügen und täuschen. Er war ein Langweiler, aber ich zweifle nicht daran, dass er Besseres verdient hatte, als von seinem General verraten zu werden.«

»Du hast ihn ausgewählt, weil er nachlässig war. Deshalb könnte man einwenden, dass seine eigene Nachlässigkeit ihn umgebracht hat.«

»Ja, das könnte man – aber es wäre nicht wahr. Ich glaube, es verschafft uns Zeit, wenn auch nicht viel. Es wird nicht lange dauern, bis sie den nächsten Kundschafter schnappen oder einer sich so nahe an die Mauer schleicht, dass er unsere Gedanken lesen kann.«

»Fünf Tage. Mehr brauchen wir nicht.«

Ozhobar deckte die Wurfmaschine mit einer Plane zu und führte Karis zurück in die Wärme der Schmiede. »Hast du das Problem mit dem Rückstoß bei dem Katapult gelöst?«, fragte sie ihn.

»Selbstverständlich. Ich habe die Querhölzer beschwert. Jetzt lassen sie sich nicht mehr ganz so gut schwenken, aber zielen immer noch genau. Necklen hat die Maschine gemeistert, und seine Mannschaft arbeitet gut.«

»Wollen wir es hoffen«, sagte Karis.

»Noch einen Keks?«

Sie lächelte. »Nein, ich mache mich lieber auf den Weg. Ich habe noch viel zu tun.«

Vor der Tür ertönte ein tiefes Grollen, und Karis ging darauf zu. Draußen bleckte Räuber seine Zähne vor einer großen Gestalt.

»Ruf den Hund zurück, bevor ich ihm den Hals umdrehe«, rief Forin.

Karis wünschte Ozhobar eine gute Nacht, dann trat sie mit Räuber an der Seite ins Freie, der den Mann noch immer misstrauisch beäugte. »Was willst du?«, fragte sie müde.

»Reden«, antwortete Forin.

»Ich habe keine Zeit zu reden.«

»Keine Zeit oder keine Lust?«, fragte er und blieb stehen. Sie ging zwei Schritte weiter, dann fuhr sie herum.

»Wir hätten nicht miteinander schlafen sollen«, sagte sie. »Das war ein Fehler, und ich kann mir solche Fehler nicht leisten. Wenn es dir ein Trost ist, es war eine wunderbare Nacht, und ich werde sie nie vergessen. Aber sie wird sich auch nie wiederholen. Also hör auf, mir zu folgen wie ein mondsüchtiger Idiot!«

Sie erwartete Zorn, und sein Gelächter überraschte sie. »Ich bin nicht mondsüchtig, Karis. Ich habe nie an Liebe auf den ersten Blick geglaubt – oder überhaupt auf einen Blick. Und, um ehrlich zu sein, ich weiß nicht, was ich für dich empfinde. Wärst du in jener Nacht geblieben und wir hätten miteinander geredet, dann bestünde kein Anlass für eine Begegnung wie diese. Aber du bist nicht geblieben. Du bist weggelaufen. Warum? Warum bist du weggelaufen?«

»Es ist schon spät und ich bin für so was zu müde«, sagte sie und wandte sich ab.

»Du hast zwar keine Angst vor dem Tod, aber schreckliche Angst vor dem Leben. Ist es das?«, fragte er sie.

Sie wirbelte herum. »Was ist los mit euch Männern?«, höhnte sie. »Warum kann euer Ego eine Zurückweisung nicht ertragen? Ich will dich nicht, ich brauche dich nicht. Du hast mir geholfen, mich zu entspannen. Das war deine Rolle, und du hast sie gut gespielt.«

Wieder lachte er, voll und ungezwungen. »Natürlich kann kein Mann eine Zurückweisung leiden. Und ich habe genug davon eingesteckt. Was ich nur so schwer verstehe, ist nicht, dass du mich abweist, Karis, sondern dass du Angst vor mir hast.«

»Angst? Du arrogantes Schwein! Nichts auf dieser Erde wird mir je wieder Angst machen. Dafür hat mein Vater gesorgt. Und jetzt geh mir aus den Augen!«

Wütend marschierte sie zurück zum Palast und ihren Zimmern, wo Necklen auf sie wartete. »Du hast die Männer ausgewählt?«, fragte sie beim Eintreten. Räuber musste einen Satz machen, als sie die Tür hinter sich zuknallte.

»Ja. Hundert Bahrenträger und sechzig Pfleger, die sich um die Verwundeten kümmern. Du weißt, dass es in der Stadt nur noch vier Ärzte gibt?«

»Ja, ich weiß.«

»Soll ich lieber morgen wiederkommen, Prinzessin?«

»Nenn mich nicht so!« Sie ließ sich in einen Sessel fallen. »Glaubst du, dass ich Angst vor dem Leben habe?«, fragte sie den alten Mann.

Necklen grinste breit. »Was möchtest du gerne hören?«

»Die Wahrheit wäre ganz nett.«

»Ich habe noch nie eine Frau getroffen, die die Wahrheit hören wollte. Reden wir jetzt von Vint oder von diesem hässlichen Kerl in der Mistkäferrüstung?«

»Du findest ihn hässlich?«, fragte sie erstaunt.

»Du etwa nicht?«, entgegnete Necklen. »Er hat eine Nase, die aussieht, als hätte ein Bulle sie eingetreten und ein breites flaches Gesicht mit Schweinsäuglein. Grün, wenn ich mich recht erinnere. Männern mit grünen Augen kann man nicht trauen.«

»Woher wusstest du, dass er es sein könnte? Hat er von mir gesprochen?«

»Nein, Prinzessin. Aber, wenn du schon die Wahrheit hören willst, ich weiß es von dir. Wenn er in der Nähe ist, kannst du den Blick nicht von ihm lassen. Hat er dir vorgeworfen, dass du zu viel Angst zum Leben hättest?«

»Ja. Meinst du, er hat Recht?«

»Woher soll ich das wissen?«, fragte Necklen. »Aber du erstaunst mich, Mädchen. Offensichtlich willst du ihn, und du bist doch sonst nicht so schüchtern.«

»Ich habe einmal mit ihm geschlafen. Jetzt meint er, ich gehöre ihm«, sagte sie. »Aber ich gehöre niemandem. Ich lasse mich nicht gebrauchen unter dem Deckmantel Liebe.«

»Hat Giriak dich benutzt?«, fragte er leise.

»Natürlich nicht. Aber ihn habe ich auch nicht geliebt.«

»Und du liebst Forin?«

»Das habe ich nicht gesagt!«, fauchte sie.

»Ich weiß nicht genau, was du sagst.«

Karis entspannte sich in ihrem Sessel und stieß einen langen Seufzer aus. Dann gluckste sie leise. »Ich auch nicht. Reich mir den Krug, mein alter Idiot. Zeit, sich zu betrinken!«

Kurz vor Morgengrauen des vierten Tages verließ Vint seine Unterkunft im Palast und spazierte den knappen Kilometer zur Nordmauer. Ein kalter Wind pfiff von den Bergen herunter, und er zog sich seinen Schaffellmantel fest um die schlanke Gestalt. Als er an der alten Kaserne vorbeikam, sah er drei Männer, die einen Handkarren zogen, auf dem ein großer Kessel stand, aus dem der Duft nach Zwiebelsuppe drang.

Als er sich dem Tor näherte, sah er Scharen von Arbeitern, die die Eingänge zu den schmalen Gassen, die von der Hauptstraße abzweigten, mit Steinmauern verschlossen. Karis und Ozhobar bewegten sich zwischen ihnen und begutachteten die Arbeit. Vint ging an ihnen vorbei und versuchte, seine Gereiztheit zu beherrschen. Karis hatte ihn seit Tagen nicht mehr in ihr Bett geholt. Seine Verärgerung überraschte ihn selbst. Er war nicht in sie verliebt, und er hatte auch nicht den Wunsch, eine dauerhafte Beziehung aufzubauen. Was dann?, fragte er sich, während er die Stufen zum Wehrgang hinaufstieg. Die Antwort war nicht schwer zu finden. Er lächelte reumütig. Sie ist auch nicht in dich verliebt. Es war ein Tiefschlag für das Selbstbewusstsein, so beiläufig abgelegt zu werden.

Als er oben angekommen war, sah er die Wachposten, die sich vor dem bitteren Nordwind unter die Brüstung duckten. »Die Suppe ist schon unterwegs, Jungs«, sagte er.

»Doch nicht wieder Zwiebelsuppe, Herr?«, fragte einer der Veteranen.

»Ich fürchte, doch!«

Die Morgensonne stieg über den Horizont, ihre Strahlen durchschnitten den Wind. »Sind die Späher zurück?«, fragte er.

»Noch nicht, Herr. Sie sollten jetzt jeden Augenblick in Sicht kommen.«

Vint wandte sich nach Norden und musterte die Hügel. Dort bewegte sich nichts. Er warf einen Blick zurück und sah Karis, die mit dem gewaltigen Ozhobar an der Seite durch die Hauptstraße schritt. Ihr dunkles Haar war zu einem straffen Pferdeschwanz gebunden, und sie trug eine rostfarbene Tunika aus Wolle und dazu grüne Beinkleider. Ein breiter Ledergürtel betonte ihre schmale Taille. Wie viele Frauen hast du selbst in ähnlicher Weise abgelegt?, fragte Vint sich in dem Versuch, den Aufruhr in seinen Gedanken zu glätten.

»Warum tun sie das, Herr?«, fragte ein junger Soldat, stellte sich neben ihm und deutete auf die Arbeiter, die neue Mauern errichteten, um die Gassen zu versperren.

Vint drehte sich zu dem Mann um. »Die Daroth können Gedanken lesen«, sagte er. »Findest du wirklich, dass es eine gute Idee ist, solche Fragen zu stellen?«

»Ich glaube nicht, dass es einen großen Unterschied macht«, erwiderte der Soldat achselzuckend. »Wir werden sie mit ein paar Steinen nicht aufhalten. Oder mit Armbrüsten. Oder Katapulten. Sie haben in Prentius dreißigtausend Leute niedergemacht. Die ganze Stadt – und ihre Armee. Das werden sie hier auch tun.«

»Warum bleibst du dann?«

»Weil ich dafür bezahlt werde«, sagte der Soldat grimmig.

»Hast du je unter Karis gedient?«, fragte Vint.

»Nein, aber ich kenne Männer, die es haben, und die sagen, sie hat noch nie verloren. Aber sie hat ja auch noch nie gegen Daroth gekämpft.«

»Sie wird sie überraschen«, sagte Vint.

»Wirklich? Das glaube ich nicht. Sie hat einem von den

Spähern etwas von einer Gruppe von Zauberern erzählt, die die Daroth vernichten würden. Er war ziemlich dumm und hat jedes Wort geglaubt. Zauberer! Wenn wir etwas so Mächtiges hätten, würden wir dann nicht hinter ihnen her sein? Würden wir uns dann hier verschanzen und Mauern bauen?« Der Soldat fasste sich an den Nasenrücken.

»Was ist los?«, fragte Vint.

»Scheiß-Kopfschmerzen«, sagte der Mann. »Kommt vom Wind.«

Ein plötzlicher Schmerz durchfuhr Vint. Er packte den anderen und riss ihn unter die Brüstung.

»Was soll das?«, fragte der Soldat wütend.

»Was ist jetzt mit deinen Kopfschmerzen?«, fuhr Vint ihn an.

Der Mann blinzelte. »Äh, sie sind weg.«

Vint fluchte und kroch gebückt zur Treppe und rannte zu Karis und Ozhobar hinunter. »Können wir reden?«, fragte er. Gemeinsam entfernten sie sich ein Stück von der Gruppe, und Vint erzählte ihr von dem Gespräch mit dem Soldaten.

»Es erstaunt mich nur, dass es sie so lange aufgehalten hat«, sagte sie und wandte sich ab.

»Du hast einen Mann dahin geschickt, obwohl du genau wusstest, dass er den Daroth in die Hände fallen würde? Ich hoffe, du warst so anständig, ihn erst in dein Bett zu holen!«

Ihr Blick war kalt, als sie näher zu ihm trat. »Nein, Vint, ich *mochte* ihn. Es gehört zu meinen Regeln, niemals einen Mann ins Bett zu nehmen, den ich mag.« Sie fuhr herum und rief Necklen. »Such deine Mannschaft zusammen, Alter. Die Daroth kommen!«

Zwanzig Minuten später kletterte Necklen die wacklige Leiter zum Dach des alten Kasernengebäudes hoch. Mit nur einer Hand zu klettern war schwierig, und er atmete keuchend, als er auf das Dach hinaustrat. Die vier Burschen seiner Mannschaft warteten auf ihn. Sie waren alle jung und bartlos – nicht mehr als Kinder, dachte er. Aber sie waren gewandt und flink, und sie taten, was er anordnete.

»Sind die Räder geölt?«, fragte er.

»Jawohl. Und wir haben gestern Abend Öl heraufgebracht«, antwortete Beris, ein kleiner Bursche mit einem Schopf karottenroter Haare und Sommersprossen.

»Gut. An die Griffe!« Zwei Jungen auf jeder Seite packten die eisernen Handgriffe und begannen sie zu drehen. Langsam wurde der große Arm an seinen Platz gewunden, dann schob Necklen den eisernen Sperrbolzen durch die Metallösen. Zwei Jungen rannten zu den Tonkugeln, die unter einer Plane lagen. Sie zogen die Plane zurück und rollten eine der Kugeln zum Katapult, dann hoben sie sie vorsichtig in den bronzenen Löffel. »Öl!«, befahl Necklen. Dann fuhr er herum. »Wo ist das Kohlebecken?«

»Tut mir Leid, habe ich vergessen«, sagte Gelan, ein dünner, pockennarbiger Bursche.

»Hol es. Und zwar sofort!« Der Junge rannte zur Leiter und schwang sich hinunter, während Necklen zum Dachrand wanderte und zu den Bergen hinüberschaute. Bald würden sie kommen. Er ging zurück zum Katapult und prüfte das Zielrad. Die Waffe war auf die erste der zwei wahrscheinlichen Stellen für die Katapulte der Daroth gerichtet. Bislang hatten Necklen und seine Mannschaft mehr als dreißig Übungsgeschosse losgelassen, und ihre Trefferquote war hoch, acht von zehn trafen ins Ziel.

Gelan kam zurück, mit einem kleinen Kohlebecken auf dem Rücken, in der rechten Hand eine Laterne. Necklen stellte das Becken neben das Katapult, füllte die untere Hälfte mit ölgetränkten Lappen, dann Anmachholz und legte schließlich ein paar Hände voll Kohlen darauf. Er nahm Gelan die Laterne ab, hob den Deckel und hielt die offene Flammen unter die getränkten Lappen. Flammen schossen hoch. Der rothaarige Beris brachte fünf aus getrocknetem Schilf gefertigte Fackeln und legte sie neben das Becken.

Zufrieden, dass das Feuer ordentlich brannte, rief Necklen wieder nach Öl und sah zu, wie Beris es durch eins von sechs runden Löchern in die Tonkugel goss. Noch drei weitere Krüge mit Laternenöl folgten, dann wurden die Löcher mit Lumpen zugestopft.

Von den Mauern unten erklangen Rufe, und Necklen sah, wie die erste Reihe von Daroth-Kriegern über die Hügel im Norden kam. Vor ihnen ritten zehn Krieger, von denen jeder einen langen Speer trug.

Auf den Speeren steckten die Leichen der zehn Späher von Corduin, die in der Nacht zuvor ausgeschickt worden waren.

Necklen warf einen Blick auf die Jungen und sah die Angst in ihren Gesichtern. »Ganz ruhig jetzt, Jungs«, sagte er leise.

»Warum haben sie das den Männern angetan?«, fragte Beris.

»Um uns Angst zu machen, Junge.«

»Hast du Angst, Necklen?«, fragte Gelan.

»Es ist keine Schande, Angst zu haben«, antwortete der alte Mann. »Nur eins müsst ihr verstehen – der Feigling wird von Angst beherrscht, während der Held auf ihr reitet wie auf einem wilden Hengst. Ihr Jungs seid dazu bestimmt, Helden zu werden. Glaubt mir. Ich habe gute Menschenkenntnis. Deswegen habe ich euch auch ausgesucht.«

»Ich fühl mich aber gar nicht wie ein Held«, gestand Beris.

»Du musst dich auch nicht so fühlen, mein Junge. Du musst wie einer leben!«

Als die gesamte Daroth-Armee am Horizont auftauchte und sich über die Hänge verteilte, stand Vint auf der Mauer und versuchte, ihre Zahl zu schätzen. Sie bewegten sich in Viererreihen auf vorbezeichnete Positionen zu. Sie schlugen keine Zelte auf, sondern warteten in fünf großen Gruppen zu je etwa eintausendfünfhundert. Drei der Gruppen bestanden aus Fußsoldaten in schwarzer Rüstung. Sie waren mit langen Speeren mit gezackten Spitzen ausgerüstet. Die beiden anderen Gruppen bestanden aus berittenen Soldaten.

Hinter der Mauer konnte man schnelle Schritte hören, und ein paar der Soldaten drehten sich um, um zu sehen, was los war. »Augen geradeaus!«, bellte Vint. Die Männer schossen herum. Vierzig Daroth-Krieger warfen ihre Speere weg und nahmen die Bündel vom Rücken, aus denen sie Schaufeln mit kurzem Stiel holten und sich zu zwei Stellen auf dem Hang begaben, die etwa zweihundert Schritte von der Mauer entfernt waren.

»Was machen sie da?«, fragte jemand Vint. Der Schwertkämpfer zuckte die Achseln. Rasch begannen die Daroth an dem Hang zu graben. Sie bewegten sich mit großer Energie, die nicht nachzulassen schien. Andere Daroth kamen hinzu, nahmen ihre Umhänge ab, füllten sie mit Erde und trugen sie fort. Fast eine Stunde gruben sie, ehe Vint begriff, was sie vorhatten: Die Daroth ebneten zwei Stellen ein.

Auf dem Kasernendach erkannte Necklen, was vor sich ging. »Sie nehmen nicht die Stellen, die wir dachten, Jungs«, sagte er. »Sie bauen sich neue Stellplätze für ihre Katapulte.«

Necklen ging zu dem eisernen Geländer und zog die Haltepflöcke heraus. »Drehen wir es«, rief er. »Beris, richte es auf die erste neue Stelle. Gelan, du und die anderen ihr nehmt die Kugel heraus. Wir müssen es losmachen, der Abstand stimmt nicht mehr.«

Die Jungen rollten mühsam die Kugel heraus. Sie war groß und unhandlich, und aus den Lumpen sickerte Öl. Necklen ging, um ihnen zu helfen. Sobald die Kugel frei war, hämmerte er auf den Auslösebolzen. Das Katapult schoss nach vorn, der große Arm schlug dumpf gegen die Sandsäcke, die an dem Gestell festgezurrt waren. »Wie weit schätzt du es bis dorthin?«, fragte Necklen Beris.

»Vielleicht zweihundert…vierzig Schritte?«

»Meine Augen sind nicht mehr so gut. Ich nehme dein Wort dafür. Bringt es wieder in Stellung.« Die Jungen packten die Griffe und wanden den Arm langsam wieder zurück.

»Jetzt ist es ausgerichtet«, sagte Beris. Necklen steckte die Haltepflöcke hinter die Räder und kletterte neben Beris auf die Plattform.

»Sieht gut aus«, sagte der ältere Mann. »Legt die Kugel wieder rein.« Gelan und die beiden anderen hievten die Kugel in den Bronzelöffel.

Zwei Daroth-Katapulte kamen in Sicht: große, schwarz angestrichene Maschinen. Necklens Kehle war trocken. Er hatte sie schon früher gesehen, beim Fall von Prentius, als die großen Bleiklumpen die Mauern zerbröselten. Langsam zogen die Daroth das erste Katapult in Stellung. »Zurück, Jungs, dann lassen wir los!«

»Soll ich anzünden?«, fragte Gelan.

»Den hier nicht, Junge. Das ist nur ein Späher. Wir wollen sehen, wo er landet.«

Necklen nahm den kleinen Hammer und schlug damit auf den Auslöserbolzen. Die rote Tonkugel segelte hoch in die Luft, der Wind rauschte durch die Löcher und schuf ein unheimliches Kreischen. Einen Moment lang dachte Necklen, dass sie ihr Ziel treffen würden, doch dann fiel die Kugel fast sieben Meter zu weit rechts und zwölf Schritte vor ihrem Ziel zu Boden und zerplatzte in hunderte von Scherben. »Windet den Arm zurück und richtet ihn eine Kerbe weiter nach unten aus«, befahl er.

»Eine Markierung links«, rief Beris.

Necklen und die Jungen zogen die Haltepflöcke heraus und drehten die große Apparatur auf ihren Rädern herum. In ihrer Aufregung schoben sie zu weit. »Ruhig, Jungs«, rief er. »Ganz langsam!«

»Sie zielen mit ihren Katapulten!«, rief ein anderer Junge.

Necklen hielt nicht inne. Als er den letzten Pflock wieder einsetzte, rief er nach einer zweiten Kugel. Sie wurde zum Katapult gerollt und dann an ihren Platz gehoben. Beris füllte sie mit Öl.

»Es kommt!«, schrie Gelan, und dieses Mal sah Necklen auf. Eine gewaltige Bleikugel schoss durch die Luft. Sie flog über die Mauer, und erst im letzten Moment erkannte der alte Soldat, dass die Daroth auf das Katapult zielten. Die Kugel schlug am Rande des Daches ein, ließ Mauerwerk abbrechen und Steinbröckchen über ihre Köpfe regnen.

Necklen packte eine Fackel, entzündete sie an dem Kohlenbecken und hielt sie an die ölgetränkten Lappen, die Beris in die Löcher gestopft hatte. »Hier kommt die nächste!«, rief Gelan.

»Dann kriegen sie jetzt eine zurück!«, knurrte Necklen und hieb mit dem Hammer auf den Auslöser. Die rote Kugel, aus der Flammen und Rauch zischten, stieg hoch – und flog knapp am Geschoss der Daroth vorbei. Die schwarze Bleikugel traf das Dach, durchschlug einen Balken und krachte auf das leere zweite Stockwerk der Kaserne durch.

»Zurückwinden! Nicht abwarten und schauen!«, rief Necklen, obwohl er selbst nicht dem Drang widerstehen konnte, dem Flug ihres brennenden Geschosses nachzusehen. Es traf die Spitze des ersten Daroth-Katapultes – und zerbrach. Flammen züngelten an der schwarzen Maschine entlang. Die Daroth rannten herbei, um die Flammen mit Erde zu ersticken.

Auf den Wehrgängen erhob sich Jubel.

»Noch eine!«, rief Necklen, und ein zweiter Feuerball schoss in den Himmel. Die Daroth liefen auseinander, als er einschlug und in großem Umkreis Feuer auslöste. Das hölzerne Katapult war inzwischen ganz von Flammen eingehüllt.

Doch die zweite feindliche Maschine schoss eine Bleikugel ab, die gegen die Seitenwand des Gebäudes krachte, sodass eine ganze Hausecke abbrach und unten auf die Straße stürzte.

»Drei Markierungen nach rechts!«, rief Beris. »Noch zwei Markierungen weiter!«

Langsam schwangen sie die Maschine herum. »Wir haben nur einen Schuss«, sagte Necklen und versuchte, ruhig zu klingen. »Seht zu, dass es ein guter wird, Jungs!«

»Jawohl«, antwortete Beris. Sobald sie die Kugel geladen und Gelan sie mit Öl gefüllt hatte, befahl Necklen, dass die Jungen sich vom Dach zurückzogen. Eine weitere große Bleikugel sauste an ihnen vorbei, verfehlte die Katapulte nur um Zentimeter und zerstörte ihren Vorrat an Tonmunition. »Raus jetzt!«, schrie Necklen.

Die Jungen rannten zu den Leitern, während Necklen mit dem Hammer den Auslöser betätigte. Er hätte ihnen folgen sollen, aber er konnte nicht widerstehen, seinem letzten Geschoss hinterherzusehen. Wieder schossen die Daroth. Die Kugel verließ ihr Katapult im selben Augenblick, als die Tonkugel darüber explodierte und brennendes Öl über das Katapult spritzte. Zwei Daroth wurden von den Flammen verschlungen und liefen wie lebende Fackeln über den Hügel.

»Ja!«, schrie Necklen und hieb mit der Faust in die Luft. »Gefällt euch das, ihr Hunde?«

Der letzte Schuss der Daroth hämmerte in die Plattform und zerschmetterte das Katapult. Einer der Haltepflöcke löste sich, traf Necklen in der Schulter und ließ ihn über das Dach rutschen. Als seine Beine über den Rand rutschten, packte er einen vorstehenden Mauerstein und klammerte sich mit aller Kraft daran fest.

Es gab keinen Weg zurück. Der alte Krieger hatte nicht genügend Kraft in einem Arm, um sich selbst in Sicherheit zu bringen. Seine Kraft ließ nach, als ein Gesicht über ihm auftauchte und der kleine Beris nach seinem Arm griff. »Lass los, du Dummkopf! Du kannst mein Gewicht nicht halten. Du wirst mit mir über den Rand gezogen.« Doch der Junge hielt ihn weiter fest.

»Gelan … holt … ein Seil«, sagte Beris. »Ich kann dich so lange halten, bis er kommt.«

»Bitte, Junge! Lass einfach los. Ich könnte es nicht ertragen, dich mit nach unten zu reißen.«

»Nein«, widersprach Beris. Sein sommersprossiges Gesicht war tiefrot vor Anstrengung. Necklen packte den Vorsprung fester und versuchte, Ruhe zu bewahren. Seine Finger wurden müde, sein Arm begann zu zittern.

In diesem Moment tauchte Gelan auf und warf eine Schlinge über Necklens Kopf. Er schob seinen nutzlosen linken Arm hindurch und hängte sich an das Seil. »Es ist an einem Balken festgebunden«, rief Gelan.

»Guter Junge«, sagte Necklen. »Jetzt lass los, Beris, sei brav.« Als Beris losließ, rutschte Necklen gut einen Meter tiefer, doch dann straffte sich das Seil und er baumelte daran. Ihm war vor Erleichterung übel. Wenige Augenblicke später hatten ihn drei starke Männer wieder in Sicherheit gezogen.

Necklen grinste die Jungen an. »Hoffentlich lernt ihr nie, Befehlen zu gehorchen, Jungs«, sagte er.

»Jawohl!«, riefen sie grinsend im Chor.

Doch Necklens Lächeln verblasste, als er sah, dass die Daroth ein neues Katapult über den Hügel zogen.

Als die erste der riesigen Bleikugeln in die Mauer neben dem Tor krachte, befahl Vint den Rückzug für seine Truppen. Die beiden in Flammen stehenden Katapulte der Daroth stießen inzwischen dicke schwarze Rauchwolken in den Himmel.

»Was kannst du erkennen?«, rief Karis. Vint schob sich hoch und spähte durch die Schießscharten des Wehrgangs.

»Zwei Legionen sammeln sich«, rief er zurück. »Sie rücken langsam vor.«

Eine zweite Bleikugel traf das Tor, zerschmetterte zwei dicke Balken und zersplitterte den gewaltigen Riegel. »Jetzt kommen sie angerannt«, schrie Vint. »Vielleicht dreitausend. Die Übrigen warten einfach ab.«

Wieder traf eine Bleikugel, riss das Tor auf und rollte mit Getöse in die dahinter liegende Straße. Vint rannte zur Treppe, nahm immer drei Stufen auf einmal und sprintete dann zu einer Reihe von Fuhrwerken, die quer auf der Straße standen. Karis, Ozhobar und Tarantio waren bereits dort versammelt.

Die ersten Feinde schoben sich durch das zerstörte Tor, sahen die Armbrustschützen und griffen an. Sie kamen lautlos, abgesehen von dem Krachen ihrer Stiefel auf dem Straßenpflaster. Diese Stille ließ Vint frösteln. Er zog seinen Säbel, obwohl er wusste, dass die Waffe nutzlos gegen die lederartige Haut der Daroth war. Trotzdem fühlte er sich mit der Waffe in der Hand besser.

»Wartet!«, rief Karis. Ihre Stimme war klar und ruhig. Die zwanzigköpfige Schar der Daroth rückte näher. Fünfunddreißig Meter. Fünfundzwanzig. Dreizehn. »Jetzt!«, schrie sie. Die kniende Reihe von Armbrustschützen ließ eine Salve los, die die ersten Krieger traf. Zahlreiche gingen zu Boden, während der Rest weiter vorrückte. »Noch einmal!«, brüllte Karis. Die stehende Reihe schoss und eine zweite schwarze Wolke von Bolzen traf ihr Ziel. Der Angriff geriet kaum ins Stocken.

Plötzlich kamen Bolzen aus jedem Fenster zu beiden Seiten der Straße. Bogenschützen erhoben sich hinter den hastig quer über die Straßen errichteten Mauern und schickten eine Salve nach der anderen in die Reihen der Daroth.

Vint hörte eine Peitsche klatschen. In einer Gasse, die er nicht einsehen konnte, legten sich drei Ochsen ins Geschirr, und die Fuhrwerke wurden weggezogen und ließen drei gewaltige, mit stählernen Armen versehene Wurfmaschinen sehen, die hinter ihnen verborgen gewesen waren. Die beiden Schützenreihen rannten nach rechts und links auseinander, gerade als die Daroth erneut vorstürmten.

Ozhobar hieb seinen Hammer gegen einen Auslösebolzen, und zwei Pfund Eisenschrot schossen in die Angreifer und rissen die erste Linie von den Füßen. Vint, der auf einer Seite stand, sah, wie das Gesicht eines Daroth weggerissen wurde und Knochensplitter durch die Luft flogen. Überall wurden verwundete Daroth-Krieger aufs Pflaster geschleudert. Eine zweite Wurfmaschine schleuderte ihre Ladung davon und schlug eine klaffende Lücke in die Reihe der Daroth. Vint blieb stehen und sah, wie drei Männer geschickt die tödlichen Arme der Schleuder wieder in Position brachten. Dann schickte die dritte ihre tödlichen Geschosse in die dicht gedrängten Reihen des Feindes. Armbrustbolzen regneten weiterhin aus den Fenstern, und das Gemetzel in der Straße ging weiter. Jetzt zogen sich die ersten beiden Schützenreihen an den Wänden entlang zurück, um hinter den Wurfmaschinen wieder auszuschwärmen und erneut ihre Bolzen in die Feinde zu jagen.

Ein Daroth, dessen linker Arm abgerissen war, taumelte vorwärts und schleuderte seinen Speer. Er traf einen Schützen in die Brust und rammte ihn gegen eine Mauer. Tarantio entspannte sich und ließ Dace die Kontrolle übernehmen. Mit einem Satz sprang er vor und schlitzte mit einem einzigen Hieb dem Daroth den Bauch auf, dann köpfte er ihn, während er zu Boden ging. »Das war einer für Sirano und seine Zauberschwerter«, sagte Dace.

Während der Feind erneut vorrückte, brachen die Arme einer der Wurfmaschinen ab. Innerhalb weniger Sekunden waren die Daroth dort angelangt. Dann schoss die zweite Schleuder eine Ladung Bleischrot auf kürzeste Entfernung auf sie ab, riss drei Krieger von den Füßen und schleuderte sie gegen ihre Kameraden.

Aus der Gasse, die neben den Wurfmaschinen lag, stürzten sich Forin und seine fünfzig Axtkämpfer ins Getümmel. Dace war bei ihnen, seine verzauberten Schwerter hieben einen Pfad durch die Feinde. Vint, dessen eigenes Schwert nutzlos war, zog sich aus dem Kampf zurück und schloss sich Karis und Ozhobar an. Er nahm eine Armbrust, zielte und schoss einem der riesigen Krieger in den Kopf.

Ein Signalhorn ertönte.

Forin und seine Männer rannten nach links und rechts auseinander, um eine Lücke zu schaffen, durch die eine Wurfmaschine ihre tödliche Munition in die Reihen der Daroth schicken konnte. Hunderte der Feinde lagen inzwischen am Boden und mit jedem Herzschlag fielen weitere, als der erbarmungslose, tödliche Hagel von den Fenstern zu beiden Seiten fortgesetzt wurde.

Es gab keine Richtung, in die die Daroth hätten laufen können. Vor ihnen waren die tödlichen Wurfmaschinen, zu beiden Seiten waren die Gassen blockiert. Und während ihr Blutzoll unaufhörlich stieg, kämpften sie um den Weg zu ihrer einzigen Zuflucht: dem Nordtor.

Forin erhielt einen Schlag auf den Kopf, der ihn taumeln ließ, sodass ihm der Helm vom Kopf flog. Als der Daroth sich für den Todesstoß auf ihn stürzte, schnellte der Riese hoch und hieb seinem Feind die Axt ins Gesicht. Die Klinge bohrte sich tief ins Fleisch, kam aber sofort wieder frei. Der Speer eines zweiten Daroth traf seinen Brustharnisch, verbeulte ihn stark und prellte seine Rippen. Forin wirbelte herum und stieß mit seiner Axt zu, sodass beide Spitzen dem Daroth in die Brust drangen. Der Daroth schlug Forin mit der Faust an die Stirn. Betäubt sank der Riese auf die Knie. Dace tauchte neben ihm auf, sein Schwert enthauptete den Daroth beinahe. Forin kämpfte sich auf die Füße, zog seine Axt aus dem toten Daroth und stürzte sich wieder ins Kampfgeschehen.

Mit ausdrucksloser Miene beobachtete Karis die Schlacht. Jetzt starben auch Menschen, als die außer sich geratenen Daroth an den improvisierten Mauern rissen und auf die Schützen, die zu ebener Erde waren, einhieben und stachen. Mindestens fünzehn von Forins Kriegern lagen am Boden.

Vier Daroth durchbrachen Forins Linie und schafften es zu der Wurfmaschine. Dace rannte hinter dem letzten her und schlug ihn nieder. Armbrustbolzen trafen den zweiten und dritten, doch der vierte machte einen Satz direkt auf Karis zu.

Vint war ihr am nächsten. Er hörte seinen Namen, drehte sich um und sah Tarantio, der ihm eins seiner Schwerter zuwarf. Die schimmernde Klinge drehte sich in der Luft und Vint sprang, um sie zu fangen. Seine Finger schlossen sich um den Griff. Doch im selben Moment wusste er schon, dass es zu spät sein würde. Er wirbelte auf dem Absatz herum und rannte auf den Daroth zu. Dieser hob sein Schwert, doch Karis blieb reglos stehen und sah ihm trotzig entgegen.

In diesem Augenblick sprang eine schwarze Gestalt mit voller Wucht den Daroth an, Räubers gewaltige Kiefer schlossen sich um seinen Hals. Aus dem Gleichgewicht gebracht, stürzte der Daroth. Ozhobar sprang nach vorn und hieb dem Angreifer seinen Hammer an den Kopf. Vint durchstieß mit Tarantios Schwert sein Rückgrat. Als der Daroth tot war, hing der Hund immer noch an seiner Kehle. »Hierher!«, rief Karis. Räuber zog sich zurück, noch immer knurrend.

Ein tiefes Grollen setzte ein, wie ferner Donner. Vint sah sich um und entdeckte Necklen, der mit zehn Männern ein neues Katapult durch die Straße schleppte. Dahinter kamen mehrere von Pferden gezogene Fuhrwerke, von denen das erste frische Munition und ein brennendes Kohlebecken trug. Ozhobar rannte zu ihnen.

Die Daroth strömten zurück zu den Toren, als das Signalhorn ertönte. Forin, Dace und die elf überlebenden gepanzerten Krieger machten kehrt und rannten zurück zu den Wurfmaschinen. Eine flammende Tonkugel flog über ihre Köpfe und explodierte genau unter dem Torturm. Dicht gedrängt wie sie waren, verschlangen die Flammen zwanzig Daroth. In Panik trampelten die übrigen Daroth einander nieder, um zu entkommen und die Flammen breiteten sich aus.

Eine zweite Kugel schoss über die Mauer, zerplatzte und spuckte brennendes Öl über die versammelten Krieger.

Die Daroth-Armee floh zurück in die Berge.

»Schafft die Toten fort!«, schrie Karis. »Macht Platz für die Karren.«

Dace rannte zwischen den toten Daroth umher und überprüfte sie. Ein paar waren noch am Leben und diese erledigte er rasch. Soldaten begannen die riesigen Leichname zu den Mauern auf beiden Seiten zu schleppen, und drei Fuhrwerke bahnten sich langsam ihren Weg zu den Toren. Ozhobar fuhr den ersten Karren, und als er am Torturm angelangt war, sprang er ab und rief Leute herbei, die ihm beim Abladen helfen sollten. Jeder der drei Karren trug miteinander verbundene Teilstücke, die aus langen Eisenstäben bestanden. Seile und Flaschenzüge wurden auf der Brüstung über ihnen zusammengebaut und zogen die Abschnitte an ihren Platz. Sie wurden in die tiefen Nischen eingelassen, die die Steinmetze zu beiden Seiten des Torturms in den massiven Stein gemeißelt hatten.

Hinter den Arbeitern wurde das Katapult aufgestellt. Necklen lief zum Tor und schätzte die Entfernung zum Katapult der Daroth. Nicht mehr als zweihundert Schritte. Er ging zurück und gab diese Information an den jungen Beris weiter.

Wenige Augenblicke später schoss eine Flammen speiende Kugel über die Mauer und explodierte etwa zehn Meter links vom Katapult der Daroth. Die Soldaten auf der Mauer jubelten, während die Daroth hastig ihr Katapult mit Seilen aus der Gefahrenzone schleppten.

Langsam wurde das eiserne Fallgitter zusammengesetzt, das wirkungsvoll den Torbogen versperrte. Ozhobar stand daneben, die Hände in die Hüften gestützt und bewunderte seine Arbeit. »Nicht übel«, sagte er. »Ganz und gar nicht übel.«

Auf der anderen Straßenseite trugen die Bahrenträger, unter ihnen Brune, die verwundeten und toten Corduin-Soldaten fort. Vint ging zwischen ihnen umher und zählte die Verwundeten und Toten. Dann ging er zu Karis, die mit Tarantio zusammenstand.

»Forin hat neununddreißig Männer verloren: Siebenunddreißig sind tot, zwei schwer verwundet. Knapp sechzig unserer Männer sind gefallen oder können nicht wieder kämpfen. Soweit ich es überblicken kann, haben wir etwa zweihundertunddreißig Daroth getötet.«

Karis nickte, sagte jedoch nichts. »Du hast es geschafft, General«, sagte Vint. »Du hast sie zurückgeschlagen.«

»Wir haben ihnen auf jeden Fall etwas zum Nachdenken gegeben«, gab sie zu.

Vint bot Tarantio sein Schwert an. Der dunkelhaarige Krieger grinste. »Behalt es! Aber pass auf, wenn du es in die Scheide steckst.«

Vint nickte. »Wenn ich gewusst hätte, wie tödlich es ist, hätte ich es mir zweimal überlegt, ob ich es im Flug auffange.« Er sah nach oben. Die Sonne stieg noch immer höher. »Gerechter Himmel«, sagte er. »Man hätte gedacht, es würde bald Abend und dabei ist es nicht einmal eine Stunde her, dass der Angriff begann.«

Forin kam zu ihnen. »Könnte mir bitte jemand helfen, diese verdammte Brustplatte abzunehmen?«, fragte er. »Ich kriege keine Luft mehr da drin.« Die Rüstung wies viele tiefe Dellen auf und im Rücken einen Riss, wo das Metall gespalten war. Nachdem Tarantio und Vint den Brustharnisch abgenommen hatten, streifte Forin sein Hemd ab. Sein Oberkörper war mit blauen Flecken übersät, und an einer Schulter hatte er einen leichten Schnitt. »Ich freue mich nicht gerade darauf, das noch einmal durchzumachen«, brummte er und setzte sich auf eine eingestürzte Mauer.

»Du hast gut gekämpft, großer Mann«, sagte Vint. »Ich glaube, du hast drei von ihnen getötet.«

»Zwei. Tarantio hat den Letzten erledigt. Aber ich habe noch ein paar gezeichnet.« Er warf einen Blick auf Karis. »Meinst du, sie kommen heute noch zurück?«

»Menschen würden das nicht tun«, sagte sie. »Ihre Generäle würden sich zusammensetzen und ihre Strategie überdenken. Aber es sind keine Menschen.«

»Hast du noch einen teuflischen Plan für sie?«, fragte der Riese.

»Nein«, gestand Karis. »Schickt nach mir, wenn sie wieder angreifen.« Mit diesen Worten drehte sie sich um und ging davon, Räuber tappte neben ihr her.

»Sie hält wohl nicht viel vom Feiern, was?«, meinte Ozhobar.

Als der Tag verging und die Daroth in ihrem Lager blieben, breitete sich ein Triumphgefühl in der Stadt aus. Die unbesiegbaren Daroth waren durch die Kraft und den Mut ihrer Soldaten zurückgeschlagen worden und durch Karis' strategische Brillanz. Menschenmengen bildeten sich vor dem Palast und riefen ihren Namen.

Drinnen lag Karis in einem heißen Bad. Räuber lag am Rand und schaute seine adoptierte Herrin fragend an. Ihr gingen viele wirre Gedanken durch den Kopf. Weit entfernt von Jubel, empfand sie eine Andeutung von Panik – fast von Verlust. Es hatte begonnen, als sie Necklen von der Dachkante hatte hängen sehen. Der alte Mann bedeutete ihr mehr, als sie geahnt hatte. Dann, als Forin sich mit seinen Männern in den Kampf stürzte und sie sah, wie sie niedergemacht wurden, einer nach dem anderen. Mit jedem, der starb, verging auch ein Teil ihrer selbst. Krieg und Tod.

Plötzlich war sie beider überdrüssig. Und es war erst der Anfang. Jetzt würden die Daroth auf der Hut sein, sie würden die Stadt umkreisen, nach einer Schwachstelle suchen, dann erneut angreifen … und wieder. Selbst wenn Corduin standhielt, was wäre damit gewonnen? Die Daroth hatten sieben Städte und ihre Macht war ungeheuer.

Karis seufzte, dann tauchte sie in dem warmen Wasser unter, um sich die dunklen Haare zu waschen. »Wozu das Ganze?«, fragte sie Räuber. Er legte den Kopf schief und erwiderte ihren Blick. »Hat das ganze überhaupt einen Zweck?«

»Ein ertrinkender Mann fängt nicht an darüber nachzudenken, ob das Meer einen Grund für sein Dasein hat«, sagte eine Stimme. »Er schwimmt einfach und kämpft um sein Leben.«

»Was machst du hier, Forin?«

»Eigentlich wollte ich mit dir reden, aber ich kann genauso gut ein Bad nehmen.« Er streifte seine blutbespritzten Kleider ab, dann stieg der rotbärtige Riese die Marmorstufen hinab und ließ sich in das Wasser gleiten. »Ah, das tut gut.«

»Ich will keine Gesellschaft«, sagte sie ohne rechte Überzeugung.

»Doch, willst du wohl. Du hast jetzt seit Wochen nur noch für die Daroth gelebt und geatmet – geplant, überlegt, dir Sorgen gemacht. Und alles für heute. Jetzt ist es vorbei. Und die Spannung dieser dunklen Tage legt sich über dich wie ein schwarzer Nebel.«

»Es macht mich krank«, sagte sie. »Ich bin es so leid, Tod und Gewalt zu sehen.«

»Das ist dein gutes Recht. Es ist eine ekelhafte Sache. Und was den Zweck angeht …? Frag die Lebenden. Draußen steht eine Menschenmenge und ruft deinen Namen … das heißt, eigentlich nicht deinen Namen. ›Die Eiskönigin‹ nennen sie dich. Sie glauben, du wurdest von den Göttern gesandt. Auf jeden Fall besser als ›Kriegshure‹.«

»Es ist mir egal, was sie denken.«

»Sollte es aber nicht, denn darum geht das Ganze: um

die Bäcker und die Zimmerleute, die Träumer und die Dichter. Aber das kannst du heute nicht sehen, oder, Karis?«

»Was willst du von mir?«, fragte sie und stieg aus dem Wasser. Diener hatten dicke Handtücher neben das Becken gelegt, und Karis wickelte sich in eins und trocknete sich mit einem zweiten die Haare. »Nun?«, fragte sie erneut.

»Ich weiß nicht. Wie hat sich das warme Wasser auf der Haut angefühlt?«

»Was hat das damit zu tun?«

»Es hat sich gut angefühlt, oder? Es reinigt die Haut und entspannt die Muskeln. Wären die Daroth durchgeborchen, wären wir jetzt alle tot. Kein Bad mehr. Kein Wein mehr. Keine Liebe mehr. Sie sind nicht durchgebrochen, Karis. Du hast sie aufgehalten. Und hier sind wir. Und das Leben ist schön! Morgen …? Na, das Morgen kann auf sich selbst aufpassen. Was ich will? Sinnlos zu sagen, dass ich dich für die Ewigkeit will. Vielleicht haben wir nur noch einen Tag. Aber wenn wir ihn nicht nutzen, hätten die Daroth auch ebenso gut gewinnen können.«

Sie setzte sich auf eine Bank und lächelte. »Das war eine ziemlich langatmige Art zu sagen, dass du mit mir ins Bett willst.«

Er grinste sie an. »Was ich am meisten wollte, war dich lächeln zu sehen.«

Sie sah in seine grünen Augen und schwieg einen Augenblick. »Komm und trink etwas mit mir«, sagte sie schließlich. Er stieg aus dem Wasser, und sie warf ihm ein Handtuch zu.

Necklen, Vint und Herzog Albreck warteten im Vorzimmer. Der Herzog stand auf, als sie eintrat, dann wandte er den Blick ab. »Verzeihung, General«, sagte er. »Wir kommen wieder, wenn du für Besuch gekleidet bist.«

Karis verbeugte sich. »Bei allem Respekt, Herzog, bitte nehmt Platz. Ich bin zu müde, um mich anzuziehen und werde bald schlafen. Aber noch habe ich meine Gedanken genügend beisammen für ein Gespräch.«

»Wie du wünschst«, sagte er, doch er fühlte sich sichtlich unbehaglich. Er setzte sich und wollte gerade etwas sagen, als Forin nackt hereinspaziert kam. Hastig wand sich der Riese ein Handtuch um die Hüften, doch als er sich verbeugte, fiel es herab. Necklen brüllte vor Lachen und selbst der Herzog lächelte. Dann wandte sich Albreck an Karis. »Erstens, ich möchte dir zum heutigen Sieg gratulieren. Das Volk scheint zu glauben, es war ein Wunder. Ich selbst weiß, dass er das Ergebnis von sorgfältiger Planung und gründlich durchdachter Strategie war. Ich bin stolz auf dich, Karis. Was immer ab jetzt geschehen mag, das wird sich nicht ändern.«

Karis wurde rot und schien um Worte verlegen. Der Herzog stand auf und verbeugte sich vor ihr, dann wandte er sich an Forin. »Du hast heute viele Männer verloren, Hauptmann. Aber du hast gekämpft wie ein Löwe. Sollte Corduin diesen Krieg überleben, dann gibt es immer einen Platz für dich in meiner Leibwache.«

»Danke, Herzog. Das würde mir gefallen.«

Der Herzog ging zur Tür. »Wenn du dich ausgeruht hast, Karis, komm bitte in meine Gemächer. Ich würde gern deine Verteidigungspläne für den morgigen Tag mit dir durchsprechen.« Er blieb an der Tür stehen, die Necklen für ihn öffnete. Karis legte sich auf die Couch, vor Müdigkeit war ihr schwindlig.

»Und jetzt ruhst du dich aus, Prinzessin«, sagte Necklen und tippte Vint auf die Schulter. Vint rührte sich nicht, mit aschgrauem Gesicht starrte er Forin mit unverhohlenem Hass an. Necklen beugte sich zu ihm. »Zeit zu gehen, mein Freund«, flüsterte er. Vint holte tief Luft, erhob sich und stolzierte aus dem Zimmer. Necklen folgte ihm.

»Ich habe mir Vint zum Feind gemacht«, sagte Forin. Karis antwortete nicht und als der Riese zu ihr ging, sah er, dass sie eingeschlafen war. Zärtlich nahm er sie auf die Arme und trug sie ins Schlafzimmer. Dann deckte er sie zu, küsste sie auf die Stirn, zog sich an und wanderte aus dem Palast hinaus.

Necklen holte Vint ein, als der Schwertkämpfer gerade aus dem Seitentor des Palastes ging. »Trinken wir einen Krug zusammen?«, fragte der Ältere.

»Ich glaube nicht.«

»So ist sie nun einmal, Vint«, sagte Necklen. »Ich liebe sie wie eine Tochter, aber sie ist eigensinnig.«

Mit großer Mühe hielt Vint die wütende Entgegnung zurück, die ihm in die Kehle stieg. Necklen war ein guter Mann, zäh und loyal, und er meinte es gut. Die Wahrheit war einfach: Man begriff nur selten den Wert dessen, was man besaß – bis man es verlor. »Du kannst Forin keinen Vorwurf machen«, sagte Necklen.

»Vorwurf? Ich mache niemandem einen Vorwurf. Ich bin wütend, aber das wird sich legen. Und wenn du micht jetzt entschuldigst, ich gehe zurück zur Mauer.«

Vint marschierte davon. Überall waren Menschen auf den Straßen, die lachten, sangen und tranken. Er bewegte sich wie ein Geist zwischen ihnen, blind für ihre Freude. Die schwarz gekleidete Gestalt Tarantios saß auf der Brüstung und blickte über die Mauer hinweg.

»Irgendwas los?«, fragte Vint.

»Nein. Eine ganze Gruppe, vielleicht zweihundert, sitzt jetzt seit ein paar Stunden im Kreis. Wo ist Karis?«

»Ruht sich anscheinend aus.« Tarantio bemerkte die Schärfe in Vints Ton und sagte nichts. »Wo schlagen sie als Nächstes zu, was meinst du?«, fragte Vint. »Am Osttor?«

»Keine Ahnung. Sie sind schockiert, das ist mal sicher.«

Vint warf einen Blick auf die Stelle, an die man vorher die toten Daroth geschleppt hatte. Alles, was noch übrig war, glich einem großen Haufen weißer Säcke und Teilen von Rüstung und Waffen. »Was ist mit ihren Toten geschehen?«, fragte er.

»Das sind sie«, antwortete Tarantio. »Die Leichen welkten einfach dahin. Der Gestank war eine Zeit lang scheußlich. Ich habe einmal gesehen, wie eine Schlange sich häutet, das hier war so ähnlich.«

»Im Wunderwald war es genauso«, erzählte Vint. »Sie verwesen wirklich schnell, nicht?«

»Wenn es das ist«, meinte Tarantio. »Dieser Bauer, den sie gefangen genommen hatten … Barin. Er sagte, sie wären unsterblich, würden alle zehn Jahre wiedergeboren. Vielleicht wartet ein neuer Körper in ihrer Stadt auf sie.«

»Ein abscheulicher Gedanke.«

Der bärtige Soldat, der kurz vor dem Angriff mit Vint gesprochen hatte, kam die Stufen zum Wehrgang herauf. Er schwankte leicht und hielt einen Krug in der Hand. »Was für ein Tag!«, sagte er und sank neben den beiden Männern nieder. »Was für ein unglaublicher Tag! Wusstet ihr, dass die Huren heute kein Geld nehmen? Alles ist umsonst: Weiber, Saufen, Essen. Was für ein Tag!« Der Mann legte sich auf die Steine, nahm den leeren Krug als Kopfkissen und schlief ein.

»Hoffentlich fühlt er morgen genauso«, sagte Tarantio. »Die Leute tun so, als wäre es ein großer Sieg, während es in Wirklichkeit nur das Anfangsscharmützel war.«

Brune rannte die Treppe hinauf, stolperte auf der obersten Stufe, fing sich wieder und ging zu Tarantio und reichte ihm ein in Leinen gewickeltes Päckchen. Tarantio öffnete es und fand ein frisches Brot, eingesalzenes Fleisch und ein Tontöpfchen mit Butter darin. »Es ist unglaublich da unten«, sagte Brune. »Alle sind so glücklich. Eine Frau hat mich geküsst!«

»Dann muss sie wohl betrunken gewesen sein«, neckte Tarantio ihn.

»Ja, war sie«, gab Brune zu. »Trotzdem war es schön.«

»Was macht das Auge?«, fragte Vint.

Der junge Mann mit dem sandfarbenen Haar zuckte die Achseln. »Nicht so gut, wie es war, als es golden war. Aber das ist schon in Ordnung.«

»Kannst du jetzt gerade schießen?«

»Weiß ich nicht. Habe ich nicht versucht.«

»Brune hat beschlossen, dass der Krieg etwas Böses ist und er will mit dem Töten nichts zu tun haben«, warf Tarantio ein. »Stimmt's, Brune?«

»Ja. Ich will niemanden nicht töten.«

»Lassen wir die doppelte Verneinung mal außer Acht«, sagte Vint. »Ich finde, das ist eine löbliche Ansicht. Aber was machst du, wenn ein Daroth dich mit einem großen Schwert köpfen will? Stirbst du dann einfach – oder kämpfst du?«

»Ich nehme an, dann sterbe ich«, sagte Brune.

»Hast du für die Gültigkeit dieser Philosophie Beweise?«

»Was hat er gesagt?«, wollte Brune von Tarantio wissen.

»Ich glaube, er möchte wissen, warum du beschlossen hast, nicht zu kämpfen.«

»Oh. Das war der Oltor. Ich kann es nicht erklären, aber als er … ihr wisst schon … ein Teil von mir war, konnte ich fühlen, was er dachte. Was er empfand. Und es war gut, versteht ihr? Es war …«, er hielt inne, »… richtig. Ja, das ist es. Es war richtig. Versteht ihr?«

»Kein Wort«, gestand Vint. »Glaubst du, es wäre besser, tot zu sein, als um dein Leben zu kämpfen?«

»Ja, ich glaube schon. Das haben die Oltor getan.«

»Und sie wurden ausradiert.«

»Ja, aber jetzt sind sie wieder da.«

»Wovon redet er?«, fragte Vint Tarantio.

»Das ist eine lange Geschichte.«

Vint wollte ihn schon weiter befragen, als sich im Lager der Daroth etwas tat. Hunderte von Daroth zogen zum Fuße des Hügels und begannen zu graben, während man sehen konnte, wie andere aus dem Wald kamen und Stämme gefällter Bäume heranschleppten. Innerhalb weniger Minuten war auf dem Gelände hektische Aktivität ausgebrochen. Die Grabenden waren bald nicht mehr zu sehen, doch die Zuschauer sahen, wie Erde aus der Grube geworfen wurde. Die Daroth brachten leere Karren heran, die sie mit dem Aushub füllten, dann wurden sie weggezogen und kamen Minuten später leer wieder. Seile und Flaschenzüge wurden über der Grube zusammengebaut, um Erde hochzuziehen, während Planken und Bretter heruntergelassen wurden.

Vint dämmerte etwas und er fühlte, wie eisige Furcht ihn durchströmte. »Sie bauen einen Tunnel«, sagte er. »Sie graben sich unter uns durch!«

Kapitel vierzehn

Das Haus war kalt, deshalb zündete Tarantio ein Feuer an. Brune war mit den anderen Bahrenträgern in dem neuen Kasernengebäude geblieben, und das Haus wirkte ohne ihn einsam. *»Ich vermisse ihn auch«*, sagte Dace. Tarantio lächelte. *»Erinnerst du dich an diesen ersten Tag? ›Er hat mich mit einem Stück Holz gehauen‹«*, imitierte er.

»Er ist ein guter Mensch. Hoffentlich bleibt er am Leben.«

Tarantio setzte sich vors Feuer und genoss die Wärme. *»Wir haben nicht gerade viele Freunde, nicht wahr, Dace? Wie kommt das wohl?«*

»Wir brauchen keine, Bruder.«

»Warum dann Brune? Warum vermissen wir ihn?« Dace schwieg, und Tarantio schlenderte in die Küche. Dort fand er ein altbackenes Brot, schnitt ein paar Scheiben davon ab, nahm sie mit zum Feuer und röstete sie. Er aß nur eine, dann legte er sich auf den Ziegenfellteppich. Müdigkeit überschwemmte ihn. Die Daroth gruben noch immer, der Tunneleingang wurde von Laternen beleuchtet. Bald würden sie irgendwo in der Stadt aus dem Untergrund brechen.

»Wir werden nicht sterben, Bruder«, sagte Dace. *»Ich töte sie alle.«*

»Ich habe deinen Sinn für Humor immer schon geliebt.«

»Schlaf noch nicht. Ich würde mich gern noch ein Weilchen unterhalten.« Dace setzte sich auf und legte Holz aufs Feuer. »Chio? Chio!«, sagte er laut. Er schimpfte leise und versuchte, Tarantio herbeizurufen. Jetzt spürte er die Schwäche ihres Körpers, die müden Muskeln und die Erschöpfung, die bis ins Mark ging. Es war kein Gefühl, das Dace mochte. Er stand auf, ging in die Küche und trank ein paar Tassen kaltes Wasser, dann kratzte er den letzten Honig aus einem irdenen Töpfchen. Er war süß und gut.

Seine scharfen Ohren hörten, wie jemand den Weg zur Haustür entlangkam, und er öffnete sie. Draußen stand, in Mondlicht gerahmt, das goldene Haar von einer dunklen Kapuze verdeckt, die Dame Miriac.

»Willst du mich nicht hineinbitten?«, fragte sie. Dace trat beiseite.

Ihr blauer Seidenrock fegte über den Boden, als sie zum Feuer ging und sich davor niederließ. Dace konnte kaum glauben, dass das alles passierte. Es schien so lange her zu sein, dass Tarantio mit ihr im Bett war und Dace versucht hatte die Kontrolle zu übernehmen, fest entschlossen, ihr mit seinem Messer die Kehle durchzuschneiden. Voller Entsetzen war Tarantio aus dem Spiegelzimmer gestürmt. Jetzt war sie hier. Und Tarantio schlief.

»Warum hast du mir nicht gesagt, dass du wieder in Corduin bist?«, fragte sie.

»Ich wusste nicht, dass du noch immer hier bist«, sagte Dace. Seine Finger spielten müßig mit dem Griff seines Dolches.

»Habe ich etwas falsch gemacht?«, fragte sie. »Wir … passten so gut zusammen. Ich hatte das Gefühl … ich weiß nicht, was ich fühlte. Aber ich habe ständig an dich denken müssen.« Sie stand auf, trat dicht vor ihn und legte ihre Arme um seine Schultern. Er spürte die Wärme ihres Körpers und stellte sich vor, wie das Blut aus ihr herausspritzte. Gewandt zog er den Dolch und hielt ihn hinter ihrem Rücken. Ihre Lippen berührten seine Wange, dann seinen Mund, und er fühlte ihre weiche Zunge. Alle Müdigkeit fiel von ihm ab, und er war plötzlich von einem schmerzlichen Verlangen erfüllt. Sie trat zurück, löste ihren Umhang und ließ ihn fallen. Dann schnürte sie die Bänder vorne an ihrem seidenen Kleid auf. Dace sah in stiller Verwunderung zu, wie das Kleid zu Boden glitt. »Warum hast du einen Dolch in der Hand?«, flüsterte sie. Er warf ihn beiseite.

Sie liebten sich vor dem Feuer, mit wilder, unbeherrschter Leidenschaft, und als es vorbei war, begann Dace – zum ersten Mal in seinem Leben – zu weinen. Sie hielt ihn in den Armen, streichelte seinen Rücken und flüsterte ihm Zärtlichkeiten ins Ohr. Dace kame es so vor, als ob in seinem Verstand Mauern einstürzten und lang verborgene Gefühle herausströmten wie eine Sturzflut. Er sah seinen Vater von dem Balken hängen und anstatt von einem bitteren Hass auf die Schwäche des Mannes erfüllt zu sein, erinnerte er sich an die Freundlichkeit seines Vaters und an die Liebe, die er verloren hatte. Er glaubte, in einem Meer von Gefühlen zu ertrinken, von denen er nie gewusst hatte, dass er sie besaß. Und er klammerte sich an Miriac, deren sanfte Zärtlichkeiten und liebevolle Worte ihn erneut erregten.

Er führte sie ins Schlafzimmer, wo sie sich langsam und voller Zärtlichkeit liebten. Später, als sie schlief, setzte sich Dace auf und betrachtete sie. Das goldene Haar war auf dem Kissen ausgebreitet, der schlanke linke Arm lag quer über dem Bett. Sie war die schönste Frau, die er je gesehen hatte.

»Und du wolltest sie töten«, sagte Tarantio.

»Ich wollte viele Dinge«, antwortete Dace. *»Aber vor allem wollte ich, dass wir zusammenbleiben.«*

»Wir sind doch zusammen.«

»Du verstehst nicht, Chio. Wir sind nicht real, du und ich, wir beide sind Geschöpfe des Kindes, das in der Mine gefangen ist. Es hat mich erschaffen, um mit seinen Ängsten fertig zu werden und dabei hast du das Licht der Welt erblickt. Denn nur du konntest mich beherrschen. Verstehst du nicht? Und der Sog wird stärker. Eines Tages wird er uns beide an sich ziehen, und wir werden aufhören zu sein.«

»Dessen kannst du dir nicht sicher sein«, wandte Tarantio ein.

»Oh doch, ich bin sicher. Ich kann ihn sogar jetzt rufen hören. Und ich kann nicht länger widerstehen.«

»Warum?«, fragte Tarantio.

»Weil ich Liebe erlebt habe – und dafür wurde ich nicht geschaffen. Lebwohl, Bruder«, sagte Dace laut. Seine Stimme klang unendlich traurig.

Tarantio kam mit einem Ruck wieder zu sich. »Dace!«, rief er, aber da war nichts.

Miriac regte sich. »Hast du mich gerufen?«, flüsterte sie.

Tarantio saß ganz still, ein Gefühl gähnender Leere durchflutete ihn.

Dace war fort …

Die Stimmung im Versammlungssaal war ernst, als Vint Bericht erstattete. Die Daroth hatten ganze Berge von Erde aus ihrem Tunnel geholt, und gegen Morgen würden sie dicht an der Mauer sein. Am späten Vormittag waren sie dann unter der Stadt. Herzog Albreck hörte schweigend zu, ließ jedoch seinen Blick suchend durch den Saal und über die Versammlung schweifen. Der kleine Ratsherr Pooris sah missmutig und verunsichert aus. Karis hatte die Augen niedergeschlagen und leistete keinen Beitrag zur Diskussion. Der Riese Forin hörte Vint nur halb zu, er warf verstohlene Blicke auf Karis und trug eine besorgte Miene zur Schau. Der dunkelhaarige, klapperdürre Schreiber Niro saß vorgebeugt da, den Blick gespannt auf den Sprecher gerichtet. Weder Tarantio noch Ozhobar waren bislang erschienen. »Ich habe keine Ahnung«, schloss Vint, »wie wir dieser neuen Taktik begegnen sollen. Wenn wir es mit Menschen zu tun hätten, würde ich vorschlagen, selbst zu graben, um sie abzufangen. Aber Daroth? Sie würden uns ins Sekundenschnelle in Stücke hauen.« Er setzte sich, und das lastende Schweigen, das seinen Worten folgte, war schicksalsschwer.

Herzog Albreck wartete einen Augenblick, dann holte er tief Luft. »Wir danken dir, Vint. Dein Bericht war klar und knapp. Irgendwelche Kommentare?« Das Schweigen wurde fühlbar. »General, hast du dem etwas hinzuzufügen?« Karis schüttelte den Kopf, ohne aufzusehen. Der Herzog wählte seine Worte sorgfältig, um jede Spur von Kritik zu vermeiden. »Meine Freunde, wir haben lange hart gearbeitet, um unsere Verteidigung zu planen und die Zukunft für die tausende Bürger von Corduin zu sichern, die noch hier sind. Es wäre ein Zeichen von Mutlosigkeit, jetzt nachzugeben, bevor der Feind auch nur unsere Mauern überwunden hat. Es muss doch etwas geben, das wir tun können.« Er warf einen Blick auf Pooris. Der kleine Mann wischte sich den Schweiß von dem kahlen Schädel.

»Ich bin kein Krieger, Herr, wir ihr alle wisst. Aber ich sehe einfach nicht, wie wir gegen diese Taktik ankämpfen können. Die Daroth könnten überall herauskommen, und die einzigen wirklichen Waffen, die wir gegen sie haben, sind zu schwerfällig, um sie durch die Stadt zu schleppen. Der Weg nach Süden ist noch immer offen, die Daroth haben uns noch nicht umzingelt. Mir scheint, wir sollten eine Massenevakuierung anordnen.«

»Wie weit würden wir kommen?«, fragte Forin. »Bestenfalls schafft eine solche Kolonne fünfzehn Kilometer pro Tag. Die Reiter der Daroth hätten uns in einer Stunde eingeholt.«

Die Tür ging auf, und Ozhobar marschierte herein, ein Bündel von Schriftrollen unter dem Arm. Er verbeugte sich knapp vor dem Herzog, dann zog er sich einen Stuhl heran. »Habe ich etwas verpasst?«, fragte er.

»Zumindest eine Entschuldigung für dein Zuspätkommen«, tadelte ihn der Herzog.

»Was? Ach, ich verstehe, die Etikette. Toll. Unser Schicksal hängt an einem seidenen Faden, aber wir behalten unsere guten Manieren.«

»Allerdings«, erwiderte der Herzog kühl.

»Dann entschuldige ich für mein spätes Kommen, Herzog«, sagte Ozhobar, stand auf und verbeugte sich erneut, »aber ich musste erst diese Dinge aus der Großen Bibliothek holen. Irgendein schwachsinniger Schreiber behauptete, sie sei geschlossen und würde erst morgen zur üblichen Zeit wieder geöffnet. Auch er nahm es ganz genau.« Seine hellen Augen funkelten vor Zorn. »Das bedeutete natürlich, dass ich Zeit damit vergeuden musste, einen schweren Hammer aus der Schmiede zu holen um die Tür einzuschlagen. Aber das spielt jetzt keine große Rolle mehr. Ich glaube, ich habe einen Weg gefunden, wie wir gegen die Daroth kämpfen können.«

Herzog Albreck schluckte seine Gereiztheit hinunter. »Würdest du uns bitte erleuchten, mein lieber Ozhobar?«

»Aber gewiss, Herzog.« Er reichte dem Herzog eine der Schriftrollen, der sie auseinander rollte. Er erkannte sie augenblicklich.

»Das sind deine Pläne für ein Kanalisationssystem für die Stadt. Ich erinnere mich, dass du sie mir im vergangenen Jahr gezeigt hast.«

»Allerdings. Nachdem du sie gesehen hattest, wurden sie dem Stadtrat zur Einsicht geschickt. Von dort wanderten sie offenbar zur Abteilung für Geldangelegenheiten, dann weiter zu den Ratsherren für öffentliche Angelegenheiten. Schließlich wurden sie in ein kleines Zimmer hinten in der Bibliothek gestopft, wo sie wahrscheinlich darauf warten sollten, dass künftige Generationen sie studierten. Es hat mich viel Zeit gekostet, sie zu finden, aber da sind sie.«

»Ich glaube, ich weiß, was du vorhast«, meinte Vint trocken. »Wir bauen rasch ein Kanalisationssystem, und wenn die Daroth durchbrechen, werden sie davongespült. Geradezu brillant!«

»Schwachkopf!«, raunzte Ozhobar und verteilte die anderen Schriftrollen um den Tisch. »Ich rede davon, weshalb ein solches Abwässersystem überhaupt erst durchführbar gewesen wäre.«

»Die Katakomben«, sagte der Herzog. Er konnte die Erregung in seiner Stimme nicht unterdrücken.

»Genau, Herzog. Sie breiten sich in alle Richtungen unter der Stadt aus. Ich glaube, dass die Daroth in einen der natürlichen Tunnel unter der alten Kaserne durchbrechen werden. Wenn sie auch nur einen Funken Verstand haben, werden sie dann nicht weitergraben, sondern den Tunnels zu einem der siebzehn Ausgänge innerhalb der Stadt folgen.«

»Und das soll eine Hilfe sein?«, höhnte Vint. Sein blasses Gesicht war zornig.

»Wenn ich etwas langsamer spreche, kann dein Hirn vielleicht Schritt halten«, sagte Ozhobar.

Vint kämpfte um seine Beherrschung. »Sei auf der Hut, Dicker. Dein Leben hängt an einem Faden.«

»Dann hat es ja gewisse Ähnlichkeit mit deinem Hirn«, stellte Ozhobar fest. Vint sprang bei der Beleidigung auf die Füße.

»Das reicht! Von euch beiden!«, sagte der Herzog, ohne die Stimme zu heben. »Wie sieht dein Plan aus, Ozhobar?«

»Ich mache keine Pläne für den Krieg. Das überlasse ich Karis. Aber es gibt viele Kammern in den Katakomben. Ich bin dort unten gewesen, ich weiß das.«

Karis sah auf. »Ehe ich etwas sage, ist es erforderlich, dass Vint und Forin das Zimmer verlassen.«

»Warum?«, fragte Forin.

»Weil ihr beide gegen die Daroth kämpfen werdet, von Angesicht zu Angesicht. Stellt keine Fragen mehr. Die Antworten sollten offensichtlich sein.«

»Allerdings, Karis«, sagte Vint. Der Krieger fuhr zu Ozhobar herum, und als er sprach, war seine Stimme kalt und gelassen. »Du hast Nerven, Dicker, das gestehe ich dir zu. Und wegen deiner Entdeckung werde ich dich nicht wegen deiner Frechheit töten.«

»Wirklich anständig von dir«, gab Ozhobar zurück.

Die beiden Krieger verließen den Saal. Karis stand auf, und Herzog Albreck sah mit Freuden das Funkeln in ihren Augen. »Wir können die Daroth zu dem Ausgang leiten, den wir bevorzugen«, sagte sie. »Wir brauchen eine unterirdische Kampftruppe. Sie werden die Daroth angreifen und dann vor ihnen zurückweichen. Die Daroth werden ihnen folgen. Wenn wir einen kämpferischen Rückzug aufrechterhalten können, können wir sicherstellen, dass Wurfmaschinen, Schützen und Katapulte oberirdisch auf sie warten. Die Schwierigkeit liegt darin zu verhindern, dass die Daroth unseren Plan entdecken. Wenn unsere Männer zu einem Ausgang zurückweichen, werden sie vielleicht eine Falle vermuten.«

»Ich sehe das Problem«, sagte der Herzog. »Wenn wir unseren Leuten etwas von dem Plan erzählen, werden die Daroth ihre Gedanken lesen. Aber wenn wir ihnen nicht sagen, wohin sie sich zurückziehen sollen, ist der Plan ohnehin gescheitert.«

»Was schlägst du also vor, Karis?«, fragte Pooris.

»Ich weiß es noch nicht. Aber mir wird etwas einfallen, Ratsherr. Verlasst euch drauf.«

Necklen schenkte sich einen Becher Wein ein und nippte daran. Es war ein guter Jahrgang, doch der alte Kämpfer nahm den Geschmack kaum wahr. Der Stumpf seines linken Arms pochte, und er fühlte jedes einzelne seiner siebenundfünfzig Jahre. Normalerweise mied er Spiegel, aber heute, gestärkt durch den Wein, setzte er sich vor den ovalen Spiegel über der Kommode und betrachtete düster sein Spiegelbild. In seinem fast silbergrauen Bart waren nur noch vereinzelt dunkle Haare zu sehen, und seine ledrige Haut war kreuz und quer von Falten durchzogen. Nur die Augen waren noch lebendig und wach.

Niemand wusste genau, wie alt er war. Er hatte immer über sein Alter gelogen, denn nur wenige Hauptleute hätten wissentlich einen Söldner angeheuert, der über fünfzig war. Ich hasse es, alt zu sein, dachte er. Ich hasse die Wehwehchen und Zipperlein, die mit dem Winterwind und dem Schnee kommen. Aber am meisten hasste er den Abgrund, den sein Alter zwischen ihm und Karis schuf. Er konnte sich noch immer an den Tag vor vier Jahren erinnern, als er – zu seiner eigenen Verblüffung – entdeckt hatte, dass er in sie verliebt war. Es war nach dem Sieg am Borian-Pass, als sie davongewandert war und allein an einem kleinen Wasserfall saß. Sie war am Ufer, umgeben von Narzissen, als er ihr etwas zu essen brachte, das der Lagerkoch für sie zubereitet hatte. Zu seinem Erstaunen weinte sie.

»Normalerweise weint man, wenn man eine Schlacht verloren hat«, sagte er leise und setzte sich neben sie. Sie hatte ihr dunkles Haar straff nach hinten zu einem Pferdeschwanz zusammengebunden. Karis löste das Band und schüttelte den Kopf. In diesem Augenblick, als ihr Haar lose auf die Schultern fiel, mit Tränen in den Augen, verliebte sich Necklen zum zweiten Mal in seinem Leben.

Karis wischte sich die Augen. »Albernes Weib«, sagte sie. »Ich dachte, sie würden sich ergeben. Zahlenmäßig unterlegen, umzingelt, was hätten sie sonst tun sollen? Aber nein, sie mussten bis zum Tode kämpfen. Und wofür? Für ein kleines Dorf, das immer noch hier sein wird, wenn wir alle längst zu Staub geworden sind.«

»Es waren tapfere Männer«, räumte Necklen ein.

»Es waren Idioten. Wir sind Idioten. Aber Krieg ist eben ein Spiel für Idioten.«

»Und du spielst es so gut, Prinzessin.«

Sie sah ihn scharf an. »Ich glaube, die Bezeichnung gefällt mir nicht.«

»Entschuldige«, hatte er errötend gesagt. »Ich habe sie

seit Jahren nicht mehr benutzt. So habe ich immer meine Tochter genannt.« Das war eine Lüge, es war sein Kosename für Sofain, seine Frau, gewesen.

»Wo ist sie jetzt?«, fragte Karis.

»Tot. Sie und meine Frau besuchten ihre Familie auf den Inseln, als ihr Boot in einen Sturm geriet. Sie wurden über Bord gespült.«

»Das tut mir wirklich Leid, Necklen. Du hast sie sehr geliebt?«

»Seltsam, aber ich liebte sie mehr, nachdem sie tot waren. Man weiß nicht, wie kostbar Liebe ist, ehe sie dir entrissen wird.«

»Wie alt war deine Tochter?«

»Fünf. Dunkelhaarig wie du. Sie wäre jetzt etwa in deinem Alter – jung und voller Leben. Vielleicht mit einem Bauern verheiratet.«

»Und du wärst ein liebevoller Großvater mit einem Kleinkind auf den Knien.« Er gluckste bei der Vorstellung. »Ich muss jetzt schwimmen«, sagte sie. Sie war aufgestanden, hatte sich Stiefel, Beinlinge und Tunika abgestreift und war in den See unter dem Wasserfall gesprungen. Necklen hatte sich selten so alt gefühlt wie in diesem Augenblick.

Das Knarren der Tür riss ihn aus seinen Tagträumen. Karis ging durchs Zimmer und setzte sich dem alten Krieger gegenüber. Er zwang sich zu einer Fröhlichkeit, die er nicht empfand. »Du siehst schon fröhlicher aus, Prinzessin«, sagte er. »Was hat denn deine Stimmung verbessert?«

»Eine weitere Taktik gegen die Daroth«, sagte sie. »Die letzte.« Sie erzählte ihm von den Katakomben und ihren Plänen für einen laufenden Rückzug, um den Feind an einen vorbestimmten Ort zu locken.

»Aber wenn es siebzehn Ausgänge gibt, könnten die Daroth sich auch teilen und unseren Leuten nicht folgen. Oder sie lesen unsere Gedanken und erkennen die Falle.«

»Genau! Das müssen wir unbedingt ausarbeiten. Wie führen wir die Daroth in die Irre?«

»Also erstens, ist das überhaupt nötig? In der Dunkelheit der Katakomben, inmitten des Chaos eines laufenden Rückzugs, können die Daroth vielleicht gar keine Gedanken lesen.«

Sie schüttelte den Kopf. »Darauf dürfen wir uns nicht verlassen.« Sie ging zum Tisch und breitete eine Karte der Katakomben aus. »Sechs der Ausgänge münden in den Großen Park. Nur einer davon ist von flachem Gelände umgeben, wo wir unsere Wurfmaschinen aufbauen könnten und zwar in einem Halbkreis um den Ausgang. Dann, wenn die Daroth auftauchen, können wir sie fertig machen.«

»Aber da ist ein zweites Problem, Prinzessin: Sie werden nicht alle auf einmal herauskommen. Sagen wir, zwanzig krabbeln raus und greifen dann die Wurmaschine an. Wir schießen, sie fallen, dann tauchen fünfzig weitere auf, während wir nachladen. Wir brauchen auch einen Plan, der dafür sorgt, dass die größtmögliche Anzahl von Daroth aus dem Dunkeln kommt – ehe wir schießen.«

»Eins nach dem anderen, Alter.« Sie sprachen noch eine gute Stunde lang alles durch, diskutierten mögliche Strategien, dann unterbrach Karis. »Ich werde darüber schlafen«, sagte sie. Necklen stand auf, um zu gehen, doch sie hob die Hand. »Warte noch ein Weilchen, mein Freund«, bat sie.

»Was macht dir denn noch Sorgen?«, fragte er.

Sie lächelte sehnsüchtig. »Nichts besonders wichtiges – jedenfalls nicht für die Stadt«, antwortete sie. »Du hast mir mal von deiner Frau erzählt. Hast du sie geliebt?«

»Ja, das habe ich. Sie war eine gute Frau.«

»Woher wusstest du, dass du sie liebst?«

Die Frage kam für Necklen überraschend. »Ich weiß ehrlich gesagt nicht, was du meinst, Prinzessin«, sagte er. »Woher weiß man das? Es passiert einfach.« Sie sah enttäuscht aus, sagte jedoch nichts, und Necklen hatte das Gefühl, er hätte sie im Stich gelassen. »Was empfindest du denn, wenn du verliebt bist?«, fragte er.

Sie zuckte die Achseln. »Ich war noch nie verliebt.«

»Aber du …«, er brach ab.

»… hattest Hunderte von Liebhabern«, beendete sie den Satz für ihn. »Ich weiß. Ich habe immer gut aufgepasst. Niemals mit einem Mann gebumst, der meine Seele angerührt hat.«

»Aber, um Himmels willen, weshalb?«

Karis füllte einen Becher halb mit Wein, dann fügte sie Wasser hinzu. Doch sie trank nicht, sie starrte nur in die roten Tiefen des Weines. Necklen wollte seine Frage schon wiederholen, als sie aufsah. »Ich weiß nicht mehr, wie alt ich war, als ich das erste Mal sah, wie mein Vater meine Mutter schlug. Aber ich war noch sehr klein. Ich sah, wie er sie über einen Tisch warf, wie sie am Boden lag und das Blut aus ihren aufgeplatzten Lippen rann. Dann trat er sie noch einmal, und ich begann zu schreien. Da schlug er mich.«

»Was hat das damit zu tun, dass du dich verliebst? Ich sehe da keinen Zusammenhang.«

»Nicht? Sie hat aus Liebe geheiratet. Und diese Liebe hat sie vernichtet.«

»Und du hast das Gefühl, das könnte dir auch passieren? Warum sollte es?«, fragte er. »Glaubst du denn, alle Männer wären wie dein Vater?«

»Ja«, antwortete sie schlicht. »Sie alle wollen die Kontrolle. Sie betrachten Frauen als Besitz, und ich werde mich nicht besitzen lassen.«

»Forin«, sagte er. »Du hast dich in Forin verliebt. Er ist der letzte Mensch, an den du denkst, ehe du einschläfst und der erste Mensch, den du dir beim Aufwachen vorstellst. Stimmt es?« Sie nickte. »Ach, Prinzessin, du bist ein gutes, kluges Mädchen und dabei doch dumm wie Bohnenstroh. Natürlich ist Liebe gefährlich, wild und verantwortungslos. Aber, zum Kuckuck, das macht sie ja gerade so wunderbar!«

»Du hältst mich für dumm?«, fragte sie. Ihre Stimme war kaum mehr als ein Flüstern.

»Ich bete dich an, Prinzessin, aber du solltest die Liebe nicht mit den Augen des verängstigten Kindes betrachten, das du einst warst. Lass mich gehen und ihn suchen. Ich schicke ihn zu dir.« Als Necklen aufstand, reckte sich Karis und küsste ihn auf die bärtige Wange.

»Ich liebe dich, alter Mann«, sagte sie. »Ich wünschte, du wärst mein Vater gewesen.«

»Ich liebe dich auch«, sagte er.

Und mit Verzweiflung im Herzen ging er davon, um Forin zu suchen.

Die Sonne stand hoch am Himmel, als Ozhobar mit Vint auf der Brüstung der Nordmauer stand und die Grabungen der Daroth beobachtete. »Sie sind auf Fels gestoßen«, sagte Ozhobar. »Das hat sie erheblich verlangsamt.«

»Vielleicht gelingt es ihnen nicht, durchzukommen«, meinte der Schwertkämpfer hoffnungsvoll.

»Sie kommen durch«, sagte Ozhobar grimmig. »Es wird nicht mehr lange dauern, bis wir sie unter uns hören können wie Termiten.« Er ließ seinen Blick zu den Soldaten auf der Mauer wandern. Sie machten ernste Gesichter, und nur hie und da wurde sich unterhalten. Die Feiern in der Stadt waren erstorben, als sich die Neuigkeit von dem Vorgehen der Daroth verbreitete. Schon jetzt berichteten Einwohner von unterirdischen Geräuschen und waren überzeugt, dass es sich um Daroth handelte. Es war schwer, die Befürchtungen zu zerstreuen und frische Reihen von Flüchtlingen begannen bereits nach Süden zu strömen.

Der Duft nach Zwiebelsuppe wehte zu ihnen herauf. »Das halte ich nicht noch einen Tag aus«, erklärte Vint. »Kommst du mit frühstücken?«

»Ich dachte, du wolltest mich umbringen«, bemerkte Ozhobar spitz.

»Ich will aber auch essen«, sagte Vint kühl. Die beiden Männer verließen den Wehrgang und wanderten zu einer nahe gelegenen Taverne, wo sie ein Frühstück aus Eiern, Speck und Fleisch mit Apfelwein herunterspülten. »Woher kommst du?«, fragte Vint den Waffenmacher.

»Von den Inseln. Mein Vater war Schmied und Erfinder.«

»Was hat dich aufs Festland verschlagen?«

Ozhobar zuckte die Achseln. »Ich dachte, ich sollte ein bisschen Reisen und mir die Welt ansehen. Dachte, das wäre ein größerer Spielraum für meine Talente.«

»Na, da hast du ja Recht gehabt.«

»Ich meinte keine Waffen«, erwiderte Ozhobar traurig. »Prentius hatte ein Abwassersystem – kein sehr gutes, das nicht, aber sie überstanden die Pest besser als jede andere Stadt. Weniger Schmutz auf den Straßen. Weniger Krankheiten.«

»Trotzdem existiert die Stadt nicht mehr«, sagte Vint.

»Das ist nicht der Punkt. Das Leben könnte so viel schöner sein für die Menschen, wenn wir nicht immer kämpfen würden und all unsere Mittel für Waffen und Armeen ausgäben. Aber ich nehme an, für dich würde das Leben ausgesprochen langweilig, wenn es je Frieden gäbe?«

»Nein. Ich würde malen und schreiben«, antwortete Vint und trank den letzten Schluck Apfelwein.

»Du bist ein Maler?«

»Ah, jetzt habe ich dich überrascht«, sagte Vint. »Ja, ich male. Vor allem Landschaften, aber ich habe mich auch an Porträts versucht. Ich würde dir gerne anbieten, dich zu malen, Ozhobar, aber ich fürchte, ich habe keine Leinwand, die groß genug ist.«

Ozhobar lachte. »Vint der Maler und Ozhobar der Kanalisationserfinder. Was für ein hübsches Paar!«

»Das sind wir allerdings«, stimmte Vint zu. »Und jetzt, fürchte ich, ist es Zeit für die Rückkehr von Schwertkämpfer und Waffenmacher! Sollen wir uns die Katakomben ansehen?«

Diener rannten durch das Haus, packten Wertsachen in Truhen und trugen sie zu den zwei Fuhrwerken hinunter, die vor der Tür standen. Miriac ging an ihnen vorbei ins Wohnzimmer, wo Pooris Papiere in eine lederne Schultertasche schob.

»Was ist los?«, fragte Miriac.

»Meine Liebe, es ist Zeit zu gehen. Die Stadt wird bald

fallen. Ich habe die meisten deiner Kleider packen und in den Wagen verladen lassen. Wir brechen in einer Stunde nach Hlobane auf.«

»Ich dachte, du wolltest bleiben«, sagte sie.

»Das war früher«, erklärte er. »Jetzt haben die Ereignisse meine Pläne überrollt. Die Daroth untertunneln jetzt im Augenblick die Stadt.«

»Und der Herzog hat dir Urlaub gegeben?«

»Ich bin kein Leibeigener«, sagte er knapp. »Ich kann gehen, wohin ich will. Jetzt kümmere dich bitte um deine persönlichen Dinge und mach dich reisefertig.«

Miriac verließ den kleinen Mann und ging zurück in die Diele. Sie hielt einen Diener an und befahl ihm, ihre Truhen wieder auszuladen und sie ins Schlafzimmer zurückzutragen. Pooris hörte sie und kam herausgestürzt. »Sei nicht dumm«, sagte er. »Die Daroth haben keinen Bedarf an Kurtisanen, meine Liebe – außer, um dich über einem Feuer zu rösten.«

Sie beugte sich vor und küsste ihn auf die kahle Stirn. »Du gehst, Pooris«, sagte sie. »Ich bleibe und passe auf dein Haus auf.«

»Du verstehst nicht …«

»Ich verstehe sehr wohl. Die Daroth unterminieren die Stadt und du glaubst, die Stadt wird fallen. Du möchtest dich in Sicherheit bringen – das ist vollkommen natürlich. Tu, was du für richtig hältst, Pooris. Aber ich bleibe.«

»Aber … ich brauche dich.«

»Nein. Du willst mich. Das ist ein Unterschied.« Er stand ganz still, und sie sah die Verwirrung auf seinem Gesicht. Mehr noch, sie verstand die in ihm widerstreitenden Gefühle. Pooris war kein Feigling, aber wie alle Politiker war er Pragmatiker. Wenn die Daroth gewonnen hatten – und das glaubte er – dann war es nur vernünftig, sich vorher zurückzuziehen. Und jetzt stellte ihn Miriac vor ein Dilemma. Er liebte sie, und als Mann wollte er sie beschützen. Das konnte er von Hlobane oder Loretheli aus nicht. Realistisch betrachtet konnte er das aber auch nicht hier in Corduin, der kleine Ratsherr war kein Gegner für einen Daroth. »Ich möchte, dass du in Sicherheit bist«, sagte sie. »Du bist mir sehr teuer. Ich glaube, du hast die richtige Entscheidung getroffen.« Sie sah, dass er sich darauf entspannte, wie sie es geahnt hatte.

Ohne ein weiteres Wort ging sie nach oben und begann, ihre Kisten auszupacken. Sie hatte Tarantio versprochen, bei Dunkelwerden zurückzukehren und hatte überlegt, wie sie die Neuigkeit wohl Pooris beibringen sollte. Jetzt war das nicht mehr nötig.

Der Ratsherr kam eine Stunde später zu ihr und blieb in der Tür zu ihrem Schlafzimmer stehen. »Bitte, komm mit mir«, bat er. »Ich flehe dich an.«

»Nein, mein Herz.«

»Ich habe Vermögen, und ein guter Teil davon ist in Loretheli und den Inseln investiert. Du würdest wie eine Königin leben können.«

»Geh, Pooris. Vielleicht sind die Daroth schon unterwegs, um die Flüchtlinge aufzuhalten.«

Er küsste sie auf die Wange, dann machte er kehrt und rannte hinaus.

Miriac hörte ihn auf der Treppe, dann blickte sie in den langen Spiegel auf ihrem Ankleidetisch. »Du bist eine Närrin«, schalt sie sich. Dann erinnerte sie sich an ihre Zeit mit Tarantio und die Wärme seines Körpers auf dem ihren.

Sie hatte jeden Tag an ihn gedacht, seit der seltsamen Begegnung vor zwei Jahren, nach dem Duell mit Carlyn. Der Herzog hatte sie gebeten, seinen neuen Champion zu unterhalten, und sie hatte das nach besten Kräften ihrer bemerkenswerten Fähigkeiten getan. Es war eine wunderbare Nacht gewesen, und sie war überrascht von der Intensität seines jungfräulichen Liebesspiels. Dann war er geflohen. Ein anderes Wort gab es nicht dafür. Am nächsten Morgen hatte sie versucht, ihn aus ihren Gedanken zu verbannen, doch es gelang ihr nicht. Ihre Nachforschungen ergaben, dass Tarantio das Angebot des Herzogs, Champion zu werden, abgelehnt und sich stattdessen als Söldner verdingt hatte. Das ergab doch keinen Sinn. Warum sollte ein Mann die Aussicht auf Reichtum und Luxus für ein Leben voller Härte und vorzeitigem Tod eintauschen?

Eine Zeit lang hatte sie weiter nach ihm gesucht. Dann hatte sie den Kaufmann Lunder getroffen, den Tarantio dafür bezahlte, dass er sein sauer verdientes Silber investierte. Durch Lunder wusste sie, wo Tarantio war und in welchen Schlachten er kämpfte. Es war nur ein dünner Faden, der sie mit ihm verband, aber nichtsdestoweniger ein Faden.

Als sie vergangene Nacht zu ihm gegangen war, hatte sie gehofft, dass er weniger großartig war als in ihren Erinnerungen, sodass sie sich endlich von der Qual befreien konnte, immer an ihn denken zu müssen. Stattdessen fand sie die Erfahrung bereichernd, und sie empfand immer noch ein inneres Glühen bei dem Gedanken an seine zärtliche Berührung.

»Ich werde dich nicht wieder verlieren«, sagte sie.

In den folgenden drei Tagen unternahmen die Daroth einen halbherzigen Angriff auf das Osttor, wurden jedoch von den Feuerbällen aus zwei Katapulten zurückgeworfen. In der Zwischenzeit gruben sie ständig weiter an ihrem Tunnel. Unentwegt konnte man Daroth sehen, die beladen mit Säcken voll Gestein den Eingang zum Tunnel verließen und sie auf Karren verluden, die dann außer Sicht gebracht wurden. Sie arbeiteten unermüdlich und immer mit demselben Tempo. »Sie sind wie Maschinen«, sagte ein Soldat zu Forin, während er und Karis die Arbeiten beobachteten. »Müssen sie sich denn nie ausruhen oder schlafen?«

»Anscheinend nicht«, antwortete Forin. »Aber sie sterben, Junge. Und es werden noch mehr von ihnen sterben, wenn sie durchbrechen.«

»Es heißt aber, dass sie nicht sterben«, wandte der Soldat ein. »Sie gehen zurück zu Eiern oder so was und werden wiedergeboren.«

Forin antwortete nicht. Als Karis davonging, folgte er ihr. »Du bist heute so nachdenklich«, sagte er, während sie über die Allee zum Palast schlenderten.

»Ich habe über vieles nachzudenken.«

»Wir werden überleben, Karis. Ich bin ganz sicher.«

»Es wäre schön, so sicher sein zu können.«

»Ich habe nicht die Absicht, vor einer bleichen Riesentermite zu fallen – nicht jetzt, da ich dich gefunden habe.«

»Das will ich auch nicht hoffen!«

»Hast du schon einen Plan?«

»Wenn ich ihn dir verrate, kannst du den Kampf in den Katakomben nicht leiten. Soll ich es dir erzählen?«

Er überlegte. »Ich würde von Herzen gern Ja sagen, aber ich kann es nicht. Tarantio und Vint haben ihre magischen Schwerter. Ich habe meine Stärke. Die wird in den Katakomben gebraucht. Da wir gerade von Tarantio sprechen, ich habe ihn seit Tagen nicht gesehen. Wo steckt er?«

»Ich weiß es nicht«, antwortete Karis. »Er hat schon an zwei Beratungen nicht teilgenommen. Ich will ihn heute Abend hier haben.«

»Dann hole ich ihn selbst«, versprach Forin. Sie wollte schon weitergehen, da nahm er sanft ihren Arm. »Wenn das alles vorbei ist, würdest du mich eventuell heiraten?«, fragte er sie.

»Du bist wirklich ein Optimist, Rotbart.«

»Immer. Aber vor allem jetzt. Glaubst du etwa, ich lasse zu, dass die Daroth mir meine Freude rauben?«

Karis blickte in sein breites, flaches Gesicht und begegnete dem intensiven Blick aus seinen grünen Augen. »Du bist der stärkste Mann, den ich kenne. Vielleicht kannst du überleben. Frag mich noch einmal, wenn die Daroth besiegt sind.«

Er wollte sie küssen, doch sie trat einen Schritt zurück, ihre Augen waren kalt. »Nicht in der Öffentlichkeit, Forin.«

»Schämst du dich meinetwegen?«, fragte er verblüfft.

»Hast du nicht gehört, wie sie mich nennen? ›Die Eiskönigin‹. Nimm ihnen nicht ihre Illusionen. Jetzt ist nicht der richtige Zeitpunkt, um sie Karis als Frau sehen zu lassen.«

Sie drehte sich um und ging davon. Forin bog nach links ab und ging zu dem kleinen Haus, das Tarantio gemietet hatte. Er hämmerte mit der Faust an die Tür, doch zuerst wurde nicht geantwortet. Viermal donnerte er gegen das Holz, dann endlich schwang die Tür auf, und Tarantio stand mit entblößter Brust vor ihm. »Schläfst du etwa am helllichten Tag? Du wirst alt, Mann.« Ohne eine Aufforderung abzuwarten, trat Forin ein und ging ins Wohnzimmer. Seine Nasenflügel bebten, in der Luft hing der Duft nach starkem Parfüm.

»Es tut mir Leid, mein Freund. Ich wusste nicht, dass du Gesellschaft hast.«

»Habe ich aber«, sagte Tarantio. »Was führt dich her?«

»Karis wollte sichergehen, dass du an der Beratung heute Abend teilnimmst.«

»Dann sag ihr, dass ich nicht komme.«

»Du musst – wir planen den Kampf in den Katakomben.« Rasch erzählte er Tarantio von den Höhlen unter der Stadt. »Ozhobar denkt, die Daroth werden irgendwann am morgigen Tag durchbrechen.«

»Ich bin nicht länger bereit zu kämpfen«, erklärte Tarantio.

»Soll das ein Witz sein? Glaubst du vielleicht, du hast eine Wahl?«

»Man hat immer eine Wahl. Ich reise morgen ab.«

»Das glaube ich nicht«, erklärte Forin wie vor den Kopf geschlagen. »Ausgerechnet du! Wie kannst du auch nur daran denken, uns allein kämpfen zu lassen? Du bist der beste Schwertkämpfer, den ich je kennen gelernt habe, und du hast ein magisches Schwert. Wir brauchen dich, Mann.«

»Das Schwert steht an der Tür. Nimm es mit, wenn du gehst.«

Forin sah ihn fragend an. »Was ist mit dir geschehen, Chio? Du bist nicht mehr der Mann, den ich kannte. Du bist gewiss nicht mehr der Mann, der mir gesagt hat, er könne mich im Ganzen verschlucken, wenn mir nur jemand den Kopf mit Butter bestriche und mir die Ohren annagelte. Bei den Göttern, Mann, hast du deinen Mumm verloren?«

»Ja«. sagte Tarantio. »Ich habe meinen Mumm verloren.«

Angewidert drehte sich Forin um und ging zur Tür. Der

Schwertgürtel hing an einem Haken und Forin nahm ihn herunter.

»Es tut mir Leid«, hörte er Tarantio ihm nachrufen.

»Schmor in der Hölle«, erwiderte Forin.

In einem lose fallenden weißen Gewand mit gelösten Bändern kam Miriac aus dem Schlafzimmer, als die Vordertür sich hinter Forin schloss. Einen Moment lang sagte sie nichts, sondern sah Tarantio nur an. Er lächelte sie an. »Möchtest du etwas Wein?«, fragte er.

»Er war dein Freund.«

»Ja. Möchtest du ein Glas Wein?«

»Nein. Ich verstehe nicht, warum du ihm das gesagt hast.«

»Was gibt es da zu verstehen? Ich werde nicht mehr kämpfen. Ich will dich irgendwohin in Sicherheit bringen.« Er streckte die Hand nach ihr aus, doch sie wich ihm aus. »Was ist los?«, fragte er.

»Ich weiß es nicht – aber er hatte Recht, Chio. Irgendetwas hast du verloren, ich spüre das seit Tagen.«

»Ist das so deutlich?«

»Für mich ja. Ich liebe dich, aber du hast dich verändert. Habe ich dir das angetan? Habe ich dich deines Mutes beraubt?«

»Ich habe meinen Mut noch«, sagte er, aber es klang wie eine Verteidigung, und er konnte die Angst in seinen Worten hören. »Das habe ich noch. Er war nicht mein Mut.«

»Er?«

»Ich will nicht darüber sprechen.«

»Nicht einmal mit mir?«

Tarantio wandte sich von ihr ab und betrachtete das

Zimmer. Miriac blieb still und ließ das Schweigen wachsen. Er ging zum Feuer und legte Kohlen auf die Asche, dann setzte er sich auf den Teppich und sah in die Flammen. Mit leiser Stimme erzählte er ihr von seinem Leben, der Geburt von Dace und wie sie seitdem miteinander gelebt hatten. »Ich bin nicht verrückt«, versicherte er ihr. »Dace war für mich so wirklich wie du. Du hast mich gefragt, warum ich in jener Nacht floh. Dace wollte dich töten, er spürte meine Liebe zu dir und empfand das als Bedrohung. Als du vor zwei Nächten ins Haus kamst, war es Dace, der dich empfing.« Er schwieg und sah sie nicht an.

Sie kam zu ihm und setzte sich neben das Feuer. »Ich verstehe das nicht«, sagte sie sanft. »Ich habe noch nie von etwas Derartigem gehört. Aber ich weiß, dass der Mann, der mich empfing nicht du warst. Und als ich ihn küsste, hielt er einen Dolch in der Hand.« Sie nahm sein Gesicht in ihre Hände und sah in seine tiefblauen Augen. »Und seine Augen waren grau«, sagte sie, »und wild.« Sie nahm die Hände fort, beugte sich vor und küsste ihn auf die Wange.

»Ich bin nicht verrückt«, wiederholte er, »aber am nächsten Morgen sagte mir Dace Lebewohl – und ich kann ihn nicht mehr finden. Ich rufe nach ihm, aber er ist nicht da.«

»Und das macht dir Angst?«

Er nickte. »Dace konnte sich aus jeder Gefahr herauskämpfen. Er füchtete nichts im Kampf. Aber ich. Und ich will nicht sterben – nicht jetzt, wo ich dich wieder gefunden habe.«

»Wir werden sterben«, sagte sie. »Vielleicht nicht heute oder morgen – aber irgendwann in der Zukunft werden wir aufhören zu sein. Das lässt sich nicht vermeiden, egal wie weit oder wie schnell wir laufen. Ich liebe dich, Chio, aber ich kenne dich nicht sehr gut. Vielleicht irre ich mich auch in dem, was ich dir jetzt sagen werde, aber ich sage es trotzdem: Du wirst dich selbst irgendwann hassen, wenn du jetzt davonläufst. Ich glaube das ganz fest.«

»Du willst hier bleiben? Und auf die Daroth warten?«

»Nein. Ich möchte auch weg. Aber ich werde bleiben. Ich werde meiner Furcht ins Auge blicken, wie ich es immer getan habe – und nicht über meine Schulter zurück, auf der Flucht.«

»Ich weiß nicht, was ich tun soll«, sagte er unglücklich.

»Sieh in dein Herz, Chio. Was war das für ein Gefühl, als dein Freund dich voller Verachtung ansah? Wie fühlst du dich selbst?«

»Gedemütigt«, antwortete er.

»Dann geh zu der Beratung. Hol dein Schwert zurück. Niemand kann dir deinen Stolz nehmen, du musst ihn schon freiwillig ausliefern. Wenn du das einmal getan hast, wirst du nie mehr derselbe sein.«

»Ich weiß nicht, ob ich ohne Dace für sie von Nutzen bin.«

»Vielleicht bist du Dace. Vielleicht ist er nur eine andere Verkörperung deiner selbst. Und selbst wenn nicht, du bist immer noch ein Mann von Mut. Das weiß ich, denn ich könnte nie einen Feigling lieben.«

Da lächelte er und sie sah, wie sich seine Miene aufhellte. »Du bist ein Wunder«, sagte er.

»Allerdings«, bestätigte sie. »Und wenn Dace zurückkommt, sag ihm, dass ich auch ihn liebe.«

Die Versammlungshalle war voller Offiziere und einfacher Soldaten. Der Herzog, in Tunika und Beinlingen aus schwarzer Seide, saß am Kopf des Tisches, mit Karis zu seiner Rechten. Von der weißen Wand hinter ihm hatte man alle Gemälde abgenommen, und Ozhobar hatte eine Karte der Katakomben auf den Putz gezeichnet.

Der Herzog erhob sich. »Dies wird die Entscheidungsschlacht«, erklärte er seinen Zuhörern. »Unterirdisch, unter der Stadt, werdet ihr einem schrecklichen Feind ins Auge blicken. Karis wird euch die Strategie erklären. Es wird nicht leicht sein, die Befehle auszuführen – deswegen ist jeder Anwesende hier handverlesen. Ihr seid die mutigsten Kämpfer, die wir haben, und ich bin stolz, hier vor euch zu stehen.«

Damit setzte er sich, und Karis schob ihren Stuhl zurück und ging zur Wand. Mit einem schlanken Degen deutete sie auf die Karte. »In dieser Gegend erwarten wir den Durchbruch der Daroth. Wir können sie bereits hören. Überall in den Katakomben sind Laternen angebracht, sodass ihr sehen könnt, wohin ihr schießt. Oberstes Ziel ist es, den Feind hart zu treffen und sich dann auf unsere zweite Verteidigungslinie zurückzuziehen, die hier sein wird«, sagte sie und deutete auf ein Gebiet, in dem sich die Tunnel verzweigten und schmaler wurden.

»Verzeihung, General«, sagte ein älterer Offizier, ein hoch gewachsener Mann mit einem gezwirbelten Schnauzer, doch ohne Bart, »aber ich kenne die Katakomben. Wäre es nicht klüger, den Haupttunnel zu befestigen? So müssen wir uns entlang einer Nebenroute zurückziehen.«

»Ein guter Punkt«, gab sie zu, »doch der Haupttunnel verzweigt sich weiter zurück und teilt sich dann in ein zerfasertes Netz von Wegen. Dort könnten wir viele Leute verlieren.« Er wollte noch etwas sagen, doch Karis hob die Hand. »Bitte frag' mich nicht weiter, du vergisst die Bedrohung durch die Gabe der Daroth, Gedanken zu lesen. Ich weiß nicht, wie stark sie unsere Pläne durchkreuzen können, sobald der Kampf beginnt. Aber ich will – hier und jetzt – nicht sämtliche Möglichkeiten für eine Verteidigung oder Gegenangriff durchsprechen. Wichtig ist, dass ihr alle zuhört und nach besten Kräften eure Befehle ausführt. Das Schicksal der Stadt liegt in euren Händen.«

In der nachfolgenden Stille entwarf sie den bewegten Rückzug, skizzierte die Anzahl der Armbrustschützen und ihre Positionen. »Beim Rückzug sollte sich jede Gruppe möglichst dicht an die Wände halten, damit die nächste Linie von Schützen den Feind angreifen kann. Wenn ihr durch die Linien seid, nehmt eure Positionen dahinter ein und bereitet euch darauf vor, eure Kameraden zu decken, wenn sie ihrerseits den Rückzug antreten.« Langsam und methodisch erklärte sie den Plan noch einmal, dann bat sie um Fragen seitens der Offiziere, bis sie sicher war, dass alle wussten, was zu tun war.

Der Mann mir dem gezwirbelten Schnurrbart ergriff wieder das Wort. »Und was, wenn die Linie bricht, General? Was machen wir dann?«

»Dann gebt ihr euer Bestes«, sagte Karis. Als sie sah, dass er noch etwas sagen wollte, hob sie die Hand, um ihm Einhalt zu gebieten. »Keine weiteren Fragen mehr«, bat sie. »Geht und sammelt eure Männer, erteilt eure Befehle, dann versammelt auch am Parkeingang zu den Katakomben. Vint und Forin werden euch dort erwarten.«

»Ebenso wie ich«, sagte Tarantio von der Tür her. Forin fuhr herum und grinste breit. Als die Offiziere hinausströmten, ging Tarantio zu Forin hinüber. »Ich glaube, du hast noch etwas, das mir gehört«, sagte er.

»Allerdings, Mann. Schön, dich zu sehen.« Er schnallte den Schwertgürtel ab und reichte Tarantio die Waffe.

»Was hat dich dazu veranlasst, deine Meinung zu ändern?«, fragte Karis.

»Die Liebe einer guten Frau«, antwortete Tarantio.

»Du wirst mit Vint zusammen den Rückzug decken. Ihr könnt euch frei bewegen und jede verfügbare Deckung nutzen – und davon gibt es reichlich. Die Katakomben sind ein Labyrinth aus Stalaktiten und Stalagmiten.«

»Ich kann mir nie den Unterschied zwischen den beiden merken«, murmelte Forin.

»Konnte ich auch nicht«, sagte der Herzog. »Stell dir vor, das ›t‹ in Stalaktiten hängt von der Decke und das ›m‹ in Stalagmiten wächst vom Boden hoch.«

»Danke sehr«, sagte Forin. Der Herzog verbeugte sich knapp.

»Wenn ich sage, frei bewegen«, sagte Karis, »dann meine ich genau das. Aber lasst euch nicht von den Rückzugslinien wegdrängen. Es gibt eine Reihe von blinden Tunneln, die nirgends hinführen und noch viele mehr, die verborgene Löcher haben, von denen einige sehr tief sind. Die wesentlichen Gebiete, die wir verteidigen, sind mit weißer Farbe markiert. Haltet euch daran.«

Vint ergriff das Wort. »Ich weiß, es ist ein schwieriges Thema, Karis, aber alle Männer, die hier waren, hörten dich von einem bewegten Rückzug sprechen. Mit einem Rückzug gewinnt man keine Schlacht. Sie wissen, dass du noch einen zweiten Plan hast, wir alle wissen das. Das werden auch die Daroth wissen. Es muss mit den Ausgängen zu tun haben, du wirst vorhaben, sie zu überfallen, wenn sie herauskommen. Deswegen folgen sie uns vielleicht gar nicht.«

»Verzeihung, General«, sagte der Herzog, »aber der Gedanke ist mir auch schon gekommen. Sobald der Kampf beginnt, können die Daroth zwischen beliebig vielen Ausgängen wählen.«

»Das stimmt«, sagte Karis, »aber erstens wissen die Daroth vielleicht noch nichts von den Katakomben. Zweitens, selbst wenn sie davon wissen, sind sie mit dem Grundriss nicht vertraut.«

»Jeder Mann hier hat die Karte gesehen«, sagte Forin.

»Ja«, gab Karis zu, »aber wir können nicht alle Eventualitäten berücksichtigen. Wie ihr seht, wenn die Daroth in den ersten Tunnelabschnitt gelockt werden, verringert sich die Zahl der verfügbaren Ausgänge auf acht. Je weiter wir sie locken können, desto geringer wird ihre Auswahl.«

»Auf die Gefahr hin, mich zu wiederholen«, begann Vint, »alles, was du uns sagst, könnte der Feind erfahren.«

»Deswegen sage ich euch ja nicht alles. Vertrau mir, Vint. Wir werden sie überraschen. Sieh mal, sie werden sich auch vor einem schwierigen Dilemma sehen. Sie wissen, dass ich sie schon einmal in die Irre geführt habe, indem ich einem Späher falsche Informationen eingepflanzt habe. Deswegen werden sie im Durcheinander des Kampfes in den Tunneln nicht in der Lage sein, den Gedanken der Männer völlig zu vertrauen. Das wird zu Verwirrung führen, glaubt mir.«

»Ich glaube dir, Karis«, sagte Vint. »Ich möchte nur nicht benutzt werden wie dieser arme Kundschafter.«

»Du wirst ganz genau so benutzt«, entgegnete sie kalt.

***

Der Geruch nach Lampenöl hing schwer in der unbewegten Luft der Katakomben, und die Krieger hockten in nervösem Schweigen und lauschten auf das ständige, dumpfe Klopfen von Hämmern und Äxten der Daroth, das immer näher kam. Forin wischte sich den Schweiß von der Stirn und warf einen Blick auf Vint, der neben einem gewaltigen Stalagmiten stand. Das Gesicht des Schwertkämpfers wirkte in dem gelben, flackernden Licht der Laternen angespannt. Etwas links von ihm saß Tarantio auf einem vorspringenden Felsen, mit gesenktem Kopf, die Arme auf die Knie gestützt. Forin nahm einen tiefen, beruhigenden Atemzug und ging zwischen den knienden Armbrustschützen durch. Niemand sagte ein Wort, und auf jedem Gesicht glitzerte der Angstschweiß.

Zum zweiten Mal in einer Stunde ging Forin los, durchquerte die Höhle bis zur gegenüberliegenden Wand. Als er dort war, mit klopfendem Herzen, legte er seine Hand auf den Fels. Dieses Mal konnte er die Erschütterungen durch die Hämmer der Daroth spüren.

Tarantio sah auf, als der Riese zurückkam. Das Licht der Laternen glänzte auf dem polierten, eisernen Brustharnisch. »Bald«, flüsterte Forin.

Wo bist du, Dace?

Keine Antwort. Tarantio zitterte, die Angst wuchs in ihm. Ein splitterndes Krachen, lauter als zuvor, ließ ihn zusammenfahren wie gestochen. Als er aufsprang, merkte er, dass seine Beine zitterten und verspürte den Drang, von diesem dunklen, von Schatten bevölkerten Ort wegzulaufen. Noch als er diesen Gedanken hatte, ließ ein junger Bogenschütze hinter ihm seine Waffe fallen und kroch durch den mit Farbe markierten Tunnel zurück. Andere Männer wurden unruhig, und Forin ging zwischen ihnen umher, klopfte hier eine Schulter, flüsterte da ein paar aufmunternde Worte. Seine gewaltige Gegenwart beruhigte sie. Er gab das Signal, die Waffen zu spannen.

Tarantios Mund war wie ausgedörrt, und er dachte an Miriac, die zu Hause auf ihn wartete, an den hellen Sonnenschein, der durch die offenen Fenster hereinfiel. Wenn die Daroth hier durchbrechen würden ... Der Gedanke war zu schrecklich, um ihn zu Ende zu denken.

Eine Spitzhacke bohrte sich durch das schwarze Gestein. Die Schützen stellten ihre Dreifüße auf, legten ihre schweren Waffen darauf und zielten auf die Wand. Vint und Tarantio zogen sich aus dem Kampfbereich zurück. Tarantio zog sein Schwert, das im Licht der Laternen glänzte.

Ein großes Stück der Felswand fiel nieder – dann krachte ein weiteres auf den Höhlenboden. Ein großer Daroth trat in Sicht. Drei Armbrustbolzen durchschossen seinen Körper, er fiel zu Boden. Im Tunnel setzte hektische Tätigkeit ein, Picken und Hämmer hieben auf die letzten Barrieren ein. Das Loch wurde größer, und die Daroth schwärmten hindurch. Ihre Gesichter waren geisterhaft bleich, ihre massigen Gestalten warfen riesige Schatten an die Wände.

Bolzen schlugen in sie ein, sie griffen an. Tarantio schoss hinter einem Stalagmiten hervor und stieß dem ersten Daroth-Krieger sein Schwert in die Rippen. Er duckte sich unter einem Schwert und stach mit seiner Waffe einem zweiten in den Bauch. Auf der anderen Seite der Höhle rammte Vint sein Schwert einem Daroth in die Brust, dann wirbelte er auf dem Absatz herum, um mit einem Rückhandhieb einem zweiten die Kehle aufzuschlitzen. Hinter ihnen zogen sich die Armbrustschützen zur zweiten Verteidigungslinie zurück.

Vint machte einen Satz rückwärts, drehte dann auf dem Absatz um und rannte in Deckung, wobei er sich dicht an der rechten Wand hielt. Ein geschleuderter Speer krachte in einen Stalagmiten und ließ Splitter von Stein auf sein Gesicht und seinen Nacken regnen. Vor ihm lag eine Reihe von Sandsäcken, hinter denen die Schützen knieten. Als Vint darübersetzte und sich sofort umdrehte, um dem Feind ins Gesicht zu sehen, sah er Tarantio auf der anderen Höhlenseite entlangrennen und sich in Sicherheit bringen.

Die Daroth stürmten massiert voran. Die Armbrüste sangen und fünfzig Bolzen schlugen in die ersten Krieger ein. Die Soldaten von Corduin versuchten vergebens nachzuladen – nur wenigen gelang es –, dann waren die Daroth bei ihnen, ihre gezackten Schwerter durchschlugen Rüstung, Fleisch und Knochen. Vint warf sich mit wirbelndem Schwert ins Getümmel. »Zurück!«, rief er. Die waffenlosen Schützen brauchten keine Befehle, sie flohen durch den Tunnel. Vint folgte ihnen, Tarantio zu seiner Rechten.

Kein Laut verfolgte sie. Die beiden Männer fuhren herum und sahen sich um. Die Daroth standen an der Mauer aus Sandsäcken, dann machten sie sich nach rechts davon. Vint fluchte.

Karis' Plan funktionierte nicht.

Allein in der Dunkelheit lauschte Ozhobar auf die fernen Kampfgeräusche, die Schreie der Verwundeten, das Klirren von Stahl, das Sirren der Armbrustsehnen. Abstoßende Geräusche, dachte er.

Böse.

Ozhobar war kein religiöser Mensch. Er hatte nur einmal in seinem Leben gebetet. Es war nicht erhört worden, und er hatte die begraben, die er geliebt hatte, während die Pest weiterhin über die Inseln wütete und den Zurückbleibenden Unglück und Verzweiflung brachte. Aber man musste nicht religiös sein, um das Wesen des Bösen zu verstehen. Die Pest hatte eine böse Wirkung, aber sie war lediglich eine Laune der Natur, kein denkendes Wesen. Den Daroth dagegen, so glaubte Ozhobar, war das Böse angeboren. Sie wussten, was sie taten, welchen Schmerz und welche Verzweiflung sie hervorriefen. Schlimmer noch, sie hatten einen Hass auf ihre Feinde genährt, der Generationen überdauern würde. Und Hass war die Mutter allen Übels.

»Ihr werdet mich nicht dazu bringen, euch zu hassen«, dachte Ozhobar. »Aber ich werde euch töten!«

Die Kampfgeräusche wurden leiser. Ozhobar nahm das Glas von seiner Laterne, sodass die Flamme offen flackerte, dann stand er auf und spähte in den leicht abfallenden Tunnel. Er konnte keine Bewegung sehen, also schloss er die Augen und lauschte. Zuerst hörte er nichts, dann jedoch Schritte von gestiefelten Füßen. Die Tunnelöffnung war mehr als dreißig Meter von seinem Standort entfernt. Er hob die Laterne, stellte sich hinter die große Tonkugel und entzündete die ölgetränkten Lappen, die in die Löcher gestopft waren.

Schon konnte er flackernde Schatten erkennen, als die Daroth die Steigung hinaufkamen.

Ozhobar setzte sich mit dem Rücken an die Wand, setzte seine Stiefel gegen die brennende Kugel und stieß mit aller Kraft zu. Sie begann zu rollen, erst langsam, doch dann nahm die Geschwindigkeit zu. Die Daroth kamen in Sicht. Ozhobar nahm seine Armbrust, zielte und schoss einen Eisenbolzen in die Kugel und ein Teil des Tons zersplitterte. Brennendes Öl schoss heraus, und Flammen ergossen sich auf die Daroth.

Ohne sich die Wirkung anzuschauen, hastete Ozhobar zurück, stülpte den Glassturz wieder über die Laterne und stieg dann weiter den Hang hinauf, bis er einen Sims erkletterte, der ihn hoch über den Höhlenboden führte. Er konnte deutlich den Strom von brennendem Öl sehen, der aus dem Tunnel floss. Ein heller Lichtblitz zuckte auf der anderen Seite auf, und er sah, wie die Krieger der Daroth aus der Einmündung eines zweiten Tunnels flohen. Zwei waren in Flammen gehüllt, ihre Kameraden hielten sich von ihnen fern.

Ozhobars Helfer, Brek, kam aus einem Spalt in dem Tunnel. Die Daroth sahen ihn und stürmten vor. Brek rannte auf einen Tunneleingang zu, doch ein gezackter Speer bohrte sich in seinen Rücken und er fiel.

Hoch auf dem Sims spürte Ozhobar einen stechenden Kummer. Brek war ein guter Mann gewesen, solide und vertrauenswürdig. Mit einem Seufzer beobachtete Ozhobar die Daroth, die sich in der Mitte der Höhle zusammenscharten. Dann liefen sie im Sturmschritt los.

Auf die wartenden Schützen zu.

Drei Bolzenhagel regneten auf die vorrückenden Daroth, aber jetzt konnte sie nichts verlangsamen. Tarantio tötete zwei, dann warf er sich nach links, als ein Speer knapp an seinem Kopf vorbei in den Fels krachte. Drei riesige Krieger liefen auf ihn zu. Abgeschnitten vom Haupttrupp der Verteidiger rannte er in einen schmalen Tunnel, dann drehte er sich blitzschnell um und trieb seine Klinge durch den weißen Schädel des ersten Verfolgers. Ein Speer drang in seine linke Schulter, die zackige Klinge grub sich in sein Schulterblatt. Blut spritzte aus der Wunde. Tarantio zog dem Daroth sein Schwert über den

Bauch, dann trennte er ihm mit einem Rückhandhieb fast den Kopf vom Rumpf.

Der Schmerz in seiner Wunde war ungeheuer, Blut strömte in sein Hemd und sammelte sich über seinem Gürtel. Jede Bewegung war eine Qual, doch er kroch weiter in den Tunnel, auf der Suche nach einem Ausgang. Ein weiterer Speer schoss an ihm vorbei.

Wieder drehte er sich um und wich einem wilden Hieb aus. Sein Gegenschlag durchschlug den Unterarm des Daroth und ließ ihn durch die Luft fliegen. Trotzdem stürzte sich der Daroth weiter auf ihn, seine große Faust hämmerte gegen Tarantios Brust und riss ihn von den Füßen. Tarantio rollte sich zur Seite, als der Daroth ihn mit den Füßen voraus ansprang. Der Schwertkämpfer richtete sich auf und stieß dem Daroth das Schwert in die Brust. »Stirb endlich, du Hurensohn!«, zischte er. Der Klang von schweren Stiefeln kam vom Tunneleingang her. Tarantio fluchte und stolperte weiter in die Dunkelheit. Hier gab es keine Laternen und nur das schimmernde Glühen seines Schwertes gab ein bisschen Licht. Er fühlte einen Hauch kühler Luft auf seiner Wange. Sie kam von oben, aber sein linker Arm war nutzlos, und es gab keine Möglichkeit, zu der Öffnung hinaufzuklettern. Der Tunnel selbst endete vor einer schwarzen Felswand. Zwei Speerwerfer der Daroth kamen in Sicht. Der erste machte einen Satz auf Tarantio zu, der mit seinem Schwert den Schaft des Speers durchschlug und dem Daroth dann die Kehle aufschlitzte. Der zweite Speer traf in in der Seite und drang in den Felsen hinter ihm. Er durchschlug den Schaft und warf seine Klinge wie ein Messer. Sie drang mit der Spitze in die gewölbte Stirn des Daroth und versank bis zum Griff darin. Tarantio versuchte, sich vorwärts zu bewegen, um sein Schwert zurückzuholen, doch er schrie vor Schmerz auf, denn er war an die Wand genagelt.

Er hörte die leisen Schritte weiterer Daroth, die sich näherten. Sein Herz sank, und er hörte auf zu kämpfen. Wenn das der Tod war, dann war es eben so, dachte er.

»Die Pest über dich, Bruder! Ich will noch nicht sterben!«

Dace warf sich nach vorn, sein geschundener Körper glitt von dem abgebrochenen Speer herunter. Er schlug hart auf dem Boden auf, der Aufprall versetzte seinem gebrochenen Schulterblatt noch einen heftigen Stoß. Er packte den Griff seines Schwertes und kam dann mühsam auf die Füße.

Vier Schwertkämpfer der Daroth kamen um die Biegung im Tunnel und mit einem Schrei, der das Blut gerinnen ließ, stürzte Dace sich ihnen entgegen – sein Schwert durchstieß dem ersten die Brust, dem zweiten den Schädel und die Rippen des dritten. Der vierte stolperte, Dace warf sich auf ihn und benutzte sein Schwert wie einen Dolch, den er ihm durch den Hals in die Lungen trieb.

Dace fiel mit ihm zusammen, dann rappelte er sich auf. »Wo seid ihr, ihr Bastarde?«, schrie er. »Ich mache euch alle fertig!«

»Dace, um Himmels willen, lass' uns einen Weg hier raus suchen«, rief Tarantio.

Doch Dace beachtete ihn nicht. Er machte drei große Schritte, dann taumelte er seitlich gegen die Wand und fiel beinahe hin. Blutüberströmt und schwankend schaffte er es zurück zum Haupttunnel und sah dort die Leichen von zahlreichen Daroth und ebenso vielen Männern von Corduin. Als er sich einen Weg hindurch bahnte, hörte er vor sich Kampfgeräusche.

»Ich komme und hole euch!« rief Dace. Seine Stimme hallte von den Tunnelwänden wider. Er stolperte weiter, dann fiel er auf die Knie.

»Hör auf, Dace«, drängte Tarantio. *»Hör auf, sofort. Wir sterben.«*

Dace lehnte sich mit dem Rücken gegen die Wand und sah auf seine blutgetränkten Kleider hinunter. Er hatte kein Gefühl mehr in seinem rechten Bein und sein Blick verschwamm. »Ich werde nicht im Dunklen sterben«, sagte er.

Mit großer Mühe rollte er sich auf die Knie, bekam sein gesundes Bein unter sich und zwang sich aufzustehen. Als zwei Daroth-Krieger in Sicht kamen, blinzelte Dace sich den Schweiß aus den Augen. »Kommt schon!«, schrie er. »Kommt und sterbt, ihr hässlichen Hundesöhne!«

Sie rannten los, doch plötzlich schwankte der erste nach links. Ein Bolzen steckte in seinem Schädel. Der zweite machte einen Satz auf Dace zu. Die Klinge des Schwertkämpfers zuckte in unglaublicher Schnelligkeit hoch und blockte den Hieb ab. Aus dem Gleichgewicht gebracht, fiel der Daroth nach vorn und Dace schlitzte ihm die dicke Kehle auf. »Wo ist der Rest von euch?«, rief Dace. Dann fiel er bewusstlos Ozhobar in die Arme.

In schwarzen ledernen Beinkleidern und einer silbernen Seidentunika stand der Herzog schweigend im Park. Obwohl er von Männern umgeben war, fühlte er sich allein, wie er es immer gewesen war. Seine Augen musterten die Abhänge, und er dachte an die weit zurückliegenden Tage, in denen er dort mit seinem Bruder gespielt hatte. Klug und abenteuerlustig, war Jorain der einzige Mensch gewesen, der zu dem scheuen, in sich gekehrten Kind, das der Herzog einst gewesen war, Zugang gefunden hatte. Als er gestorben war, hatte er einen Teil von Albreck mit sich genommen. Eine lieblose Ehe und zwanzig Jahre Herrschaft über ein Volk, das er weder mochte noch verstand, hatten das Leben Albrecks seit Jorains Tod ausgemacht. Du wärst so viel besser gewesen als ich, dachte Albreck. Die Menschen liebten dich.

Albreck ließ seinen Blick zum Eingang der Katakomben schweifen. Er wurde von zwei kunstvoll gearbeiteten steinernen Säulen und einem weißen Querbalken gebildet, und es führten Stufen hinunter zu der Kristallhöhle. Jorain hatte ihm erzählt, es wäre ein Eingang zur Hölle, und der sechsjährige Albreck hatte Angst gehabt hineinzugehen.

Jetzt war aus dem Kinderspiel Wirklichkeit geworden. Es *war* ein Eingang zur Hölle.

Und ich bin hergekommen, um zu sterben, dachte Albreck. Wartest du auf mich, Jorain?, fragte er sich. Der Herzog hatte weder Schwert noch Dolch mitgebracht und stand jetzt mit verschränkten Armen da und wartete geduldig auf das, was kommen mochte. Er warf einen Blick auf Karis. Die Kriegerin trug ein weißes Seidenkleid, das sie sich aus der Garderobe der Herzogin ausgeliehen hatte, um ihre schmale Taille war eine blaue Schärpe gebunden. Sie sah so unpassend aus, umgeben von Kriegern, wie eine jungfräuliche Braut, die auf ihren Bräutigam wartet.

»Wofür brauchst du das Kleid?«, hatte er sie gefragt.

»Frag mich nicht, Herzog«, sagte sie.

Im Fackelschein organisierte Karis die Aufstellung der fünf Wurfgeschütze, die einen weiten Halbkreis ein paar hundert Schritte vom Eingang zu den Katakomben bildeten. Vierhundert Armbrustschützen in drei Reihen wurden zwischen den Maschinen aufgestellt: Die erste Reihe kniete, die zweite stand, die dritte stand erhöht auf den Ladeflächen von im Kreis aufgestellten Fuhrwerken.

Der Herzog sah den alten Krieger Necklen zu Karis gehen und sie beim Arm nehmen. Er konnte ihr Gespräch nicht hören, aber er sah die Sorge auf dem Gesicht des Kriegers.

»Es ist nicht notwendig, dass du stirbst«, sagte Necklen zu Karis. »Lass mich es doch tun!«

»Ich habe nicht vor zu sterben«, antwortete sie, »aber es ist ein Risiko, das ich nicht vermeiden kann. Du hast es selbst gesagt – wie können wir sie dazu bringen, sich alle in dem tödlichen Kreis zu versammeln? Dies ist die einzige Möglichkeit, die mir eingefallen ist.«

»Schön. Aber warum du? Warum nicht ich?«

»Du hast keinen Rang, Alter. Sie würden sofort ahnen, dass das ein Trick ist.«

»Und ist es das nicht?«

»Nein, ist es nicht. Jetzt geh auf deine Position. Und tu, um was ich dich gebeten habe.«

»Ich könnte dich nicht töten, Karis. Nicht, wenn mein Leben davon abhinge.«

Sie legte ihm ihre schlanken Hände auf die Schultern. »Tausende von Leben hängen vielleicht davon ab. Und wenn es so weit kommt, versprich mir, dass du meinem Befehl gehorchst. Versprich es mir, Necklen, im Namen unserer Freundschaft.«

»Lass es jemand anders machen. Ich bleibe an deiner Seite.«

»Nein! Wenn du deine Pflicht nicht tun kannst, dann

mach, dass du wegkommst, und ich suche mir einen anderen, der es kann.« Die Schärfe ihres Tons traf ihn, und er drehte sich weg. Sofort rief sie ihn zerknirscht zurück. »Ich liebe dich, alter Mann. Lass mich nicht im Stich.« Er konnte nicht sprechen, sondern nickte nur und ging zurück zu seinem Wurfgeschütz, überprüfte die Ladung und den Auslöser. Dann nahm er seinen Hammer.

Der Herzog ging auf Necklen zu. »Was hat sie vor?«, fragte er.

»Sie bereitet sich darauf vor zu sterben«, flüsterte der alte Mann.

»Was soll das heißen?«

»Sie will mit ihnen reden, sie dazu zwingen, sich um sie zu scharen. Sie wird um Frieden bitten. Wenn sie Nein sagen – und das werden sie –, wird sie die Hand heben. Wenn sie sie sinken lässt, fängt das Morden an.«

Der Herzog sagte nichts, sondern sah die Frau, die in ihrem weißen Kleid im Mondschein stand, nur an. Sie sah so zerbrechlich aus, geisterhaft und gelassen. Er schauderte.

Ein Soldat am Eingang zu den Katakomben rief: »Ich kann sie hören. Ich kann die Schreie hören.«

Karis schritt nach vorn. »Geh zurück auf deine Position«, befahl sie dem Soldaten. Dankbar lief der junge Mann zu den Karren, kletterte auf einen und nahm seine Armbrust zur Hand. Karis stand etwa zehn Meter von dem weißen Eingangsportal entfernt und wartete ab. Sie sehnte sich danach, Forin unversehrt herauskommen zu sehen. Ein paar Schützen schafften es in den Fackelschein hinaus und blinzelten, ihre Freunde riefen nach ihnen, und sie hasteten in Deckung. Dann tauchte Vint auf, Gesicht und Arme voll Blut. Er lief zu Karis, doch sie befahl ihm, sich zurückzuziehen. »Die Daroth sind gleich hinter uns. Du musst in Deckung gehen!«, sagte er.

»Geh zurück. Sofort!«

Er zögerte, dann lief er zu Necklen hinüber. Er war blass, seine Augen blickten gequält.

Forin kam als Letzter, seine Rüstung war wieder verbeult und gesplittert, aus einer klaffenden Wunde an der Stirn strömte Blut über sein Gesicht. Er taumelte auf Karis zu und packte ihren Arm, um sie zurückzuziehen. Sie schlug ihm mit der flachen Hand ins Gesicht, es klang wie ein Peitschenschlag. »Lass mich los, du Hornochse!« Seine Hand fiel herunter, und er starrte sie verständnislos an. »Zieh dich sofort zurück!«

»Sie kommen.« Er streckte wieder die Hand nach ihr aus.

Sie wirbelte auf dem Absatz herum und deutete auf einen Schützen. »Du da! Ziel auf das Herz dieses Mannes, und wenn er sich nicht rührt, wenn ich meinen Arm senke – dann erschieß ihn!« Sie hob die Hand. »Und jetzt geh, Spatzenhirn!«, donnerte sie. Wütend stapfte Forin zurück zu den Fuhrwerken.

Karis stieß die Luft aus. Sie hätte Forin gern nachgerufen und alles erklärt. Aber es war keine Zeit mehr. Der erste Daroth kam in den Fackelschein hinaus, der auf dem geisterhaft bleichen Gesicht und dem schnabelförmigen Mund glänzte. »Niemand schießt!«, rief Karis. »Wo ist dein Anführer, Daroth?«, fragte sie. In ihrem Kopf breitete sich Hitze aus.

»Es ist Zeit, diesen Krieg zu beenden! Es ist Zeit, diesen Krieg zu beenden! Es ist Zeit, diesen Krieg zu beenden!« Sie wiederholte diesen Gedanken immer und immer wieder wie ein Gebet. »Ich möchte mit eurem Anführer sprechen«, sagte sie laut. Immer mehr Daroth kamen aus dem Eingang, veteilten sich, starrten auf die Wurfgeschütze und die Armbrustschützen, ihre obsidianschwarzen Augen unergründlich. Ein Krieger, der größer war als die anderen, trat aus der Menge hervor. »Ich bin der Herzog der Daroth«, sagte er. »Ich erkenne dich, Frau. Sag', was du zu sagen hast, dann werde ich dich töten.«

»Und was für einen Zweck soll das haben?«, fragte sie. »In den wenigen Monaten, seit wir von eurer Bedrohung wissen, haben wir bereits Waffen entworfen, die euch in großer Anzahl vernichten können. Wir sind ein erfindungsreiches Volk, und wir sind sehr viel zahlreicher als ihr. Sieh dich doch jetzt um. Wie viele deiner Leute müssen noch in diesem verrückten Kampf sterben?«

»Wir sterben nicht, Frau. Du kannst uns nicht töten. Wir sind Daroth. Wir sind unsterblich. Und ich bin dieses Gesprächs müde. Du hast Zeit geschunden, und jetzt wirst du noch mehr unserer Körper zerstören. Dann werden wir die Stadt plündern und jeden darin töten. Also gib deinen Befehl – und lass es beginnen.«

»Das ist nicht mein Wunsch«, sagte sie.

»Deine Wünsche sind belanglos.« Er zog sein Schwert und Karis hob den Arm.

Duvodas hatte seit fünf Tagen nicht gegessen oder geschlafen, trotzdem empfand er weder Hunger noch Müdigkeit. Auch fühlte er den beißenden Nordwind nicht, ebenso wenig die Hitze der Mittagssonne, während er die Berge überquerte und in die fruchtbaren Täler hinabstieg.

Er empfand gar nichts, war bar jeder Gefühle – außer dem einen: dem brennenden Bedürfnis, Rache an den Daroth zu üben. Seine Kleider waren schmutzig und schlammverkrustet, seine blonden Haare fettig und strähnig. Er marschierte weiter durch die Dunkelheit zu der kuppelförmigen Stadt. Keine Reiter der Daroth waren zu sehen, wie er im Mondlicht dahinwanderte, und er machte keine Anstalten, sich heimlich anzuschleichen.

Seit zwei Tagen war ihm bewusst, dass das Land unter seinen Füßen ohne jede Magie war. Es spielte keine Rolle, denn Zauberei, dunkel und schrecklich, durchströmte seine Adern – nährte ihn, trieb ihn weiter. Die Macht in ihm wurde nicht weniger, sondern schien mit jedem Schritt, den er sich der Stadt näherte, zu wachsen.

Es gab keine Mauern. In ihrer Arroganz glaubten die Daroth nicht, dass ein Feind so nahe kommen würde. Wären Mauern da gewesen, Duvodas hätte sie eingerissen. Hätte es Tore gegeben, Duvodas hätte sie aus den Angeln gehoben. Zum ersten Mal seit fünf Tagen hielt er inne und blieb stehen, um die mondbeschienene Stadt zu betrachten. Eine Eule flog lautlos über ihm dahin, und ein kleiner Fuchs huschte ins Gebüsch rechts von ihm.

Er setzte sich auf die Erde und ließ seine beiden Schultertaschen fallen. Der Leinenbeutel ruschte auf dem sanften Hang ein Stück abwärts, und die Eldarin-Perle rollte heraus. Das Mondlicht glänzte auf ihrer Oberfläche. Duvodas blinzelte, und ein winziger Stich des Bedauerns durchfuhr seine Seele. Er dachte an Ranaloth, der ihn vor den Gefahren der Liebe warnte, und er wusste jetzt, was der alte Eldarin gemeint hatte. Wie Licht und Schatten, waren auch Liebe und Hass untrennbar miteinander verbunden. Das eine konnte nicht ohne das andere existieren. Er stand auf, nahm den Beutel und griff nach der Perle. Doch als seine Hand die milchige Oberfläche berührte, zuckte er vor Schmerz zurück und starrte auf seine Handfläche. Blasen hatten sich dort gebildet, die

Haut war von der Berührung verbrannt. Er fasste die Kugel vorsichtig mit dem Beutel an und verstaute sie wieder darin.

»Was ist aus dir geworden, dass du sie nicht mehr berühren kannst?«, fragte er sich.

Die Antwort war nur allzu offensichtlich. Duvodas richtete seinen Blick wieder auf die Stadt und dachte noch einmal an seinen Plan. Jetzt erschien er ihm erschreckend in seiner Bösartigkeit. Shiras schönes Gesicht verschwamm vor seinen Augen und wieder sah er sie auf dem Speer des Daroth hängen, aus dem Leben gerissen. Seine Entschlossenheit wuchs.

»Ihr, die ihr Tod und Verzweiflung über die Welt bringt, verdient keine Gnade«, sagte er zu der fernen Stadt. »Ihr, die ihr für Zerstörung und Schmerz lebt, verdient nicht zu leben.«

Mit welchem Recht urteilst du über sie?

Der Gedanke entsprang unvermutet, wie vom Wind geflüstert.

»Mit dem Recht der Macht und dem Wunsch nach Rache«, antwortete er.

Macht dich das nicht ebenso böse wie die Daroth?

»Doch.«

Er schlang seine Taschen über die Schulter und ging weiter. Es gab keine Wachposten, und er passierte ohne Zwischenfall die ersten Gebäude.

Dann kam ein Daroth in Sicht, der an einem Schulterjoch zwei Wassereimer trug. Seine schwarzen Augen hefteten sich auf den Menschen. Duvodas streckte einen Finger aus, und der Daroth starb, sein Körper zerschrumpelte auf der Erde, Dampf quoll aus seinen Augen, Ohren und dem Mund. Duvodas sah ihn nicht einmal fallen. Weiter ging er durch die nächtliche Stadt, suchte nach

Anzeichen für sein Ziel. Noch dreimal tötete er arglose Daroth, die ihm zufällig begegneten. Er hatte erwartet, dass mehr von ihnen auf den Straßen waren, doch die Nacht war kalt, und die meisten Stadtbewohner blieben gemütlich in ihren kuppelförmigen Behausungen.

Duvodas sah in der Ferne Zwillingstürme, aus denen Rauch drang und ging unaufhaltsam darauf zu. Als er näher kam, fühlte er pulsierendes Leben aus den Höhlen tief im Untergrund. Vor ihm lag eine gewaltige Kuppel, vor der Tür standen zwei Wachposten. Sie senkten ihre Speere und näherten sich ihm.

Er spürte ihre kläglichen Versuche, seine Gedanken zu lesen. Er ließ es zu. »Ich bin gekommen, um euch und euer ganzes Volk zu vernichten.«

»Unmöglich, Mensch. Wir sind unsterblich.«

»Ihr seid verdammt!« Sie stürzten sich auf ihn, doch aus seinen Fingern schossen zwei Feuerstrahlen, die ihre Körper durchbohrten und große Löcher in die Hauswand hinter ihnen brannten. Duvodas ging zu der großen Tür und stieß sie auf. Er befand sich in einem runden Saal, in dem ein riesiger, leerer Tisch stand. Er schloss die Tür hinter sich und suchte nach einer Treppe, die er an der Rückseite des Saales fand. Von draußen hörte er, wie die Stadtbewohner aus ihren Häusern liefen, eine aufgebrachte Menge, die versuchte, ihn aufzuhalten.

Er ging nicht schneller. Er öffnete seine Gedanken, tastete hinaus und fühlte die Panik in den Hirnen der Daroth. »Ich bin die Rache«, sagte er zu ihnen. »Ich bin der Tod.« Die Stufen waren flach und wanden sich bis tief unter die Stadt, es gab keine Laternen, nur völlige Finsternis. Doch Duvodas hob die Hand, und seine Handfläche begann in einem wütenden, weißen Licht zu glühen. Immer tiefer ging er, bis er zu einem breiten Gang und einer zweiten Treppe kam. Hier war die Hitze intensiv. Er kniete sich hin und berührte den Boden. Der Stein war warm, und er fühlte, wie heiße Luft über seine Haut strich. Seine glühende Hand beleuchtete einen Luftschacht dicht an der Wand.

Vor ihm lag ein breiter Eingang in den Felsen, versperrt von einem großen eisernen Fallgitter. Duvodas berührte es, und es begann zu glühen – zuerst schwachrot, dann immer heller. Die Mitte gab nach und schmolz, Rauch und Dampf stiegen zischend vom Boden auf, als Rinnsale von geschmolzenem Metall sich um seine Füße sammelten. Er wollte gerade die dahinter liegende Höhle betreten, als er Schritte hinter sich hörte. Er fuhr herum und streckte die Hand aus. Die ersten beiden Daroth-Krieger kamen in Sicht, beide brachen in Flammen aus.

Das Pulsieren neuen Lebens war jetzt beinahe überwältigend, als Duvodas in die gewaltige Kammer trat. Mehr als 600 Schritte lang und mindestens zweihundert breit, war sie angefüllt mit tausenden von gelbschwarzen Eiern – riesigen Kokons, in denen es sich bewegte.

Die Daroth waren tatsächlich unsterblich. Zweimal in jeder Generation wurden sie durch diese Eier wiedergeboren. Und das war, wie Sirano gewusst hatte, ihre größte Schwäche. Deswegen fürchteten sie jedes Miteinander – denn sollte je ein Feind dorthin gelangen, wo er jetzt war, wäre ihre Unsterblichkeit verloren. Ein Mensch hatte nur ein Leben zu verlieren, und das war schwer genug. Aber die Ewigkeit verlieren …? Diese Angst war ungeheuer.

Er konnte jetzt die Panik der Daroth fühlen, die hinter ihm die Treppe hinunterrannten.

Einige der Eier platzten auf und kleine, nackte Daroth schälten sich daraus. Er fühlte das Pulsieren ihrer Gedanken. Zwei davon waren die Wachposten, die er vorhin getötet hatte. *»Jetzt erzählt mir noch mal was von eurer Unsterblichkeit«*, pulste er ihnen zu.

Duvodas holte tief Luft, dann breitete er die Arme aus. Die Temperatur ringsum sank rapide, Eis bildete verschlungene Muster auf den Wänden – breitete sich aus, fließend, hell und weiß auf dem schwarzen Gestein. Die warme Luft aus den Luftschächten hörte auf zu wirbeln, legte sich auf die Eier und gefror sie zu Tode.

Die eiskalte Macht von Duvodas' Hass schwoll an, und die nächstgelegenen Eier schrumpften und sprangen. Die drei jungen Daroth, die gerade geschlüpft waren, begannen zu schreien und sich auf dem eisbedeckten Boden zu winden.

Duvodas begann durch die ganze gewaltige Höhle zu wandern und strahlte mit jedem Schritt die Lebensfeindlichkeit eines harten Winters aus. Gelbschwarze Eier zerplatzten und sprangen überall und spuckten ihren Inhalt aus. Die Höhle hallte wider von ihren hohen Todesschreien.

Hunderte erwachsener Daroth-Krieger rannten hinter ihm in die Höhle. Einer griff Duvodas an, doch als er näher kam, bildete sich rings um ihn Eis, und er wurde langsamer. In seiner Verzweiflung, die Eier zu retten, hastete der Krieger weiter, bis sein Blut gefror und er tot zu Boden fiel. Andere schleuderten Speere, doch wenn diese den Menschen trafen, so zerbrachen sie wie Glas.

In der Höhle und in der ganzen Stadt begannen Tausende von erwachsenen Daroth zu schreien und starben, ihre Körper verwelkten, als die symbiotische Verbindung zwischen ihnen und ihren Eiern durchtrennt wurde.

Und Duvodas ging weiter.

Eine strahlende Säule aus weißem Licht bildete sich

vor ihm, und er sah die goldene Gestalt des Oltor-Ältesten, der beide Hände ausstreckte.

Der Herzog der Daroth ließ sein Schwert fallen, und ein seltsamer, hoher Schrei entrang sich seiner Kehle. Karis stand wie betäubt, als der riesige Krieger plötzlich zusammenschrumpelte. Rings umher starben die Krieger der Daroth, ihre unmenschlichen Klagen erfüllten die Luft. Andere standen einfach nur da, Schwerter und Speere entfielen ihren Händen, während sie neben den verwelkenden Toten niederknieten.

Vergessen ging Karis zurück zu den Wurfgeschützen. »Sollen wir jetzt schießen?«, fragte Necklen.

»Nein«, sagte Karis. »Wir warten.«

Der alte Mann sah sie fragend an. »Wir könnten sie jetzt ein für alle Mal erledigen, Karis.«

»Ich bin des Tötens müde«, erklärte sie. »Bis in die Tiefen meiner Seele. Wenn sie ihre Schwerter wieder aufnehmen, greifen wir sie an, aber irgendetwas ist hier geschehen, und vielleicht können wir das Töten beenden.«

Die Toten begannen mit erschreckender Geschwindigkeit zu verwesen, und der Gestank war überwältigend. Herzog Albreck kam zu Karis. »Ist das dein Werk?«, fragte er.

Sie schüttelte den Kopf. »Sie reden von Unsterblichkeit – aber ich glaube, sie haben gerade den wirklichen Tod erfahren. Aber ich weiß nicht, wie.«

Die knienden Daroth erhoben sich plötzlich. Keiner von ihnen griff nach einer Waffe. Doch einer der Geschütztechniker geriet in Panik und schlug den Auslöser durch. Eisenschrot grub sich in die feindlichen Reihen und riss eine Reihe von Kriegern von den Füßen. Da sie glaubten, ein Befehl wäre gegeben worden, wurden auch drei der anderen Wurfgeschütze abgefeuert und die Armbrustschützen vergrößerten das Schlachtfeld noch.

Die Daroth taten nichts. Sie standen einfach nur da und starben. Entsetzt brüllte Karis, das Töten zu beenden, doch jetzt hatten Hass und Blutdurst um sich gegriffen, und die Schützen schossen weiter. Sie sah, wie die Arme der Wurfgeschütze wieder zurückgezogen wurden.

Mit hoch erhobenen Armen rief Karis auf das Schlachtfeld und rief immer wieder: »Es ist vorbei! Hört auf zu schießen!«

Schwarze Bolzen zerrissen die Luft rings um sie, und Necklen kam hinter den Wurfgeschützen hervor und rannte auf sie zu. Auch Forin eilte über das Feld, um zu ihr zu gelangen. Panik stieg in ihm auf. »Karis!«, brüllte er. »Runter mit dir!« Er sah sogar den Bolzen auf sie zufliegen. Einen Augenblick lang glaubte er noch, er könnte sich in die tödliche Bahn werfen, doch er schoss an ihm vorbei und bohrte sich in ihren Rücken.

Karis taumelte, fiel jedoch nicht gleich. Langsam sank sie auf die Knie, Blut sickerte durch das weiße Kleid. Der Armbrustschütze ließ seine Waffe fallen und verbarg das Gesicht in den Händen. Erst jetzt hörte das Töten auf, als die Armee von Corduin ungläubig und betäubt auf die kniende Gestalt der sterbenden Eiskönigin blickte.

Forin gelangte zu ihr und sank auf die Knie, wo sie nur wenige Meter von den überlebenden Daroth lag. Er legte seine Arme um sie und hielt sie dicht an sich gedrückt. »Gütiger Himmel, lass mich nicht allein, Karis! Du darfst nicht sterben!«.

Der Herzog, Vint und Necklen kamen herbei. Karis spürte keinen Schmerz, als ihr Kopf gegen Forins Schulter sackte. Er küsste sie auf die Stirn. »Wo bleibt der Arzt?«, brüllte er.

»Beruhige dich«, flüsterte sie. Sie empfand keine Spannung mehr, keine Angst. Das Töten war vorbei, und sie fühlte sich eigenartig friedlich. Als sie aufsah, erkannte sie, dass nicht einmal fünfzig Daroth noch auf den Beinen waren. »Wer ist jetzt euer Anführer?«, fragte sie und richtete ihre Frage an den nächsten Krieger.

Das weiße Gesicht des Daroth wandte sich ihr zu. »Ihr werdet uns jetzt vernichten«, sagte er. »Die Daroth werden nicht mehr sein.«

»Wir … wollen … euch … nicht vernichten«, sagte Karis. Eine sanfte Hitze breitete sich in ihrem Kopf aus, und sie spürte, dass alle Daroth jetzt mit ihrem Geist verbunden waren. »Was wir wünschen … ist ein Ende des Krieges.«

»Es kann kein Ende geben«, sagte der Daroth. Karis hatte den Eindruck, dass ein Berg von Kummer in diesen Worten verborgen war und dann, als ob eine Tür geöffnet worden war, durfte sie die Gefühle der Daroth teilen, ihren Schmerz über den Tod ihrer Art und ihre Ängste vor der Zukunft.

Sie konnte Forins Arme kaum noch spüren, und sie wurde fast überwältigt von dem Drang loszulassen, frei zu sein. Sie mühte sich, festzuhalten und flüsterte dem Daroth zu: »Komm näher.« Schwerfällig kniete der Daroth vor ihr nieder. »Nimm meine Hand«, bat sie und seine dicken Finger schlossen sich um Karis' schlanke Hand. »Es kann kein Ende … ohne einen Anfang geben. Verstehst du?«

»Wir empfinden großen Hass für euch«, sagte der Daroth, »und wir können nicht nebeneinander existieren. Damit der eine gedeihen kann, muss der andere sterben.«

Karis sagte nichts und die Stille nahm zu. »Oh, nein«, sagte Forin. »Nein!« Er drückte die tote Frau an sich und nahm ihren Kopf in seine Hände. Tränen rannen ihm über die Wangen, während er sie hin und her wiegte.

»Wir können nicht sagen, ob das wahr ist«, sagte der Daroth, der noch immer die schlaffe Hand hielt. »Wir haben keine Erfahrung damit. Aber wir werden tun, was du sagst.«

»Mit wem sprichst du?«, fragte der Herzog.

»Mit der Frau. Sie spricht noch immer. Könnt ihr sie nicht hören?«

Der Herzog schüttelte den Kopf. Der Daroth ließ Karis' Hand los und stand auf. »Euer Zauberer mit dem blutigen Gesicht hat unsere Kammer des Lebens zerstört. Die Hälfte unseres Volkes ist tot und wird nie wieder sein. Karis sagt, wir sollen in unsere Stadt zurückkehren. Das werden wir tun.«

»Um euch auf den Krieg vorzubereiten – oder auf den Frieden?«, fragte der Herzog.

»Das können wir nicht sagen – nicht zu diesem Zeitpunkt.« Der Daroth betrachtete die tote Kriegerin. »Wir müssen über vieles nachdenken. Ihr seid nicht unsterblich – und doch gab Karis ihr einziges Leben, um uns zu retten. Wir verstehen das nicht. Es war töricht und doch … es spricht ohne Worte zu uns.«

»Ist sie immer noch bei euch?«, fragte der Herzog. Forin blickte auf.

»Nein. Aber ihr Worte bleiben.«

Der Daroth wandte sich ab und ging zum Eingang der Katakomben. Einer nach dem anderen folgten die überlebenden Krieger und verschwanden in der Dunkelheit.

Tarantio blieb acht Tage ohne Bewusstsein und verpasste das Staatsbegräbnis, das der Herzog für Karis, die Eiskönigin, ausrichten ließ. Alle Einwohner von Corduin säumten die Route. Karis lag in der Kutsche des Herzogs, die von sechs weißen Pferden gezogen wurde. Karis' Schlachtross Warain ging – von Forin am Zügel geführt – hinter der Kutsche, gefolgt vom Herzog und der Armee, die sie angeführt hatte. Rote, gelbe und blaue Frühlingsblumen regneten vor der Prozession auf die Straße, und die Kutsche rollte langsam über einen Blumenteppich.

Vint nahm nicht daran teil. Er saß in seinen Räumen im Palast und sah der Prozession von seinem Balkon aus zu. Dann betrank er sich und ließ seinen Kummer dorthin fließen, wo ihn niemand sehen konnte.

Karis wurde in einem Grabmal auf einem hohen Hügel zur Ruhe gebettet, das nach Norden schaute. Eine bronzene Tafel, die Ozhobar gefertigt hatte, wurde in den Mörtel eingelassen. Auf ihr standen die schlichten Worte:

Karis – die Eiskönigin

Der Herzog hielt am Grab eine Rede. Sie war schlicht, würdevoll und für Forin zutiefst anrührend. Dann durften die Menschen nacheinander an dem offenen Sarg vorbeidefilieren, um ihr ihre Achtung zu erweisen. Der Sarg blieb zwei Tage offen, dann wurde er versiegelt. In den darauf folgenden Monaten sollte eine Statue einer Kriegerin errichtet werden, die ihr Schwert eingesteckt hatte und mit der Hand nach Norden wies.

Am Morgen des neunten Tages schlug Tarantio die Augen auf und sah Miriac auf einem Stuhl neben dem Bett schlafen. Sein Mund war trocken, sein Körper schmerzte. Er versuchte, sich zu bewegen und stöhnte auf. Sofort wurde Miriac wach und beugte sich über ihn. »Sie sagten, du würdest sterben«, sagte sie. »Aber ich wusste, dass sie sich irren.«

»Zu viel, wofür sich lohnt zu leben«, flüsterte er.

»Stimmt«, sagte Dace.

Tarantio empfand eine Woge der Rührung, sodass ihm ein Kloß in die Kehle stieg. *»Danke, dass du zurückgekommen bist, Bruder!«*

»Nun werd mal nicht gefühlsduselig, Chio. Wohin hätte ich sonst gehen sollen?«

Tarantio schloss die Augen.

»Was ist mit dem Jungen in der Mine?«

»Er kann noch ein bisschen länger warten. Eines Tages finden wir ihn vielleicht gemeinsam.«

Tarantio fühlte die warme Berührung von Miriacs Hand auf seiner eigenen. *»Schlaf nicht wieder ein«*, sagte Dace. *»Sag ihr, dass wir sie lieben, du Dummkopf!«*

Forin stand allein vor den frisch versiegelten Türen, dachte daran, was gewesen war, und trauerte um das, was hätte sein können.

»Ich kann nicht in Corduin bleiben, Karis«, sagte er. »Ohne dich gibt es hier nichts für mich.«

Er schritt davon in die zunehmende Dunkelheit und blieb erst am Fuße des Hügels stehen, um sich umzuschauen. Als er sah, dass eine dunkle Gestalt aus dem Wald gekommen war und vor der Tür kauerte, ging Forin zurück. Räuber sah auf, als er näher kam, bleckte die Zähne und knurrte.

»Ich mag dich auch nicht besonders«, sagte Forin und streckte die Hand aus. Einen Moment lang schien es, als würde der Hund nach ihm schnappen, doch dann schnüffelte Räuber an seinen Fingern, und er strich mit der Hand über den breiten, hässlichen Kopf. »Was hältst du davon, wenn wir nach Süden gehen?«, fragte er. »Wir werden das Meer sehen und wie Könige leben.« Er stand auf und ging ein paar Schritte bergab. »Kommst du nun oder nicht, du hässlicher Hundesohn?«

Der Hund warf einen sehnsüchtigen Blick auf das Grabmal, dann stand er auf und tappte hinter Forin her.

Epilog

Der Oltor-Älteste brachte Duvo mitten in die Wüste, die einst die Stadt Eldarisa beherbergt hatte. Jetzt gab es hier keine Häuser mehr, in Licht getaucht, nur eine große Leere und ein Meer aus ödem Gestein.

»Warum hast du mich geholt?«, fragte Duvo. »Ich hätte sie alle getötet.«

»Das wäre Grund genug, Duvodas.«

»Sie verdienen es, zu sterben.«

Die goldene Gestalt trat einen Schritt von Duvo zurück, und der Mensch mied ihren Blick.

»Ich habe dich hergebracht, damit du eine schreckliche Wahrheit erfahren kannst. Ich wünschte, es wäre nicht so.«

»Welche Wahrheit? Ich brauche keine Wahrheit! Es herrscht Krieg, Oltor, und ich bin Teil davon.«

»Es gibt keinen Krieg, Duvodas. Es ist vorbei.«

Der junge Mann sprang auf die Füße und hob die geballten Fäuste. »Dann habe ich es geschafft! Ich habe sie ruiniert!«

»Ich kann nicht sagen, dass deine Handlungen den Ausgang nicht beeinflusst hätten«, sagte der Oltor. »Denn das haben sie. Aber was letztendlich eine Rolle gespielt hat, war nicht dein Mord an den Daroth, sondern der Tod eines einzigen Menschen. Obwohl das ein Rätsel ist, das du nicht mehr ergründen kannst. Ich wünsche dir alles Gute, Mensch.«

Die Hände des Oltor-Ältesten fuhren herab, und ein Vorhang aus gleißendem Sonnenlicht öffnete sich in der Dunkelheit. Ohne ein weiteres Wort schritt er hindurch, und dann war Duvodas allein. Er fühlte sich plötzlich hundemüde, und er schlief bis zum Morgengrauen. Dann, mit frischen Kräften, erklomm er den höchsten Gipfel und nahm die Perle – wobei er sorgfältig darauf achtete, ihre Oberfläche nicht zu berühren – aus ihrem Beutel und klemmte sie tief zwischen die Steine.

Er brauchte fast den ganzen Tag, um ins Tiefland hinunterzusteigen, doch Duvodas hatte Sehnsucht danach, die Rückkehr von Eldarisa zu sehen und wieder bei den Eldarin zu sein. Er marschierte ohne Pause weiter und erreichte am späten Abend die Zwillingsgipfel. Vorsichtig kletterte er zu dem Sims, auf dem er zuvor mit dem Oltor-Ältesten gestanden hatte. Duvodas nahm seine Harfe und bereitete sich auf die Schöpfungshymne vor. Es beunruhigte ihn nicht, dass es hier keine Landmagie gab, denn er hatte noch nie zuvor eine solche Macht gespürt, wie sie jetzt durch seinen Körper strömte, seit die Daroth Shira getötet hatten.

Seine Finger glitten leicht über die Saiten und misstönende, schrille Noten zerrissen die nächtliche Stille. Zuerst dachte er sich nichts dabei und versuchte, das Instrument neu zu stimmen, dann berührten seine Finger wieder die Saiten. Der Lärm war eine kreischende Travestie der Musik. Mit wachsender Panik suchte er nach den Noten der Hymne, doch er fand nichts. In ihm floss keinerlei Musik mehr.

Die ganze Nacht quälte er sich, aber als der neue Morgen dämmerte, hatte er nicht einen einzigen reinen Ton aus seiner Harfe hervorgebracht. Es war, als hätte er nie gewusst, wie man spielt. Er dachte an die schlichten Melodien, die er als Kind gelernt hatte, Wiegenlieder und Reigen. Er konnte sich nicht an eines erinnern.

Während des langen Tages saß er auf dem Sims und endlich fielen ihm die Worte Ranaloths von vor so vielen Jahren ein. »Viele der Eldarin wollten kein Kind deiner Rasse unter uns haben. Aber du warst allein und verlassen, ein ausgesetztes Kind auf einem Berg im Winter. Ich hatte mich immer gefragt, ob ein Mensch lernen könnte, zivilisiert zu sein – ob ihr eure gewalttätige Natur und das Böse in euren Herzen überwinden könnt. Du hast bewiesen, dass es möglich ist, und das macht mich stolz und glücklich. Der Triumph des Willens über die Macht des Fleisches – das haben die Eldarin vor vielen Äonen erreicht. Wir lernten den Wert der Harmonie schätzen. Jetzt verstehst auch du das, und vielleicht kannst du dieses Geschenk mit zu deinem Volk tragen.«

»Wovor muss ich mich hüten, Meister?«, hatte er gefragt.

»Vor Wut und Hass – diese sind die Waffen des Bösen. Und die Liebe, Duvo. Die Liebe ist zugleich wunderbar und voller Gefahren. Die Liebe ist ein Tor, durch das der Hass – maskiert und unerkannt – treten kann.«

»Wie kann das sein? Ist die Liebe nicht das höchste aller Gefühle?«

»Doch, das ist sie. Aber sie durchbricht jede Verteidigung und öffnet uns für Gefühle von großer Tiefe. Ihr Menschen leidet mehr darunter als die meisten anderen Rassen, die ich kannte. Die Liebe unter deinen Leuten kann zu Eifersucht führen, zu Neid, Wollust und Gier, zu Rache und Mord. Das reinste Gefühl trägt in sich die Saat des Verderbens, die schwer zu entdecken ist.«

»Dann sollte ich die Liebe also meiden?«

Ranaloth gluckste leise in sich hinein. »Niemand kann die Liebe meiden, Duvo. Doch wenn es geschieht, stellst du vielleicht fest, dass deine Musik sich verändert hat. Vielleicht verlierst du sie sogar.«

»Dann will ich niemals lieben«, hatte Duvo versprochen.

Aber er hatte geliebt, und die Daroth hatten seine Liebe gestohlen, sie auf einer Speerspitze von ihm gerissen.

Verzweifelt legte Duvo seine Harfe in den Beutel zurück und hing ihn sich über die Schulter. Dann kletterte er von dem Sims, ließ die Perle, wo er sie auf dem Gipfel gelassen hatte und begann die lange Wanderung aus der Wüste.

Wochenlang wanderte er, bis er schließlich zu einem Hochtal in den Bergen kam. Dort, auf einem Hang, tausend Meter oberhalb eines Sees, traf er einen alten Mann, der im Kapitänsstuhl auf einem Fischerboot saß. Der alte Mann winkte ihm zu, als er näher kam und Duvo kletterte an Deck.

»Warum starrst du mich so an?«, fragte Duvo.

»Du hast Flammen um deine Seele, junger Mann. Du musst großen Kummer haben.«

»Du siehst viel. Sag mir, warum hast du ein Schiff auf einem Berg gebaut?«

»Erst, wenn du mir sagst, warum du dein Gesicht mit Blut beschmiert hast.«

Während sie ruhig im Sonnenschein saßen, erzählte Duvo ihm von Shiras Tod und vom Krieg gegen die Daroth und schließlich von der Perle und wie er versagt hatte, die Eldarin zurückzuholen. Der alte Mann, Browyn, hörte zu, und als es dunkel wurde, führte er Duvo in seine

Hütte, wo sie ein einfaches Mahl aus heißem Haferbrei und mit Fruchtsirup gesüßter Milch zu sich nahmen.

»Ich glaube, du solltest eine Weile hier bleiben, mein Junge. Ruh dich aus. Lass die Bergluft deine Gedanken klären.«

Duvodas hatte sonst keinen Ort, an den er gehen konnte und war dankbar für die Einladung. Er blieb den ganzen Sommer, bis in den Herbst hinein. Dann, als das Wetter kühler wurde, bekam Browyn eine Erkältung, die sich zu einer Lungenentzündung entwickelte. Duvodas konnte ihm nicht helfen, denn er hatte die Kraft zu heilen verloren.

»Es macht nichts«, sagte Browyn, der mit geschlossenen Augen in den Kissen lag. »Ich bin bereit zu sterben.«

»Ich glaube, ich auch«, sagte Duvodas.

»Unsinn. Du hast die Eldarin noch nicht zurückgebracht.«

»Ich kann nicht. Ich habe es dir doch gesagt – ich kann die Magie nicht mehr finden.«

»Dann such sie, Junge! Verstehst du denn nicht? Nichts, was die Seele anbetrifft, ist unumkehrbar. Einst warst du rein, und die Magie durchströmte dich. Das wird sie auch wieder tun. Schon seit du hier bist, sind die Ketten aus Feuer erstorben. Du weißt, was du tun musst. Beginne die Reise zurück zu dem, was du einst warst.«

»Das ist unmöglich.«

»Pah! Nichts ist unmöglich – vor allem nichts, was die menschliche Seele angeht. Wenn das stimmte, würde jeder Soldat böse und jeder Priester hätte heilende Hände. Weißt du, welche Gabe uns groß macht?«

»Nein.«

»Dass die Besten von uns einfach nie wissen, wann man aufgeben muss.«

Getreu seiner eigenen Beschreibung überlebte Browyn zu seiner eigenen Überraschung die Lungenentzündung und lebte noch den Winter und den Frühling des folgenden Jahres. Doch im Somer entwickelte er einen rasselnden Husten und begann, an Gewicht zu verlieren. Am ersten Herbsttag war er kaum mehr als Haut und Knochen, und Duvodas wusste, dass er im Sterben lag. Gegen Ende fiel Browyn ins Delirium. Duvodas fing an, ihn in die Berge hinaufzutragen, wo der alte Mann sitzen und die Aussicht auf den fernen See genießen konnte.

Am letzten Morgen von Browyns Leben, als er auf dem Berg saß, wurde er plötzlich wieder klar. »Ich habe mich immer gefragt«, sagte er, »ob mein Schiff wohl schwimmen würde.«

»Wir werden sehen«, sagte Duvo. Er nahm einen großen Hammer und hieb die Halteplanken los. Dann konzentrierte er seine Energie auf die Erde unter dem Schiff und sog das Wasser tief aus dem Untergrund. Es blubberte durch das Gras und sammelte sich um den Rumpf, bis es langsam das Schiff hob, das auf einem Kissen aus Wasser bergab zu gleiten begann. Das schlanke Boot rutschte immer schneller ins Tal und schoss in den See, ehe es sanft auf der Wasseroberfläche schaukelte und von seinem Schwung zu einer pinienbewachsenen Insel getragen wurde.

»Was für ein herrlicher Anblick«, murmelte Browyn. Kurz darauf starb er, und Duvodas begrub ihn im Schatten einer ausladenden Eiche.

»Lebwohl, mein lieber Freund«, sagte er, als das Grab fertig war. Dann seufzte er, als er mit einem Anflug von Bedauern bemerkte, dass Browyn ihm nie erzählt hatte, warum er auf einem Berg ein Schiff gebaut hatte.

Duvodas blieb in der Hütte. Es gab keinen anderen Ort, an dem er sein wollte. Am letzten Tag des Herbstes versuchte er noch einmal, die Harfe zu spielen, doch wie immer, war die Musik nur ein Zerrbild. Er legte sein Instrument auf den Boden und ging hinaus auf die Wiese hinter der Hütte.

Und erstarrte.

Zwanzig Daroth-Reiter kamen langsam den Berg hinauf. Er sah sie an und wusste, er konnte sie alle mühelos töten. Es war kein guter Gedanke, und eine große Traurigkeit überfiel ihn. Ich werde nicht mehr töten, sagte er sich und schritt ihnen entgegen.

Der Anführer stieg von seinem Pferd und ging auf ihn zu. Er trug ein kleines, schlafendes Kind, das in eine Decke gewickelt war. »Bist du der Harfenspieler Duvodas?«, fragte er mit tiefer, klingender Stimme.

»Ja.«

»Ich bin der Botschafter von Loretheli. Wir begegneten unterwegs einem alten Menschen, der im Sterben lag, er sagte, sein Name sei Ceofrin. Er versuchte, zu dir zu kommen, um dir dieses Kind zu bringen, doch sein Herz war nicht stark genug.«

»Warum sollte er mir ein Kind schicken?«, fragte Duvo.

»Er ist dein Sohn«, sagte der Daroth.

»Mein Sohn ist tot«, erklärte Duvo und fühlte, wie der Zorn in ihm anschwoll. »Von einem eurer Speere aus dem Leben gerissen.«

»Nein, Mensch. Als Ceofrin im Sterben lag, berührten wir seinen Geist. Wir wissen, wie Shira starb, aber als sie sie begraben wollten, sah eine Frau, wie sich das Kind bewegte. Es wurde gesund gepflegt und nach Loretheli gebracht und dann zurück zu seinem Blutsverwandten Ceofrin, als der Krieg endete. Der alte Mann versuchte, dich zu finden, aber niemand wusste, wohin du gegangen warst. Dann erfuhr er von einem Mann mit einem blutigen Gesicht, der in den Bergen lebte. Ceofrin wusste, dass er sterben würde und wollte, dass das Kind bei seinem Blutsverwandten aufwuchs, und so versuchte er zu dir zu kommen. Verstehst du das?«

Als Duvo einen Schritt zurück machte, weil sich seine Gedanken überschlugen, sprach der Daroth erneut. »Du bist der Zauberer, der unsere Kammer des Lebens zerstört hat.«

Er nickte dumpf, unfähig, einen klaren Gedanken zu fassen. Einen Augenblick lang herrschte Schweigen, und er sah in das Gesicht des Daroth, dann ließ er seinen Blick über die Reihe der Reiter schweifen. Niemand sagte ein Wort. Dann trat der Anführer der Daroth vor. »Hier ist dein Sohn«, sagte er und hielt ihm das Kind hin.

Duvodas nahm ihn in die Arme. Er hatte dunkle Haare wie Shira, und er konnte ihre Schönheit in den Linien seines Gesichtes sehen. Der Kleine gähnte und schlug die Augen auf. In diesem Augenblick hörte Duvo Shiras Stimme im Geiste. »Ich werde ihm den Sonnenaufgang und den Sonnenuntergang zeigen. Er wird gut aussehen, wie du, mit hellem Haar und grünen Augen. Natürlich nicht zuerst, denn alle Babys werden mit blauen Augen geboren. Aber wenn er älter wird, werden sie grau-grün werden.«

»Warum sollte er nicht schöne braune Augen haben wie seine Mutter?«, hatte er gefragt.

»Vielleicht auch das«, hatte sie geantwortet.

Die Augen des Jungen waren braun und glänzten in einer Unschuld, die nur die ganz Jungen kennen.

Duvodas sah zu dem Daroth auf, der über ihm aufragte. »Ich danke dir«, sagte er.

»Der Krieg zwischen uns ist beendet«, sagte der Daroth.

»Ja, das ist er«, bestätigte Duvodas.

Ohne ein weiteres Wort schritt der Daroth zu seinem Pferd und stieg auf. Der Trupp ritt bergab davon. Duvodas trug das Kind in die Hütte und setzte es auf den Fußboden. Der Junge rollte sich auf Hände und Knie, sah die Harfe und krabbelte darauf zu, die pummelige kleine Hand zupfte an den Saiten. Eine Reihe misstönender Laute erklang.

Doch dazwischen war eine einzige klare, reine Note.

Und, nur für einen Augenblick, erfüllte der Duft von Rosen den Raum.

Abgeschieden von der übrigen Welt, umschlossen von Meer und Bergen, liegt Elderland, die Heimat des friedfertigen Ffolks. Das Ffolk ist stolz auf seine Geschichte und hortet im großen Museum zu Aldswick viele seltsame und kuriose Dinge aus der Vergangenheit. Doch als die düsteren Schatten dieser Vergangenheit sich auf das Land legen und eine Gefahr heraufzieht, die alle schon längst gebannt geglaubt, treten Geheimnisse zutage, von denen niemand etwas ahnte. Nun muß sich das Ffolk bewähren. Das Schicksal des ganzen Imperiums lastet auf einer kleinen Gruppe treuer Freunde, die zu einer abenteuerlichen Reise aufbrechen, welche sie an die Grenzen der Welt führen wird, zum Anfang und zum Ende der Zeit …

ISBN 3–404-20333–X

BASTEI LÜBBE

›Nach dem HERRN DER RINGE war die Welt der Fantasy nicht mehr dieselbe‹, hieß es auf dem Klappentext zum Vorgängerband dieser Anthologie:

DIE ERBEN DES RINGS

herausgegeben von Martin H. Greenberg (Bastei Lübbe Band 13 803). In jenem Band verbeugten sich angloamerikanische Autoren vor dem großen Erzähler. Doch nicht nur im englischsprachigen Raum hat Tolkien seine Spuren hinterlassen, auch eine junge Generation von deutschen Schriftstellern wird auf die ein oder andere Art von ihm beeinflusst. In dieser Anthologie sind neue Geschichten gesammelt, die Tolkien zu Ehren geschrieben wurden, oft mit einem Augenzwinkern, aber stets voller Respekt.

ISBN 3-404-20421-2

BASTEI LÜBBE